KB125937

李太白 文賦集

이태백 문부집

中

한국연구재단
학술명저번역총서

동양편
624

李太白 文賦集

이태백 문부집

이백李白 저 · 황선재 역주

中

學古房

1. 본 책은 상중하 3권으로 나누었는데, 상권은 표서(表書)와 서기(序記), 중권은 송찬(頌讚)과 비명(碑銘), 하권은 제문(祭文)과 고부(古賦), 그리고 부록(附錄)으로 구성되었다.

2. 기존의 이백 전집류에서는 문부작품을 10여 가지 장르별로 세분한 것을 본 주석서에서는 문부를 내용과 서체에 따라 6장으로 통합하여 분류하고, 여기에 각 장르의 제목에 대한 어원과 용도를 설명하여 소속된 작품들을 이해하기 쉽도록 인도하였다.

3. 이백 문부 전체 작품 66편에 대하여 차례로 일련번호를 적고, 각각의 작품에는 본문의 내용에 따라 단락으로 나누어 숫자로 구분하였다. 예로 본문 [11-2]에서 앞 번호 11은 작품 연번이고, 뒷 숫자 2는 그 작품의 두 번째 단락임을 표시한 것이다.

4. 본 이백 문부집에 수록된 작품은 청대 왕기의 《이태백전집》에 실린 작품 배열 순서에 따랐다.

5. 본문 66편에 대한 작품마다 다음 체제로 구성하였다.

   ① 해설(解說) : 각각 작품의 내용을 비교적 쉽게 파악할 수 있도록, 첫째 작품을 창작하게 된 배경과 의도, 둘째 작품을 쓴 시기 및 장소, 셋째 작품의 내용에 따라 단락을 나누어 주요 골자를 설명하였으며, 넷째 제목과 내용에 관련된 사건의 전후 관계 및 작품에 대한 평가 등을 종합적으로 밝혔다. 그러나 일부의 작품에서 설명할 자료나 근거가 부족하고 설명의 필요성이 없는 경우에는 예외로 하였다.

   ② 번역(飜譯) : 원문의 번역은 직역을 위주로 하되, 우리말에 맞도록 의역과 직역을 적절히 배합하여 본래의 뜻과 내용을 전달하는데 주안점을 두었다. 그러나 이백의 천재적인 재주로 표현된 문장과 성당의 미묘한 배경 등으로 직역하면 이해하기 힘든 부분에 대하여는 문맥을 쉽게 파악할 수 있고 전체적인 맥락이 통하도록 의역에 치중하였다.

   ③ 주석(註釋) : 다양한 관련 참고서적을 활용하여 정확하고 자세한 주석을 달되, 가능한 역사적 전고(典故) 등 산문 내용을 이해하는데 중요한 사항, 난해하고 생소한 고어(古語), 원문 속에 등장하는 당시의 인명이나 지명 등에 대한 주석을 제공하였다.

   ④ 각주(脚註) : 위와 같이 각 작품에 대하여 해설과 역주(譯註)하는 과정에서 이해하기에 부족하고 보충 설명을 필요로 하는 부분은 추가로 각주를 달아서 이해하기 쉽도록 작성하였다.

6. 하권(下卷)의 부록에서는 이태백의 연보 및 문부 편년, 송대에 발간된 《이태백문집(李太白文集)》(靜嘉堂本)에 실린 이백의 고부와 산문작품 원문(영인본) 등을 참고자료로 수록하였다.

제3장

송·찬
頌·讚

19首

「**송頌**」은 본래 《시경(詩經)》육의(六義)*가운데 하나로서, 시경에 나오는 작품을 그 문체에 따라 분류한 하나의 시 형식이었지만, 후대에는 문체의 일종으로 왕이나 관료 등 대상 인물들의 성덕(盛德)과 사물의 아름다움을 찬미하는 글로 쓰였다.

이백이 지은 송문은 2편이다. 하나는 영물(詠物)에 대한 송문으로, 새로 지은 서후정을 기리는 〈조공서후신정송(趙公西侯新亭頌)〉인데, 선성태수 조열(趙悅)의 정치적 업적을 칭송하였다. 다른 하나는 불사(佛事)에 대한 송문으로, 숭명사로 이전하여 세운 불정존승다라니당을 가송(歌頌)한 〈숭명사불정존승타라니당송(崇明寺佛頂尊勝陀羅尼幢頌)〉인데, 노군도독 이보(李輔)의 공덕을 칭송한 작품이다.

「**찬讚**」은 「송」에서 갈라져 나온 지파(支派)로 송과 함께 쓰였으며, 특히 서화에서 글제로 기려 칭송하는 시가(詩歌)나 문장(文章)의 총칭이다. 이백의 찬문은 17편으로, 그림에 대한 찬문인 '화찬(畫讚)'과 인물이나 기물을 기린 '잡찬(雜讚)'으로 구분 할 수 있다.

먼저 그림에 대한 '화찬'은 다음과 같이 세 가지로 구분할 수 있다.

첫째 인물에 대한 찬문 중, 당시 관료를 칭송한 화찬으로는 당도 현령 이양빙을 기린 〈당도이재군화찬(當塗李宰君畫讚)〉, 안길현 소부 최한을 기린 〈안길최소부한화찬(安吉崔少府翰畫讚)〉, 선성군 오

---

* 시경의 내용에 따라 풍(風)·아(雅)·송(頌)으로 나누고, 표현기법에 따라 흥(興)·비(比)·부(賦)로 분류하는데, 이를 육의라 한다.

녹사 참군을 기린 〈선성오녹사화찬(宣城吳錄事畫讚)〉, 우림군 범 장군을 기린 〈우림범장군화찬(羽林範將軍畫讚)〉, 강녕현령 양리물 을 기린 〈강녕양리물화찬(江寧楊利物畫讚)〉, 금릉 명승 군공의 모친 을 기린 〈금릉명승군공분도자친찬(金陵名僧顒公粉圖慈親讚)〉, 이백 의 친구 이거사를 기린 〈이거사화찬(李居士畫讚)〉등의 그림에 대한 찬문 7편이 있으며, 역사적 인물을 기린 화찬으로는 남조시기의 고 승인 지공 화상을 기린 〈지공화찬(志公畫讚)〉, 춘추시대 교룡을 죽 인 협사 차비를 기린 〈관차비참교룡도찬(觀伏飛斬蛟龍圖讚)〉에 대 한 찬문 2편이 있다.

둘째 동물에 대한 찬문으로 벽화 속 푸른 매를 기린 〈벽화창응찬 (壁畫蒼鷹讚)〉, 방성현 장소공의 관청에 그린 용맹한 사자를 기린 〈방성장소공청화사맹찬(方城張少公廳畫師猛讚)〉, 금향현 설소부의 관청에 그려진 학을 기린 〈금향설소부청화학찬(金鄉薛少府廳畫鶴 讚)〉의 그림에 대한 찬문 3편이 있다.

셋째 불교에 관련된 화찬으로는 서방정토를 강설하는 변상도를 기린 〈금은니화서방정토변상찬(金銀泥畫西方淨土變相讚)〉, 지장보 살을 기린 〈지장보살찬(地藏菩薩讚)〉등 2편의 찬문이 있다.

다음으로 인물이나 기물을 기린 '잡찬(雜讚)'이 있는데, 첫째 인 물을 대상으로 한 찬문으로는 당시 인물인 노군 섭 화상을 기린 〈금노군섭화상찬(琴魯郡葉和尙讚)〉과 역사적인 인물로는 서한의 사직을 지킨 주허후를 읊은 〈주허후찬(朱虛侯讚)〉이 있으며, 둘째 기물에 대한 찬문으로는 거문고를 기린 작품인 〈금찬(琴讚)〉이 유일 하다.

31.
趙公西侯新亭頌

조공이 새로 지은 서후정을 기리는 송문

　　천보 14년(755), 이백이 선성(宣城)을 유람할 때, 조공이 서후정 (西侯亭)이란 정자를 새로 건축한 것에 대하여 칭송한 글이다. 송 문에서 서후정을 건축한 경과와 새로 지은 정자의 아름다운 모습을 묘사하고 아울러 태수 조열의 정치적 업적을 찬양하고 있다.

　　조공(趙公)」은 앞 〈조 선성을 대신하여 양 우상에게 올리는 서 신(爲趙宣城與楊右相書)〉에서 소개한 선성태수 조열(趙悅)이며, 「서후정」은 선성 서쪽 교외에 그가 신축한 정자다. 조열이 천보 14 년 4월에 선성태수에 임명되었으므로, 본문의 서언에 나오는 「농한 기에 이러한 공정을 개시할 수 있었다(方農之隙, 廓如是營.)」와 「며 칠 되지 않아 마쳤다(不日而就.)」등의 언급에서 이 정자가 그해 겨 울에 완성되었음을 알 수 있다.

　　이백이 선성에 머물던 이때 조열은 중요한 교제의 대상이었으므 로, 이백의 시문 가운데 〈선성태수 조열을 대신하여 양 우상에게 드리는 서신(爲趙宣城與楊右相書)〉과 〈선성태수 조열에게 드리는 시(贈宣城太守悅)〉등도 그와 교류하던 이즈음에 지었다. 또한, 이백은 조열과 긴밀히 왕래한 것 이외에도 그의 막료들과도 교유하였으니, 예로 〈여름날 사마 무공과 여러 현인을 모시고 고숙정 연회에서 지은 서문(夏日奉陪司馬武公與群賢宴姑熟亭序)〉 가운데 나오는 사마 무공이 바로 선주사마인 무유성(武幼成)이며, 〈선성 오록사 초상화에 대한 찬문(宣城吳錄事畫讚)〉 가운데의 오록사가 바로 선주 녹사 참군인 오진(吳鎭)으로, 모두 조열 밑에서 보좌하는 관료들이었다.

이 송문은 서언(序言)과 송사(頌辭)로 이루어졌으며, 이를 구체적으로 살펴보면 내용을 모두 5개 단락으로 나눌 수 있다. 첫 번째 단락에서는 조열이 가뭄으로 인해 선성태수로 임용된 원인을 기술하고, 이어서 조열이 어사대(御史臺) 등에 근무한 이전 관직에 대한 경력과 삼성(三省)에서 초안을 작성하는 등의 정치적 업적을 서술하였다. 두 번째 단락에서는 선성군이 지닌 형세의 중요성과 지리적으로 열악한 자연조건 등을 서술하여 정자 건립에 대한 필요성을 설명하였다. 세 번째 단락에서는 새로 부임한 조열이 역대로 근무한 이전 태수들의 폐단을 타파하고, 새로운 정자 건설의 공정(工程)을 개시한 과정을 자세히 묘사하였으며, 이어서 새로운 정자건립을 완성한 이후에 이 정자가 교외의 웅장한 승경(勝景)인 동시에 통행인들이 머물 수 있는 명소(名所)가 된 정경을 서술하였다. 네 번째 단락에서는 정자를 건립하는데 공을 세운 선주상사 제광예(齊光乂), 사마 무유성(武幼成) 등 부하관원들이 함께 일심으로 협력하여 조 공정을 완공하는 과정을 서술하고, 이어 이 조공이 세운 정자가 이전 시대의 유명한 사현휘(謝玄暉)가 세운 북정(北亭)보다 뛰어나다고 칭송하였다. 마지막으로 송사(頌辭)인 다섯 번째 단락에서는 정자의 웅장한 모습과 조공이 세운 불후의 업적 등을 읊었는데, 운문(韻文)과 병어(騈語)를 사용하면서 서문의 내용을 총괄하였다.

31-1

惟十有四載[1], 皇帝以歲之驕陽[2], 秋五不稔[3], 乃愼擇[4]明牧[5], 恤南方凋枯[6]。伊四月孟夏[7], 自淮陰[8]遷我天水趙公[9], 作藩[10]于宛陵[11], 祇明命[12]也。

惟公代秉天憲[13], 作程[14]南臺[15], 洪柯[16]大本[17], 聿生懿德[18]。宜乎哉! 橫風霜之秀氣[19], 鬱王霸之奇略[20]。初以鐵冠白筆[21], 佐我燕京[22], 威雄振肅, 虜不敢視。而後鳴琴二邦[23], 天下取則[24], 起草三省[25], 朝端有聲[26]。天子識面[27], 宰衡動聽[28]。殷南山之雷[29], 剖[30]赤縣[31]之劇[32]。強項不屈[33], 三州所居大化, 咸列碑頌[34]。

至於是邦也, 酌古以訓俗[35], 宣風以布和[36]。平心理人, 兵鎭唯靜[37], 畫一千里[38], 時無莠言[39]。

천보 14년(755), 황제는 한 해 동안 맹렬한 햇볕 때문에 가을 오곡이 흉작인 것을 고려해서, 현명한 지방관을 신중히 선발하여 남방의 가뭄으로 인한 빈곤을 구제토록 하였다네. 그해 4월 초여름, 회음군(淮陰郡)에서 우리 천수(天水) 출신인 조공을 완릉(宛陵; 宣城)태수로 옮기도록 명령하자, 조서를 공경히 받들었도다.

공은 천자의 법령을 관장하는 어사대(御史臺)에서 준칙(準則)을 수립하고, 큰 나무의 깊은 뿌리 같은 존재가 되어서 마침내 뛰어난 덕행을 이루었으니, 아름답도다! 풍상처럼 빼어난 기운이 충만하고 패왕(霸王)의 기묘한 책략을 감추고 있었구나. 처음 철관(鐵冠)을 쓰고 흰 붓을 휴대한 어사대의 직함으로 연경(燕京)의 유주절도사(幽州節度使) 막료가 되어서 위용을 엄숙하게 떨치니, 오랑캐들도 함부로 넘보지 못했다네. 이후 두 지방 현령을 역임하면서 천하의 모범이 되었으며, 세 성(三省)에 근무하면서 글의 초안을 잡을 때마다 조정에서 좋은 평판을 받았으므로, 천자가 만나 인정해주고 재상들에게도 알려지게 되었도다. 우렛소리가 남산에서 울리듯 전국의 번중한 사무를 분석하였으며, 강직한 성격으로 권세에 굴복하지 않았으니, 역임했던 세 주는 널리 교화를 받아 모두 비석을 세우고 덕을 칭송하였다네.

이 선성 지방으로 와서는 옛사람들의 교훈을 참작하여 풍속을 권장하고, 화락(和樂)한 민풍을 펼쳤도다. 공평한 마음으로 백성들을 다스리면서 병력은 오직 안정을 유지하는 데 사용했으니, 주(州) 경계 천 리 이내가 획일적으로 정제되어서 당시 불만을 토로하는 자가 없었다네.

....

1 十有四載(십유사재) : 현종 천보 14년(755).
2 驕陽(교양) : 여름철 맹렬한 햇빛으로, 오랫동안 비가 오지 않고 한발이 계속되는 것. 이백의 〈시국에 감개하여 종형 서왕 이연년과 종제 이연릉과 헤어지며 남겨주다(感時留別從兄徐王延年從弟延陵)〉 시에 "맹렬한 뙤약볕이 어찌나 붉게 이글거리던지, 바닷물은 용과 거북이라도 익힐 것 같구나(驕陽何火赫, 海水爍龍龜.)"라 읊었음.
3 秋五不稔(추오불임) : 추수 때 오곡이 흉작인 것, 혹은 5년 연속하여 흉작이 든 것을 말함. 「稔」은 곡식이 성숙하는 것. 《광운》에 "염

은 한 해 동안 익는 것(稔, 歲熟也.)"이라 하고, 《광아》에서도 "가을 곡식이 익는 것(秋穀熟也.)"이라 했음. 「不稔」은 가을 수확이 좋지 않은 것, 곧 흉작.

4 愼擇(신택) : 조심스럽게 선택하는 것.

5 明牧(명목) : 공정하고 청명한 지방 수령. 사조(謝朓)의 〈저작랑 왕 융과 팔공산에서 화답한 시(和王著作融八公山詩)〉에 "위태로우면 집안 어른(謝安)에게 의지하고, 관중(管仲)이 없으면 현명한 수령 에게 맡기게나(阽危賴宗袞, 微管寄明牧.)"라 했음.

6 恤南方凋枯(휼남방조고) : 「恤」은 무휼(撫恤), 긍휼(矜恤), 두루 구 제하는 것. 「凋枯」는 심은 벼(莊稼)들이 한재(旱災)로 인해 시들어 떨어지는 것으로, 빈곤하여 낙심하는 모습. 좌사(左思)의 〈영사시 (詠史詩)〉 8수에서 "(蘇秦과 李斯는) 굽어보고 올려보아 영화를 얻 었으나, 얼마 되지 않아 다시 시들어 떨어졌구나(俯仰生榮華, 咄嗟 復凋枯.)"라 읊었음. 이 네 구는 황제가 작년의 가뭄(旱災)으로 추 수 때, 오곡이 흉작인 것을 고려하여 현명한 군의 태수를 신중히 선발해서 남방 백성들의 빈곤과 기아를 구제하도록 한 것을 말한다.

7 孟夏(맹하) : 여름이 시작되는 첫 번째 달로 음력 4월.

8 淮陰(회음) : 당대의 군명, 곧 초주(楚州)로 천보 원년(742) 회음군으 로 바꼈다. 관청은 산양현에 있으며, 지금의 강소성 회음현 동남쪽.

9 天水趙公(천수조공) : 조열을 가리킨다. 천수는 군명으로, 지금의 감숙성 천수시(天水市)다.

10 作藩(작번) : 태수가 되는 것. 「藩」은 봉건왕조 시대의 제후국, 혹은 속국을 가리킨다. 당대 주군의 자사(태수)가 관할하는 곳은 고대 제 후국과 같으므로, 자사나 태수는 제후와 위치가 같아서 「작번(作 藩)」이라 했음. 《진서·도간전(陶侃傳)》에 "외직으로 나가서 자사 가 되니, 여덟 주가 바로 잡혔다네(作藩於外, 八州肅淸.)"라 했다.

11 宛陵(완릉) : 옛날 현(縣) 이름으로, 당대의 선성군(宣城郡). 당대의
   선성현은 한대 완릉현이었으므로 여기서는 옛 명칭을 사용하였다.

12 祗明命(지명명) : 조서를 공경히 받드는 것. 「祗」는 공경, 존경하여
   받드는 것(尊奉). 「明命」은 조명(詔命), 곧 조서.

13 代秉天憲(대병천헌) : 천자의 법령을 대신 집정하는 것. 「天憲」은
   제왕의 법령. 《후한서‧환자전론(宦者傳論)》에 "손에는 왕의 권력
   을 쥐고, 입에는 하늘의 법령을 머금었네(手握王爵, 口含天憲)"라
   하고, 이주한은 주에서 "「천헌」은 제왕의 법령을 말한다(天憲, 謂帝
   王法令也.)"고 했음.

14 作程(작정) : 법도와 준칙을 수립하는 것.

15 南臺(남대) : 어사대(御史臺)를 가리키는데, 궁궐의 서남쪽에 위치
   하므로 이렇게 불렸음. 《통전(通典)‧직관(職官)6》에 "어사가 근무
   하는 부서는 한‧위에서는 어사부인데, 어사대부사 혹은 헌대(憲
   臺)라고도 불렀으며, 후한 이후에는 어사대 혹은 난대시(蘭臺寺)라
   고도 불렀다. 양과 후위, 북제에서는 남대라고도 불렀으며, 후위의
   제도에서는 공적인 일이 있으면 백관들이 조회할 때 상서령부터 복
   (僕) 이하의 명부를 모두 남대로 보냈다(御史所居之署, 漢魏之御
   史府, 亦謂之御史大夫寺, 亦謂憲臺. 後漢以來, 謂之御史臺, 亦謂
   之蘭臺寺. 梁及後魏北齊, 或謂之南臺. 後魏之制, 有公事, 百官朝
   會, 名簿自尙書令僕以下, 悉送南臺.)"라 하고, 호삼성(胡三省)의
   《통감주(通鑑註)》에 "어사대는 남대라고도 부른다. 두우는 어사대
   가 궁궐의 서남쪽에 있으므로 남대라도 불렀다고 했다(御史臺, 謂
   之南臺. 杜佑曰, 御史臺, 在宮闕西南, 故名南臺.)"라 했음.

16 洪柯(홍가) : 큰 나무. 「洪」은 높고 큰 것. 「柯」는 나뭇가지. 도잠(陶
   潛)의 〈독산해경(讀山海經)〉시(6)에 "큰 가지는 백만 심(8백만 척)
   이나 되는데, 빽빽하게 퍼져서 해 뜨는 양곡을 덮고 있구나(洪柯百

萬尋, 森散覆暘谷.)」라 읊었음.

17 **大本**(대본) : 깊은 뿌리. 사물의 근기(根基)로 가장 중요한 기초를 말함. 「洪柯大本」은 대대로 쌓아서 큰 나무의 깊은 뿌리가 되는 것.

18 **聿生懿德**(율생의덕) : 이에 미덕을 구비한 조열을 낳은 것. 「聿」은 구절 앞에 쓰이는 어조사(발어사). 「懿德」은 미덕, 뛰어난 덕행. 《시경 · 주송 · 시매(時邁)》에 "아름다운 덕만을 구하시네(我求懿德.)"라 하고, 정전(鄭箋)에 「의」는 아름다운 것(懿, 美也.)"이라 했음.

19 **橫風霜之秀氣**(횡풍상지수기) : 조열이 처음 감찰어사가 되어서 흉중에 추상같은 빼어난 기운이 충만한 것. 「橫」은 충일(充溢), 곧 가득차서 넘치는 것.

20 **鬱王霸之奇略**(울왕패지기략) : 패왕의 기묘한 도략(韜略)이 감추어져 있는 것. 「鬱」은 쌓아 모은다는 뜻, 온장(蘊藏). 「王霸」는 왕도와 패도. 「奇略」은 기재모략(奇才謀略)으로, 아주 뛰어난 재주와 책략.

21 **鐵冠白筆**(철관백필) : 어사대의 관원을 가리킴. 「鐵冠」은 법관(法冠)으로, 어사대의 관원이 법을 집행할 때 쓰는 관. 「白筆」은 어사대 관원이 행차할 때 몸에 휴대한 붓. 이백의 〈전소양을 논하며 반시어에게 드리다(贈潘侍御論錢少陽)〉시에 "수놓은 옷을 입은 반시어사는 의기가 높기도 하여라. 철관을 쓰고 백필을 들어 가을 서리같은 위엄을 떨치는구나(繡衣柱史何昂藏, 鐵冠白筆橫秋霜.)"라 읊었음.

22 **佐我燕京**(좌아연경) : 유주절도사(幽州節度使)의 막료로 돕는 것. 「燕京」은 당대 하북도 유주절도사가 근무하는 유주로, 지금의 북경시. 건원 2년(759) 사사명은 스스로 연나라 황제(燕帝)라 칭하고, 범양(范陽; 幽州)을 연경으로 삼았음.

23 **鳴琴二邦**(명금이방) : 강릉(江陵)과 안읍(安邑) 두 현의 현령을 지낸 것. 《여씨춘추 · 성찰(察賢)》에 "공자의 제자였던 복자천이 선보

(單父)의 원님이 되어 거문고를 탔는데, 관아의 당(堂) 아래로 내려 가지 않고도 고을을 잘 다스렸다(宓子賤治單父, 彈鳴琴, 身不下堂, 而單父治.)"라 했음. 후에는 「彈鳴」은 현령이 되는 것을 대신 가리 켰다.《금석쇄편》권87〈조사렴묘지(趙思廉墓誌)〉에 "두 아들은 조 열과 조탄지 인데, 조열은 감찰어사에 임용되어 이름을 날렸으며, 강릉과 안읍 두 현령을 지냈다(二子, 悅, 坦之. 悅, 揚歷監察御使, 江陵·安邑二縣令.)"라 하여, 두 지방 현령을 지냈음을 가리킨다.

24 **天下取則**(천하취칙) : 천하 각 지역에 있는 현에서 법을 시행할 때, 이곳을 모범으로 삼은 것을 말함.

25 **起草三省**(기초삼성) : 조열이 중앙 삼성에 재직하는 것. 「三省」은 당 대 중앙기관인 상서성(尚書省)·중서성(中書省)·문하성(門下省).

26 **朝端有聲**(조단유성) : 조정에서 좋은 평판을 받은 것. 「朝端」은 조 정 3성의 장관, 또는 조정을 널리 가리키기도 함. 임방(任昉)의〈제 나라 경릉문선왕 행장(齊竟陵文宣王行狀)〉에 "조정에 상소가 공포 되자, 모든 정사가 편안해졌도다(敷奏朝端, 百揆惟穆.)"라 했음.

27 **天子識面**(천자식면) : 조열에 대해 천자가 만나서 인식해 준 바가 된 것을 말함.

28 **宰衡動聽**(재형동청) : 재상이 그의 명성을 듣는 것. 「宰衡」은 재상 을 대신 가리키는 말로, 제왕을 보좌하면서 조정을 주재하는 관원. 《한서·평제기(平帝紀)》에 "안한공을 겸직해 주고, 재형이라 불렀 다(加安漢公號曰宰衡)"라 하고, 안사고는 주에서 응소(應劭)의 말 을 인용하여 "주공은 태재가 되고, 이윤은 아형이 되었는데, 이윤과 주공을 높인 것을 왕망에게 겸해 주었다(周公爲太宰, 伊尹爲阿衡, 釆伊周之尊以加莽.)"라 했음.

29 **殷南山之雷**(은남산지뢰) : 「殷」은 우렛소리를 나타내는 말.《시경· 소남·은기뢰(殷其靁)》에 "우르릉 우렛소리, 남산 양지에서 울리네

(殷其靁, 在南山之陽.)"라 읊었는데, 《모전(毛傳)》에서 "「은」은 천
둥소리(殷, 靁聲也.)"이라 하였고, 정현의 전(箋)에는 "우렛소리는
호령하는 것을 비유하였고, 남산의 양지는 밖에 있음을 비유한 것이
다. 〈소남〉에서 대부가 왕명을 사방에 시행하는 것이 마치 우레 소
리가 산 남쪽에서 울리는 것과 같다(靁以喻號令, 於南山之陽, 又
喻其在外也. 召南大夫以王命施號令於四方, 猶靁殷殷然發聲於
山之陽.)"고 했음. 여기서는 조열이 경관(京官)직으로 임용되어 왕
명을 시행하는 것이 우레가 밖으로 진동하는 것과 같음을 비유했다.

30 剖(부) : 분별, 분석하는 것.

31 赤縣(적현) : 당 이전에는 중국을 가리키고, 당 이후에는 서울(京都)
에서 다스리는 경도주변의 현(縣)을 가리켰다. 《사기·맹자순경전
(孟子荀卿傳)》에 "중국을 「적현신주」라는 이름으로 불렀으며, 적현
신주 안에는 아홉 개의 주가 있었다(中國名曰赤縣神州. 赤縣神州
內自有九州.)"고 했음. 이백의 〈선성태수 조열에게 드리다(贈宣城
趙太守悅)〉시에 "적현에서 우레같은 명성을 드날리고, 강직한 절개
는 임금에게도 알려졌네(赤縣揚雷聲, 强項聞至尊.)"라 하고, 왕기
는 주에서 《통전》에 의하면, 당나라 현에는 적·기·망·긴·상·
중·하현의 일곱가지로 차등을 주었다. 경도에서 다스리는 적현, 서
울 곁에 있는 읍을 기현, 그 밖에는 호구의 많고 적음과 재물과 토지
의 좋고 나쁜 등급에 따라 차등을 두었다(《通典》大唐縣有赤·
畿·望·緊·上·中·下七等之差. 京都所治爲赤縣, 京之旁邑爲
畿縣, 其餘則以戶口多少資地美惡爲差.)"고 했다.

32 劇(극) : 번중한 것. 「剖赤縣之劇」은 적현의 번중한 사무를 분석하
는 것.

33 强項不屈(강항불굴) : 후한 낙양령 동선(董宣)처럼 권세에 굴복하
지 않는 것. 「强項」은 강직한 성격을 지녀서 머리를 굽히지 않는

사람.

34 三州所居大化, 咸列碑頌(삼주소거대화, 함렬비송) : 「大化」는 교화
로, 여기서는 정치적 업적이 탁월함을 가리킴. 「咸」은 모두. 「碑頌」
에 대하여, 왕기는 《금석록》(卷7)에서 〈회음태수조열유애비〉는 장
초금이 짓고, 행서로 썼다. 천보 14년(755)에 세웠으며, 나머지 두
주의 비석은 알 수 없다고 기록되었다(《金石錄》(卷7), 淮陰太守趙
悅遺愛碑, 張楚金撰, 行書. 天寶十四載立. 其二州碑無考.)"라 했
음. 조열이 삼군의 태수를 역임한 것은 이백의 〈선성태수 조열에게
드리다(贈宣城趙太守悅)〉란 시에 "예전에 흰 붓 비녀를 꽂고서 유
주에서 떠다니는 혼백을 쫓았으며, 도끼를 잡고 삼군을 보좌하여
서리처럼 하늘 북문을 맑히셨구나. 두 읍을 다스리는 것이 잘못되어
물수리처럼 서 있다가 다시금 날아올랐네. 향을 피우고 난대(어사
대)에 들어가 초안을 세우는데 아름다운 말이 많았도다. 기와 용같
은 신하가 한번 돌아봄이 중해서 날개를 곧추세우고 원추처럼 날아
오르네. 적현에서 우레같은 명성을 드날리고 강직한 절개는 군왕에
게도 알려졌다네. 세찬 회오리바람에 수려한 나무가 꺾이고 공적은
좌절되었어도 도는 더욱 돈독해졌구나. 지방관으로 나와 세군의 군
수를 역임하니 머무는 곳마다 맹수들이 달아났도다(伊昔簪白筆, 幽
都逐遊魂. 持斧佐三軍, 霜淸天北門. 差池宰兩邑, 鶚立重飛翻. 焚
香入蘭臺, 起草多芳言. 夔龍一顧重, 矯翼凌翔鵷. 赤縣揚雷聲, 强
項聞至尊. 驚飈頹秀木, 跡屈道彌敦. 出牧曆三郡, 所居猛獸奔.)"
라 읊은 곳에서, 이 구와 서로 비교하여 참고해볼 만하다. 여기서는
조열이 역임한 세 주가 널리 교화를 받았으므로, 모두 그에 대한
비석을 세우고 덕을 칭송한 것을 말함.

35 酌古以訓俗(작고이훈속) : 옛사람의 교훈(古訓)을 짐작하여 풍속을
권장하는 것.

36 宣風以布和(선풍이포화) : 화락하고 융화(融洽)된 민풍을 발양한다
    는 말. 「布和」는 은혜와 조화로운 정사를 펼친다는 뜻. 《역림(易
    林)》에 "시기에 맞게 조화로운 정사를 펼치면, 통하지 않는 곳이 없
    다(宜時布和, 無所不通.)"라 했음.

37 平心理人, 兵鎭唯靜(평심리인, 병진유정) : 공평한 마음 상태로 백
    성들을 다스리고, 병력은 다만 안정을 유지하는데 쓴다는 말. 「理」
    는 다스리는 것. 당나라에서는 고종 이치(李治)를 피휘하여 「治」를
    「理」로 바꿨으며, 또한 「人」은 「民」(백성)인데, 태종 이세민(李世
    民)을 피휘하여 「民」을 「人」으로 바꿨음.

38 畫一千里(획일천리) : 주 경계 천 리 이내가 획일적으로 정제되는
    것. 「畫一」은 정돈되어 가지런한 것(整齊). 《한서 · 조참전(曹參
    傳)》에 "소하가 법을 집행하니, 획일적으로 정돈되었다(蕭何爲法,
    顜(講)若畫一.)"라 하고, 안사고는 주에서 "「획일」은 정제된 것을
    말한다(畫一, 言整齊也.)"라 했음.

39 時無莠言(시무유언) : 당시 불만을 말하는 자가 없음을 말한다. 「莠
    言」은 나쁜 말, 악언. 《시경 · 소아 · 정월(正月)》에 "궂은 말도 입에
    서 나오네(莠言自口.)"라 하고, 모전에 "「유」는 추한 것(莠, 醜也.)"
    이라 했음.

31-2

退公之暇[40], 清眺原隰[41]。以此郡東塹巨海, 西襟長江[42], 咽
三吳[43], 扼五嶺[44], 輶軒[45]錯出, 無旬時[46]而息焉。出自西郭, 蒼
然古道, 道寡列樹, 行無清陰[47]。
至有疾雷破山[48], 狂飆[49]震壑, 炎景爍野[50], 秋霖[51]灌途。馬逼

側⁵²於谷口, 人周章⁵³於山頂, 亭候靡設⁵⁴, 逢迎闕如⁵⁵。

공무를 마친 휴식시간에 높고 낮은 들판을 조용히 조망하나니, 이 군(郡)의 동쪽으로는 거대한 바다가 해자(垓字)처럼 보호하고, 서쪽으로는 장강(長江)이 옷깃처럼 드리워서, 삼오(三吳)지역의 목구멍과 같이 오령(五嶺)의 교통을 제어하고 있지만, 사자(使者)들의 수레가 빈번히 엉뚱한 데로 나올뿐더러 지나가면서도 잠깐 동안 휴식할 곳이 없는 실정이라네. 서쪽 성곽으로 나와도 어둑어둑한 옛 길에는 늘어선 나무가 적어서 행인들이 쉴만한 시원한 그늘조차 없구나.

더구나 빠른 우레가 산을 무너뜨리고 광풍(狂風)이 산골짜기를 진동하며, 더운 해가 들판을 태우고 연속되는 가을장마가 도로로 흘러드는 날씨를 만나면, 말은 좁은 골짜기 입구를 어렵게 지나가고, 사람들은 놀라 두려워서 산꼭대기로 달려가지만, 산 위에는 정자가 설치되지 않았으므로 마중하면서 피할 수 없는 상황이로다.

....

40 退公之暇(퇴공지가) : 공무를 완료한 한가한 시간. 「退公」은 공사에서 남는 휴식시간. 《시경·소남·고양(羔羊)》에 "조정에서 퇴근해 올 때, 의젓하고 당당하도다(退食自公, 委蛇委蛇.)"라 했음.

41 淸眺原隰(청조원습) : 높이 올라가서 부근의 청명한 들판을 조망한다는 말. 《시경·소아·황황자화(皇皇者華)》에 "아름답고 아름다운 초목의 꽃들이여, 진펄에도 피어 있도다(皇皇者華, 于彼原隰.)"라 하고, 모전에 "높고 평평한 것을 「원」이라 하고, 낮고 축축한 것을 「습」이라 부른다(高平曰原, 下濕曰隰.)"고 했음.

42 此郡東塹巨海, 西襟長江(차군동참거해, 서금장강) : 이 군의 동으

로는 대해가 성 못을 보호하고, 서쪽으로는 장강이 옷깃처럼 드리우고 있는 것을 말함. 「塹」은 성 아래를 보호하는 해자(濠溝).

43 三吳(삼오) : 장강의 삼각주와 태호 유역 일대. 《통전(通典)·주군전(州郡典)》에 오군(吳郡), 오흥군(吳興郡), 단양군(丹陽郡)을 삼오라 하였으며, 지금의 강소성 남부와 절강성 북부임.

44 五嶺(오령) : 일반적으로 상(湘)·공화월(贛和粵)·계(桂) 등지의 광동·광서·호남·강서 4성(省) 주변경계에 걸쳐있는 월성령(越城嶺)·도방령(都龐嶺)·맹저령(萌渚嶺)·기전령(騎田嶺)·대유령(大庾嶺) 등 다섯 산의 총칭임.

45 輶軒(유헌) : 가벼운 수레로, 고대에는 항상 사신이 타고 다녔으므로 후에는 사자(使者)의 수레로 불렀음. 《문선》권35 장화(張華)의 〈칠명(七命)〉에 "언어가 유헌에게 전해지지 않고, 땅에는 책력이 미치지 않았다(語不傳於輶軒, 地不被乎正朔.)"라 하고, 이선은 주에서 《풍속통(風俗通)》을 인용하여 "진·주시대에는 8월이 되면, 유헌으로 하여금 다른 시대의 방언을 채집하여 비부(왕실도서관)에 수장하도록 하였다(秦周常以八月輶軒使采異代方言, 藏之秘府.)"라 했음.

46 旬時(순시) : 열흘을 1순이라 하는데, 여기서는 매우 짧은 시간을 가리킴.

47 淸陰(청음) : 청량한 나무 그늘. 도잠(陶潛)의 〈귀조시(歸鳥詩)〉에 "서로 짝을 보고 우짖으며, 시원한 나무 그늘에 그림자를 숨겼노라(顧儔相鳴, 景庇淸陰.)"라 읊었음.

48 疾雷破山(질뢰파산) : 빠른 우레가 산을 무너뜨리는 것. 《장자·제물론》에 "사나운 천둥이 산을 쪼개고, 바람이 바다를 뒤집어도 그를 놀라게 할 수는 없다(疾雷破山, 風振海而不能驚.)"라 했음.

49 狂飈(광표) : 큰 폭풍, 회오리바람. 육운(陸雲)의 〈남교부(南郊賦)〉

에 "회오리바람이 불자 부질없이 놀라고, 뜬구름이 피어오르니 초목이 무성하구나(狂飆起而妄駭, 行雲藹而芊眠.)"라 읊었음.

50 炎景爍野(염경삭야) : 더운 해가 들판을 태우는 것. 「景」은 일광(日光)으로, 「炎景」은 매우 더운 햇빛. 강엄(江淹)은 〈단사가학부(丹砂可學賦)〉에서 "왼편 곤륜산에는 뜨거운 햇빛이요, 오른편 엄자산에는 상서로운 구름이네(左昆吾之炎景, 右崦嵫之卿雲.)"라고 읊었다. 「爍」은 녹이는 것(熔化).

51 秋霖(추림) : 가을 비. 「霖」은 오래도록 그치지 않고 계속되는 비. 조식(曹植)의 〈백마왕 조표(曹彪)에게 드리다(贈白馬王彪)〉시에 "장맛비는 내가 가는 길을 더럽히고, 흐르는 도랑물은 종횡으로 넘실거리네(霖雨泥我涂, 流潦浩縱橫.)"라고 읊었음.

52 逼側(핍측) : 「逼仄」으로도 쓰며, 도로가 좁아서 서로 가까이 따라가는 것. 반악(潘岳)의 〈서정부(西征賦)〉에서 "도읍에는 수많은 사람이 뒤섞여 있고, 중원과 오랑캐 남녀들이 밭길을 나란히 뒤따라가네(都中雜遝, 戶千人億. 華夷士女, 駢田逼側.)"라고 읊었음.

53 周章(주장) : 놀라서 두려워하는 모습. 《문선》권5 좌사의 〈오도부(吳都賦)〉에 "빨리 나는 새와 교활한 짐승들이 두려워하면서 머뭇거리네(輕禽狡獸, 周章夷猶.)"라 하고, 유량(劉良) 주에 "「주장이유」는 두려워서 어찌할 바를 모르는 것이다(周章夷猶, 恐懼不知所之也.)"라 했음. 일설에는 「周章」이 곳곳으로 두루 달려가는 것이라고도 한다.

54 亭候靡設(정후미설) : 「亭候」는 「亭堠」라고도 쓰며, 고대에 정찰할 때 멀리 적군을 바라볼 수 있도록 산 위에 세워진 정자(崗亭)를 말한다. 《후한서·광무제기(光武帝紀)》(下)에 "정후를 세우고 봉수대를 수리하네(築亭候, 修烽燧.)"라 하고, 이현(장회태자)의 주에 "「정후」는 적의 동태를 살피는 장소다(亭候, 伺候望敵之所.)"라 했음.

「靡設」은 설치하지 않는 것.

55 闕如(궐여) : 부족하다, 모자란 것. 「闕」은 「缺」과 통한다.

31-3

自唐有天下, 作牧[56]百數, 因循[57]齷齪[58], 罔恢[59]永圖[60]。及公
來思[61], 大革前弊。實相此土, 陟降觀之[62]。壯其回崗龍盤[63], 沓
嶺波起, 勝勢交至, 可以有作[64]。方農之隙[65], 廓如是營[66]。

遂鏟崖坦堙卑[67], 驅石剪棘[68], 削汚壤, 堦高隅[69], 以門以墉,
乃棟乃宇[70]。儉則不陋, 麗而不奢。

森沉開閡[71], 燥濕有庇[72]。若鼇之湧, 如鵬斯騫[73]。縈流鏡轉,
涵映池底[74]。納遠海之餘清, 瀉連峰之積翠[75]。信一方雄勝之
郊, 五馬踟躕[76]之地也。

당조가 건립된 이래 이곳 자사(刺史)를 지낸 사람이 백여 명이나
되었지만, 낡은 관습을 고수한 채 장구한 계획을 세운 자가 없었다
네. 공이 태수(太守)로 임명되면서 이전의 폐단들을 대대적으로 개
혁하였으니, 실제 현장으로 가서 위아래로 오르내리며 살펴보았도
다. 용이 서린 듯 빙빙 감은 산등성이와 파도치듯 겹겹이 쌓인 산봉
우리가 웅장한데, 명승과 지세가 서로 만나는 곳에 정자를 지을 수
있었으니, 농한기를 맞이하여 정자 세우는 공정(工程)을 개시하였
다네.

드디어 높은 언덕을 깎아내고 낮은 곳을 메웠으며, 난석(亂石)을
제거하고 가시나무를 베어냈으며, 더러운 흙을 퍼내고 높은 돈대

(墩臺) 외진 곳에 층계를 만들었으며, 문을 만들고 담을 쌓았으며, 대들보를 올리고 지붕을 덮었는데, 검소하지만 누추하지 않고 화려하지만 사치하지 않았도다.

마을 어귀 문에 나무를 빽빽이 심고, 건조한 햇빛과 습한 눈비를 피할 수 있는 정자는 마치 자라가 머리를 쳐들고 대붕(大鵬)이 날아가려는 모습이로다. 감싸 흐르는 물은 거울이 둘려 있는 듯 연못 밑에 잠겨 비치고 있으니, 먼 바다의 남아도는 맑은 물을 가져다가 봉우리가 이어진 겹겹 푸른 산에 부은 듯하다네. 이 정자는 확실히 성(城) 교외의 웅장한 승경(勝景)으로서, 수레를 타고 가는 사람들이 머물 수 있는 명소(名所)가 되었구나.

⋯⋯⋯⋯⋯⋯

56 作牧(작목) : 주군(州郡)의 지방 장관이 되는 것. 심약(沈約)의 〈제고안륙소왕비문(齊故安陸昭王碑文)〉에 "자사가 되어 대장기를 세워놓고, 밝은 덕으로 다스리네(建麾作牧, 明德攸在.)"라 했음.

57 因循(인순) : 옛 규칙을 고수하면서 고치지 않는 것. 《한서 · 순리전서(循吏傳序)》에 "곽광(霍光)은 관직에 있으면서도 구습을 버리지 않아서 고쳐진 것이 없었다(光因循守職, 無所改作.)"라 했음.

58 齷齪(악착) : 도량이 좁은 것. 《운회》에 「악착」은 급하게 재촉하고 도량이 좁은 모양(齷齪, 急促局陿貌.)"이라 했으며, 장형(張衡)의 〈서경부(西京賦)〉에서 "홀로 악착같이 아껴서 검소하고 인색하였다(獨儉嗇以齷齪.)"고 했음.

59 罔恢(망회) : 「罔」은 없는 것. 「恢」는 발양(發揚), 확대(擴大)하는 것.

60 永圖(영도) : 장구한 계획. 제(齊) · 왕융(王融)의 〈영명구년책수재문(永明九年策秀才文)〉1에 "짐은 천명을 공손히 받들어, 조심스럽게 영구한 계획을 세우려 하네(朕肴奉天命, 恭惟永圖.)"라 했음.

61 **來思**(래사) : 오다, 온 이후. 《시경 · 소아 · 채미(采薇)》에 "예전에 내가 갈 때는 갯버들이 하늘하늘 날리더니, 지금 내가 돌아오자 진눈깨비가 펄펄 내리는구나(昔我往矣, 楊柳依依. 今我來思, 雨雪霏霏.)"라 했음. 「思」는 어미 조사.

62 **實相此土, 陟降觀之**(실상차토, 척강관지) : 실제 현장으로 가서 위아래로 오르내리며 살펴보는 것. 「實」은 구수(句首) 조사. 「相」은 보는 것. 《설문해자》권4에 "「상」은 성찰하는 것으로, 시경에 「쥐를 보니 가죽이 있네」라 읊었다(相, 省察也. …… 詩曰, 相鼠有皮.*)"라 했음. 「陟降」은 상하로 오르내리는 것. 《시경 · 대아 · 공유(公劉)》에 "올라가서는 산마루에 계시며, 다시 내려가서는 언덕에 계시네(陟則在巘, 復降在原.)"라 하고, 정현의 전(箋)에 "「척」은 오르는 것, 「강」은 내려가는 것이다(陟, 升也. 降, 下也.)"라 했음.

63 **龍盤**(용반) : 「龍蟠」과 같은데, 용이 서려 있는 굽고 험한 지형. 이백의 〈금릉가를 부르며 범선을 떠나보내다(金陵歌送別範宣)〉에 "용이 서려있는 듯한 종산이 기세 좋게 달려오니, 빼어난 모양은 역양의 나무와 가로로 나뉘었구나(鍾山龍盤走勢來, 秀色橫分曆陽樹.)"라 읊었음.

64 **勝勢交至, 可以有作**(승세교지, 가이유작) : 명승과 형세가 서로 만나는 유리한 곳에 정자와 돈대를 건설할 수 있음을 말한다. 「有作」은 지을 만한 곳.

65 **農之隙**(농지극) : 농한기. 「隙」은 비어 있는 틈.

66 **廓如是營**(확여시영) : 이러한 공정(工程)을 개시할 수 있다. 「廓」은 개척하는 것, 「營」은 건설을 운영하는 것. 「是營」은 정자를 세우는

---

* 예절을 모르는 사람을 비난하는 말. 〈相鼠(상서; 시경 용풍)〉는 쥐를 보는 것을 빙자하여 사람의 무례함을 나무라는 내용의 시.

공정.

67 遂鑱崖坦堙卑(수산애탄인비) : 「崖」는 깎아지른 듯 높은 곳. 「坦」은
어구(語句) 중에 잘못 들어간 연자(衍字)다. 「堙」은 메워 막는 것.
「卑」는 낮은 곳. 높은 언덕을 깎아 낮은 곳을 메우는 것.

68 驅石剪棘(구석전극) : 「驅石」은 난석(亂石)을 깨끗이 제거하는 것.
「剪棘」은 가시나무(荊棘)를 베어 제거하는 것, 난석과 가시나무를
제거하는 것을 말한다.

69 堦高隅(계고우) : 「堦」는 階와 같은 자로, 돈대의 섬돌(臺階)을 만
든다는 동사로 쓰였음. 「隅」는 모퉁이, 외진 곳. 높은 돈대 외진 곳
에 층계를 만드는 것.

70 以門以墉, 乃棟乃宇(이문이용, 내동내우) : 「門」, 「墉」, 「棟」, 「宇」
는 모두 동사로 쓰였다. 「門」은 문을 만드는 것. 「墉」은 성의 담장을
쌓는 것. 「棟」은 대들보를 올리는 것(上樑). 「宇」는 지붕을 덮는 것.

71 閈閎(한굉) : 「閈」은 이문(里門). 「閎」은 항문(巷門). 《좌전·양공
(襄公)31년》(기원전 542년)에 "마을 어귀에 높은 문을 세우고, 객관
을 두른 담장을 두껍게 하여 객관(客館)에 머무는 사절단의 염려를
없애라 하였습니다(高其閈閎, 厚其牆垣, 以無憂客使.)"라 했음.

72 燥濕有庇(조습유비) : 뜨거운 햇볕과 눈비를 피할 수 있도록 정자를
세운다는 말. 《좌전·양공(襄公)37년》에 "우리 같은 소인들도 모두
집을 가지고 있으니, 건조하고 습기 차며 춥고 더운 것을 피한다(吾
儕小人, 皆有闔廬, 以辟燥濕寒暑.)"라 했음.

73 若鱉之湧, 如鵬斯騫(약별지용, 여붕사건) : 「湧」과 「騫」은 새가 날
아오르는 모양. 「斯」는 조사. 정자의 지붕 모서리가 위로 날아오르
는 모습이 마치 자라가 머리를 쳐들고 헤엄치며, 대붕이 날개를 떨
치고 높이 날아가려는 모습을 형용한 말이다.

74 縈流鏡轉, 涵映池底(영류경전, 함영지저) : 정자를 두르고 흐르는

물이 마치 거울이 둘려 있는 것 같고, 정자를 거꾸로 비친 그림자가
호수 밑에서 빛나는 것을 형용한 말.

75 積翠(적취) : 중첩한 녹색, 곧 푸른 산을 형용한 말.

76 五馬踟蹰(오마지주) : 「五馬」는 태수의 수레. 「踟蹰」는 머뭇거리며 배
회하는 것. 한대 악부 〈길 위에 뽕나무(陌上桑)〉에 "태수께서 남쪽에서
와서, 다섯 말을 세워놓고 서성이노라(使君從南來, 五馬立踟蹰.)"라
했음. 길가는 사람들을 머물며 배회하게 하는 곳이라는 말이다.

31-4

長史齊公光乂[77], 人倫之師表[78], 司馬武公幼成[79], 衣冠[80]之
髦彦[81]。錄事參軍吳鎭[82], 宣城令崔欽[83], 令德之後, 良材間生[84]。
縱風教[85]之樂地, 出人倫之高格[86], 卓絶映古, 清明在躬[87]。僉[88]
謀僝功[89], 不日而就。總是役[90]也, 伊二公之力與[91]!

過客沉吟以稱歎, 邦人聚舞以相賀, 僉曰, "我趙公之亭也。"
群寮獻議, 請因謠頌以名之, 則必與謝公北亭[92]同不朽矣!
白以爲謝公德不及後世, 亭不留要衝[93], 無勿拜之言[94], 鮮登
高之賦[95], 方之今日, 我則過矣[96]。

선주장사(宣州長史) 제광예(齊光乂)는 인륜의 사표(師表)가 되
고, 사마(司馬) 무유성(武幼成)은 관료 중의 준걸이로다. 녹사참군
(錄事參軍) 오진(吳鎭)과 선성현령(宣城縣令) 최흠(崔欽) 등은 모두
미덕을 지닌 군자의 후예로서, 세상에서 드물게 나오는 인재들이라
네. 이들은 뛰어난 재능을 민풍 교화의 낙지(樂地)에 거침없이 펼쳐

서 도덕과 인륜 방면의 높은 표준이 되었으며, 고인들의 아름다움에 필적할 만큼 청명한 덕을 몸에 지녔도다. 공적이 드러나도록 함께 도모한 지 며칠 되지 않아 모두 마쳤으니, 이번 공정을 총괄한 저 제광예와 무유성 두 사람의 힘이 아니겠는가!

　지나가는 나그네들은 걸음을 멈추면서 깊이 찬탄하였으며, 군내 사람들도 서로 고무되어 모두 「우리 조공(趙公)이 지은 정자로구나」라고 축하했다네. 여러 관료가 정자의 명성을 노래로 칭송할 수 있도록 건의하였으니, 반드시 사공(謝玄暉)이 세운 북정(北亭)처럼 영원하리로다! 그러나 나(李白)는 사공의 공덕이 후세까지 미치지 못할 것이라고 여겼으니, 북정은 요충에 있지도 않을 뿐만 아니라 소공(召公)처럼 「베지 마라(勿拜)」는 칭찬도 없었으며, 후인들이 북정에 높이 올라 읊조린 시부(詩賦)도 드물었으므로 오늘 비교해보아도 우리 조공이 지은 이 정자가 더 뛰어나다네.

················

77 **長史齊公光乂**(장사제공광예) : 선주장사 제광예를 가리키며, 장사는 주의 자사(刺史) 아래에 둔 관직명. 「齊光乂」는 곧 시광예(是光乂)로,《원화성찬(元和姓纂)》권6 시씨(是氏) 편에 "천보 연간에 비서소감 시광예는 성을 제씨로 바꿨다(天寶秘書少監是光乂, 改姓齊氏.)"라 하고,《신당서·예문지3》유서류(類書類)편의 〈시광예(是光乂)·십구부서어류(十九部書語類)10권〉주에 "개원 말, 비서성 정자에서 집현원 수찬에 제수되고, 뒤에 제씨 성을 하사받았다(開元末, 自秘書省正字上, 授集賢院修撰, 後賜齊姓.)"는 기록이 있다.

78 **人倫之師表**(인륜지사표) : 선주장사 제광예는 덕행과 학식이 우리

들의 모범이 된다는 말. 「師表」는 도덕과 학문이 배울만한 표본이 되는 것. 《사기·태사공자서》에 "나라의 어진 재상과 훌륭한 장수는 백성들의 사표다(國有賢相良將, 民之師表也.)"라 하고, 《남사·심약전(沈約傳)》에도 "채흥종은 늘 여러 아들에게 말했다. 「심기실은 인륜의 사표이니, 마땅히 스승으로 모셔야 한다」(蔡興宗常謂其諸子曰, 沈記室人倫師表, 宜善師之.)"라 했음.

79 司馬武公幼成(사마무공유성) : 선주사마 무유성. 「사마 무유성」은 본 산문 제2장 〈여름날 사마무공과 여러 현인들을 뫼시고 고숙정 연회에서 지은 서문(夏日奉陪司馬武公與群賢宴姑熟亭序)〉에 나오는 사마무공이 바로 무유성임.

80 衣冠(의관) : 고대에 사(士) 이상이 쓰던 관과 복장으로, 여기서는 명문세족이나 신사(紳士)를 가리킨다.

81 髦彦(모언) : 걸출한 인재. 「髦」는 준걸. 「彦」은 재주와 학식을 갖춘 사람. 갈홍(葛洪)의 《포박자(抱朴子)·가둔(嘉遯)》에 "많은 선비가 구름처럼 일어나고, 준걸들이 고기처럼 모여들었네(而多士雲起, 髦彦鱗萃.)"라 했음. 무유성이 관료들 가운데 준걸임을 말한 것이다.

82 錄事參軍吳鎭(녹사참군오진) : 다음 〈선성 오록사의 화상에 대한 찬문(宣城吳錄事畫讚)〉에 나오는 오녹사가 바로 「녹사참군 오진」이다.

83 宣城令崔欽(선성령최흠) : 「崔欽」은 이백의 〈난리를 겪은 후 섬중으로 피난가면서 최 선성현령에게 남겨주다(經亂後將避地剡中留贈崔宣城)〉와 〈장강 가에서 최 선성현령에게 답하다(江上答崔宣城)〉라는 시 가운데의 최선성(崔宣城)이 바로 선성현령 최흠이다.

84 令德之後, 良材間生(영덕지후, 양재간생) : 오진과 최흠 등은 모두 미덕을 가진 군자의 후예로, 위로는 별자리에 응하여 세상에 나온 우수한 인재임을 인정한 것. 《좌전》양공 29년에 "훌륭한 덕을 가진

사람의 후손이 아니었더라면, 뉘라서 이렇게 할 수 있겠는가(非令
德之後, 誰能若是.)"라 했다.

85 **風敎**(풍교) : 풍속과 교화를 말함. 《모시서(毛詩序)》에 "풍속으로
움직이고, 가르침으로 변화시키네(風以動之, 敎以化之.)"라 했다.

86 **高格**(고격) : 고상한 인격. 《삼국지·위지·최염평전(崔琰評傳)》에
"최염은 고상한 인격으로 가장 뛰어났다(崔琰高格最優.)"라 했음.
앞에서 언급한 네 사람이 뛰어난 재능(재화)을 민풍 교화의 낙지에
거침없이 펼쳐서, 도덕과 인륜 방면의 높은 표준으로 뛰어났음을
말한 것이다.

87 **卓絶映古, 淸明在躬**(탁절영고, 청명재궁) : 고인의 아름다움에 필적
할 만큼 청명한 덕을 자신이 지니고 있음을 말한 것. 《예기(禮記)·
공자한거(孔子閒居)》편에 "청명함을 몸에 지녀서, 기개와 의지가
신과 같다(淸明在躬, 氣志如神.)"라 하고, 공영달은 소에서 "성인
은 청정하고 밝은 덕이 몸에 배어있음을 말한 것이다(言聖人淸靜
光明之德, 在於躬身.)"라 했음.

88 **僉**(첨) : 모두.

89 **僝功**(잔공) : 공을 드러내는 것. 《서경·요전(堯典)》에 "공공(共工)
이 지금 일을 모아서 공을 드러내고 있습니다(共工方鳩僝功.)"하
고, 공영달은 소에서 "(共工이) 현재 있는 곳에서 사업을 펼쳐 그
공을 모아 나타낸 것(於所在之方, 能立事業, 聚見其功.)"이라고
했다.

90 **總是役**(총시역) : 이번 공사과정(工程)의 전체를 총괄하고 관리한 것.

91 **伊二公之力與**(이이공지력여) : 모두 저 두 사람의 힘이 아니겠는가.
「伊」는 어조사. 「二公」은 제광예와 무유성.

92 **謝公北亭**(사공북정) : 선성현 북쪽에 있는 사공정(謝公亭). 《방여승
람(方輿勝覽)》권15 〈영국부(寧國府)·선성(宣城)편〉에 "사공정은

선성현 북쪽 2리에 있는데, 옛 경전에서는 사현휘가 영릉내사*를 뵈러가는 범운을 전송한 곳이다(謝公亭在宣城縣北二里, 舊經云, 謝玄暉送范雲零陵內史之地.)"는 기록이 있다.

93 要衝(요충) : 교통의 중요한 도로(要道). 《한서·역이기전(酈食其傳)》에 "진류는 천하의 요충이며, 사통오달하는 서울의 교외다(夫陳留, 天下之要衝, 四通五達之郊也.)"라 했음.

94 無勿拜之言(무물배지언) :《시경·소남·감당(甘棠)》에 "무성한 저 팥배나무 꺾지도 말고 뽑지도 마시게, 소백님이 머무신 곳이라네(蔽芾甘棠, 勿翦勿拜, 召伯所說.)"라 하고, 정현은 전에서 "절하면서 뽑지 말라는 말이다(拜之言拔也.)"라 했음. 여기서는 사공(謝公)은 소공(召公)과 같이 뛰어난 정적(政績)을 남겨 놓은 것이 없지만, 조열은 도리어 세 주에 송덕비(訟德碑)가 있을 정도로 정적이 빛났음을 말한 것이다.

95 鮮登高之賦(선등고지부) : 「鮮」은 적다. 드문 것. 「登高之賦」는 높은 산에 올라 시부를 지어 읊조리는 것. 《한시외전(韓詩外傳)》권7에 "공자가 경산을 유람할 때, 자로·자공·안연이 따랐는데, 공자가 말하기를, 「군자는 높은 산에 올라서는 반드시 시를 읊조려야 하는데, 제자들은 바라는 것이 무엇인가? 원하는 것을 말하면 내가 너희들을 인도하겠다」(孔子遊于景山之上, 子路子貢顏淵從. 孔子曰, 君子登高必賦, 小子願者何? 言其願, 丘將啓汝.)"라 했음. 이상의 두 구는 후인들이 사공의 종적에 대하여 「勿翦勿拜」처럼 사랑하여 추대하는 언어도 없었으며, 또한 후인들이 읊을 수 있는 시편도 남겨 놓지 않았음을 말한 것이다.

96 方之今日, 我則過矣(방지금일, 아즉과의) : 「方」은 서로 비교해서.

---

* 내사는 남제 때 선성태수를 지낸 사조를 가리킨다.

금일 이번의 정황은 다르니, 우리 조공이 지은 이 정자의 명성이
사공의 정자를 뛰어넘는다는 의미임.

31-5

敢詢耆老[97], 而作頌曰,
眈眈[98]高亭, 趙公所營。
如鼇背突兀[99]於太淸[100],
如鵬翼[101]開張而欲行。
趙公之宇, 千載有覩。
必恭必敬, 爰遊爰處[102]。
瞻而思之, 罔敢大語[103]。
趙公來翔, 有禮有章[104]。
煌煌鏘鏘[105], 如文翁之堂[106]。
淸風洋洋[107], 永世不忘。

감히 노인들에게 자문(諮問)하여 다음과 같은 송(頌)을 지었도다.
깊숙하고 높은 정자를 보시게나,
조공이 세운 건물이라네.
자라 등줄기처럼 하늘까지 우뚝 솟아있는데,
대붕이 날개를 펼치고 날아가려는 듯하구나.
조공의 정자는 천 년 동안 볼 수 있으리니,
반드시 공손하고 정중하여야만,
이곳에서 노닐며 휴식할 수 있으리로다.

우러러보며 그리워할 수는 있지만,

감히 큰 소리로 말하지 마시오,

조공의 거동이 예의가 있으며 문채(文彩)가 나는구나.

밝게 빛나는 높은 풍채는 문옹(文翁)의 학당과 같으니,

청풍이 끝없이 드날리듯 영원토록 잊지 않으리라.

....

97 耆老(기로) : 나이가 많으면서 명망이 있는 사람. 《예기·곡례(曲
禮)상》에 "60대는 손가락으로 지시하면서 부리는 시기이며, 70대
는 관직에서 물러나서 가사를 아들에게 물려주는 시기다(六十曰
耆指使, 七十曰老而傳.)"라 했음.

98 眈眈(탐탐) : 「耽耽」으로도 쓴다. 노려보는 모양, 또는 깊고 심오
한 모양. 《문선》권1 장형의 〈서경부〉에 "대하전*은 깊숙하고 심오
하네(大廈耽耽.)"라 하고, 설종(薛綜)은 주에서 「탐탐」은 깊고 심
오한 모양(耽耽, 深邃之貌.)"이라고 했음.

99 突兀(돌올) : 높게 솟아 나온 모습.

100 太淸(태청) : 도교에서 말하는 천도(天道)지만, 하늘을 말하기도
한다.

101 鵬翼(붕익) : 대붕의 날개.

102 爰居爰處(원거원처) : 유람과 휴식. 「爰」은 발어사로, 이에. 《시
경·소아·사간(斯干)》에 "이에 거하고 이에 처하며, 이에 웃고
이에 말하도다(爰居爰處, 爰笑爰語.)"라 했음.

103 大語(대어) : 큰 소리. 호기롭게 하는 말.

104 趙公來翔, 有禮有章(조공래상, 유예유장) : 「翔」은 노니는 것(遊

---

* 李善曰 "三輔三代 故事曰, 大夏殿, 始皇造銅人十枚在殿前."

玩). 조열이 이곳으로 와서 유람하는데, 예의가 있고 문장이 있음을 말한 것.

105 煌煌鏘鏘(황황장장) :「煌煌」은 밝게 빛나는 모습.「鏘鏘」은 높은 모습. 쇠나 돌 등이 울리는 소리가 맑은 것.

106 文翁之堂(문옹지당) :《한서·문옹전(文翁傳)》에 의하면, 문옹은 한 경제(景帝) 말에 촉군 태수를 지내면서 성도(成都)에 학관을 세워 학풍을 진작시킨 사람이다.《방여승람》권51〈성도부(成都府)〉에 "촉지방의 유학은 공(문옹)으로부터 시작되었다. 처음 공이 예전을 세우고 공자와 일흔 두 명의 제자들 초상을 전시해 놓았으며, 전당 오른편 복도에 석실을 만들고 공의 초상을 가운데에 놓았다(文翁, …… 蜀有儒自公始, 初, 公爲禮殿以舍孔子及七十二子之像, 殿右廡作石室, 舍公像於中.)"라고 했음.

107 淸風洋洋(청풍양양) : 정자 가운데로 청풍이 끝없이 상쾌하게 부는 모습인데, 덕행이 멀리 드날림을 몰래 기탁하고 있다.「洋洋」은 느릿느릿 드날리는 모양.

32.
崇明寺佛頂尊勝陀羅尼幢頌 並序
숭명사 불정존승다라니당에 대한 송문 및 병서

    천보 8년(749) 이백이 동노(東魯) 지방을 유람할 때, 노군도독(魯郡都督) 이보(李輔)가 조서를 받들어 〈불정존승다라니경문(佛頂尊勝陀羅尼經文)〉을 새긴 당간지주(幢竿支柱)를 숭명사(崇明寺) 밖에서 절 안으로 운반해 세워놓고, 도수사자(都水使者) 손태충(孫太沖)이 이백을 모셔와 다라니당에 대해 칭송하는 글을 짓도록 요청해서 쓴 송문으로, 이백의 산문 가운데 가장 긴 전문 1,157자나 되는 장편 문장이다.

    이 글에서 다라니 경당(經幢)을 운반한 과정과 경당의 크고 웅장한 모습, 당대 예불의식 및 불사(佛事) 등을 불교 전문용어로 묘사하였는데, 이백의 불교에 대한 높은 식견과 박학다식함을 엿볼 수 있다.

    제목에 나오는 「숭명사」는 노군(魯郡)에 있는데, 노군은 당대 하남도에 속하며, 현재 산동성 연주시(兗州市)다. 「불정존승다라니(佛頂尊勝陀羅尼)」는 경의 이름으로, '존승(尊勝)'은 《법원주림(法苑珠林)》권15 〈천불편(千佛篇)·교량(校量)〉에서 "여래는 하늘과 사람 가운데 가장 존귀하고 뛰어난 분이다(是故如來於天人中最爲

尊勝.)"라 하여 존귀(尊貴)나 존엄(尊嚴)하다는 뜻이며, '다라니(陀羅尼)'는 인도어(梵語)의 음역으로 의역(意譯)하면 총지(總持)인데, 왕기는 "범어 다라니는 중국어로 총지인데, '총통섭지'라고도 부르며 유실되는 것이 없으므로 주문의 다른 이름이다(梵語陀羅尼者, 華言總持. 謂總統攝持, 無有遺失, 卽咒之別名也.)"라고 했다. 「당(幢)」은 경당(經幢)·석당(石幢)이라고도 부르는데, 왕기는 "당은 불가의 깃발(旗) 종류로, 여기서는 돌에 당의 모양을 만들고, 그 위에 다라니를 새겨 넣는 것을 당이라고 한다(幢者, 釋家旛蓋之類, 此則以石爲幢形而刻咒字於其上, 卽謂之幢也.)"라 했으며, 육현호는 다리니경을 당 위에 조각한 돌기둥 모양의 작은 경탑을 가리킨다고 했다.

이 송문은 서언과 송사로 분류되었으며, 내용을 8개 단락으로 나눌 수 있다. 첫 번째 단락에서는 중국 역사상 큰 공적을 끼친 여와(女媧)·대우(大禹)·공자(孔子) 등의 공로에 비교하여 대웅(大雄)이라 불리는 석가모니 부처는 그들보다 신통력이 더욱 위대함을 강조하였으며, 두 번째 단락에서는 노군(魯郡)에 있는 〈불정존승다라니경(佛頂尊勝陀羅尼經)〉의 위신력에 대한 내력과 중국으로 유입된 경과를 서술하고, 아울러 경당에 새긴 조각의 정묘함을 찬미하였다. 세 번째 단락에서는 황제가 내린 조서에 의하여 협소하고 시끄러운 시장에 있었던 석당을 불교사찰로 이전한 사실을 서술하고, 이어서 옮겨온 경당을 돌보지 않아 승려들에게 경앙의 대상되지 못하는 정황을 탄식하였으며, 네 번째 단락에서는 노군 태수 광무백 이보(李輔)가 하급관원인 장사 노공(盧公)과 사마 이공(李公) 등의 협조하에 공사에 진력한 치적을 기술하였다. 다섯 번째 단락에서는 불법에 정통하고 공덕이 원만한 숭명사 율사인 도종(道宗)이 불사를 성공적으로 수행한 후 열반에 들자 신도들이 애도하는 정황을 서술하고, 이어 사중의 주지 등 후계자들이 같은 마음이 되어서 불교의 성스러운 발자취를 수립하는 정황을 기술하였으며, 여섯 번째 단락에서는 숭명사 경당(經幢)을 옮겨 새로 세우는 과정을 상세히 서술하고, 이어서 옮겨놓은 당(幢)의 높고 화려한 모습이 불교의 공덕을 선양할 것이라고 찬미하면서 불사에 참여한 관료들을 송문에 모두 기재할 수 없음을 아쉬워했다. 일곱 번째 단락에서는 송문을 작성하게 된 원인을 설명하고, 이어 도수사자인 손태충의 위인(爲人)과 기이한 공적을 찬양하면서, 이백에게 석당에 대한 송문을 써줄 것을 부탁한 사항을 기술하였으며, 마지막 여덟 번째 단락인 송사는 이 문장의 본문으로서 앞에 나온 서문의 주요 내용을 운문으로 간략하게 읊었는데, 높고 높은 경당의 모습, 태수인 이공의 공적 찬양, 명문을 비석에 새겨 후세에 전한다는 내용 등을 정묘하게 개괄하였다.

이 송문의 본문 가운데에서 율사(律師)인 도종(道宗)이 "천보 8년(749) 5월 1일 열반하였다(天寶八載五月一日示滅.)"는 구절과 그 후에 군수인 이보(李輔)가 당을 세웠다고 하였으므로, 이 송문은 천보 8년에 지었음을 알 수 있다.

32-1

共工不觸山¹, 媧皇不補天², 其洪波汨汨³流。伯禹不治水, 萬人其魚乎⁴! 禮樂大壞⁵, 仲尼不作, 王道其昏⁶乎! 而有功包陰陽, 力掩造化[7], 首出衆聖, 卓稱大雄[8]。彼三者之不足徵矣[9]！

粤[10]有我西方金仙[11]之垂範[12], 覺曠劫[13]之大夢, 碎群愚之重昏[14], 寂然不動[15], 湛而常存[16]。使苦海[17]靜滔天之波, 疑山[18]滅炎崑之火[19], 囊括[20]天地, 置之清涼[21]。日月或墜, 神通自在[22], 不其偉歟！

공공(共工)이 부주산(不周山)에 부딪치지 않고, 여와(女媧)가 하늘을 메우지 않았더라면, 큰 파도가 세차게 흘렀을 것이며, 우(禹) 임금이 홍수를 다스리지 않았더라면, 아마도 많은 사람이 고기밥이 되었을 것이라네! 예법과 음악이 크게 파괴되었을 때, 중니(孔子)가 저술하지 않았더라면 왕도(王道)가 혼미해졌으리라! 그러나 공로가 음양을 감싸고 힘은 조화옹(造化翁)을 가릴 수 있으며, 여러 성인 가운데 으뜸가는 분은 탁월하여 대웅(大雄)이라 불리는 석가모니(釋迦牟尼)이니, 저 앞 세분들은 부처의 공로에 비교해 징험하기에 부족하다네!

서방에 있는 우리들의 금색 부처님은 후세의 모범이 되었으니, 아득한 세월 동안 큰 꿈을 깨닫게 하고, 여러 중생이 깊숙이 빠져있던 우매함을 부수어서, 고요히 움직이지 않는 침잠한 상태에 항상 머물도록 하셨구나. 하늘까지 용솟음치는 고해(苦海)의 파도를 고요하게 만들었고, 곤륜산(崑崙山)처럼 타오르는 의심의 불꽃을 없애버려서, 온 천지를 다 포괄한 채 청량한 경지에 들도록 하였도다. 일월조차도 추락할 때가 있는데, 신통력이 자유자재하신 부처님은 어찌 위대하지 않겠는가!

....
1 共工不觸山(공공불촉산) : 고대 신화로 《국어》·《산해경》·《회남

자》·《사기·삼황본기(三皇本紀)》등에 모두 기록되었다. 《회남자·
천문훈(天文訓)》에 "옛날 공공이 전욱과 황제의 자리를 차지하려고
싸울 때, 노하여 부주산에 부딪히자 하늘의 기둥이 부러지고 땅을
유지하는 줄이 끊어졌다. 하늘이 서북쪽으로 기울어져 해와 달과
별들이 옮겨가니 동남쪽이 채워지지 않아 물과 흙먼지가 그쪽으로
쓸려가 채워졌다(昔者共工與顓頊爭爲帝, 怒而觸不周之山, 天柱
折, 地維絶. 天傾西北, 故日月星辰移焉. 地不滿東南, 故水潦塵埃
歸焉.)"라 했음.

2 媧皇不補天(와황불보천): 와황(媧皇)은 여와(女媧)로, 중국 삼황
시대의 여제(女帝)이며, 복희씨(伏羲氏)의 누이라고 전한다. 《회남
자·남명훈(覽冥訓)》에 "이에 여와는 다섯 빛깔의 돌을 다듬어서
하늘의 터진 틈을 깁고, 자라의 다리를 잘라서 사방에 기둥을 세워
하늘을 떠받쳤으며, 흑룡을 죽여 기주(중국)의 백성들을 구제하고,
갈대 태운 재를 쌓아 넘치는 홍수를 그치게 하였다. 하늘이 보수되
자 우주의 네 기둥도 바르게 되었고, 홍수가 마르자 기주도 평안해
졌으며, 사나운 맹수들이 죽자 백성들도 살아났다. 그리하여 모난
대지를 등지며 살 수 있었고, 둥근 하늘을 품을 수 있게 되었다(於
是, 女媧鍊五色石以補蒼天, 斷鼇足以立四極, 殺黑龍以濟冀州,
積蘆灰以止淫水. 蒼天補, 四極正, 淫水涸, 冀州平, 狡蟲死, 顓民
生. 背方州, 抱圓天.)"라 했음.

3 洪波汩汩(홍파골골): 「洪波」는 홍수. 「汩汩」은 파도가 용솟음치는
모양.

4 伯禹不治水, 萬人其魚乎(백우불치수, 만인기어호): 「伯禹」는 하
(夏)나라 우임금으로, 대우(大禹)라고도 부름. 전설에 의하면 우는
순임금의 명령으로 홍수를 다스렸는데, 13년 동안 세 차례나 집 앞
을 지나면서도 들어가지 않은 채 치수에 전념하여 마침내 성공하였

으므로, 순임금 사후에 부족연맹의 영수(領袖)를 계승하였다. 《좌전·소공(昭公)》원년에 "아름답도다, 우임금의 공적이여! 밝은 덕이 원대하구나. 우임금이 아니었다면 우리들은 고기가 되었으리라(美哉禹功! 明德遠矣. 微禹, 吾其魚乎!)"라 했으며, 또한 《상서·순전(舜典)》에 "백우가 사공이 되었다(伯禹作司空.)"라 하고, 공영달(孔穎達)은 소에서 가규(賈逵)의 말을 인용하여 "「백」은 작위이다. 우는 곤을 대신하여 숭백이 되었다가 내직으로 들어와 천자의 사공이 되었는데, 백작이었으므로 백우라고 불렀다(伯, 爵也. 禹代鯀爲崇伯, 入爲天子司空, 以其伯爵, 故稱伯禹.)"라 했음. 「其」는 「殆」와 같으며, '대개', '아마…… 일까 두렵다'라는 말로 의의(擬議)나 추측(推測)을 나타냄.

5 禮樂大壞(예악대괴) : 춘추시대 주나라의 예악과 제도가 파괴된 것을 가리킴.

6 仲尼不作, 王道其昏(중니부작, 왕도기혼) : 공자가 저술을 정리하지 않았다면, 왕도가 아마도 혼암(昏暗)해졌을 것이라는 말이다. 《사기·공자세가》에 "공자시대에는 주왕실이 쇠퇴해져 예악이 사라지고, 시경과 서경이 훼손되었다. 이에 삼대(夏·商·周)의 《예기》를 찾고 《서전》을 편찬하였는데, 위로는 당요(唐堯)와 우순(虞舜)으로부터 시작하여 아래로는 진나라 목공(穆公)에 이르기까지의 일들을 순서에 따라 정리하였다(孔子之時, 周室微而禮樂廢, 詩書缺. 追跡三代之禮, 序書傳, 上紀唐虞之際, 下至秦繆, 編次其事.)"라 했음. 「仲尼」는 공자(孔丘)의 자.

7 有功包陰陽, 力掩造化(유공포음양, 역엄조화) : 그 공은 음양을 감쌀 수 있고, 힘은 조화옹을 뛰어넘을 수 있음을 말한 것.

8 大雄(대웅) : 불교의 시조인 석가모니의 존칭. 《법화경·수기품(授記品)》에 "큰 영웅으로 용맹스런 세존은 모든 석씨의 법왕이다(大

雄猛世尊, 諸釋之法王.)"라 했음.

9 彼三者之不足徵矣(피삼자지부족징의) : 「三者」는 앞에서 언급한 왜황(媧皇), 백우(伯禹), 중니(仲尼)를 가리킴. 「徵」은 증험(證驗). 《회남자·수무훈(修務訓)》에 "노래는 즐겁다는 증거이고, 울음은 슬픔이 표현된 것이다(歌者, 樂之徵也. 哭者, 悲之效也.)"라 하고, 고유(高誘)는 주에서 "「징」은 응하는 것이고, 「효」는 증험이다(徵, 應也. 效, 驗也.)"라 했음. 여기서는 여러 성인을 벗어나서 첫손가락을 꼽을 수 있는 이는 탁월하여 대웅이라 불리는 석가모니인데, 그에 비교하여 세분의 공은 응험(應驗)을 증명하기에 부족하다는 말이다.

10 粵(월) : 어조사.

11 金仙(금선) : 부처(佛)를 가리킴. 《대지도론(大智度論)》9권에 "이 현겁*가운데 네 부처가 있으니, 첫 번째 부처는 가라구손타, 두 번째 부처는 가나가모니인데, 중국어로 금선인이다(是賢劫中有四佛, 一名迦羅鳩飡陀, 二名迦那伽牟尼, 秦言金仙人也.)"라 했음.

12 垂範(수범) : 범례를 가르치며 보여줘서 후세에 모범이 되도록 하는 것. 《송서·사령운전론(謝靈運傳論)》에 "행실이 발라 앞에서 뛰어나니, 후학들의 모범이 되었다(方軌前秀, 垂範後昆.)"라 했음.

13 曠劫(광겁) : 불교어로, 아득히 오래된 겁. 매우 오래된 과거의 시기. 《마가지관(摩訶止觀)》권5 상에 "대개 병든 눈(翳眼)**으로는 가까운 것도 보지 못하는데, 어떻게 멀리 볼 수 있으랴. 미륵이 오랜 옛날에 태어났어도 세계 안의 한 모퉁이도 보지 못하였는데, 하물며 세계 밖의 가장자리 표면을 어찌 볼 수 있겠는가?(凡眼翳尙不見近,

---

* 현재의 1대겁(大劫)으로, 이 기간에 수많은 현인이 나타나 중생을 구제한다고 하여 이처럼 일컬음.
** 중생의 전도된 눈으로 병안(病眼)을 가리킴.

那得見遠. 彌生曠劫, 不覩界內一隅, 況復界外邊表.)"라 했음.

14 重昏(중혼) : 지극히 어리석고 사리에 어두운 것, 심하게 우매(愚昧)하고 혼용(昏庸)한 것. 왕좌(王巾)의 〈두타사비문(頭陀寺碑文)〉에 "네거리에 지혜의 해가 빛을 발하면, 바로 깊은 우매함에서 쉽게 깨달을 것이다(曜慧日於康衢, 則重昏易曉.)"라 하였고, 이선은 주에서《두타경(頭陀經)》을 인용하여 "심왕보살이 말씀하시기를, 「나의 견해가 전도되고 가려져서 독한 술을 섞어 마신 것처럼 깊은 우매함에 늘 빠져있다면, 어떻게 깨달음을 얻을 수 있겠는가? 자비로운 마음으로 보고 말하여야 깨달음을 얻을 수 있을 것이다.(心王菩薩曰, 我見覆蔽, 飮雜毒酒, 重昏常寢, 云何得悟? 慈心示語, 使得開解.)"라 했음.

15 寂然不動(적연부동) : 번뇌가 없는 적정(寂靜)의 상태에 있는 것. 「寂然」은 심신이 안정되어 잡념이 없는 상태. 《주역·계사(繫辭) 상》에 "역은 아무런 사고도 행위도 없이 적연부동하다가 일단 감응하면 천하의 모든 이치에 통한다(易無思也, 無爲也, 寂然不動, 感而遂通天下之故.)"라 했음.

16 湛而常存(담이상존) : 깊이 침잠하여 오래도록 머물게 하는 것. 「湛」은 깊고 두터운 모양. 《남제서(南齊書)·고환전(顧歡傳)》에 "신선이 되는 것은 변형을 으뜸으로 치고, 열반은 도신을 우선으로 한다. 변형은 흰머리를 검게 하지만 죽지 않을 수는 없다. 도신은 번뇌와 미혹함을 날마다 덜어내어 담연히 오래 머물 수 있었다(仙化*以變形爲上, 泥洹(涅槃)以陶神爲先. 變形者, 白首還緇, 而未能無死. 陶神者, 使塵惑日損, 湛然常存.)"라 했다.

---

* 「신선(神仙)이 된다」는 뜻으로, 「늙어서 병(病)이나 탈이 없이 곱게 죽음」을 일컫는 말.

17 苦海(고해) : 불교용어로 속세의 무수한 번뇌와 끝없는 고난을 비유함. 《법화경·수량품(壽量品)》에 "내가 모든 중생을 보니, 고통의 바다에 빠져 있구나(我見諸衆生, 沒在於苦海.)"라 했다.

18 疑山(의산) : 앞 구 「고해」와 대구가 되는 말로, 거대한 의혹을 비유함.

19 炎崑之火(염곤지화) : 매우 큰 화재의 비유. 《서경·윤정(胤征)》에 "곤륜산에 불이 나면 옥과 돌이 함께 탄다(火炎崑岡, 玉石俱焚.)"고 했음. 이 두 구에서는 번뇌와 고난을 평정시켜서 일체의 의심과 염려를 소멸시키는 것을 말한다.

20 囊括(양괄) : 자루의 주둥이를 동여맴을 뜻하며, 여기서는 천지를 온통 포괄(包括)하는 것. 이사(李斯)의 〈과진론(過秦論)〉에 "온 세상을 손아귀에 넣고, 팔방(八方)을 아울러 삼키려는 마음을 가지고 있습니다(囊括四海, 幷吞八荒之心.)"라 했음.

21 淸凉(청량) : 불가어로 일체의 사랑하고 미워하는 마음을 끊고, 청정한 삼매의 경지에 도달하는 것을 말한다. 《대집경(大集經)》권14에 "삼매는 청량이라고도 부르는데, 미움과 사랑을 끊을 수 있기 때문이다(有三昧, 名曰淸凉, 能斷離憎愛故.)"라 했음.

22 神通自在(신통자재) : 불법에서 신통하고 자연스런 존재인 부처를 말한다.

32-2

魯郡崇明寺南門佛頂尊勝陀羅尼石幢者, 蓋此都之壯觀。昔善住天子[23]及千大天[24]遊于園觀, 又與天女遊戲, 受諸快樂。即於夜分中聞有聲曰,「善住天子七日滅後當生, 七反畜生之身。」
於是如來[25]授之吉祥眞經, 遂脫諸苦, 蓋之天徵爲大法印[26], 不
可得而聞也。

　我唐高宗[27]時, 有罽賓[28]桑門[29]持入中土。猶日藏[30]大寶, 清園
虛空, 檀金[31]淨彩, 人皆悅見。所以山東開士[32], 舉國而崇之。
時有萬商投珍, 士女雲會, 衆布蓄沓如陵[33]。琢文石於他山[34],
聳高標[35]於列肆[36]。鑱珉錯彩[37], 爲鯨爲螭[38], 天人海怪[39], 若叱
若語。貝葉[40]金言[41]刊其上, 荷花水物形其隅[42]。良工草萊, 獻
技而去[43]。

　노군(魯郡) 숭명사 남문에 있는 불정존승타라니석당은 이 읍내
건축물 가운데 장관이로다. 예전에 선주천자(善住天子)가 여러 천
신(天神)들과 원관(園觀)에서 노닐면서, 또 천녀(天女)들과도 가지
가지 쾌락을 누렸는데, 한밤중「선주천자는 7일 후에 죽었다가, 일
곱 차례에 걸쳐 축생의 몸으로 태어날 것」이라는 음성을 들었다네.
그래서 여래(如來; 부처)에게 한 부의 길상진경(吉祥眞經)을 받아
읽은 후에 바로 많은 고통에서 벗어날 수 있었으니, 이 진경은 하늘
에서 가장 위력있는 불법의 큰 인장(印章)으로서 세간에서는 들을
수 없는 것이로다.

　당 고종(高宗) 때 계빈국(罽賓國) 승려가 다라니경을 지니고 중
국으로 들어왔는데, 큰 보물인 일장경(日藏經)처럼 청원(淸園)의 허
공에 자단(紫檀) 황금빛을 발산하자 사람들이 모두 이 경전을 보고
기뻐했다네. 그래서 산동(山東)*일대 승려들이 거국적으로 이 경

---

* 여기서는 태행산(太行山) 동쪽 지역.

전을 숭상하였도다. 당시의 많은 상인들은 귀중한 보물을 바치고 신사 숙녀들은 구름처럼 모였으며, 대중들이 보시한 재물이 언덕처럼 쌓였구나. 다른 산에 있는 무늬 난 돌을 다듬어서 시가지의 표지로 높이 세운 경당이여, 옥돌을 채색하여 고래와 교룡을 새겼는데, 천신과 바닷속 괴물들이 꾸짖고 말하는 듯 하였다네. 패엽(貝葉) 경문을 그 위에 새겨 넣고 연꽃과 수초(水草) 도안으로 모퉁이를 장식하였는데, 훌륭한 석공(石工)들은 석당(石幢)을 조각한 후 기예를 바치고 떠나가는구나.

....

23 善住天子(선주천자) : 불교에서 도리천(忉利天)의 여러 천자 가운데 하나임. 《불정존승타라니경(佛頂尊勝陀羅尼經)》에 "그때 3십3천(忉利天)의 선법당회에 선주라는 천자가 여러 천신과 원관에서 노닐면서 아주 훌륭한 천상의 존귀함을 받았으니, 천녀들에게 앞뒤로 둘러싸여 여러 종류의 음악으로 행복하게 노래부르며, 온갖 즐거움을 누렸도다. 해 질 무렵 선주 천자가 문득 소리를 들었으니, 「선주천자는 이레 후에 목숨이 다할 것이며, 명이 다하면 남섬부주(南贍部洲)에서 일곱 번 축생의 몸을 받아 태어난 뒤에 지옥의 고통을 받을 것이다. 지옥에서 나온 뒤에는 다행히 사람 몸을 받으나 빈천한 집에 태어날 것이며, 어머니 태 속에서부터 두 눈이 없을 것이라네」. 이 소리를 들은 선주천자는 놀랍고 무서워 머리털이 모두 곤두섰으며, 근심스러워 즐겁지 않았다. 재빨리 제석천에게 달려가 슬피 울부짖으며, 한없는 두려움에 사로잡혔다. …… … 부처님이 미소를 지으며 제석천에게 말씀하시기를, 「천제께서 다라니를 가지고 있는데 여래불정존승(如來佛頂尊勝)이라 부른다네. 이는 모든 악도를 깨끗이 할 수 있고, 모든 생사 고뇌를 제거하며, 모든 지옥의 염라왕

계와 축생의 고통을 면하게 하며, 또 모든 지옥을 부수고 선도(善道)로 돌아가게 할 수 있도다. 천제여, 이 불정존승다라니는 어떤 사람의 귓가에 한 번이라도 스치기만 해도 전생에 지은 일체 악업이 모두 소멸하고, 바로 청정한 몸을 얻게 되느니라. 태어나는 곳마다 잊지 않고 기억하여서 한 부처님 세계에서 다른 한 부처님 세계에 이르고, 한 하늘에서 다른 한 하늘에 이르러서 삼십 삼천세계를 두루 편력해도 태어나는 곳마다 잊어버리지 않고 기억하느니라.(爾時三十三天於善法堂會, 有一天子名曰善住, 與諸大天遊於園觀, 又與大天受勝尊貴, 與諸天女前後圍繞, 歡喜遊戲, 種種音樂, 共相娛樂, 受諸快樂. 爾時善住天子即於夜分聞有聲言, 善住天子卻後七日命將欲盡, 命終之後, 生贍部洲, 受七返畜生身. 即受地獄苦. 從地獄出, 希得人身, 生於貧賤, 處於母胎即無兩目. 爾時, 善住天子聞此聲已, 即大驚怖身毛皆豎, 愁憂不樂. 速疾往詣天帝釋所, 悲啼號哭. 惶怖無計. …… 佛便微笑告帝釋言, 天帝有陀羅尼, 名爲如來佛頂尊勝, 能淨一切惡道, 能淨除一切生死苦惱, 又能淨除諸地獄閻羅王界畜生之苦, 又破一切地獄, 能回向善道. 天帝, 此佛頂尊勝陀羅尼, 若有人聞一經於耳, 先世所造一切地獄惡業, 悉皆消滅, 當得清淨之身. 隨所生處憶持不忘, 從一佛刹至一佛刹, 從一天界至一天界, 遍歷三十三天, 所生之處憶持不忘.)"라 했는데, 이하 본문의 10구는 이 뜻을 사용하였다.

24 大天(대천) : 불교에서 대중부의 창시자. 산스크리트어로 마하데바(Mahādeva)*이며, 「마하제바(摩訶提婆)」로 음역되는데, 여기서는 천신(天神)을 가리킨다.

---

* 대중부 사상가. 생몰연대 미상. 아소카왕의 아들 마힌다(기원전 3세기)의 스승이다.

25 **如來**(여래) : 석가모니 부처의 10종 명호*가운데 하나. 부처가 항상 자신을 부르는 칭호로, 「여실히 오는 자」, 「진여(眞如)에서 오는 자」라는 뜻이며, 진여 세계에서 와서 진여를 깨치고 여실한 생활을 한 뒤에 가는 이로서 부처와 같은 뜻이다.

26 **大法印**(대법인) : 부처 가르침(불법)의 큰 도장(印璽), 큰 표지(標識). 《지도론(智度論)》권22에 "불법의 인가를 얻어서 막힘없이 통달하였으므로, 왕의 옥새를 얻은 것처럼 어려움이 남아 있지 않았다(得佛法印, 故通達無礙, 如得王印, 則無所留難.)"라 했음. 「法印」은 불교를 외도와 구별하는 표지라는 뜻으로, 불법(佛法)의 진실함과 영원불변함을 나타내는 말. 《대반야바라밀다경(大般若經)》에 "이는 부처의 진실한 불인이며, 또한 모든 성문승과 연각승의 진실한 법인이기도 하다(是如來眞實法印, 亦是一切聲聞緣覺眞實法印.)"라 했음.

27 **唐高宗**(당고종) : 당 3대 황제인 이치(李治; 650-683년 재위).

28 **罽賓**(계빈) : 지금의 아프가니스탄 동북쪽 일대에 있는 서역국의 이름. 이곳은 불교 대승파의 발원지로, 한 대 이후 이곳의 많은 승려가 중국으로 와서 역경(譯經)을 전하고 가르쳤다.

29 **桑門**(상문) : 사문(沙門)이라고도 부르며, 계율을 지키며 수도하는 출가한 승려. 《후한서・교사지(郊祀志)》에 "사문은 중국말로 마음을 가라앉히는 것이다. 머리를 깎고 출가하여 속세의 욕망과 인연을 끊고 무위도에 귀의하는 것이다. 서응(瑞應)은 마음을 조용히 하고 근본에 도달하므로 사문이라고 부른다고 했다(沙門, 漢言息心. 削

---

* 부처의 십종 명호는 여래(如來), 응공(應供), 정변지(正遍智), 명행족(明行足), 선서(善逝), 세간해(世間解), 무상사(無上士), 조어장부(調御丈夫), 천인사(天人師), 불세존(佛世尊)이다.

髮去家, 絶情世欲, 而歸於無爲也. 瑞應云, 息心達本源, 故號爲沙門.)"고 기록되었음. 「계빈상문(罽賓桑門)」은 서역 계빈(罽賓)국의 승려. 《번역명의집(飜譯名義集)》권1〈종번역주편(宗飜譯主篇)〉제11에 "부처(佛陀) 파리(波利)는 당나라에서는 각호라 부르며, 계빈국 사람이다. 몸을 버리고 도를 쫓아서 신령스런 자취를 두루 볼 수 있었는데, 문수보살이 청량산에 있다는 말을 듣고, 멀리 유사(流沙)를 건너와 직접 알현하고자 했다. 천황(당고종) 의봉 원년(676)에 주장자를 짚고 오대산에서 성스런 용모를 뵙고자 경건히 예를 올리니, 홀연히 한 노인이 산에서 나와 바라문어로 파리에게 이르기를, 「그대는 무엇을 구하려고 하는가?」, 파리는 「문수보살께서 산에 숨어 있다는 소문을 듣고 직접 뵙고자 왔습니다」, 노인은 「그대는 《불정존승타라니경》를 가져왔는가? 이 땅 중생들은 많은 죄를 지었는데, 불정경을 주문으로 빌면 죄를 없애주는 비방이 된다네. 만약 경을 가져오지 않았다면 와도 이익이 없을 것이니, 설사 문수를 만난다 해도 어떻게 알아보겠는가? 서역국에서 경전을 가져오면, 이 제자가 문수가 있는 곳을 보여 드리겠네」라고 하자, 파리는 예를 드리고 고개를 들어보니 노인이 보이지 않았다. 마침내 본국으로 돌아가 경전을 얻어 천황에게 아뢰며 바치자, 황제는 두행의와 일조 삼장으로 하여금 궐내에서 공역하도록 하니, 경전은 궁내에 있게 되었다. 파리가 울면서 아뢰기를, 「경전의 뜻이 사람에게 이익이 되도록 한 것이므로, 널리 펴서 유행시키고자 합니다」. 황제는 그 뜻을 가상히 여겨 번역본을 보관하고 범어본 경전을 돌려주었다. 파리는 서명사로 가서 순정스님과 《불정존승타라니경》을 공역하여 원하는 것을 모두 마치자, 범어본 경전을 지닌 채 오대산으로 들어갔는데, 지금까지 나오지 않았다(佛陀波利, 唐云覺護, 罽賓國人, 忘身徇道, 徧觀靈跡. 聞文殊在淸凉山, 遠涉流沙, 躬來禮謁. 天皇儀鳳

元年, 杖錫五臺, 虔禮聖容. 倏見一翁從山出來, 作婆羅文語, 謂波利曰, 師何所求. 波利曰, 聞文殊隱山, 來欲瞻禮. 翁曰, 師將佛頂尊勝陀羅尼經來不? 此土衆生, 多造諸罪, 佛頂咒, 除罪秘方. 若不將經, 徒來無益. 縱見文殊, 何必能識. 可還西國取經, 傳此弟子, 當示文殊所在. 波利作禮, 擧頭不見老人. 遂反本國, 取得經來. 狀奏天皇, 遂令杜行顗及日照三藏於內共譯, 經留在內. 波利泣奏, 志在利人, 請布流行. 帝愍專志, 遂留所譯之經, 還其梵本. 波利將向西明與僧順貞共譯佛頂尊勝陀羅尼經, 所願已畢, 持經梵本, 入於五臺於今不出.)"는 기록이 있다.

30 日藏(일장) : 불교 경전 이름으로, 〈대승대방등일장경(大乘大方等日藏經)〉등이 일장경의 약칭이다.

31 檀金(단금) : 자단금광(紫檀*金光). 왕기는 《화엄경》을 인용하여 "천상의 염부단금과 비교할 수 있는데, 오직 심왕의 대마니주를 제외하고 나머지 보물들은 이에 미치지 못한다(譬如天上閻浮檀金, 惟除心王大摩尼寶, 餘寶無及者.)"라 했음. 여기서는 다라니경의 광명을 비유한 것으로, 이 경은 일장불법과 같이 청원의 허공중에 자단 황금색의 광채를 발산하여 사람들이 모두 기뻐하면서 보았다는 말이다.

32 山東開士(산동개사) : 「山東」은 태항산(太行山) 동쪽지역으로, 노군(魯郡)도 포함됨. 「開士」는 덕행이 있는 승려로, 불교에서 보살의 별칭이며, 후에는 승려에 대한 경칭으로 쓰였다. 《석씨요람(釋氏要覽)》상에 "《경음소》에서 개(開)는 달통하고 밝으며 깨닫는 것이다. 불경 가운데서 흔히 보살을 개사라 불렀는데, 전진왕 부견은 사문**

---

* 자단은 인도산 활엽 상록 교목.
** 사문은 출가하여 불문(佛門)에 들어 도를 닦는 사람.

가운데 덕을 갖추고 깨달은 자에게 개사라는 칭호를 주었다(經音疏云, 開, 達也, 明也, 解也. 經中多呼菩薩爲開士, 前秦符堅賜沙門有德解者, 號開士.)"고 했음.

33 沓如陵(답여릉) : 「沓」은 잡답(雜沓)으로, 쌓여서 일어난 모습. 「沓如陵」은 산같이 쌓인 것으로, 보시(布施)가 많은 것을 가리킨다.

34 琢文石於他山(탁문석어타산) : 남의 산에 있는 무늬 난 돌로 조각해서 경당을 만드는 것. 「文石」은 무늬가 있는 돌. 《산해경ㆍ중산경(中山經)》에 "여러 산들을 바라보니, 산 남쪽에는 금이 많이 나고, 북쪽에는 문석이 많이 난다(瞻諸之山, 其陽多金, 其陰多文石.)"라 했음. 「他山」은 다른 사람의 산. 《시경ㆍ소아ㆍ학명(鶴鳴)》에 "다른 산의 못생긴 돌멩이라도, 나의 옥을 갈 수 있다네!(他山之石, 可以攻玉.)"라 읊었다.

35 聳高標(용고표) : 「高標」는 높은 표지(標誌)로 경당(經幢)을 가리키며, 경당을 높이 세워서 표지로 삼는 것을 말한다.

36 列肆(열사) : 상가, 시가지(市街地). 《사기ㆍ평준서(平準書)》에 "지금 홍양령과 아전들이 시가지에 벌려 앉아서 물건을 팔아 이익을 구하고 있다(今弘羊令吏坐市列肆, 販物求利.)"라 했음.

37 鑱瑉錯彩(참민착채) : 「鑱」과 「錯」은 옥석을 조각하는 공구이지만, 여기서는 동사로 쓰였음. 「瑉」은 아름다운 옥. 경당위에 고래ㆍ교룡ㆍ천신ㆍ해괴 등의 도상과 도상을 조각한 것을 묘사하였다.

38 爲鯨爲螭(위경위리) : 「鯨」은 고래. 「螭」는 뿔 없는 용으로, 전설에는 용이 낳은 아홉 자식중 하나라고도 함. 《설문해자》에 "「리」는 용과 같으며, 노란색으로, 북방에서는 지루(땅강아지)라고 부른다. 곤충류로 음이 「리」이며, 혹은 뿔 없는 용이라고도 한다(螭, 若龍而黃, 北方謂之地螻, 從蟲, 離聲, 或無角曰螭.)"라 했음.

39 天人海怪(천인해괴) : 「天人」은 천신(天神). 「海怪」는 바다 속 괴물.

40 貝葉(패엽) : 패다라엽(貝多羅葉)의 약칭. 옛날 인도(印度)에서 바늘로 경문(經文)을 새기는 다라수(多羅樹)의 잎. 이 잎을 물에 담근 후에 종이를 대신하여 패다라 잎에 새긴 경문을 패다라 경, 혹은 패엽경이라 한다. 《유양잡조(酉陽雜俎)》(권18)에 "패다 나무는 마가타국에서 생산되는데, 크기가 6-7장으로 겨울을 지내도 시들지 않는다. 이 나무는 세 종류가 있는데, 하나는 다라파력차패다이고, 두 번째는 다리파력차패다이며, 세 번째는 부도파력차다패다이다. 다라(多羅)와 다리(多梨)는 그 잎을 표시한 것이며, 부도는 한 가지 색으로 그 껍질을 표시한 것이다. 「패다(貝多)」는 인도어인데 한어로 번역하면 「엽(葉)」이며, 파력차패다는 한어로 잎과 나무다. 서역의 불교경서들은 이 세 종류의 나무껍질과 잎을 사용해서 보호할 수 있으므로 5-6백년을 유지할 수 있었다(貝多, 出摩伽陀國, 長六七丈, 經冬不凋, 此樹有三種, 一者多羅娑力叉貝多, 二者多梨娑力叉貝多, 三者部闍娑力叉多貝多. 多羅多梨, 並書其葉. 部闍一色, 取其皮書之. 貝多是梵語, 漢翻爲葉. 娑力叉貝多者, 漢言葉樹也. 西域經書, 用此三種皮葉, 若能保護, 亦得五六百年.)"라 했음. 여기서는 패엽에 쓴 불경경문을 석당 위에 새겨 넣은 것을 말한다.

41 金言(금언) : 불경의 경문(經文)을 가리키는데, 부처의 말씀을 기록하였으므로 금언이라 함.

42 荷花水物形其隅(하화수물형기우) : 경문의 주변에는 연꽃, 수초, 등의 도안으로 장식하였다는 말.

43 良工草萊, 獻技而去(양공초래, 헌기이거) : 「草萊」은 개벽(開闢)이나 초창(草創). 「辟草萊」의 뜻, 곧 석당을 조각하는 것. 여기서는 기예가 뛰어난 석공이 석당을 조각하는 기예를 바치고 떠나갔음을 말한 것이다.

32-3

聖君垂拱[44]南面[45], 穆清[46]而居, 大明[47]廣運[48], 無幽不燭。

以天下所立茲幢, 多臨諸旗亭[49], 喧囂[50]湫隘[51], 本非經行網繞[52]之所。乃頒下明詔[53], 令移於寶坊[54]。吁！百尺中標, 蠹若雲斷[55], 委翳[56]苔蘚, 周流[57]星霜[58]。俾龍象[59]興嗟[60], 仰瞻無地, 良可歎也。

성스러운 군왕(君王)이 옷깃을 드리우고 팔짱 낀 채 남쪽을 향해서 청화(淸和)한 풍도(風度)로 만물을 화육(化育)시키니, 큰 광명이 넓고 아득하여 촛불을 밝히지 않아도 어두운 곳이 없구나.

세상에서 이러한 경당을 세운 곳은 대부분 시장의 주루(酒樓)에 가까웠으므로 시끄럽고 협소하여, 본래 당(幢) 주위를 돌며 예경하고 그물을 씌우는 장소로 적합하지 않았다네. 그래서 (불정존승타라니당을) 사찰(寶坊) 안으로 옮기도록 조서(詔書)를 반포하였도다. 아! 경당이 백 척 높이의 표지로 구름을 끊는 듯 곧게 세워졌어도, 돌보지 않아 이끼 낀 채 많은 세월을 지내왔다네. 용과 코끼리같은 고승들이 감탄하면서도 우러러 바라볼 수 있는 장소가 없으니, 진정 탄식할 일이로다.

················

44 垂拱(수공) : 「수의공수(垂衣拱手)」로, 옷을 드리우고 손을 맞잡는 것. 고대에 제왕들이 무위이치(無爲而治)하여 태평 무사한 상태를 형용한 말. 《상서·무성(武成)》에 "옷을 늘어뜨리고 팔짱을 끼고 있어도 천하가 다스려졌다(垂拱而天下治.)"라 했음.

45 南面(남면) : 고대에는 남쪽을 향하는 자리를 존귀한 지위로 여겼는데, 제왕의 자리는 남쪽을 향하였으므로 임금이 거처하는 자리를

남면이라 하였음. 《역경·설괘전(說卦傳)》에 "성인은 남쪽을 향해 앉아서 천하의 소리를 듣고, 밝은 곳을 향하여 공정하게 다스린다(聖人南面而聽天下, 向明而治.)"고 했음.

46 穆淸(목청) : 《시경·대아·증민(蒸民)》에 "산들바람 불어오듯 훈훈하네(穆如淸風)"에서 나온 말로, 사람들의 성정을 도야하여 청화한 풍도로 만물을 화육시킨다는 말. 고대에는 천자나 덕이 있는 사람을 칭송하는 데 사용하였는데, 천자가 미덕으로 정치를 맑게 교화시켜 천하가 태평한 것을 비유하였다. 《사기·태사공자서(太史公自序)》에 "한나라가 세워진 이래 영명한 천자가 상서로운 징조를 얻어 봉선을 행하였으며, 해와 달이 시작하는 날을 고치고 관복의 색을 바꿔서, 미덕으로 교화를 이루라는 천명을 받아 베푼 은혜가 끝없이 미쳤다(漢興以來, 至明天子, 獲符瑞, 封禪, 改正朔*, 易服色, 受命於穆淸, 澤流罔極.)"고 했음.

47 大明(대명) : 일월이나 태양을 가리킨다. 《주역·건괘》에 "마침과 시작함을 크게 밝히면, 여섯 위가 때맞춰 이루어진다(大明終始, 六位時成.)"라 하고, 이정조(李鼎祚)는 《집해(集解)》에서 후과(侯果)의 말을 인용하여 "대명은 해다(大明, 日也.)"라 했음.

48 廣運(광운) : 넓고 아득한 것(廣遠). 《서경·대우모(大禹謨)》에 "요임금님의 덕이 널리 미쳤다(帝德廣運.)"라 하고, 공전에 「광」은 덮는 것이 크고, 「운」은 미치는 바가 먼 것(廣爲所覆者大, 運爲所及者遠.)"이라 했음.

49 旗亭(기정) : 시장의 다관(茶館)과 주루(酒樓)를 가리킴. 《문선》권2 장형의 〈서경부〉에 "기정이 다섯 겹으로 있네(旗亭五重)"라 하고,

---

* 정삭(正朔)에서 정(正)은 한 해의 첫째 달이고, 삭(朔)은 한 달의 초하루이다. 여기서는 새로운 역법을 시행하는 것을 말함.

설종(薛綜)은 주에서 "「기정」은 시장의 누각이다. 높은 곳에 세워졌으므로 그렇게 불렀다(旗亭, 市樓也. 立其於上, 故取名焉.)"고 했음.

50 喧囂(훤효) : 왁자지껄하다. 소란스러운 것.

51 湫隘(추애) : 좁은 것. 《좌전·소공(昭公) 3년》에 "그대의 집이 시장과 가까워 습하고 협소하며, 시끄럽고 먼지가 날려 거주할 수 없도다(子之宅近市, 湫隘囂塵, 不可以居.)"라 하고, 두예는 주에서 "「추」는 아래, 「애」는 작은 것(湫, 下. 隘, 小.)"이라 했음.

52 經行網繞(경행망요) : 왕기의 주에서 "「경행」은 승려와 재중들이 당 주위를 따라 돌면서 예경하는 마음을 내는 것을 말하고, 「망요」는 그 당의 주위를 그물로 싸서 참새무리들이 둥지를 틀거나 더럽히지 못하도록 한 것을 말한다(經行, 謂僧衆週幢循行, 所以致其敬禮之心. 網繞, 謂以網圍繞其幢, 所以使鳥雀不得棲止汚穢.)"라 했음.

53 明詔(명조) : 황제가 내리는 조서의 미칭.

54 寶坊(보방) : 불교 사찰의 미칭으로, 왕기는 주에서 인도에서는 불전에 공양을 올릴 때 항상 칠보로 장식하였으므로 불사(佛寺)를 보방으로 불렀다고 하였다. 양 간문제(簡文帝)의 〈답상동왕서(答湘東王書)〉에서 "보방에는 은북이 울리고, 향지에는 금수레가 굴러갑니다. 서방에서는 부처님에게 공양하는 전각은 칠보로 장식하므로, 승방을 보방이라 부릅니다(鳴銀鼓於寶坊, 轉金輪於香池. 西方供佛宮殿, 以七寶增飾, 故爲僧坊曰寶坊.)"라 했음.

55 百尺中標, 矗若雲斷(백척중표, 촉약운단) : 경당이 백척 높이의 표지로, 하늘의 구름을 끊는 것 같이 높게 세워진 것을 이름.

56 萎翳(위예) : 버려서 돌보지 않고 은폐시키는 것. 《운회》에 "「예」는 숨기는 것, 가리는 것, 가로막는 것(翳, 隱也, 奄也, 障也.)"이라 했음.

57 **周流**(주류) : 주행, 운행하는 것. 《주역·계사(繫辭)하》에 "도라는 것은 자주 옮겨 다니고, 변동하면서 머무르지 않는다. 우주에 두루 흘러 올라가고 내려옴이 무상하고, 강함과 부드러움이 번갈아 바뀌니, 한 자리에 고정된 법규가 될 수 없다(爲道也屢遷, 變動不居, 周流六虛, 上下無常, 剛柔相易, 不可爲典要.)"라 했음.

58 **星霜**(성상) : 세월. 여기서는 석당을 이끼가 끼도록 황야에 내버려 둔 채 많은 세월이 지나왔음을 말한다.

59 **龍象**(용상) : 용과 코끼리. 지혜와 덕이 높고 뚜렷한 행적이 있는 승려에 대한 사후(死後) 호칭. 물에서는 용의 힘이 가장 세고, 뭍에서는 코끼리의 힘이 가장 센 동물이므로, 이 두 동물을 비유하여 불교에서는 아라한(阿羅漢)을 용상이라고 했으며, 뒤에는 고승을 가리키는 말로 사용되었다. 《대지도론(大智度論)》권3에 "나가(那伽)를 용이나 코끼리라고 부른다. 이 5천 명의 아라한은 많은 아라한 가운데 힘이 가장 세므로, 이를 가리켜 용과 같고 코끼리와 같다고 말한다. 물속에서는 용이 힘이 가장 세고 뭍에서는 코끼리의 힘이 가장 세기 때문이다(那伽, 或名龍, 或名象. 是五千阿羅漢, 諸阿羅漢中最大力, 以是故言如龍如象. 水行中龍力最大, 陸行中象力最大.)"라 했음. 두보(杜甫)의 〈산사(山寺)〉에 "용과 코끼리 같은 스님의 울음소리가 들리니, 족히 신도들을 슬프게 하는구나(如聞龍象泣, 足令信者哀.)"라 했으며, 이백의 〈선주 영원사의 중준 스님에게 드리다(贈宣州靈源寺仲濬公)〉시에 "이 중에는 용과 코끼리같은 고승이 모여 있는데, 홀로 준 스님이 뛰어나다고 인정받았구나(此中積龍象, 獨許濬公殊.)"라 했다.

60 **興嗟**(흥차) : 감탄을 불러일으키는 것. 양 간문제(簡文帝)의 〈답상동왕서(答湘東王書)〉에 "갈림길에서는 탄식했지만, 강을 바라보고는 감탄했노라(臨岐有歎, 望水興嗟.)"라 했음.

我太官[61]廣武伯[62]隴西李公, 先名琬, 奉詔書改爲輔[63]。其從政[64]也, 肅而寬[65], 仁而惠[66], 五鎭[67]方牧[68], 聲聞于天[69]。帝乃加剖竹[70]于魯, 魯道粲然[71]可觀[72]。方將和陰陽於太階[73], 致君於堯舜[74]。豈徒閉閤[75]坐嘯[76], 鴻盤二千[77]哉! 乃再崇厥功, 發揮象敎[78]。

於是與長史盧公[79]·司馬李公[80]等, 咸明明在公[81], 綽綽有裕[82]。韜[83]大國之寶[84], 鍾[85]元精[86]之和。榮兼半刺[87], 道光列嶽[88]。才或大而用小, 識無微而不通。政其有經, 談豈更僕[89]!

우리 태관(太官) 광무백(廣武伯) 농서(隴西)출신 이공은 본래 이름이 완(琬)인데, 조서를 받들어 보(輔)로 바꿨다네. 그가 정무를 처리하는 자세는 엄숙하고 관후하며 인자하고 자애로워서, 다섯 주(州)의 자사(刺史)를 지내면서 명성이 조정까지 알려졌도다. 황제가 노(魯) 땅에 부절(符節)을 나누어 주면서 임명하자, 노군의 정사가 찬란하게 빛나서 볼 만하였다네. 바야흐로 하늘의 삼계(三階)가 태평하도록 음양을 조화시켜 황제를 요순(堯舜)같은 성군(聖君)으로 만들고자 하였으니, 어찌 문을 닫고 한가롭게 읊조리면서 2천석 고위직을 누리기만 할 것인가! 그래서 재차 공덕을 높이 펼치고자 불교사업을 선양 발휘하였다네.

이에 함께 일하는 장사(長史) 노공(盧公)과 사마(司馬) 이공(李公) 등은 모두 공사(公事)에 진력하면서 재주와 지혜가 넉넉하였으니, 대국의 보배를 감추고 있으며 천지간 정기를 모아 조화시킬 만한 인물들이었다네. 장사와 사마라는 직책의 영예는 자사(刺史)의 절반이지만, 그들의 덕행은 자사가 다스리는 열악(列嶽)을 빛냈도다. 재주가 크지만 적게 쓰이기도 했으며, 또 그 식견은 미세하지만 통효(通曉)하지 않는 곳이 없었다네. 이렇듯 정무를 처리하는데 방략(方略)을 갖추었으니, 어찌 노복(奴僕)으로 대신할 것을 말하겠는가!

....

61 **太官**(태관) : 당대의 관제에 따르면, 광록시(光祿寺)에 태관서(太官署)를 설치하였는데, 품계가 영(令) 2인은 종7품 하(下)고, 승(丞) 4인은 종8품 하며, 그 이하는 모두 종9품 하임.

62 **廣武伯**(광무백) : 「伯」은 작위 이름. 백작(伯爵)은 본래 공후백자남의 5등 가운데 세 번째 등급이었는데, 당대에는 9등 작위 가운데 일곱 번째 등급으로 정4품 상임. 「廣武」는 당의 현명으로 농우도(隴右道) 난주(蘭州)에 속하며, 지금의 감숙성 영등현(永登縣) 동남쪽이다.

63 **隴西李公, 先名琬, 奉詔書改爲輔**(농서이공, 선명완, 봉조서개위보) : 농서는 이씨들이 명문거족으로 있었는데, 이보는 원래 이름이 이완이었지만, 후에 이보(李輔)로 개명하였다. 뒤에 나오는 〈우성령이공거사송비(虞城縣令李公去思頌碑)〉가운데 이석(李錫)의 부친 이포(李浦)가 바로 본문에 나오는 「이보(李輔)」임.

64 **其從政**(기종정) : 이보가 정무를 처리하는 자세.

65 **肅而寬**(숙이관) : 엄려(嚴厲)하고 관후(寬厚)한 것. 《좌전·희공(僖公)23년》에 "그를 따르는 자는 공경하고 너그러우며, 충성스럽고 힘이 있었다(其從者肅而寬, 忠而能力.)"라 하고, 두예는 주에서 "「숙」은 공경하는 것(肅, 敬也.)"이라 했음.

66 **仁而惠**(인이혜) : 인자(仁慈)하고 자애(慈愛)로운 것. 《후한서·순리열전(循吏列傳)》에 "유총(劉寵)은 어려서 부친의 가업을 전수받고 명경과에서 효렴으로 발탁되어 진동의 평릉령이 되었는데, 어질

고 은혜로운 관리가 되어 백성들에게 사랑을 받았다(寵少受父業, 以明經擧孝廉, 陳東平陵令, 以仁惠爲吏民所愛.)"는 기록이 있다.

67 **五鎭**(오진) : 5개 주(州). 〈우성현령 이공 거사송비(虞城縣令李公去思頌碑)〉에서 이석의 부친 이보(李浦)가 영(郢)・해(海)・치(淄)・당(唐)・진(陳) 등 다섯 개 주의 자사를 역임한 것을 말함.

68 **方牧**(방목) : 한 지역의 지방군정을 관할하는 장관으로, 곧 주 자사(刺史), 혹은 군 태수(太守)다. 《진서・왕준전(王濬傳)》에 "폐하께서 저의 어리석은 정성을 대략 살피시고, 스스로 충성을 바치고자 하는 마음을 알아주시기 바랍니다. 그래서 저를 지방의「방목」으로 임명하시고 정벌하는 일을 제게 맡겨주시기 바랍니다(陛下粗察臣之愚款, 而識其欲自效之誠, 是以授臣以方牧之任, 委臣以征討之事.)"라 했음.

69 **聲聞于天**(성문우천) : 그 정적(政績)에 대한 명성이 황제와 조정에 알려지는 것.

70 **剖竹**(부죽) :「부부(剖符)」라고도 함. 고대에 제왕이 제후나 공신을 봉하거나 장수나 군수를 임명할 때 부절(符節)을 둘로 나누어 쌍방이 각각 하나씩 가지고 믿음의 증표로 삼는 것. 당대에 지방 장관인 도독(都督)・자사(刺史)・태수(太守) 등도 그 직위가 고대의 제후에 상당하기 때문에 지방장관에 임명할 때 역시 부죽을 사용하였음. 《문선》권 26 사령운의 〈과시녕서(過始寧墅)〉시에 "부절을 받고 창해의 수령이 되어, 굽은 돛단배 타고 고향산을 지나노라(剖竹守滄海, 枉帆過舊山.)"고 읊었으며, 이선은 주에서 《설문해자》를 인용하여 "부」는 믿는 신표로, 한나라 제도에 대나무를 나눠 서로 맞추었다(符, 信. 漢制以竹, 分而相合.)"라 하고, 여연제는 "대개 태수가 되면 모두 대나무를 쪼개어 부신을 삼았다(凡爲太守, 皆剖竹使符也.)"라 했는데, 당시 사령운은 영가(永嘉) 태수로 임명되었다.

71 魯道粲然(노도찬연) : 노군의 정사가 찬란하게 빛나는 것. 「魯道」는 노나라 정치의 도(道)다. 주공(周公)이 노(魯) 땅에 봉해졌으므로 곧 주공의 도(道)라고 말하기도 하며, 백성들이 성인의 교화를 받아서 정통의 도덕을 갖추고 있다는 의미임. 여기서는 이보(李輔)를 찬미한 것이다.

72 可觀(가관) : 볼만한 가치가 있는 것. 《주서(周書)·유신전(庾信傳)》에 "부절과 격문으로 다투어 보고하니 찬란하여 볼만하구나(競奏符檄, 則粲然可觀.)"라 했음.

73 太階(태계) : 「泰階」라고도 하며, 고대의 별 이름으로 삼태성(三台星)임. 《한서·동방삭전》의 안사고(顏思古) 주에 "응소가 말했다. 「《황제태계육부경》에서 이르기를 태계는 하늘의 삼계(三階)다. 상계는 천자이고, 중계는 제후·공경·대부이며, 하계는 사·서인이다. 삼계가 고르면 음양이 조화롭고, 바람과 비가 때맞춰 와서 사직의 신령들이 모두 그 올바름을 보호하여 천자가 크게 편안하니 이것이 태평한 것이다」(應劭曰, 黃帝泰階六符經曰, 泰階者, 天之三階也. 上階爲天子, 中階爲諸侯·公卿·大夫, 下階爲士·庶人. 三階平則陰陽和, 風雨時, 社稷神祇咸獲其宜, 天子大安, 是爲太平.)"고 했음.

74 致君於堯舜(치군어요순) : 이보가 음양을 조화시켜 천하태평의 책임을 이어받아, 지금의 황제를 태평성대의 상징인 요임금과 순임금 같은 성군이 되도록 하는 것을 말한다.

75 閉閤(폐합) : 폐문(閉門). 문을 닫고 공무를 처리하지 않는 것. 「閤」에 대하여 《이아》에서 "작은 문을 합이라 한다(小閨謂之閤.)"고 했음.

76 坐嘯(좌소) : 구속되지 않고 한가로이 앉아서 읊조리는 것.

77 鴻盤二千(홍반이천) : 「鴻盤」은 차츰 옮겨가서 그 위치에 편안한 것. 「盤」은 「磐」과 통함. 《주역·점괘(漸卦)》에 "육이는 기러기가

반석에 나아감이라. 마시고 먹는 것이 즐겁고 즐거우니 길하다(六二, 鴻漸於磐, 飮食衎衎, 吉.)"라 했다*. 「二千」은 곧 「二千石」이다. 한대에서 군수의 녹봉이 2천 석이었으므로, 후에는 2천 석을 주군의 자사와 태수나 도독(都督)을 대신 칭하였다. 이 두 구는 어찌 문을 닫고 한가롭게 읊조리면서, 2천석 고위직을 누리기만 할 것인가라는 말임.

78 象教(상교) : 곧 불교. 석가모니가 열반하자 제자들은 그 형상을 조각하여 사람들을 교화하였으므로 이렇게 불렀음. 양나라 원제(梁元帝)의 〈내전비명집림서(內典碑銘集林序)〉에 「상교」가 동쪽으로 전해져서 남쪽지방으로 교화가 행해졌다(象教東流, 化行南國.)"라 하고, 왕좌(王中)의 〈두타사비문(頭陀寺碑文)〉에 "정법이 사라지자, 상교마져 쇠퇴했다(正法旣沒, 象教陵夷.)"라 했는데, 이주한은 주에서 "상교는 형상으로 사람들을 가르치는 것을 말한다(象教, 謂爲形象以敎人也.)"고 했음.

79 長史盧公(장사노공) : 당대 주군에서는 종3품인 「長史」를 두었는데, 자사를 보좌하는 주요 보직임. 어떤 주군에는 대도독직을 두고 부임하지 않았으므로, 장사가 주부의 일을 주로 처리하였다. 「盧公」은 누구인지 밝혀지지 않고 있다.

80 司馬李公(사마이공) : 당대 주군(州郡)에는 장사의 아래에 종4품 하인 「司馬」를 두었는데, 자사를 돕는 벼슬이다. 「李公」도 누구인지 밝혀지지 않았다.

81 明明在公(명명재공) : 공사(公事)를 위하여 진력하는 것. 곧 왕에게 충성하는 것. 《시경·노송·유필(有駜)》에 "밤낮으로 조정 일을 보

---

* 왕필(王弼)은 주에서 "磐, 山石之安者也. 少進而得位, 居中而應, 本無祿養, 進而得之, 其爲歡樂, 願莫先焉."이라 했다.

면서 부지런히 일한다네(夙夜在公, 在公明明.)"라 했으며, 정현의
전에 "당시 신하가 군왕의 일을 근심하여 일찍 일어나고 늦게 자면
서 관청에 거주하는 것을 말한 것이다. 관청에 있다는 것은 의로움
을 나타내고 덕을 밝히는 것이다(言時臣憂念君事, 早起夜寐, 在
於公之所. 在於公之所, 但明義明德也.)"라 하고, 진환전(陳奐傳)
의 소에서도 "「명명」은 힘쓰고 노력하는 것(明明, 猶勉勉也.)"이라
했음.

82 綽綽有裕(작작유유) : 재주와 지혜가 관대하고 넓어 부유한 것. 《시
경·소아·각궁(角弓)》에 "이 착한 형제들은 너그럽고 여유가 있구
나(此令兄弟, 綽綽有裕.)"라 했으며, 모전에 "「작작」은 너그럽고,
「유」는 넉넉한 것(綽綽, 寬也. 裕, 饒也.)"이라 했음.

83 韜(도) : 감추는 것(掩藏). 《후한서·강굉전(姜肱傳)》에 "얼굴을 감
추었다(以被韜面.)"라 하고, 이현은 주에서 "「도」는 감추는 것(韜,
藏也.)"이라 했음.

84 大國之寶(대국지보) : 《북사·문원전》에 "장강과 한수 유역의 뛰어
나고 신령스런 인재와 연조 지역의 기이한 준재들은 하늘의 도를
갖추고 있어 모두 「큰 나라의 보배」들이다(江漢英靈, 燕趙奇俊, 並
該天網之中, 俱爲大國之寶.)"라 했음.

85 鍾(종) : 모으는 것(彙聚), 전주(專注). 《국어·주어(周語)하》에 "「택」
은 물이 모인 곳(澤, 水之鍾也.)"이라 했음.

86 元精之和(종원정지화) : 「元精」은 천지의 정기로, 《문선》권58 채옹
의 〈진태구비문(陳太丘碑文)〉에 "원정의 조화를 품고 운수의 기대
에 부응한다(含元精之和, 應期運之數.)"라 하고, 여향은 주에서
"「원정」은 큰 도다(元精, 大道也.)"라 했음. 여기에서는 장사와 사
마들의 재능이 출중한 것을 비유하였다.

87 半刺(반자) : 당대의 직관제도에 주군의 자사를 돕는 장사(長史)·

별가(別駕)·사마 등의 관직으로, 자사가 하는 일의 반을 담당하므로 이렇게 불렀다. 유량(庾亮)의 〈곽예에게 드리는 답서(答郭豫書)〉에 "별가는 예전에 자사의 별승으로, 함께 군왕의 교화를 천하에 펼쳐 그 임무를 자사의 반이나 차지했다(別駕舊與刺史別乘, 同宣王化於萬里者, 其任居刺史之半.)"라 했음. 당대 각주의 자사아래에 별가를 두었는데, 후에는 별가를 두지 않고 장사와 사마가 그 임무를 분담하였으므로 그들도 역시 반자(半刺)라 불렀다.

88 列嶽(열악) : 고대에 4악(四嶽)은 사방의 제후들이 나누어 관할하였는데, 여기서 자사가 제후와 같은 고위직이므로 사방의 「嶽」을 열악(列嶽)이라 불렀음. 서릉(徐陵)의 〈위진무제여영남추호서(爲陳武帝與嶺南酋豪書)〉에서 "몸이 열악의 제후로 있어서, 스스로 굳센 적병들을 방어한다(身居列嶽, 自御强兵.)"라 했음. 여기서는 장사와 사마라는 직책의 영예가 자사의 반을 차지하여, 그 도덕(덕행)이 자사가 다스리는 열악을 빛낸다는 말이다.

89 更僕(갱복) : 사무가 번다하여 반드시 다른 사람(노복)이 대신해 주어야 한다는 말. 《예기·유행(儒行)》에 "급히 하면 그 사무를 마칠 수 없고, 자세히 하자면 오래 지체되어서, 지친 일꾼을 교대해도 끝날 수 없을 것이다(遽數之不能終其物, 悉數之乃留, 更僕未可終也.)"라 하고, 공영달은 《정의》에서 "「갱」은 대신하는 것이다. 만약 자세하게 다 말하도록 맡긴다면, 너무 오래 걸려 피곤하므로 종들에게 대신하게 하여야 하니, 만약 종이 대신하지 않으면 일을 끝마칠 수 없음을 말한 것이다(更, 代也. 言若委細悉說之, 則大久, 僕侍疲倦, 宜更代之, 若不更僕, 則事未可盡也.)"라 했음. 여기서는 '정무를 처리하는데 방략(方略)이 갖추었으니, 어찌 그의 종으로 대신할 것을 담론하랴'라는 말이다.

有律師[90]道宗[91], 心總[92]群妙[93], 量苞大千[94]。日何瑩而常明[95],
天不言而自運[96]。識岸浪注[97], 玄機淸發[98]。每口演金偈[99], 舌
搖電光[100]。開關延敵[101], 罕有當者[102]。由萬竅[103]同號於一風,
衆流俱納於溟海。若乃嚴飾佛事[104], 規矩梵天[105]。法堂鬱[106]以
霧開, 香樓岌乎島峙[107], 皆我公之締構[108]也。

以天寶八載五月一日示滅[109]大寺。百城號天[110], 四衆[111]泣
血[112], 焚香散花, 扶櫬[113]臥轍[114]。仙鶴數十, 飛鳴中絶[115]。非至
德動天, 深仁感物者, 其孰能與於此乎?

三綱[116]等皆論窮彌天[117], 惠湛[118]淸月。傳千燈[119]於智種[120],
了萬法於眞空[121]。不謀同心[122], 克樹聖跡。

율사 도종(道宗)은 마음으로 현묘한 도리들을 모두 알아서, 흉중
의 용량은 대천세계(大千世界)를 품을 만하였다네. 태양이 비치는
것처럼 항상 명료하였으니, 하늘은 말하지 않아도 만물이 스스로
운행하는 것처럼, 그의 마음속 불성은 파도치는 듯 오묘한 이치를
맑게 드러냈도다. 매번 입으로 금쪽같은 게송(偈頌)을 강설할 때는
혀가 번갯불처럼 움직여서, 관문을 열고 적을 유인하듯 그를 당해
낼 사람이 드물었다네. 설법(說法)은 수많은 구멍에서 울리는 소리
가 한 줄기 바람에서 나오듯 하고, 많은 냇물이 깊은 바다로 들어가
는 것과 같았도다. 더구나 불사(佛事)를 장엄하게 펼치면서 사찰의
법도에 맞게 배치하였는데, 짙은 안개가 감도는 법당(法堂)과 섬처
럼 높이 솟은 향기로운 누각은 모두 우리 도종 스님이 얽어서 만든
것이라네.

천보 8년(749) 5월 초하룻날 큰 절에서 스님이 적멸(寂滅; 열반)

에 들었으니, 많은 도읍에서 하늘을 우러러 통곡하고 사부(四部) 대중들은 피눈물을 흘렸으며, 향을 사르고 꽃을 뿌리면서 관(棺)을 부여잡은 채 수레바퀴가 나가지 못하도록 누웠도다. 선학(仙鶴) 수십 마리도 슬피울며 공중으로 날아갔으니, 만약 도종의 지극히 높은 덕행이 하늘을 움직이고, 심후한 인의(仁義)가 백성을 감동시키지 않았다면, 뉘라서 이렇듯 애도하였을까요?

숭명사의 삼강(三綱; 상좌·사주·유나)은 모두 언변이 하늘에 가득 찬 석도안(釋道安)을 궁색하게 만들 정도로 자애로운 은혜(慈惠)가 명월같이 맑았으니, 일체의 종지(般若智慧)로 천 개의 등불을 전하고, 진공(眞空; 열반)으로 만 가지 불법을 깨달았도다. 이들은 도종과 도모하지 않고도 같은 마음이 되어서, 불교의 성스러운 발자취를 수립하였다네.

．．．．．．．．．．．．．．．．

90 律師(율사) : 불교에서 계율(戒律)과 율장(律藏)을 잘 해설하는 승려의 칭호. 《대반열반경(大般涅槃經)》권3 〈금강신품(金剛身品)〉에 "계율을 잘 배워야 파계를 범하지 않고, 계율에 따라 행동하면 마음에 기쁨이 일어난다. 이렇게 불법이 해야 할 바를 능숙하게 알아서 해설을 잘하는 이를 「율사」라 부른다(善學戒律, 不近破戒, 見有所行, 隨順戒律, 心生歡喜. 如是能知佛法所作, 善能解說, 是名律師.)"고 했음.

91 道宗(도종) : 인명. 누구인지 밝혀지지 않았다.

92 心總(심총) : 마음속으로 모으는(彙聚) 것.

93 群妙(군묘) : 중묘(衆妙)와 같으며, 일체의 심오하고 현묘한 도리. 《노자·1장》에 "현묘하고 또 현묘하여, 모든 미묘한 것이 나오는 문이다(玄之又玄, 衆妙之門.)"라 했음.

94 **大千**(대천) : 대천세계. 불교에서 삼라만상을 포괄하는 광대무변의 세계를 이름. 《유마경(維摩經)·불국품(佛國品)》에 "대천세계에서 법륜을 세 번 굴렸네(三轉法輪於大千.)"라 했는데, 고대 인도에서는 수미산(須彌山)을 중심으로 사대주(四大洲)·일월(日月)·제천(諸天)을 합하여 1세계(世界)라 하고, 1세계의 천 배를 소천세계(小千世界), 소천세계의 천 배를 중천세계(中千世界), 중천세계의 천 배를 대천세계(大千世界)라고 했음. 흉중의 용량이 대천세계를 품을 만하다는 말이다.

95 **日何瑩而常明**(일하영이상명) : 불법이 햇빛의 밝음(晶瑩)처럼 만세에 항상 밝은 것.

96 **天不言而自運**(천불언이자운) : 하늘은 말하지 않아도 만물은 스스로 운행함을 말함. 《논어·양화》에 "하늘이 무슨 말을 하더냐? (말이 없어도) 사계절은 운행되고 만물은 생육되지 않던가, 하늘이 무슨 말을 하더냐?(天何言哉? 四時行焉, 百物生焉, 天何言哉?)"라 했다.

97 **識岸浪注**(식안랑주) : 불교의 비유. 불교에서 마음속 진여(眞如)는 바다에 비유하고, 모든 식(識; 작용)이 인연에 따라 움직이는 것을 물결(波浪)에 비유하였다. 《능가경(楞伽經)》권1에 "물이 흐르는 곳에는 장식과 전식의 물결이 일어난다(水流處, 藏識·轉識浪生.)"라 하였으며, 또 "비유하면 큰 바다에 파도가 치면서 사나운 바람이 부는 것과 같다. 큰 파도가 깊은 도랑을 치면 그칠 때가 없듯이, 장식은 바다에 항상 거주하지만 경계의 바람에 따라 움직이며, 가지가지 여러 인식의 파도가 날뛰면서 변화하여 나타난다(譬如巨海浪, 斯由猛風起. 洪波鼓溟壑, 無有斷絶時. 藏識海常住, 境界風所動. 種種諸識浪, 騰躍而轉生.)"고 했음.

98 **玄機淸發**(현기청발) : 「玄機」는 도가에서 말하는 오묘한 이치이지

만, 여기서 「玄機淸發」은 오묘한 불교의 이치가 파도가 치듯, 도도
히 끊어지지 않고 밝게 빛나는 것을 말한다.《오등회원(五燈會元)》
권10 〈나한침선사법사(羅漢琛禪師法嗣)〉에 "선사가 현기를 한번
밝히면, 자질구레한 일들이 모두 없어진다(師以玄機一發, 雜務俱
捐.)"고 했음. 이 두 구에서는 도종의 마음속 불성이 바다 같아서,
오묘한 불교의 이치를 파도가 계속 용솟음치듯 분명하게 강설하는
것을 말하였다.

99 金偈(금게) :「偈」는 부처의 공덕이나 교리를 찬미하는 노래 글귀.
범어 「가타(伽陀; gatha)의 간칭으로, 게송(偈頌)이라 함. 「金偈」
는 게의 미칭. 이백의 〈매강에 올라 금릉을 바라보며 집안 조카인
고좌사 중부스님에게 주다(登梅岡望金陵贈族侄高座寺僧中孚)〉
란 시에서 "불경을 담론하고 게송을 연창하네(談經演金偈.)"라 읊
었다.

100 舌搖電光(설요전광) : 강설하는 것이 유창하여 번갯불처럼 빠름을
형용한 것.《문선》권45 양웅의 〈해조(解嘲)〉에 "위로는 군주에 대
해 말하고 아래로는 공경에 대해 말하는데, 눈은 빛나는 별과 같
고 혀는 번갯불 같았다(上說人主, 下談公卿. 目如燿星, 舌如電
光.)"라 하고, 이주한은 주에서 "「전광」은 언변의 빠르기가 번갯불
처럼 빠름을 말한 것(電光, 謂辭辯速如電光之閃也.)"이라 했음.

101 開關延敵(개관연적) : 도종의 설법은 진(秦)나라 군인들이 관문을
열고 적을 유인하듯 기운이 일세를 덮는다는 말. 가의(賈誼)의
〈과진론(過秦論)〉에 "진나라 사람들이 관문을 열고 적을 맞이하
니, 아홉 나라의 군대는 뒷걸음치면서 도망하고 감히 진격하지 못
했다(秦人開關延敵, 九國之師, 逡遁而不敢進.)"고 했음.

102 罕有當者(한유당자) : 당해낼 수 있는 사람이 적다는 말.《속고승
전(續高僧傳)·유신(遺身)》에 "날카로운 언사로 지적하는 바를

당해낼 수 있는 자가 드물었다(詞鋒所指, 罕有當之.)"라고 했음.

103 萬竅(만규) : 대지위에 있는 크고 작은 구멍(孔穴). 《장자 · 제물론》에 "저 대지가 숨을 내뿜는 것을 바람이라고 부르는데, 이것이 불지 않으면 그만이지만, 한번 불기만 하면 만 개의 구멍이 노하여 부르짖기 시작한다(夫大塊噫氣, 其名爲風. 是唯無作, 作則萬竅怒號.)"라 했음. 이 두 구에서는 도종의 강법(講法)이 마치 많은 구멍에서 나오는 소리가 모두 바람 한 가닥에서 나오듯 하고, 많은 냇물이 푸른 바다로 들어가듯 일체가 모두 불법으로 돌아가는 것과 같음을 말한 것이다.

104 若乃嚴飾佛事(약내엄식불사) : 「嚴飾」은 장엄(莊嚴)하게 꾸미는 것, 조식(彫飾). 《속고승전 · 호법(護法)하》에서 "장엄하게 불상을 꾸며서 중생들의 업보를 다스린다(嚴飾佛像, 營理衆業.)"라고 했음. 「佛事」는 불상(佛像)이나 불구(佛具) 등을 가리킨다. 《낙양가람기(洛陽伽藍記)》권1 〈장추사(長秋寺)〉에 "불사를 장엄하는데, 모두 금과 옥을 사용하였다(莊嚴佛事, 悉用金玉.)"라 했음. 여기서 「若乃」이하 5구는 불상의 장식, 사찰의 배치, 향기로운 안개가 감도는 법당, 섬이 높이 솟은 것 같은 향각(香閣) 등은 모두 우리 도종(공)이 건축하였음을 말한 것이다.

105 梵天(범천) : 불교어로 색계의 초선천인데, 여기서는 욕계의 음욕(淫慾)을 벗어나 적정(寂淨) · 청정(淸淨)상태에 있으므로 범천이라고 부름. 《법원주림(法苑珠林)》권5 〈제천부(諸天部) · 변위(辯位)〉에 "색계에는 십팔천이 있는데, 초선 삼천은 첫째 범중천, 둘째 범보천, 셋째 대범천이라 부른다. 이 대범천은 따로 머무를 곳이 없고 층대가 있는데, 매우 평평하게 높이 달려있다. 대범천왕이 홀로 맨 윗자리에 거처하며, 아래에 있는 무리들과 구별된다. 이 삼천가운데 범중은 서민이고, 범보는 신하이며, 대범은 군왕이

다. 다만 이 초선천에만 군주·신하·서민의 법칙이 있으며, 이곳 위에는 아무데도 없다(色界有十八天, 初禪三天, 一名梵衆天, 二 名梵輔天, 三者大梵天. 此大梵天無別住處, 但於梵輔有層臺, 高 顯嚴博. 大梵天王獨居上位, 以別群下. 於此三天之中, 梵衆是庶 民, 梵輔是臣, 大梵是君. 唯此初禪, 有其君·臣·民庶之則, 自 此已上, 悉皆無也.)"라고 했음. 여기서 범천은 범사(梵寺), 불사 (佛寺)를 가리킨다.

106 法堂鬱(법당울) :「法堂」은 불법을 연설하는 강당.「鬱」은 번성한 모습.

107 香樓炭乎島峙(향루급호도치) :「香樓」는 사찰 가운데에 있는 향 각(香閣).「炭」은 높은 모습.「島峙」는 바닷속 섬처럼 우뚝 솟은 모습. 좌사의 〈오도부(吳都賦)〉에 "겹겹 꽃핀 건물이 섬처럼 솟아 있으니, 마치 방호산*에 있는 듯하구나(疊華樓而島峙, 時髣髴於 方壺.)"라 했음.

108 締構(체구) : 건물을 짓는 것(營造), 건조(建造).

109 示滅(시멸) : 불교어. 고승이나 보살의 열반을 가리킴. 이화(李華) 의 〈동도 성선사 무외삼장의 비문(東都聖善寺無畏三藏碑)〉에 "산 왕은 높고 아득하며, 해월은 둥글고 깊은데, 이렇게 열반에 드시 니, 부질없이 학림이 슬프구려(山王高妙, 海月圓深, 因於示滅, 空悲鶴林.)"라 했다.

110 號天(호천) : 하늘을 우러러 통곡하는 것으로, 비통함이 매우 심한 것을 말함.

111 四衆(사중) : 사부대중(四部大衆). 불교에서 수계받은 네 부류의 출가자와 재가자를 말함. 《번역명의집(飜譯名義集)》권1 〈칠중제

---

* 방장산(方丈山)으로 신선이 산다는 동해의 삼신산(三神山) 중 하나.

자편(七衆弟子篇)〉에 "예전부터 비구·비구니·우바새·우바이를 4중이라 한다(自古皆以比丘·比丘尼·優婆塞·優婆夷爲四衆.)"라고 했음.

112 泣血(읍혈) : 피눈물을 흘리며 우는 것으로, 매우 비통함을 형용한 말. 《예기·단궁(檀弓)상〉에 "고자고(高子皐)가 부모의 상을 당하여 3년동안 피눈물을 흘렸다(高子皐之執親之喪也, 泣血三年.)"라 하고, 정현의 주에 "소리 내지 않고 피눈물을 흘리며 우는 것을 말한다(言泣無聲如血出.)"고 했음.

113 扶櫬(부츤) : 관을 잡는 것으로, 《설문〉에 "「츤」은 널이다(櫬, 棺也.)"라 했음. 두보의 〈별채십사저작(別蔡十四著作)〉에 "주인이 도읍의 관청에서 죽으니, 관을 메고 함진으로 돌아갔네(主人薨城府, 扶櫬歸咸秦.)"라 했다.

114 臥轍(와철) : 수레바퀴가 지나가는 도로에 누워 영구차가 가지 못하게 하는 것으로, 죽은 이에 대한 애도를 표시하는 것. 《문선》권 59 심약의 〈죽은 제나라 안륙소왕의 비문(齊故安陸昭王碑文)〉에 "수레를 부여잡고 바퀴에 누워 못가도록 그리워하며, 다투느라 멀리 갈 길을 잊었구나(攀車臥轍之戀, 爭塗忘遠.)"라 했음. 여기서는 도종이 죽은 후에 애도하는 사람이 많고, 비통함이 매우 심한 것을 형용한 것이다.

115 仙鶴數十, 飛鳴中絶(선학수십, 비명중절) : 「仙鶴」은 전설에 의하면, 부처가 입멸할 때 사라쌍수 사이의 나무들이 일시에 희게 변하여 백학 무리가 둥지를 튼 것 같았다고 하였으며, 또한 도가에서도 학이 변화하여 신선이 되었다는 고사가 있다. 《예문유취》권90 〈조부상(鳥部上)·백학(白鶴)〉편에서 "《열선전》에 이르기를, 소탐이 죽은 뒤 백학 수십 마리가 밤에 군 동문 누각위로 갑자기 모여들었다. 한 마리가 주둥이로 글자로 쓰기를, 「이 성곽의 사람들과 등졌

으나, 3백 갑자 뒤에 반드시 돌아오리라」라 하자, 모두 소탐이라고
여겼다(列仙傳曰, 蘇耽去後, 忽有白鶴數十隻, 夜集郡東門樓上.
一隻口畫作書字, 言曰, 是城郭, 人民非. 三百甲子當復還. 咸爲
是耽.)」는 기록이 있음. 여기서는 공중으로 날아오르는 선학 수십
마리도 슬피 울며 날아가니, 도종의 죽음을 조류조차 슬퍼함을 묘
사한 것이다.

116 **三綱(삼강)** : 사원을 주지(主持)하는 세 사람.《번역명의집》권1〈석
씨중명편(釋氏衆名篇)〉제13에 "절을 총괄하는 세 스님은 상좌·유
나·전좌이다(寺立三綱, 上座·維那·典座也.)"라 하였는데, 혹
은 상좌·사주(寺主)·유나라고도 한다.《구당서·직관지(職官
志)》(권43)에 "세상의 모든 사찰에는 정원이 있어서 절마다 삼강을
두었는데, 수행이 높은 자로 충원하였다(凡天下寺有定數, 每寺立
三綱, 以行業高者充.)"라 하고, 주에 "절마다 상좌 한사람, 사주 한
사람, 도유나 한사람이 있다(每寺上座一人, 寺主一人, 都維那一
人.)"고 했음.

117 **論窮彌天(논궁미천)** : 세 사람의 의론(議論)이 웅변으로 천하에
알려진 승려 도안(道安; 314-385)을 궁지에 몰아넣을 것이라는
말.《진서·습착치전(習鑿齒傳)》에 "당시 불문의 승려인 도안은
뛰어난 언변과 재주를 지녔는데, 북쪽에서 형주로 내려와서 습착
치와 처음 만났다. 도안이 말하기를 「하늘 가득 석도안이네」하자,
착치는 「세상에는 습착치 뿐이로다」하니, 당시 사람들이 좋은 댓구
라고 여겼다(時有桑門釋道安, 俊辯有高才. 自北至荊州, 與習鑿齒
初相見, 道安曰, 彌天釋道安. 鑿齒曰, 四海習鑿齒. 時人以爲佳
對.)"라 했음.

118 **湛(담)** : 너그럽고 듬직한 것(厚重).

119 **千燈(천등)** : 불교에서 일체의 선법을 비유한 말.《유마힐소설경

(維摩詰所說經)·보살품(菩薩品)제4》에 "비유하면 하나의 등불이 백천의 등에 불을 붙여서 어두운 곳을 모두 밝혀 밝음이 끝나지 않는다. …… 무릇 한 보살이 백천의 중생을 가르쳐서 아뇩다라삼먁삼보리심(無上正等正正覺)을 발하게 하여 그 도가 또한 사라지지 않도록 하며, 설법하는 것에 따라서 모든 선법이 더욱 유익하도록 한다. 일체의 선법을 다함이 없는 등불이라고 한다(譬如一燈, 燃百千燈, 冥者皆明, 明終不盡. ……夫一菩薩開導百千衆生, 令發阿耨多羅三藐三菩提心, 於其道亦不滅盡, 隨所說法而自增益. 一切善法, 是名無盡燈也.)"라 했음. 불법을 서로 전하는 것은 등을 전하는 것과 같아서, 한 등이 천 등이 되어 등마다 서로 전하여 불법이 다함이 없다는 말.

120 **智種**(지종) : 일체종지(一切種智), 곧 불타의 지혜로 반야(般若)라고도 함.《지도론(智度論)》권46에 "부처의 지혜는 두 가지가 있는데, 하나는 무상정지로 아뇩다라삼막삼보리라고 부르며, 두 번째는 일체종지로 살반야라고 부른다(佛智慧有二種, 一者無上正智, 名阿耨多羅三藐三菩提, 二者一切種智, 名薩般若.)"라 했음.

121 **眞空**(진공) : 소승불교에서 열반이라 함.《행종기(行宗記)》권1상편에서는 "진공은 곧 멸제 열반이다. 거짓이 아닌 것이 참(眞)이므로, 모습을 떠난 것이 공(空)이 된다(眞空者, 卽滅諦涅槃. 非僞故眞, 離相故空.)"라 하였으며, 왕기는 "불경(釋典)에서 일체의 만물(萬有)이 무(無)로 돌아가는데 이것을 공이라 한다. 사람과 법은 모두 공이므로, 진공 곧 반야의 지혜라 한다(釋典以一切萬有終歸於無, 謂之爲空. 人法皆空, 則謂之眞空, 則般若智也.)"고 했음.

122 **不謀同心**(불모동심) : 그들과 도종의 사상은 도모하지 않고도 같은 마음이 된 것.

32-6

太官李公, 乃命門於南, 垣廟通衢[123], 曾盤舊規[124], 累構餘
石[125]。壯士加勇, 力俸拔山[126]。纔擊鼓以雷作, 拖鴻麋而電
掣[127]。千人壯, 萬夫勢, 轉鹿盧於橫梁, 泯環合而無際[128]。常
六合[129]之振動, 崛九霄之峥嶸[130]。非鬼神功[131], 曷以臻此[132]?

況其清景燭物[133], 香風動塵, 群形所露[134], 積苦都雪。粲星
辰而增輝, 掛文字而不滅[135]。雖漢家金莖[136], 伏波銅柱[137], 擬
兹陋矣[138]!

或日月圓滿[139], 方檀[140]散華[141], 清心諷持, 諸佛稱讚[142]。夫
如是, 亦可以從一天至一天[143], 開天宮之門[144], 見群聖之顏,
巍巍功德, 不可量也。

其錄事參軍[145], 六曹[146]英寮[147], 及十一縣[148]官屬, 有宏才[149]
碩德[150], 含香[151]繡衣[152]者, 皆列名碑陰[153], 此不具載。

태관(都督) 이공(李輔)은 명령을 내려 사당 남쪽 담장으로 문을
내어 큰 거리와 통하도록 하고, 고층건물을 옮기는 예전 방법에 따
라 남은 돌로 높은 대(臺)를 쌓았다네. 장사들이 용력(勇力)을 가하
니 힘은 산을 뽑을 듯하였으며, 시작하는 북소리가 벼락치듯 울리
자 인부들은 거대한 밧줄을 사용하여 전광석화처럼 빠르게 석당을
들어 올렸도다. 천 사람의 웅장한 힘과 만 사람의 기세로, 도르래를
굴려 대들보를 가로 설치하고 고리를 합쳐 이어서 틈이 없노록 하
였다네. 천지사방(六合)이 진동하도록 높은 하늘까지 우뚝 세우니,
귀신의 공력(功力)이 아니라면 어떻게 이러한 경지까지 도달할 수
있을까요?

더구나 청량한 석당이 사물들을 비추고 향기로운 바람이 속세에

진동하니, 뭇 중생들은 은혜를 받아서 쌓인 고통을 모두 없애버리는구나. 별들은 밝아 더욱 광채를 발하고, 걸어놓은 불경(佛經)문자들은 불멸하리니, 비록 한나라 무제(武帝)가 이슬을 받은 황금 대야와 복파장군(伏波將軍; 馬援)이 교지(交阯)에 세운 구리기둥일지라도, 이 석당에 비교하면 초라할 뿐이로다.

일월처럼 오래도록 공덕이 원만해져서 사각 만다라 단(壇)에 꽃을 뿌리고, 맑은 마음으로 이 경(經)을 외우고 지니면 여러 부처님이 칭찬할 것이라네. 이처럼 28천(天)가운데 제1천을 시작으로 매1천씩 올라가면, 천궁(天宮)의 문이 열려 여러 성인(부처)의 얼굴을 볼 수 있으니, 경당을 세운 숭고한 공덕은 헤아릴 수 없을 것이로다.

노군(魯郡)의 녹사참군과 육조소속 관료 및 열한 곳 관할 현(縣)의 각급 관원, 그리고 뛰어난 재주를 지닌 대덕(大德) 스님과 상서랑(尙書郞) · 어사대(御史臺)의 인사들 모두 비석 뒷면에 이름을 나열하였지만, 빠짐없이 다 기재하지는 못하였다네.

....

123 垣廟通衢(원묘통구) : 「垣」은 담장. 「衢」는 큰 네거리, 사통팔달의 도로.

124 曾盤舊規(증반구규) : 「曾盤」에서 「曾」은 층(層)과 통하며, 높은 대(臺)이다. 「舊規」는 예전에 만들어진 제도.

125 累構餘石(누구여석) : 「累構」는 여러 층으로 지은 건물. 「餘石」은 옛날 유적으로 남겨놓은 돌. 여기서는 남은 돌을 사용하여 경당의 양방에 높은 대를 쌓는 것으로, 석당의 기초를 건축하는 것을 가리킴.

126 壯士加勇, 力侔拔山(장사가용, 역모발산) : 「侔」는 동등한 것. 시공하는 장사들이 더욱 힘을 가하니, 그 힘이 산을 뽑을 듯함을 말

한 것. 항우의 《해하가(垓下歌)》에 "힘은 산을 뽑고, 기개는 세상을 덮을 만하네(力拔山氣蓋世.)"라 했음.

127 **才擊鼓以雷作, 拖鴻縻而電掣**(재격고이뢰작, 타홍미이전철) : 「雷作」은 우레가 울리는 것과 같다. 「鴻縻」는 거칠고 굵은 큰 밧줄. 「電掣」는 전광석화처럼 움직이는 것. 시작하는 북소리가 벼락 치듯 울리니, 인부들이 거대한 밧줄을 사용하여 전광석화처럼 빠르게 석당을 들어 올리는 것을 말함.

128 **轉鹿盧於橫梁, 泯環合而無際**(전녹로어횡량, 민환합이무제) : 「鹿盧」는 곧 「녹로(轆轤)」로, 물을 긷는 도르래로서 윤축(輪軸)의 원리를 이용하여 만든 기계 위의 교반(絞盤)이다. 《운회》에 "「녹로」는 우물에서 물을 길어 올리는 나무(轆轤, 井上汲水木.)"라 하고, 《광운》에서는 "둥글게 돌아가는 나무이며, 「鹿盧」라고도 한다(圜轉木也, 通作鹿盧.)"라고 했음. 이상 4구는 경당을 다시 세우는 정경이다. 높은 대 사이에 대들보를 가로 설치하고 도르래를 달아 여러 사람이 새끼줄로 경당을 한 마디씩 위로 올려서, 돌 자루(石樺)와 돌 수레(石漕)를 질긴 실로 꿰매 합치도록 연결하면서 석회를 꿰맨 틈에 뿌리는 것을 묘사했다.

129 **常六合**(상육합) : 「常」은 '일찍이'로, 「嘗(상)」과 통함. 「六合」은 천지와 동서남북.

130 **崛九霄之崢嶸**(굴구소지쟁영) : 「崛」은 굴기(崛起)로, 특출한 모양. 「九霄」는 전설에 하늘에는 아홉 층이 있다고 하여 매우 높은 하늘을 가리킴. 「崢嶸」은 높은 모습(高峻).

131 **鬼神功**(귀신공) : 귀부신공(鬼斧神工), 곧 귀신 등의 불가사의한 공력으로, 기술이 정교하여 사람이 만든 것 같지 않음을 형용한 말. 당·설직(薛稷)의 〈자은사구일응제(慈恩寺九日應制)〉시에 "보배로운 전각에는 오랫동안 별들이 묵었고, 향기로운 탑은 귀신의

공력이라네(寶宮星宿劫, 香塔鬼神功.)”라고 읊었음.

132 曷以臻此(갈이진차) : 어떻게 이러한 경지까지 도달할 수 있을
까? 라는 말. 이상 4구는 석당을 다시 높고 높은 하늘(九霄)까지
우뚝 세우는데, 사람의 기술로 이룰 수 있는 것이 아니니, 이는 귀
신 등의 불가사의한 공력(鬼斧神功)과 같다는 것을 말한다.

133 淸景燭物(청경촉물) : 「燭物」은 인물들을 비추는 것. 「燭」은 동사
로 비춘다는 말. 새로 만든 석당의 모습이 청량(淸亮)하여 사람들
을 비추고 있음을 말하였다.

134 群形所霑, 積苦都雪(군형소점, 적고도설) : 「群形」은 중생, 군중.
앞으로 와서 참배하는 군중들은 모두 부처님의 은혜를 두루 받아
서 지금까지 쌓아온 고난을 모두 깨끗이 씻을 것이라는 말.

135 粲星辰而增輝, 掛文字而不滅(찬성진이증휘, 괘문자이불멸) : 「掛
文字」는 석당 위에 새겨진 불경(佛經) 문자. 여기서는 석당이 찬
란히 비추는 많은 별로 말미암아 더욱 빛나고, 새겨 놓은 불경 문
자로 인해 천고 불멸할 것이라는 말.

136 漢家金莖(한가금경) : 왕기는 「金莖」은 구리기둥(金莖, 即銅柱也)
이라고 했음. 반고(班固)의 〈서도부(西都賦)〉에 “신선의 손바닥으
로 이슬을 받들어 올리고, 구리 기둥(금경)을 나란히 높게 세웠네
(抗仙掌以承露, 擢雙立之金莖.)”라 하고, 이현(李賢)은 주에서
“무제 때*, 구리 기둥과 이슬을 받는 신선의 손바닥을 만들었다.
《삼보고사》에 이르기를, 「건장궁에 세운 이슬을 받는 대야는 높이
가 20장이고, 크기는 일곱 둘레나 되며 구리로 만들었다. 위에는

---

* 한나라 무제(武帝)는 신선에 미혹되어서 건장궁(建章宮)에 신명대(神明臺)를
건축하였으며, 동으로 만든 선인(銅仙人)을 세워 손바닥으로 구리대야를 받들
어 감로(甘露)를 받아 마셔서 장수하기를 바랐다는 기록이 있다.

신선의 손으로 이슬을 받으면 구슬 가루와 함께 마셨다」(武帝時, 作銅柱承露僊人掌之屬. 三輔故事云, 建章宮承露盤, 高二十丈, 大七圍, 以銅爲之. 上有仙人掌承露, 和玉屑飮之.)"라 했음.

137 **伏波銅柱**(복파동주) : 후한의 마원(馬援)은 복파(伏波)장군에 제수되어 남쪽 교지(交趾)를 정벌할 때 구리기둥을 세웠음. 《후한서·마원열전》에 "마원이 크고 작은 누선 2천여 척과 병사 2만여 명을 거느리고, 구진군으로 나아가 징측의 남은 잔당인 도양 등을 공격하여 무공에서 거풍에 이르도록 5천여명을 참수하고 교남지방을 모두 평정했다(援將樓船大小二千餘艘, 戰士二萬餘人, 進擊九眞賊徵側餘黨都羊*等, 自無功至居風, 斬獲五千餘人, 嶠南悉平.)"라 하고, 이현은 주에서 《광주기(廣州記)》를 인용하여 "마원이 교지에 이르러 동주를 세우고, 한나라의 남쪽 경계로 삼았다(援到交阯, 立銅柱, 爲漢之極界也.)"라 했으며, 또한 《수경주(水經注)·온수(溫水)》에도 "유익기가 장계에서 이르기를, 마문연(마원)이 임읍 언덕 북쪽에 동주를 세워서 산수를 옮겨 놓았는데, 동주는 지금도 바다 가운데에 서 있다고 했다. 《임읍기》에서도 건무 19년(AD43), 마원은 두 개의 동주를 상림의 남쪽 경계에 세우고, 서도국을 나누어 한나라의 남쪽 끝 지역으로 삼았다(兪益期牋曰, 馬文淵立銅柱於林岸北, 山水移易, 銅柱今復在海中. 林邑記曰, 建武十九年, 馬援樹兩銅柱於象林南界, 與西屠國分漢之南疆也.)"고 했음**.

---

* 《고이(考異)》에서 "《援傳》作「都羊」, 《帝紀》作「都陽」, 今從《紀》."라 했다.
** 《대월사기전서(大越史記全書)·속동한기(屬東漢紀)》에서도 "(馬援)乃立銅柱爲漢極界. 銅柱相傳在欽州古洞上. 援有誓云,「銅柱折, 交州滅.」我每以石培之, 遂成丘陵, 恐其折也. 唐馬總又建二銅柱於漢, 以爲伏波之裔, 今未詳所在. 左右二江合有其一."라 했다.

138 **擬茲陋矣**(의자루의) : 석당의 위대함을 적극적으로 형용한 말. 한
   무제때 이슬을 대야로 받은 구리기둥과 마원이 교지(交阯)에 세운
   구리기둥도 이 석당과 비교하면 초라하고 누추(簡陋)하다는 말.

139 **日月圓滿**(일월원만) : 공덕이 원만한 것을 비유한 것으로, 일월의
   빛은 불광(佛光)을 상징한다.

140 **方檀**(방단) : 「檀」은 「壇」으로 써야 한다. 「方檀(壇)」은 불교 밀종
   에있는 사각의 만다라단(曼茶羅壇). 《사자장엄왕보살청문경(師子
   莊嚴王菩薩請問經)》에 "도량이 있는 곳에는 반드시 방단을 세우
   고, 만다라라고 불렀다(道場之處當作方壇, 名曼茶羅.)"고 했음.

141 **散華**(산화) : 산화(散花)와 같음.

142 **淸心諷持, 諸佛稱讚**(청심풍지, 제불칭찬) : 오랫동안 이 경을 풍
   송(諷誦) 수지(修持)하면, 공덕이 원만해져 바로 방단의 천녀가
   꽃을 뿌리는 부처의 경지(佛境)를 만날 수 있으며, 여러 부처에게
   칭찬받을 것이라는 말.

143 **一天至一天**(일천지일천) : 왕기는 불교 경전에 따라 하늘을 다음
   과 같이 나누었다. 욕계(欲界)에는 여섯 개의 천(六天)이 있는데,
   1) 사천왕천(四天王天), 2) 도리천(忉利天), 3) 야마천(夜摩天),
   4) 도솔천(兜率天), 5) 화락천(化樂天), 6) 타화자재천(他化自在
   天)이고, 색계(色界)에는 열여덟 개의 천(十八天)이 있는데 1)범
   중천(梵衆天), 2) 범보천(梵輔天), 3) 대범천(大梵天), 4) 소광천
   (少光天), 5) 무량광천(無量光天), 6) 광음천(光音天), 7) 소정천
   (少淨天), 8) 무량정천(無量淨天), 9) 편정천(遍淨天), 10) 무운
   천(無雲天), 11) 복생천(福生天), 12) 광과천(廣果天), 13) 무상
   유정천(無想有情天), 14) 무번천(無煩天), 15) 무열천(無熱天),
   16) 선현천(善現天), 17) 선견천(善見天), 18) 색구경천(色究竟
   天)이고, 무색계(無色界)에는 네 개의 천(四天)이 있는데, 1) 공무

변처천(空無邊處天), 2) 식무변처천(識無邊處天), 3) 무소유처천
(無所有處天), 4) 비유상비무상처천(非有想非無想處天)으로, 이
렇게 욕계, 색계, 무색계의 3계에 모두 28천이 있다고 하였다.

144 開天宮之門(개천궁지문) : 「天宮」은 신들이 사는 세계를 가리킴.
이와같이 수지하여 불교의 28천중 제1천을 시작으로 매 1천씩 올
라가면, 결국에는 천궁의 문이 열린다는 말이다.

145 錄事參軍(녹사참군) : 당대의 관제에 의하면 각 주군에는 녹사참
군사(錄事參軍事) 1인을 두었음.《신당서·지리지2》에 "연주 노
군은 상도독부이다(兗州魯郡, 上都督府.)"라 하여, 상도독부인 노
군의 녹사참군사는 정7품 상이며, 녹사(錄事)는 3인을 두고 종9품
상이다.

146 六曹(육조) : 공(功)·창(倉)·호(戶)·병(兵)·법(法)·사조(士
曹)임.《신당서·백관지4하》에 "상도독부의 속관에는 정7품 상인
녹사참군사 1인을 두고, 공조·창조·호조·병조·법조·사조참
군사 1인씩 두었는데, 정7품 하다(上都督府之屬官有錄事參軍事
一人, 正七品上. 功曹參軍事·倉曹參軍事·戶曹參軍事·兵曹
參軍事·法曹參軍事·士曹參軍事各一人, 正七品下.)"라 했음.

147 英寮(영료) : 영명한 관료.

148 十一縣(십일현) : 노군에서 관할하는 현으로,《원화군현지》권10〈하
남도 연주〉편에 하구(瑕丘)·금향(金鄕)·어대(魚臺)·추(鄒)·공
구(龔丘)·건봉(建封)·내무(萊蕪)·곡부(曲阜)·사수(泗水)·임
성(任城)·중도(中都) 등 11현이 있다고 했음.

149 宏才(굉재) : 대재(大才), 뛰어난 재주. 흔히 굉재대략(宏才大略)
이라 쓰며. 걸출한 재능과 모략이 있음을 말함. 배인(裵駰)의《사
기집해서(史記集解序)》에 "반고가 말하기를「사마천은《좌씨》·
《국어》를 근거로 하고,《세본》·《전국책》을 채택하였으며, 초한춘

추의 기술을 쫓아 그 뒤를 이어서 한나라에서 마쳤는데, 진한시대
를 상세하게 언급했다. …… 배인은 반고가 말한 것이 세상에서 흔
히 말하는 것과 일치한다. …… 전체적으로 비교하면 진실로 세상
이 임명한 「굉재」라고 말할 수 있다(班固有言曰, 司馬遷據左
氏·國語, 采世本·戰國策, 述楚漢春秋, 接其後事, 訖於天漢.
其言秦漢詳矣. …… 駰以爲, 固之所言, 世稱其當. …… 總其大較,
信命世之宏才也.)"고 했음.

150 **碩德**(석덕) : 덕이 높은 승려, 대덕(大德). 《진서·은일전(隱逸
傳)·색습(索襲)》에 "색습선생은 큰 덕을 지닌 이름난 선비로서,
진정으로 대의를 자문할 수 있었다(索先生碩德名儒, 眞可以諮大
義.)"라 했음.

151 **含香**(함향) : 상서랑(尙書郎)을 가리킴. 응소(應邵)의 《한관의(漢
官儀)》에 "상서랑이 계설향을 머금고 일을 아뢰면, 황문 시랑은
무릎을 꿇고 공손하게 받았다. 그러므로 상서랑은 난초 향기를 품
은 채, 붉은 섬돌로 달려갔다(尙書郎含雞舌香, 伏奏事. 黃門侍郎
對揖跪受. 故稱尙書郎懷香握蘭, 趨走丹墀.)"라 하고, 《송서(宋
書)·백관지(百官志)상》에도 "상서랑은 입에 계설향을 머금은 채
일을 아뢰고 대답하였는데, 숨을 쉬면서 향내를 내려고 한 것이다
(尙書郎口含雞舌香, 以其奏事答對, 欲使其息芬芳也.)"라 했음.

152 **繡衣**(수의) : 어사복장으로, 어사대(御史臺)의 관원을 가리킨다.
《한서·원후전(元后傳)》에 "문·경제 시대에 왕안(王安)의 손자
왕수(王遂)는 자가 백기로, 동평릉현에 거주했다. (왕수가) 낳은
왕하(王賀))는 자가 옹유로, 광무제 때 「수의어사」를 지냈다(文·
景間, 安孫遂字伯紀, 處東平陵, 生賀字翁孺. 爲武帝繡衣御史.)"
라 했음.

153 **碑陰**(비음) : 비석의 뒷면.

32-7

郡人[154]都水使者[155]宣道先生孫太沖[156], 得眞人[157]紫藥玉笈之書[158], 能令太一神[159]自成還丹[160]以獻於帝。帝服享萬壽, 與天同休[161]。功成身退, 謝病而去, 不謂古之玄通微妙之士[162]與？

乃謂白曰, "昔王文考觀藝於魯[163], 騁雄辭於靈光[164], 陸佐公[165]知名在吳, 銘雙闕[166]於盤石。吾子[167]盍[168]可美盛德, 揚中和[169]?" 恭承話言, 敢不惟命[170]。

노군의 도수사자(都水使者)인 선도선생(道號) 손태충(孫太沖)은 신선의 비결을 적은 자예옥급(紫藥玉笈)을 얻어서, 태일천신(太一天神)에게 손수 단약을 만들어 황제에게 바치도록 하였는데, 황제는 환단(還丹)을 복용하고 만수를 누려 하늘과 함께 평안하리로다. 공업을 이룬 후 은퇴하려고 병을 핑계로 돌아갔으니, 어찌 옛날의 현묘하고 허무한 도리를 깊이 통달한 도사가 아니라고 하겠는가?

이윽고 나(이백)에게 이르기를 "예전에 왕문고(王文考; 王延壽)는 노(魯) 땅에서 예악의 훌륭함을 보고 웅장한 언어를 구사하여 〈노영광전부(魯靈光殿賦)〉를 지었으며, 육좌공(陸佐公; 陸倕)은 오 땅에서 이름이 알려져서 〈누각명(漏刻銘)〉과 〈석궐명(石闕銘)〉두 편을 반석에 새겼는데, 그대는 어찌 훌륭한 덕을 찬미하여 중화(中和)의 도를 드러내지 않으시는가?"라 하였으니, 그 말을 공손하게 받아들일 뿐, 감히 명령을 거역할 수 없었다네.

....

154 郡人(군인) : 노군(魯郡) 사람.

155 都水使者(도수사자) : 관직명. 《신당서 · 직관지(百官志)3》에 "도수감에 사자 2인이 있는데 정5품 상이다. 강과 연못, 나루와 다리,

도랑과 방죽, 산속 연못을 다스리는 일을 관장하며, 하거서(河渠署)와 진감서(津監署)들을 총괄하였다(都水監, 使者二人, 正五品上, 掌川澤・津梁・渠堰・陂池之政, 總河渠諸津監署.)"라 하고, 왕기는 "여기서 말한 도수사자는 뛰어난 방사를 총애하여 그에게 빈(명예) 직함을 겸직하도록 한 것이다(此云都水使者, 乃寵異方士而以虛銜加之耳.)"라 했음. 도수사자는 총애로 내려준 직책으로서, 실제로 취임하지 않은 명예직이다.

156 **宣道先生孫太沖**(선도선생손태충) : 선도선생은 손태충(孫太沖)의 호이며, 숭산에 은거하면서 금단(金丹)을 만든 도사임. 《책부원구(冊府元龜)》권928 〈총록부(總錄部)・호단술(好丹術)〉에 "손태충이 숭산에 은거하던 현종 천보 3년(744), 하남윤 배돈복이 상서를 올리기를 「태충이 숭산에서 금단을 정련할 때 화로에서 저절로 만들어졌는데, 정수(精髓)가 특이하고 변화가 범상치 않았습니다. 선부사관에게 세상에 반포케 하여, 신선과 성인들이 부응하도록 영험하고 상서로움을 드러내시기 바랍니다」하니, 그대로 따랐다 (孫太沖隱於崇山, 玄宗天寶三載, 河南尹裵敦復上言, 太沖於崇山合鍊金丹, 自成於竈中, 精華特異, 變化非常, 請宣付史官, 頒示天下, 以彰靈瑞仙聖之應, 從之.)"라 했으며, 또한 손적(孫逖)이 올린 〈재상을 대신하여 중악에서 합련하여 단약이 완성된 것과 아울러 상서로운 구름이 나타난 것을 축하하는 표문(爲宰相賀中岳合鍊藥自成兼有瑞雲見表)〉에서 "신 등은 도사 손태충이 아뢴 일의 진행과정을 보았습니다. …… 단약이 만들어지자 처음에는 오색이 일어나더니, 마지막으로 태양이 화로 부근에서 빛났습니다. 또 하남윤 배돈복이 아뢰고, 아울러 칙명을 받은 우보궐 이성식이 가서 함께 시험해 보았습니다(臣等伏見道士孫太沖奏, 事奉進止 …… 其藥已成, 初乃五色發端, 終則太陽輝於爐際. 又河南

尹裵敦復所奏, 幷奉勅令右補闕李成式往驗並同者.)"라는 기록이
있음.

157 眞人(진인) : 도가에서 득도한 사람(修眞得道)이나 신선이 된 사
람(成仙)을 가리킨다.

158 紫蘂玉笈之書(자예옥급지서) : 선인(仙人)들의 책으로, 도가에서
단약을 만드는 비급(秘笈).

159 太一神(태일신) : 태일 천신. 「太一」은 《장자·천하(天下)》에서 노
자의 학을 "태일(대도)을 중심으로 삼았다(主之以太一.)"고 하면
서 노자의 도를 태일이라 하였으며, 또한 「泰一」로도 쓰는데 전설
에 나오는 천신을 가리킨다. 《사기·천관서》에 "중궁에는 천극성
이 있는데, 그 중 밝은 별 하나에는 태일천신이 항상 거주하는
곳이다(中宮, 天極星, 其一明者, 太一常居也.)"라 하고, 당·장
수절(張守節)은 《사기정의(史記正義)》에서 "太一」은 천제의 별
명이다. 유백장이 말하길 「태일은 천신가운데 가장 존귀한 분이
다」(泰一, 天帝之別名也. 劉伯莊云, 泰一, 天神之最尊貴者也.)"
라 했음.

160 還丹(환단) : 도교에서 단사(丹砂)를 수은(水銀)으로 소성(燒成)
했다가, 다시 단사로 만들어서 환단이라 부른다.

161 帝服享萬壽, 與天同休(제복향만수, 여천동휴) : 황제가 그의 환단
을 복용하여 만세까지 수명을 늘려 하늘과 수명을 같이 한다는
말. 「休」는 아름다운 것, 착한 것. 《신당서·예악지(禮樂志)9)에
"엎드려 바라건대, 개원 신무황제 폐하께서는 하늘과 함께 평안하
소서(伏惟開元神武皇帝陛下與天同休.)"라 했음.

162 玄通微妙之士(현통미묘지사) : 도가의 현묘하고 허무한 도리를 깊
이 통달한 선비.

163 昔王文考觀藝於魯(석왕문고관예어노) : 「王文考」는 왕연수(王延

壽; 124?-148)로, 자는 문고(文考) 또는 자산(子山), 후한 남군(南郡) 의성(宜城) 사람으로 사부가(辭賦家)이며, 왕일(王逸)의 아들임. 《후한서·문원열전(文苑列傳)》〈왕일(王逸)편〉에 "연수는 자가 문고로, 영특한 재주가 있었다. 젊어서 노나라를 유람하면서 〈노영광전부〉서문을 지었다. 후에 채옹도 이 부를 지으려 하였으나 완성하지 못하였는데, 연수가 지은 부를 보고 매우 뛰어난 작품이라 여기고 마침내 짓는 것을 멈추었다(延壽, 字文考, 有雋才. 少遊魯國, 作魯靈光殿賦序. 後蔡邕亦造此賦, 未成, 及見延壽所爲, 甚奇之, 遂輟翰而已.)"라 했다. 왕연수의 〈노영광전부서문〉*에 "내가 남쪽 지방으로 여행을 갔을 때, 노나라에서 육경을 보았다(予客自南鄙, 觀藝於魯.)"라 읊었는데, 장재는 주에서 "예는 육경이고, 노나라에는 주공과 공자가 있었다(藝, 六經也. 魯有周公·孔子在焉.)"라 하였으며, 또 이주한의 주에서는 "문고가 형주에서 머무르고 있었으므로 「남비」라 하였으며, 노나라에는 주공(周公)과 공자(孔子)의 유풍이 남아서 예악의 훌륭함을 그리워하였으므로 「관예」라고 불렀다(文考客於荊州, 故云南鄙, 言魯有周孔遺風, 思禮樂之美, 故云觀藝.)"고 했음.

164 **騁雄辭於靈光**(빙웅사어영광) : 「騁雄辭」는 기세가 웅건한 문사를 펼치는 것. 「靈光」은 〈노영광전부(魯靈光殿賦)〉이다.

165 **陸佐公**(육좌공) : 육수(陸倕; 470-526)로, 자가 좌공(佐公). 남조

---

* 《문선》왕연수(王延壽)의 〈노영광전부서(魯靈光殿賦序)〉에 "魯靈光殿者, 蓋景帝程姬之子恭王餘之所立也. 初, 恭王始都下國, 好治宮室, 遂因魯 僖基兆而營焉. 遭漢中微, 盜賊奔突, 自西京未央建章之殿, 皆見隳壞, 而靈光巋然獨存. 予客自南鄙, 觀藝於魯, 睹斯而胎曰, '嗟乎! 詩人之興, 感物而作. 故奚斯頌僖, 歌其 路寢.而功績存乎辭, 德音昭乎聲. 物以賦顯, 事以頌宣. 匪賦匪頌, 將何述焉.' 遂作賦."라 했다.

양(梁)나라 오군(吳郡) 오현(吳縣) 사람이며, 육혜효(陸慧曉)의
아들이다.

166 **銘雙闕**(명쌍궐) : 〈누각명(漏刻銘)〉과 〈석궐명(石闕銘)〉을 가리킴.
《문선》권56 육수의 〈석궐명(石闕銘)〉에 대한 이선의 주에 "유번의
《양전》에 이르기를, 육수는 자가 좌공으로 오군 사람이다. 젊어서
학문에 충실하여 문장을 잘 지었다. 집에서 나와 의조*에 종사하
다가, 태자중사인으로 옮겼다. 후에 벼슬이 태상경까지 이르렀을
때, 조서로 지은 〈누각명〉과 〈석궐명〉두 편은 당세의 으뜸이었다.
비단을 하사받으니 조야에 영광이었다(劉璠梁典曰, 陸倕, 字佐
公, 吳郡人. 少篤學, 善屬文. 起家議曹從事, 遷太子中舍人. 後
仕至太常卿, 詔使爲漏刻·石闕二銘, 冠絶當世. 賜以束帛, 朝野
榮之.)"라 했음.

167 **吾子**(오자) : 상대방에 대하여 친숙함을 표시하는 칭호. 《의례(儀
禮)·사관례(士冠禮)》에 "주인은 「제게 아들이 있는데, 장차 그
머리에 관을 씌우고자 하니, 오자(제 자식)에게 가르침을 베풀어
주시기 바랍니다」라고 말하시오(戒賓曰, 某有子某, 將加布於其
首, 願吾子之敎之也.)"라 하였으며, 정현은 주에서 "「오자」는 서
로 친할 때 쓰는 말(吾子, 相親之辭.)"이라 했음.

168 **盍**(합) : 어찌 …… 하지 않느냐(何不).

169 **中和**(중화) : 유가의 윤리 사상인 중용의 도(道).《문선》권18 마융
(馬融)의 〈장적부(長笛賦)〉에 "모두 중화로 되돌아가니, 풍속이
아름다워졌다(皆反中和, 以美風俗.)"라 하고, 유량은 주에서 "모
두 중용과 조화의 도로 돌아갔다(皆反於中和之道.)"라고 했음.

---

* 의조(議曹)는 후한시대의 목(牧)이나 자사(刺史) 아래의 의조종사라고 불리는
관직.

170 恭承話言, 敢不惟命(공승화언, 감불유명) : 공손하게 손태충의 말
을 받아들일 뿐이지, 어찌 감히 명령을 거역하겠느냐는 말. 「敢」
은 어찌 감히. 「惟命」은 명을 따르는 것.

32-8

遂作頌曰,
揭高幢兮表天宮[171], 巍獨出兮凌星虹[172]。
神摋摋[173]兮來空, 仡[174]扶傾兮蒼穹。
西方大聖[175]稱大雄, 橫絶苦海舟[176]群蒙[177]。
陀羅尼[178]藏萬法宗, 善住天子獲厥功[179]。
明明李君牧東魯[180], 再新頹規扶衆苦。
如大雲王注法雨[181], 邦人淸涼喜聚舞。
揚鴻名[182]兮振海浦[183], 銘豊碑[184]兮昭萬古。

그래서 다음과 같이 송문(頌文)을 지었다네.
높이 세워진 석당은 하늘 궁전의 표지(標識)이니,
홀로 우뚝 솟아 별과 무지개를 능가하노라.
신(神)들이 총총히 공중에서 내려와
기울어진 당(幢)을 떠받쳐 하늘까지 치켜세웠다네.
서방에서 대웅(大雄)이라 부르는 큰 성인이신 부처님은
고통의 바다에 빠진 여러 중생(衆生)을 배로 건너 주셨도다.
다라니 경전은 만법의 으뜸이니
선주천자(善住天子)가 이 경전의 공덕을 얻었노라.

근면한 이공(李輔)은 동쪽 노군의 도독이 되어

기울어진 석당을 새롭게 세워서 중생들을 고난에서 구제했다네.

대운왕(大雲王)처럼 불법의 은혜(法雨)를 내려주자,

노군 백성들은 번뇌가 청량해져 기뻐서 함께 춤추는구나.

훌륭한 이름을 날리고 위엄이 바닷가에 떨치니,

공적을 새긴 비석(石幢)은 만고에 빛나리라.

················

171 揭高幢兮表天宮(게고당혜표천궁) : 「揭」는 꼿꼿하게 세우는 것
(堅立). 「表」는 표지(標識). 높고 높이 세워진 석당이 천궁의 표
지를 이루었다는 말.

172 嶷獨出兮凌星虹(의독출혜능성홍) : 「凌」은 지나쳐 능가하는 것.
왕기는 "「의」는 산처럼 높게 홀로 솟은 것이다. 「능성홍」은 높이가
별과 무지개들을 서로 뛰어넘는 것을 말한다(嶷, 如山之嶷獨出
也. 凌星虹, 謂其高若如星辰·虹蜺相凌歷也.)"라 했음. 석당이
산처럼 아주 높이 홀로 솟아서 별과 무지개를 지나친다는 말이다.

173 摐摐(창창) : 높이 솟은 모습(高聳). 왕기는 주에서 「총총(總總)」
이 맞다(當是總總.)고 했다. 《초사·이소》에 "얽히고 풀리면서 떨
어졌다가 모이더니, 자욱이 떨어지면서 오르내리노라(紛總總其離
合兮, 班陸離其上下.)"라 하고, 왕일(王逸)은 주에서 "총총(總
總)」은 「준준(僔僔)」과 같은데, 모이는 모습이다(總總, 猶僔僔, 聚
貌.)"라 했음.

174 仡(흘) : 용감하고 웅장한 모습. 《설문해자》에 "「흘」은 날랜 것이
다(仡, 勇也.)"라 했음.

175 西方大聖(서방대성) : 서방의 큰 성인인 석가모니 부처님.

176 舟(주) : 동사로 쓰여 제도(濟度)하는 것.

177 群蒙(군몽) : 어리석은 무리. 「蒙」은 무지몽매(無知蒙昧)한 것.

178 陀羅尼(타라니) : 석가모니 가르침의 정요(精要)로서, 신비한 힘
을 가진다는 주문(呪文). 진언(眞言), 총지(總持)의 뜻.

179 善住天子獲厥功(선주천자획궐공) :《불정존승다라니경(佛頂尊勝
陀羅尼經)》에 의하면, 「善住天子」는 이전의 생에서, 부모에게 악
한 말을 하여 지옥에 태어날 뻔했다가 이 경전을 읽고 공덕을 얻
은 이야기가 있음. (본문 주 23번 참조.)

180 明明李君牧東魯(명명이군목동노) : 「明明」은 노력하는 것, 민면
(黽勉). 「牧」은 동사로 쓰여 도독이 되는 것. 근면하고 노력하는
이공이 노군 도독이 된 것.

181 大雲王注法雨(대운왕주법우) : 불교의 《청우경사역(請雨經四譯)》
중 하나로《대운경(大雲經)·청우품(請雨品)》이 있는데, 후에《대
운청우경(大雲請雨經)》이라 불렀다. 《법화경·보문품(普門品)》게
송에 "가엾게 여기는 비(悲)의 용모는 천둥처럼 경계하고, 사랑하
는 자(慈)의 뜻은 큰 구름처럼 오묘하구나. 감로와 법우를 골고루
내려주어서, 번뇌의 불꽃을 없애주시네(悲體戒雷震, 慈意妙大雲.
澍甘露法雨, 滅際煩惱燄.)"라 했음. 불교에서는 묘법이 중생들을
교화하여 촉촉이 젖게 할 수 있으므로, 비를 법우(法雨)에 비유했다.

182 鴻名(홍명) : 대명(大名).

183 海浦(해포) : 해변, 바닷가(海濱). 《설문해자》에 "「포」는 물가(浦,
濱也)"라 했다. 장형의 〈서경부〉에 "빛나는 불꽃은 천자의 뜰을 자
세히 밝히고, 시끄러운 소리는 바닷가에 드날리네(光炎矚天庭,
囂聲振海浦.)"라 했음.

184 銘豊碑(명풍비) : 「銘」은 공덕을 기리는 노래(頌)를 새기는 것.
「豊碑」는 공적을 새긴 높고 큰 비석으로, 여기서는 석당을 가리킨다.

33.

當塗李宰君畫讚

당도현령 이양빙의 화상에 대한 찬문

보응(寶應) 원년(762) 이백이 서거하던 해, 당도현령 이양빙에게 의탁하고 있을 때, 현령을 그린 초상화에 덧붙여 쓴 찬사(讚辭)이다.

제목에서의 「당도 이재군」은 당도현령 이양빙(李陽冰)으로, 이백의 족숙(族叔)이고, 재군(宰君)은 현령의 통칭(通稱)이며, 당도현은 당대에 선주(宣州)로 지금의 안휘성 마안산시(馬鞍山市)다. 이백은 만년에 금릉(金陵)에서 당도로 와서 그에게 의지하다가 임종직전 자신의 시고를 넘겨주면서 편집을 부탁하여 이양빙이 후세에 전한 것이《초당집서(草堂集序)》인데, 이를 통해 두 사람의 관계를 알 수 있다.

이 찬문은 이양빙에 대하여 세 단계로 서술하였다. 먼저 이양빙이 하늘에 감응하여 출생하고, 조정에 알려진 뛰어난 지략(智略), 두 개 현을 다스린 정치적 경력, 청렴한 평판(評判) 등을 기술하고, 다음에는 백성들이 추대하면서 그린 초상화에 나타난 수려한 풍채와 신비로운 운치에 대하여 묘사하였으며, 끝으로 찬사에서는 그의 업적과 예술적 재능이 영원할 것이라 칭송하였는데, 이백 특유의 표현법으로 찬양하고 있다.

　이렇듯 이양빙이 두 현을 다스린 정치적 업적에 대하여 백성들이 초상화를 그려서 영원토록 모범이 되도록 한 것을 찬양하면서, 아울러 그림 속 인물의 신령스러운 자태를 실물과 아주 비슷하게 묘사하였음을 알 수 있다. 특히 본문에서 이양빙에 대하여 「훌륭한 정책을 진헌하고(吐奇獻策)」, 「하늘의 큰 덕을 빛내며(揚光泰淸)」, 「진운현에서 명성을 날리고, 당도현에서 탁월한 치적을 이루었다(縉雲飛聲, 當塗政成)」등의 구절에서 극도로 찬미한 것을 볼 수 있다.

　이양빙은 이백의 집안 아저씨뻘 되는 족숙으로 진운(縉雲)현령과 당도(當塗)현령을 지냈다. 설방산(薛方山)의《절강통지(浙江通志)》권157《명환(名宦)*》12에 "이양빙은 자가 소온(少溫)이고 조군(趙郡)사람인데, 문장으로 이름을 떨쳤다. 건원 연간(758-60)에 진운현령이 되자 공자 사당을 수리하고 직접 문기를 썼다. 가뭄이 든 해에 성황신께 기도하면서 5일 안에 비가 내리지 않으면 사당을 태워버리겠다고 하였는데, 기약한 날에 비가 흡족하게 내린 것을 직접 기록하고 있다. 임기가 만료되자 관직에서 물러나 산에 은거해 있다가 뒤에 당도현령으로 옮겼다. 양빙은 전서에 더욱 뛰어났는데, 서원여**는 그 글씨가 이사(李斯)의 아래가 아니라고 말했다(李陽氷, 字少溫, 趙郡人, 以辭翰名. 乾元間, 爲縉雲令, 修孔子廟, 自爲文記之. 歲旱, 禱雨於城隍神, 與之約, 五日不雨, 焚其廟. 及期, 雨霑足, 亦自爲記. 秩滿, 退去吏隱山, 後遷當塗令. 陽氷篆書尤著, 舒元

---

* 유명한 관료.

** 서원여(舒元興; 791-835), 자는 승원(升遠). 무주 동양인(婺州東陽: 지금의 절강성 金華市)으로, 당 원화 8년(813) 진사에 급제하였음.

興謂其不下李斯云.)"고 하였다.

그는 한편으로 전서(篆書)를 잘 쓴 서예가로서 「필호(筆虎)」라는 칭호를 얻었는데, 《선화서보(宣和書譜)》권2에 "당 이양빙은 자가 소온이고 조군사람이다. 관직은 장작소감에 이르렀으며, 문장을 잘 지었고 소전(小篆)체에 전념한 지 3십 년이나 되었다. 처음 이사(李斯)의 〈역산비〉와 중니(孔子)의 〈연릉계자〉를 보고 그 필법을 습득하였으며, 마침내 개합(開合)의 변화에 능하게 되면서 스스로 일가를 이루었다. …… 당시 안진경(顔眞卿)이 서예로 명성을 날릴 때, 진경이 비문을 쓰면 양빙이 제목을 썼는데, 둥근 옥이 아름답게 이어지듯 완성시켜 그 뛰어난 전서체 서법이 세상에 알려졌다. 평론하는 자들은 글씨의 형체에 대해 「벌레가 잠식하듯, 새가 발자국 남기듯(충식조적)」하고, 그 기세에 대해 「바람이 불고 비가 내리는 듯(풍행우집)」하며, 그 예리함에 대해 「태아와 용천검(태아용천)같다」라 하고, 그 웅장함에 대해 「높디 높은 화산같다」라고 하였는데, 실제로 지나친 말이 아니었다. 당나라 3백 년 동안 전서로 뛰어난 자는 이양빙이 독보적이었으니, 서원여(舒元輿)가 지은 《옥저전지(玉筯篆誌)》에서도 「양빙의 서체는 그 품격이 높고 힘이 맹렬하며, 공력이 갖추어져 진나라 이사보다 곱절이나 크고 빛났다. 이는 하늘이 글자의 상서로운 보배를 우리 당나라에 직접 보여준 것이다」라고 하였으니, 이 말에서 그 뛰어남을 알 수 있다(唐李陽冰, 字少溫, 趙郡人. 官至將作少監, 善詞章, 留心小篆迨三十年. 初見李斯嶧山碑與仲尼延陵季子字, 遂得其法, 乃能變化開合, 自名一家. …… 方時顔眞卿以書名世, 眞卿書碑, 必得陽冰題其額, 欲以擅連璧之美, 蓋其篆法妙天下如此. 議者以蟲蝕鳥跡語其形, 風行雨集語其勢, 太阿

龍泉語其利, 嵩高華嶽語其峻, 實不爲過論. 有唐三百年以篆稱者, 惟陽冰獨步. 舒元輿作玉筯篆誌亦曰, 陽冰之書其格峻, 其力猛, 其功備, 光大於秦斯倍矣. 此直見上天以字寶瑞吾唐. 其知言哉.)"라는 기록이 있다.

天垂元精[1], 嶽降粹靈[2],
應期命世[3], 大賢乃生。
吐奇獻策, 敷聞[4]王庭[5]。
帝用休[6]之, 揚光[7]泰淸[8]。
濫觴百里[9], 涵量八溟[10]。
縉雲飛聲[11], 當塗政成[12]。
雅頌一變[13], 江山再榮[14]。
擧邑抃舞[15], 式圖丹靑[16]。
眉秀華蓋[17], 目朗明星[18]。
鶴矯[19]閬風[20], 麟騰玉京[21]。
若揭日月, 昭然運行[22]。
窮神[23]闡化[24], 永世[25]作程[26]。

하늘이 원기(元氣)를 드리우고
산악이 순수한 영혼을 내려주자,
시대에 부응하도록 명령을 받은
큰 현인이 비로소 태어났구나.
뛰어난 계책을 펼쳐 바치니
명성이 조정에 알려졌으며,

황제가 찬미하며 등용하니

하늘에 광휘를 드날렸도다.

백 리의 현(縣)에서 시작했지만,

포부는 사해(四海)를 담고 있으며,

진운현(縉雲縣)에서 명성을 날리더니

당도현(當塗縣)에서 정치적 업적을 이루었구나.

아송(雅頌)으로 풍속을 한번 변화시키고

두 현의 강산을 거듭 번영시키니,

온 현민(縣民)들이 손뼉치고 춤추면서 초상화를 그렸도다.

눈썹은 화려한 덮개처럼 수려하고 눈동자는 별처럼 빛나니,

선학(仙鶴)이 낭풍산(閬風山)에 우뚝 서 있고,

기린이 천상 백옥경(白玉京)에 오른 듯하구나.

해와 달에 높이 걸어 놓은 듯 밝게 운행하나니,

귀신같이 궁구하며 교화의 업적을 열어서

영원토록 청사(靑史)에 모범이 되리로다.

················

1 **元精**(원정) : 천지의 정기. 왕충(王充)의 《논형(論衡)·초기(超奇)》
  에 "하늘이 원기를 내려주면, 사람은 그 정기를 받는다(天稟元氣,
  人受元精.)"라고 하였으며, 또한 《후한서·낭의전(郎顗傳)》에는
  "천지의 정기를 받고 태어나 왕을 돕는 신하로 하늘이 이고(李固)*

---

* 이 《후한서》원문에서 이고에 대하여 다음과 같이 기술하였다. "處士漢中李固,
  年四十, 通遊(자유)·夏(자하)之藝, 履顏(안연)·閔(민자건)之仁. 潔白之節,
  情同璬日, 忠貞之操, 好是正直, 卓冠古人, 當世莫及. 元精所生, 王之佐臣,
  天之生固, 必爲聖漢, 宜蒙特征, 以示四方."

를 낳았으니, 반드시 한나라의 성인이 되리라(元精所生, 王之佐臣, 天之生固, 必爲聖漢.)"라 하고, 이현(李賢)은 주(註)에서 "「원」은 하늘의 정으로, 정기라고 부른다(元爲天精, 謂之精氣.)"고 했음.

2 嶽降粹靈(악강수령) : 산악이 내려 준 순수하고 신령스런 기운(靈氣). 《시경·대아·숭고(崧高)》에 "높고 높은 산꼭대기는 하늘 끝에 닿은 듯하고, 그 산악의 신이 내려와서 중산보(仲山甫)와 신후(申侯)를 낳았도다(嵩高惟嶽, 峻極於天, 惟嶽降神, 生甫及申.)"라 했음. 「粹靈」은 정화(精華).

3 應期命世(응기명세) : 시대의 수요에 순응하면서 세상에 강생(降生)한 것. 《삼국지·위지·조엄전(趙儼傳)》에 "태조가 비로소 헌제를 맞이하여 허창에 도읍하자, 조엄이 번흠(繁欽)에게 「조조가 동쪽을 진압하고 시대에 순응하면서 세상의 명을 기다린다면, 반드시 화하 지방을 크게 구제할 것이니 나는 귀의할 곳을 알았도다」고 말했다(太祖始迎獻帝都許, 儼謂欽曰, 曹鎭東應期命世, 必能匡濟華夏, 吾知歸矣.)"고 하였으며, 완효서(阮孝緒)의 《칠록서(七錄序)》에도 "대성이 특출하게 태어났으니, 시대의 요구에 부응하여 강생한 것이다(大聖挺生, 應期命世.)"라 했음.

4 敷聞(부문) : 두루 듣는 것. 《상서·문후지명(文侯之命)》에 "문왕과 무왕은 정말 밝으시어 덕을 삼가 밝히시니, 밝음이 하늘 위로 올라가고 명성이 널리 세상에 알려졌네(丕顯文武, 克愼明德, 昭升于上, 敷聞在下.)"라 했음.

5 王庭(왕정) : 조정. 《상서·다사(多士)》에 "지금 너희에게 말하노라. 하나라 유민들은 은나라 왕정에서 선택받아 관직에 종사했도다(今爾其曰, 夏迪簡在王庭, 有服在百僚.)"라 하였으며, 또한 《주역·쾌괘(夬卦)》에도 "왕정에서 드날리다(揚于王庭)"라 하고, 공영달은 소에서 "왕정은 백관들이 있는 곳이다(王庭, 是百官所在之處.)"라

했음. 이 구에서는 명성이 조정 위에 멀리 드날리는 것을 말한다.

6 休(휴) : 찬미하는 것으로, 동사로 사용되었다. 채옹의 〈곽유도 비문서(郭有道碑文序)〉에 "여러 공께서 그를 찬미하자, 마침내 사도직으로 불러들였다(群公休之, 遂辟司徒掾.)"라 하고, 여향은 주에서 "「휴」는 아름다운 것(休, 美也.)"이라 했음.

7 揚光(양광) : 광휘(光輝)를 발양(發揚) 하는 것.《삼국지 · 촉지 · 극정전(郤正傳)》에 "비록 법도가 굽었어도 곧은 사람을 찾아내야, 마침내 빛을 드날려 밝힐 수 있다(雖尺枉而尋直, 終揚光以發揮也.)"라 했음.

8 泰淸(태청) : 하늘의 별칭.《문선》권18 성공수(成公綏)의 〈소부(嘯賦)〉에 "구름이 하늘에서 나부끼며 노닐고, 긴 바람이 모여 만리에 이르노라(飄遊雲於泰淸, 集長風乎萬里.)"라 읊고, 이선은 주에서 "「태청」은 하늘이다(泰淸, 天也.)"라고 했음.

9 濫觴百里(남상백리) : 「濫觴」은 개시, 처음 시작하는 것.《공자가어(孔子家語) · 삼서(三恕)》에 "저 강은 처음 민산에서 나왔는데, 그 근원은 잔에 넘칠 정도였다(夫江始出於岷山, 其源可以濫觴.)"라 하고, 왕숙(王肅)은 주에서 "「상」은 술을 담을 수 있을 정도로 적음을 말한다(觴, 可以盛酒, 言其微也.)"라 했음. 왕기는 이는 처음 벼슬한다는 뜻을 빌린 것이라고 하였다. 「百里」는 현(縣)을 가리키는데, 고대에는 한 현의 면적을 백리로 하였으므로 백 리는 한 현을 말하며, 뒤에는 한 현을 다스리는 현령의 대칭으로 쓰였다.

10 涵量八溟(함량팔명) : 「涵量」은 용량. 「八溟」은 팔해(八海)로, 사방(四方)과 사우(四隅)의 바다를 가리킴. 「溟」은 바다. 이 두 구의 뜻은 이양빙이 처음 관직에 임용된 곳이 백 리를 통치하는 현령이었지만, 그의 가슴에 담은 포부는 도리어 사해를 담을 용량임을 말하였다.

11 縉雲飛聲(진운비성) : 진운현에서 명성이 드날렸다는 것. 「縉雲」은
진운군으로, 당대에는 강남동도 괄주(括州) 진운군(縉雲郡)에 속하
였으며, 지금의 절강성 진운현이다. 「飛聲」은 명성이 멀리 휘날리는
것. 《송서ㆍ예지(禮志)3》에 "큰 공적이 으뜸으로, 세상을 구제하며
명성이 드날렸네(鴻名稱首, 濟世飛聲.)"라 했음.

12 當塗政成(당도정성) : 당도는 강남서도 선주(宣州) 선성군(宣城郡)
에 속하였으며, 지금의 안휘성 마안산시(馬鞍山市)임. 이백이 이
찬문을 쓸 때 양빙은 당도 현령으로 있었다. 「政成」은 정치적 업적
(政績)에 성취가 있는 것. 당도 현에서 또 탁월한 정치적 업적을
얻었음을 뜻하는 말.

13 雅頌一變(아송일변) : 「雅頌」은 시경의 내용이며, 또한 악곡분류 명
칭이기도하다. 아(雅)는 조정에서 펼쳐지는 연회나 조회의 악곡이
고, 송(頌)은 종묘제사의 악곡인데, 후에는 아송으로 합칭되면서 융
성한 세대의 음악을 가리켰다. 「一變」은 한번 변하는 것으로, 《논
어ㆍ옹야(雍也)》에 "제나라가 한번 변하면 노나라의 정치 상태에
이르게 될 것이고, 노나라가 한번 변하면 고대 이상적 군주의 바른
정치에 이르게 될 것이다(子曰 齊一變至於魯, 魯一變至於道.)"라
고 했음. 여기서는 아송(雅頌)등의 시편을 사용하여 진운현과 당도
현의 정교와 풍속을 변화시킨 것, 곧 사회가 안정되고 백성들이 부
유해져 태평성대로 바뀐 것을 말한다.

14 江山再榮(강산재영) : 이러한 지방들이 이양빙의 다스림을 거치면
서 두 현의 강산이 재차로 번영하였음을 이른다.

15 擧邑抃舞(거읍변무) : 「擧邑」은 현 전체. 「抃」은 손뼉을 치는 것.
「舞」는 무도(舞蹈). 혜강(嵇康)의 〈금부(琴賦)〉에 "혜강이 연주하는
것을 듣고는 곧 유쾌하게 웃으며 즐거움을 만끽하였는데, 손뼉치고
춤추면서 마음껏 뛰었다(其康樂者聞之, 則欣愉歡釋, 抃舞踊溢.)"

라 하고, 이주한은 주에서 "두 손을 서로 마주치는 것을 「변」이라
한다(兩手相撫曰抃.)"고 했음.

16 **式圖丹靑**(식도단청) : 「式」은 발어사로, 《시경·대아·탕(蕩)》에 "외
치며 부르고 다니면서 낮을 밤으로 삼았네(式號式呼, 俾晝作夜.)"
라 했음. 「圖」는 화상. 「丹靑」은 단(丹)과 청(靑)으로 중국 고대회
화에서 흔히 쓰는 색이며, 회화를 널리 지칭하는데, 여기서는 초상
화를 가리킨다. 이 두 구는 전 현의 백성들이 모두 기뻐하여 손뼉을
치면서 춤을 출 뿐만 아니라 또한 현령의 초상화를 그리도록 하였음
을 말함.

17 **眉秀華蓋**(미수화개) : 「華蓋」는 도교에서 쓰는 말로, 눈썹의 별칭.
《황정내경경(黃庭內景經)》〈천중장(天中章)〉에 "눈썹을 화개라 부
르며 눈동자를 덮는다(眉號華蓋覆明珠*.)"라 하고, 주에서 "눈썹
을 화개라고 부르는 것은 덮어씌워서 눈의 정신을 지키기 때문이다
(眉之名華蓋者, 以其覆蓋守目之精神也.)"라 했음.

18 **目朗明星**(목랑명성) : 눈동자의 밝기가 별과 같은 것, 눈빛이 형형
(炯炯)한 것을 형용한 말. 이상 두 구는 이양빙의 초상화 속에 그려
진 모습을 묘사한 것이다.

19 **鶴矯**(학교) : 학이 고고하게 서 있는 것. 「鶴」은 새 이름으로, 두루
미. 고인들은 학을 장수하는 선금(仙禽)으로 여겨서 학수(鶴壽), 학
령(鶴齡) 등의 단어로 장수하는 사람을 칭송하였다.

20 **閬風**(낭풍) : 낭풍산. 신선들이 산다고 전한다. 《굴원·이소(離騷)》
에 "아침에 나는 백수를 건너려고 낭풍산에 올라 말고삐를 잡았네
(朝吾將濟於白水兮, 登閬風而緤馬.)"라 하고, 왕일은 주에서 「낭
풍」은 산 이름으로, 곤륜산 위에 있다(閬風, 山名, 在崑崙之上.)"라

---

* 명주(明珠)는 눈동자를 가리킨다.

고 하였음.

21 **麟騰玉京**(인등옥경) : 「麟」은 전설 중의 동물인 기린(麒麟)으로, 길
상의 상징. 「玉京」은 도교에서 말하는 천상의 황금 궁궐로 백옥경
(白玉京). 천제가 거주하며, 무위지천(無爲之天)이라 일컫는 32제
의 수도임. 갈홍의 《침중서(枕中書)》에서 《진기(眞記)》를 인용하여
"현도 옥경은 칠보산이 9만 리나 둘러싸고 있으며, 대라천 위에 있
다(玄都玉京七寶山週迴(周圍)九萬里, 在大羅天之上.)"고 했음.
이 두 구에서는 초상화 속 인물의 신령스런 자태가 마치 선학이 낭
풍산 위에 우뚝 서 있는 것 같고, 기린이 천제가 거주하는 옥경에
뛰어오르는 것 같음을 말하였다.

22 **若揭日月, 昭然運行**(약게일월, 소연운행) : 「揭」는 들다. 「昭然」은
밝은 모습. 《장자 · 달생(達生) · 산목(山木)》에 "밝고 밝도다! 해와
달을 걸어놓고 가는 것 같구나(昭昭乎, 若揭日月而行也.)"라 했음.

23 **窮神**(궁신) : 사물의 미묘한 진리를 궁구하는 것. 《주역 · 계사(繫
辭)하》에 "영묘한 경지가 극에 달하여 변화를 깨달음은 덕이 성한
것이다(窮神知化, 德之盛也.)"라 하고, 공영달은 소에서 "미묘한 신
을 끝까지 궁구하여 변화의 도리를 밝게 아는 것(窮極微妙之神, 曉
知變化之道.)"이라고 했음.

24 **闡化**(천화) : 교화를 널리 펴는 것(開創). 반악은 〈가밀을 위하여 육
기에게 지어 주다(爲賈謐作贈陸機)〉시에서 "아 백성이 생기면서 복
희씨가 처음 임금이 되었으니, 결승문자를 만들어 널리 펼치고, 팔
괘의 글자를 이룩하였네(粵有生民, 伏羲始君. 結繩闡化, 八象成
文.)"라 했음.

25 **永世**(영세) : 세대를 오래도록 지내는 것, 영원한 것. 《서경 · 미자지
명(微子之命)》에 "왕가의 손님이 되어 나라와 더불어 아름다움을
함께 하면, 영세토록 무궁하리로다(作賓于王家, 與國咸休, 永世無

窮.)"라 했음.

26 *作程*(작정) : 전범(典範)이 되고 준칙(準則)이 되는 것. 육수(陸倕)
의 〈신각루명(新刻漏銘)〉에 "황제의 지위에 올라 세상의 모범이 되
었다(配皇登極, 爲世作程.)"라 했음. 이 두 구는 이양빙이 귀신같
은 이치를 궁구하는데 능하므로, 교화의 업적을 열어서 영원토록
청사에 모범이 될 것이라는 말이다.

34.

金陵名僧頵公粉圖慈親讚

금릉 명승인 군공의 자애로운 모친을 그린 초상화에 대한 찬문

상원 2년(761) 이백이 금릉(金陵; 지금의 강소성 남경시)을 유람할 때, 그 지방 명승(名僧)인 군공(頵公)의 모친을 그린 초상화를 보고 생동적으로 묘사한 소품 찬문이다.

여기서 군공의 「군(頵)」은 원래 머리가 큰 모양이라는 뜻을 가리키지만, 사람이름으로 쓰였다. 군공에 대하여는 누구인지 밝혀지지 않고 있으며, 《이백집교주》에서는 《고승전》3집 권8 〈담최전(曇璀傳)〉에 "불문의 제자인 감(感)스님과 군스님 등의 사적을 비석에 새겨 기록하였다(門弟子僧感・僧頵等刻石紀事.)"라 한 내용을 인용하여, 군 스님이 그 사람일 것(未知卽其人否.)이라고 추정하였다. 「분도(粉圖)」는 곧 화도(畵圖)인데, 안료로 채색하였으므로 분도라 했다. 「자친(慈親)」은 고인들이 부모에 대하여 흔히 엄부(嚴父)와 자친이라 불렀으므로 자친은 모친을 가리킨다.

본 찬문에서는 군공 어머니의 초상화를 제제로 삼아 간결한 필치로 그렸는데, 먼저 군공의 출생과 품덕을 칭찬하고, 이어 그림속 군공 모친의 자태가 신묘하고 심령이 순결함을 묘사하였으며, 끝으로

군공의 모친을 춘추시대 노나라 문백(文伯) 모친과 비교할 수 있을
만큼 훌륭하다고 칭찬하였다.

神妙不死, 惜生此身[1]。
託體明淑[2], 而稱厥親[3]。
粉爲造化[4], 筆寫天眞[5]。
貌古松雪[6], 心空世塵[7]。
文伯之母[8], 可以爲鄰[9]。

신령이 죽지 않고 이 군공(顏公)을 탄생시켰네.
맑고 밝은 몸에서 받았으니
그 모친을 칭찬할 만 하구나.
안료로 조화를 부리고
붓으로 참 모습(眞容)을 그렸는데,
자태는 눈 속에 서있는 소나무처럼 고고하고
마음은 풍진(風塵) 세상에 초연하나니,
문백(文伯)의 모친이라야 이웃할 수 있으리로다.

················

1 神妙不死, 惜生此身(신묘불사, 석생차신) : 「神妙」는 신령(神靈)을
   가리킴. 왕기는 「惜生」에 대해 당연히 「借生」이 되어야 한다고 하
   였는데, 「惜」과 「借」는 모양이 비슷하여 잘못 쓰였다고 했다. 이 두
   구는 불교에서는 육도윤회(六道輪回)를 주장하므로, 신령은 죽지
   않아서 모체를 빌려 군공을 탄생시켰음을 말한 것임.
2 託體明淑(탁체명숙) : 「託體」는 위탁받은 몸으로, 모친을 가리킴.

「明淑」은 명혜(明惠)하고 현숙(賢淑)한 것. 사조의 〈신안장공주묘명(新安長公主墓銘)〉에 "이렇듯 명숙하게 태어나서, 옥처럼 난초 향기를 떨쳤네(誕兹明淑, 玉振蘭芬.)"라 했음.

3 **稱厥親**(칭궐친) : 「厥親」은 그 모친. 그녀를 모친으로 칭찬할 만한 것.

4 **造化**(조화) : 자연적인 창조화육.《장자·대종사(大宗師)》에 "지금 한번 천지를 큰 화로로 삼고, 조화를 대장장이로 삼는다면, 어디로 간들 안 될 것이 있겠는가(今一以天地爲大鑪, 以造化爲大冶, 惡乎往而不可哉.)"라 했음.

5 **天眞**(천진) : 원래는 사람의 본성이지만, 여기서는 제왕이나 부모의 초상으로, 진짜 용모(眞容)를 가리킴. 이덕유(李德裕)의 〈인성문무지신대효황제의 진용 찬문(仁聖文武至神大孝皇帝眞容贊)〉에서 "이에 채색 그림을 그리도록 하니, 진정한 용모의 모범이 되었도다(爰命彩繢, 載模天眞.)"라 했음.

6 **貌古松雪**(모고송설) : 그림 속 군공 모친의 모습이 고고하기가 눈 내린 소나무처럼 신령스러움을 표현한 것.

7 **心空世塵**(심공세진) : 마음 속 빈 영혼이 세속의 티끌에 물들지 않은 것.

8 **文伯之母**(문백지모) : 「文伯」은 춘추시대 노(魯)나라 대부(大夫)인 공보목백(公父穆伯)의 아들인 공보계촉(公父季歜)으로, 그의 모친인 경강(敬姜)은 세칭 현모였음.《공자가어·소증(疏證)》권9〈정론해(正論解)〉에 "공보문백의 어머니가 길쌈하면서 그치지 않자 문백이 쉬도록 간청하였다. 이에 어머니가 말하기를, 「옛날 왕후는 직접 옷을 짜서 현담*을 만들었고, 공후의 부인은 굉연**을 만들었고,

---

* 현담은 면류관의 귀막이 끈
** 굉연은 면류관의 덮개

경의 아내는 큰 띠를 만들었으며, 봉작을 받은 부인들은 제복을 만들었고, 열사의 아내는 조복을 만들었으며, 서인 이하는 각기 그 남편들의 옷을 만들었다. 봄날 사일(社日)에는 일을 부과받았고 겨울 중(烝) 제사에는 공적을 바쳤으니, 남녀가 길쌈과 공적으로 허물이 있으면 벌을 받는 것이 성왕의 제도였다. 지금 나는 과부가 되고 너는 관직에 있으니, 조석으로 삼가고 힘써도 돌아가신 부친의 업적을 잃을까 근심되는데, 하물며 게으름에 빠진다면 어찌 벌을 피할 수 있겠느냐」라 하자, 공자가 이를 듣고, 「제자들아 계씨 부인은 허물이 없다는 것을 기억하거라」고 말했다(公父文伯之母, 紡績不解, 文伯諫焉. 其母曰, 古者王后親織玄紞, 公侯之夫人加之紘綖, 卿之內子爲大帶, 命婦成祭服, 列士之妻加之以朝服, 自庶士已下各衣其夫. 社而賦事, 烝而獻功, 男女紡績, 愆則有辟, 聖王之制也. 今我寡也, 爾又在位, 朝夕恪勤, 猶恐忘先人之業. 況有怠墮, 其何以避辟! 孔子聞之曰, 弟子志之, 季氏之婦, 可謂不過矣.)」는 기록이 있음.

9 **可以爲鄰**(가이위린) : 「爲鄰」은 나란히 할 수 있는 것, 비슷한 것. 여기서는 군공 모친이 문백 모친과 비견될 정도로 현명함을 말한 것이다.

35.
李居士(畵)讚
이거사의 초상화에 대한 찬문

　　이백의 절친한 친우인 이거사(李居士)가 죽은 후 남아 있는 그의 초상화를 보고 지은 찬문이다. 이거사는 이씨 집안 인사가운데 은거하면서 벼슬길에 나가지 않은 덕망높은 노화가(老畵家)인데, 이백은 찬문에서 평범한 일생에 비해 회화(繪畵)면에서는 뛰어난 성취를 이루어 그의 정신이 길이 보존될 것이라고 칭찬하고 있다.

　　본문에서는 이거사의 심성과 재주 및 명성을 칭찬하고 이어 두 사람의 진실한 우정을 읊었으며, 현재 이거사가 이미 작고하였으므로 사람은 없고 사진만 남아 있는 상태에서 초상화를 대하면서 느끼는 친우에 대한 진실된 회념의 정을 읽을 수 있다.

　　이렇듯 이백은 이 문장을 지을 때, 이거사는 이미 죽었으므로 「하늘과 이웃이 되었다(與天爲鄰.)」고 하였으며, 다만 초상화만이 「말없이 조용하지만 사라지지 않고, 그의 몸을 오래도록 남겨 놓는구나(默然不滅, 長存此身.)」라고 하였다. 이거사는 생전에 이백과 우의(友誼)가 매우 깊었으므로 이백은 그와의 관계를 《장자·서무귀(徐無鬼)》편에 나오는 「영장운부(郢匠運斧)」에서의 도끼와 바탕,

석장(石匠)과 영인(郢人)으로 비유했다.

제목 가운데 찬(讚)자 앞에 화(畵)자가 없는데, 근인 왕백민(王伯敏)은 《이백두보논화시산기(李白杜甫論畵詩散記)》에서 〈이거사화찬(李居士畵讚)〉이라고 고쳤다.

「거사(居士)」는 범어(梵語)인 「가라월(迦羅越)」의 음역으로, 집에서 수행하는 재가불자(在家佛者)를 부르는 용어다. 고대 인도에서 상공업에 종사하는 부자(富者)들 가운데 불교를 믿는 사람들이 많았으므로, 이러한 인사들이 집에 거주하면서 불교에서 칭하는 삼귀의(三歸依)와 오계(五戒)를 받은 재가신자를 거사라 하였다. 혜원(慧遠)의 《유마경소(維摩經疏)》에 "거사는 두 가지가 있는데, 하나는 재물을 많이 쌓아 놓고 쓰는 사람을 거사라 부르며, 두 번째는 집에서 수도하며 기거하는 도사를 거사라 부른다(居士有二, 一廣積資財, 居財之士, 名爲居士. 二在家修道, 居家道士, 名爲居士.)"고 했다. 일반적으로 거사는 벼슬하지 않고 은거해 있는 사람, 또는 출가하지 않고 집에서 불교를 수행하거나 학문적으로 배우는 사람을 가리키는데, 불교 보살가운데 대표적인 유마힐거사(維摩詰居士)가 있다. 당나라에서도 불교가 매우 성하였으므로 이백도 자(字)를 태백(太白), 호를 청련거사(靑蓮居士)라 하고, 백거이(白居易)도 자를 낙천(樂天), 호를 향산거사(香山居士)라 했으며, 송(宋) 이후에도 유학자나 문인들이 불교의 선리(禪理)를 수행하면서 스스로 호를 거사라 했으니, 소식(蘇軾)은 동파거사(東坡居士), 구양수(歐陽脩)는 육일거사(六一居士) 등으로 불렀다.

至人[1]之心, 如鏡中影。
揮斤[2]萬變, 動不離靜。
彼質我斤[3], 揮風是騁。
了物無二, 皆爲匠郢[4]。
吾族賢老[5], 名喧寫眞[6]。
貌圖粉繪, 生爲垢塵[7]。
從白得衰[8], 與天爲鄰[9]。
默然[10]不滅, 長存此身[11]。

지극한 도인(道人)의 마음은
거울 속 그림자와 같아서,
도끼를 만번 휘둘러 변화시키려고 해도
움직이는 것은 고요함에서 벗어나지 않는다네.
저 사람은 바탕이고 나는 도끼가 되어
바람을 일으키며 휘둘렀지만,
일을 마치면 둘이 아니니
모두 영(郢) 땅 장인이 되었구나.
우리 집안의 현명한 노인은
그림으로 명성이 자자하였으니,
초상을 그려 단장(丹粧)하면서 풍진세상을 보냈다네.
백발따라 쇠약해져 하늘과 이웃이 되었으니,
조용히 죽지 않고 그림 속에서
그 몸을 오래도록 보존하리로다.

················

1 **至人**(지인) : 고대에 사상과 도덕이 최고의 경지에 도달한 사람.《황제내경(黃帝內經)·상고천진론(上古天眞論)1)》에서 "중고의 시대에 지인이 있었는데, 덕과 도에 순박하고 온전하며, 음양과 사계절에 조화롭고, 세속을 벗어나 정신을 온전하게 하며, 천지간에 유유자적하면서 세상 밖의 일을 보고 들었으니, 이렇게 행동하여 수명을 더욱 늘리고 강건한 사람이 되었도다(中古之時, 有至人者, 淳德全道, 和於陰陽, 調於四時, 去世離俗, 積精全神, 遊行天地之間, 視聽八遠之外, 此蓋益其壽命而強者也.)"라 하였으며,《장자·천하(天下)》에서는 "진실에서 벗어나지 않는 사람을 지인이라 한다(不離於眞, 謂之至人.)"고 했음.

2 **揮斤**(휘근) : 종횡(縱橫)과 같음.《장자·서무귀(徐無鬼)》에 "영 땅 사람이 자기 코끝에 파리 날개만큼 얇게 백토를 발라놓고, 석공에게 그것을 깎아내도록 했다. 석공이 도끼를 휘두르면서 내는 바람 소리를 들으며 깎아내는데, 백토가 다 벗겨지도록 코는 상하지 않았고 영인은 얼굴빛 하나 변하지 않았다. 송나라 원군이 이를 듣고 석공을 불러서 「과인을 위해 시범을 보여주시오」라 하자, 석공은 「저는 아직도 예전처럼 깎아 낼 수 있지만, 믿을 수 있는 바탕(상대)이 오래전에 죽었습니다」고 했다. 이렇듯 그대(혜시)가 죽어서 나(장자)의 바탕이 되어 줄 친구가 없으니, 함께 얘기할 사람이 없구나(郢人堊漫其鼻端, 若蠅翼, 使匠石斲之. 匠石運斤成風, 聽而斲之, 盡堊而鼻不傷, 郢人立不失容. 宋元君聞之, 召匠石曰, 嘗試爲寡人爲之. 匠石曰, 臣則嘗能斲之. 雖然, 信之質死久矣. 自夫子之死也, 吾無以爲質矣, 吾無與言之矣.)"라는 「영장운부(郢匠運斧)」고사의 뜻을 취하고 있다.

3 **彼質我斤**(피질아근) : 이 거사를 질(質 ; 대상)에 비유하고, 자신을 근(斤 ; 도끼)에 비유하였다. 나와 이거사의 관계는 바로 석장과 영

인의 관계와 같이 그는 질이고 나는 도끼라는 말.

4 了物無二, 皆爲匠郢(요물무이, 개위장영) : 도끼와 바탕(質), 움직임(動)과 고요함(靜)도 둘이 아니라는 뜻. 이는 이거사를 영인과 혜시에 비유하였으므로, 그가 이미 서거하였음을 암시하고 있음.

5 吾族賢老(오족현노) : 여기서는 우리 집안 가운데 초상화로 유명한 현명한 노인이 있음을 말한 것.

6 名喧寫眞(명훤사진) : 「名喧」은 명성이 자자한 것, 저명한 것. 「寫眞」은 초상화.

7 垢塵(구진) : 티끌세상(塵世)을 가리킴. 불교에서 인간 세상은 때와 먼지(垢塵)에 오염되었으므로 항상 번뇌가 있다고 하였다. 《무량수경(無量壽經)》하에 "깨끗한 물로 티끌과 때에 오염된 것을 수고롭게 닦아 없애는 것과 같다(猶如淨水, 洗除塵勞垢染故.)"고 했음.

8 從白得衰(종백득쇠) : 태어나서 죽을 때까지 지내면서 몸이 손상되어 백발로 늙어 쇠약해지는 것. 혜강(嵇康)의 〈양생론(養生論)〉에 "몸의 행동거지에 도리를 잃어버리면 작은 것에서부터 잘못되나니, 작은 잘못이 쌓이면 손해가 되고, 손해가 겹치게 되면 쇠약해지고, 쇠약하면 백발에 이르고, 백발이 되면 늙음에 이르고, 늙으면 죽음에 이르게 된다(至於措身失理, 亡之於微, 積微成損, 積損成衰, 從衰得白, 從白得老, 從老得終.)"라 하여 사람이 노쇠(老衰)해가는 과정을 5단계로 설명했음.

9 與天爲鄰(여천위린) : 세상을 떠나 하늘로 올라가 신선이 되는 것. 최후에는 사망에 이르는 것을 말함.

10 默然(묵연) : 소리를 내지 않고 잠자코 있는 모습. 《사기·항우본기》에 "장량이 「공의 사졸로 항우를 대항할 수 있다고 생각하십니까?」라 하니, 패공은 잠자코 있었다(良曰, 料公士卒足以當項羽乎. 沛公默然.)"라 했음.

11 **長存此身**(장존차신) : 이 거사는 비록 세상을 떠났지만, 초상화는 소멸되지 않고 이 세상에 오래도록 남아 있을 것이라는 말.

36.

安吉崔少府翰畫讚

안길현 소부 최한의 초상화에 대한 찬문

　지덕 원년(756) 이백이 호주(湖州)지방을 유람할 때, 안길현(安吉縣) 소부(少府)인 최한(崔翰)의 초상화를 보고 지은 찬문이다.

　본문에서는 최한의 초상화를 제재로 삼아서 그의 집안 내력과 초상화에 대하여 읊고 있다. 먼저 그가 제(齊)나라 강태공(姜太公)의 방계 후손인 명문 출신임을 밝히고, 이어 그의 자질에 대해 기이한 재주와 기골이 수미하여 명성이 가을 달처럼 밝게 빛날 것이라고 칭찬하였다. 다음에는 초상화의 풍채에 대하여 기술했는데, 조물주의 신묘함을 지닌 채 우뚝 서 있는 자태는 상쾌한 기운을 더해주어 좌석 주변에 걸어놓고 빛나는 모습을 우러러 본다는 내용이다.

　최한은 사적이 밝혀지지 않고 있지만, 본문의 표현으로 볼 때 그 지방 명문거족으로서, 고상하고 비범한 재능의 소유자였음을 알 수 있다. 《신당서·재상세계표(宰相世系表)》(2하) 〈청하청주방최씨(淸河靑州房崔氏)〉에서 "최한은 자가 숙청으로, 변송관찰사 순관과 대리평사를 지냈다(崔翰, 字叔淸, 汴宋觀察巡官, 試大理評事.)"고 하였는데, 왕기는 이 사람일 것이라고 단정하고 있다.

「안길현」은 현재 절강성 안길현 안성진(安城鎭)으로, 당대에는 강남동도 호주(湖州) 오흥군(吳興郡)에 속하였다. 「소부」는 현위(縣尉)의 별칭(別稱)이다.

齊表巨海, 吳嗟大風[1]。
崔爲令族[2], 出自太公[3]。
克生奇才[4], 骨秀[5]神聰[6]。
炳若秋月, 騫[7]然雲鴻。
爰圖伊人[8], 奪妙眞宰[9]。
卓立[10]欲語, 謂行而在[11]。
淸晨一觀, 爽[12]氣十倍。
張之座隅[13], 仰止[14]光彩。

제(齊)나라는 큰 바다(東海)의 모범국가로
대국(大國)의 풍도가 있다고 오나라 계찰(季札)이 감탄하였으니,
명문거족인 최씨는 강태공(齊始祖)에서 나온 자손이로다.
기이한 재주를 가지고 태어나,
기골은 수미하고 정신은 총명하나니,
가을 달처럼 밝게 빛나고,
구름 속 기러기처럼 날아오르노라.
저 사람(崔少府)의 그림은 조물주의 신묘함을 빼앗았으니,
우뚝 서 있는 모습은 말하려는 듯,

가려다가 그림 속에 그대로 남아 있구나.

맑은 아침에 한번 보면 상쾌한 기운이 열 배나 더하나니,

좌석 주변에 걸어놓고 빛나는 모습을 우러러 바라보노라.

....

1 齊表巨海, 吳嗟大風(제표거해, 오차대풍) : 《춘추좌씨전》양공 29년 에 "오나라 공자 계찰(季札)이 예의를 갖추고 방문 와서 …… 주나라 음악을 보여 주기를 청하였다. …… 그를 위해 제풍(齊風)을 노래하 게 하자, 계찰은 「아름다워라, 끝없는 모양은 대국다운 풍모로구나! 동해 제후의 표식(表率; 模範)이 될 만하니, 이는 태공을 노래한 것이 아닌가? 이 나라는 측량할 수 없이 크도다」(吳公子札來聘 …… 請觀於周樂 …… 爲之歌齊, 曰, 美哉, 泱泱乎, 大風也哉! 表東海 者, 其大公乎? 國未可量也.)"라 하고, 두예는 주에서 "태공을 제나 라에 봉하니, 동해 제후의 표식(師表)이 되었다(大公封齊爲東海之 表式.)"고 했음. 「吳嗟大風」는 곧 오나라 계찰이 「大風也哉」라고 감탄한 것으로, 그가 음악을 들은 후 제나라는 거대하여 대국의 풍 도가 있음을 말한 것이다.

2 崔爲令族(최위령족) : 「令族」은 명망이 있는 집안으로, 최씨가 당대 에 저명한 산동의 명문거족임을 말한 것. 도잠의 〈장사공에게 드리 다(贈長沙公)〉시에 "아아, 훌륭한 집안이로다. 참으로 조상의 사업 을 잘 계승했구나(於穆令族, 允構斯堂.)"라 읊었음.

3 出自太公(출자태공) : 「太公」은 주나라의 건국공신인 여상(呂尙)의 칭호로, 곧 제나라 시조로 봉해진 강태공(姜太公)임. 《신당서 · 재 상세계표(宰相世系表)》에 "최씨는 강씨 성에서 나왔다. 제나라 정 공 급의 적자인 계자가 나라를 숙을에게 양보하고 최에서 식읍하니 여기서 최씨가 되었다. 제남 동편 조양현 서북쪽에 최씨 성채가 있

다(崔氏出自姜姓. 齊丁公伋嫡子季子讓國叔乙, 食采於崔, 遂爲崔氏. 濟南東朝陽縣西北有崔氏城是也.)"라는 기록이 있음.

4　克生奇才(극생기재) : 「克」은 할 수 있는 것. 《서경·요전》에 "큰 덕을 밝게 편다(克明俊德.)"라 했음.

5　骨秀(골수) : 골상(骨相)이 수미(秀美)한 것.

6　神聰(신총) : 하늘이 내려준 신령스러운 총명. 이백의 〈도인을 방문하다가 안릉에서 개환을 만났는데, 그가 나에게 도교의 부록을 써주기에 헤어지면서 드리다(訪道安陵遇蓋實爲余造眞錄臨別留贈)〉란 시에 "2천석을 받는 태수로 하여금 신령한 총명에 놀라 등을 어루만지도록 하였다네(能令二千石, 撫背驚神聰.)"라 읊었음.

7　鶱(건) : 새가 훨훨 날아오르는 모양.

8　爰圖伊人(원도이인) : 「爰」은 조사로, 이에, 여기에서(於是). 《시경·위풍·석서(碩鼠)》에 "낙토여, 낙토여! 이에 내 살 곳을 얻으리로다(樂土樂土, 爰得我所.)"라 했음. 「圖」는 동사로 쓰여 그림을 그리는 것. 「伊人」은 그림 속 최소부를 가리킨다.

9　眞宰(진재) : 하늘이 만물을 주재하므로 진재라 부르며, 조물조를 가리킨다. 《장자·제물론(齊物論)》에 "진정한 주재자가 있는데, 다만 그 모습을 볼 수가 없도다(必有眞宰, 而特不得其眹.)"라 했음.

10　卓立(탁립) : 바로 서는 것. 뛰어나게 우뚝 섬(卓然特立). 「卓」은 고원(高遠)한 것.

11　謂行而在(위행이재) : 마치 가려는 것 같지만 실제로는 그림 속에 있는 것으로 화상이 핍진한 것을 형용하였다.

12　爽(상) : 활달하다. 상쾌한 것.

13　座隅(좌우) : 좌석의 모퉁이. 여기서는 화상을 좌석의 주변 위에 걸어놓는 것. 안연지(顔延之)의 〈추호시(秋胡詩)〉에 "세밑에 빈방으로 들어가니, 서늘한 바람이 앉은 자리 모퉁이에서 일어나네(歲暮

臨空房, 凉風起座隅.)"라 읊었음.

14 **仰止**(앙지) : 앙망(仰望)으로 존경을 표시하며, 여러 사람이 그 그림
의 광채에 존경을 표한다는 말. 「止」는 조사로 뜻이 없다. 《시경·
소아·거할(車舝)》에 "높은 산을 우러러보며, 큰길을 걸어가노라
(高山仰止, 景行行止.)라 했음.

37.
宣城吳錄事畫讚
선성 오녹사의 초상화에 대한 찬문

　　천보 14년(755) 초겨울 이백이 선성(宣城)을 유람할 때, 선성군 녹사참군(錄事參軍) 오진(吳鎭)을 그린 초상화에 대한 찬문이다. 이 문장은 앞에서 소개한 선성태수 조열이 지은 서후정을 칭송한 〈조공서후신정송(趙公西侯新亭頌)〉과 전후하여 작성한 글로, 단숨에 일필휘지로 지었음을 알 수 있다.

　　본문에서는 오녹사의 초상화를 제재로 하여, 그의 집안이 명문 출신일 뿐만 아니라 영준한 용모는 신운(神韻)을 가지고 있다고 하였으며, 초상화 속에서 위의를 갖추고 조회하는 모습은 국가의 동량지재라고 칭송하고 있다. 특히 오녹사의 과묵한 풍모를 그린 대목가운데,「큰 언변은 어눌하고, 큰 소리는 희미하듯, 조용히 말이 없네(大辯若訥, 大音希聲, 默然不語.)」란 묘사는 노자의 《도덕경》에 나오는 말을 빌린 것으로 그의 모습을 특징적으로 부각시키고 있다.

　　「오녹사」에 대하여 왕기는 〈조공서후신정송〉에서 언급한 녹사참군(錄事參軍) 오진(吳鎭)이라고 하였다. 《신당서 · 백관지(百官

志)》에 "주마다 자사 밑에 장사·사마·녹사참군 한사람씩 두었다
(每州自刺史而下, 有長史一人, 司馬一人, 錄事參軍一人.)"고 했다.
이렇게 당대의 주군에는 장관을 보좌하는 관료로서, 종칠품(從七
品) 계급인 녹사참군(錄事參軍) 1인을 두었으며, 약칭으로 녹사(錄
事)라고 불렀다.

大名之家[1], 昭彰日月,
生此髦士[2], 風霜[3]秀骨[4]。
圖眞像賢, 傳容寫髮[5]。
束帶[6]嶽立[7], 如朝天闕[8]。
巖巖[9]兮, 謂四方之削成[10],
澹澹[11]兮, 申五湖[12]之澄明。
武庫[13]肅穆[14], 辭峰[15]崢嶸[16]。
大辯若訥[17], 大音希聲[18]。
默然[19]不語, 終爲國楨[20]。

큰 명성을 지닌 대가(大家)는 해와 달처럼 빛나나니,
이렇게 태어난 준걸 오녹사(吳錄事)는
바람과 서리처럼 빼어난 골격을 지녔도다.
그림이 핍진(逼眞)하고 형상은 어질며
얼굴과 두발은 생동감 있게 전하누나.
큰 산처럼 의관(衣冠)을 정제하고 서 있는 모습은
궁궐에서 조회(朝會)하는 듯하여라.

가파르고 높으니

사방을 깎아 지른 태화산(泰華山) 같은 품격을 이루었고,

담박하고 고요하니

다섯 호수처럼 맑고 밝은 성정(性情)을 나타내는구나.

무기 창고와 같이 엄숙하고 공경하며,

문장은 높고 준엄하여라.

큰 웅변은 눌변 같으며

큰 음성은 소리가 희미한 것처럼,

조용히 말하지 않고 있어도

끝내는 국가의 동량(棟梁)이 되리로다.

....

1 **大名之家**(대명지가) : 큰 명성을 지닌 가문. 《성씨급취편(姓氏急就篇)》에 "주나라 태왕의 아들 태백(太白)을 오(吳) 땅에 봉하였는데, 그 뒤에 성 씨가 되었다. 순임금의 후사를 우(虞) 땅에 봉하였으니, 오와 발음이 서로 비슷하므로 순임금 후손의 성 또한 오씨로 하였다(周太王子太白封吳, 其後爲氏. 舜後封虞, 與吳音相近, 故舜後亦姓吳.)"라 하여, 순임금과 태백의 후예이므로 오씨를 「대명지가」라 하였음.

2 **髦士**(모사) : 준걸. 영준한 인사(英俊之士). 《시경 · 소아 · 보전(甫田)》에 "크는 바와 쉬는 바에, 우리 준수한 선비들이 나오도다(攸介攸止, 烝我髦士.)"라 읊고, 《모전(毛傳)》에서 "「모」는 준수한 것(髦, 俊也.)"이라고 했음.

3 **風霜**(풍상) : 절조가 고결함을 비유한 것. 《진서 · 열녀전 찬》에 "세상 고초를 겪으면서도 절조를 깨끗이 지켜, 명예가 나라에 자자하도다(操潔風霜, 譽流邦國.)"라 했음.

4 秀骨(수골) : 골질(骨質)이 수미한 것. 오진의 면모가 엄숙하고 청수함을 형용하였다. 이백이 난리를 피하여 숙송산에 있을 때, 지은 작품*인 〈재상 장호에게 드리다(贈張相鎬)〉시에서 "빼어난 기골은 산악을 닮았으며, 뛰어난 지모는 귀신과 부합 되는구나(秀骨象山岳, 英謀合鬼神.)"라고 읊었음.

5 圖眞像賢, 傳容寫髮(도진상현, 전용사발) : 여기서는 오록사의 초상화가 매우 핍진하여 얼굴과 두발이 모두 생동감 있게 형상을 그린 것을 말한다.

6 束帶(속대) : 의관을 정제하는 것으로 공경스러운 모습을 표시한 것. 《논어 · 공야장(公冶長)》에 "공자께서 말씀하셨다. 「적(赤; 公西華)은 관복을 입고 조정에 서게 되면, 그에게 빈객과 이야기하게 할 수는 있지만, 그가 어진지는 모르겠다」(子曰, 赤也, 束帶立於朝, 可使與賓客言也, 不知其仁.)"라 했음.

7 嶽立(악립) : 큰 산처럼 서 있는 것. 이백의 〈옛일을 서술하여 강양현령 육조에게 드리다(敍舊贈江陽宰陸調)〉란 시에 "그대가 옛날의 절개를 지녔음을 찬양하나니, 큰 산처럼 우뚝 솟아 사람들 가운데 으뜸이로다(多君秉古節, 嶽立冠人曹.)"라 읊었음.

8 天闕(천궐) : 제왕이 거처하는 궁궐로, 조정을 가리킨다. 《송서(宋書) · 계양왕유휴범전(桂陽王劉休範傳)》에 "관아에 목숨을 맡기고, 조정에 사죄하였다(便當投命有司, 謝罪天闕.)"라고 했음. 여기서는 의관을 정제하고 엄숙하게 서있는 모습이 조정에서 천자를 찾아 뵈려는 모습과 같음을 말한 것이다.

9 巖巖(암암) : 높고 높은(高峻) 모습. 《시경 · 노송(魯頌) · 민궁(閟宮)》에 "태산이 우뚝 솟아, 노나라 어디서나 바라다보이네(泰山巖

---

* 時逃難在宿松山作(당시 난을 피하여 숙송산에 있을 때 지었다).

巖, 魯邦所詹.)"라 했음.

10 **謂四方之削成**(위사방지삭성) : 오진의 품격이 태화산의 사방을 깎
아 세운 듯 높음을 말한 것.《산해경 · 서산경(西山經)》에 "태화산은
사방이 깎아지른 듯 이루어졌는데, 높이가 5천 장이고 넓이가 십
리나 되어 짐승들이 살지 못한다(太華之山, 削成而四方, 其高五
千, 其廣十里, 鳥獸莫居.)"라 했음.

11 **澹澹**(담담) : 물결이 조용한 모습.《송옥 · 고당부(高唐賦)》에 "물결
이 담담하게 대 밑을 감돌고, 큰 파도는 어지럽게 넘실거리며 흐르
누나(水澹澹而盤紆兮, 洪波淫淫之溶㵾.)"라 하고, 이백의 〈꿈에
천모산을 유람한 후 이별하며 읊조리다(夢遊天姥吟留別)〉란 시에
"구름이 짙푸르니 비가 오려 하고, 물결이 출렁이니 안개가 피어오
르는구나(雲青青兮欲雨, 水澹澹兮生煙.)"라 읊었음.

12 **五湖**(오호) : 태호(五湖) 유역에 있는 호수와 물가(湖泊)를 널리 가
리킴.《사기 · 하거서(河渠書)》에 "오 땅에서는 도랑이 삼강과 오호
를 통하여 흐른다(於吳, 則通渠三江五湖.)"라 하고, 배인(裵駰)은
《집해(集解)》에서 위소(韋昭)의 말을 인용하여 "오호는 호수 이름
이다. 실제는 하나의 호수인데, 지금은 다섯 개 호수로 되었으며,
오 땅 서남쪽에 있다(五湖, 湖名耳. 實一湖, 今五湖是也. 在吳西
南.)"라 했지만, 사마정(司馬貞)은《색은(索隱)》에서 「오호」는 구
구 · 조격 · 팽려 · 청초 · 동정호(五湖者, 具區 · 洮滆 · 彭蠡 · 青
草 · 洞庭是也.)」라고 했음. 왕기는 「어떤 사람은 태호 주위가 5백
리이므로 오호라고 불렀다」고도 했다.

13 **武庫**(무고) : 원래는 무기를 보관하는 창고로서 없는 것이 없으므로,
사람이 박학다식(淵博)하고 다재다능함을 칭찬하여 비유한 말.《진
서 · 두예전(杜預傳)》에 "두예가 조정에 7년 동안 머무르면서 손해
와 이익되는 일을 개혁한 것이 이루 셀 수 없었다. 조정과 재야에서

훌륭함을 칭찬하고 「두무고(杜武庫)」라 불렀는데, 없는 것이 없이 모두 갖춘 것을 말한다(預在內七年, 損益萬機, 不可勝數, 朝野稱美, 號曰杜武庫, 言其無所不有也.)"라 했으며, 왕발의 〈등왕각서(滕王閣序)〉에 "솟아오르는 교룡과 날아오르는 봉황 같은 맹 학사는 문장의 대가이며, 자줏빛 번개와 푸른 서릿발 같은 왕장군은 무술의 달인이로다(騰蛟起鳳, 孟學士之詞宗, 紫電青霜, 王將軍之武庫.)"라 하였음.

14 肅穆(숙목) : 엄숙하고 공경함.

15 辭峰(사봉) : 문장. 왕발(王勃)의 〈산정흥서(山亭興序)〉에 "언사의 봉우리에 곧바로 올라가서 필찰을 맨 앞자리에 떨치고, 한림원을 좌우로 개최하여 후전에 문장을 펼쳐 놓았네(辭峰直上, 振筆札而前驅. 翰苑橫開, 列文章於後殿.)"라 했음.

16 崢嶸(쟁영) : 높고 험준(高峻)한 모양.

17 大辯若訥(대변약눌) : 《노자 · 홍덕장(洪德章)》(45장)*에 "말을 크게 잘하는 자는 어눌한 듯하다(大辯若訥.)"라 하고, 하상공은 주에서 「대변」은 지혜로워 의문이 없는 것이고, 「약눌」은 입에 말이 없는 것이다(大辯者, 智無疑. 若訥者, 口無詞.)"라 했음.

18 大音希聲(대음희성) : 《노자 · 동이장(同異章)》(41장)**에 "큰 소리

---

* 大成若缺, 其用不弊, 大盈若沖, 其用不窮. 大直若屈, 大巧若拙, 大辯若訥. 靜勝躁, 寒(靜)勝熱, 淸靜爲天下正.(완전히 이루어진 것은 모자란 듯하지만 그 쓰임에는 다함이 없다. 완전히 가득 찬 것은 빈 듯하지만 그 쓰임에는 끝이 없다. 완전히 곧은 것은 굽은 듯 하며, 완전한 솜씨는 서툴게 보이며, 큰 웅변은 눌변으로 보인다. 조급함은 추위를 이기고 고요함은 더움을 이기니, 맑고 고요함이 세상의 표준이 된다.)

** 大方無隅, 大器晚成, 大音希聲, 大象無形, 道隱無名.(방대한 사각형은 모서리가 없고, 대단히 큰 그릇은 늦게 만들어지며, 큰 소리는 희미하게 들리고, 장대한 형체는 모습이 없으며, 도는 은밀하여 이름이 없다)

는 매우 작은 음성에서 나온다(大音希聲.)"라 하고, 하상공 주에
"대음은 천둥벼락과 같아서 때를 기다려 움직이니, 기운을 아껴서
말이 없는 듯한 것을 비유한다(大音, 猶雷霆, 待時而動, 喻常愛氣
希言也.)"라 했음. 여기서는 그림 속 인물이 말하지도 않고 소리도
내지 않지만, 안으로는 큰 지혜와 큰 소리를 간직하고 있음을 비유
하였다.

19 默然(묵연) : 말하지 않고 침묵하는 모습. 《전국책·제책(齊策)》에
"선왕이 조용히 말하지 않고 있었다(宣王默然不說.)"라 했음.

20 國楨(국정) : 국가의 지주(支柱). 여기서는 나라에서 중임을 맡을
수 있는 중요한 인재(棟梁之材)를 비유하였음. 임방(任昉)의 〈군의
청사를 나가며 범복야를 곡하다(出郡傳舍哭范僕射)〉시에 "평생 예
절이 여러 번 끊어졌지만, 나라의 지주로 우러러 받들어졌네(平生
禮數絕, 式瞻在國楨.)"라 했으며, 이주한(李周翰)은 주에서 "실제
로 국가의 으뜸가는 인물이다(實爲國家楨幹.)"고 했으며, 또한 《후
한서·오연사노조열전(吳延史盧趙列傳)》(제54)에 "고인 북중랑장
노식은 세상에 이름이 알려졌는데, 배움으로는 유학의 종장으로 선
비들의 모범이 되고 국가의 정간이 되었다(故北中郎將盧植, 名著
海內. 學爲儒宗, 士之楷模, 國之楨幹也.)"라 했음. 여기서는 그림
속 오록사가 침묵하면서 조용하지만, 마침내는 국가의 동량지재가
될 것임을 뜻하는 말이다.

38.

壁畵蒼鷹讚 (譏主人)

벽에 그려진 푸른 매에 대한 찬문

　지은 해가 미상인 작품으로, 벽에 그려진 푸른 매의 웅장한 모습을 생동적으로 묘사한 찬문이다. 원래 제목에 「기주인(譏主人; 주인을 나무라다)」이라는 세 자가 붙어 있어서 그림 소장자에 대해 풍자하는 뜻을 담고 있는데, 주인은 누구인지 밝혀지지 않고 있다. 이백은 본래 호방표일(豪放飄逸)하여 일찍이 대붕(大鵬)을 스스로에 비유하였으나 끝내 그 웅지를 펼치지 못하였으니, 「기주인」이란 단어는 자조한 말일 수도 있다.

　본문에서는 먼저 그림 속 푸른 매의 위풍당당한 모습을 생동적으로 묘사하였으며, 이어 관중들의 경악하는 반응에서 이 그림의 예술적인 매력을 돌출시키고 있어서 제화 시문의 묘미를 만끽할 수 있는 작품이다.

　이렇듯 화가가 매의 모습과 정신을 공들여 묘사한 그림을 작가가 다시 글로 화가의 구도를 생동적으로 재현한 것에서 이백의 천재성을 발견할 수 있다. 또한, 찬문가운데 그림을 보는 여러 사람으로 하여금 경악시킬 만하다는 표현 등에서 제화문(題畵文)의 묘미를

느끼게 하는 글이다. 비록 칭찬하는 말은 적지만, 함축적인 뜻이
내포되어 있다.

突兀[1]枯樹, 傍無寸枝。
上有蒼鷹獨立, 若愁胡之攢眉[2]。
凝[3]金天之殺氣[4], 凜[5]粉壁之雄姿[6]。
觜鋘劍戟, 爪握刀錐。
群賓失席以腥眙[7], 未悟丹青之所爲[8]。
吾嘗恐出戶牖以飛去[9], 何意終年而在斯[10]！

우뚝 솟은 고목나무여, 곁에는 조그만 가지도 없구나.
나무 꼭대기에 홀로 서 있는 푸른 매는
근심스러운 오랑캐가 두 눈썹을 찌푸리는 모습과 같도다.
가을 하늘의 살기(殺氣)를 모은 채
벽화 속 위풍당당한 자태는 늠름하기도 하여라.
털 뿔은 창검으로 찌르는 듯 날카롭고
발톱은 칼과 송곳을 쥐고 있는 듯하니,
여러 손님은 좌석을 벗어나 경악하면서
단청(丹青) 그림인 줄 깨닫지 못하는구나.
나도 일찍이 들창문에서 나와 날아갈 것만 염려하였지,
평생 이곳에 머물러 있을 줄 어찌 알았으리오!

....

1 突兀(돌올) : 높이 솟아오르는 모양.

2 愁胡之攢眉(수호지찬미) : 매의 푸르고 깊은 눈이 오랑캐의 근심스런 깊은 눈과 비슷하였으므로「愁胡」에 비유하였음.「攢眉」는 두 눈썹을 찌푸리는 것(緊蹙). 손초(孫楚)의 〈응부(鷹賦)〉에 "깊숙이 들어간 눈과 나방모양 눈썹은 근심에 찬 오랑캐와 흡사하구나(深目蛾眉, 狀如愁胡.)"라 하고, 또 왕연수(王延壽)의 〈노영광전부(魯靈光殿賦)〉에 "오랑캐들이 멀리 기둥 위에 모였는데, 메 까마귀처럼 몸을 앞으로 굽힌 채 서로 마주하노라. 날랜 독수리가 노려보는 듯, 긴 머리 쳐들고 우묵한 사팔눈으로 쳐다보는데, 모습은 마치 위험한 곳에서 슬피 걱정하듯, 비통하여 근심스럽고 초췌하구나(胡人遙集於上楹, 儼雅跂而相對. 仡欺猲以雕眈, 顑頷顟而睽睢. 狀若悲愁於危處, 憯顰蹙而含悴.)"라 했다*.

3 凝(응) : 모으다. 축적되다.

4 金天之殺氣(금천지살기) :「金天」은 가을로, 오행에서 가을은 금에 속하므로 금천(金天)이라 부른다. 진자앙(陳子昂)의 〈양왕의 동방 정벌을 수행하는 저작좌랑 최융 등을 보내며(送著作佐郎崔融等從楊王東征)〉란 시에 "가을 하늘에 서늘한 기운이 가득하니, 차가운 이슬이 온 세상을 덮었네(金天方肅殺, 白露始專征.)"라 읊었고, 주(註)에 "당(唐)나라 사람들은 대부분「금천」이라고 쓰는데, 곧 가을 하늘이다. 가을은 오행에서 금에 속하기 때문에, 금천(金天)이라고 부른다(唐人多使金天字, 則秋天也. 秋于五行屬金, 故曰金天.)"라 했음.

---

* 이주한은 주에서 "호인들은 추하고 좁은 얼굴과 독수리가 쳐다보는 듯한 모습을 하고, 또한 위험하고 고통스러운 곳에서 슬퍼하고 근심하는 것 같고, 더욱이 슬퍼서 눈썹과 코를 찡그리면서 근심에 빠진 것 같다(胡人醜形狹面, 目如鶚視, 又如悲愁, 處於危苦, 更若憯怛顑眉蹙鼻而含憂也.)"라 했음.

5 凜(늠) : 추위가 심한 모양. 늠름한 모습.

6 雄姿(웅자) : 웅장하고 위풍당당한 모습. 《예문유취》권91 부현(傅玄)의 〈응부(鷹賦)〉에 "웅장한 모습은 세상과 아득히 떨어져 있고, 뛰어난 기상은 무성하게 나타나네(雄姿邈世, 逸氣橫生.)"라 했음.

7 失席以腥眙(실석이악치) : 「失席」은 좌석을 벗어나는 것. 「腥眙」는 경악(驚愕)으로, 「腥」은 「愕」과 통한다. 반고의 〈서도부(西都賦)〉에 "놀라서 계단으로 올라갈 수 없었다(猶愕眙而不能階.)"라 하고, 장선(張銑)은 주에서 "악치」는 놀라는 모습(愕眙, 驚貌.)"이라고 했음.

8 丹靑之所爲(단청지소위) : 「丹靑」은 원래 진사(辰砂)와 청석(靑石) 두 종류의 빨갛고 파란 안료를 가리키지만, 뒤에는 안료로 칠해진 그림을 널리 가리켰다. 여기서는 푸른 매가 그려진 벽화를 가리키는데, 여러 손님이 놀라서 좌석에서 일어나면서도 이것이 원래 한 폭 그림 속의 매라는 것을 깨닫지 못함을 말한 것임.

9 吾嘗恐出戶牖以飛去(오상공출호유이비거) : 「嘗恐」은 항상 염려하는 것. 「戶牖」은 창문. 나는 일찍이 이 창응이 창문으로 날아갈 것을 염려했다는 말이다.

10 何意終年而在斯(하의종년이재사) : 「何意」는 조금도 예상치 못했다. 「斯」는 여기. 평생 이 벽 위에 있을 줄을 생각지 못했다는 말임.

39.

方城張少公廳畫師猛讚

방성현 장 소공의 관아에 그려진 용맹스러운 사자에 대한 찬문

천보 10년(751) 이백이 호남성 방성현(方城縣)을 유람할 때, 장현위(張縣尉)가 근무하는 관청 벽에 그려진 용맹스러운 사자의 모습을 그린 사자도(獅子圖)를 보고 지은 찬문이다.

특히 용맹스런 사자의 모습을 묘사한 부분에서 매섭게 치켜세운 눈썹과 눈, 바람에 흩날리는 갈기 털, 톱날 같은 어금니, 갈고리 같은 발톱에서 진노하는 사자의 웅장한 모습이 눈 앞에 펼쳐진 듯 생동적으로 묘사되었다.

제목의 「방성」은 현 이름으로, 당대에는 산남동도 당주(唐州) 춘릉군(春陵郡)이며, 지금의 하남성 방성현이다. 「장소공」은 방성현에 근무하는 현위로 사적이 밝혀지지 않고 있으며, 「소공」은 소부(少府)로, 현위의 경칭이다. 「사맹(師猛)」은 흉맹스러운 사자로, 일찍이 북제(北齊)의 양자화(楊子華)가 사맹도(獅猛圖)를 그렸다고 전한다.

張公之堂, 華壁¹照雪。
師猛在圖, 雄姿奮發²。
森辣³眉目, 颯灑毛骨⁴。
鋸牙銜霜⁵, 鉤爪抱月⁶。
犨蹲胡以震怒⁷, 謂有厦⁸之嶢屼⁹。
永觀厥容, 神駭不歇¹⁰。

장공 현위(縣尉)가 근무하는 관청에는
눈이 비치듯 벽이 화려한데,
용맹스러운 사자가 그림 속에서
웅장한 자태를 떨치고 있구나.
눈썹과 눈을 매섭게 치켜세운 채
갈기 털을 바람에 흩날리노라.
톱날 같은 어금니는 서리를 머금고
갈고리 같은 발톱은 달을 품고 있다네.
웅크리고 앉아 당기는 호인(胡人)에게 진노하는 모습이여,
높은 건물이 위태롭게 솟은 듯 하구나.
오래도록 그 위용을 바라보고 있노라면,
정신이 아득해서 눈길조차 뗄 수 없어라.

....

1 華壁(화벽) : 광채 나는 아름다운 벽.
2 奮發(분발) : 정신을 진작시키는 것으로, 사자가 신령스러운 자태를
   지니고 있음을 가리킨다. 장 소공이 근무하는 관청 벽 위에 웅장한
   자태를 떨치는 사자도가 있음을 설명한 것이다.
3 森辣(삼랄) : 높이 솟아 빼어난 모습(高聳挺立). 수양제(隋煬帝)의

〈북향의 오래된 소나무(北鄕古松樹)〉시에 "노송 한그루가 서 있는데, 우뚝 솟아 진정 수풀을 이루었네(古松有一樹, 森辣詎成林.)"라 읊었음.

4 颯灑毛骨(삽쇄모골) : 「颯灑」는 바람에 흔들리는 모습. 반고(班固)의 〈서도부(西都賦)〉에 "옥 수레에 올라 당시 임금이 탔으니, 봉황 덮개가 흔들리며 난새 소리가 영롱하게 화답하네(登玉輅, 乘時龍, 鳳蓋颯灑, 和鸞玲瓏.)"라 했음. 「毛骨」은 갈기 털을 가리킨다. 여기서는 그림 속 사자가 눈썹을 세운 채, 노한 눈으로 갈기를 흔들고 있는 모습을 말한다.

5 鋸牙銜霜(거아함상) : 톱니같이 가지런한 어금니가 서리를 머금은 것처럼 하얀 상태를 말한다.

6 鉤爪抱月(구조포월) : 갈고리 같은 사자의 발톱이 달을 안고 있는 것처럼 둥근 것. 우세남(虞世南)의 〈사자부(獅子賦)〉에 "사자의 모습이로다. …… 갈고리 같은 발톱과 톱니 같은 어금니는 창을 숨기고 예리함을 비축하고 있도다. …… 으르렁 포효하니 강남을 쓸어버릴 듯하고, 용맹한 기운에 조용한 마음조차 굴복당하는구나(其爲狀也. …… 鉤爪鋸牙, 藏鋒蓄銳. …… 哮呼則江南振蕩, 服精心於猛氣.)"라 했음.

7 掣蹲胡以震怒(체준호이진노) : 「掣」는 견인(牽引)으로, 끌어당기는 것. 《광운(廣韻)》에 「체」는 당기는 것(掣, 挽也.)"이라 하고,《설문해자》에 「준」은 웅크리는 것(蹲, 踞也.)"이라 했다. 왕기는 「준호(蹲胡)는 사자를 조련하는 호인(胡人)을 말한다. 호인이 웅크리고 앉아서 끌어당기는 것을 사자가 진노하여, 조련하는 호인을 사자가 있는 곳으로 당기는 것이다」라고 하였음.

8 有廈(유하) : 높은 건물. 《회남자 · 설림(說林)》에 "큰 건물(유하)이 준공되자, 제비와 참새 무리가 서로 즐거워했다(有廈成而燕雀相

賀.)”라 했음.

9 **嶢屼**(요올) : 높고 험한 모양. 불안정한 모습. 좌사의 〈오도부(吳都 賦)〉에 “저 산과 연못이 높고도 험하구나(爾其山澤, 則嵬巍嶢屼.)” 라 했음.

10 **神駭不歇**(신해불헐) : 「神」은 정신, 「駭」는 놀라는 것. 조식의 《낙신 부(洛神賦)》에 “마음이 움직이고 영혼이 놀라다(精移神駭.)”라 했 음. 여기서는 오래도록 그림 속의 사자를 쳐다보고 있으면, 정신이 놀라서 그칠 수 없음을 말한다.

40.

羽林范將軍畫讚

우림군 범 장군의 초상화에 대한 찬문

천보 2년(743) 이백이 장안(長安)에서 한림공봉(翰林供奉)으로 있을 때, 황제 근위군인 범장군(范將軍)의 화상에 대한 찬문인데, 장군의 위엄있고 용맹스러운 모습을 잘 부각시키고 있다.

본문은 범장군의 초상화를 제제로 하여 세부분으로 나누어 기술했는데, 먼저 우림군의 공적과 재능을 묘사하고, 다음으로 범장군이 군왕의 은총을 입고 장군으로 제수되어 웅심와 호기로 대국의 명성을 오랑캐지방까지 드날리는 위용(威容)을 묘사하였으며, 마지막으로는 범장군의 초상화가 기린각(麒麟閣)에 그려지고 황실을 호위하는 무신(武臣)으로 공업(功業)이 영원할 것이라고 칭송하였다.

이 작품의 지은 시기에 대하여 주금성(朱金城)·구태원(瞿蛻園)은 《이백집교주(李白集校注)》에서 본문 가운데 「오랑캐 백만 병사들이 종횡무진으로 날뛴다(胡兵百萬, 橫行縱吞.)」등의 구절을 들어 안사란 이후 지었을 가능성을 제기했지만, 침영(詹鍈)은 천보 초기 장안에 머무르던 시기에 지었다고 하였다.

제목에서 「우림(羽林)」은 금군(禁軍)의 별칭으로, 서한(西漢) 때

부터 설치되었으며 황제 근위군(近衛軍)이다. 당대에는 좌우의 우림군을 두고 대장군과 장군 등의 관직이 있었다. 《신당서·백관지(百官志)》에 "좌우 우림군에는 대장군이 각 1인으로 정삼품이며, 장군은 각 3인으로 종삼품이다(左右羽林軍大將軍各一人, 正三品, 將軍各三人, 從三品.)"라 했다.

羽林[1]列衛[2], 壁壘南垣[3]。
四十五星, 光輝至尊[4]。
范公拜將, 遙承主恩[5]。
位寵虎臣[6], 封傳[7]雁門[8]。
瞻天蹈舞, 踴躍精魂[9]。
逐逐[10]鶚視[11], 昂昂[12]鴻騫[13]。
心豪祖逖[14], 氣爽劉琨[15]。
名震大國[16], 威揚列藩[17]。
麟閣之階[18], 粉圖[19]華軒[20]。
胡兵[21]百萬, 橫行[22]縱吞。
爪牙[23]帝室[24], 功業長存。

우림군(羽林軍)이 늘어서서 벽루성(壁壘星) 남쪽을 호위하는데, 마흔다섯 뭇별처럼 지존(皇帝)을 빛내고 있도다.
범공(范公)은 장군으로 임명되어 멀리서 군왕의 은혜를 받들고자, 호랑이 같은 무신으로 총애받으며 안문(雁門)으로 행군하였어라.
하늘을 우러러 춤추고 정신을 떨치며 도약하니,

물수리가 먹이를 노려보듯 기러기가 높이 나는 듯하구나.

마음은 조적(祖逖)같이 호방하고,

기상은 유곤(劉琨)처럼 날래도다.

명성이 대국을 진동하고 위세는 여러 번국(藩國)에 드날렸으니,

기린각(麒麟閣) 공신처럼 화려한 누각에 화상이 그려졌다네.

백만 오랑캐 병사들을 종횡으로 격멸시키나니,

황실을 호위하는 무신으로서 공업(功業)이 길이 보존되리로다.

....

1 羽林(우림) : 별자리(星座) 이름. 마흔다섯 개의 별들로 조성(組成)되
었으며, 벽루성 남쪽에 있어서 고인들은 천군(天軍)의 별로 여겼다.

2 列衛(열위) : 배열하여 둥글게 둘러싸서 지키는 것.

3 壁壘南垣(벽루남원) : 「壁壘」는 별자리 이름. 삼벽(參壁), 삼벽진
(參壁陣)이라고도 하며, 열두 개의 별들로 조성되었는데, 2십8수 성
좌 중 열세 번째인 실성(室星)의 남쪽에 있으며, 천군(天軍)의 원루
(垣壘)가 되었다. 《사기 · 천관서(天官書)》에 "그 남쪽에는 많은 별
들이 있는데, 이를 우림천군이라고 부르며, 천군좌(天軍座)의 서쪽
이 누좌(壘座)다(其南有衆星, 曰羽林天軍. 軍西爲壘.)"라 하고, 장
수절(張守節)은 《정의(正義)》에서 "우림 마흔다섯 개의 별들은 아
홉 개씩 모여 있으며, 누벽 남쪽에 산재해 있는 것이 천군이다(羽林
四十五星, 三三而聚, 散在壘壁南, 天軍也.)"라 했음. 여기서는 우
림 군대가 배열하여 호위하는 것이 마치 천상의 우림 4십5성이 남
원의 벽루에 흩어져 빛나는 황제의 군대를 지키고 있는 것과 같다고
하였다.

4 至尊(지존) : 지고무상의 지위. 대부분 황제의 지위를 가리키므로
황제의 존칭으로 쓴다. 가의의 〈과진론(過秦論)〉에 "황제가 되어 천

지 사방을 다스렸으며, 매와 회초리를 잡고 천하 백성을 채찍질하고 매질하였다(履至尊而制六合, 執敲撲以鞭笞天下.)"라 했음.

5 **主恩**(주은) : 군왕의 은혜. 《구당서 · 최연전(崔衍傳)》에 "정원(貞元; 785~804) 연간에 세상에서는 군왕의 은혜를 갚으려고 자주 진상하였다(貞元中, 天下好進奉, 以結主恩.)"고 했음.

6 **虎臣**(호신) : 범 같은 신하로, 호장(虎將)을 가리킨다. 《시경 · 노송(魯頌) · 반수(泮水)》에 "회수에 있는 오랑캐들이 복종하였네. 범처럼 용맹스런 무신들이로구나(淮夷攸服, 矯矯虎臣.)"라 하고, 공영달은 소에서 "교교하게 위엄있고 씩씩한 모습이 호랑이처럼 용감한 신하와 같도다(矯矯然有威武如虎之臣.)"라고 했음.

7 **封傳**(봉전) : 역권(驛券)으로 지금의 통행증과 비슷하다. 《사기 · 맹상군열전(孟嘗君列傳)》에 "통행증(봉전)을 고치고, 이름과 성을 바꿔서 관문을 나왔다(更封傳, 變名姓以出關.)"라 했음.

8 **雁門**(안문) : 당대 하동도 대주(代州) 안문군(雁門郡). 당대 북방의 중요한 진으로 지금의 산서성 대현(代縣) 일대.

9 **瞻天蹈舞, 踴躍精魂**(첨천도무, 용약정혼) : 「瞻天」은 앙망천공(仰望天空), 「天」은 황제를 대표한다. 「蹈舞」는 무도. 하늘을 우러러 절하고 춤추면서 정신을 떨쳐 도약하는 것으로, 범장군이 임명받을 때 격동하는 심정을 표현한 것이다.

10 **逐逐**(축축) : 반드시 얻고자 하는 모습. 《역경 · 이괘(頤卦)》에 "호랑이가 눈을 부릅뜨고 먹이를 노려보듯, 그 욕심이 마구 일어나 쫓아가지만, 허물이 없다(虎視耽耽, 其欲逐逐, 無咎.)"라 했음.

11 **鶚視**(악시) : 「鶚」는 매과의 물수리. 「鶚視」는 물수리가 노려보듯 용사들의 눈빛이 예리한 것을 형용하며, 용사를 가리키기도 한다. 양무제(梁武帝)의 〈서울을 옮기고자 하는 격문(移京邑檄)〉에 "물수리가 노려보듯 선두를 다투며, 용이 머리를 들고 함께 달려가네(鶚

視爭先, 龍驤並驅.)」라 했음.

12 昂昂(앙앙) : 출중한 모습으로 의지와 행동이 고상한 것을 비유함.
《초사·복거(卜居)》에 "오히려 고상한 모습은 천 리를 달리는 말과
같구나(寧昂昂若千里之駒乎.)"라 했음.

13 鴻鶱(홍건) : 「鶱」은 당연히 「鶱」으로 해야 하며, 기러기가 높이 나
는 모습. 《수서·우작전(虞綽傳)》에 "난새가 높이 날고 봉황은 서성
거리며, 까치가 기어가고 기러기는 날아가네(鸞翔鳳跱, 鵲起鴻
鶱.)"라 했음.

14 心豪祖逖(심호조적) : 범방군이 조적의 지기보다 더 장쾌하다는 말.
「祖逖」은 다음에 나오는 「유곤(劉琨)」과 함께 동진의 장수로서, 두
사람은 교분이 두터워 모두 중원을 수복하려는 큰 뜻을 가졌는데,
후조(後趙) 석륵(石勒)의 침입을 방어하는 큰 공을 세웠다. 《진서
(晉書)·조적전(祖逖傳)》에 "(조적은) 사공 유곤과 함께 사주의 주
부가 되어 침식을 같이했다. 한밤중에 들닭이 우는 소리를 듣고 유
곤을 깨우면서, 「이는 나쁜 소리가 아니다」고 말하고 함께 일어나
춤을 추었다. 조적과 유곤은 모두 영명한 기개가 있어 세상사를 얘
기할 때마다 한밤중에 일어나 앉아 서로 이르기를, 「만약 세상의
솥이 끓어서 호걸들이 일어나면, 나와 자네도 중원으로 피난할 것이
다」…… 조적은 사직이 기울어지며 망하자, 항상 수복하려는 마음
을 품었다. 빈객 가운데 의로운 무리들 모두 사납고 걸출한 용사인
데, 조적은 그들을 자식이나 동생처럼 여겼다. …… 황제(東晉元帝)
는 조적을 분위장군 겸 예주자사로 삼고 1천 명분의 군량과 3천 필
의 베를 주었을 뿐, 병장기도 제대로 갖추어 주지 않은 채 스스로
군사를 모집하도록 했다. 조적은 자기를 따라 남하했던 부곡(部曲:
일종의 사병) 1백여 집안을 거느리고 장강을 건너 북상했는데, 이때
강 위에서 노를 치면서 맹세하기를 「조적이 중원을 평정하고 적들

을 몰아내지 않으면, 장강의 물처럼 흘러가서 다시 되돌아오지 않겠다」라 하니, 말투가 장렬하여 모든 사람이 개탄해 마지않았다((祖逖)與司空劉琨俱爲司州主簿, 共被同寢. 中夜聞荒雞鳴, 蹴琨覺曰, 此非惡聲也. 因共起舞. 逖琨竝有英氣, 每語世事, 或中宵起坐, 相謂曰, 若四海鼎沸, 豪傑竝起, 吾與足下, 當相避於中原耳. …… 逖以社稷傾覆, 常懷振復之志. 賓客義徒皆暴傑勇士, 逖遇之如子弟. …… 帝乃以逖爲奮威將軍・豫州刺史, 給千人稟, 布三千匹, 不給鎧仗, 使自招募. 仍將本流徙部曲百餘家, 渡江中流, 擊楫而誓曰, 祖逖不能清中原而復濟者, 有如大江! 辭色壯烈, 衆皆慨歎.)」라 했음.

15 **氣爽劉琨**(기상유곤) : 범장군이 유곤의 기개와 비교하여 더 영준하다는 말. 《진서・유곤전(劉琨傳)》에 "유곤은 젊어서부터 의지와 기개를 지니고 재주가 뛰어났으니, 자기보다 나은 사람과 교유하면서 몹시 자만하였다. 범양사람 조적과 벗으로 지냈는데, 그가 관직에 임용되었다는 소문을 듣고 친구에게 보내는 편지에 「나는 창을 베개삼아 베고 아침이 되기를 기다리면서 오랑캐 무리를 몰아내는 것에 뜻을 두었는데, 늘 조적이 나보다 먼저 공을 세울까 염려하였다」라고 썼으니, 그들의 서로 기약한 장한 기개가 이와 같았다(琨少負志氣, 有縱橫之才, 善交勝己, 而頗浮誇. 與范陽祖逖爲友, 聞逖被用, 與親故書曰, 吾枕戈待旦, 志梟逆虜, 常恐祖生先吾著鞭. 其意氣相期如此.)"라는 기록이 있음.

16 **大國**(대국) : 강역이 광대한 제후국으로, 당대에는 번진(藩鎭)을 대신 가리킴. 조식(曹植)의 〈정익에게 드리는 시(贈丁翼詩)〉에 "대국에는 뛰어난 인재가 많으니, 비유하면 바다에 빛나는 진주가 나오는 것과 같구나(大國多良材, 譬海出明珠.)"라 했다.

17 **列藩**(열번) : 여러 번국(藩國)으로 봉건왕조의 속국이지만, 당대에

는 번진의 절도사를 가리킴. 범장군의 위명이 각 변경의 절도사에게 떨친 것을 말한다.

18 麟閣之階(인각지계) : 「麟閣」은 곧 기린각(麒麟閣)이며, 한나라 초에 소하(蕭何)가 지은 건물로, 미앙궁(未央宮) 안에 있다. 한 선제(宣帝)시 곽광(霍光) 등 11인의 공신상을 누각 위에 그려서 그들의 공적을 찬양하였다. 후에는 그림으로서 탁월한 공훈과 최고의 영예를 표시하였다. 우희(虞羲)의 〈곽장군의 북벌을 읊은 시(詠霍將軍北伐詩)〉에 "지금 기린각 위에는, 천 년 동안 기릴 영웅들의 이름이 있도다(當今麟閣上, 千載有雄名.)"라고 읊었음. 「階」는 관등(官等), 벼슬의 등급. 이 구는 범장군의 위치가 공신의 열위에 거처할 만하다는 뜻.

19 粉圖(분도) : 그림, 화도(畫圖). 이백의 〈당도현 소부 조염이 그린 산수화를 노래하다(當塗趙炎少府粉圖山水歌)〉란 시에서 "오색으로 그려진 그림이 어찌 귀할 것인가? 실제 산이어야 자신의 몸을 온전히 할 수 있다네(五色粉圖安足珍, 眞山可以全吾身.)"라 읊었음.

20 華軒(화헌) : 화려한 누각. 《문선》권30 왕미(王微)의 〈잡시(雜詩)〉에 "슬픔 겨운 아내는 높은 돈대에 올라, 화려한 누각(화헌)에 기댄 채 오랫동안 시름에 잠겨있네(思婦臨高臺, 長想憑華軒.)"라 읊고, 여연제는 주에서 "「헌」은 누각 위에 있는 굽은 난간이고, 「화」는 화려하게 장식한 색채다(軒, 樓上鉤欄也. 華者, 有華飾文彩也.)"라 했음.

21 胡兵(호병) : 북방 소수민족의 군대.

22 橫行(횡행) : 앞에 있는 적을 경시히여 대오를 갖추지 않고 진격하는 것. 《사기·계포난포열전(季布欒布列傳)》에 "저에게 십만의 군사를 준다면, 흉노 땅에서 마음껏 횡행할 것입니다(臣願得十萬衆,

橫行匈奴中.)"라 했음. 범장군이 백만의 오랑캐 병사 가운데에서
종횡으로 달리면서, 적군을 격멸시켜 천하를 평정한 것을 말한다.

23 爪牙(조아) : 새나 짐승의 발톱과 어금니, 우익(羽翼)과 같은 말로
무신을 비유함. 《시경·소아·기보(祈父)》에 "기보여, 나는 임금님
의 호위 무사이네(祈父, 予王之爪牙.)"라 하고, 공영달(孔穎達)의
《정의(正義)》에 "새는 발톱을 짐승은 어금니를 사용하여 자기의 몸
을 방위한다. 이 사람은 스스로 왕의 발톱과 어금니라고 하면서,
새와 짐승을 자신에 비유하였다(鳥用爪, 獸用牙, 以防衛己身. 此
人自謂王之爪牙, 以鳥獸爲喻也.)"라 하고, 《시경정고(詩經正詁)》
에서는 "왕의 「조아」는 왕의 호위무사로, 곧 호분(근위병)이다(王之
爪牙, 王之護衛之士, 蓋即虎賁也.)"라 했음.

24 帝室(제실) : 천자가 거처한 곳, 황실(皇室). 《진서·의양성왕전(義
陽成王傳)》에 "안으로는 황실을 보좌하고, 밖으로는 위엄과 권세
를 성대하게 했다(內輔帝室, 外隆威重.)"라 했음. 우림 범장군은
황실을 보호하는 중신으로서, 그 공적이 세상에 길이 보존될 것이
라는 말.

41.

金銀泥畵西方淨土變相讚 并序
금은으로 분칠한 서방정토를 강설하는 변상도에 대한 찬문과 병서

    천보 2년(743) 이백이 호주지방을 유람할 때, 호주자사(湖州刺史) 부인이 죽은 남편의 극락왕생(極樂往生)을 위하여 서방정토(西方淨土)를 강설하는 한 폭의 변상도(變相圖)에 대해 찬문을 지어달라고 요청하자, 기꺼이 응하여 지은 문장이다. 금은(金銀)으로 휘황찬란하게 분칠하여 그린 아미타불(阿彌陀佛)이 거주하는 서방 극락세계(極樂世界)의 화려하고 웅장한 모습을 생동적으로 묘사하고 있다.

    「금은니화(金銀泥畵)」는 금과 은가루를 개서 만든 물감으로 그린 그림이다. 「서방정토(西方淨土)」는 서방에 있는 극락국토로, 곧 극락세계이며, 미타국(彌陀國)이라고도 부른다. 불교에서는 세상의 다섯 가지 더러운 오탁(五濁), 즉 명탁(命濁), 중생탁(衆生濁), 번뇌탁(煩惱濁), 견탁(見濁), 겁탁(劫濁)에 물들지 않은 청정한 세계를 정토라고 한다. 《법원주림(法苑珠林)》권15 〈경불(敬佛)·미타부(彌陀部)·회명(會名)〉에 "세계는 밝고 깨끗하여 눈으로 보면 청정하니, 청정한 곳에 사는 것을 토(土)라고 부른다. 그래서 《섭론(攝論)》

에서는 「머무는 땅에는 오탁이 없으니, 파찬가 등을 청정토라고 부른다」고 했으며, 《법화론》에서는 「번뇌가 없는 중생이 머무르는 곳을 정토라고 부른다」라 했다(世界皎潔, 目之爲淨, 即淨所居, 名之爲土. 故攝論云, 所居之土, 無於五濁, 如玻璨珂等, 名清淨土. 法華論云, 無煩惱衆生住處, 名爲淨土.)"는 기록이 있다.

「변상(變相)」은 당대 승려들이 승속들에게 불경의 내용이나 불교의 고사를 강연할 때 문장과 그림을 함께 사용했는데, 그 문장을 변문(變文)이라 하고 그림을 변상(變相)이라 했다. 대부분 그림은 석굴이나 사원의 벽면, 혹은 종이나 비단 위에 그렸는데, 연속된 화면으로 불교 고사의 이야기를 표현하여 불교 교리를 광범위하게 전파하는 통속예술이다. 《오등회원(五燈會元)》권1〈홍인대만선사(弘忍大滿禪師)〉에 "(홍인은) 본래 화공인 처사 노진(盧珍)을 불러 능가변상(楞伽變相)을 그리려고 했는데, 벽에 적힌 게송을 보고 그리려던 것을 멈추고 각자 게송을 읽도록 했다(其壁本欲令處士盧珍繪楞伽變相, 及見題偈在壁, 遂止不畫, 各令念誦.)"는 기록이 있다.

이 찬문은 서방정토와 변상도를 제재로 하여 서언과 찬사로 나누어졌는데, 내용은 4개 단락으로 세분할 수 있다. 첫 번째 단락에서는 불교에서 알려진 극락정토의 소재지와 부처의 형상, 서방정토의 환경 등에 대하여 묘사하였으며, 두 번째 단락에서는 금은으로 만든 서방정토 변상도는 전 호주자사 위공(韋公)의 부인인 진씨(秦氏)가 죽은 남편을 위해 화공에게 청하여 만든 것으로, 변상도를 제작한 내용과 이유에 대하여 기술하였다. 세 번째 단락에서는 서방정토의 미려한 경물과 기묘한 음악을 구체적으로 묘사하고, 아울러 굳건한 신심을 가지고 발원하면 내세에 반드시 극락세계에 태어날 것이라는 공덕을 묘사하였다. 그리고 네 번째 단락인 찬사는 서문의 총괄로서, 먼저 자비로운 아미타불의 형상과 서방정토의 변상도를 묘사하고, 이어 죽은 사람의 영혼이 고해를 건너 무량수불에 의지하여 극락세계에 왕생할 것이라는 희망을 피력하였다.

41-1

我聞金天¹之西, 日沒之所, 去中華十萬億刹², 有極樂世界³焉。彼國之佛⁴, 身長六十萬億常沙⁵由旬⁶, 眉間白毫, 向右宛轉如五須彌山⁷, 目光清白若四海⁸水。

端坐說法, 湛然常存⁹。沼明金沙¹⁰, 岸列珍樹。欄楯¹¹彌覆, 羅網周張。車渠¹²瑠璃¹³, 爲樓殿之飾, 頗黎¹⁴碼瑙¹⁵, 耀階砌之榮。皆諸佛所證, 無虛言者。

나는 서방 하늘 해지는 쪽으로, 중국에서 십만억찰(十萬億刹) 떨어진 곳에 극락세계가 있다고 들었노라. 그 나라의 부처님은 신장이 6십만억 항사유순(恆沙由旬)이며, 미간의 흰 눈썹은 다섯 수미산(須彌山)이 오른쪽으로 굽어있는 듯하고, 눈빛은 사해의 물처럼 맑게 빛나는 모습이라네.

단정히 앉아 설법하시는데, 움직이지 않고 언제나 조용히 머무르시노라. 늪은 금모래로 밝게 빛나고 언덕에는 보배나무가 늘어서서, 난간을 덮은 채 그물처럼 두루 벌려 있도다. 차거(車渠)와 유리(瑠璃)로 전각을 장식하고, 파려(頗黎)와 마노(碼瑙)로 섬돌에 핀 꽃들을 빛나게 하였나니, 모두 여러 부처님이 증명한 것으로 헛된 말이 아니로다.

....

1 金天(금천) : 가을이나 서방의 별칭. 음양오행에서 가을과 서방은
 금에 속하므로 가을을 금천이라 불렀다. 《예기 · 월령》(孟秋之月)에
 "그 임금은 소호(少暤)이고, 그 신령은 욕수(蓐收)다(其帝少暤, 其
 神蓐收.)"라 하고, 공영달은 《정의(正義)》에서 "여기서 가을은 그
 임금이 소호로, 서방의 금위에 있음을 말한 것이다(案此秋云其帝
 少暤, 在西方金位.)"라 했음.

2 十萬億刹(십만억찰) : 「十萬億」은 매우 먼 것을 표시한 허수(虛數).
 「刹」은 범어(梵語)를 음역한 「찰다라(刹多羅)」의 생략된 이름으로
 토지나 국토(國土)를 말한다. 왕기는 "찰은 여러 부처님이 머무는
 국토이다(刹, 爲諸佛所住國土.)"라 했으며, 《일체경음의(一切經音
 義)》권1에는 "刹은 擦이라고도 하며, 음은 찰이다. 범어로는 차다라
 로, 여기서는 토전(土田; 논과 밭)으로 해석한다. 경전가운데에서는
 나라(國)라고도 하며, 혹은 땅(土)이라고도 하는데, 그 뜻은 같다.
 또 찰을 토라고 할 때는 두 가지 음이 있다(刹, 又作擦, 音察. 梵言
 差多羅, 此釋云土田. 經中或言國, 或云土者, 同其義也. 或刹作土
 者, 存二音也.)"고 했음.

3 極樂世界(극락세계) : 아미타불이 상주하고 있는 불국토로, 「안양
 (安養)」· 「무량수불토(無量壽佛土)」라고도 한다. 《불설아미타경》
 에 "부처님이 장로 사리불을 불러서 말씀하셨다. 「여기 사바세계에
 서 서쪽으로 십만억 불국토를 지난 곳에 극락이라고 하는 세계가
 있는데, 그곳에는 아미타불이 계시며 지금 설법하고 계시느니라. 사
 리불이여, 그 세계를 어찌하여 극락이라 부르는가 하면, 그 나라의
 중생들은 어떠한 고통도 없이 무한한 즐거움 속에서 살아가므로 극
 락이라 하느니라」(佛告長老舍利弗, 從是西方, 過十萬億佛土, 有

世界名曰極樂, 其土有佛, 號阿彌陀, 今現在說法. 舍利弗, 彼土
何故名爲極樂? 其國衆生, 無有衆苦, 但受諸樂, 故名極樂.)"고
했음.

4 **彼國之佛**(피국지불)이하 6구 : 《관무량수경(觀無量壽經)》에 "무량
수불의 키 높이는 6십만억나유타항하사유순이며, 눈썹사이에 난 백
호는 오른쪽으로 굽어 돈 것이 마치 다섯 수미산과 같았다. 부처님
의 눈은 사방 큰 바다의 물처럼 청백색이 분명하게 구분되었다(無
量壽佛, 身高六十萬億那由他恒河沙由旬. 眉間白毫, 右旋宛轉,
如五須彌山. 佛眼如四大海水, 靑白分明.)"고 했음.

5 **常沙**(상사) : 항사(恆沙), 곧 항하(恒河; 인도 갠지스강)의 모래. 수
량이 매우 많아 계산할 수 없음을 형용한 것.

6 **由旬**(유순) : 범어로 이정(里程)의 단위. 왕기는 《법원주림》·《비
담론》에서 「4주는 1궁이고 5백궁은 1구로사이며, 8구로사는 1유순
이다. 중국의 이정(里程)으로 비교하면, 1유순은 6십 리쯤 된다(法
苑珠林·毗曇論云, 四肘爲一弓. 五百弓爲一拘盧舍, 八拘盧舍爲
一由旬. 以中國道里較之, 一由旬合得六十里.)"고 했음.

7 **須彌山**(수미산) : 인도 신화 가운데 나오는 산 이름으로, 불교에서
흔히 인용됨. 수미산의 높이는 8만4천유순이고, 산 정상에는 제석
천(帝釋天)이 살고 있으며, 사방의 산허리는 4천왕천이며, 주위에
는 일곱 향해(香海)와 일곱 금산(金山)이 있고, 제7금산 밖에 있는
철위산(鐵圍山)은 함해(咸海)가 둘러싸고 있으며, 함해의 네 주위
에는 4대부주(大部州)가 있다고 한다.

8 **四海**(사해) : 사방의 바다로 동·서·남·북해.

9 **湛然常存**(담연상존) : 「湛然」은 맑고 깨끗한(淸澈) 모양, 혹은 안정
되어 움직이지 않는 모양. 왕기는 "영원히 움직이거나 무너지지 않
음을 말한 것이다(言其永無遷壞也.)"라 했으며, 《남제서·고환전

(顧歡傳)》에서는 "도신은 흙먼지로 가리고 햇빛에 손상되었어도, 맑은 모습으로 항상 그대로 있다(陶神者, 使塵惑日損, 湛然常存.)" 라고 했음.

10 沼明金沙(소명금사) : 곧 연못 바닥 땅에 순수한 금모래가 깔려서 물이 맑게 흐르는 것. 「沼明金沙」이하 8구는 극락세계의 장엄한 환경을 묘사한 것. 《아미타경》에 "극락세계에는 일곱 겹으로 된 난간과 일곱 겹 나망(羅網:구슬로 장식된 그물)과 일곱 겹 가로수가 있는데, 금·은·청옥·수정의 네 가지 보석으로 눈부시게 장식되어 있다. 극락세계에는 또 칠보로 된 연못이 있고 그 연못에는 여덟 가지 공덕의 물로 가득 찼으며, 연못 바닥은 금모래가 깔려 있다. 사방 계단 길에는 금·은·유리·파리로 이루어졌고, 위에 있는 누각 역시 금·은·유리·파리·차거·적진주·마노로 장엄하게 꾸며졌다(極樂國土, 七重欄楯, 七重羅網, 七重行樹, 皆是四寶周匝圍繞. 有七寶池, 八功德水, 充滿其中, 池底純以金沙布地. 四邊階道, 金·銀·琉璃·玻璃合成. 上有樓閣, 亦以金·銀·琉璃·玻璃·硨磲·赤珠·瑪瑙而嚴飾之.)"고 했음.

11 欄楯(난순) : 난간(欄干).

12 車渠(차거) : 옥석류(玉石類)의 건축재료, 불경 속 칠보중 하나.

13 瑠璃(유리) : 범어 유리(琉璃)로, 칠보 가운데 하나이며, 청색의 보옥(寶玉)이다.

14 頗璨(파려) : 「玻璨」와 같음. 오색의 파려가 있는데, 홍색으로 귀하며 칠보중 하나. 《본초강목·파려(頗璨)》에 "이시진(李時珍)이 말하길, 본래는 파려(頗璨)이며, 파려는 국명이다. 그 구슬은 물과 같이 맑고 옥처럼 견고하므로 수옥이라 부르며, 수정과 같은 이름이다(時珍曰, 本作頗璨. 頗璨, 國名也. 其瑩如水, 其堅如玉, 故名水玉, 與水晶同名.)"라 했음.

41-2

金銀泥畫西方淨土變相, 蓋馮翊郡[16]秦夫人奉爲亡夫湖州
刺史韋公[17]之所建也。

夫人蘊冰玉之淸[18], 敷聖善之訓[19]。以伉儷[20]大義, 希拯拔於
幽塗[21], 父子恩深, 用重修[22]於景福[23]。誓捨珍物, 購求名工, 圖
金創端[24], 繪銀設像[25]。

금은으로 그린 서방정토변상도(西方淨土變相圖)는 풍익군(馮翊
郡) 진(秦)부인이 죽은 남편 호주자사(湖州刺史) 위공(韋公)을 위해
받들어 모신 그림이라네.

부인은 얼음과 옥같은 청백함을 간직하여 성스럽고 훌륭한 교훈
을 넓게 펼쳤어라. 부부의 명분과 의리로 죽은 남편의 영혼을 지옥
에서 건져내기를 바랐으니, 부자간 은혜가 깊었던 아들이 향을 사
르고 예불하면서 부친의 큰 복을 빌었도다. 많은 돈을 아끼지 않고
유명한 화공(畫工)을 구하여, 금을 바탕에 바르고 은으로 채색하여
그림을 이루었노라.

················

16 馮翊郡(풍익군) : 당대 군 이름으로, 관내도(關內道) 동주(同州) 풍
   익군이다. 천보 원년(742) 풍익군로 바꾸었다가 건원 원년(756)에
   다시 동주로 환원하였으며, 지금의 섬서성 대려현(大荔縣)임.

17 **湖州刺史韋公**(호주자사위공) : 천보 연간에 위씨가 호주자사로 재
   직한 사람으로는 천보 8년(749)에 위금남(韋金南)이란 자사와 천보
   12년(753)에 위경선(韋景先)이란 자사가 복무했는데, 둘 중 하나이
   다. 호주(湖州)는 당대에는 강남 동도에 속하였고 지금의 절강성
   오흥(吳興)·안길(安吉)·장흥(長興) 일대이며, 자사는 주의 장관
   으로 군의 태수(太守)에 해당됨.

18 **蘊冰玉之清**(온빙옥지청) : 얼음과 옥같이 청백함을 축적한 것으로,
   그 정결(貞潔)함을 비유한 것.

19 **敷聖善之訓**(부성선지훈) : 「敷」는 펴는 것. 「聖善」은 예지(叡智)와
   선덕(善德)이 있는 것으로, 고대에 모친을 칭찬하는 말.《시경·패
   풍(邶豊)·개풍(凱風)》에 "어머니는 성스럽고 훌륭하시다(母氏聖
   善.)"라 하고, 정현의 전(箋)에서 "어머니가 예지와 선덕이 있는 것
   (母乃有叡智善德.)"이라 했다. 이 구는 어머니의 성스러운 교훈을
   널리 펴는 것을 말하였음.

20 **伉儷**(항려) : 부부. 남편과 아내. 배우(配偶).

21 **幽塗**(유도) : 「幽途」로 쓰이며, 명간(冥間)인 지하, 지옥을 가리킨다.

22 **重修**(중수) : 「薰修」로, 향을 사르고 예불하면서 심신을 수양한다는
   말. 왕기는 주에서《석씨요람(釋氏要覽)》을 인용하여, "훈수라는 것
   은《현식론》에서 이르기를, 비유하면 향을 태워 옷에 향내가 배게
   하여 향체는 사라졌지만, 향기는 옷에 남아 있는 것과 같다. 이 향은
   남아 있다고 말할 수 없지만, 향기가 옷에 남아 있으므로 없다고
   말할 수도 없다(薰修者, 顯識論云, 譬如燒香薰衣, 香體滅以香氣
   在衣. 此香不可言有, 香體滅故, 不可言無, 香氣在衣故.)"라 했음.

23 **景福**(경복) : 큰 복.《시경·소아·소명(小明)》에 "그대의 큰 복을
   도우리라(介爾景福.)"하고, 모전(毛傳)에 「개」와 「경」은 모두 큰
   것이다(介·景, 皆大也.)"라고 했음.

24 圖金創端(도금창단) : 왕기 주에서 「금을 바탕에 바르면서, 시작하는 것(泥金爲質地, 而以爲創始.)」이라 했음.

25 繪銀設像(회은설상) : 왕기 주에서 「은으로 채색을 대신하여 형상을 그리는 것을 완성하는 것(以銀代彩色而繪成形像.)」이라 했음.

41-3

八法功德[26], 波動青蓮之池[27], 七寶香花[28], 光映黃金之地。清風所拂, 如生五音[29], 百千妙樂, 咸疑動作[30]。若已發願[31], 未及發願, 若已當生, 未及當生。精念七日[32], 必生其國。功德罔極[33], 酌而難名[34]。

여덟 가지 공덕은 청련(青蓮) 핀 연못 물결을 움직이고, 일곱 가지 보배로운 향화(香花)는 황금 깔린 땅을 비추고 있노라. 청풍이 스치니 다섯 음률이 나오는 듯하고, 천백의 미묘한 곡이 함께 연주되는 것 같구나. 이미 발원(發願)했거나 발원하지 못했거나, 이미 태어났거나 아직 태어나지 못했어도, 한마음으로 7일 동안 경전을 읽으면 반드시 극락국(極樂國)에 태어나리로다. 공덕은 끝이 없으니 짐작으로 헤아리기 어렵다네.

....

26 八法功德(팔법공덕) : 《관무량수경(觀無量壽經)》〈팔공덕수관(八功德水觀)〉에 "극락국토에 여덟 가지 공덕을 갖춘 연못물이 있는데, 하나하나의 연못물은 모두 칠보로 이루어져 있도다. 그 보배는 부드럽고도 유연한데, 구슬의 왕인 여의주에서 나온 것이다. 그 물은

열네 줄기로 나누어져 있고, 하나하나의 줄기마다 칠보 색을 띤 황
금의 개울로 되어 있는데, 그 개울의 바닥에는 여러 가지 색의 금강
석 모래가 깔려 있다네. 하나하나의 개울은 60억 송이의 칠보로 된
연꽃이 있고, 하나하나의 연꽃은 둥글고 탐스러우며, 그 지름이 12
유순이로다. 마니보주에서 나오는 물이 연꽃 사이로 흘러들어 보배
나무를 따라 오르내리는데, 그 소리가 미묘하게 고(苦; 一切皆苦)
와 공(空), 무상(諸行無常), 무아(諸法無我)* 등과 모든 바라밀(波
羅蜜)을 연설하였다네. …… 이것을 팔공덕수라고 한다(極樂國土,
有八池水, 一一池水, 七寶所成. 其寶柔軟, 從如意珠王生. 分爲十
四支, 一一支作七寶妙色. 黃金爲渠, 渠下皆以雜色金剛以爲底沙.
一一水中, 有六十億七寶蓮華, 一一蓮華團圓, 正等十二由旬. 其
摩尼水流注華間, 尋樹上下, 其聲微妙, 演說苦空無常無我諸婆羅
蜜. …… 是爲八功德水.)"라 하고, 또한 《칭찬정토경(稱讚淨土經)》
에 "무엇을 팔공덕수라 하는가? 첫째는 맑고 깨끗한 징정, 둘째는
선명하고 서늘한 청랭, 셋째는 단맛나는 감미, 넷째는 가볍고 연한
경연, 다섯째는 윤기나는 윤택, 여섯째는 편안하고 화락한 안화, 일
곱째는 마셨을 때 기갈 등 많은 허물과 근심을 제거하고, 여덟째는
마시면 사대로 이루어진 몸을 안정시키고 오래 살도록 하는 것이다
(何等名爲八功德水, 一者澄淨, 二者清冷, 三者甘美, 四者輕軟,
五者潤澤, 六者安和, 七者飮時除饑渴等無量過患, 八者飮已定能
長養諸根四大增益.)"라 하여, 극락의 물을 마신 자는 여러 가지의
뛰어난 선근(善根)을 증장(增長) 시킬 수 있다고 하였음.

27 靑蓮之池(청련지지) : 천축국에는 청련화(靑蓮華)가 있는데, 그 잎
이 길고 넓으며 청백이 분명하므로 불가에서는 청련화를 불안(佛

---

* 이를 삼법인(三法印)이라 함.

眼)에 비유하였음.

28 七寶香花(칠보향화) : 불교 용어. 7개의 보물로 만들어진 연꽃으로 칠보화라고도 함. 「七寶」는 《지도론(智度論)》권10에 "칠종의 보배가 있으니, 금·은·비유리·파려·차거·마노·적진주이다(有七種寶, 金銀毘瑠璃玻瓈硨磲碼磠赤眞珠.)"라 했으며, 또《관무량수경》에 "그 보배 나무들은 모두 칠보로 된 꽃과 잎을 갖추지 않은 것이 없으며, 하나하나의 꽃과 잎에서는 다른 보배의 색깔이 나온다. 유리색(琉璃色)에서 금색 광명이 비치고, 파리색에서 홍색 광명이 비치며, 마노색에서 차거 광명이 비치고, 차거색에서 녹진주 광명이 비치니, 산호, 호박 그리고 일체의 보배들이 이렇게 비추어 장식한다(其諸寶樹, 七寶花葉, 無不具足. 一一華葉作異寶色, 琉璃色中出金色光, 玻璃色中出紅色光, 瑪瑙色中出硨磲光, 硨磲色中出綠眞珠光. 珊瑚琥珀, 一切衆寶以爲映飾.)"고 했음. 팔공덕지(八功德池)에는 6십억 개의 칠보 연화가 있다고 한다.

29 五音(오음) : 음률(音律)의 다섯 가지 음인 궁(宮), 상(商), 각(角), 치(徵), 우(羽).

30 百千妙樂, 咸疑動作(백천묘악, 함의동작) : 천백 종류의 미묘한 곡이 모두 연주하는 것 같음을 말함. 《아미타경(阿彌陀經)》에 "저 불국토에는 미풍이 불면, 갖가지 보배로 장식된 가로수와 그물(羅網)에서 아름다운 노랫소리가 나는데, 그것은 마치 백천 가지의 음악이 동시에 울리는 것과 같다(彼佛國土, 微風吹動, 諸寶行樹, 及寶羅網, 出微妙音, 譬如百千種樂, 同時俱作.)"고 했음.

31 若已發願(약이발원)이하 必生其國(필생기국)까지 6구 :《아미타경》에 "어떤 선남자 선어인이 아미타불에 대한 이야기를 듣고 그 이름을 지녀 외우되, 하루나 이틀, 혹은 사흘 나흘 닷새 엿새 이레 동안 조금도 마음이 흐트러지지 않으면, 그가 목숨을 마칠 때에는 아미타

불이 여러 성인 대중들과 함께 그 사람 앞에 나타날 것이로다. 그래서 그 사람은 목숨을 마칠 때에도 마음이 뒤바뀌지 않으면, 아미타불의 극락국토에 왕생하게 될 것이니라. …… 어떤 사람이 아미타불의 극락국토에 가서 나기를 이미 발원하였거나 지금 발원하거나 혹은 장차 발원한다면, 그들은 모두 아뇩다라삼먁삼보리(無上正等正覺)에서 물러나지 않음을 얻어서, 그 국토에 벌써 났거나, 지금 나거나, 혹은 장차 날 것이니라. 그러므로 사리불이여, 나의 가르침을 믿는 선남자 선여인은 마땅히 저 극락국토에 가서 나기를 발원해야 할 것이니라(若有善男子善女人, 聞說阿彌陀佛, 執持名號, 若一日, 若二日, 若三日, 若四日, 若五日, 若六日, 若七日, 一心不亂, 其人臨命終時, 阿彌陀佛, 與諸聖衆, 現在其前. 是人終時, 心不顚倒, 即得往生阿彌陀佛極樂國土. …… 若有人已發願·今發願·當發願, 欲生阿彌陀佛國者, 是諸人等, 皆得不退轉於阿耨多羅三藐三菩提, 於彼國土, 若已生·若今生·若當生. 是故舍利弗, 諸善男子善女人, 若有信者, 應當發願, 生彼國土.)"라 했음.

32 **精念七日**(정념칠일) : 정신을 모아 일심불란하게 경을 외우면 7일이 지난 후에는 산란하지 않고 마음속에 부처의 경지가 자연스럽게 나타나는 것을 말함. 왕기는 주에서 "정념은 곧 한마음으로 어지럽지 않은 것이다. 지금 사람들은 많은 생각이 옮기고 흘러가 종일토록 그치지 못한다. 만약 마음이 정토를 따르게 한다면, 다르지 않고 잡스럽지 않아 칠 일이 되어도 끝내 산란하지 않아서, 마음속 부처님의 경계가 자연스럽게 온전히 나타난다. 만약 이 일을 믿지 않는다면, 이는 진실로 업장이 매우 깊고 두터운 까닭이다(精念, 即一心不亂也. 今人念念遷流, 不能終日. 若能注心淨土, 無二無雜, 至於七日, 終不散亂, 即心中佛境, 自然全顯矣. 或有不信是事, 良由業障深重故耳.)"라 했음.

33 罔極(망극) :「無極」과 같으며, 무궁(無窮)·구원(久遠)의 뜻. 왕기
　 는 "「망극」은 한계를 측정할 수 없는 것(罔極, 不可限量也.)"이라고
　 했음.
34 酌而難名(작이난명) :「酌」은 짐작(斟酌),「名」은 설(說). 짐작으로
　 헤아리기 어렵다는 말.

41-4

讚曰,

向西日沒處, 遙瞻大悲[35]顏。

目淨四海水, 身光[36]紫金山[37]。

勤念必往生, 是故稱極樂。

珠網珍寶樹, 天花散香閣。

圖畫了在眼, 願托彼道場[38]。

以此功德海[39], 冥祐[40]爲舟梁[41]。

八十億劫罪[42], 如風掃輕霜[43]。

庶觀無量壽, 長願玉毫光[44]。

찬을 지어 이르기를,

서쪽으로 해 지는 곳에 계신

자비로운 부처님 얼굴을 멀리서 바라보니,

눈은 사해(四海)의 바닷물처럼 맑고

몸은 자금산(紫金山)처럼 빛나는구나.

부지런히 염불(念佛)하면 반드시 왕생(往生)할 수 있으므로

그곳을 극락(極樂)이라 부른다네.

구슬 그물은 보배나무를 진귀하게 만들고,

하늘 꽃들은 향기로운 누각에 뿌려지노라.

그림으로 그려서 모두 눈 안에 있으니,

저 극락 도량(道場)에 맡겨지기를 바라는구나.

이 공덕의 바다에 의지하여

신령의 도움을 받아 고해(苦海)를 건너는 배와 다리가 되려 하네.

8십억 겁 동안 지은 죄를

바람이 가벼운 서리 쓸 듯 청소해 주나니,

바라건대 무량수불(無量壽佛)을 만나 뵈어서

양미간 옥호(玉毫)*가 영원히 비치기를 바라노라.

....

35 大悲(대비) : 큰 자비, 부처를 가리킴. 부처는 중생들을 모두 해탈시
   키려는 자비심이 넓고 크기 때문에 대비라고 했다. 《열반경(涅槃
   經)》권11 〈게언(偈言)〉에 "삼세의 모든 세존은 대비를 근본으로 삼
   는다. …… 만약 대비가 없다면 부처라고 부르지 않는다(三世諸世
   尊, 大悲爲根本 …… 若無大悲者, 是卽不名佛.)"라 하고, 또 《대지
   도론(大智度論)》권27에도 "대비는 모든 중생과 즐거움을 함께하며,
   대비는 모든 중생의 고통을 제거해 준다(大悲與一切衆生樂, 大悲
   拔一切衆生苦.)"라고 했음.

36 身光(신광) : 불교에서 쓰는 말로, 부처의 몸에서 나오는 밝은 빛을
   가리킨다. 유잠(劉潛)의 〈평등찰하명서(平等刹下銘序)〉에서 "제석
   과 범천은 그 몸의 광채를 빼앗고, 태양을 모는 신은 그 바퀴에 비추

---

* 아미타불의 미간에 난 흰 털.

는 것을 줄였도다(釋梵*奪其身光, 日車貶其輪照.)」라 했음.

37 紫金山(자금산):《법원주림》〈숙명편(宿命篇)·숙습부(宿習部)〉에 "《사자월불본생경》에서 이르기를 「멀리서 세존을 바라보니, 몸에서 나오는 밝고 환한 빛이 자금산 같아서, 같은 금색으로 대중들을 널리 비추는구나」(獅子月佛本生經云, 遙見世尊, 身放光明, 如紫金山, 普令大衆同於金色.)」라 하고, 왕기는 주에서 《불보은경(佛報恩經)》을 인용하여 "내가 부처님의 모습을 보니, 마치 자금산과 같도다(我見佛身相, 猶如紫金山.)」라 했음.

38 圖畫了在眼, 願托彼道場(도화료재안, 원탁피도량) : 위에서 기술한 모습들을 모두 그림 속에서 볼 수 있으니, 마음속으로 제사지내는 도량으로 여겨서 절하며 위탁하기를 바란다는 내용임.「了」는 모두, 전연(全然).「道場(도량)」은 불교에서 예배(禮拜)·송경(誦經)·제사(祭祀)·학도(學道)·행도(行道)하는 장소.《양서(梁書)·처사전(處士傳)》권51〈유선전(庾詵傳)〉에 "노년 이후에는 더욱 부처님의 가르침을 따랐으니, 집안에 도량을 세우고 주위를 돌며 예배와 참회하면서, 하루(六時**) 종일 그치지 않았다(晚年以後, 尤遵釋教, 宅內立道場, 環繞禮懺, 六時不輟.)」라고 했음.

39 功德海(공덕해) : 공덕이 바다와 같다. 불교에서「공」은 좋은 일(善行) 하는 것,「덕」은 복보(福報)를 얻는 것을 가리킨다.《승만경보굴(勝鬘經寶窟)》상권에 "악이 없는 것을 공이라 하고, 선이 가득한 것을 덕이라 한다. 또 덕은 얻는 것으로서, 공을 닦아야 얻을 수

---

* 석범(釋梵) : 석(釋)은 도리천(忉利天) 주(主)인 제석천왕이며, 범(梵)은 색계 초선천의 대범천왕(大梵天王)임. (불교자료실 참조)

** 하루를 6등분한 것. 신조(晨朝, 아침)·일중(日中, 한낮)·일몰(日沒, 해질 녘)·초야(初夜, 초저녁)·중야(中夜, 한밤중)·후야(後夜, 한밤중에서 아침까지).[《시공불교사전》참조]

있으므로 공덕이라고 부른다(惡盡言功, 善滿曰德. 又德者得也, 修功所得, 故名功德也.)"고 했음.

40 **冥祐**(명우) : 습기 차고 어두운(陰冥) 곳에서 보우를 받는 것. 신령의 보우(保祐). 《북제서·모용엄전(慕容儼傳)》에 "성 가운데 이전부터 세속에서 성황신이라 부르는 신령을 모신 사당 한곳이 있었는데, 공적 사적인 일에도 매번 기도하였다. 이에 병졸들의 마음도 순응하여, 서로 기도하기를 청하면서 신명이 보호해주기를 바랐다(城中先有神祠一所, 俗號城隍神, 公私每有祈禱. 於是順士卒之心, 乃相率祈請, 冀獲冥祐.)"는 기록이 있음.

41 **舟梁**(주량) : 부처가 자비심으로 중생을 제도함을 배와 다리에 비유한 말. 고해를 건너는 것을 비유하여 자항(慈航)이라고도 한다. 여기서는 지옥에서 고통 받는 사람들이 불법의 보우(保佑)를 받아 고해를 건넌다는 뜻임.

42 **八十億劫罪**(팔십억겁죄) : 《관무량수불경(觀無量壽佛經)》에 "만약 이 곳을 보는 사람은 팔십억겁 동안 지은 생사의 죄를 벗어나서, 몸을 버리고 다음 내세에서는 반드시 정토에 태어나리라(若觀是地者, 除八十億劫生死之罪. 捨身, 他世必生淨國.)"고 했음. 「劫」은 불교 명사로, 아득히 멀고 긴 시기를 의미한다. 고대 인도에서 세계는 약 천만년이 지나면 한번 멸하고 그 후에 다시 시작하는데, 이렇게 한번 멸하고 한번 생기는 것을 일겁이라 하며, 여기에는 성주괴공(成住壞空)*의 4시기를 포함하므로 사겁(四劫)이라고도 한다. 《수서(隋書)·경적지(經籍志)4》에 "불경에서 말하기를 천지 밖의 동서남북 상하에 다른 천지가 있는데, 그 끝이 없다. 그러나 모두

---

* 세상의 모든 것이 밟는 변화의 과정으로, 「형성 되어가는 과정」, 「안정하여 지속되는 과정」, 「쇠퇴해 가는 과정」, 「멸망해 없어지는 과정」이다.

이루어졌다가 없어짐이 있는데, 한번 이루어지고 한번 사라지는 것을 일겁이라고 부른다(佛經所說, 天地之外, 四維上下, 更有天地, 亦無終極, 然皆有成有敗, 一成一敗, 謂之一劫.)"라 했음.

43 如風掃輕霜(여풍소경상) : 여기서는 공덕을 원만히 닦아서 8십억 겁의 죄를 바람이 가벼운 서리를 쓸 듯 청소하는 것을 말함.

44 無量壽(무량수) : 곧 아미타불의 의역임. 《관무량수불경》에 "아미타불을 관조할 때는 한 가지 상호부터 보아 들어가야 하는데, 만약 미간 백호를 관조한다면, 모든 상을 다 본 것이 된다. 그래서 미간 백호를 보는 자에게는 부처님의 8만4천 상호가 저절로 앞에 나타난다(觀無量壽佛者, 從一相好入, 但觀眉間白毫, 極令明了. 見眉間白毫相者, 八萬四千相好, 自然當現.)"고 했음.

45 玉毫光(옥호광) : 부처의 미간에서 나오는 백색 방광(放光). 이백의 〈가을 양주 서령사 탑에 올라서(秋日登揚州西靈塔)〉란 시에서 "만일 부처님의 옥호를 볼 수 있다면, 여기에서 미혹된 곳을 비출 수 있으리라(玉毫如可見, 於此照迷方.)"라고 했으며, 《법화경》에 "그때 부처님께서 두 눈썹 사이에서 지혜의 빛을 동방으로 일만팔천 세계를 비추시니, 두루 닿지 않는 곳이 없었다(爾時佛放眉間白毫相光, 照東方萬八千世界, 靡不周遍.)"고 했음.

42.

江寧楊利物畫讚
강녕현령 양리물의 초상화에 대한 찬문

천보 13년(754) 초봄, 이백이 금릉(金陵)을 유람할 때 강녕현령 (江寧縣令) 양리물(楊利物)과 친밀한 교제를 맺었는데, 그 시기에 양 현령의 모습을 그린 초상화를 보고 지은 찬문이다.

이 찬문은 양리물의 초상화를 제재로, 양리물의 인품과 격조, 공업(功業)을 평론한 내용이다. 먼저 산악과 하천이 탄생시킨 기(夔)와 용(龍)같은 현인인 양리물에 대하여 그의 선조가 조성(趙城)의 개국공임을 밝혔으며, 이어서 그의 초상화가 조화옹이 그린 듯 핍진한 모습임을 묘사하였다. 다음에는 현령이 되어 어진 정사를 펼친 명성이 초상화로 전파되어 후세까지 전해질 것이라고 찬양하고 있다.

「강령현령 양리물」은 자가 자운(子雲)이다. 시문에 능한 인물로 이백전집에 자주 거론되고 있는데, 〈금릉에서 눈보라를 걱정하며 회포를 적어 양 강녕현령에게 드리다(金陵阻風雪書懷寄楊江寧)〉· 〈백로주에 머무르며 양 강녕현령에게 드리다(宿白鷺洲奇楊江寧)〉· 〈봄날 양 강녕현령과 여러 관리들을 모시고 북호에서 옛날을 회고

하며 짓다(春日陪楊江寧及諸官宴北湖感古作)〉등 그에 대해 읊은
시 세 수가 전해지고 있다. 또한 이백이 위만(魏萬)에게 준 〈왕옥산
으로 돌아가는 왕옥산인 위만을 보내며(送王屋山人魏萬還王屋)〉시
에도 "내 친구 양자운(揚雄)은 거문고로 노래하며 덕정을 펼쳤으니,
비록 강녕의 현령이지만 산공(山濤) 등 죽림칠현 무리와도 잘 어울
릴만한 인물이로다(吾友揚子雲, 弦歌播淸芬. 雖爲江寧宰, 好與山公
群.)"라 하여 두 사람의 우의가 매우 깊었음을 알 수 있는데, 본 문
장에서도 양리물에 대하여 매우 칭찬하고 있다.

   강녕현은 당대에 강남동도 윤주(江南東道潤州) 단양군(丹陽郡)
에 속하였으며, 지덕 2년(757)에 승주(昇州) 강녕군으로 고쳤다. 지
금의 강소성 남경시(南京市)이다.

　

太華高嶽¹, 三峰倚天²。
洪波經海³, 百代生賢。
爲夔爲龍⁴, 廓土濟川⁵。
趙城開國⁶, 玉樹⁷凌煙⁸。
筆鼓元化, 形分自然⁹。
明珠獨轉, 秋月孤懸¹⁰。
作宰作程, 摧剛挫堅¹¹。
德合窈冥¹², 聲播蘭荃¹³。
鴻漸¹⁴麟閣¹⁵, 英圖可傳¹⁶。

태화산(太華山)은 높은 뫼로 세 봉우리가 하늘에 기대어 섰으며,

큰 파도는 바다까지 흘러가면서 여러 세대 동안 현인들이 나왔구나.

기(夔)와 용(龍) 두 신하가 나와 토지를 개척하고 강을 다스렸으며,

조성(趙城)의 개국공(先祖)은 옥 나무처럼 구름 위에서 노닐었도다.

화필이 조화옹(造化翁)을 움직여 형상이 자연에서 분리되었으니,

맑은 구슬이 홀로 굴러가고 가을 달이 외따로 떠 있는 듯하구나.

현령이 되어 법도를 잘 지키는 모범이 되어서

강하고 악한 세력을 꺾어 저지하였으니,

공덕은 그윽한 도(道)와 합치되고

난초와 향초 같은 명성이 멀리 전파되었도다.

큰 기러기가 날아올라 기린각(麒麟閣)에 그려졌으니

영명한 초상화는 후세까지 전해지리라.

....

1 **太華高嶽**(태화고악) :「太華」는 곧 오악 중 서악 화산(華山)으로, 그 서쪽에 있는 소화산(小華山) 때문에 이렇게 불렸는데, 지금의 섬서성 동부에 있으며, 진령(秦嶺) 동단(東段)에 속한다. 《초학기(初學記)》권5 〈화산편〉에 "《산해경》에 이르기를「일명 태화산이라고도 부르며, 산은 사방이 깎아 이루어졌으며, 높이는 5천 길이고 넓이는 1천 리다」(山海經曰, 一名太華. 太華之山, 削成而四方, 高五千仞, 其廣千里.)"라 했음.

2 **三峰倚天**(삼봉의천) : 곽연생(郭緣生)의 《술정기(述征記)》와 《화산기(華山記)》에 "산 위에는 세 봉우리가 위로 솟았는데, 맑게 갠 날에는 볼 수 있다(其上有三峰直上, 晴霽可覩.)"라 했으며, 《태평어람》권39 〈구지부(九地部)〉에서는 "《화산기》에서 산에 세 봉우리가 있다고 하였는데, 연화봉 · 모녀(옥녀)봉 · 송회봉을 말한다(華山記云, 山有三峰, 謂蓮花 · 毛女(玉女) · 松檜也.)"는 기록이 있음.

3 **洪波經海**(홍파경해) : 「洪波」는 황하를 가리키며, 황하는 화산과 수양산(首陽山) 사이를 지나면서 동쪽 바다로 흘러간다.《초학기》권5 〈화산편〉에 "설종의 〈서경부〉주에서 말했다. 화산은 하동 수양산과 마주하는데, 황하가 그 사이로 흘러간다. 옛말에 이르기를 「이 산에 황하가 닿았을 때, 황하의 물결이 굽이돌아 흘러가자, 황하의 거대한 신령이 손으로 그 산꼭대기를 쪼개서 열어 저치고, 발로 밟아 산 아래를 떼어놓고, 가운데를 둘로 나누어 황하의 물결이 통하도록 했다」라 했다. 지금도 화산 꼭대기에 손자국을 볼 수 있고, 손바닥 형태가 온전히 남아있으며, 수양산 아래에도 발자취가 남아 있다(薛綜注西京賦云, 華山對河東首陽山, 黃河流於二山之間. 古語云, 此本一山當河, 河水過之而曲行, 河神巨靈以手擘開其上, 以足蹈離其下, 中分爲兩, 以通河流. 今覩手跡於華嶽之上, 指掌之形具在. 脚跡在首陽山下, 亦存焉.)"는 기록이 있음.

4 **爲夔爲龍**(위기위용) : 기(夔)는 전설에 나오는 괴물*. 여기서의 「夔龍」은 전설 가운데 순임금 때의 두 대신 이름이다.《상서·순전(舜典)》에 "백이가 머리를 숙여 절하며, 기와 용에게 양보하였다(伯拜稽首讓于夔龍.)"라 하고,《공전(孔傳)》에 "「기」와 「용」은 두 신하 이름(夔龍, 二臣名.)"이라고 했음.

5 **廓土濟川**(확토제천) : 토지를 개척하여 큰 강을 건넜다는 말.《후한서·주부전(朱浮傳)》에 "6국 시대에 그 세력이 각각 성대하여 수천 리 땅을 개척하고, 싸움에서 이긴 장병이 백만이었다(六國之時, 其勢各盛, 廓土數千里, 勝兵將百萬.)"**라 하고, 장선(張銑)은 주에

---

* 《산해경·대황동경(大荒東經)》에 "狀如牛, 蒼身而無角, 一足, 出入水則必有風雨, 其光如日月, 其聲如雷, 其名曰夔."라 했다.
** 《문선》권41에도 주부(朱浮)의 《위유주목여팽총서(爲幽州牧與彭寵書)》로 수록되었음.

서 "「곽」은 개척하는 것(廓, 開也.)"이라 했으며, 《서경 · 열명(說命)(上)》에 "만약 큰 냇물을 다스려 건널 수 있다면, 그대를 이용하여 배와 노로 삼겠다(若濟巨川, 用汝作舟楫.)"라 했음.

6 趙城開國(조성개국) : 양리물의 선조가 일찍이 조성(현)의 개국공에 봉해졌음을 이른 말. 「趙城」은 현 이름으로, 《신당서 · 지리지》에 의하면 당대 하동도 진주(河東道晉州)* 평양군(平壤郡)안에 조성현이 있다고 하였으며, 지금의 산서성(山西省) 홍동현(洪東縣) 북쪽 조성이다. 「開國」은 작위(爵位) 이름으로, 《신당서 · 백관지(百官志)1》에 "대개 작위는 9개 등급인데, 첫째는 왕으로 식읍이 1만호이며 정1품이다. 둘째는 왕위를 잇는 군왕으로 식읍은 5천호이며 종1품이다. 세 번째는 국공으로 식읍은 3천호며 종1품이다. 넷째는 개국군공으로 식읍은 2천호며 정2품이다. 다섯째는 개국현공으로 식읍은 1천5백호며 종2품이다. 여섯째는 개국현후로 식읍은 1천호며 종3품이다. 일곱 번째는 개국현백으로 식읍은 7백호며 정4품 상이다. 여덟째는 개국현자로 식읍은 5백호며 정5품 상이다. 아홉째는 개국현남으로 식읍은 3백호며 종5품 상이다(凡爵九等, 一曰王, 食邑萬戶, 正一品, 二曰嗣王 · 郡王, 食邑五千戶, 從一品, 三曰國公, 食邑三千戶, 從一品, 四曰開國郡公, 食邑二千戶, 正二品, 五曰開國縣公, 食邑千五百戶, 從二品, 六曰開國縣侯, 食邑千戶, 從三品, 七曰開國縣伯, 食邑七百戶, 正四品上, 八曰開國縣子, 食邑五百戶, 正五品上, 九曰開國縣男, 食邑三百戶, 從五品上.)"라 했음.

7 玉樹(옥수) : 아름다운 나무라는 뜻으로, 사람의 몸가짐이나 뛰어난 재능을 비유하는데, 양리물의 준미(俊美)함을 이른 말. 《세설신어 · 언어(言語)》에 "사 태부(謝安)가 여러 아들과 조카들에게 「어찌하여

---

* 《원화군현지》권12 하동도진주(河東道晉州)편 참조.

사람들은 자기 자제들이 출중하기를 바라는가?」라고 물으니, 여러
사람이 말하지 못하였지만, 거기장군(謝玄)이 대답하였다. 「비유하
면 지란과 옥수가 자기의 뜰에서 자라기를 바라는 것과 같습니다」
(謝太傅問諸子侄, 子弟亦何預人事, 而正欲使其佳? 諸人莫有言
者. 車騎答曰, 譬如芝蘭玉樹, 欲使其生於階庭耳.)」라 했음*.

8 凌煙(능연) : 능운(凌雲)과 같은 말로, 지향하는 바가 고상함을 비유
한 것임.

9 筆鼓元化, 形分自然(필고원화, 형분자연) : 「元化」는 조화옹, 조물
주. 《시비흥전(詩比興箋) · 진자앙시전(陳子·昂詩箋)》권3 〈감우(感
遇)6)에 "예전에는 신선의 도를 얻어서, 진실로 조화와 함께 하였다
네(古之得仙道, 信與元化幷.)"라 하고, 전(箋)에서는 "선인이 득도
하여 위로 올라간다는 것은, 모두 조화옹과 합치된다는 것과 같다
(箋曰, 正猶仙人之得道上乘者, 皆與造化合.)"고 했음. 이 두 구는
화가의 화필이 조화옹을 움직일 수 있어서, 사람의 형상이 자연 가
운데에서 분리되어 화면(畵面)으로 창조되었음을 말한 것으로, 그
림 속 초상이 신과 같음을 비유하였다.

10 明珠獨轉, 秋月孤懸(명주독전, 추월고현) : 「明珠」와 「秋月」은 양
리물의 형상과 인품이 고결함을 비유한 것. 《진서 · 위개전(衛玠
傳)》에 "왕제는 일찍이 사람들에게 말하기를 「위개(286-312)와 함
께 교유하면, 명주가 옆에 있는 것처럼 밝아서 사람을 환하게 비춘
다(王濟嘗語人曰, 與玠同遊, 炯若明珠之在側, 朗然照人耳.)"고
했음. 이 두 구는 명주가 홀로 구르고 또 가을 달이 외롭게 떠 있는

---

*《진서 · 사안전(謝安傳)》에도 "玄字幼度. 少穎悟, 與從兄朗俱爲叔父安所器
重. 安嘗戒約子侄, 因曰, 「子弟亦何豫人事, 而正欲使其佳?」諸人莫有言者,
玄答曰, 「譬如芝蘭玉樹, 欲使其生於庭階耳.」"라 했다.

것 같이, 초상화 속 양리물의 인품이 고결함을 말한 것이다.

11 作宰作程, 摧剛挫堅(작재작정, 최강좌견) : 「宰」는 현령. 「程」은 법식, 모범. 이 두 구는 양리물이 현령의 모범이 되어서 난폭하고 악한 세력들을 타격하여 좌절시킨 것을 말함.

12 德合窈冥(덕합요명) : 그 덕이 도가에서 말하는 도(道)에 합치되는 것. 「窈冥」은 도가에서 말하는 도(道)임. 《노자》21장에 "고요하고 그윽한 가운데 정수가 있다(窈兮冥兮, 其中有精.)"라 하고, 하상공(河上公)은 주에서 "도는 심원하여 형체가 없으나 그 가운데에 정수가 있으니, 신령과 서로 부합되고 음과 양이 한곳에서 만난다(道惟窈冥無形, 其中有精實, 神明相薄(薄), 陰陽交會也.)"라 했음.

13 聲播蘭荃(성파난전) : 방명(芳名)이 멀리 전파된다는 뜻. 「蘭」과 「荃」은 모두 향초로, 향기 나는 꽃(芬芳) 같은 미명을 대신 가리킨다. 《운회(韻會)》에 "「전」은 향초다(荃, 香草也.)"라 했음.

14 鴻漸(홍점) : 높이 오르는 것. 《주역·점괘(漸卦)》에 "초육은 기러기가 물가에 나아감이다(初六, 鴻漸於干.)"라 하고, 공영달은 《정의(正義)》에서 "홍은 물새이고, 간은 물가 언덕이다. 점차 앞으로 나아가는 방법은 아래에서 높이 올라가는 것이므로, 기러기가 아래에서 위로 날아가는 것에 비유하였다(鴻, 水鳥也. 干, 水涯也. 漸進之道, 自下升高, 故取譬鴻飛自下而上也.)"라 했으며, 또한 《후한서·채옹전(蔡邕傳)》에도 "기러기들은 점점 섬돌을 가득 채우고, 무리지어 날던 해오라기들은 정원을 채우노라(鴻漸盈階, 振鷺充庭.)"라 하고, 이현은 주에서 "주역에서 기러기가 뭍(陵)에 나아간다고 하였으며, 홍은 물새이다. 점차 뭍으로 나아가는 것은 군자가 조정으로 출사하는 것과 같다(易曰, 鴻漸於陸. 鴻, 水鳥也. 漸出於陸, 猶君子仕進於朝.)"고 했음.

15 麟閣(인각) : 기린각(麒麟閣)으로, 전한의 궁전 이름. 무제(武帝)가

기린을 얻었을 때, 마침 전각이 낙성되어 전각 안에 기린의 화상을 그려 붙이고 기린각이라 했으며, 선제(宣帝)가 공신(功臣)인 곽광(霍光), 장안세(張安世), 한증(韓增), 조충국(趙充國), 위상(魏相), 병길(丙吉), 두연년(杜延年), 유덕(劉德), 양구하(梁丘賀), 소망지(蕭望之), 소무(蘇武) 등 11명의 초상을 그려 벽에 걸어 놓은 전각임.

16 英圖可傳(영도가전) : 양리물이 벼슬길에 나가 고관이 되어서, 그의 초상화가 기린각에 걸려 후세에 영원토록 전할 것이라고 축원하는 말.

43.

金鄕薛少府廳畵鶴讚
금향현 설 소부의 관청 벽에 그려진 학에 대한 찬문

개원 25년(737) 이백이 동노(東魯)지방에 거주하면서 금향현(金鄕縣)을 유람할 때, 설소부(薛少府)가 근무하는 관청 벽에 그려진 학(鶴)에 대하여 쓴 찬문이다. 그림 속 선학(仙鶴)의 신령스런 자태를 매우 생동적으로 묘사하고 있다.

이 찬문은 선학도(仙鶴圖)를 제재로 전편을 통하여 학을 중심으로 3개 부문으로 나누어 기술하고 있는데, 먼저 설소부가 근무하는 관청과 송사업무에 대하여 기술하고, 다음에는 봉래산(蓬萊山)을 배경으로 그린 선학의 정수리와 눈동자, 풍채와 골격 등 고결한 자태를 묘사하고 있으며, 마지막 품평에서는 학의 특성을 핍진하게 그린 화공을 칭찬하면서 학이 살아있는 것 같다고 높이 평가하고 있다.

「설소부」는 누구인지 정확하지 않지만, 당대 주경현(朱景玄)은 《당조명화록(唐朝名畵錄)》에서 "설직(薛稷)은 측천무후 조정에서 재상을 지냈는데, 문장과 학술이 뛰어나 명성이 당시 으뜸이었다. 서예는 하남의 저수량(褚遂良; 596-658)을 스승으로 삼아서 당시에

「저수량을 팔아 설직을 얻었다」라고 칭찬 받으면서도 스승에 대한 절조를 잃지 않았다. 그림은 염립본(閻立本, 601-673)을 따랐는데 지금 비서성에 있는 학 그림은 당시 첫째라고 하였다. 일찍이 신안군을 유람하면서 이백을 만나 함께 머물렀을 때, 영안사 현판 글씨를 써주도록 부탁받고 아울러 벽에 서방 부처님을 그렸는데, 필력이 맑고 깨끗하며 풍채가 빼어나서 조중달(曹仲達)*과 장승요(張僧繇)**와 필적하였으니, 두 사람 자취의 아름다움은 이한림의 찬문에서 볼 수 있다. 또한 촉군에는 그의 학 그림과 더불어 불상·보살·푸른소 등의 그림이 세상에 전하는데 신품으로 여겨지고 있다(薛稷, 天后朝位宰輔, 文章學術, 名冠時流. 學書師褚河南, 時稱買褚得薛, 不失其節. 畫蹤如閻立本, 今秘書省有畫鶴, 時號一絶. 曾旅遊新安郡, 遇李白, 因相留, 請書永安寺額, 兼畫西方佛一壁. 筆力瀟灑, 風姿逸秀, 曹張之匹也. 二跡之妙, 李翰林題贊見在. 又蜀郡亦有鶴並佛像菩薩青牛等傳於世, 並居神品.)"라 했다***. 또한《선화화보(宣和畫譜)》권15〈설직소전(薛稷小傳)〉에도 "설직이 그린 그림에 대한 이태백의 찬문이 있다(李太白有稷之畫讚.)"고 했다.

「소부」는 현위(縣尉)의 별칭이다. 금향은 현 이름으로 당대에는 하남도 연주(兗州)에 속하였으며, 지금의 산동성 금향현이다.

---

* 조중달(曹仲達)은 북조 북제(北齊) 때 서역(西域) 조국(曹國) 사람으로 불교 인물화에 능했다. 북제 때 조산대부(朝散大夫)를 지냈다.

** 장승요(張僧繇)는 남조 양(梁)나라 화가. 강소성 오땅 사람으로 양 무제(재위 520-549) 때에 활동하였으며, 도교와 불교 인물화에 능하고 사원에 많은 벽화를 그렸다.

*** 왕백민은 이 기록이 사실과 부합되지 않는다고 하였는데, 설직이 죄에 연루되어 감옥에 갇혀 정치적 활동을 마칠 때 이백은 겨우 12세였다고 하였다.

高堂閑軒[1]兮, 雖聽訟而不擾[2]。
圖蓬山之奇禽[3], 想瀛海之眇眇[4]。
紫頂煙絶, 丹眸星皎[5]。
昂昂[6]貯貽[7], 霍若驚矯[8]。
形留座隅, 勢出天表[9]。
謂長喉於風霄, 終寂立於露曉[10]。
凝翫益古, 俯察逾妍。
舞疑傾市[11], 聽似聞弦[12]。
儻感至精[13]以神變, 可弄影[14]而浮煙。

한가롭고 높다란 관청(官廳)이여
송사(訟事)를 처리하면서도 소란스럽지 않구나.
봉래산(蓬萊山)에 사는 기이한 선학(仙鶴) 그림은
영주(瀛洲) 바다의 은은한 파도를 상상시키노라.
자줏빛 정수리에는 발그레한 연기 피어오르고
붉은 눈동자는 별처럼 밝게 빛나도다.
고결하게 오랫동안 서 있다가
갑자기 놀라 날아오르는 선학이여!
좌석 모퉁이에 머무는 모습이지만,
기세는 하늘 끝을 벗어나 있도다.
밤바람에 길게 울다가도
끝내는 새벽이슬 맞으며 조용히 서있구나.
느릿하게 노니는 모습 더욱 예스럽고,
굽어살피는 자태는 더욱 곱다네.
춤추니 저자거리가 무너질까 두렵고,

울음소리는 거문고 소리를 듣는 듯하구나.

만약 살아나 신통한 변화를 정묘하게 느낄 수 있다면,

그림자를 희롱하면서 뜬 구름 속에서 노닐고 있으리라.

....

1 高堂閑軒(고당한헌) : 「高堂」은 설 소부의 청당(廳堂). 「閑」은 청정
한 것.

2 聽訟而不擾(청송이불요) : 「聽訟」은 소송의 안건을 처리하는 것.
「不擾」는 번거롭고 어지럽지(煩亂) 않은 것.

3 圖蓬山之奇禽(도봉산지기금) : 「圖」는 그리는 것으로, 동사로 쓰였
다. 「蓬山」은 신화 가운데 신선이 산다는 봉래산(蓬萊山)을 가리킴.
「奇禽」은 그림 속 선학.

4 想瀛海之瞟眇(상영해지표묘) : 「瀛海」는 큰 바다. 영주(瀛洲)로 옛
날 신선이 살았다는 동해의 신산(神山)임. 「瞟眇」는 「縹緲」와 같은
데, 끝없이 넓거나 멀어서 있는지 없는지 알 수 없을 만큼 어렴풋한
것. 이 두 구는 화폭 위에 그려진 봉래산의 기금인 선학을 바라보니,
마치 영주 대해의 은은한 파도 위에 노니는 것 같음을 상상한 말이다.

5 紫頂煙飛, 丹眸星皎(자정연혁, 단모성교) : 「飛」은 적색. 「丹」은 홍
색. 「眸」는 눈동자로, 포조(鮑照)의 〈무학부(舞鶴賦)〉에 "붉은빛 머
금은 눈동자는 별처럼 빛나고, 자주색이 엉긴 듯한 이마는 연기처럼
화려하도다(睛舍丹而星曜, 頂凝紫而烟華.)"라 했음. 이 두 구는 선
학의 자주색 이마 위에 붉은 연기가 피어오르는 듯하고, 홍색의 눈
동자는 별들이 밝게 빛나는 것과 같음을 말한다.

6 昂昂(앙앙) : 기개가 헌앙(軒昂)한 모습. 무리를 벗어난 고결한 모
습. 《초사·복거(卜居)》에 "차라리 천리마같이 머리를 쳐들고 세차
게 달릴까요? 아니면 물속 오리처럼 둥실 떠다닐까요? (寧昂昂若千
里之駒乎? 將汎汎若水中之鳧乎?)"라 하고, 왕일(王逸)은 주에서

"「앙앙」은 뜻과 행동이 고결한 모습(昂昂, 志行高也.)"이라 했음.

7 佇眙(저이) : 오랫동안 서서 보는 것. 「欲飛」로 된 판본이 있음. 《문선》권5 좌사의 〈오도부(吳都賦)〉에 "선비와 부인들이 우두커니 서 있네(土女佇眙.)"라 하고, 유연림은 주에서 "「저이」는 서서 보는 것(佇眙, 立視也.)"이라 했음.

8 霍若驚矯(곽약경교) : 갑자기 놀라 날아오른다는 말. 왕기는 주에서 "「곽약」은 홀약(갑자기)과 같고, 「경교」는 놀라서 날아가는 것(霍若, 猶忽若. 驚矯, 驚飛也.)"이라 했음.

9 天表(천표) : 매우 높고 먼 하늘 밖(天外). 《문선》권1 반고의 〈서도부(西都賦)〉에 "나는 듯 높은 대문을 밀치고 위로 올라가서, 하늘 밖으로 눈길 돌려 바라보네(排飛闥而上出, 若遊目於天表.)"라 하고, 유량(劉良)은 주에서 "하늘은 밖이다. 복도에서 문을 열고 나가 바라보는 것이 마치 눈으로 하늘 밖을 보는 것과 같음을 말한 것이다(天, 外也. 言自閣道排門出望, 若目見天外.)"라 했음. 여기서는 그림 속 학이 좌석의 모퉁이에 머물러 있으나, 그 기세는 이미 하늘 밖에 날아가는 것 같음을 묘사한 말이다.

10 謂長唳於風霄, 終寂立於露曉(위장려어풍소, 종적립어노효) : 「唳」는 학의 울음소리. 《문선》권14 포조의 〈무학부(舞鶴賦)〉에 "붉은 계단 위에서 맑은 학 울음소리 들리니, 황금 누각에서 춤을 추며 나부끼는 모습이네(唳淸響於丹墀, 舞飛容於金閣.)"라 하고, 이선은 주에서 "「려」는 학 울음소리(唳, 鶴聲也.)"라 했다. 《예문유취》권90에서는 《역통괘험(易通卦驗)》을 인용하여 "입하가 되면, 맑은 바람이 불어오면서 학이 운다(立夏, 淸風至而鶴鳴.)"라 하고, 또 진 주처(周處)의 《풍토기(風土記)》를 인용하여 "우는 학은 이슬을 경계하는 것으로, 이 새는 조심스러운 성품을 지니고 있다. 8월이 되면 백로가 내려 풀 위로 흐르면서 방울마다 소리를 내는데, 이 소리를

들은 학은 높이 울면서 서로 경계하여 머물던 곳을 옮겨 이사한다
(鳴鶴戒露, 此鳥性警, 至八月白露降, 流於草上, 滴滴有聲, 因即
高鳴相警, 移徙所宿處.)"라는 기록이 있다. 또한 장화(張華)의 〈금
경주(禽經註)〉에도 "이슬이 내리면 학이 우는데, 가정에서 기르는
학도 이슬을 마시면 날아 가버린다(露下則鶴鳴, 鶴之馴養於家庭
者, 飮露則飛去.)"라 했음. 이 두 구는 그림 속의 학이 밤바람에
높이 울다가도 도리어 시종 조용히 새벽안개 속에 서 있음을 말한
것이다.

11 **舞疑傾市**(무의경시) : 조엽(趙曄)의 《오월춘추(吳越春秋) · 합려내
전(闔閭內傳)》에 "오왕에게 등옥이란 딸이 있었는데, 초나라를 공
격하려는 계획을 세우고 있었다. 부인과 딸이 함께 모여 고기를 쪄
먹을 때, 왕이 먼저 반쯤 먹다가 딸에게 주니, 딸이 화가 나서 「왕께
서 고기 먹는 것으로 나를 욕을 보였으니 오래 살 생각이 없습니다」
라 말하고 바로 자살하였다. 합려가 비통해 하며 오나라 서쪽 창문
(閶門) 밖에 장사지냈다. 땅을 파서 흙을 쌓고 무늬 석으로 관을
만들어 가운데에 금솥 · 옥잔 · 은 술동이 · 진주 저고리 같은 보물
을 모아서 모두 딸 무덤에 넣어 주었다. 그리고 오나라 시가지에서
흰 학에게 춤추도록 하고, 많은 사람이 따라가서 보게 하였다. 구경
하고 돌아오는 남녀와 학을 함께 문으로 들어가 남겨 놓은 채, 기계
를 작동하여 묘지문을 닫아서 산사람을 죽게 하였으니, 나라 백성들
이 모두 왕을 비난하였다(吳王有女滕玉, 因謀伐楚, 與夫人及女會
(食)蒸魚, 王前嘗半而與女, 女怒曰, 王食魚辱我, 不忘(忍)久生.
乃自殺. 闔閭痛之, 葬於國西閶門外. 鑿池積土, 文石爲槨, 題湊爲
中, 金鼎 · 玉杯 · 銀樽 · 珠襦之寶, 皆以送女. 乃舞白鶴於吳市中,
令萬民隨而觀之, 還使男女與鶴俱入羨門, 因發機以掩之, 殺生以
送死, 國人非之.)"는 고사가 전해오며, 포조의 〈무학부(舞鶴賦)〉에

서 "(학이) 위나라*로 들어가서는 수레를 탔지만, 오나라 수도에서 나와서는 저잣거리에서 죽임을 당했구나(入衛國而乘軒, 出吳都而傾市.)"라 읊었다.

12 聽似聞弦(청사문현) : 《한비자 · 십과(十過)》에 "사광은 마지못해 거문고를 잡고 연주했다. 한번 연주하니 검은 학 열여섯 마리가 남쪽에서 날아와서 낭문 담장에 모여들었으며, 두 번 연주하니 나란히 늘어섰으며, 세 번 연주하니 목을 빼고 울면서 날개를 펴고 춤추는데, 음 가운데 궁상의 소리가 하늘에서 들리는 듯하였다(師曠不得已, 援琴而鼓, 一奏之, 有玄鶴二八, 道南方來, 集於廊門之塊. 再奏之而列, 三奏之延頸而鳴, 舒翼而舞, 音中宮商之聲, 聲聞於天.)"라 했음.

13 至精(지정) : 지극히 정묘한 것으로, 여기서는 도를 가리킴. 《장자 · 추수(秋水)》에 "아주 작은 것은 형태가 없으며, 아주 큰 것은 밖에서 에워쌀 수 없다(至精無形, 至大不可圍.)"라 하고, 성현영(成玄英)은 소에서 "지극히 정밀하고 세세한 것은 형질을 되돌릴 수 없다(至精細者, 無復形質.)"라고 했음.

14 弄影(농영) : 포조의 〈무학부〉에 "서리같이 하얀 털이 겹치면서 그림자를 희롱하고, 옥 같은 날개를 펼치면서 노을에 다가가네(疊霜毛而弄影, 振玉羽而臨霞.)"라 읊었음. 이 두 구는 만약 이 그림 속 학이 진실로 살아서 도의 정묘하고 신통한 변화에 감동한다면, 자신의 그림자와 춤추고 희롱하면서 구름과 연기 속에서 노닐 수 있음을 말한 것이다.

---

* 〈좌씨전(左氏傳)〉에 "曰, 衛懿公好鶴, 鶴有乘軒者. 注云, 軒, 大夫車也."라 하였음.

44.

誌公畫讚
지공 화상에 대한 찬문

상원 원년(761) 이백이 금릉을 유람할 때, 당시 유명한 화가인 오도자(吳道子)가 그린 남조(南朝)의 고승 지공(誌公; 곧 寶志禪師를 가리킴)의 화상을 보고 지은 찬문이다. 이 찬문을 당시 대서예가인 안진경(安眞卿)이 글씨로 남기자, 후대에 오도자의 그림, 이백의 찬문, 안진경의 서예를 함께 비석으로 새겨「삼절비(三絶碑)」라 불렀는데, 지금까지도 남경(南京)과 양주(揚州)에 전해오고 있다.

이 찬문은 비록 40여 자의 짧은 단문이지만, 불교용어를 많이 사용하여 탁락불기(卓犖不羈)하고 광세지재(曠世之才)였던 고승 지공의 형상을 잘 표현한 뛰어난 작품이다. 내용은 지공의 초상화를 제재로, 지공의 불법 수행과 행적, 제(齊) · 양(梁) · 진(陳) 시대에 걸친 선견지명, 초상화 속의 성스러운 모습 등을 묘사하고 있다.

지공은 남조 때 고승인 보지화상(寶志和尚)으로, 《고승전 · 양경사석보지(梁京師釋保誌)》(권11)에 다음과 같이 그의 행적이 자세히 전한다.

"승려 보지*는 본래 성이 주씨(朱氏)이며 금성(金城) 사람이다. 어려서 출가하여 서울에 있는 도림사(道林寺)에 머무르며, 사문 승검(僧儉) 화상을 스승으로 모시면서 좌선을 닦았는데, 송 태시 (466-471)초, 홀연 다른 궁벽한 곳으로 옮겨갔다. 거처를 한곳으로 정하지 않고, 음식도 일정치 않게 먹으며, 머리털은 몇 마디씩 자라고, 항상 맨발로 석장(錫杖) 하나를 짚고 거리를 다녔는데, 지팡이 꼭데기에는 전도(剪刀; 머리털 자르는 칼)와 거울하나 혹은 한 두필의 비단을 걸어놓았다. 제나라 건원(480-482)중 차츰 기이한 행적을 보였으니, 몇일동안 먹지 않고도 주린 빛이 없었으며, 사람들과 말할 때 처음에는 알아차리기 어려웠지만, 뒤에는 모두 말한 대로 효험이 나타났다. 간혹 시를 지으면, 시어가 비결(祕訣)을 기록한 듯하여 서울에 사는 선비와 서민들이 공경하며 섬겼다. 제(齊)나라 무제는 그가 대중들을 미혹시킨다고 여겨서 수도 건강(建康)으로 잡아들여 감옥에 가두었다. 다음 날 아침 사람들은 그가 저잣거리로 들어가는 것을 보았는데, 감옥 안을 점검하니 여전히 감방 안에 있었다. 지공이 옥리에게 말하기를 「문밖에 수레 두 대가 황금 바리때에 밥을 가득 담아 가지고 올 것이니, 네가 가져오거라」하자, 바로 제나라 문혜태자(文惠太子)와 경릉왕자(竟陵王子) 양(良)이 지공에게 공양(供養)하려고 밥을 보내왔다고 하였으니, 과연 그의 말대로 나타났다. …… 이러한 종류의 선견지명은 비일비새하였다. 지공이 흥황사(興皇寺)와 정명사(淨明寺) 두 절을 왕래할 때, 금상 (今上)인 양무제(梁武帝)가 등극하여 높은 예를 갖추고 만나려고

---

* 寶志를 保誌라고도 씀.

했다. 앞서 제나라 때는 지공의 출입을 여러 차례 금지하였지만, 금상이 즉위하고 나서는 조서를 내리기를 「지공의 자취는 속세의 풍진 속에 있으면서도 신선처럼 그윽하고 평온하게 노닐었으며, 불과 물로도 그를 태우거나 적시지 못하였고, 뱀과 호랑이도 두려움을 주지 못했다. 불교의 이치로 얘기하면 성문승(聲聞僧) 이상이고, 세상을 피해 사는 것(은둔)으로 말하면 숨어 있는 신선이로다. 그러나 우리는 이렇듯 세속인의 마음으로 공상(空相)을 억제시켰으니, 그 천박함이 여기까지 이르렀단 말인가. 지금 이후로 도를 펼치려고 왕래할 때는 마음대로 출입하도록 하고 다시는 막지 말라」고 하니, 지공선사는 대궐 안을 마음대로 출입할 수 있었다. …… 지공의 기이한 명성은 4십여 년 동안 잘 알려져서 남녀들이 공경하며 섬기는 자들이 헤아릴 수 없이 많았다. 천감 13년(514) 겨울, 대후당에서 사람들에게 「보살은 장차 떠나리라」라 말하고 열흘이 채 안되서 병 없이 죽었는데, 시체에서는 연한 향기가 나고 몸과 얼굴에는 희열로 빛났다. 임종할 때, 스스로 촛불하나를 태우면서 후각의 사인인 오경(吳慶)에게 뒷일을 부탁하였다. 오경이 죽음을 알리니 임금이 탄식하며 「대사를 다시 더 머무르게 할 수가 없구나. 촛불은 이후의 일을 나에게 부탁한 것이리라」하고, 후하게 염하여 전송하고 종산(鍾山)에 있는 독룡(獨龍) 언덕에 장사지냈다. 그리고 묘소에 개선정사(開善精舍)를 세우고, 칙명으로 육수(陸倕)에게 명사(銘辭)를 지어 무덤 안에 비치해 놓도록 하였다. 왕균(王筠)에게 절문에 비문(碑文)을 새기도록 했으며, 그 형상을 후세에 전하도록 곳곳에 설치하였다. 지공이 처음 자취를 드러내기 시작하여 5-6십년 동안 죽을 때까지 늙지 않았으므로, 사람들이 그 나이를 헤아리지 못했다. 서첩도(徐捷道)라는 사람이 서울에서 9일 동안 관청 북쪽에 머물며 스스로 지공의 외사촌 동생이라 하면서 지공보다 네 살이 적다고 하였으니, 계산해보면 지공이 별세할 때 나이는 97세였다(釋保誌, 本姓朱, 金城人. 少出家, 止京師道林寺. 師事沙門僧儉爲和尙, 修習禪業. 至宋泰始初, 忽如僻異. 居止無定, 飮食無時, 髮長數寸, 常跣行街巷, 執一錫杖, 杖頭掛剪刀及鏡, 或掛一兩匹帛. 齊建元中, 稍見異跡. 數日不食, 亦無饑容. 與人言, 始若難曉, 後皆效驗. 時或賦詩, 言如讖記. 京師士庶, 皆敬事之. 齊武帝謂其惑衆, 收駐建康. 明旦人見其入市, 還檢獄中, 志猶在焉. 誌語獄吏, 門外有兩輿食來, 金鉢盛飯, 汝可取之. 旣而齊文惠太子·竟陵王子良, 並送食餉誌, 果如其言. …… 其預見之明, 此類非一. 誌多去來興皇·淨明兩寺. 及今上龍興, 甚見崇禮. 先是齊時多禁誌出入, 今上(梁武帝)卽位, 下詔曰, 誌公跡拘塵垢, 神遊冥寂. 水火不能燋濡, 蛇虎不能侵懼. 語其佛理, 則聲聞以上, 談及隱倫, 則遁仙高者. 豈得以俗士常情, 空相拘制, 何其鄙狹一至於此. 自今行道來往, 隨意出入, 勿得復禁. 誌自是多出入禁內. ……誌知名顯奇, 四十餘載. 士女恭事者, 數不可稱. 至天監十三年冬, 於臺後堂謂人曰, 菩薩將去. 未及旬日, 無疾而終. 屍骸香軟, 形貌熙悅. 臨亡, 自燃一燭, 以付後閣舍人吳慶, 慶卽啓聞, 上歎曰, 大師不復留矣! 燭者, 將以後事囑我乎? 因厚加殯送, 葬於鍾山獨龍之阜. 仍於墓所立開善精舍, 敕陸倕製銘辭於塚內, 王筠勒碑文於寺門. 傳其遺像, 處處存焉. 初誌顯跡之始, 年可五六十許, 而終亦不老. 人咸莫測其年. 有徐捷道者, 居於京師九日臺北, 自言是誌外舅弟, 小誌四年, 計誌亡時應年九十七矣.)"라는 보지선사의 행장 기록이 있다.

또한 《남사·은일전(隱逸傳)하》에도 "사문(沙門)* 보지화상은 비록 머리를 깎았지만 항상 관을 썼으며, 아랫도리는 치마와 승려의 도포를 입었으므로 세속에서는 지공이라 불렀다(沙門釋寶誌, 雖剃髮而常冠, 下裙帽衲袍, 故俗呼爲誌公.)"고 했다.

《고승전(高僧傳)》에 따르면, 보지선사는 〈대승찬(大乘贊)〉10수, 〈십사과송(十四科頌)〉14수, 〈십이시송(十二時頌)〉12수의 작품을 남기고 있는데, 내용이 후대 선종(禪宗)의 취지와 부합되어 선종 문하의 여러 조사들이 많이 인용하였으므로, 보지선사의 가르침은 이미 조사선(祖師禪)의 선하를 이루었다고 인정되었다.

水中之月[1], 了不可取[2]。
虛空其心, 寥廓無主[3]。
錦幪鳥爪[4], 獨行絶侶[5]。
刀齊尺梁, 扇迷陳語[6]。
丹青聖容[7], 何往何所。

물속에 뜬 달은 잡을 수 없으며,
허공 같은 그 마음은 고요하고 넓어서 주인이 없도다.
비단 수건으로 새 발톱 같은 수족(手足)을 감싼 채,
동반(同伴)들과 인연도 끊고 홀로 가는구나.

---

* 불교에서 출가하여 수도에 전념하는 사람. 팔리어 'samaṇa'에서 유래하는 음사어로 비구(比丘)와 같은 뜻으로 쓴다.

면도칼(刀)과 자(尺)로 제(齊)와 양(梁)나라를 나타내고,
진미선(塵尾扇) 부채로 진(陳)나라를 말했노라.
초상화 속에 그려진 성스러운 지공은
어느 곳을 향해 가시나요?

....

1 水中之月(수중지월) :「水月」은 대승불교 십유(十喩)의 하나로, 일
체의 법(法; 현상)은 모두 실체가 없음을 비유한다.《대지도론(大智
度論)・초품(初品)・십유(十喩)》에서 "모든 현상을 이해하여 알면
허깨비 같고 불꽃같으며, 물속의 달과 같으며, 거울 속 형상 같으며,
변화 신과도 같다(解了諸法, 如幻, 如焰, 如水中月, …… 如鏡中像,
如化.)"라 했음. 후에는 일체의 허환(虛幻)된 경물을 가리켜「경화
수월(鏡花水月)*」이라고 했다.

2 了不可取(요불가취) : 취할 수 없는 것. 왕기는 주에서 "물속의 달은
다만 한 개의 그림자일 뿐이니 처음부터 진실이 아니므로, 허깨비
같은 우리 몸도 또한 그와 같다. 비록 현인과 성인이 태어났어도
몸과 정신이 변화된 것으로, 뛰어난 자취는 매우 기이하지만, 요점
은 이것과 또한 다르지 않으므로,「요불가취」라고 말했다(水中之
月, 只一影耳, 初非眞實, 幻軀亦爾. 雖賢聖降生, 化身靈變, 顯跡
甚奇, 要亦無殊於此, 故曰, 了不可取.)"고 했음.

3 寥廓無主(요확무주) :「寥廓」에 대해 왕기는 "공허한 곳"이라 했다.
《초사・원유》에 "아래는 가팔라서 땅이 없고, 위로는 공허하여 하늘
이 없구나(下嶢而無地兮, 上寥廓而無天.)"라 하고, 홍흥조(洪興
祖)는 보주에서 "「요확」은 넓고 먼 곳(寥廓, 廣遠也.)"이라 했음.

---

* 거울 속의 꽃과 물속의 달이란 말.

「無主」는 「주재자가 없다(無所主宰)」는 말. 이 두 구는 그 마음이 이미 허공의 경계에 도달하였으며, 공허하고 광원하여 주재자가 없음을 말한 것이다.

4 錦幪鳥爪(금몽조조) : 「幪」은 옷(衣)이나 수건(巾)으로 덮는 것. 「鳥爪」는 새의 발톱. 《신승전(神僧傳)》권4에 "보지선사는 본래 성이 주씨이며, 금성 사람이다. 처음 주씨 부인이 매 둥지에서 아이가 우는소리를 듣고 나무에 사다리를 놓고 데려와서 아들로 삼았다. 7세에 종산으로 출가하여 검(儉)이란 승려 밑에서 참선수행을 익혔다. 환산(皖山)과 검수(劍水) 아래를 왕래하였으며, 속세에서는 지공이라 불렀다. 네모진 얼굴은 거울처럼 환하게 빛나고, 수족은 모두 새의 손발톱이었다(寶誌, 本姓朱氏, 金城人. 初, 朱氏婦聞兒啼鷹窠中, 梯樹得之. 舉以爲子. 七歲, 依鍾山僧儉出家, 修習禪業. 往來皖山·劍水之下, 俗呼爲誌公. 面方而瑩徹如鏡, 手足皆鳥爪.)" 라 했음.

5 獨行絕侶(독행절려) : 무리 속에 있는 것을 끊어버리고, 반려자 없이 홀로 가는 것. 《남사(南史)·은일열전(隱逸列傳)》속의 〈도홍경(陶弘景)·석보지(釋寶誌)〉편에 "지공이 종산에 드나들면서 읍내를 왕래할 때 나이가 이미 50~60세였는데, 그의 기이함을 알지 못했다. 제·송 무렵, 차츰 신령스러운 자취를 나타내었으니, 맨발로 산발하고 다녀도 언변과 묵언은 짝할 자가 없었다. 어떤 때는 비단 도포를 입고 범속한 무리와 함께 먹고 마시며, 항상 구리거울과 면도칼·족집게 등을 지팡이에 매단 채 메고 다녔다(出入鍾山, 往來都邑, 年可五六十歲, 未知其異也. 齊宋之交稍顯靈跡, 被髮徒跣, 語默不倫. 或被錦袍, 飲啖同於凡俗, 恒以銅鏡剪刀鑷屬挂杖負之而趨.)"고 했음.

6 刀齊尺梁, 扇迷陳語(도제척량, 선미진어) : 이 두 구는 은어(隱語)

임. 왕기는《신승전》을 인용하여 "보지는 매번 저잣거리를 다닐 때, 지팡이 위에 면도칼(剪刀) 한 벌, 자(尺) 하나, 진미선(塵尾扇) 부채 하나를 달고 다녔다. 「전도(剪刀)」는 제(齊나라)이고, 「척(尺)」은 양(量; 梁나라)이며, 「진미선(塵尾扇)」은 진(塵; 陳나라)이다. 아마도 제(齊)·양(梁)·진(陳) 세 왕조(三朝)를 지냈다는 은어일 것이다((寶誌)每行遊市中, 其錫杖上嘗懸剪刀一事尺一枝·塵尾扇一柄. 剪刀者, 齊也. 尺者, 量(梁)也. 塵尾扇者, 塵(陳)也. 蓋隱語歷齊梁陳三朝耳.)"라 했음.

7 **丹靑聖容**(단청성용) : 한 폭의 초상화 속에 그려진 지공의 신성한 용모.

45.

琴讚

거문고에 대한 찬문

지은 연대가 밝혀지지 않은 작품으로, 역산(嶧山) 남쪽에서 자란 큰 오동나무로 만든 거문고가 만고의 절묘한 청운(淸韻)을 내고 있음을 찬양한 문장이다.

이 찬문은 오동나무로 만든 거문고를 제재로 하였는데, 거문고를 만드는 나무로 성장하는 환경에 착안하여 역산에서 자란 오동나무가 뿌리와 잎이 풍상(風霜)의 한고(寒苦)를 겪음으로서 곧게 자라 최고로 훌륭한 재질로 갖추어질 수 있는 계기가 되고, 이러한 환경이 오동나무를 배양하고 생장시키기 때문에 아름다운 소리를 낼 수 있다고 묘사했다. 그러나 이렇게 만들어진 훌륭한 거문고도 백아(伯牙)처럼 거문고를 타는 사람에 따라 미묘한 연주를 통하여 재질의 특성을 최고로 발휘할 것이라 암시하고 있다. 비록 거문고를 읊었지만, 속으로는 자신을 몰래 비유하고 있음을 알 수 있다. 전편이 비록 8구 32자로 짧게 쓰였으나, 운율과 자구 등이 유창하면서도 산뜻한 느낌을 주고 있다.

《문선》에 수록된 혜강(嵇康)의 〈금부(琴賦)〉서문에서 "많은 물건

가운데, 거문고의 덕이 가장 우수하다(衆器之中, 琴德最優.)"라 하여 거문고의 덕을 칭송하였는데, 이백도 거문고가 만들어지기 전에는 역산에서 온갖 풍상과 고통을 겪다가, 거문고로 완성된 후에는 웅혼(雄渾)한 기운을 발산한다고 칭찬하고 있다.

우리 조선 시대 상촌 신흠(申欽)의 「오동나무로 만든 거문고는 천년이 지나도 항상 곡조를 품고 있네(桐千年老恒藏曲)」라는 시구와 작자미상의 「매화는 모진 추위를 견디어내야 비로소 맑은 향기를 품어낸다(梅經寒苦發淸香)」라는 구절과 함께 한번 음미해 볼 만하다.

嶧陽[1]孤桐[2], 石聳天骨[3]。
根老冰泉, 葉苦霜月[4]。
斲爲綠綺[5], 徽聲粲發[6]。
秋風入松[7], 萬古奇絕[8]。

역산(嶧山) 남쪽에 우뚝 선 오동나무는
비석(碑石)처럼 솟아 하늘이 내린 자태로구나.
뿌리는 찬 샘물로 견고하게 늙어가고,
잎은 달밤 찬 서리에 괴롭게 지내노라.
오동나무 깎아 만든 녹기거문고(綠綺琴)여,
아름다운 소리가 청아하게 뿜어 나오는구나.
가을바람 타고 소나무 속으로 들어가니,
만고에 절묘한 운율(韻律)이로다.

....

1 **嶧陽**(역양) : 역산(嶧山)의 남쪽. 역산은 지금의 산동성 추성시(鄒城市) 동남쪽에 있는데, 맹자의 고향이기도 하며, 진시황제가 동쪽으로 순수(巡狩)하면서 이 산에 있는 바위에 공적을 새겨 놓은 곳이다.

2 **孤桐**(고동) : 특별하게 자란 오동나무. 전하는 말에 의하면 이 역양의 오동으로 만든 거문고를 최상품으로 여긴다고 함.《서경 · 우공(禹貢)》에 "그곳 공물(貢物)로는 오색의 흙, 우산 골짝의 여름철 꿩, 역산 남쪽의 우뚝한 오동나무(고동), 사수 물가의 경쇠 돌이다. 회수의 오랑캐가 진주와 어물을 바치니, 광주리에 담아서 바치는 폐백은 검은 비단이로다(厥貢惟土五色, 羽畎夏翟, 嶧陽孤桐, 泗濱浮磬, 淮夷蠙珠暨魚, 厥篚玄纖縞.)"라 하고, 공안국(孔安國)의 전(傳)에 "「고(孤)」는 특별한 것인데, 역산의 남쪽에 우뚝하게 자란 오동나무로, 거문고와 비파를 만든다(孤, 特也. 嶧山之陽特生桐, 中琴瑟.)"라 했으며, 또한《봉씨견문기(封氏見聞記)》에도 "연주에 있는 추역산은 남쪽으로는 평평하며, 동서로는 길이가 수십보나 되고 넓이는 수 보다. 그곳에 오동나무와 잣나무가 자라는데,《서경 · 우공》에서 공물로 바쳤다는 「역양 고동」이라고 전해진다. 그 지방 토착인들은 이 오동나무가 일반 오동과 다르다고 하였는데, 다른 산에는 모두 땅을 파면 흙과 같이 있지만, 오직 이 산만은 큰 바위들이 모여 의지하고 있으며, 바위 사이 주위로는 사람들이 통행할 수 있어서 산 가운데가 비어 있다고 한다. 그래서 오동나무는 뛰어난 소리를 내므로 진기하게 여겨 공물로 바쳤다고 한다(兗州鄒嶧山, 南面平復, 東西長數十步, 廣數步, 其處生桐柏, 傳以爲禹貢嶧陽孤桐者也. 土人云, 此桐所以異於常桐者, 諸山皆發地兼土, 惟此山大石攢倚, 石間周圍皆通人行, 山中空虛, 故桐木絶響, 是以珍而入貢也.)"라는 기록이 있음.

3 **石聳天骨**(석용천골) : 웅장한 나무가 바위 위에 높이 솟아 있는 모

양. 「天骨」은 천연으로 웅장한 골격을 가지고 태어난 것.

4 根老冰泉, 葉苦霜月(근로빙천, 엽고상월) : 이는 오동나무 뿌리가 얼음물의 윤택을 받아서 견고하게 늙어가고, 나뭇잎은 밤을 지내면서 찬 서리를 받는 고통을 받았기 때문에 그 나무로 만든 거문고가 내는 음성은 얼음처럼 맑고 옥같이 빛남을 말한 것이다. 포조의 〈산행하면서 우뚝한 오동나무를 보다(山行見孤桐)〉란 시에 "우거진 골짜기에서 자란 오동나무여, 뿌리는 차가운 음지에서 외로워라. 서리가 내리지 않았는데도 잎은 차갑고, 바람이 불지 않았는데도 가지는 소리를 내는구나. …… 운이 좋게 깎고 조각되어서, 그대 대청에서 타는 거문고가 되기를 바라노라(桐生叢谷裏, 根孤地寒陰. …… 未霜葉已肅, 不風條自吟. …… 幸願見雕剪, 爲君堂上琴.)"고 읊었음.

5 斲爲綠綺(착위녹기) : 「斲」은 깎아 내는 것(斫削). 「綠綺」는 명금(名琴)의 이름. 부현(傅玄)의 〈금부(琴賦)〉서(序)에 "제환공에게는 호종, 초장왕에게는 요양, 사마상여에게는 녹기, 채옹에게는 초미라는 거문고가 있었으니, 모두가 이름난 악기였다(齊桓公有鳴琴曰號鍾, 楚莊有鳴琴曰繞梁, 中世司馬相如有琴綠綺, 蔡邕有琴焦尾, 皆名器也.)"라고 했음.

6 徽聲粲發(휘성찬발) : 「徽聲」은 거문고 소리이고, 「徽」는 거문고 위의 현(弦)을 매는 줄을 말한다. 「粲發」은 거문고 소리가 청량하고 고아한 것.

7 秋風入松(추풍입송) : 「風入松」은 금곡명으로, 《악부시집·금곡가사·풍입송(風入松)》에 "《금집》에서 〈풍입송〉은 진나라 혜강이 지었다고 했다(琴集曰, 風入松, 晉嵇康所作也.)"라 했으므로, 거문고로 몰래 〈풍입송〉곡을 연주함을 묘사한 것이다. 그러나 왕기는 「秋風入松」은 거문고가 내는 맑은 운율을 비유한 것이라고 했으니, 여기서는 가을바람이 소나무에 들어가서 내는 맑은 운율같이 거문고

소리의 아름다움을 묘사한 것으로 해석할 수 있겠다.

8 **奇絶**(기절) : 기이하고 절묘한 것.

46.
朱虛侯讚
주허후에 대한 찬문

　이백이 《사기(史記)》를 읽고 난 후, 내용가운데 서한(西漢) 초 간
신들을 제거하고 사직을 보존한 충신 주허후(朱虛侯)에 대한 소감
을 피력한 찬문이다. 지은 연대가 정확하게 밝혀지지 않은 작품이
다. 그러나 안기는 《이백전집편년주석》에서 이 찬문이 천보 4년
(745)에 지어졌다고 하면서, "《자치통감》천보 4년 8월에 현종은 양
옥환(楊玉環)을 귀비(貴妃)로 책봉하고, 그녀의 세 자매에게 경사
(서울)에 집을 하사하여 거주케 하였으며, 종형인 양섬(楊銛)과 양
기(楊錡)를 고위직에 앉히고 종조형(從祖兄)인 양소(楊釗; 곧 양국
충)도 총애를 받았는데, 본 찬문은 이에 대한 유감으로 지었을 것이
다"라 하였는데 참고할 만하다.

　이 찬문은 주허후 유장(劉章)의 사적을 세새로 삼고, 또한 《사기》
에 기록된 사료를 기초로 주허후의 강건한 성격과 권세에 굴하지
않은 용감한 태도를 찬양한 작품이다. 내용은 먼저 진시황(秦始皇)
이 왕도를 잃자 한나라가 천하를 획득한 정권의 변천을 묘사하고,
다음에는 한초의 제왕이 실권하면서 여씨(呂氏)들이 권력을 장악한

국면을 기술하였으며, 끝으로 고후(高后)의 연회에 참가한 배경과 좌중을 장악하고 여씨 일족을 제거하여 한나라 황실(皇室)을 부흥시킨 뛰어난 공적을 찬양하였다.

「주허후」는 이름이 유장(劉章)으로 한 고조(劉邦)의 서장자인 제(齊) 도혜왕(悼惠王) 유비(劉肥)의 아들인데, 여태후(呂太後)가 그를 주허후로 임명하여 붙여진 칭호이다. 한 고조가 죽은 후 여록(呂祿)·여산(呂産) 등 여태후의 일족들이 한나라를 찬탈하려 할 때, 그가 주발(周勃)·진평(陳平) 등과 함께 이들을 제거하는데 결정적인 큰 공을 세웠다. 이백이 군왕을 바로잡고 백성을 구제하여 공업을 수립하려는 태도를, 주허후를 통하여 대신 발산하고 있음을 알수 있다.

주허후의 영웅적인 행적에 대하여는 《사기·제도혜왕세가(齊悼惠王世家)》에 다음과 같이 소개되었다.

"혜제(惠帝)가 붕어하자, 여태후가 천자의 직무를 맡아 국가의 큰일들이 모두 태후에 의해서 결정되었다. …… 유장이 조정으로 들어와 야간경비를 맡았는데, 여후는 그를 주허후로 봉하면서 여록(呂祿)의 딸을 그의 처로 삼았다. …… 여후는 여씨 자제들을 세 곳의 왕*으로 봉해 전권을 장악하도록 했다. 주허후 유장은 스무살로 혈기가 왕성한지라, 유씨 황족이 벼슬을 얻지 못하는 것에 분개하였다. 일찍이 여후를 모시고 연회를 열었는데, 여후는 그에게 주리(酒吏)를 담당하도록 하였다. 유장은 자청해 말하기를 「신은 장군 가문의 출신이므로, 청컨대 군법으로 술자리를 정리할 수 있도

---

* 연왕(燕王), 조왕(趙王), 양왕(梁王)으로 봉함.

록 해주시기 바랍니다」라 하니, 여후는 「좋다」고 했다. 술자리가 한
창 무르익자 유장은 술을 올리며 가무를 펼쳤다. 잠시 후 말하기를
「청컨대 태후를 위해 경전가(耕田歌)를 부르게 해주십시오」 여후는
그를 아이 취급하고 웃으며 말하기를 「너의 부친은 경전(耕田)을
알겠지만, 너는 왕자로 태어났으니 밭가는 일을 어찌 알겠는가?」라
하자, 유장은 「저도 경전을 압니다」라고 했다. 태후는 「그러면 나를
위해 밭가는 내용을 노래해 보거라」라 하자, 유장은 「밭을 깊이 파
서 빽빽하게 파종하고, 싹은 듬성듬성 심어서 같은 종자가 아니면
김매면서 뽑아버리리라」라고 노래하니, 여후는 아무 말도 하지 않
았다. 잠시 후 여씨 집안 한사람이 취해 술자리에서 도망가자, 유장
은 그를 쫓아가서 칼을 뽑아 베고는 자리로 돌아와서 고하기를 「술
자리에서 도망하는 자가 있어 신이 삼가 법을 집행해 그를 참수했
습니다」라 하니, 태후와 좌우의 사람들이 모두 크게 놀랐다. 그러나
군법에 따라 처리하기로 허락한 이상, 죄를 물을 수는 없었다. 그로
인해 연회는 끝이 났으며, 이 일 이후로 여씨들은 주허후 유장을
두려워하기 시작했고, 조정의 대신들도 모두 주허후를 따르게 되어
유씨들은 더욱 강해졌다. 이듬해 여후가 서거하자, 조왕 여록은 상
장군이 되고 여왕 여산(呂産)은 상국(相國)이 되어 함께 장안에 거
주하면서, 병력을 모아 대신들을 위협하고 반란을 일으킬 음모를
꾸몄다. …… 여록과 여산이 관중(關中)에서 빈란을 일으키려고 하
자, 주허후와 태위(太尉) 주발(周勃), 승상 진평(陳平) 등은 여씨들
을 죽이기로 했다. 주허후가 먼저 여산을 베었으며, 뒤이어 태위
주발 등은 나머지 여씨들을 모조리 주살했다(孝惠帝崩, 呂太后稱
制, 天下事皆決於高后. …… (劉)章入宿衛於漢, 呂太后封爲朱虛侯,

以呂祿女妻之 …… 高后立諸呂爲三王, 擅權用事. …… 朱虛侯年二十, 有氣力, 忿劉氏不得職. 嘗入待高后燕飮, 高后令朱虛侯劉章爲酒吏. 章自請曰, 臣, 將種也, 請得以軍法行酒. 高后曰, 可. 酒酣, 章進飮歌舞. 已而曰, 請爲太后言耕田歌. 高后兒子畜之, 笑曰, 顧而父知田耳. 若生而爲王子, 安知田乎? 章曰, 臣知之. 太后曰, 試爲我言田. 章曰, 深耕槪種, 立苗欲疏, 非其種者, 鉏而去之. 呂后默然. 頃之, 諸呂有一人醉, 亡酒, 章追, 拔劍斬之, 而還報曰, 有亡酒一人, 臣謹行法斬之. 太后左右皆大驚. 業已許其軍法, 無以罪也. 因罷. 自是之後, 諸呂憚朱虛侯, 雖大臣皆依朱虛侯, 劉氏爲益彊. 其明年, 高后崩. 趙王呂祿爲上將軍, 呂王產爲相國, 皆居長安中, 聚兵以威大臣, 欲爲亂. …… 呂祿 · 呂產欲作亂關中, 朱虛侯與太尉勃 · 丞相平等誅之. 朱虛侯首先斬呂產, 於是太尉勃等乃得盡誅諸呂.)"는 역사적 사실이 자세히 기록되어 있다.

嬴氏[1]穢德[2], 金精[3]摧傷[4]。
秦鹿[5]克獲[6], 漢風飛揚[7]。
赤龍[8]登天[9], 白日昇光[10]。
陰虹[11]賊虐, 諸呂擾攘[12]。
朱虛來歸, 會酌高堂[13]。
雄劍奮擊, 太后震惶[14]。
爰鋤產祿[15], 大運乃昌[16]。
功冠帝室[17], 于今不亡[18]。

영씨(嬴氏; 秦始皇)가 덕을 더럽혀 서방 금(金)의 정기가 꺾이니,

진(秦)나라의 권좌를 빼앗고 한(漢)나라 바람을 날아올렸도다.

붉은 용(赤龍; 高祖)이 하늘로 올라가고

흰 해(白日; 惠帝)도 승하하자,

음습한 무지개가 포악해지면서

여씨(呂氏)들이 정권을 장악했다네.

주허후(劉章)가 돌아와 고후(高后)의 연회에 참가해서,

웅장한 검을 휘둘러 치니 태후(太后)도 두려워 떠는구나.

여산(呂産)과 여록(呂祿)을 없애고

한나라 명운을 창성시켰으니,

황실(皇室)을 부흥시킨 뛰어난 공적은

지금까지도 잊혀지지 않고 전해지노라.

....

1 **嬴氏**(영씨) : 진시황(秦始皇) 등 진왕조를 가리키는데, 진나라 선조
는 순(舜)임금으로부터 영씨 성을 하사받았다. 《사기·진본기(秦本
紀)》에 "대비는 공손히 임명받고 순임금을 도와서 새와 짐승을 조련
하니, 조수들은 그에 의해서 잘 길들었다. 이 사람이 바로 백예(柏
翳)인데, 순임금은 그에게 영씨(嬴氏) 성을 하사했다(大費拜受, 佐
舜調馴鳥獸, 鳥獸多馴服, 是爲柏翳. 舜賜姓嬴氏.)"라 했음.

2 **穢德**(예덕) : 음란한 행위로, 덕행이 매우 나쁜 것. 《서경·태서(泰
書)》에 "이에 죄 없는 사람들이 하늘에 호소하니, 더러운 행동(예덕)
이 드러나 알려지게 되었소(無辜籲天, 穢德彰聞.)"라 했으며, 공안국
전에 "(은)주왕의 더러운 덕이 세상에 드러나 알려진 것으로, 죄악이
무거움을 말한 것이다(紂之穢德, 彰聞天地. 言罪惡深.)"라 했음.

3 **金精**(금정) : 서방의 신으로, 여기서는 진조(秦朝)를 가리킴. 《문선》

권47 육기(陸機)의 〈한고조공신송(漢高祖功臣頌)〉에 "금정이 쇠퇴하고 주광이 빛나도다(金精仍頹, 朱光以渥.)"라 하고, 여상(呂尙)은 주에서 "금정은 진 나라며, 주광은 한 나라다(金精, 秦也, 朱光, 漢也.)"라 했으며, 또한 왕기의 주에서는 "진은 서방에 위치하고, 서방은 오행가운데 금에 해당하므로「금정」이라고 불렀다(秦在西方, 西爲金行, 故曰金精.)"라고 했음.

4 **摧傷**(최상) : 손상(損傷)되는 것으로, 채옹의 〈호율부(胡栗賦)〉에 "재앙과 도적을 만난 사람들이여, 꺾이고 상처를 입어 요절하니 슬프구나(適禍賊之災人兮, 嗟夭折以摧傷.)"라 했음. 여기서는 진시황 영정(嬴政)이 실덕하여 진나라 왕조가 꺾여 망한 것을 말한다.

5 **秦鹿**(진록) : 진조의 제위(帝位)나 정권을 비유함.「鹿」은 사냥하는 대상으로, 항상 정권에 비유하여 사용되었다. 《사기 · 회음후열전》에 괴통의 말을 인용하여 "진조가 사슴(정권)을 잃자 천하의 사람들이 모두 그것을 쫓았는데, 키가 크고 발이 빠른 사람이 먼저 차지하였습니다(秦失其鹿, 天下共逐之, 于是高材疾足者先得焉.)"라 했음.

6 **克獲**(극획) : 한이 진나라 정권을 빼앗아 얻는 것.

7 **漢風飛揚**(한풍비양) : 한나라가 정권을 잡은 것을 가리킴. 기원전 195년 한고조 유방이 회남왕 영포(英布)를 토벌하고 서쪽으로 돌아오는 도중 고향인 패현(沛縣)에 들러서 〈대풍가(大風歌)〉를 지었는데, 여기서는 "큰바람 일어나니 구름이 날리는구나. 내 위력을 온 나라에 펼치고 고향으로 돌아왔도다(大風起兮雲飛揚, 威加海內兮歸故鄕.)"란 뜻을 취하였음.

8 **赤龍**(적룡) : 붉은 용. 한나라가 화덕(火德)에 속하므로, 한 황제를 적룡이라 불렀는데, 고대의 참위가(讖緯家)들은 화덕과 부합하는 염제신농씨(炎帝神農氏) · 제요(帝堯) · 한고조 등과 같은 왕을 적룡이라 했다.

9 登天(등천) : 승하(昇遐)와 같은 말로, 제왕이 사망하는 것.

10 白日昇光(백일승광) : 한 혜제(惠帝) 유영(劉盈)이 젊은 나이에 세상을 떠난 것을 가리킨다. 「昇光」은 승천(昇天)이나 승선(昇仙)과 같은 말로, 사람이 죽을 것을 일컫는 완사(婉辭)임. 이 두 구는 한 고조 유방과 혜제 유영이 연달아 세상을 떠난 것을 말한다.

11 陰虹(음홍) : 무지개로 간신을 비유하는데, 여기서는 여태후가 한 종실인 조왕(趙王) 여의(如意)를 살해하고 대신들을 해쳐 죽인 것을 가리킨다.

12 諸呂擾攘(제여요양) : 여록(呂祿)·여산(呂産) 등이 조정의 정권을 장악하고 혼란을 일으킨 것을 가리킨다. 「擾攘」은 혼란(混亂)스러운 것으로, 《한서·율력지(律曆志)상》에 "전국시대의 혼란한 틈에서, 진나라가 천하를 차지하였다(戰國擾攘, 秦兼天下.)"라 했음.

13 朱虛來歸, 會酌高堂(주허래귀, 회작고당) : 주허후 유장(劉章)이 분개하여 여태후의 고당 연회(宴會)에 참가한 것을 말함.

14 雄劍奮擊, 太后震惶(웅검분격, 태후진황) : 유장이 연회에서 술에 취해 도망하는 여씨 가운데 한 사람을 군법에 따라 베자, 여태후 등이 두려워한 사건을 가리킨다.

15 爰鋤産祿(원서산록) : 유장이 여산과 여록을 참살(斬殺)하여 제거한 일. 「爰」은 이에.

16 大運乃昌(대운내창) : 한조의 명운을 창성시킨 것. 「大運」은 조정의 명운으로 국운(國運). 《후한서·명제기(明帝紀)》에 "짐은 대운을 받들어 나라를 계승하고 법도를 지켰네(朕承大運, 繼體守文.)"라 했다.

17 功冠帝室(공관제실) : 유장이 여씨 일족을 평정하고 한실을 부흥시킨 공적이 으뜸임을 말한다.

18 于今不亡(우금불망) : 「不亡」은 불망(不忘)과 같음. 지금까지도 사람들이 잊지 않을 뿐만 아니라 영원토록 전해질 것을 말한다.

47.

觀佽飛斬蛟龍圖讚
차비가 교룡을 베는 그림에 대한 찬문

    지은 연대가 밝혀지지 않은 작품이다. 《여씨춘추(呂氏春秋)》에 등장하는 차비(佽飛)라는 용사(勇士)가 바다 속의 교룡을 보검으로 죽이는 장면을 그린 그림을 보고 감동하여 지은 찬문이다.

    이 찬문은 차비와 교룡을 제재로 삼았는데, 먼저 옛날 춘추시대 차비가 교룡을 베는 그림이 유전됨을 읊고, 다음에는 배에 올라 포효하면서 교룡과 격렬하게 싸우는 광경과 결국에는 교룡이 죽는 장면을 묘사하였으며, 마지막 찬사로 고인의 행적을 지금도 볼 수 있다고 칭송하고 있다. 특히 문장 가운데에서 차비가 교룡을 참수하는 장쾌한 행동을 생동적으로 묘사하였는데, 비록 산문이지만 한편의 제화시(題畵詩)를 보는 느낌을 준다.

    「차비(佽飛)」는 춘추시대 초(楚)나라의 영웅적인 인물이다. 《회남자(淮南子)·도응훈(道應訓)》에 "형(荊) 땅에 차비라는 사람이 있었다. 간대(干隊)라는 곳에서 보검을 얻어 지닌 채 강을 건너 돌아오는데, 강 가운데 이르렀을 때 양후의 파도가 일면서 두 마리 교룡이 그가 탄 배를 끼고 돌았다. 차비는 사공에게 말하기를 「일

찍이 이런 상황에서 살아남은 자가 있었느냐?」하니, 「이제껏 보지
못했습니다」라고 대꾸했다. 그래서 차비는 눈을 감고 있다가 갑자
기 일어나 팔뚝을 걷어붙이고 칼을 빼 들며 말하기를 「무사는 인의
의 행동으로 말할 뿐, 겁을 주어 빼앗을 수 없다. 이 강 속에 있는
썩은 고깃덩이와 뼈는 검으로 물리칠 수 있으니, 내가 어찌 가엾게
여길쏘냐!」라 하고, 강물 속으로 들어가 교룡을 찌르고 마침내 머리
를 끊었다. 배 안 사람들이 모두 살아나고 풍파가 잦아드니, 형(荊)
나라에서 집규(執圭)라는 벼슬을 주었다. 공자가 이를 듣고 말했다.
「싸움을 잘하여 썩은 고깃덩이와 뼈를 검으로 물리칠 수 있는 자는
차비를 두고 이르는 말이다」(荊有佽非, 得寶劍於干隊. 還反度江,
至於中流, 陽侯之波, 兩蛟挾繞其船, 佽非謂榜船者曰, 嘗有如此而得
活者乎? 對曰, 未嘗見也. 於是佽非瞑目, 勃然攘臂拔劍曰, 武士可
以仁義之禮說也, 不可刼而奪也. 此江中之腐肉朽骨, 棄劍而已, 余有
奚愛焉! 赴江刺蛟, 遂斷其頭. 船中人盡活, 風波畢除, 荊爵爲執圭.
孔子聞之曰, 夫善戰腐肉朽骨棄劍者, 佽非之謂乎.)"라 하여, 차비의
용감한 행동에 대해 자세히 기록하고 있다.

佽飛斬長蛟[1], 遺圖畫中見[2]。
登舟旣虎嘯[3], 激水方龍戰[4]。
驚波動連山[5], 拔劍曳雷電[6]。
鱗摧[7]白刃下, 血染滄江[8]變。
感此壯古人, 千秋若對面[9]。

차비(伉飛)가 큰 교룡(蛟龍)을 베어 죽인 일이
도면(圖面)에 남아 그림 속에서나마 볼 수 있구나.
배에 올라서 호랑이처럼 포효(咆哮)하고
물속에서 교룡과 격렬하게 싸웠도다.
놀란 파도가 산봉우리처럼 연달아 밀려오자
검을 빼 들고 우레와 번개처럼 치노라.
비늘은 흰 칼날 아래 꺾이고
선혈(鮮血)은 푸른 강물을 붉게 물들였다네.
이렇듯 옛 사람의 웅장한 쾌거(快擧)에 감동하나니,
천년이 지났어도 눈앞에 보는 듯하구나.

....

1 **長蛟**(장교) : 긴 교룡. 「蛟」는 고대 전설 가운데 동물인 교룡으로 일
   설에는 용의 어머니라고 하며, 민간에서는 홍수를 일으키는 능력을
   갖췄다고 여겼다. 《초사 · 구가 · 상부인(湘夫人)》에 "고라니는 어이
   하여 뜰에서 풀을 뜯고, 교룡은 어찌 물가로 나오는가? (麋何食兮
   庭中, 蛟何爲兮水裔.)"라 하고, 왕일은 주에서 "「교」는 용의 종류
   (蛟, 龍類也.)"라 하였다. 또한 《초사 · 구사(九思) · 수지(守志)》에
   서는 "꿈틀거리는 여섯 마리 교룡을 탔네(乘六蛟兮蜿蟬.)"라 하고,
   왕일은 주에서 "뿔 없는 용을 교라 부른다(龍無角曰蛟.)"고 했음.
2 **遺圖畫中見**(유도화중견) : 차비가 교룡을 벤 사적이 지금까지 전해
   내려와서 그림 속에서 볼 수 있음을 말한 것.
3 **登舟既虎嘯**(등주기호소) : 「虎嘯」는 호랑이가 울부짖는 것. 여기서
   는 차비가 배에 올라서 호랑이처럼 포효하는 것을 형용함. 조지(趙
   至; 趙景眞)의 〈여혜무제서(與嵇茂齊書)〉에 "용이 큰 들판에서 흘
   겨보고, 호랑이가 천지사방에서 울부짖는구나(龍睇大野, 虎嘯六

合.)"라 했음.

4 龍戰(용전) : 차비가 교룡과 격렬하게 싸우는 장면을 비유한 것인데, 뒤에는 널리 전쟁하는 것을 가리켰다. 《주역·곤괘》에 "용들이 들에서 싸운다(龍戰於野.)"라 하고, 공영달은 소에서 "양의 기운을 지닌 용과 교전하는 것(陽氣之龍與之交戰.)"이라 했음.

5 驚波動連山(경파동연산) : 차비가 물에서 싸울 때 산봉우리처럼 연달아 밀려오는 파도를 형용한 것. 「波動連山」은 목화(木華)의 〈해부(海賦)〉에 "파도가 연달아 이어진 산과 같다(波如連山.)"란 성어를 변화시켜 사용하였음.

6 拔劍曳雷電(발검예뇌전) : 우레와 번개가 견인하듯 민첩하게 검을 빼는 것. 「曳」는 이끄는 것으로, 「曳雷電」은 벼락과 번개가 끌어당기듯 민첩한 행동을 형용한 말.

7 鱗摧(인최) : 교룡의 비늘이 부서져 훼손된 것으로, 교룡의 죽음을 대신 가리켰음.

8 滄江(창강) : 널리 강을 가리키며, 강물이 푸른색이기 때문에 창강이라고 불렀다. 여기서는 교룡이 흰 칼날 아래 참혹하게 죽어 선혈이 푸른 강물을 붉게 물들였음을 말한 것임.

9 感此壯古人, 千秋若對面(감차장고인, 천추약대면) : 옛사람의 장한 행동에 매우 감동하여 천 년 전 일들이 바로 앞에서 보는 것 같다. 차비가 교룡을 벤 일은 이백이 생존했던 시기보다 1천여 년 전인 춘추시대의 일인데도, 지금 이 그림을 보니 마치 바로 눈으로 직접 실제장면을 보는 것 같음을 말한 것임.

48.

地藏菩薩讚 並序
지장보살의 찬문과 병서

지장보살(地藏菩薩)의 공덕을 기리는 문장으로, 첨영(詹鍈)은 상원 원년(760)에 지었다고 하였다.

이 문장은 지장보살과 두도(竇滔)를 제재로 하여 서언과 찬사로 이루어졌는데, 내용을 3개 단락으로 나눌 수 있다. 첫 번째 단락에서는 지장보살에 대해 석가모니가 열반(涅槃)에 든 이후, 불지혜를 이어받은 지장보살이 중생의 고통을 구제하고, 고해에서 중생을 인도하는 것이 그 임무라고 기술하였으며, 다음 두 번째 단락에서는 두도에 대해 묘사하였는데, 소년시절의 호매한 성격으로 호걸들과 교제한 결과 질병이 생기자, 지장보살에게 복을 빌어 병이 나은 일을 이백에게 찬문으로 짓기를 부탁한 과정을 서술하였다. 마지막 세 번째 단락인 찬문에서는 청정(淸淨)한 마음으로 탐진치를 없애는 불교의 진리와 지장보살의 그림으로 질병을 없앤 무량한 공덕(功德)을 칭송하였다.

지장보살은 《지장십륜경(地藏十輪經)》에 "안심하고 인내하여 흔들리지 않음은 대지와 같으며, 고요한 생각의 깊고 치밀함은 지장과 같다(安忍不動猶如大地, 靜慮深密猶如地藏.)"란 말에서 이름이 붙여졌다. 지장보살은 석가모니(釋迦牟尼) 부처가 열반에 든 후 미륵불(彌勒佛)이 출현할 때까지 부처 없는 세상에서 스스로 육도(六道)의 중생들을 반드시 구제할 것을 서원하고, 또한 지옥(地獄)에 빠진 모든 중생도 고통에서 구원할 것을 맹세하여 성불하였다고 한다. 중국 불교에서는 지장보살을 관음(觀音), 문수(文殊), 보현(普賢)보살과 함께 4대 보살의 하나에 열거하였다.

부풍(扶風)사람 두도는 큰 병에 걸려 낫지 않자 지장보살상을 그려놓고 종일토록 공양(供養)을 올리며 병과 재앙을 물리치려고 기도하였는데, 《지장보살본원경(地藏菩薩本願經)》에 의하면, 사람들은 중병에 걸렸거나 혹은 임종 시에 그 집안사람들이 종이 다발로 집·의복·재물 등을 만들고 지장보살의 형상을 그리게 하였다고 한다. 그리고 병든 사람에게 이 일체의 과정을 직접 보도록 하여 그가 마음 놓고 하늘나라로 가도록 염원하였으며, 또한 병이 든 환자들은 질병을 낫게 하고 수명을 연장하도록 기원하였다 한다*.

문장 가운데 부풍사람 두도(竇滔)에 대하여 "젊어서 뛰어난 재주와 솔직한 성격으로 부귀한 사람들이나 청아한 호걸들과 사귀었다(少以英氣爽邁, 結交王侯, 清風豪俠.)"라고 표현한 것으로 보아, 이백의 악부시(樂府詩)인 〈맹호행(猛虎行)〉 가운데 등장하는 부풍호사(扶豊豪士)가 바로 두도일 가능성이 짙다. 이백은 안사의 난이

---

*《지장보살본원경(地藏菩薩本願經)》에 "臨終命時, 男女眷屬, 將是命終人舍宅·財物·寶貝·衣服, 塑畫地藏形像, 或使病人眼耳聞見, 知其眷屬將合宅寶貝等, 爲其自身塑地藏形像. 若是業報合受重病者, 承斯功德, 尋即除愈, 壽命增益."라 함.

일어난 후 남쪽으로 피난 가는 길에 오 지방에서 두도의 집에 머무른 적이 있었는데, 이때 본 찬문을 지었을 것이다.

이 찬문은 성당시대의 불교 풍속을 직접 읊은 문장으로서, 당시 사람들의 생활 모습의 한 단면을 볼 수 있는 좋은 자료일 뿐만 아니라 이백도 불교의 교리나 수양 면에서 상당한 경지에 이르렀음을 증빙해 주는 산문이라 하겠다.

48-1

大雄¹掩照², 日月崩落³。惟佛智慧大⁴而光生死雪⁵。賴假普慈⁶力, 能救無邊苦⁷。獨出曠劫⁸, 導開橫流⁹, 則地藏菩薩爲當仁矣¹⁰。

큰 영웅(大雄; 석가모니)이 열반(涅槃)에 드니 일월이 떨어졌네! 오로지 부처의 큰 지혜만이 삶과 죽음의 눈(구름)을 밝게 비춰주었노라. 자비로운 배의 힘을 빌려 끝없이 고통 받는 중생을 구제하고, 무한한 세월 속에서 홀로 벗어나 고통의 바다에서 중생을 인도하는 것이 곧 지장보살의 임무라네.

....

1 大雄(대웅) : 고대 인도의 불교에서 석가모니를 부르는 존칭. 부처(석가모니)는 용사(勇士)와 같이 일체를 두려워하지 않는다는 뜻이 있으며, 또한 큰 지혜를 가져 능히 마귀를 굴복시키므로, 「대웅」이라 칭하였다. 《법화경(法華經)》〈종지용출품(從地湧出品)〉에 "훌륭하고도, 훌륭하구나. 대웅 세존이여! (善哉, 善哉. 大雄世尊.)"라

했음. 불교 사찰에 있는 대웅보전(大雄寶殿)도 여기에 근거한다.

2 掩照(엄조) : 석가모니의 열반, 즉 죽음을 형용한 말.

3 日月崩落(일월붕락) : 석가모니의 열반이 마치 「해와 달이 떨어지는 것과 같다」는 뜻.

4 智慧大(지혜대) : 「크나큰 지혜(大智大慧)」의 뜻.

5 光生死雪(광생사설) : 부처의 지혜를 비춰서 중생들의 무지몽매함을 씻어 줄 수 있음을 말한다. 일설에는 「생사설(生死雪)」은 「생사운(生死雲)」이 옳으며, 생사의 몽매함이 운무(雲霧)에 빠진 것과 같음을 비유한 말이라 하였음. 《무량수경(無量壽經)》권 하에 "지혜의 해가 세상을 비추어, 생사의 구름을 씻어주었네(慧日照世間, 消除生死雲.)"라는 구절이 있다.

6 普慈(보자) : 「보도자항(普渡慈航)」의 준말로서, 중생을 널리 구제하는 자비의 배란 뜻.

7 能救無邊苦(능구무변고) : 보살의 법력으로 중생을 끝없는 고해에서 구출하여 피안으로 올려보내는 것.

8 曠劫(광겁) : 「겁」은 범어(梵語)로서 매우 장구한 시간을 말하는데, 불가에서는 천지가 한번 생겼다가 없어지는 것을 1겁이라 부른다. 《지관(止觀)》권5에 "아주 오랜 시간(광겁)에 태어났어도 경계 안의 한 모퉁이조차도 보지 못했는데, 하물며 경계 밖에 있는 끝부분임에랴(彌生曠劫, 不睹界內一隅, 況復界外邊表.)"라는 기록이 있고, 이백은 악부시 〈단가행(短歌行)〉에서 "푸른 하늘은 광대하여 끝이 없으며, 만겁의 세월은 너무도 길고나!(蒼穹浩茫茫, 萬劫太極長.)"라 읊었음.

9 橫流(횡류) : 왕기는 「고해(苦海)」라고 했음.

10 則地藏菩薩當仁矣(즉지장보살당인의) : 「當仁」은 어진 일을 행하는 것. 곧 지장보살이 사양하지 않고 마땅히 해야 할 일이라는 말.

《지장보살본원경(地藏菩薩本願經)》권상에 "그때 석가세존께서는 금색 팔을 펴서 백천만 억의 생각할 수도 없고 의논할 수도 없으며 헤아릴 수도 없고 말로도 표현할 수 없는 무량 아승지 세계의 모든 분신인 지장보살 마하살의 이마를 만지면서 이렇게 말씀하셨다. ……「그대가 나의 오랜 세월 동안 부지런히 고생하면서, 이처럼 교화하기 어려운 강하고 굳센 죄로 고통 받는 중생을 도탈시킨 것을 보아라. 그래도 조복 되지 못한 자가 있어 죄업에 따라 인과응보를 받게 되는데, 만약 악취에 떨어져서 큰 고통을 받을 때는 너는 마땅히 내가 도리 천궁에서 간곡히 부촉하던 것을 생각해서, 사바세계가 미륵불이 출세할 때까지의 중생을 모두 해탈시켜서 영원히 모든 고통에서 벗어나게 하고 부처님의 수기를 받도록 하라」 그때 여러 세계에 몸을 나누어 있던 지장보살이 다시 하나의 모습으로 돌아와서 슬프게 눈물을 흘리면서 부처님에게 아뢰기를, 「저는 오래고 먼 겁으로부터 부처님에게서 이끌어주시어 불가사의한 신력을 얻고 큰 지혜를 갖추었으므로, 저의 분신이 백천 만억 항하사 세계에 가득합니다. 한 세계마다 백천만 억의 몸으로 화하고, 한 세계마다 백천만 억의 사람을 제도하여, 그들이 불법승 삼보에 귀의하여 공경하면서 영원히 생사를 여의고 열반의 즐거움에 이르도록 할 것입니다. 다만 불법 가운데서 선한 일을 한 것을 터럭 한 개, 물 한 방울, 모래 한 알, 티끌 한 개와 털끝만 한 것이라 하더라도, 제가 점차 제도하여 그들이 큰 이로움을 얻도록 할 것입니다. 그러니 바라건대 세존께서는 후세에 악업을 짓는 중생들에 대해서는 심려하지 마시기 바랍니다」(爾時世尊, 舒金色臂, 摩百千萬億不可思・不可議・不可量・不可說・無量阿僧祇世界諸分身地藏菩薩摩訶薩頂, 而作是言, …… 汝觀吾累劫勤苦, 度脫如是等難化剛强罪苦衆生. 其有未調伏者, 隨業報應. 若墮惡趣, 受大苦時, 汝當憶念吾在忉利天宮,

股懃付囑. 令娑婆世界, 至彌勒出世已來衆生, 悉使解脫, 永離諸苦, 遇佛授記. 爾時, 諸世界分身地藏菩薩, 共(各)復一形, 涕淚哀戀, 白佛言, 我從久遠劫來, 蒙佛接引, 使獲不可思議神力, 具大智慧. 我所分身, 遍滿百千萬億恆河沙世界, 每一世界化百千萬億身, 每一身度百千萬億人, 令歸敬三寶, 永離生死, 至涅槃樂. 但於佛法中所爲善事, 一毛, 一渧, 一沙, 一塵, 或毫髮, 許我漸度脫, 使獲大利. 唯願世尊, 不以後世惡業衆生爲慮.)"라 했는데, 이 구는 이 일을 말한 것임.

48-2

弟子扶風竇滔[11], 少以英氣[12]爽邁[13], 結交王侯, 清風豪俠[14], 極樂生疾[15], 乃得惠劍[16]於眞宰[17], 湛[18]本心於虛空[19]. 願圖聖容[20], 以祈景福[21], 庶冥力[22]憑助, 而厥苦有瘳[23].

爰命小才[24], 式[25]讚其事.

제자 부풍(扶風) 사람 두도(竇滔)는 젊어서 뛰어난 재주와 솔직한 성격으로 부귀한 사람이나 청아(淸雅)한 호걸들과 사귀었지만, 쾌락이 다하자 질병이 생겼도다. 이에 조물주(造物主; 부처)에게서 지혜의 검을 얻어 적막한 경지에서 본래 마음을 깨끗하게 만들 수 있었다네. 성스러운 지장보살의 모습을 그려 놓고 큰 복을 비니, 심원한 힘의 도움으로 그 병이 나았구나.

재주 적은 나에게 그 일을 기록하도록 부탁하여, 다음과 같이 기렸도다.

....

11 扶風竇滔(부풍두도) : 「扶風」은 당대의 부풍군으로 곧 기주(岐州)
이며 관내도(關內道)에 속한다. 지금의 섬서성(陝西省) 봉상현(鳳
翔縣)임. 「竇滔」는 두소사(竇小師)를 가리키며, 불교에서는 수계받
은 지 10년 이내의 스님을 소사라 부른다. 이백은 일찍이 〈두씨 소
사를 대신하여 선화상을 제사 지내는 제문(爲竇氏小師祭璿和尙
文)〉을 지었는데, 여기서 두도가 선화상(璿和尙)의 제자임을 알 수
있으며, 선화상은 와관사(瓦官寺)의 선사(禪師)이다.

12 英氣(영기) : 영준한 기상.

13 爽邁(상매) : 생각이 밝고 뛰어난 것. 곧 성격이 솔직하고 기백이 큰
것을 일컬음. 《진서(晉書)》에 "재지와 문조가 탁월하고 솔직담백하
여 무리에서 뛰어나네(才藻卓絶, 爽邁不群.)"라는 기록이 있다.

14 豪俠(호협) : 호탕하고 의협심이 많음. 곧 의리와 용기 있는 행위.

15 極樂生疾(극락생질) : 곧 「낙극생병(樂極生病)」과 같은 말로, 두도
가 소년 시절에 뜻을 얻어 즐기다가 끝에 가서는 질병을 얻은 것을
말한다.

16 惠劍(혜검) : 지혜의 검. 불교에서는 지혜를 예리한 검에 비유하여
일체의 번뇌와 마장(魔障)을 끊을 수 있다고 하였는데, 여기서 「惠」
는 「慧」와 통한다. 《유마힐경(維摩詰經)》〈보살품행(菩薩品行)〉에
"지혜의 검으로 번뇌의 그물을 끊는다(以智慧劍, 破煩惱網.)"라는
기록이 있음.

17 眞宰(진재) : 우주의 주재자(主宰者), 곧 조물주. 《장자 · 제물론》에
"참된 조물주가 있는데, 그 모습은 볼 수가 없다(若有眞宰, 而特不
得其眹.)"라 했음. 여기서는 석가모니를 가리킨다.

18 湛(담) : 청징(淸澄)한 것, 맑고 깨끗한 것. 《운회(韻會)》에 "「담」은
맑은 것(湛, 澄也.)"이라 했음.

19 虛空(허공) : 번뇌가 없는 적막한 상태, 곧 「무(無)」와 같음. 원래는

형질이 허무(虛無)하여 장애(障礙)가 없는 상태이다. 《능엄경(楞嚴經)》권9에 "허공은 너의 마음 안에서 생겨나는 것을 알아야 하니, 조각구름이 큰 우주 안에 있는 것과 같다. 그러므로 모든 세상은 허공 안에 있는 것이다(當知虛空生汝心內, 猶如片雲太淸裏. 況諸世界在虛空耶.)"라 했음.

20 聖容(성용) : 지장보살의 화상(畵像).

21 景福(경복) : 큰 복. 《시경·소아·소명(小明)》에 "신이 너의 소원을 들어주어, 큰 복을 주리라(神之聽之, 介爾景福.)"라 하고, 모전(毛傳)에서는 「경(景)」과 「개(介)」는 모두 「크다」는 뜻으로 설명했다.

22 冥力(명력) : 심원(深遠)한 힘.

23 瘳(추) : 병이 나아서 원기가 회복한 것. 《설문해자(說文解字)》에 "「추」는 병이 낫는 것(瘳, 疾愈也.)"이라 했음.

24 小才(소재) : 이백 자신을 겸손하게 일컫는 말.

25 式(식) : 구절의 앞에 붙는 어기사(語氣詞).

48-3

讚曰,
本心若虛空, 淸淨無一物。
焚蕩淫怒癡[26], 圓寂[27]了見佛。
五彩圖聖像, 悟眞[28]非妄傳。
掃雪[29]萬病盡, 爽然淸涼[30]天。
讚此功德海[31], 永爲曠代宣[32]。

찬문에 이르기를

본래 마음은 허공과 같아

청정(清淨)하여 하나의 물체조차 남아 있지 않았다네.

음탕함·성냄·어리석음을 깨끗이 없애고

열반에 들어 부처님과 만났도다.

다섯 색깔로 성스러운 모습을 그리니

부처님 깨달음이 헛되이 전한 것이 아니로세.

온갖 병들이 깨끗이 사라지자

청량(清涼)한 하늘처럼 상쾌해졌도다.

바다와 같은 이 공덕(功德)을 기리노니

영원토록 넓게 펼쳐지기를 바라노라.

· · · · · · · · · · · · · · ·

26 淫怒癡(음노치) : 불교에서는 이 세 가지를 「삼독(三毒)」이라 하여, 번뇌의 근본으로 여긴다. 《열반경(涅槃經)》권5에 "셀 수 없는 세월 속에서 음행·분노·어리석음이라는 번뇌의 독화살에 의하여 큰 고통을 받는다(無量劫中, 被淫怒癡煩惱毒箭, 受大苦切.)"고 했음. 왕기는 "인심은 텅 빈 채 깨끗하여 본래 하나의 물건도 없는데, 여색에 집착하면 음탕한 마음이 일어나고, 분노와 흉포함에 접촉하면 화를 내게 된다. 간사한 생각에 쌓이고 큰 도에 어두워져서 곧 어리석은 데로 흘러간다. 이 세 가지를 3독이라 하는데 모두 마음에서 기인한다. 진실로 모든 것을 불로 태우거나 물로 씻어 전부 제거하여 조금이라도 그 마음에 남아 있지 않게 하면, 곧 마음의 본 모습을 볼 수 있다. 마음이 부처이니, 마음을 보지 않으면 진정한 부처를 볼 수 없다(人心虛淨, 本無一物, 耽著於色, 則起而爲淫, 觸於忿戾, 則發而爲怒, 蔽於邪見, 昧於大道, 則流而爲癡. 三者爲之三毒, 皆心之累也. 苟能一切捐棄, 若火之焚, 若水之蕩而盡去之, 不

使一毫少累其心, 則心之本體見矣. 心, 卽佛也. 見心不卽見眞佛哉.)"라고 하여, 불교의 진수를 소개하였다.

27 圓寂(원적) : 범문(梵文)에서 열반(涅槃), 멸도(滅度)의 뜻으로, 불교에서 지향하는 최고의 이상 경계이며, 청정한 공덕을 원만히 갖추어 모든 번뇌를 제거하는 적멸(寂滅)의 경지를 말한다. 현수(賢首)의 《심경략소(心經略疏)》에 "열반을 원적이라 부르는데, 덕을 갖추지 않음이 없으므로 「원」이라 하고, 장애가 하나도 없으므로 「적」이라 부른다(涅槃, 此云圓寂, 謂德無不備, 稱圓, 障無不盡, 名寂.)"고 했음. 후세에는 승려가 세상을 떠나는 것을 원적 혹은 열반, 입멸(入滅)이라 하였다.

28 悟眞(오진) : 「요오진재(了悟眞宰)」의 준말로, 불교의 이치와 진재(부처)를 확연히 깨닫는다는 뜻.

29 掃雪(소설) : 눈을 쓸어 내듯 깨끗이 소제하는 것.

30 爽然淸凉(상연청량) : 「爽然」은 시원하고 환하게 펼쳐진 모양. 「淸凉」은 열병이 모두 제거되어 신체가 맑고 상쾌한 것. 또는 번뇌가 모두 사라져서 마음이 청량하고 상쾌한 것을 비유하였다.

31 功德海(공덕해) : 공업과 덕행의 바다. 공덕이 매우 넓고 깊어 바다와 같음을 비유한 말. 《팔십화엄경(八十華嚴經)》권7에 "지혜가 공덕의 바다같이 매우 깊어 온 천지가 보현보살의 나라라네(智慧甚深功德海, 普賢十方無量國.)"라 했으며, 《법원주림(法苑珠林)》에도 "중생의 공덕 바다는 측량할 수 없는 것이다(衆生功德海, 無能測量者.)"라 했음.

32 曠代宣(광대선) : 부처의 공덕이 한량없이 영원토록 드날릴 것이라는 뜻. 「曠代」는 비길 수 없는 무한한 세월. 갈홍(葛洪)의 《포박자(抱朴子)·시난(時難)》에 "공훈이 높은 신하는 오랜 세월동안 한 분이네(高勳之臣, 曠代而一.)"라 했음.

49.

魯郡葉和尙讚
노군 섭 화상에 대한 찬문

   천보 8년(749) 이백이 동노(東魯) 지방에 머무를 때, 노군에 거주하는 승려인 섭 화상(葉和尙)에 대한 찬문이다. 본문에서 「생사의 이치를 환하게 통하고, …… 적멸의 경지를 즐거움으로 삼았다(朗徹生死 …… 寂滅爲樂)」는 표현으로 보아 섭 화상은 불도의 깊은 경지에 든 고승임을 알 수 있다.

   이 찬문은 섭화상의 불성(佛性)을 제재로 삼아 이백이 참선예불하는 가운데 획득한 깨달음에 대하여 서술한 작품이다. 먼저 섭공에 대하여 그가 해악(海嶽)의 정기를 받아 태어난 재능(才能)과 공(空)의 이치를 체득한 불성(佛性)을 서술하였으며, 이어서 열반의 즐거움과 풍진세상의 무상함, 그리고 구선(求仙)의 어려움 등을 언급하면서 이백이 느낀 불도의 깨달음에 대하여 묘사하였다.

   「노군(魯郡)」은 곧 연주(兗州)로, 천보 원년(742) 노군으로 고쳤다가 건원 원년(758) 다시 연주로 바뀠다. 현재의 산동성 연주(兗州) 지방이다. 《통전(通典)》에 고대에는 소호(少皞)의 옛터였으며, 동악 태산이 있는 곳이라고 하였다.

海英嶽靈[1], 誕彼開士[2]。
了身皆空, 觀月在水[3]。
如薪傳火, 朗徹生死[4],
如雲開天, 廓然萬里[5]。
寂滅爲樂[6], 江海而閑[7]。
逆旅形內[8], 虛舟世間[9]。
邈彼崑閬, 誰云可攀[10]!

동해(東海)와 태산(泰山)의 정기를 받은 영령(英靈)이
저 스님으로 태어났도다.
몸은 모두 헛된 것임을 깨달아
물속에 있는 달 보듯 하였다네.
땔감이 불을 옮겨 전하는 것처럼
삶과 죽음을 투철하게 이해하였으니,
구름 낀 하늘이 열리듯 만리(萬里) 허공에 확 트였구나.
적멸(寂滅; 涅槃)을 즐거움으로 삼으며
강과 바다에서 유유자적 한가롭도다.
영혼의 여관은 사람의 형체 안에 있으니,
인생은 빈 배타고 세상을 여행할 뿐이어라.
아득히 먼 저 곤륜(崑崙)과 낭풍산(閬風山)을
신선되어 오를 수 있다고 뉘라서 말할 수 있나요?

....

1 海英嶽靈(해영악령) : 「海」는 동해, 「嶽」은 태산을 가리킴. 왕기는
  "동악은 노군 경내에 있다. 동해는 그 경내에 있지 않지만, 떨어진
  거리가 멀지 않으므로 그곳까지 미침을 널리 말한 것이다(東岳, 在魯

郡境內. 東海雖不在其境內, 以其相去不遠, 故廣言及之.)"라 했음.

2 誕彼開士(탄피개사) : 「誕」은 낳은 것, 기르는 것(育). 「開士」는 본
래 불교에서 보살을 가리키는 별칭이지만, 후에는 승려에 대한 경칭
으로 쓰였다. 여기서는 섭 화상을 가리키며, 그가 산과 바다의 영령
임을 말한 것임.

3 了身皆空, 觀月在水(요신개공, 관월재수) : 왕기는 주에서 "지수화
풍의 사대로 만들어진 헛된 몸은 본래 비고 없는 것이므로, 지혜로
운 자가 보면 마치 물 가운데 달그림자와 같이 여겨 비로소 진실이
아님을 안다(四大幻身, 本來空無, 故智者觀之, 如水中月影, 初非
眞實.)"고 했음.

4 如薪傳火, 朗徹生死(여신전화, 낭철생사) : 땔 나무로 불이 전해지
는 것과 같이 인생의 생사도 서로 전해지므로, 나고 죽음에 대하여
투철하게 이해하여야 한다는 말.《홍명집(弘明集)》권5 혜원(慧遠)의
〈사문불경왕자론(沙門不敬王者論)·형진신불멸(形盡神不滅)〉에
"불이 땔나무로 옮겨가는 것은 마치 영혼이 형체에 전달되는 것과
같으며, 불이 다른 땔나무에 옮겨가는 것은 영혼이 다른 형체에 전달
되는 것과 같다. 앞의 땔나무는 뒤의 땔나무가 아니어도 불이 영원히
계속되는 변화와 절묘함을 알 수 있고, 앞의 형체가 뒤의 형체가
아니어도 중생들이 정감을 깊이 받아서 다시 태어난다는 것을 깨달
아 알 수 있다. 어떤 사람은 형체가 썩어 한 생을 마치는 것을 보고
바로 영혼과 육체도 함께 사라진다고 여기는데, 이는 마치 불이 한
나무에서 다 타는 것을 보고 불이 모두 영원히 사라진다고 말하는
것과 같다(火之傳於薪, 猶神之傳於形, 火之傳異薪, 猶神之傳異
形. 前薪非後薪, 則知指窮之術妙, 前形非後形, 則悟情數之感深.
惑者見形朽於一生, 便以爲謂神情俱喪, 猶睹火窮於一木, 謂終期
都盡耳.)"라 했음. 「朗徹」은 명랑(明朗)하고 투철(透徹)한 것.

5 如雲開天, 廓然萬里(여운개천, 확연만리) : 「廓然」은 광활한 모습. 섭 화상의 흉금(胸襟)이 넓고 커서, 구름이 흩어지고 하늘이 열리는 것처럼 광활함에 비유하였다.

6 寂滅爲樂(적멸위락) : 「寂滅」은 열반. 불교에서는 생사를 초월한 열반을 가장 큰 쾌락으로 여긴다. 《열반경》에 "모든 현상은 고정됨이 없이 변하는 것이 곧 생멸하는 법이니, 생멸을 그치면 고요한 열반의 경지가 즐거움이 된다(諸行無常, 是生滅法. 生滅滅已, 寂滅爲樂.)"라 했음.

7 江海而閑(강해이한) : 강호에 있는 선비의 유유자적 한가한 모습을 말한 것. 《장자・외편・각의(刻意)》에 "산림이나 늪으로 가서 한적하고 드넓은 곳에 머물며, 한가한 곳에서 고기를 낚으면서 아무 일도 하지 않을 뿐이니, 이는 강과 바다에 은거한 선비들과 세상을 피해 사는 사람들과 한가한 사람들이 좋아하는 것이다(就藪澤, 處閒曠, 釣魚閒處, 無爲而已矣. 此江海之士, 避世之人, 閒暇者之所好也.)"라 했음.

8 逆旅形內(역려형내) : 불교에서는 사람의 형체는 다만 영혼의 객사로 인정하기 때문에 영혼은 형체 안을 여행하는 것일 뿐이라는 말.

9 虛舟世間(허주세간) : 인생이 세상에 있는 것은 매어 놓지 않은 배처럼 자유롭게 떠돌아다니는 것. 《장자・열어구(列御寇)》에 "매어 놓지 않은 배처럼 떠다니며, 비운 채 유람하는 사람이다(泛若不繫之舟, 虛而遨遊者也.)"라 했음.

10 邈彼崑閬, 誰云可攀(막피곤랑, 수운가반) : 「邈」은 매우 먼 모습. 「崑閬」은 신선이 산다는 곤륜산과 낭풍산. 저토록 아주 먼 곤륜과 낭풍산을 누가 올라가서 신선이 되겠다고 말할 수 있는가? 라는 말인데, 이는 도가에서 신선을 추구하는 것이 실제로 불가능할 뿐만 아니라 불가에서 목표로 삼는 열반의 즐거움보다 못함을 뜻한 것이다.

제**4**장

명·비
銘·碑

7首

「명銘」은 본래 기물(器物) 위에 새긴 문자가 그 기원이었는데, 후에는 문체형식의 한가지로 「송(頌)·찬(讚)」과 같은 의미로 쓰이기도 했다. 명문은 오래도록 전하기 위해 금석(金石)이나 기물 같은 곳에 새겼으며, 내용은 자신을 경계하기 위한 글, 남의 공적을 송축(頌祝)하는 글, 또는 사물의 내력을 기록한 글, 고인의 평생 기록을 적어 새겨 넣은 글 등으로, 일이나 사람의 공덕을 찬양하여 그 이름을 영원히 잊지 않도록 하였다. 후에는 대부분 종정(鐘鼎)이나 비석(碑石)에 새겨서 그 쓰임을 넓혀 오랫동안 보존하도록 했다. 유협(劉勰)의 《문심조룡(文心雕龍)》〈잠명편(箴銘篇)〉에 자세한 설명이 있다.

이백의 명문은 두 편이다. 하나는 '기물명(器物銘)'인데, 당도 화성사에 있는 대종을 읊은 〈화성사대종명(化城寺大鍾銘)〉으로 대종의 쓰임새와 종을 주조한 현령 이유칙(李有則)의 공로를 읊었다. 다른 하나는 산천을 기린 '산천명(山川銘)'인데, 천문산의 험난한 지세와 이를 수호하는 권력자에 대한 경계성을 띤 〈천문산명(天門山銘)〉이다.

「비碑」는 《예기(禮記)》〈빙례(聘禮)〉편에 의하면 본래 종묘나 궁전 앞에 돌이나 나무 기둥을 세워 해그림자 등을 알아보기 위해 세워진 것이라고 했지만, 후대에는 어떤 사적(事蹟)을 후세에 오래도록 전하기 위해 나무·돌·쇠붙이 따위에 글을 새겨 세워놓는 것으로, 내용에 따라 탑비(塔碑)·묘비(墓碑)·신도비(神道碑)·사적비(事蹟碑)·송덕비(頌德碑) 등 여러 형태가 있다.

현존하는 이백의 비문은 5편인데, 그 성질에 따라 공적을 기록한

'기공류(記功類)'와 무덤에 세운 '묘비류(墓碑類)'가 있다. 먼저 기공류로는 춘추시대 율양현 뇌수(瀨水) 가에 살았던 정의로운 여인(貞義女)이 오자서(伍子胥)를 위해 투신한 거룩한 사적을 기린 〈율양뇌수정의녀비명(溧陽瀨水貞義女碑銘)〉, 천장절사 겸 악주자사인 위양재(韋良宰)의 덕정을 기린 〈천장절사악주자사위공덕정비(天長節使鄂州刺史韋公德政碑), 당송팔대가로 유명한 한유(韓愈)의 부친인 무창현령 한중경(韓仲卿)의 덕정을 기린 〈무창재한군거사송비(武昌宰韓君去思頌碑)〉, 우성현령 이석(李錫)의 덕정을 칭송한 〈우성현령이공거사송비(虞城縣令李公去思頌碑)〉가 있으며, 다음 묘비류로는 이백의 친우인 한동군 호자양을 회고한 〈당한동자양선생비명(唐漢東紫陽先生碑銘)〉이 있다.

50.
化城寺大鍾銘 並序
당도 화성사 대종에 대한 명문과 병서

천보 7년(749) 이백이 당도(當塗)를 유람할 때 화성사(化城寺)에 있는 큰 종에 대하여 지은 명문(銘文)으로, 이백의 〈집안 숙부인 당도현령을 모시고 화성사 승공이 지은 청풍정에서 노닐며(陪族叔當塗宰遊化城寺升公淸風亭)〉란 시와 동시에 지었다. 당도현의 화성사에 있는 대종은 당도 현령 이유칙(李有則)의 주도하에 주조되었다. 화성사 스님과 당도 현내 관민들이 대문장가인 이백에게 대종에 대한 명문(銘文)을 짓도록 요청하여 작성된 글이다.

송나라 호자(胡仔)는 《초계어은총화(苕溪漁隱叢話)》에서 "사공도가 말하기를, 「일찍이 두자미의 〈태위 방공의 제문〉과 이태백의 〈불사비찬문〉을 보았는데, 광대하고 선명하여 이들 산문은 시로 노래한 것과 같았다」(司空圖云, 嘗觀杜子美祭太尉房公文・李太白佛寺碑贊, 宏拔淸厲, 乃其歌詩也.)"라고 하여, 이백이 불교 사찰에 관하여 쓴 비명을 읊은 본 작품을 칭찬하고 있다.

이 명문은 화성사의 대종과 현령 이유칙을 제재로 삼았는데, 본문인 명사(銘辭) 앞에 서문이 있으며 내용을 6개 단락으로 나눌 수 있다. 첫 번째 단락에서는 대종의 중요한 작용과 공능(功能), 그리고 주조의 필요성에 대하여 서술하였으며, 두 번째 단락에서는 이유칙에 대해서 그가 황제의 방손(傍孫)이라는 집안 내력, 군인으로서 세운 공훈과 관직에 종사한 경력, 청렴결백한 명성으로 천자에게 받은 포상(褒賞) 내용, 당도의 현령으로 임용된 사항 등을 서술하였다. 세 번째 단락에서는 화성사 대종에 대하여 원래 조그만 종이 있던 정경, 현령 이유칙이 대종 주조의 제안에 대한 현민(縣民)들의 호응, 그리고 종을 주조하는데 필요한 재료와 장인들을 모으는 과정, 이어서 장인들이 용광로에 대종을 주조하는 구체적 정황을 묘사하였으며, 네 번째 단락에서는 대종의 아름다운 모습과 종소리의 위력을 기술했는데, 종의 표면에 그린 용과 호랑이의 생동적인 형태를 묘사하고, 이어 웅장한 종소리는 죄인들의 고통을 덜어줄 수 있으므로 중생들의 복을 구해주는 불교의 진정한 의의를 가지는 것으로, 이는 현령 이유칙이 백성들을 위하여 베푼 큰 공덕이라고 칭찬하였다. 다섯 번째 단락에서는 이백에게 명문을 짓도록 요청한 내용으로, 주현의 관리와 승려 및 도사, 그리고 고숙현(姑熟縣)에 사는 현노(賢老)들이 모두 현령(이유칙)의 미덕을 표창하도록 요청하자 이백이 겸손한 자세로 작문하기를 수락하는 정황을 묘사했다. 여섯 번째 단락인 명문에서는 먼저 거대한 종성(鐘聲)의 위력을 묘사하고, 이어 지옥의 고통까지 정지시키는 종소리의 작용과 효능에 대해 기술하고, 끝으로 종을 주조한 어진 현령의 공덕을 칭송하였다.

이렇듯 이 명문에서 화성사 대종을 주조하게 된 과정, 명(銘)을 새기게 된 경위, 그 일을 주도한 이유칙 현령과 주조에 참여한 스님들에 대한 칭송, 특히 웅장한 야련(冶鍊) 장면과 정밀한 주조기술, 장인들의 거대하고 창조적인 공력 등을 순차적으로 묘사하였는데, 이렇게 대종을 주조하게 된 과정과 현령의 공덕을 자세하게 기록한 장문의 글은 고문 가운데 드물게 볼 수 있는 내용이다.

50-1

噫[1]！天以震雷鼓群動[12]，佛以鴻鍾驚大夢[13]。而能發揮沉潛[14]，開覺茫蠢[15]，則鍾之取象[16]，其義博哉！

夫揚音大千[17]，所以淸眞心[18]，警俗慮[19]，協響廣樂[10]，所以達元氣[11]，彰天聲，銘勳[12]皇宮，所以旌[13]豊功，昭茂德。莫不配美金鼎[14]，增輝寶坊[15]，仍事作制[16]，豈徒然[17]也。

아! 하늘은 천둥과 우렛소리를 내어 뭇 동물들을 움직이도록 하고, 불가(佛家)에서는 큰 종(鐘)을 울려서 우매한 꿈을 꾸는 중생들을 깨우는구나. 이렇듯 깊이 감춰져 있는 지혜를 발휘할 수 있도록 해주고, 눈멀고 어리석은 미물들을 깨우쳐 주는 표상(表象)으로 종을 선택하였으니, 그 의의가 크고 넓도다!

대천세계(大千世界)에 종소리를 울려 퍼지도록 하는 것은 본성(本性)을 청정하게 하고 세속의 번뇌(煩惱)를 경계시키려 함이며, 하늘의 광악(廣樂)과 화합하여 울리는 것은 천지간의 원기를 소통시켜 하늘의 소리를 널리 드러내려 함이며, 황제가 머무는 궁궐에서 종에 공훈을 새기는 것은 풍성한 공적을 표창하여 제왕의 미덕을 환하게 밝히려 함이라네. 아름다운 황금 솥(金鼎)과 짝하면서 사원(寺院)을 더욱 빛나게 했으니, 큰 종을 주조하는 일이 어찌 공연한 일이겠는가?.

....

1 噫(희) : 감탄사. 「애(唉)」와 같으며, 「아」하고 감탄하는 소리.

2 天以震雷鼓群動(천이진뢰고군동) : 하늘은 천둥과 우렛소리를 내어 각종 동물을 깨어서 움직이도록 한다는 말. 《예기 · 월령(月令)》에 "중춘인 음력 2월이 되면 낮과 밤이 나뉘고, 우레가 소리를 내며 번개가 치기 시작한다. 겨울잠 자던 벌레들이 모두 움직이고 굴 문을 열고 나와 활동하기 시작한다(仲春之月, 是月也, 日夜分, 雷乃發聲, 始電. 蟄蟲咸動, 啓戶始出.)"고 했음. 「群動」은 각종 동물을 가리킨다. 도연명의 〈잡시(雜詩)〉2에 "해가 지면 여러 동물이 쉬고, 새들도 수풀로 돌아가 지저귀노라(日入群動息, 歸鳥趨林鳴.)"라고 읊었음.

3 佛以鴻鍾驚大夢(불이홍종경대몽) : 불교에서는 큰 종을 울려서 중생들의 우매한 꿈에서 깨도록 한다는 말. 《칙수백장청규(敕修百丈清規)》권8〈법기장(法器章)〉에서, "대종은 도량(총림)을 울리면서 하루가 시작된다. 새벽에 치는 것은 긴 밤을 끝내고 잠에서 깨도록 경계하는 것이고, 저녁에 치는 것은 황혼의 밤거리를 알려서 어둠과 소통하도록 하는 것이다(大鐘, 叢林號令茲始也. 曉擊則破長夜, 警睡眠, 暮擊則覺昏衢, 疏冥昧.)"라 하였으며, 《행사초(行事鈔)》상1에서는 "《증일아함경》에서 말하기를, 「종을 치면 모든 악도에서 받는 여러 고통을 함께 중지시킨다」(增一阿含經云, 若打鐘時, 一切惡道諸苦, 並得停止.)"라 했음.

4 沉潛(침잠) : 내심에 깊이 감춰져 있는 지혜와 양지(良志)를 가리킴.

5 茫蠢(망준) : 눈멀고 어리석은 것(盲昧愚蠢). 우매(愚昧)하고 미망(迷妄)에 빠진 사람. 「茫」은 맹(盲)과 같음.

6 鍾之取象(종지취상) : 대종으로서 중생을 깨우치는(警醒) 상징으로
삼은 것. 「象」은 겉으로 드러난 모습을 말함. 《주역 · 계사전》에 "하
늘에서는 「상(象; 추상적 형상)」을 이루고, 땅에서는 「형(形; 구체적
형체)」을 이루는데, 그 사이에서 변화가 드러난다(在天成象, 在地
成形, 變化見矣.)"라 했음.

7 大千(대천) : 대천세계(大千世界)로, 불교에서 삼라만상을 포함한
광대무변의 세계를 말한다. 《위서(魏書) · 석노지(釋老志)》에 "석가
여래는 공덕으로 대천세계를 구제하고, 은혜를 베풀어 속세까지 미
치게 한다(釋迦如來, 功濟大千, 惠流塵境.)"라 했음.

8 眞心(진심) : 불교에서는 망령되지 않고 진실한 본래 지닌 마음을
가리킴.

9 警俗慮(경속려) : 세속의 사상과 감정을 경계시키는 것.

10 廣樂(광악) : 전설에 나오는 하늘의 음악(天樂). 《사기 · 편작창공전
(扁鵲倉公傳)》에 "여러 신과 상제가 있는 하늘에서 함께 놀았는데,
광악을 아홉 차례 연주하면서 갖가지 춤을 추었습니다. 이것은 하상주
3대의 음악과 다르지만 그 가락은 사람의 마음을 감동시켰습니다(與
百神遊於鈞天, 廣樂九奏萬舞, 不類三代之樂, 其聲動心.)"라 했음.

11 元氣(원기) : 천지 만물을 만들거나 구성하는 원시 물질, 혹은 음양
두 기운이 나뉘지 않은 혼돈(混沌)의 실체를 가리킨다. 《논형 · 담
천(談天)》에 "원기가 나누어지지 않고, 혼돈이 하나가 되었다(元氣
未分, 混沌爲一.)"고 했음.

12 銘勳(명훈) : 공훈을 기록하여 새기는 것. 《문선》권2 장형(張衡)의
〈동경부(東京賦)〉에 "공훈을 큰 그릇에 새겨서 대대로 더욱 빛나게
했네(銘勳彜器, 歷世彌光.)"라 하고, 설종(薛綜)은 주에서 "「명」은
공을 새기는 것이며, 「훈」은 공로로, 종묘의 그릇인 종이나 솥에 새
겨서 만세토록 더욱 빛나게 하는 것(銘, 勒勳也. 勳, 功也. 勒銘於

宗廟之器, 鐘鼎萬世, 彌益光明.)"이라고 했음.

13 旌(정) : 정표(旌表), 표창(表彰)으로, 훌륭한 일을 세상에 널리 알리는 것.《좌전·희공(僖公)24년》에 "나의 허물을 기록하여, 착한 사람들에게 알려주어라(以志吾過, 且旌善人.)"하고, 두예는 주에서 "「정」은 드러내는 것(旌, 表也.)"이라 했음.

14 配美金鼎(배미금정) : 「金鼎」은 고대의 동기(銅器)로 항상 종과 더불어 종정(鐘鼎)이라 병칭되었으며, 종정 위에 문자를 새긴 것을 종정문(鐘鼎文), 혹은 금문(金文)이라 부른다. 「配美金鼎」은 종정의 표면에 새긴 명문으로, 일이나 공을 기록하였으므로 이렇게 불렀음.

15 寶坊(보방) : 사원(寺院)의 미칭으로, 남조 양·간문제의 〈상동 왕에 답하는 글(答湘東王書)〉에 "은 북이 사찰에서 울리고, 향기나는 땅에는 황금 수레가 굴러가는구나(鳴銀鼓於寶坊, 轉金輪於香地.)"라 했음.

16 仍事作制(잉사작제) : 「仍」은 이에. 「作制」은 대종을 주조하는 일을 가리킴.

17 徒然(도연) : 공연히, 쓸데없이.

50-2

粤有唐宣城郡當塗縣化城寺大鍾者, 量函千鈞, 聲盈萬壑[18], 蓋邑宰李公之所創也。

公名有則, 系玄元[19]之英蕤[20], 茂列聖[21]之天枝[22]。生於公族[23], 貴而秀出。少蘊才略, 壯而有成。西逾流沙[24], 立功絶域[25]。帝疇乎厥庸[26], 始學古從政[27]。歷宰潔白, 聲聞于天[28]。天書[29]褒榮[30],

輝之簡牘[31]。稽首[32]三復[33], 子孫其傳。天寶之初, 鳴琴此邦[34],
不言而治[35]。日計之無近功, 歲計之有大利[36]。

物不知化[37], 潛臻小康[38], 神明其道[39], 越不可尚[40]。

저 당(唐)나라 선성군(宣城郡) 당도현(當塗縣) 화성사에 있는 큰
종은 무게가 천균(千鈞)이나 되며, 그 소리는 많은 골짜기에 가득
넘치는데, 바로 현령 이공(李公)이 만든 종이라네.

공의 이름은 유칙(有則)으로 현원황제(玄元皇帝; 老子)의 후예이
며, 당대 여러 황제의 방손(傍孫)이로다. 공후(公侯)의 가문에서 출
생하여 존귀하면서 빼어났으니, 젊어서 품은 재능과 책략을 장성하
여 이루었으며, 서쪽 모래 날리는 유사(流沙)를 넘어가 먼 지역에서
공을 세웠다네. 군왕이 그 공적을 헤아려 임용하니 비로소 옛 제도
를 배워 관직에 종사하였으며, 여러 현령을 거치면서 청렴결백하였
으므로 명성이 조정에도 알려졌도다. 천자가 포상하라는 조서(詔
書)를 내리자 빛나는 사적이 서책(書冊)에 기록되었으며, 세 차례나
머리를 조아리며 받으니 자손들이 가보(家寶)로 전했다네. 천보(天
寶) 초에 이곳 현령이 되어 말없이 다스렸는데, 하루로 계산하면
공적이 없는 것 같지만, 일 년으로 계산하면 큰 이익을 남겼도다.

만물은 알지 못하는 사이에 교화되어서 점차 소강(小康) 사회로
나아갔으니, 다스리는 도리가 신처럼 밝아서 다른 사람이 넘을 수
없는 경지로구나.

....

18 量函千鈞, 聲盈萬壑(양함천균, 성영만학):「鈞」은 무게의 단위로
   30근이 1균임. 화성사 대종의 무게가 천균(千鈞; 삼만근)이며, 그

소리의 울림이 천산과 만 골짜기에 가득 찬다는 말.

19 **玄元**(현원) : 당 고종이 노자(老子)에게 내린 봉호(封號). 《구당서·고종본기(高宗本紀)》 건봉(乾封)원년(666)에 "2월 기미일 박주에 있는 노자 묘로 행차하여, 태상현원황제라고 추호하였다(二月己未, 次亳州, 幸老君廟, 追號曰太上玄元皇帝.)"라 했음.

20 **英蕤**(영유) : 초목이나 꽃. 고인들은 초목의 뿌리·가지·잎·꽃으로 씨족의 번성함을 나타내었다. 《문선(文選)》권18 혜강의 〈금부(琴賦)〉에 "하늘에서 영류가 날리네(飛英蕤於昊蒼.)"라 하고, 여연제는 주에서 「영류」는 꽃이다(英蕤, 花也.)"라고 했음.

21 **茂列聖**(무열성) : 「茂」는 아름다움이 넘치는 것(美盛). 「列聖」은 당대 여러 제왕을 지칭함.

22 **天枝**(천지) : 황실(皇室)의 방계(支脈). 앞의 「영류(英蕤)」와 「천지(天枝)」는 꽃과 가지로, 당도 현령 이유칙이 당 황제의 방계 종실임을 비유한 것임. 왕승유(王僧儒)의 〈예불창도발원문(禮佛唱導發願文)〉에 "황제의 종친들은 높고 그윽하며 꽃처럼 향기롭네(天枝峻密, 帝葉英芬.)"라 했음.

23 **公族**(공족) : 제후, 공후(公侯)의 가계(家系). 《시경·주남·인지지(麟之趾)》에 "기린의 뿔이여, 번창한 공후의 일족들이로다. 아! 기린이여(麟之角, 振振公族, 於嗟麟兮.)"라 읊었음.

24 **流沙**(유사) : 돈황(敦煌) 서북쪽 사막 지역. 사막의 모래가 바람따라 날려 유동하기 때문에 이렇게 불렀다. 《서경·우공(禹貢)》에 "약수를 인도하여, 합려산에 이르게 하였고, 나머지 물은 유사로 흘러들도록 하였다(導弱水, 至于合黎, 餘波入于流沙.)"라는 기록이 있으며, 《한서·지리지》에 "장액군 거연현 동북쪽에 거연택이 있는데, 고문에서는 유사라고 했다(張掖郡居延縣, 居延澤在東北, 古文以爲流沙.)"라 하고, 안사고는 주에서 "「유사」는 돈황 북쪽에 있다(流

沙, 在燉煌北.)"라고 했음.

25 **絶域**(절역) : 매우 먼 지역. 《한서·진탕전(陳湯傳)》에 "먼 지역에
있는 복종하지 않은 군왕들을 토벌하고, 만리 밖 제압하기 어려운
오랑캐들을 잡아왔네(討絶域不羈之君, 係萬里難制之虜.)"라 하고,
《서경잡기(西京雜記)》권3에도 "부개자는 14세 때 독서하기를 좋아
하였지만, 일찍이 술잔을 내던지면서, 「대장부는 마땅히 먼 곳에서
공을 세워야지, 어찌 앉아서 공부하는 속된 선비가 되겠는가!」라 탄
식했다(傅介子年十四, 好學書, 嘗棄觚而歎曰, 丈夫當立功絶域,
何能坐事散儒!)"라는 기록이 있음.

26 **疇乎厥庸**(주호궐용) : 현명한 인재(賢才)를 선발하여 임용하는 것.
《서경·요전(堯典)》에 "요임금이 「누가 이 등용에 합당하겠는가?」
(帝曰, 疇咨若時登庸.)"라 하고, 공전(孔傳)에 "「주」는 누구, 「용」
은 임용이다. 누구나 모든 공적을 빛나게 해서, 이 일을 순조롭게
처리하는 자를 등용하려 한다(疇, 誰, 庸, 用也. 誰能咸熙庶绩, 順
是事者, 將登用之.)"라 했음.

27 **學古從政**(학고종정) : 《서경·주관(周官)》에 "옛것을 배워 궁중으
로 들어가서 일을 의논하며 제도를 만들어야만, 정사가 미혹되지
않으리라(學古入宮, 議事以制, 政乃不迷.)"라 하고, 공안국 전에
"먼저 옛 가르침을 배운 뒤에 관직에 들어가 정사를 돌보는데, 무릇
제도를 만들 때는 반드시 옛 뜻을 따라서 시종일관 법도에 맞아야
정사가 미혹되거나 잘못되지 않는다(言當先學古訓, 然後入官治
政, 凡制事必以古義, 議度終始, 政乃不迷錯.)"라 했음.

28 **曆宰潔白, 聲聞于天**(역재결백, 성문우천) : 여러 현령을 지내면서
청렴결백하게 정치를 다스렸으므로, 그 명성이 천자에게도 알려졌
다는 말. 「宰」는 벼슬하는 것으로 여기서는 동사로 쓰였다.

29 **天書**(천서) : 천자의 조서. 왕유(王維)의 〈고적(高適)을 보내고 임회

(臨淮)로 돌아가는 아우 왕담(王紞)에게 지어주다(送高適弟耽歸臨淮作)*〉란 시에 "천자의 조서가 북궐에서 내려와서, 비단을 하사받고 동쪽 묵정밭으로 돌아갔네(天書降北闕, 賜帛歸東菑.)"라 했음.

30 褒榮(포영) : 포장(褒奬)과 표창(表彰)하는 것.

31 簡牘(간독) : 편지(書簡)로, 대나무 쪽에 쓴 것을 「簡」이라 하고, 나무쪽에 쓴 것을 「牘」이라 부름. 《문선》권45 두예(杜預)의 〈춘추좌씨전서(春秋左氏傳序)〉에 "제후는 나라마다 역사가 있는데, 큰일은 책에 쓰고 작은 일은 간독에 기록하였다(諸侯亦各有國史, 大事書之於策, 小事簡牘而已.)"라 하고, 여향은 주에서 "큰 대나무를 「책」, 작은 대나무를 「간」, 나무 조각에 쓴 것은 「독」이다(大竹曰策, 小竹曰簡, 木版爲牘.)"라 했음.

32 稽首(계수) : 고대에 가장 공경을 표하는 무릎 꿇고 드리는 예절(跪拜禮). 《주례 · 춘관(春官) · 대축(大祝)》에 "첫째는 계수이고, 두 번째는 돈수이고, 세 번째는 공수이다(一曰稽首, 二曰頓首, 三曰空首.)"라 하고, 가공언(賈公彦)은 소(疏)에서 "첫 번째 계수에서 「계」는 계류의 계자로, 머리가 땅에 오랫동안 닿는 것을 「계수」라고 한다. 이 세 가지**는 정배인데, 계수는 절 가운데 가장 귀중한 예절로, 신하가 군왕에게 올리는 절이다(一曰稽首, 其稽, 稽留之字, 頭至地多時, 則爲稽首也. 此三者正拜也. 稽首, 拜中最重, 臣拜君之拜.)"라 했음.

33 三復(삼복) : 세 번. 이유칙이 무릎 꿇고 세 차례나 머리를 조아리며

---

* 高適(707-765)은 발해 수현(蓨縣; 지금의 景縣) 사람으로 회남절도사(淮南節度使)를 지냈고 변새시에 뛰어났다. 왕유(王維)는 아래로 왕진(王縉), 왕천(王繟), 왕굉(王紘), 왕담(王紞)의 네 아우가 있었는데, 여기서 耽은 紞의 오자로 보인다.

** 공수(空首), 돈수(頓首), 계수(稽首)의 세 가지.

조서를 받은 것.

34 **鳴琴此邦**(명금차방) : 「鳴琴」은 유향(劉向)의 《설원(說苑) · 정리(政理)》에 "복자천이 단보를 다스릴 때, 거문고를 타면서 대청에서 내려오지 않았어도 단보가 다스려졌다(宓子賤治單父, 彈鳴琴, 身不下堂, 而單父治.)"라는 고사를 인용하였다. 「此邦」은 당도현을 가리킴.

35 **不言而治**(불언이치) : 무위이치(無爲而治)와 같은 말.

36 **日計之無近功, 歲計之有大利**(일계지무근공, 세계지유대리) : 《장자 · 경상초(庚桑楚)》에 "하루로 계산하면 부족하지만, 일년으로 계산하면 남음이 있다(日計之而不足, 歲計之而有餘.)"라는 뜻을 사용하였음.

37 **物不知化**(물부지화) : 사물들이 부지불식간에 교화되는 것.

38 **小康**(소강) : 유가의 이상인 대동세계에서 그 초급단계의 사회를 소강이라 한다. 《시경 · 대아 · 민로(民勞)》에 "백성들이 또한 수고로우니, 조금 편안하게 해주어야 하고, 이 나라를 사랑하여 사방을 편안히 해야 한다네(民亦勞止, 汔可小康. 惠此中國, 以綏四方.)"라하고, 정현의 전(箋)에서 "「康 · 綏」는 모두 편안한 것이다(康 · 綏, 皆安也.)"라 했음. 여기서는 백성들의 생활이 점점 소강의 단계에 다다르게 된다는 것을 말한다.

39 **神明其道**(신명기도) : 이유칙이 다스리는 도리가 신처럼 밝은 것. 《주역 · 계사(繫辭)상》에 "신이 밝히는 것은 그 사람에게 달려 있다(神而明之, 存乎其人.)"라 하고, 공영달은 《정의》에서 "만약 그 사람이 성스러우면 신이 밝혀주고, 그 사람이 어리석으면 신이 밝혀주지 못한다(若其人聖則能神而明之, 若其人愚不能神而明之.)"라 했음.

40 **越不可尙**(월불가상) : 다른 사람은 초월할 수도 없고, 쉽게 배워서 도달할 수도 없다는 말.

50-3

方入於禪關[41], 睹天宮崢嶸[42], 聞鍾聲瑣屑[43], 乃謂諸龍象[44]
曰,「盍不建大法鼓[45], 樹之層臺, 使群聾[46]六時[47]有所歸仰, 不
亦美乎?」於是發一言以先覺, 擧百里[48]而感應。秋毫不挫[49],
人多子來[50]。銅崇朝[51]而山積[52], 工[53]不日而雲會。

乃採鳧氏[54], 撰鳴鍾[55], 火天地之爐, 扇陰陽之炭[56]。回祿[57]奮
怒[58], 飛廉[59]震驚[60]。金精[61]轉湆[62]以融熠[63], 銅液星縈[64]而燿燦。
光噴日道[65], 氣歊天維[66]。紅雲點於太清[67], 紫煙矗於遙海[68]。
烜赫宇宙[69], 功侔鬼神[70]。瑩而察之, 吁駭人也[71]。

절 문으로 들어가니 높게 솟은 전각(殿閣)들은 보이지만, 종소리
는 가늘고 작게 들리므로 여러 고승들에게 이르기를 "왜 큰 종을
주조하여 높은 대(臺) 위에 설치해 놓지 않는가요? 눈멀고 귀먹은
대중들에게 하루(六時)를 지내는 동안 우러러 귀의할 곳이 있다는
것을 알려준다면, 아름다운 일이 아니겠습니까?"라고 제안하였도
다. 이러한 선각자(이유칙)의 한마디에 백리 안 현민(縣民)들이 호
응하면서, 터럭만큼도 거역하지 않고 부모의 부름에 자식이 달려오
듯 하였으며, 구리도 아침 한나절 만에 산처럼 쌓였고, 장인(匠人)
들도 하루가 채 안 되어 구름처럼 모여들었다네.

이에 장인 부씨(鳧氏)를 채용하여 종을 주조하도록 하자, 천지처
럼 큰 화로에 불을 붙이고 음양의 숯에 부채질을 하는구나. 화신(火
神)인 회록(回祿)이 분발하여 왕성하게 태우고, 풍신(風神)인 비렴
(飛廉)이 신속하게 바람을 일으키니, 금빛 정수가 용광로 안에서 유
전(流轉)하며 끓어오르고, 구릿 물은 별처럼 섬광이 찬란하도다. 불
빛은 태양의 궤도까지 뿜어내고, 기운은 하늘 끝까지 꿰뚫었으며,

붉은 구름같은 화롯불(爐火)은 하늘까지 물들이고, 자색 연기는 먼 대해까지 곧게 뻗쳤노라. 기세는 우주 안에 성하고 기예는 귀신같이 정묘하나니, 밝게 빛나는 동종(銅鐘)을 살펴보고 사람들이 놀라 감탄하는구나.

....

41 禪關(선관) : 불교 용어로, 참선하는 곳의 관문이지만, 여기서는 사찰의 문.

42 天宮崢嶸(천궁쟁영) : 「天宮」은 불교 전각(佛殿)을 가리키며, 「崢嶸」은 높은(高峻) 모습.

43 瑣屑(쇄설) : 가늘고 작은 것(細小).

44 龍象(용상) : 아라한(阿羅漢) 중 가장 뛰어난 자를 일컫는 말로, 후에는 고승이나 승려에 대한 경칭.

45 大法鼓(대법고) : 대종(大鐘). 《법화경·서품(序品)》에 "지금 부처님께서 대법을 설하시고, 큰 법우를 내리시며, 큰 법라를 불으시고, 큰 법고를 치시며, 큰 법의 뜻을 연설하시느니라(今佛世尊, 欲說大法, 雨大法雨, 吹大法螺, 擊大法鼓, 演大法義.)"라 했으며, 또 《문선》권11 손작(孫綽)의 〈유천태산부(遊天台山賦)〉에서 "법고의 옥구슬 소리가 울려 퍼지네(法鼓琅以振響.)"라 하고, 이주한은 주에서 "「법고」는 종이다(法鼓, 鐘也.)"라고 했음.

46 群聾(군농) : 중생. 도리를 구별하지 못하는 눈멀고 귀먹은 어리석은(愚盲) 사람.

47 六時(육시) : 불교에서 1일 1야를 6시, 곧 새벽 아침(晨朝), 낮(日中), 저물녘(日沒), 초저녁(初夜), 한밤중(中夜), 자정 이후(後夜)로 구분함. 《번역명의집》권2〈시분편(時分篇)〉제24에 "《대당서역기》에서 매우 짧은 시간을 찰나라고 한다. 백이십 찰나를 1달찰나, 6십

달찰나를 1납박, 3십납박을 1모호율다, 5모호율다는 1시이고, 6시가 합해 1일이 된다(西域記云, 時極短者, 謂剎那也. 百二十剎那爲一呾剎那, 六十呾剎那爲一臘縛, 三十臘縛爲一牟呼栗多, 五牟呼栗多爲一時, 六時合成一日一夜.)"라 했으며, 왕기는 "중국은 1주야가 12시진이 되는데, 서역 나라에서는 6시로 나눈다(是中國以一晝夜作十二時者, 西國只分爲六時也.)"라 했음.

48 **百里**(백리) : 현(縣) 전체를 가리키는데, 한 개의 현이 약 1백리 이내임. 《세설신어 · 언어(言語)》에 "동진(東晉)의 이홍도(李充의 자)는 능력이 있는 자신이 등용되지 못함을 늘 한탄했다. 은양주(殷揚州)*는 그의 처지가 딱함을 알고 묻기를 「그대는 백리의 작은 고을이라도 맡아 보겠는가?」하니, 이홍도가 말했다. 「뜻을 얻지 못함(北門之歎)을 상공은 이미 오래전에 들었으리라 여겨집니다. 곤궁한 원숭이가 숲으로 달아나면서 어찌 나무를 선택할 수가 있겠습니까!」라 하자, 드디어 섬현(剡縣)의 수령을 제수 받았다(李弘度常歎不被遇, 殷揚州(浩)知其家貧, 問, 君能屈志百里不? 李答曰, 北門之嘆, 久已上聞, 窮猿奔林, 豈暇擇木? 遂授剡縣.)"라 했음.

49 **秋毫不挫**(추호불좌) : 조금도 손상되지 않는 것으로, 백성에게 상해를 끼치지 않음을 말한다. 《장자 · 산목》에 "북궁사가 위나라 영공을 위해 세금을 거둬 종을 만들게 되었는데, 그는 성곽 문밖에 단(壇)을 쌓고 석 달 만에 위아래로 매다는 종을 완성했다. 왕자인 경기가 보고 나서, 「어떤 방법을 써서 이렇게 만들었습니까?」라고 물으니, 북궁사가 대답했다. 「마음을 순일하게 하였을 뿐 감히 다른 기술을 쓰지 않았습니다. 제가 듣건대, '깎고 쪼아야만 순박함으로 돌아간다'라고 하였습니다. 저는 멍청히 아무런 의식도 없는 듯, 태만하지

---

* 진(晉)나라 양주자사(揚州刺史)인 은호(殷浩).

않고 의심 없이 만들었습니다. 바쁘게 일하면서도 가는 사람은 보내고 오는 사람은 맞이했으며, 오는 사람 막지 않고 가는 사람 잡지 않았습니다. 완고한 사나운 사람들은 완고한 대로, 유순한 사람들은 유순대로 따르게 해서, 스스로 힘이 닿는 대로 하도록 두었습니다. 그러므로 아침저녁으로 세금을 거두면서 터럭 끝만큼도 백성들을 해치는 일이 없었으니, 하물며 위대한 도를 터득한 분은 어떻겠습니까?」(北宮奢爲衛靈公賦斂以爲鐘, 爲壇乎郭門之外, 三月而成上下之縣. 王子慶忌見而問焉, 曰, 子何術之設? 奢曰, 一之間無敢設也. 奢聞之, 旣彫旣琢, 復歸於樸. 侗乎其無識, 儻乎其怠疑. 萃乎芒乎, 其送往而迎來, 來者勿禁, 往者勿止, 從其强梁, 隨其曲傅, 因其自窮. 故朝夕賦斂而毫毛不挫, 而況有大塗者乎!)」라 했음.

50 **人多子來**(인다자래) : 민심이 귀부(歸附)하는 것이 자녀가 부모를 섬기듯이 부르지 않아도 자발적으로 오는 것을 말한다. 《시경·대아·영대(靈臺)》에 "경영하여 시작하는 것을 빨리하지 말라고 하시니, 서민들이 자식처럼 온다네(經始勿亟, 庶民子來.)"라 하고, 《맹자·양혜왕상》에도 같이 "백성들이 자식처럼 왔다(庶民子來.)"라 하고, 조기(趙岐)는 주에서 "백성의 자식들이 달려오는 것이 마치 아버지가 심부름시켜서 오는 것 같다(衆民子來趣之, 若子來爲父使之也.)"라 했음.

51 **崇朝**(숭조) : 아침 내내, 아침나절. 《시경·용풍(鄘風)·체동(蝃蝀)》에 "아침 서쪽에 무지개 서면, 아침 내내 비가 내리네(朝隮于西, 崇朝其雨.)"라 하고, 모전(毛傳)에 「숭」은 끝까지로, 해 뜰 무렵부터 밥 먹을 때까지를 종조라 한다(崇, 終也. 從旦至食時爲終朝.)"라 했음.

52 **山積**(산적) : 종을 주조하는 재료인 구리(銅)가 산처럼 쌓인 것. 《남사(南史)》에 "등원기는 촉지방에서 재직하면서, 종일토록 거두어들

여 재화가 산같이 쌓였다(鄧元起之在蜀也, 崇於聚斂, 財貨山積.)"
라 했음.

53 工(공) : 장인(工人)들.

54 鳧氏(부씨) : 종을 잘 만드는 장인. 고대 관명으로, 종을 만드는 일
을 주관하였음. 《주례(周禮)·동관고공기(冬官考工記)》에 "부씨는
소리(음악)를 맡았다(鳧氏爲聲.)"라 하고, 공영달은 소에서 "부씨가
종을 만든다는 것을 여기서 성(聲; 음향)으로 쓴 것은, 종의 종류가
하나가 아니므로 성이라 포괄해서 말한 것이다(按鳧氏爲鍾, 此言
聲者, 鐘類非一, 故言聲以包之.)"라 했음.

55 撰鳴鍾(찬명종) : 「撰」은 제조하는 것으로, 「撰鳴鍾」은 종을 만드는
것. 왕발(王勃)의 〈칠석시(七夕詩)〉에 "부씨는 종으로 가을을 알리
고, 계인은 닭 우는 소리로 새벽을 알렸다네(鳧氏鳴秋, 鷄人唱曉.)"
라 읊었음.

56 火天地之爐, 扇陰陽之炭(화천지지로, 선음양지탄) : 「火」는 「연소
(燃燒)하다」라는 동사로 쓰였음. 가의(賈誼)의 〈복조부(鵩鳥賦)〉에
"천지가 화로이니 조화옹은 장인(匠人)이 되고, 음양이 숯이 되니
만물은 구리가 되었네(天地爲爐兮, 造化爲工, 陰陽爲炭兮, 萬物
爲銅.)"라 읊었는데, 여기서는 그 의미를 사용하였다.

57 回祿(회록) : 전설 가운데 화신(火神). 《좌전·소공(昭公)18년》에
"축관과 사관을 도와 국도 북쪽에서 소제하고, 현명과 회록에게 불
을 제거하는 제사(양제)를 지내도록 했다(郊人助祝史除於國北, 禳
火于玄冥回祿.)"라 하고, 두예는 주에서 "「현명」은 수신이고, 「회
록」은 화신이다(玄冥, 水神, 回祿, 火神.)"라 했음. 이백은 〈두수재
를 오송산에서 만나 내게 준 시에 답하다(答杜秀才五松山見贈)〉라
는 시에서 "회록이 눈을 부릅뜨고 자줏빛 연기를 드날리니, 이런 곳
에서 어찌 오래도록 머물 수 있겠소? (回祿睢盱揚紫煙, 此中豈是

久留處.)"라 읊었다.

58 奮怒(분노) : 화롯불(爐火)이 왕성하게 타오르는 것을 형용한 말.

59 飛廉(비렴) : 전설 중의 풍신(風神). 《초사 · 이소(離騷)》에 "앞에는 망서를 길잡이로 삼고, 비렴은 뒤에서 따라오게 하네(前望舒使先驅兮, 後飛廉使奔屬.)"라 하고, 왕일(王逸)은 주에서 "「비렴」은 풍백이다(飛廉, 風伯也.)"라 했으며, 홍흥조는 보주(補注)에서 《여씨춘추》를 인용하여 "풍사를 비렴이라 부른다(風師曰飛廉.)"라고 했음. 여기서는 불을 피울 때 바람을 일으키는 풀무를 가리킨다.

60 震驚(진무) : 풀무가 바람을 강렬하게 일으키는 것.

61 金精(금정) : 황금빛 정수이나, 다음 구의 「銅液」과 같은 뜻의 구리 용액을 가리킴.

62 轉澹(전답) : 유전(流轉)하며 끓어오르는(沸騰) 것. 《설문해자》에 "「답」은 끓어 넘치는 것(澹, 涫溢.)"이라 하고, 왕기는 지금도 하삭(河朔) 지방의 방언에 비일(沸溢)을 「澹」라고 한다고 했다.

63 融熠(융습) : 빛줄기(光芒)가 번쩍이는 것(閃爍)을 형용한 말. 《운회》에 "《설문해자》에서 「습」은 성대한 빛이라 하고, 또 번쩍이며 녹이는 모습이다(熠, 說文, 盛光也, 又, 閃鑠貌.)"라 했음. 구리 물이 용광로 안에서 유전하며 끓어오르는 모양.

64 星縈(성영) : 별과 반딧불의 섬광 같은 것. 별빛의 섬광이 찬란하게 빛나는 것을 말함.

65 光噴日道(광분일도) : 노화의 빛이 태양이 운행하는 궤도까지 뿜어내는 것. 「日道」는 태양이 운행하는 궤도. 《예기 · 월령(月令)》 편에서 공영달의 《정의》에 "적도 북쪽 24도는 하지의 일도로, 북극에서 67도 떨어져 있다. 적도 남쪽 24도는 동지의 일도로, 남극에서 67도 떨어져 있다(赤道之北二十四度爲夏至之日道, 去北極六十七度也. 赤道之南二十四度爲冬至之日道, 去南極六十七度.)"라 했음.

66 氣歊天維(기효천유) : 노화의 기운이 하늘의 강유(綱維)까지 뚫는
것. 「歊」는 기가 위를 뚫는 모습(上沖)으로 《설문해자》에서 "효는
기가 나오는 모습(歊, 氣出貌.)"이라 했으며, 「天維」는 천망(天綱)
으로 하늘을 가리키는데, 송옥의 〈대언부(大言賦)〉에 "장사가 분개
하여 하늘의 밧줄을 끊었다(壯士憤兮絶天維.)"라 했음. 이 두 구는
노화(爐火)의 왕성함을 형용한 말이다.

67 紅雲點於太淸(홍운점어태청) : 노화가 붉은 구름처럼 위로 하늘을
뚫는 것. 「太淸」은 도가에서 말하는 36천 중 33천으로 여기서는 지
극히 높은 곳을 가리키는데, 《포박자・잡응(雜應)》에 "위로 4십 리
를 올라가면 태청이라 부르는데, 그 기운이 매우 강하다(上昇四十
里, 名爲太淸. 太淸之中, 其氣甚剛.)"고 했음.

68 紫煙矗於遙海(자연촉어요해) : 자색 연기가 높이 솟아 먼 대해까지
이른다는 것. 「矗」은 《운회(韻會)》에서 "촉"은 길고 곧은 모양(矗,
長直貌.)"이라 하고, 《증운(增韻)》에서는 "위로 솟은 모양(聳上
貌.)"라 했음.

69 烜赫宇宙(훤혁우주) : 「烜赫」은 기세가 성한 것을 형용함. 그 기세
가 우주의 안에 성하다는 말이다.

70 功侔鬼神(공모귀신) : 기예의 정묘함이 귀신과 같다는 말. 「功」은 공
장(工匠)이 구리로 종을 주조하는 기예. 「侔」는 서로 같은 것. 「鬼神」
은 「귀부신공(鬼斧神工)」의 준말로, 《장자・외편・달생(達生)》에
"목수 경(慶)이 큰 나무를 깎아서 거(鐻:쇠북받침)를 만들었는데, 거
(鐻)가 완성되고 나자, 그것을 본 사람들은 모두 놀라면서 귀신과 같
은 솜씨라고 하였다(梓慶削木爲鐻, 鐻成, 見者驚猶鬼神.)"고 했음.

71 瑩而察之, 吁駭人也(영이찰지, 우해인야) : 「瑩」은 옥빛이 밝은 모
양. 「吁」는 놀라서 탄식하는 것. 《노영광전부》에 "아! 두려워서 사람
을 놀라게 할 만 하구나(吁, 可畏乎, 其駭人也.)"라 했음. 여기서는

주조하여 만든 동종이 밝게 빛나 사람들로 하여금 경탄하게 만듦을 가리킨다.

50-4

爾其[72]龍質炳發, 虎形躩跜[73]。縻金索以上絚[74], 懸寶樓[75]而
迭擊。傍振萬壑, 高聞九天[76]。聲動山以隱隱[77], 響奔雷而闐
闐[78]。赦[79]湯鑊[80]於幽途, 息劍輪[81]於苦海[82]。

景福[83]肹蠁[84], 被于人天。非李公好謀而成, 弘濟群有[85], 孰
能興於此乎！

종 바탕에 그려진 용은 밝은 빛을 쏘아내고, 호랑이는 엎드려 웅
크리고 있는 모습이로다. 금속 쇠사슬로 맨 큰종이 위로 묶인 채
종루(鍾樓)에 매달려 번갈아 계속치니, 옆으로는 만 골짜기에 진동
하고 위로는 구천(九天)에서도 들리노라. 은은하게 울리는 종소리
는 여러 산을 움직이고, 쫘르릉 울리는 소리는 우레처럼 달려가서,
어두운 지하에 있는 탕확(湯鑊) 지옥 속 죄인들을 풀어주고, 고통의
바다에 있는 검륜(劍輪) 지옥을 멈추게 하는구나.

성대하게 큰 복을 사람과 하늘에게 가져다주니, 만약 이공께서
도모하기를 좋아해서 성사시키지 못했다면, 중생들을 널리 구제할
수 있는 종을 주조(鑄造)하는 일을 누가 이렇게 착수할 수 있었겠
는가！

....

72 爾其(이기) : ⋯ 에 이르러서(至如)로, 앞 단락과 이어지는 연사(連詞).

73 龍質炳發, 虎形躨跜(용질병발, 호형기니) :「炳發」은 환하게 빛나
다. 발산하는 것.「躨跜」는 웅크리고 엎드려있는 모양. 여기서는 동
종위에 그려진 용과 호랑이의 그림이 실물과 아주 비슷하여 정신이
빛나고 생동적인 모습으로 웅크리고 있음을 말한다.

74 縻金索以上絙(미금삭이상환) :「縻」는 새끼로 묶는 것으로, 동사로
쓰였음.「金索」은 금속(金屬)으로 만든 쇠사슬(索鏈).「絙」은 거친
묶는 줄. 여기서는 동종을 굵은 쇠사슬로 종루 위에 묶는 것.

75 寶樓(보루) : 아름답고 훌륭하게 지은 누각. 양 간문제의 〈현포위강
송(玄圃圍講頌)〉에 "미리 보루로 들어가서, 몰래 훌륭한 글들을 살
펴보았다(預入寶樓, 竊窺妙簡.)"라 했음.

76 傍振萬壑, 高聞九天(방진만학, 고문구천) : 종소리가 만 골짜기에
진동하고, 높은 음향은 구천에서도 들릴 정도라는 말.

77 聲動山以隱隱(성동산이은은) : 은은하게 울리는 소리는 여러 산에
진동한다는 말.「隱隱」은 원래는 수레의 소리이나 여기서는 종소
리다.《악부시집·초중경처(焦仲卿妻)》에 "관리의 말은 앞에서 가
고, 신부의 수레는 뒤를 따르는데,「은은」하고 느릿하게 큰길 어귀
에 다다랐네(府吏馬在前, 新婦車在後. 隱隱何甸甸, 俱會大道口.)"
라 했음.

78 響奔雷而闐闐(향분뇌이전전) : 전전한 울림이 천둥소리와 같다는
말.「闐闐」은 우렛소리.《초사·구변(九辯)》에 "뇌사(雷師)*의 꽈
르릉 천둥소리가 이어서 울리는구나(屬雷師之闐闐兮.)"라 했음.

79 赦(사) : 죄를 사면하는 것.《번역명의집(飜譯名義集)》에 "종을 칠
때에는 모든 악도에서 받는 여러 가지 고통을 함께 정지시킨다(若
打鐘時, 一切惡道諸苦並得停止.)"라 했음.

---

* 천둥을 맡고 있다는 신.

80 湯鑊(탕확) : 물을 끓이는 큰 가마솥으로, 고대에는 죄인들을 삶는 혹형에 쓰였음. 《사기·염파인상여전(廉頗藺相如傳)》에 "신은 왕을 속인 죄로 죽어 마땅함을 알고 있으니, 가마솥(탕확)에 삶아 죽이는 처벌을 받기를 원합니다(臣知欺大王之罪當誅, 臣請就湯鑊.)"라 했으며, 《법원주림(法苑珠林)》권7 〈육도편(六道篇)·지옥부(地獄部)〉에도 "오랫동안 고통을 받다가 갈증 지옥에서 나와 「탕확」 지옥에 도착하면, 옥졸이 화난 눈으로 죄인의 다리를 잡고 거꾸로 솥 안으로 던지는데, 끓는 물에 위아래로 굴려 몸이 문드러지고 익혀져서, 영원토록 이어지며 죽지 않도록 한다(久受苦已出渴地獄, 到一湯鑊地獄, 獄卒怒目捉罪人足, 倒投鑊中, 隨湯湧沸, 上下迴旋身壞爛熟, 萬古並至, 故令不死.)"라 했음.

81 劍輪(검륜) : 불교 용어로 아비지옥(阿鼻地獄; 無間地獄)의 하나인데, 그 속에 있는 죄인은 끊임없이 예리한 검으로 절단되는 고통을 받는다 함. 《법원주림(法苑珠林)》〈지옥부(地獄部)〉에 "아비지옥에는 열여덟 개의 소지옥이 있으며, 열여덟 소지옥에는 각각 열여덟 개의 「검륜」 지옥과 열여덟 개의 확탕 지옥이 있다(阿鼻地獄有十八小地獄. 十八小地獄中各有, …… 十八劍輪地獄, …… 十八鑊湯地獄.)"라 했음.

82 苦海(고해) : 고통이 끝이 없는 세상. 《법원주림》에 "「고해」에서 생령을 구제하고, 불난 집에서 어리석고 미혹한 중생을 건져낸다(濟生靈於苦海, 救愚迷於火宅.)"고 했음. 이 두 구에서는 종소리가 어두운 지하의 탕확 지옥과 고해의 검륜 지옥 속에서 고통을 받는 죄인들을 사면하거나 쉴 수 있도록 해준다는 말이다.

83 景福(경복) : 큰 복. 《시경·소아·소명(小明)》에 "군자는 만년토록 그대의 「경복」을 도우리라(君子萬年, 介爾景福.)"라 하고, 정현은 주에서 "큰 복으로 너를 도우려는 것이다(則將助女(汝)以大福.)"라

했음.

84 肣蠁(힐향) : 곤충 이름으로, 초파리임. 떼 지어 나는 것이 안개와 같으므로, 무성히 많다는 모양을 가리키기도 함. 좌사의 〈촉도부(蜀都賦)〉에 "큰 복이 초파리(힐향)가 날 듯 일어나네(景福肣蠁而興作.)"라 하고, 여향(呂向)은 주에서 「힐향」은 습지에서 사는 벌레로 모기 종류이다. …… 큰 복이 일어나는 것을 말할 때, 이러한 벌레 무리가 많이 날아다니는 것 같음을 말한 것이다(肣蠁, 濕生蟲, 蚊類是也. …… 言大福之興, 有如此蟲群飛而多也.)"라 했음.

85 群有(군유) : 불교어로서, 「중생(衆生)」과 같음.

50-5

丞尉[86]等並衣冠[87]之龜龍[88], 人物之標準[89]。大雅君子[90], 同僚[91]盡心, 聞善賈勇[92], 贊成厥美[93]。

寺主[95]昇朝, 閑心古容[96], 英骨秀氣[97], 灑落毫素[98], 謙柔笑言[99]。海受水而皆納[100], 鏡無形而不燭[101]。直道妙用, 乃如是然[102]。常虛懷忘情[103], 潔己利物[104], 是人行空寂[105], 不動[106]見如來[107]。有若上座[108]靈隱·都維那[109]則舒, 名僧日暉·蘊虛·常因·調護。賢哉六開士[110], 普聞八萬法[111]。深入禪惠[112], 精修律儀[113]。

將博[114]我以文章[115], 求我以述作。功德大海, 酌而難名[116]。遂與六曹[117]豪吏, 姑熟[118]賢老, 乃緇乃黃[119], 鳧趨[120]梵庭[121], 請揚宰君[122]之鴻美[123]。白昔忝侍從, 備于辭臣[124], 恭承德音[125], 敢闕[126]清風之頌[127]。

당도현 현승(縣丞)·현위(縣尉) 등은 거북과 용 같은 관료로서 사람들의 모범이 되었다네. 청아(淸雅)한 군자로 동료들에게 마음을 다하면서, 선행을 들으면 용기를 북돋워 주고 서로 도와서 그 일을 아름답게 이루어 주었도다.

사찰 주지 승조(昇朝)는 마음이 여유롭고 용모가 고아하며, 골상이 준미하고 문장에 뛰어날 뿐만 아니라 겸손하고 유순하여 우스갯소리를 잘하였다네. 바다처럼 냇물을 다 포용하고 거울처럼 형상을 비추지 않는 것이 없나니, 정직한 도를 신묘하게 쓰는 것은 바로 이처럼 하는 것이로다. 항상 마음을 비워 담백할 뿐 아니라 사람됨이 고결하고 만물을 이롭게 하였으니, 그의 수양은 이미 공적(空寂)에 도달하여 부동(不動)의 경계에서 불성(佛性)을 보고 있었다네. 또 상좌(上座) 영은(靈隱)과 도유나(都維那) 칙서(則舒), 명승(名僧) 일휘(日暉)·온허(蘊虛)·상인(常因)·조호(調護) 등 현명한 여섯 스님은 8만 설법을 널리 듣고 선정(禪定)과 지혜에 깊이 들어가서 계율(戒律)과 의식(儀式)을 성실히 수행하고 있구나.

나에게 드넓은 문장으로 명문(銘文)을 써 달라고 부탁하였으나, 공덕이 큰 바다 같아서 한 홉의 물로는 설명하기 어렵다네. 그러나 육조(六曹) 관아에 근무하는 호방한 관리들과 고숙현(姑熟縣)의 현명한 노인, 승려와 도사들이 오리(鳧鷖)들처럼 무리지어 사찰로 가면서 나에게 현령의 커다란 미덕을 표양(表揚)해 주도록 요청하는 구나. 내가(이백) 예전에 황제를 시종하면서 시 짓는 신하로 있었던 것이 부끄럽지만, 아름다운 언어로 공손히 받들 것이니, 고결한 품격에 대한 칭송을 어떻게 빠트릴 수 있겠는가?

················

86 丞尉(승위) : 현승(縣丞)과 현위(縣尉). 《구당서·직관지》에 의하면, 현에는 현승 1인(종8품하)과 현위(종9품상) 2인을 두었다고 함.

87 衣冠(의관) : 고대에 사(士) 이상은 관을 썼으므로, 사대부나 세족(世族)을 대칭하는 말로 쓰였다. 이백의 〈금릉 봉황대에 올라서(登金陵鳳凰臺)〉시에 "진나라 때「의관」은 옛 언덕이 되었구나(晉代衣冠成古丘.)"라 했음.

88 龜龍(구룡) : 고대에는 거북이나 용을 영물(靈物)이나 신물(神物)로 여겨서 걸출한 인물에 비유하였다. 《대대례기(大戴禮記)·증자천원(曾子天圓)》에 "털이 달린 동물 중 뛰어난 것은 기린이고, 날개달린 동물 중에는 봉황, 단단한 껍질이 달린 동물 중에는 거북, 비늘이 달린 동물 중 뛰어난 것은 용이다(毛蟲之精者曰麟, 羽蟲之精者曰鳳, 介蟲之精者曰龜, 鱗蟲之精者曰龍.)"라 하고, 채옹(蔡邕)의 〈곽유도비문(郭有道碑文)〉에 "많은 냇물들이 모두 큰 바다로 돌아가듯이, 비늘과 등껍질이 있는 동물 가운데 우두머리는 거북과 용이라네(猶百川之歸巨海, 鱗介之宗龜龍也.)"라 하였음.

89 標準(표준) : 모범, 본보기, 귀감.

90 大雅君子(대아군자) : 재주와 덕이 고상한 인물.「大雅」는 대방문아(大方文雅).

91 同僚(동료) : 동열의 벗, 벼슬아치. 《좌전·문공(文公七年)》7년에 "같은 관직에 있는 사람을「요」라고 하는데, 나와 일찍이 동료였으니, 어찌 마음을 다 쏟지 않을 수 있겠는가? (同官爲寮(僚), 吾嘗同僚, 敢不盡心乎.)"라 했음.

92 賈勇(가용) : 용기를 파는 것. 《좌전·성공(成公)》2년에 "굳센 기운을 펼치려는 자는 자신의 남은 용기를 펼치려고 한다(欲勇者, 賈余餘勇.)"에서 쓰인 말로, 두예의 주에「고」는 파는 것으로, 자신의 남은 용기를 팔고자 함을 말한 것이다(賈, 賣也. 言己勇有餘, 欲賣

之.)」라 했음. 후에는 「賈勇」이 '용기를 북돋운다'는 뜻으로도 쓰였다.

93 贊成厥美(찬성궐미) : 서로 도와서 그 일을 아름답게 이루는 것. 「贊」은 보좌(輔佐).

94 寺主(사주) : 뒤에 나오는 상좌·도유나와 같이 불가의 직위 이름. 《번역명의집(飜譯名義集)》권1 〈석씨중명편(釋氏衆名篇)〉에 "《승사략》에서 「사주」는 동한의 백마사에서 시작되었다고 자세히 설명하였다. 절이 세워지면 반드시 사람을 주인으로 삼았는데, 이때는 사주라는 이름은 없었지만 그 일을 맡아 처리하는 자가 있었다. 동진이후에 비로소 이 직책이 성행했으므로 양무제는 광택사를 건립하면서 법운을 불러 사주로 삼고, 승려 제도를 처음 만들었다(僧史略云, 詳其寺主, 起乎東漢白馬寺也. 寺旣爰處, 人必主之, 于時雖無寺主之名, 而有知事之者. 東晉以來, 此職方盛, 故梁武造光宅寺, 召法雲爲寺主, 創立僧制.)"는 기록이 있음.

95 昇朝(승조) : 사찰 주지(寺主)의 이름. 이백의 〈집안 숙부이신 당도현령(이명화)을 모시고 화성사 승공의 청풍정에서 노닐다(陪族叔當塗宰遊化城寺升公淸風亭)〉란 시 가운데 나오는 승공(升公)이 바로 승조임.

96 閑心古容(한심고용) : 심정이 한가하고 고요하며 용모가 고아한 것.

97 英骨秀氣(영골수기) : 골상(骨相)이 준미한 것을 형용한 말.

98 灑落毫素(쇄락호소) : 사작(寫作)에 뛰어난 것. 「毫素」는 글씨를 쓰는 붓(毛筆)과 그림을 그릴 수 있는 비단. 《문선》권17 육기의 〈문부(文賦)〉에 "번다하고 왕성하게 분분히 달려드니, 오직 「호소」로만 흉내 낼 수 있다네(紛威蕤以駴遝, 唯毫素之所擬.)"라 하고, 여향의 주에 "「호」는 붓이고, 「소」는 비단이다(毫, 筆也. 素, 帛也.)"라 했음.

99 謙柔笑言(겸유소언) : 겸손하고 유순하며 웃음을 띠고 이야기하는 것.

100 **海受水而皆納**(해수수이개납) : 여기서는 승조가 모든 냇물을 다 포용하는 대해처럼, 그의 흉금이 넓음을 형용한 말.

101 **鏡無形而不燭**(경무형이불촉) : 「燭」은 비치는 것. 거울이 모든 물건을 다 비치는 것처럼, 심지가 빛나는 것을 형용한 말.

102 **直道妙用, 乃如是然**(직도묘용, 내여시연) : 「直道」는 바른 도리(正道). 《논어·위령공(衛靈公)》에 "이(魯나라) 백성들은 하·은·주 삼대가 닦은 바른길(직도)을 걸어 온 사람들이다(斯民也, 三代之所以直道而行也.)"라 했음. 「是然」은 「是言」으로 된 판본이 있다. 여기서는 정직한 도리의 묘용이 바로 앞 구의 「海受水而皆納, 鏡無形而不燭」과 같다는 말임.

103 **忘情**(망정) : 정으로 억매지 않는 것. 《진서(晉書)·왕융전(王戎傳)》에 "성인은 정에 억매지 않고 바보는 정을 알지 못한다. 그러나 정에 억매는 것은 바로 우리와 같은 보통 사람들이다(聖人忘情, 最下不及於情. 然則情之所鍾, 正在我輩.)"라 했음.

104 **利物**(이물) : 만물에 이익이 되는 것. 《주역·건(乾)·문언전(文言傳)》에 "사물을 이롭게 하여 의로움과 조화를 이루게 할 수 있다(利物足以和義.)"라 하고, 공영달 소에서 "군자는 만물을 이롭게 하여 그들이 각자 알맞은 자리에 있도록 하는 것을 말한다(言君子利益萬物, 使物各得其宜.)"라 했음. 승조가 허심·담백하고 사람됨이 고결하여 만물에 이롭게 한다는 말.

105 **空寂**(공적) : 불교에서 사용하는 말로, 여러 모양(諸相)이 없는 것을 「空」, 나고 죽음(生滅)이 없는 것을 「寂」이라 함. 《유마경·불국품(佛國品)》에 "연꽃처럼 세간에 집착하지 않고, 항상 「공적」의 상태에 들어가 수행한다(不著世間如蓮華, 常善入於空寂行.)"라 하고, 《대불정수능엄경(大佛頂首楞嚴經)》권5에 "나는 지극히 오랜 세월 동안 마음에 막힘이 없는 상태를 얻었는데, 스스로 항하

(갠지스강)의 모래처럼 많은 생을 받은 것을 기억하나니, 처음 모
태에 있을 때가 「공적」임을 알았다(我曠劫來, 心得無礙, 自憶受
生如恒河沙, 初在母胎, 即知空寂.)」라 했음.

106 不動(부동) : 입정(入靜)에 든 모습.《대승본생심지관경(大乘本生
心地觀經)·서품(序品)》(제1)에 "지금 삼계의 큰길을 인도하는
스승이신 부처님께서 가부좌한 상태로 삼매에 드시고, 홀로 단정
하게 공적의 집에서 수미산처럼 심신을 움직이지 않았다(今者三
界大導師, 座上跏趺入三昧, 獨處凝然空寂舍, 身心不動如須彌.)"
라 했음.

107 如來(여래) : 부처의 별명으로, 석가모니의 10종 명호(法號) 가운
데 하나. 불가에서는 「여래는 어디로 부터 오는 것이 아니고, 또한
어디로 가는 것도 아니므로 여래라 부른다(如來者, 無所從來, 亦
無所去, 故名如來.)고 했음. 여기서는 불성(佛性)을 가리킨다. 승
조가 불성 수양이 지극히 높음을 말한 것으로, 그의 수양이 이미
공적의 경계인 「아주 조용하여 움직이지 아니하는(寂然不動)」상
태에 도달하여 불성을 본다는 말.

108 上座(상좌) : 실체나(悉替那; Sthavira)를 상좌라 하는데, 송·법
운(法雲)의 《번역명의집(翻譯名義集)》권1에 "《오분률》에서 부처
님 말씀에 위로 더 사람이 없는 이를 「상좌」라 했는데, 도선은 서
명사의 상좌에 임명되어 주지나 유나의 윗자리에 위치한다.《비니
모》에서는 무하에서 9하까지를 하좌, 10하부터 19하까지를 중좌,
20하부터 40하까지를 상좌라 한다(五分律, 佛言, 上更無人名上
座. 道宣勅爲西明寺上座, 列寺主維那之上. 毗尼母云, 從無夏至
九夏是下座, 自十夏至十九夏是中座, 自二十夏至四十夏是上座.)"
고 했음.

109 維那(유나) : 같은 책 《번역명의집(翻譯名義集)》에 "《기귀전》에서

「유나는 중국과 인도에서 함께 있었다. 「유」는 강유로 중국말이고, 「나」는 범어로 '갈마타나'인데, '갈마타'란 세 글자를 생략한 것이다」라고 했다. 《승사략》에서는, 「범어 '갈마타나'는 사지(일을 아는 것)로 번역되며, 또 열중(대중들을 기쁘게 하는 것)이라고도 한다. 곧 그 일들을 잘 알아서 여러 사람들을 기쁘게 하는 것을 말한다」고 하였다(寄歸傳云, 維那, 華梵兼擧也. 維是綱維, 華言也. 那是梵語羯摩陀那, 刪去三字從略. 僧史略云, 梵語羯摩陀那譯爲事知, 亦云悅衆. 謂知其事, 悅其衆也.)」라 했음.

110 開士(개사) : 앞 구의 상좌·도유나와 네 명의 명승 등 6명의 고승을 가리킨다. 「開士」는 불교에서 보살의 별칭. 후에는 고승, 승려에 대한 경칭으로 쓰였음.

111 八萬法(팔만법) : 불법이 많음을 이른 것. 《대방편보은경(大方便報恩經)》권6 "나무의 뿌리·줄기·가지·잎을 한 나무라 부르는데, 불교에서는 중생들에게 시종 설법하는 것을 일장이라 부르며, 이를 8만이라 부른다. …… 또 불교에서 번뇌가 8만 개가 있고 법장도 8만 개이므로, 「팔만법장」이라고 부른다(如樹根莖枝葉, 名爲一樹, 佛爲衆生始終說法, 名爲一藏, 如是八萬. …… 又云, 佛說塵勞有八萬, 法藏亦八萬. 名八萬法藏.)"라 했음.

112 禪惠(선혜) : 곧 「禪慧(선혜)」로, 불교에서 선정(禪定)과 지혜(智慧)를 말함. 《문선》권59 왕철(王巾)의 〈두타사비문(頭陀寺碑文)〉에 "이 유명한 지역에서는 오직 「선혜」에 의탁하여 닦는다(此名區, 禪慧攸託.)"라 하고, 이선 주에 "「선혜」는 선정과 지혜로, 6바라밀 중 두 가지 항목이다(禪慧, 禪定智慧也. 卽六度之二行也.)"라 했음.

113 律儀(율의) : 승려가 준수하는 계율과 입신하는 의식규범(儀則). 《대승의장(大乘義章)》권10에 "율의는 악한 법을 억제하여 「율」이

라는 이름으로 말하고, 계율에 따라 실천하므로 「율의」라고 부른
다(言律儀者, 制惡之法, 說名爲律. 行依律戒, 故號律儀.)"라 하
고, 현장(玄奘)의 《대당서역기(大唐西域記)》〈아기니(阿耆尼)*국〉
편에 "불경의 가르침과 계율을 지키는 행위는 인도에서 준수되었
으므로, 익히고 배우는 여러 사람이 그 문장을 탐닉했다. 계행과
율의는 청결하게 하고 부지런히 힘쓰는 것이다(經敎律儀, 旣遵
印度, 諸習學者, 卽其文而翫之. 戒行律儀, 潔淸勤勵.)"라 했음.

114 博(박) : 구하는 것, 취득(取得). 《송서·색노전(索虜傳)》에 "만약
그 구역을 싫어하는 자는 평성으로 와서 살게 할 수 있으니, 내가
양주로 가서 머물면 그 토지를 「박」할(얻을) 수 있을 것이다(若厭
其區宇者, 可來平城居, 我往揚州住, 且可博其土地.)"라 하고, 주
에 "비천한 사람들은 교체하는 것을 「박」이라고 불렀다(傖人謂換
易爲博.)"고 했음.

115 文章(문장) : 저술로 여기서는 본 명문을 가리킴. 이백에게 이 비
명의 문장을 써 달라고 부탁하는 것을 말함.

116 功德大海, 酌而難名(공덕대해, 작이난명) : 「功德」은 불교용어로
공업(功業)과 덕행(德行)을 가리키며, 송경(誦經)·염불(念佛)·
보시(布施) 등으로 공헌하는 것. 《법원주림》에 "중생들이 가진 공
덕의 바다는 측량할 수 없다(衆生功德海, 無能測量者.)"라 했음.
이 두 구는 재군의 공덕이 대해처럼 깊고 넓은데 비하여, 나의 재
주는 한 잔의 물과 같아 문자로 전부를 표달하기 어렵다는 말, 곧
공덕을 말로 설명하기 어려운 것임을 뜻한다.

117 六曹(육조) : 당대 주현의 관아에 설치한 육조참군사(六曹參軍
事). 여기서는 주현의 관료들을 가리킴. 《통전(通典)》에 "주부에

---

* 한대(漢代)에 원거성(員渠城)을 수도로 한 언기국(焉耆國)을 이름.

서 돕는 관리로, 사공·사창·사호·사병·사법·사사 등 6참군
이 있다. 부에서는 조(曹)가 되고, 주에서는 사(司)가 되며, 부에서
는 창조·공조라 부르고, 주에서는 사공·사창이라고 부른다(州府
佐吏, 有司功·司倉·司戶·司兵·司法·司士等六參軍. 在府
爲曹, 在州爲司, 府曰倉曹·功曹, 州曰司功·司倉.)"고 했음.

118 姑熟(고숙) : 당도현의 대칭으로, 고숙계(姑熟溪)가 있어서 이렇
게 불렀음.

119 乃緇乃黃(내치내황) : 「乃」는 발어사. 왕기의 주에 「緇」는 검은 복
장을 한 승려이고, 「黃」은 누런 관(黃冠)을 쓴 도사라고 하였음.

120 鳧趨(부추) : 왕기는 오리(鳧鶩)들처럼 무리지어 가는 것이라고
했다. 많은 사람들이 오리들처럼 분주하게 가는 것을 비유함.

121 梵庭(범정) : 사찰을 가리킴. 강엄(江淹)의 〈오땅에서 석불에 예를
드리다(吳中禮石佛詩)〉에서 "푸른 연꽃 핀 곳 찾기를 맹세하고,
사찰 정원으로 영원히 들어가기를 기약하노라(誓尋靑蓮果, 永入
梵庭期.)"라 읊었음.

122 宰君(재군) : 현령을 가리킴.

123 鴻美(홍미) : 크게 아름다운 것.

124 白昔忝侍從, 備于辭臣(백석첨시종, 비우사신) : 「忝」은 겸사(謙
詞)로, 어느 곳에 있던 것이 부끄럽다는 뜻. 「侍從」과 「辭臣」은
이백이 천보 초경 한림공봉으로 있던 일을 가리킴. 여기서는 이백
이 예전에 현종을 시종하면서 시를 짓는 신하로 있던 것이 부끄럽
다는 말.

125 恭承德音(공승덕음) : 공경하게 아름다운 언어로 받드는 것.

126 敢闕(감궐) : 어찌 감히 빼어놓을 수 있겠느냐. 「敢」은 겸사로 어
찌 감히. 「闕」은 결(缺)과 통함.

127 淸風之頌(청풍지송) : 고결한 품격을 노래하는 것.《시경·대아·

증민(烝民)》에 "길보가 노래를 지었는데, 조화됨이 맑은 바람같아라(吉甫作誦, 穆如淸風.)라 했음.

50-6

其辭曰,

雄雄[128]鴻鍾硏隱[129]天, 雷鼓霆擊警大千[130]。

含號炟爀聲無邊[131], 摧愒[132]魑魅[133]招靈仙[134]。

傍極六道極九泉[135], 劍輪輟苦期息肩[136], 湯鑊猛火停燬然[137]。

愷悌賢宰人父母[138], 興功利物信可久, 德方金鍾永不朽[139]。

그 노래에 이르기를

은은히 하늘까지 퍼지는 크고 웅장한 대종 소리는,

우레울리고 천둥치듯 대천세계를 놀라게 하는구나.

거대한 소리를 품은 울림이 끝없이 퍼져나가서,

도깨비를 꺾어 물리치고 신령과 선인을 불러들이노라.

옆으로는 육도에 닿고 땅속으로는 구천까지 깊이 들어가서,

검륜(劍輪)지옥에서는 고통을 그쳐 휴식하도록 하고,

탕확(湯鑊)지옥에서는 맹렬히 타는 불을 정지시키는구나.

화락한 어진 현령은 백성들의 부모가 되어서,

만물에게 이롭도록 공을 세워 진실로 오랫동안 펼쳤으니,

그 바른 공덕은 금종(金鍾)과 함께 영원히 그치지 않으리로다.

················

128 **雄雄**(웅웅) : 위세가 성한 것을 형용한 것. 《초사·대초(大招)》에 "당당한 위세에 혁혁한 용기, 하늘같은 높은 덕이 갈수록 빛나도다(雄雄赫赫, 天德明只.)"라 하고, 《주희집주(朱熹集注)》본에 "「웅웅」은 위세가 성한 것(雄雄, 威勢盛也.)"이라 했음.

129 **砰隱**(팽은) : 큰 소리로, 「隱」은 「殷」과 통함. 《한서·예악지(禮樂志)》에 "아름다운 큰 소리가 사방에 넘쳐났다(休嘉砰隱溢四方.)"라 하고, 안사고 주에 "「팽은」은 성한 모양을 뜻한다(砰隱, 盛意.)"라 하고, 왕선겸의 보주에 "「팽」은 큰 소리이고, 「隱」은 「殷」과 같으며, 역시 소리가 큰 것이다(砰, 大聲也. 隱與殷同, 亦聲之大也.)"라 했음. 여기서는 대종의 크고 웅장한 소리가 은은히 하늘에 울리는 것을 말한다.

130 **雷鼓霆擊警大千**(뇌고정격경대천) : 「大千」은 대천세계. 뇌성벽력(雷霆霹靂)이 쳐서 대천세계를 경계(警戒)한다는 말.

131 **含號烜嚇聲無邊**(함호훤혁성무변) : 「含號」는 포함, 포용하는 음량. 「烜嚇」은 기세가 성대한 모습. 대종이 거대한 음량을 품고 기세가 매우 성하여 끝없이 퍼지는 것.

132 **摧慴**(최습) : 꺾어 물리치는 것. 「慴」은 「懾」의 이체자. 억압이나 협박하는 것(摧懾). 《광운》에서 "「습」은 협박하는 것(慴, 懾也.)"이라 했음.

133 **魑魅**(이매) : 고대 전설 가운데, 등장하는 산천에 사는 도깨비. 《한서·왕망전(王莽傳)》에 "사예(四裔*)로 보내서 도깨비를 막게 하라(投諸四裔, 以禦魑魅.)"라 하고, 안사고 주에 "「이」는 산신이고, 「매」는 오래된 물건의 정령(精靈)이다(魑, 山神也. 魅, 老物精也.)"라 했음.

---

* 사예(四裔)의 땅은 왕성(王城)에서 4천 리 떨어진 먼 곳이며, 裔는 옷깃이다.

134 靈仙(영선) : 신령(神靈)과 선인(仙人).

135 傍極六道極九泉(방극육도극구천) : 큰 종소리가 곁으로 육도에 닿고 지하에 있는 저승까지 깊이 들어가는 것. 「六道」는 곧 육취(六趣)로, 《석씨요람(釋氏要覽)》에서 「천(天)·인간(人間)·아수라(阿修羅)·축생(畜生)·아귀(餓鬼)·지옥(地獄)」을 육취라고 하였다. 「九泉」은 지하 깊은 곳으로 저승(陰間)을 가리킴.

136 劍輪輟苦期息肩(검륜철고기식견) : 검륜 지옥의 검륜을 정지시켜 휴식하도록 하는 것. 「息肩」은 휴식, 정지로, 부담을 덜어주는 것을 비유함. 《좌전·양공(襄公)2년》에 "정나라 성공이 병에 걸리자, 자사는 진나라에 대하여 짐을 벗어 줄(식견) 것을 청하였다(鄭成公疾, 子駟請息肩於晉.)"라 했음.

137 湯鑊猛火停熾然(탕확맹화정치연) : 탕확 지옥 속의 맹렬하게 타는 불도 정지시킬 수 있음을 말함.

138 愷悌賢宰人父母(개제현재인부모) : 「愷悌」는 「豈弟」로 쓴다. 현능한 현령은 화락하고 편안한 군자로 백성들의 부모가 될 수 있는 것. 《시경·대아·형작(泂酌)》에 "화평하고 편안한 군자여, 백성의 부모로다(豈弟君子, 民之父母.)"라 하고, 공영달은 《정의》에서 "군자는 도덕을 가지고 있어야 백성들의 부모가 될 수 있다(君子能有道德, 爲民之父母.)"라 했음.

139 德方金鍾永不朽(덕방금종영불후) : 「德方」은 덕이 방정한 것. 첨영은 「德芳」으로 써야 한다고 했다. 그의 방정한 공덕은 진실로 금종과 함께 영원토록 그치지 않고 계속될 것이라는 말.

51.

天門山銘

천문산의 명문

 이 명문(銘文)은 이백이 두 번째로 만유하던 시기인 천보 6년 (747), 금릉(金陵), 양주(揚州), 회계(會稽), 당도(當塗) 등지를 왕 래할 때, 천문산(天門山)을 지나면서 지은 작품이다. 이백은 일생동 안 인구에 회자되는 수많은 산수시를 썼지만, 산수에 대한 명문(銘 文)이 없으므로 본 산문이 《이태백전집》가운데 유일하게 산천을 읊 은 명문으로서의 의의가 있다.

 이 명문의 내용은 천문산의 위치와 형세를 제재로 하여 4언구로 지었다. 먼저 천문산의 위치 등에 대하여 읊었는데, 지리적으로는 큰 강물을 사이에 낀 양산(梁山)과 박망산(博望山)으로 이루어졌 고, 역사적으로는 초(楚)나라 관문이면서 오(吳)나라 나루터였으며, 군사적으로는 태평시에는 구강(九江)의 공물(貢物)이 바쳐지지만 어지러운 시기에는 전란의 흙먼지가 날리는 긴요한 요새임을 기술 하였다. 다음으로 천문산의 형세에 대하여 읊었는데, 두 산의 험한 모습은 고래가 지느러미를 펼친 듯하고, 물길의 험한 모습은 해약 (海若)과 강신(江神)이 있고, 또 우저기(牛渚磯)에 사는 괴물이 있어서 말과 사람을 해치는 위험한 곳이라고 기술하였다.

이렇듯 문장에서 천문산의 험난한 형세와 군사적 위치의 중요성을 묘사하였으며, 특히 글의 후미에서 이백의 대표적인 명시인 〈촉도난(蜀道難)〉의 「촉도를 지키는 사람이 믿을 수 있는 이가 아니라면, 승냥이나 이리같은 적군으로 변할 것(所守或匪親, 化爲狼與豺.)」이라고 읊은 뜻과 동일선상에서 본문에서도 「이 천험의 요새를 지키는 이가 친척이 아니라면 편안하지 않을 것(天險之地, 無安匪親.)」이라 하여 애국적인 측면을 표출하고 있다.

「천문산」은 박망산(博望山)과 양산(梁山)을 합쳐 부르는 명칭이다. 두 산이 강을 끼고 대치하고 있는데, 그 모습이 문과 같아서 천문산이라 불렀다 한다. 박망산은 일명 동양산(東梁山)으로 지금의 안휘성 당도현 장강가에 있으며, 양산은 일명 서양산(西梁山)으로 지금의 안휘성 화현(和縣) 강변에 있다. 《원화군현지(元和郡縣志)》권2 〈궐권일문(闕卷逸文)〉회남도 화주(淮南道 和州)편에 "양산은 화현 남쪽 7십리에 있으며, 아래로 역수(歷水)를 내려다보고 있다. 후경(侯景)의 난리 때, 양나라 왕승변(王僧辨)의 군대가 무호(蕪湖)에 주둔하면서, 후경의 장수인 후자감(侯子鑒)과 양산에서 전투하여 대파시켰다. 강 동쪽에 박망산이 있는데 고숙(姑熟)에 속한다. 두 산이 강을 사이로 서로 문처럼 대치하므로 남조에서는 천문산이라 불렀으며, 양안의 산정에는 각기 성이 있는데 모두 왕원모(王元謨)가 축조한 것이다. 육조시대부터 수도가 되면서 모두 여기에 군대를 주둔시키며 방어하였다(梁山, 在縣南七十里, 俯臨歷水. 侯景之亂, 梁王僧辨軍次蕪湖, 與景將侯子鑒戰於梁山, 大破之. 江東有博望山, 屬姑熟, 二山隔江相對如門, 南朝謂之天門山, 兩岸山

頂各有城, 並王元謨所築, 自六代爲都, 皆於此屯兵捍禦.)"라 하고, 《방여승람(方輿勝覽)》권15 〈태평주당도(太平州當塗)〉편에서는 "천문산은 당도 서남쪽 삼십리에 있다. 아미산(蛾眉山)이라고도 부르며 큰 강을 끼고 있는데, 동쪽을 박망산이라 하고, 서쪽을 양산이라고 부른다(天門山在當塗西南三十里, 又名蛾眉, 山夾大江, 東曰博望, 西曰梁山.)"는 기록이 있다.

참고로 이백의 〈천문산을 바라보며(望天門山)〉란 시에서 천문산의 경치에 대해 "천문산은 중간에서 끊어져 초강(楚江)이 열리고, 푸른 물은 동쪽으로 흘러가다 여기서 굽이도네. 양쪽 기슭 청산이 마주보이는 사이로, 외로운 돛단배가 해 돋는 쪽에서 나오는구나(天門中斷楚江開, 碧水東流至此廻. 兩岸靑山相對出, 孤帆一片日邊來.)"라 읊었다.

梁山博望, 關扃[1]楚濱[2],
夾據洪流[3], 實爲吳津[4]。
兩坐錯落, 如鯨張鱗[5]。
惟海有若[6], 唯川有神[7]。
牛渚怪物[8], 目圍車輪[9]。
光射島嶼[10], 氣凌星辰。
卷沙揚濤, 溺馬殺人。
國泰呈瑞[11], 時訛返珍[12]。
開則九江納錫[13], 閉則五嶽飛塵[14]。

天險之地, 無安匪親[15]。

양산(梁山)과 박망산(博望山)은 초(楚)나라 물가의 관문이지만,

큰 강물을 끼고 흐르니 실제로는 오(吳)나라 나루터로다.

두 산이 드리워진 모습은 고래가 지느러미를 펼친 듯한데,

바다에는 해약(海若)이 있고 강에는 강신(江神)이 있다네.

우저기(牛渚磯)에 사는 괴물은 눈이 수레바퀴만큼 크고요,

눈빛은 섬을 비추고 기운은 별을 능가하나니,

모래를 감싸 돌리고 물결을 쳐올리며,

말을 빠트리고 사람을 죽이는구나.

나라가 태평할 땐 상서로움이 드러나지만,

시대가 어지러울 때는 진귀함이 사라지는 법이라네.

열어 놓으면 구강(九江)에서 공물(貢物)을 바치지만,

닫아 놓으면 오악(五嶽)에는 전란의 흙먼지가 날리는구나.

천연적으로 험한 이 땅을

친한 사람이 지키지 않는다면 편안치 못하리로다.

....

1 關扃(관경) : 관문(關門). 「關」은 요새(要塞)로 출입하는 중요한 길. 「扃」은 문창(門窓), 문호(門戶).

2 楚濱(초빈) : 「楚」는 고대 나라 이름으로, 지금의 장강 중하류 일대. 춘추시대에 서안인 양산(梁山)이 초나라에 속하였으므로, 「초빈」이라 불렀음.

3 夾據洪流(협거홍류) : 두 산을 끼고 장강의 큰물이 흐르는데, 그 형세가 매우 험요(險要) 함을 말한 것임.

4 實爲吳津(실위오진) : 「實」은 이것(是, 此). 「吳津」은 동쪽 언덕의

박망산이 오나라에 속하였으므로 오진이라 불렀다. 천문산 전체적으로 말하면 이곳은 초지방 하류이면서 오지방 상류로서, 오두(吳頭)와 초미(楚尾)가 교접하는 곳이므로 초빈이라 할 수도 있고, 또 오진이라고도 부를 수 있다. 여기서는 장강 서쪽 연안에 있는 양산(梁山)은 초 지방 문호(門戶)의 관문 열쇠(關鎖)이며, 동쪽 연안에 있는 박망산은 오 땅의 나루(津渡)임을 설명한 것임.

5 兩坐錯落, 如鯨張鱗(양좌착락, 여경장린) : 두 산이 장강의 양안에 나뉘어 있는 것이 마치 고래가 지느러미를 펼치고 있는 것 같음을 말하였음. 「錯落」은 일정하지 않게 배열된 모습.

6 惟海有若(유해유약) : 바다에는 해약(海若)이 있음. 「海若」은 전설 중의 해신 이름. 굴원의 〈원유(遠遊)〉에 "「해약」에게 영을 내려 황하의 신인 풍이에게 춤추도록 하리라(令海若舞馮夷.)"라 하고, 왕일은 주에서 "해무는 해신의 이름(海舞, 海神名.)"이라고 했음.

7 唯川有神(유천유신) : 강에는 강신이 있다는 것. 「唯」는 「유(惟)」와 통함. 「川神」은 곧 강신(江神)으로 이름이 기상(奇相)이다. 곽박(郭璞)의 〈강부(江賦)〉에 "기상이 득도하여 택신이 되어서, 상아와 정령으로 화합하였다(奇相得道而宅神, 乃協靈爽於湘娥.)"라 하고, 유량(劉良)은 주에서 "기상은 사람인데, 장강에서 도를 얻어 강에 거주하면서 신이 되었다. 이에 그 정령이 합쳐서 상아와 함께 신이 되었다(奇相者, 人也. 得道於江, 故居江爲神. 乃合其精爽, 與湘娥俱爲神也.)"라 했음.

8 牛渚怪物(우저괴물) : 「牛渚」는 곧 우저기(牛渚磯)로, 천문산과 거리가 백리도 채 안되는데, 당대에 선주 당도현에 속하였으며, 지금의 안휘성 마안산시이다. 《태평환우기(太平寰宇記)》에 "우저산은 태평주 당도현 북쪽 35리에 있는데, 강 가운데 돌출되어 우저기라고 불렀다. 옛날 나루터가 있는 곳이다(牛渚山在太平州當塗縣北三十

五里. 突出江中, 謂爲牛渚磯. 古津渡處也.)"라 하고, 《여지지(輿
地志)》에서는 "옛날 우저산에 숨어 사는 사람이 있었는데, 이곳에서
동정호까지 통한다고 말하면서, 가까이 다가가 봐도 바닥이 없고
이상한 금소만 발견하고는 놀래서 나왔다(牛渚山, 昔有人潛行, 云
此處通洞庭. 旁達無底, 見有金牛狀異, 乃驚怪而出.)"라 했음. 또
한 《진서(晉書)·온교전(溫嶠傳)》에 "우저기는 수심을 알 수 없는
데, 세간에는 그 아래에 괴물들이 많다고 하므로 온교는 무소뿔을
태워서 그 곳을 비쳤다. 잠시 후 물에 사는 무리들이 불을 덮는 것을
보았는데, 기이한 형상으로 말과 수레를 타고 붉은 옷을 입은 자들
도 있었다. 온교는 그날 밤 꿈속에서 사람들이 자기에게 말했다.
「그대와 나는 사는 곳의 명암이 다른데 무슨 의도로 비춰보았습니
까?」(至牛渚磯, 水深不可測, 世云其下多怪物, 嶠遂燃犀角而照
之. 須臾, 見水族覆火, 奇形異狀, 或乘馬車著赤衣者. 嶠其夜夢人
謂己曰, 與君幽明道別, 何意相照也?)"라는 기록이 있다.

9 目圍車輪(목위거륜) : 우저기 속에 사는 수중 괴물의 둥근 눈이 수
레바퀴처럼 큼을 말하였다. 「目」은 괴물의 눈. 「圍」는 주위. 「車輪」
은 널리 수레바퀴의 모양의 물건을 가리킴.

10 島嶼(도서) : 강이나 하천 가운데에 있는 육지. 여기서는 천문산 주
위에 있는 여러 섬(洲)을 가리킴.

11 國泰呈瑞(국태정서) : 「泰」는 평안한 것. 「瑞」는 길상의 징조, 상서
(祥瑞). 천하가 태평할 때에는 상서로움이 드러난다는 말.

12 時訛返珍(시와반진) : 「訛」는 착오인데, 인신하여 동란(動亂)을 가
리키며, 「時訛」는 시대가 잘못되어 동탕(動盪)하는 것. 「珍」은 진귀
한 보배(珍寶). 「返珍」는 진귀한 상서로움이 소실되는 것. 시대가
어지러울 때는 상서로움이 사라진다는 말이다.

13 九江納錫(구강납석) : 《서경·우공(禹貢)》에 "구강에서는 큰 거북

을 바쳤다(九江納錫大龜.)"라 하고, 공전(孔傳)에 "한 자 2촌이나
되는 큰 거북이 구강에서 나왔는데, 거북이는 항상 나오는 것이 아
니므로 바치도록 명령을 내렸다(尺二寸曰大龜, 出於九江水中, 龜
不常用, 錫命而納之.)"라 하고, 공영달 소에서는 "《사기 · 구책전》
에서 거북이는 천년을 살아야 1척 2촌이 된다. ……《한서 · 식화지》
에서 …… 납석이란 말은 거북이는 늘 나오는 것이 아니므로 명을
내려 바치도록 한 것이다. 이는 큰 거북이를 공물로 바친 것을 말한
다(史記龜策傳云, 龜千歲滿尺二寸. …… 漢書食貨志云 …… 納錫,
是言龜不常用, 故錫命乃納之. 言此大龜錫命乃貢之也.)"라 했음.
「納錫」은 조공을 바치는 것. 유신(庾信)의 《주오성조곡(周五聲調
曲) · 우조곡(羽調曲)4)에 "구천에서 세금을 납부하고, 삼위*에서
도 조공을 바치네(滌九川而賦稅, 乘三危而納錫.)"라 읊었다. 여기
서 「九江納錫」은 곧 구강에서 조공을 바치는 것으로, 국가가 강대
해 진것을 비유한다.

14 五嶽飛塵(오악비진) : 「五嶽」은 중국 오대명산의 총칭으로, 천하를
대신 가리킨다. 왕기는 "육기의 〈한고조의 공신을 기리다〉에서 「파도
가 사해에 떨치고, 흙 먼지가 오악에 날리네」라 하였는데, '파진'과
'진비'는 난리를 비유한 것이다(陸機漢高祖功臣頌, 波振四海, 塵飛
五岳. 波振 · 塵飛, 以喩亂也.)"라 했음. 이 두 구에서 천문산의 지리
적 위치가 천하의 치란(治亂)에 관련된 중요한 곳임을 강조하였다.

15 天險之地, 無安匪親(천험지지, 무안비친) : 「匪親」은 자기와 친근한
사람이 아닌 것. 천문산은 천험의 요새로, 지키는 사람이 만약 믿을
수 있는 친한 이가 아니라면 국가가 바로 불안에 요동칠 것이라는 말.

---

* 삼위(三危)는 고대에 청장고원(青藏高原)에 대한 하나의 명칭이며, 역사서의
기록가운데 가장 먼저 나온 것은 돈황(敦煌)이란 지명이다.

52.

溧陽瀬水貞義女碑銘

율양현 뇌수 가에 살던 곧고 의로운 여인의 비명

천보 13년(754) 이백이 강소성(江蘇省) 율양(溧陽)을 지날 때, 이 곳에 전해오는 춘추시대 오나라 황산리(黃山里)에 살았던 사씨(史氏)집안의 의로운 여인(貞義女)의 사적에 대하여 비명을 써 달라는 율양현령 정안(鄭晏)의 요청에 응하여 작성한 명문(銘文)이다.

이러한 정의녀의 사적을 간단히 요약하면, 춘추시대 초(楚)나라 평왕(平王)이 참언을 믿고 오자서(伍子胥)의 부친과 형을 살해하자, 자서는 원수를 갚기 위해 오(吳)나라로 도망하다가 중도에서 굶주려 지치고 병에 걸렸는데, 마침 오나라 경내인 율양(溧陽) 뇌수(瀬水) 근처에서 빨래하는 여인에게 먹을 것을 구하자, 그녀는 자서에게 밥을 준 후 초나라 추격대에게 오자서의 행적을 누설치 않으려고 스스로 뇌수에 투신하여 죽었다는 내용이다. 후인들은 그녀가 빠져 죽은 곳에 정의녀의 묘(貞義女墓)를 건립하였으며, 천보 연간에 율양 현령인 정안이 묘옆에 비를 세우고 이백에게 명문을 짓도록 청하였다. 이백은 명문에서 정의녀가 오나라로 도망가는 오자서를 위해 의로운 일을 행하고 물에 빠져 죽는 장렬한 사적에 대하여 그의 특유한 청려하고 유창한 문장으로 높이 칭찬하고 있다.

이 문장과 관련된 역사적 기록을 살펴보면,《육조사적편류(六朝事跡編類)》권하 〈비각문(碑刻門)〉에 "〈대당의녀비〉는 이백의 문장으로, 율양현 영양강 북쪽에 있다(大唐義女碑, 李白文. 在溧陽縣潁陽江北.)"라고 하였으며, 주필대(周必大)는 《범주유산록(泛舟遊山錄)》권2에서 "(율양)현에서 4십리 떨어진 곳에 정의녀 묘가 있으니, 그녀의 성은 사씨이며 황산사람이다. 이백이 〈뇌수가의 옛날 정의녀에 대한 비명과 병서〉란 제목으로 기록하였는데, 전 한림원의 공봉학사인 농서사람 이백의 작품이다(去(溧陽)縣四十里有貞義女廟, 女姓史, 黃山人. 李白作記, 題云, 瀨水上古貞義女碑銘竝書, 前翰林院內供奉學士隴西李白述.)"라 했다.

동한의 조엽(趙曄)이 지은 《오월춘추(吳越春秋)》권1 〈왕료사공자광전(王僚使公子光傳)〉에 다음과 같이 오자서와 정의녀의 사적에 대해 자세히 전하고 있다. "오자서가 오나라로 달아날 때, 중도에서 병에 걸려 율양에서 걸식하였다. 마침 뇌수가에서 솜을 따는 여자를 만났는데 광주리에 밥이 있는 것을 보고 자서가 말하기를 「부인, 밥 한술 얻어먹을 수 있겠소?」하니, 여자가 대답했다. 「저는 홀로 어머니를 모시고 살면서 서른이 되도록 시집도 가지 않은 몸이므로, 밥을 드리기 곤란합니다」 자서는 「부인께서는 길을 가는 곤궁한 사람에게 약간의 밥만 주시면 되는데, 무엇을 의심하십니까?」하자, 여자가 보통사람이 아님을 알고 허락했다. 그래서 대나무 도시락을 열고 동이 속의 미음을 꿇어앉아 전해주니, 자서가 두 번 입에 넣고는 그쳤다. 여자가 「그대는 먼 길을 가셔야 하는데, 어찌 배불리 드시지 않으십니까?」 하자, 자서가 식사를 마치고 가면서 여자에게 말하기를, 「부인께서는 병 속의 미음을 감춰서 저의 종적을 드러내지 않도록 하십시오」하니, 여자가 탄식하면서 말했다. 「아! 저는 어머니를 홀로 모신지 3십 년 동안 스스로 정결함을 지키면서 시집가기를 원하지 않았는데, 어떻게 다른 남자에게 밥을 대접하였겠습니까? 예의를 벗어난 행동을 저는 차마 하지 않을 것이니, 그대는 괘념치 마시고 가시기 바랍니다」자서가 가면서 여자를 돌아보자 이미 뇌수에 스스로 몸을 던졌다. 아아! 곧게 지조를 지켰으니 진정한 여장부로다! (子胥奔吳, 疾於中道, 乞食溧陽, 適會女子擊綿於瀨水之上, 筥中有飯, 子胥遇之, 謂曰, 夫人可得一餐乎? 女子曰, 妾獨與母居, 三十未嫁, 飯不可得. 子胥曰, 夫人賑窮途少飯, 亦何嫌哉? 女子知非恆人, 遂許之. 發其簞筥, 飯其盎漿, 長跪而與之. 子胥再餐而止. 女子曰, 君有遠逝之行, 何不飽而餐之? 子胥已餐而去, 又謂女子曰, 掩夫人之壺漿, 無令其露. 女子歎曰, 嗟乎! 妾獨與母居三十年, 自守貞明, 不願從適, 何宜饋飯而與丈夫? 越虧禮儀, 妾不忍也. 子行矣. 子胥行, 反顧女子, 已自投於瀨水矣. 於乎! 貞明執操, 其丈夫女哉!)」라 기록하고 있다.

또한 《경정건강지(景定建康志)》권19에 "율수는 일명 뇌수(瀨水)로, 율양 서북쪽 4십 리에 있다. 동쪽으로 흘러가 영양강이 되었으며, 강가에 삼각주가 있는데 「뇌저(瀨渚)」라고 부른다. 오자서가 걸식하고 금을 던진 곳이므로, 「투금뢰(投金瀨)」라고도 부른다(溧水, 一名瀨水, 在溧陽西北四十里. 東流爲潁陽江, 江上有渚, 曰瀨渚, 伍子胥乞食投金處, 故又曰投金瀨.)"라 했다.

이러한 정의녀의 사적에 대하여 이백이 쓴 명문은 서문과 비명(碑銘)으로 구성되어 있으며 내용은 5개 단락으로 나눌 수 있다.

첫 번째 단락에서는 이 비명을 쓰게 된 연유에 대하여 고대부터 명군(明君)과 현신(賢臣), 열사(烈士)와 정녀(貞女)들의 명성과 절개를 표창하고 사당에 안배하여 제사를 지냈는데, 지금 율양에 있는 정의녀의 무덤은 황폐해지고 비석조차 없는 상황임을 기술하였다. 두 번째 단락에서는 먼저 정의녀의 출생지와 성품에 대해 기술했는데, 그녀가 율양에 사는 사(史)씨 딸이고, 결혼하지 않은 채 어머니를 모신 효성, 빨래하며 사는 과정을 묘사했다. 이어서 당시의 역사적 배경에 대하여, 초나라 평왕(平王)이 참소를 듣고 오상(伍尙) 부자를 죽인 상황, 자서(子胥)가 오(吳)로 도망가다 뇌수(瀨渚)에서 정의녀를 만나 도움을 받은 과정, 정의녀가 원수를 갚도록 격려하고 누설을 막으려 투신한 의로운 행동을 기술하였다. 세 번째 단락에서는 고대로부터 현명한 여인으로 칭송받는 한나라 조아(曹娥), 춘추시대 섭정(聶政)의 누이, 노(魯)나라 고자(姑姊), 한신(韓信)에게 밥을 준 표모(漂母) 등의 사적을 소개하면서 정의녀의 행적과 서로 비교하면서 그녀의 행동이 더욱 쉽지 않은 일임을 인정하였으며, 다음에는 자서가 초나라를 정벌하여 원한을 갚고 후세에 이름을 전한 것도 그녀의 도움이 없었다면 불가능한 일임을 상기시키면서, 이백이 익사한 강을 바라보며 애석해하는 심정을 묘사하였다. 네 번째 단락에서는 현령 정공(鄭公)과 부하관료인 주부(主簿)와 현위(縣尉) 등의 협조로 정의녀를 위해 비석을 건립하는 과정과 비명을 지은 의의를 기술하였다. 다섯 번째 단락은 본론인 비명(碑銘)으로서, 먼저 절조를 지킨 정의녀의 의로운 행위를 찬양하고, 이어 오자서가 그녀의 도움으로 원수를 갚은 후 금을 던져 은덕에 보답한 일을 묘사하였으며, 마지막 찬어에서는 그녀의 밝은 절개가 천추만대에 빛날 것이라고 칭송하였다.

52-1

皇唐葉有六聖¹, 再造²八極³, 鏡照萬方⁴, 幽明⁵咸熙⁶, 天秩
有禮⁷。自太古及今⁸, 君君臣臣, 烈士貞女, 采其名節尤彰可
激清頹俗者, 皆掃地而祠⁹之。蘭蒸椒漿, 歲祀罔缺¹⁰。

而茲邑貞義女, 光靈¹¹翳然¹², 埋冥¹³古遠, 琬琰不刻¹⁴, 豈前
修¹⁵博達者¹⁶爲邦¹⁷之意乎？

　당나라 여섯 성인(皇帝)이 천하를 재차 안정시키고 거울처럼 만
방을 비추었으며, 어둡고 밝은 곳을 모두 빛나게 하면서 하늘이 만
든 질서에 따라 예도(禮道)를 펼쳤도다. 태곳적부터 지금까지 임금
다운 임금과 신하다운 신하, 열사(烈士)와 정녀(貞女)들을 채집하여
그들의 명성(名聲)과 절개(節槪)를 더욱 드러내서 무너진 풍속을
맑게 밝히고자, 모두 사당에 모셔놓고 깨끗이 청소하였다네. 향기
롭고 깨끗한 채소와 산초 미음을 차려놓고 세시 절기마다 제사 지
내는 것을 빠트리지 않았도다.

　그러나 이 읍내 정의녀의 신령스러운 무덤은 황폐해지고 이름조
차 어둠에 묻힌 지가 오래되었어도 아름다운 행적을 비석에 새기지
않았으니, 어찌 예전의 박학하고 통달한 현인(賢人)들이 나라를 다
스리던 뜻이라고 하겠는가?

‥‥‥‥‥‥

1　六聖(육성) : 당 초기의 여섯 황제로, 고조 이연(李淵), 태종 이세민
　(李世民), 고종 이치(李治), 중종 이현(李賢), 예종 이단(李旦), 현
　종 이융기(李隆基).

2　再造(재조) : 고조가 당나라를 개국한 이후, 현종이 위씨(韋氏; 韋
　侯)와 태평공주(太平公主)의 난을 평정하고 다시 안정된 것.

3 八極(팔극) : 팔방의 끝으로 천하를 비유하여 가리킨다. 《후한서 ·
명제기(明帝紀)》에 "대도를 넓게 펼쳐 온 세상에 미치게 했다(恢弘
大道, 被之八極.)"라고 했음.

4 鏡照萬方(경조만방) : 천자의 은혜가 천하의 사방에 두루 미쳐 거울
같이 밝게 비추는 것. 「萬方」은 전국 각 지방. 《초사 · 구사 · 수지
(守志)》에 "천정이 밝으니 구름과 무지개가 사라지고, 삼광이 밝으
니 온 세상이 빛나네(天庭明兮雲霓藏, 三光朗兮鏡萬方.)"라 했음.

5 幽明(유명) : 밝고 어두운 곳. 증자(曾子)는 "하늘을 「명」이라 하고,
땅을 「유」라 한다(天曰明, 地曰幽.)"라고 했음.

6 咸熙(함희) : 모든 곳을 비추는 것. 《서경 · 요전》에 "여러 가지 공적
이 모두 빛나노라(庶績咸熙.)"라 하고, 공전에 "「함(咸)」은 모두이
고, 「희(熙)」는 넓히는 것(咸, 皆也. 熙, 廣也.)"이라고 했음.

7 天秩有禮(천질유례) : 봉건 예교에서 비천한 사람이 존귀한 사람을
섬기는 것은 하늘의 뜻으로 불가항력이라고 여겼다. 《서경 · 고요모
(皋陶謨)》에 "하늘이 질서를 만들어 「예」를 두시되 오례로부터 하시
니, 떳떳하게 하소서(天秩有禮, 自我五禮, 有庸哉.)"라 했음*.

8 自太古及今(자태고급금)이하 5구 : 《구당서 · 현종기(玄宗紀)하》천
보 7년(748)에 "오월 임오일에 임금이 흥경궁에 행차하여 죽책(竹
冊)에 휘호를 내리는 의식을 행하고, 천하에 대사면령을 내려 백성
들에게 세금을 면제토록 하였으며, 삼황 이전 제왕들의 묘를 경성에
건립하고 시제를 지내도록 했다. 역대 제왕들이 왕조를 처음 건립한
곳에 사당을 지키는 자가 없으면 그 곳에 각기 사당 한 채마다 배치

---

* 공영달(孔穎達)의 《정의(正義)》에서는 "天次敍有禮, 謂使踐事貴, 卑承尊, 是
天道使之然. 天意旣然, 人君當順天意, 用我公侯伯子男五等之禮以接之. 使
之貴賤有常也. 此文主於天子, 天子至於諸侯, 車旗衣服, 國家禮儀, 饗食燕
好, 饔餼饩牢, 禮各有次秩以接之."라 했다.

하도록 했다. 충신·의사·효부·열녀와 덕행이 높은 자도 사당에 모시고 제사를 지내게 하고 3일 동안 연회를 베풀었다(五月壬午, 上御(禦)興慶宮, 受冊徽號, 大赦天下, 百姓免來載租庸. 三皇以前 帝王, 京城置廟, 以時致祭. 其歷代帝王肇跡之處未有祠守者, 所 在各置一廟. 忠臣·義士·孝婦·烈女德行彌高者, 亦置祠宇致 祭. 賜酺三日.)"라 했는데, 이 5구(君君臣臣, 烈士貞女, 采其名節 尤彰可激淸頹俗者, 皆掃地而祠之.)는 이 일을 가리킨다.

9 掃地而祠(소지이사) : 사당을 세워 청결하게 하고 제사를 지내는 것. 《예기·예기(禮器)》에 "지극히 공경하면 단(壇)을 묻지 않고, 땅을 청소하면서 제사지낸다(至敬不壇, 掃地而祭.)"라 하고, 공영 달 소에 「지경부단, 소지이제」는 오방의 하늘에 제사 지내는 것을 말한다. 처음에는 큰 단을 차려놓고 번시*를 하며, 번시를 마치면 단 아래를 청소하고 정식 제사를 지내는데, 이것이 주나라의 법도이 다(至敬不壇, 掃地而祭者, 此謂祭五方之天, 初則燔柴於大壇, 燔 柴訖, 於壇下掃地設正祭, 此周法也.)"라 했음.

10 蘭蒸椒漿, 歲祀周缺(난증초장, 세사망결) : 세시에 향기롭고 깨끗한 채소와 산초 미음으로 제사를 그쳐서는 안 된다는 말. 《초사·구가 (九歌)·동황태일(東皇太一)》에 "제사 지내는 고기를 혜초로 싸고 난초를 깔아서, 계수나무 술에 초장차려 올리노라(蕙肴蒸兮蘭藉, 奠桂酒兮椒漿.)"라 하고, 왕일은 주에서 "「혜효」는 혜초로 제사 고 기를 찐 것이고, 「초장」은 산초를 미음(장) 가운데 두는 것(蕙肴, 以蕙草蒸肉也, 椒漿, 以椒置漿中也.)"이라 했음.

11 光靈(광령) : 본래 정의녀의 빛나는 신령이지만, 여기서는 분묘(墳

---

* 섶 위에 옥백(玉帛)과 희생(犧牲)을 올려놓고 이를 태우면서 천제(天祭)를 지 내는 일.

墓), 곧 무덤을 가리킨다. 《문선》권23 안연지(顔延之)의 〈능묘를 참배하며 지은 시(拜陵廟作詩)〉에 "주나라 덕은 명사*를 공경하고, 한나라 도는 「광령」을 존중한다(周德恭明祀, 漢道尊光靈.)"라 하고, 여연제(呂延濟)는 주에서 "「광령」은 조상들의 영혼이며, 「광(光)」은 성대한 것(光靈, 祖宗之靈. 光, 盛也.)"이라 했음.

12 翳然(예연) : 가려져서 거칠어진 것(荒蕪). 《문선》권36 유량(傅亮)의 〈위송공수초원왕묘교(爲宋公修楚元王墓敎)〉에 "봉분은 거칠어지고, 무덤의 풀은 벨 수 없구나(丘封翳然, 墳塋莫翦.)"라 하고, 여향(呂向)의 주에 "「예연」은 황량하고 거친 것(翳然, 荒蕪.)"이라 했음.

13 埋冥(매명) : 매우 깊이 매몰된 것. 《당문수(唐文粹)》에서는 「埋名」이라 되었는데 타당하다.

14 琬琰不刻(완염불각) : 비석을 깎아 세우지 않은 것. 「琬琰」은 아름다운 옥으로, 여기서는 비석의 미칭. 사마상여의 〈상림부〉에 "아침에 아름다운 옥을 캐네(朝采琬琰.)"라 하고, 안사고는 주에서 "「완염」은 아름다운 옥(琬琰, 美玉也.)"이라 했음.

15 前修(전수) : 예전의 현인(前賢). 《초사 · 이소(離騷)》에 "내가 앞서 간 어진 이를 본받고자 하나, 세속에서는 행하는 바가 아니라네(謇吾法夫前修兮, 非世俗之所服.)"라 하고, 여향의 주에 "「전수」는 앞 시대에서 도덕을 수양한 사람을 말한다(前修, 謂前代修習道德之人.)"고 했음.

16 博達者(박달자) : 박학(博學)하고 통달(通達)한 선비. 《한서 · 진탕전(陳湯傳)》〈권70〉에 "진탕은 어려서부터 책을 좋아하여 「박달」하고 문장을 잘 지었다(陳湯少好書, 博達善屬文.)"라 했음.

---

* 명사(明祀)는 태호씨의 사당을 가리키며, 두예(杜預) 주에서 "明祀, 大皥有濟之祀."라 하였음.

爲邦(위방) : 국가를 다스리는 것. 《논어·이인(里仁)》에 "예와 겸양
으로써 나라를 잘 다스린다(能以禮讓爲國乎.)"라 하고, 황소(皇疏)
에 "「(위)爲」는 다스리는 것(爲, 猶治也.)"이라 했음.

52-2

貞義女者, 溧陽黃山里史氏之女也, 以家溧陽, 史闕[18]書
之。歲三十, 弗移天[19]于人, 淸英潔白, 事母純孝。手柔荑[20]而
不龜[21], 身擊漂以自業[22]。

當楚平王時[23], 平王虐忠助讒, 苛虐厥政。芟[24]於尙, 斬於奢,
血流于朝, 赤族伍氏[25]。怨毒於人, 何其深哉!

子胥始東奔勾吳[26], 月涉星遁。或七日不火[27], 傷弓于飛[28]。
逼迫於昭關[29], 匍匐於瀨渚[30]。捨車而徒[31], 告窮此女[32]。目色
以瞻[33], 授之壺漿。全人自沉[34], 形與口滅[35]。卓絶千古, 聲凌浮
雲。激節必報之讎, 雪誠無疑之地[36], 難乎哉!

정의녀는 율양 황산리(黃山里) 사(史)씨의 딸인데, 율양에서 살았
지만 역사에서는 기록이 누락되었다네. 나이 서른에도 남에게 시집
가지 않은 채, 맑고 바른 품행으로 어머니를 극진히 모셨으니, 어린
싹같이 부드러운 손은 터지지 않았지만 손수 빨래하는 것을 자기
일로 삼았도다.

초나라 평왕(平王)시대에 왕은 충신을 학대하여 참소하는 이의
말을 듣고, 정치를 가혹하게 만들었다네. 오상(伍尙)을 제거하고 오
사(伍奢)를 죽여서 조정에는 피가 흐르고 오(伍)씨 가족은 몰살당

했으니, 사람에게 원망을 품도록 하고 해독을 끼치는 것이 어찌 이 토록 깊을 수 있나요!

자서(子胥)는 동쪽 오(吳)나라로 도망쳤는데, 달밤에 걷고 별빛에 숨으면서 7일이 지나도록 익힌 밥을 먹지 못했으니 활에 다친 새 같은 신세로다. 소관(昭關)에서 추격당하고 뇌수(瀨渚) 가에 엎드려 숨었다가 수레를 버리고 도보로 가던 중, 이 정의녀를 만나 곤궁한 처지를 호소하니, 눈빛으로 뜻을 알아차리고 병 속의 미음을 주었다네. 남을 보전하기 위해 자신은 강물에 빠져 몸과 입을 닫았으니, 천고에 홀로 뛰어난 명성은 구름을 능가하는구나. 원수를 반드시 갚도록 절개를 격려하고 의심하지 않도록 죽음으로 성심(誠心)을 드러냈으니, 실행하기 어려운 일이로다!

....

18 闕(궐) : 빼놓는 것, 공백.

19 移天(이천) : 여자가 출가하는 것. 봉건시대의 예법인 삼종지도에는 여자가 집에서는 부친을 하늘로 여기고, 출가해서는 남편을 하늘로 여긴다고 했다. 《해록쇄사(海錄碎事)》〈인사(人事)·여(女)〉편에 "하늘을 옮겨(이천) 사람에게 시집가는 것을 출가라고 한다(移天適人, 謂出嫁.)"라고 했다. 《문선》권16 반악(潘岳)의 〈과부부(寡婦賦)〉에 "젊어서 부모를 잃고 시집가서는 남편이 또 죽었다(少喪父母, 適人而所天又殞.)"라 하고, 이선은 주에서 "아버지는 아들의 하늘이고, 남편은 아내의 하늘이다(父者子之天, 夫者婦之天.)"라 했음.

20 柔荑(유이) : 어린 띠 풀싹(草芽)처럼 부드럽고 흰 것. 《시경·진풍(秦風)·겸가(蒹葭)》에 "손은 보드라운 띠 싹 같고, 살결은 엉긴 기름 같네(手如柔荑, 膚如凝脂.)"라 하고, 모전에 "삘기가 새로 돋아

난 것 같다(如茇之新生.)"라 하고, 주희의 《시집전》에는 "삘기가 막 나는 것을 「이(茇)」라 부른다(茅之始生曰茇.)"라 했음.

21 龜(균): 피부가 추위에 차거나 건조하여 터지는 것. 《장자·소유요(逍遙遊)》에 "송나라에 손이 얼어 터지지 않도록 하는 약을 잘 만드는 사람이 있었는데, 대대로 물로 솜을 빨래하는 것을 직업으로 삼았다(宋人有善爲不龜手之藥者, 世世以洴澼絖爲事.*)"라 하고, 곽상(郭象)의 주에 "그 약은 손을 터지지 않도록 해주기 때문에 항상 물속에서 솜을 빨 수 있었다(其藥能令手不拘坼, 故常漂絮於水中也.)"라 했음.

22 身擊漂以自業(신격표이자업): 「擊漂」는 방망이로 때려서 씻어내는 것, 곧 옷을 세탁(浣紗)하는 것. 손수 옷 빨래하는 것을 자기 일로 삼았음을 말한다.

23 當楚平王時(당초평왕시)이하 6구: 《사기·오자서열전(伍子胥列傳)》에 "오자서는 초나라 사람으로 이름은 원(員)이다. 오원의 부친은 오사이고, 형은 오상이다. 초평왕은 아들 건(建)을 태자로 세우고, 오사를 태부로 삼았으며, 비무기(費無忌)를 소부로 삼았다. 무기는 태자 건을 정성스럽게 모시지 않으면서, …… 밤낮으로 시간만 있으면 태자의 허물을 들추면서 말했다. 「…… 태자는 성보(城父)에 거주하면서 군사들을 거느리고 이웃 나라의 제후들과 좋은 관계를 맺고 있으니, 장차 난을 일으켜 이곳으로 진격할 것입니다」. 평왕은 즉시 태부 오사를 불러들여 태자가 반란을 획책하고 있는지 물으니, 오사는 비무기가 평왕에게 태자를 참소하는 것을 알고 있었

---

* 성현영(成玄英)의 소에서는 "洴, 浮也, 澼, 漂也, 絖, 絮也. 世世, 年也. 宋人隆冬涉水漂絮以作牽離, 手指生瘡, 拘坼有同龜背. 故世世相承家傳此藥, 令其手不拘坼, 常得漂絮水中, 保斯事業, 永無虧替."라 했다.

으므로, 「왕께서는 어찌하여 유독 남을 헐뜯는 소인배의 참소하는 말만 들으시고, 골육인 자식까지 의심하여 멀리하십니까?」라 말하자, 비무기는 「왕께서 지금 제압하지 않는다면 그들의 음모가 성공할 것이니, 왕께서는 마땅히 그들을 사로잡으셔야 합니다」고 했다. 이에 평왕이 노하여 오사를 옥에 가두었다. …… 비무기가 평왕에게 말하기를, 「오사는 아들 둘이 있는데, 모두 현능하여 죽이지 않는다면 장차 초나라의 우환거리가 될 것입니다. 그들의 부친을 인질로 삼아 불러와 죽여야 합니다」 …… 왕이 사람을 보내 두 아들에게 말하기를, 「오면 너희 부친의 목숨을 살려 줄 것이지만, 오지 않으면 죽일 것이다」라 하자, 오상(伍常)이 가려고 하니 오원(오자서)이 말했다. 「초왕이 우리 형제를 부르는 이유는 부친을 살리려는 것이 아니라, 탈출하여 후에 근심거리가 되는 것을 두려워하여 부친을 인질로 삼아 속임수로 우리 두 사람을 부르는 것입니다. 우리 두 사람이 간다면 모두 한꺼번에 죽을 것입니다. …… 차라리 외국으로 도망가 힘을 빌려 부친의 원수를 갚는 편이 좋을 것이니, 함께 죽는 것은 무의미합니다」라 하자, 오상이 말하기를 「초왕의 부름에 응한다고 해서 아버지의 생명을 보전할 수 없다는 것을 나도 알고 있다. 그러나 아버지가 살기 위해 우리들을 부르고 있는데, 가지 않았다가 후에 원수도 갚지 못하게 된다면 세상 사람들의 웃음거리만 될 뿐이다」라 하고, 오원에게 말하기를 「달아나거라! 너는 능히 아버님의 원수를 갚을 수 있을 것이다. 나는 가서 같이 죽겠다!」라 했다. 오상이 밖으로 나가 잡히고 오자서마저 체포하려하자, 오자서가 화살을 겨누니 사자는 감히 앞으로 나오지 못했다. 오자서는 결국 달아날 수 있었다. …… 오상이 초나라 조정에 당도하자 초왕은 오사와 오상을 함께 죽였다(伍子胥者, 楚人也. 名員. 員父曰伍奢, 員兄曰伍尙. 楚平王有太子名曰建, 使伍奢爲太傅, 費無忌爲少傅. 無忌不

忠於太子建. …… 日夜言太子短於王曰, …… 自太子居城父, 將兵, 外
交諸侯, 且欲入爲亂矣. 平王乃召其太傅伍奢考問之. 伍奢知無忌
讒太子於平王, 因曰, 王獨奈何以讒賊小臣疏骨肉之親乎? 無忌
曰, 王今不制, 其事成矣. 王且見禽. 於是平王怒, 囚伍奢. …… 無
忌言於平王曰, 伍奢有二子, 皆賢, 不誅且爲楚憂. 可以其父質而
召之. …… 王使人召二子曰, 來, 吾生汝父. 不來, 今殺奢也. 伍尙
欲往, 員曰, 楚之召我兄弟, 非欲以生我父也, 恐有脫者後生患, 故
以父爲質, 詐召二子. 二子到, 則父子俱死. …… 不如奔他國, 借力
以雪父之恥, 俱滅無爲也. 伍尙曰, 我知往終不能全父命. 然恨父
召我以求生而不往, 後不能雪恥, 終爲天下笑耳. 謂員,可去矣!
汝能報殺父之讎, 我將歸死. 尙既就執, 使者捕伍胥. 伍胥貫弓執
矢嚮使者, 使者不敢進, 伍員遂亡. …… 伍尙至楚, 楚并殺奢與尙
也.)"라는 기록이 있음. 본문의 「平王虐忠助讒, 苛虐厥政. 芟於尙,
斬於奢, 血流于朝, 赤族伍氏」는 이 사건을 가리킨다.

24 **芟(삼)** : 원래는 풀을 뽑아내는 제초(除草)의 뜻이지만, 여기서는 베
어 죽이는(誅殺) 것.

25 **赤族(적족)** : 전 가족을 죽여 없애 씨를 말리는 것. 《한서 · 양웅전
(揚雄傳)하》에 "손님으로 온 무리들이 우리 수레에 붉은 칠을 하였
는데, 한번 넘어지면 우리 가족들이 전부 죽는다는 것을 알지 못하
였다(客徒欲朱丹吾轂, 不知一跌將赤吾之族也.)"라 하고, 안사고
(顔師古) 주에 "베어 죽이면 반드시 피를 흘리므로 「적족」이라고
한다(誅殺者必流血, 故云赤族.)"라 하고, 이선은 「적(赤)」은 죽여
없애는 것(赤, 謂誅滅也.)"이라 했음. 두보의 〈장유(壯遊)〉시에도
"부귀한 집들을 마음대로 약탈하니, 전 가족이 재앙을 겪었다(朱門
任傾奪, 赤族迭罹殃.)"라 읊었다.

26 **勾吳(구오)** : 《사기 · 오태백세가(吳太伯世家)》에 "태백은 형만으로

달아나 스스로 「구오」라고 불렀다(太伯之奔荊蠻, 自號句吳.)」라 하고, 사마정의 색은(索隱)에 "「형」은 초나라의 옛날 호칭이다. 주의 행정구역으로 「형」이라 불렸다. 「만」은 「민」으로 남쪽 오랑캐 이름이며, 「만」은 「월」이라고도 부른다. 여기서 「자호구오」라고 말한 것은 오나라가 태백에서 시작되어 이전에는 「오」라고 부른 적이 없었음을 밝힌 것이다. 지역이 초와 월나라의 경계에 있었으므로 「형만」이라고 불렸다(荊者, 楚之舊號. 以州而言之曰荊. 蠻者, 閩也, 南夷之名, 蠻亦稱越. 此言「自號句吳」吳名起於泰伯, 明以前未有吳號. 地在楚越之界, 故稱荊蠻.)」고 했음.

27 七日不火(칠일불화) : 오랫동안 불로 익힌 밥을 먹을 수 없었다는 말. 《장자 · 양식(讓食)》에 "공자가 진 · 채지방 사이에서 어려움을 겪고 있을 때, 7일동안 익힌 음식을 먹지 못했다(孔子窮於陳蔡之間, 七日不火食.)」라 했음.

28 傷弓于飛(상궁우비) : 화살에 다친 새처럼 날아가는 것. 「상궁지조(傷弓之鳥)」는 《전국책(戰國策) · 초책(楚策)》에 나온 말. 활에 다친 새라는 뜻으로, 어떤 일로 한 번 매우 놀란 뒤에 그것을 매우 두려워하여 위축된 것을 비유함.

29 逼迫於昭關(핍박어소관) : 소관에서 거의 사로잡힐 듯 핍박당한 것. 「昭關」은 지명으로, 지금의 안휘성 함산현(含山縣) 북쪽, 소현산(小縣山) 서쪽에 있는데, 두 산이 대치하여 그 입구를 지키고 있으며, 춘추시대 오와 초나라의 경계로 서로 왕래한 교통의 요충지였다. 《사기 · 오자서열전》에 "(오자서는)오나라로 달아나려 소관에 이르렀다. 소관을 지키는 병사들이 그를 잡으려 하자, 오자서는 태자 승*과 헤어지고 홀로 걸어서 도망치는데, 거의 탈출하기 힘든

---

* 진(晉)나라 태자인 건(建)의 아들.

처지였다. 추적하는 병사들을 뒤로 둔 채 강에 도착했다(奔吳. 到昭
關, 昭關欲執之, 伍胥遂與勝獨身步走, 幾不得脫. 追者在後, 至
江.)"라 하고, 사마정의 색은(索隱)에 "소관은 강의 서쪽에 있으며,
오와 초나라의 경계다(其關在江西, 乃吳楚之境也.)"라 했음.

30 匍匐於瀨渚(포복어뇌저) : 뇌수 물가로 겨우 숨어 갈 수 있다는 말.

31 捨車而徒(사거이도) : 수레를 버리고 도보로 가는 것.《주역·분괘
(賁卦)》에 "그 발걸음을 아름답게 꾸며서, 수레를 버리고 걷는다(賁
其趾, 舍車而徒.)"라 했음.

32 告窮此女(고궁차녀) : 이 정의녀를 향하여 걸식할 수 있도록 괴롭게
호소(訴苦)하는 것.

33 目色以臆(목색이억) : 「目色」은 눈빛(眼色). 「臆」은 마음(心)과 뜻
(意).

34 全人自沉(전인자침) : 타인을 보전하기 위하여 스스로 물속으로 투
신하여 죽는 것.

35 形與口滅(형여구멸) : 몸과 입을 멸절(滅絶)시키는 것.

36 激節必報之讎, 雪誠無疑之地(격절필보지수, 설성무의지지) : 그녀
가 오자서로 하여금 부친의 원수를 갚으려는 기개와 절조를 격려하
고, 자신은 죽음으로서 의심없는 성심을 표출한 것을 말함.

52-3

借如³⁷曹娥³⁸潛波³⁹, 理貫於孝道⁴⁰, 聶姊⁴¹殞肆⁴², 概動⁴³於天
倫⁴⁴。魯姑棄子, 以卻三軍之衆⁴⁵, 漂母進飯, 沒受千金之恩⁴⁶。
方之於此, 彼或易爾⁴⁷。

卒使伍君開張闔閭, 傾蕩鄀·郢⁴⁸。吳師鞭屍於楚國⁴⁹, 申胥

泣血於秦庭[50]。我亡爾存, 亦各壯志[51]。張英風[52]於古今, 雪大憤於天地。微[53]此女之力, 雖云爲忠孝之士, 焉能咆哮炟爀[54], 施[55]於後世也。

望其溺所, 愴然低回而不能去。每風號吳天, 月苦荊水[56], 響像[57]如在, 精魂[58]可悲。惜其投金有泉[59], 而刻石無主, 哀哉!

이러한 예로, 한(漢)나라 조아(曹娥)는 파도에 투신하여 자식된 도리로서 부친에 대한 효도를 이루었고, 춘추시대 섭정(聶政)의 누이는 저잣거리에서 죽어 기개가 천륜을 감동시켰다네. 노나라 고자(姑姊)는 친자식을 버려서 제나라 3군의 군사를 퇴각시켰으며, 빨래하는 노파는 한신(韓信)에게 밥을 주고도 천금을 받지 않은 일들이 있지만, 이 정의녀와 비교하면 그들의 행동은 오히려 쉬운 일들이로다.

마침내 오자서는 나라를 확장하려는 오왕 합려(闔閭)를 도와 초나라 수도 언(鄢)과 영(郢)을 정벌하여 소탕했으니, 오(吳)나라 군대는 초 평왕(平王)의 시체를 채찍질하였고, 신포서(申包胥)는 진(秦)나라 궁정 앞에서 피눈물을 흘렸다네. 나 오자서는 초를 멸망시키고 그대 신포서는 초를 존속시켰으니, 이 또한 각자의 장(壯)한 뜻을 펼친 결과로다. 고금에 걸쳐 뛰어난 기개를 펼치고 천지간 거대한 원분을 설욕하였으니, 이 여인의 힘이 아니었다면 비록 충효의 인사라 일컬어졌지만, 어찌 후세까지 혁혁하게 포효할 수 있었겠는가!

그녀가 익사한 곳을 바라보면서 슬픔에 잠겨 머뭇거린 채, 차마 떠나가지 못하노라. 바람이 오나라 하늘에 불고 달이 형계(荊溪)에 괴롭게 뜰 때마다, 음성과 모습이 살아있는 듯 정신과 혼백을 슬프게 하는구나. 애석하게도 오자서가 금을 던진 물가에는 비석에 새긴 주인공이 없으니, 애달프도다!

....

37 借如(차여) : 「예를 들면(例如)」과 같은 말.

38 曹娥(조아) : 후한의 효녀. 《한서·열녀전》에 "효녀 조아는 회계 상우사람이다. 부친 우(肝)는 현악기에 맞춰 노래를 잘하는 무당이었다. 한안 2년(143) 5월 5일, 현 내에 있는 강에서 파사신을 맞이하려고 물을 거슬러 올라가다가 익사했는데, 시신을 찾지 못했다. 열네 살인 조아가 강을 따라가면서 목놓아 슬피 울면서 열이레 동안밤낮으로 그치지 않다가 드디어 강에 투신하여 죽었다. 송(宋) 원가원년(424)에 현령 도상이 조아의 무덤을 강 남쪽 도로 옆으로 이장하고 비석을 세웠다(孝女曹娥者, 會稽上虞人也. 父肝, 能絃歌, 爲巫祝. 漢安二年五月五日, 於縣江泝濤迎婆娑神, 溺死, 不得屍骸. 娥年十四, 乃沿江號哭, 晝夜不絶聲, 旬有七日, 遂投江而死. 至元嘉元年, 縣長度尙, 改葬娥於江南道傍, 爲立碑焉.)"라 했음*.

39 潛波(잠파) : 강에 투신하여 자살하는 것.

40 理貫於孝道(이관어효도) : 「理」는 본성, 일의 이치(事理). 본성이부친에 대한 효도에 관통한다는 말.

41 聶姊(섭자) : 춘추시대 협객인 섭정(聶政)의 누이인 섭영(聶榮). 《사기·자객열전》에 "섭정이 곧바로 들어가 층계로 올라가서 협루를 찔러 죽이니, 주변이 크게 어지러웠다. 섭정이 크게 소리치면서

---

* 또 〈회계전록(會稽典錄)〉에 "上虞長度尙弟子邯鄲淳, 字子禮. 時甫弱冠, 而有異才. 尙先使魏朗作曹娥碑, 文成未出, 會朗見尙, 尙與之飮宴, 而子禮方至督酒. 尙問朗碑文成未? 朗辭不才, 因試使子禮爲之, 操筆而成, 無所點定. 朗嗟歎不暇, 遂毁其草. 其後蔡邕又題八字曰, 『黃絹幼婦, 外孫虀臼.』"라 하여이 비석을 세우는 과정에 대하여 자세히 기록하였다.

쳐 죽인 자가 수십 명이었다. 일이 성공하자 스스로 얼굴 껍질을 벗기고 눈을 빼낸 채, 자신을 찢어 창자를 꺼낸 후 마침내 죽었다. 한나라에서는 섭정의 시체를 거두어 저잣거리에 드러내 놓고 돈을 주면서 누구인지 물었으나 아무도 알지 못했다. 이에 재상은 협루를 죽인 자가 누구인지 말하는 사람에게 천금(金千鎰)을 주겠다고 현상금을 걸었으나 오랫동안 아무도 아는 사람이 없었다. 섭정의 누나 섭영은 한나라 재상을 찔러 죽인 사람이 있는데, 그 도적에 대해 얻은 것도 없으며 온 나라가 그 이름도 몰라서 시체를 저잣거리에 방치된 채 천냥의 현상금을 걸었다는 말을 듣고, 읍에서 말하기를, 「그는 내 아우인 듯하구나. 아아. 엄중자가 내 아우를 알아봤구나」라 하고, 바로 일어나 한으로 가서 저자에 이르니 죽은 사람은 과연 섭정이었다. 시체에 엎드려 매우 슬프게 통곡하며, 「이 사람은 지땅 심정리 사람이고, 이름은 섭정이라고 합니다」라 말했다. 저자에 다니던 많은 사람이 모두 「이 사람이 우리나라 재상을 포학하게 죽여 왕께서 그 이름에 천 냥을 현상금으로 걸었는데, 부인은 듣지 못했습니까? 어찌 감히 그를 안다고 하시오?」라고 하니, 섭영이 응답하기를 「들었습니다. 그러나 동생이 모욕을 받으며 저잣거리에서 자신을 버린 것은 노모를 위해서였는데, 다행히 노모는 탈이 없었고 저도 아직 시집을 가지 않았습니다. 이렇듯 어머니는 이미 천수를 누리다 죽었고, 저도 이미 지아비에게 시집갔습니다. 이에 엄중자는 제 아우가 모욕의 구렁 속에 빠져있는 것을 보고 교제를 하니, 베푼 은덕이 두터운데 어찌하겠습니까. 그래서 대장부는 진실로 자기를 알아주는 사람을 위하여 죽었던 것입니다. 지금 제가 엄연히 살아있으면서 스스로 해를 입을까 봐 어찌 종적을 감출 수 있겠으며, 제가 죽는 형벌을 두려워하여 끝내 훌륭한 아우의 이름을 세상에서 모르게 할 수 있겠습니까!」라고 하니, 한의 저잣거리에 있던 사람들이 매우 놀랐다. 그리고 크게 하늘을 향하여 세 번 부르짖고는 끝내 애통하게 슬퍼하다가 섭정의 곁에서 죽었다. 진·초·제·위나라에서 그 소식을 듣고, 모두 「섭정만 대단할 뿐만 아니라 그 누나 역시 열녀로구나」라 했다(聶政直入, 上階刺殺俠累, 左右大亂. 聶政大呼, 所擊殺者數十人, 因自皮面決眼, 自屠出腸, 遂以死. 韓取聶政尸暴於市, 購問莫知誰子. 於是韓購縣之, 有能言殺相俠累者予千金. 久之莫知也. 政姊榮聞人有刺殺韓相者, 賊不得, 國不知其名姓, 暴其尸而縣之千金, 乃於邑曰, 其是吾弟歟? 嗟乎, 嚴仲子知吾弟! 立起, 如韓, 之市, 而死者果政也. 伏尸哭極哀曰, 是軹深井里所謂聶政者也. 市行者諸衆人皆曰, 此人暴虐吾國相, 王縣購其名姓千金, 夫人不聞歟? 何敢來識之也? 榮應之曰, 聞之. 然政所以蒙污辱自棄於市販之間者, 爲老母幸無恙, 妾未嫁也. 親既以天年下世, 妾已嫁夫, 嚴仲子乃察擧吾弟困污之中而交之, 澤厚矣, 可奈何! 士固知爲知己者死, 今乃以妾尙在之故, 重自刑以絶從, 妾其奈何畏歿身之誅, 終滅賢弟之名! 大驚韓市人. 乃大呼天者三, 卒於邑悲哀而死政之旁. 晉·楚·齊·衛聞之, 皆曰, 非獨政能也, 乃其姊亦烈女也.)"라는 기록이 있음.

42 殞肆(운사) : 저자거리에서 죽는 것.

43 槪動(개동) : 「槪」는 기개(氣槪). 「動」은 격동(激動)시키는 것.

44 天倫(천륜) : 여기서 남매간에 하늘의 도리로 맺어진 관계.

45 魯姑棄子, 以卻三軍之衆(노고기자, 이각삼군지중) : 「魯姑」는 춘추시대 노나라 사람. 《열녀전·절의(節義)·노의고자(魯義姑姊)》에 "노(魯)나라의 의로운 고모 누이(義姑姊)는 일반 백성의 부인이었다. 제(齊)나라가 노나라를 공격하면서 교외에 이르렀는데, 멀리서 한 아이는 안고 한 아이는 끌고 가는 부인을 보고 군대가 따라가자, 안은 아이를 버린 채 끌고 가던 아이를 안고 산으로 달아났다. 버려

진 아이가 따라가면서 울어도 부인은 가면서 돌아보지도 않았다. 제나라 장수가 아이에게 「달아나는 사람이 너의 어머니냐?」고 물으니, 「그렇다」고 하자, 「어머니가 안고 있는 애는 누구냐?」하니, 「모른다」고 했다. 제나라 장수는 추격하고 병사는 활을 당기면서 「멈추어라. 멈추지 않으면 너를 쏠 것이다」하니, 부인이 돌아왔다. 제나라 장수가 「안은 애는 누구이며 버린 애는 누구인가?」하고 물으니, 부인이 대답하길 「안은 애는 제 형의 아들이고, 버린 애는 제 자식입니다. 군대가 다가오는 것을 보고 둘 다 보호할 수 없어서 제 자식을 버렸습니다」하니, 제장이 「자식의 어머니로서 내 자식이 사랑스럽고 마음이 더 쓰일 터인데, 지금 친자식을 버리고 도리어 형의 아이를 안은 것은 왜 그런 것인가?」, 부인은 「제 자식은 개인적인 사랑이고 형의 자식은 공적인 의로움입니다. 공적인 의를 저버리고 사적인 사랑을 따라서 형의 자식을 죽이고 제 자식을 살린다면, 다행히 온전하게 살아났어도 노나라 군왕은 나를 양육하지 않을 것이고, 대부는 나를 봉양하지 않을 것이며, 서민과 백성들도 나와 함께 하지 않을 것입니다. 이렇게 되면 용서받지 못해 어깨를 움츠리게 되고, 갈 데가 없어 발걸음을 멈추게 될 것입니다. 자식이 마음을 아프게 하지만, 의로움에 어찌 미칠 수 있겠습니까? 그러므로 자식을 버리고 의로움을 행할지언정, 의롭지 못한 채 노나라를 볼 수는 없을 것입니다」하였다. 이윽고 제나라 장수는 군대를 제지한 채 멈추게 하고 사람을 제나라 국왕에게 보내 보고하기를, 「노나라는 정벌할 수 없습니다. 국경에 이르렀을 때, 산의 연못에 사는 부인인데도 절개를 지키며 의로움을 행할 줄 알아 사삿일로 공적인 일을 해치지 않음을 알고 있으니, 하물며 조정의 사대부들은 어떻겠습니까? 회군하기를 청합니다」라 하니, 제나라 군왕이 허락했다. 노의 군왕이 이를 듣고 부인에게 비단 백필을 하사하고, 「의로운 고모 누이

(義姑姊)」라 불렀다(魯義姑姊者, 魯野之婦人也. 齊攻魯至郊, 望
見一婦人, 抱一兒攜一兒而行. 軍且及之, 棄其所抱, 抱其所攜而
走於山. 兒隨而啼, 婦人遂行, 不顧. 齊將問兒曰, 走者爾母耶?
曰, 是也. 母所抱者誰也? 曰, 不知也. 齊將乃追之, 軍士引弓將
射之, 曰, 止, 不止, 吾將射爾. 婦人乃還. 齊將問所抱者誰也, 所
棄者誰也. 對曰, 所抱者妾兄之子也, 所棄者妾之子也. 見軍之至,
力不能兩護, 故棄妾之子. 齊將曰, 子之於母, 其親愛也, 痛甚於
心, 今釋之, 而反抱兄之子, 何也? 婦人曰, 己之子, 私愛也. 兄之
子, 公義也. 夫背公義而嚮私愛, 亡兄子而存妾子, 幸而得全, 則魯
君不吾畜, 大夫不吾養, 庶民國人不吾與也. 夫如是, 則脅肩無所
容, 而累足無所履也. 子雖痛乎, 獨謂義何? 故忍棄子而行義, 不
能無義而視魯國. 於是齊將按兵而止, 使人言於齊君曰, 魯未可伐
也. 乃至於境, 山澤之婦人耳, 猶知持節行義, 不以私害公, 而況於
朝臣士大夫乎! 請還. 齊君許之. 魯君聞之, 賜婦人束帛百端, 號
曰義姑姊.)」라 했는데, 이 두 구는 이 사건을 가리킴.

46 **漂母進飯, 沒受千金之恩**(표모진반, 몰수천금지은):《사기·회음후
열전》에 "한신은 회음성 밖(회수)에서 낚시질하며 지낼 때 노파 몇
사람이 빨래하고 있었는데, 그중 한 노파가 굶주린 한신을 보고 수
십 일 동안 밥을 먹여 주고 빨래를 해주었다. 이에 한신은 크게 감동
하여 「제가 언젠가 반드시 후하게 보답하겠습니다」라 하자, 노파가
화를 내면서 「대장부가 스스로 입에 풀칠할 능력도 없어서 내가 불
쌍한 왕손에게 밥을 준 것인데, 어찌 보답을 바라겠는가?」라 했다.
…… 한나라 5년(202) 정월, (유방은) 제왕 한신을 초왕으로 삼고
하비에 도읍하였다. …… 한신은 초왕이 된 이후에 밥을 주었던 노
파를 불러서 천금을 주었다(信釣於城下, 諸母漂, 有一母見信飢,
飯信, 竟漂數十日. 信喜, 謂漂母曰, 吾必有以重報母. 母怒曰, 大

丈夫不能自食, 吾哀王孫而進食, 豈望報乎! …… 漢五年正月, 徙
齊王信爲楚王, 都下邳. …… 後信爲楚王, 召所從食漂母, 賜千金.)"
라 했음.

47 **方之於此, 彼或易爾**(방지어차, 피혹역이) :「方」은 비하여.「此」는
정의녀의 사적.「彼」는 앞에서 언급한 조아·섭자·노고·표모의
네 가지 일. 이 두 구는 정의녀의 일과 비교하면 저들의 일은 오히려
쉬운 일이라는 말이다.

48 **卒使伍君開張闔閭, 傾蕩鄢郢**(졸사오군개장합려, 경탕언영) :「卒」
은 끝내.「闔閭(BC514-496)」는「闔廬」라고도 하며, 이름이 광(光)
으로 춘추시대 오나라의 군왕이다.「鄢」은 춘추시대 초나라의 별도
(別都)로서 당대에는 산남동도 양주(襄州) 의성현(宜城縣)이며, 지
금의 호북성 의성현 서남쪽에 있다.「郢」은 초나라 정도(正都)로서
당대에는 산남동도 형주(荊州) 강성현(江陵縣)이며, 지금의 호북성
강릉 서북쪽에 있는 기남성(紀南城)이다. 이 두 곳은 거리로 2백5
십여리 떨어져 있다.《사기·오자서열전》에 "이에 공자 광이 전저에
게 오왕 료를 습격하여 칼로 찔러 죽이도록 하고, 스스로 왕위에
오르니 이가 오왕 합려이다. 합려가 즉위하자 목적을 이루기 위해
오자서를 불러 행인(行人)으로 삼고, 국사를 함께 모의했다. …… 합
려가 왕위에 오른 지 3년에, 군사를 일으켜 오자서·백비(伯嚭)와
함께 초나라를 정벌하였다. …… 9년, …… 군사를 일으켜 당과 채나
라와 함께 초나라를 정벌하여 초와 한수(漢水)를 끼고 진을 치게
되었다. 오왕의 아우 부개가 병사들을 이끌고 따르기를 청했으나
왕이 듣지 않다가, 마침내 그에게 속한 5천 명을 이끌고 초나라 장
군 자상을 공격하도록 했다. 자상이 패하여 정나라로 도주했다. 이
에 오나라는 승승장구하며 앞으로 나아가 다섯 번 싸운 끝에 드디어
영(초의 수도)에 도달하였다. 기묘일에 초나라 소왕이 궁을 나와 달

아나고, 경진일에 오왕이 영으로 들어갔다(公子光乃令專諸襲刺吳
王僚而自立, 是爲吳王闔廬. 闔廬旣立, 得志, 乃召伍員以爲行人,
而與謀國事. …… 闔廬立三年, 乃興師與伍胥‧伯嚭伐楚. …… 九
年, …… 悉興師與唐‧蔡伐楚, 與楚夾漢水而陣. 吳王之弟夫槪將
兵請從, 王不聽, 遂以其屬五千人擊楚將子常. 子常敗走, 奔鄭. 於
是吳乘勝而前, 五戰, 遂至郢. 己卯, 楚昭王出奔. 庚辰, 吳王入
郢.)"라 했는데, 이 두 구는 이 일을 가리킴.

49 **吳師鞭屍於楚國**(오사편시어초국) : 오자서가 초나라를 정복하고 초
왕의 시체를 매질한 것. 《사기‧오자서열전》에 "처음에 오자서와 신
포서는 친구였는데, 자서가 도망가면서 포서에게 「나는 반드시 초
나라를 멸망시키겠다」라고 하자, 신포서는 「나는 반드시 초나라를
존속시킬 것이다」라고 말했다. 오나라 군사가 영에 들어왔을 때 오
자서는 소왕을 찾았지만, 그를 잡지 못하자 초나라 평왕의 무덤을
파내 시체를 꺼내어 3백 대의 채찍질을 치고 난 후 멈추었다(始伍
員與申包胥爲交, 員之亡也, 謂包胥曰, 我必覆楚. 包胥曰, 我必存
之. 及吳兵入郢, 伍子胥求昭王. 旣不得, 乃掘楚平王墓, 出其尸,
鞭之三百然後已.)"라는 기록이 있다.

50 **申胥泣血於秦庭**(신서읍혈어진정) : 신포서가 진나라 궁정 앞에서
피 눈물을 흘리며 초나라의 구원을 청한 것. 《사기‧오자서열전》에
"이에 신포서는 진(秦)나라로 달려가 위급함을 알리고 구원을 요청
했지만, 진나라가 허락하지 않았다. 신포서는 진나라 궁정에서 선
채 주야로 통곡을 하는데, 7일 밤낮 동안 그 소리가 끊어지지 않았
다. 진나라 애공(哀公)이 그를 불쌍히 여기며, 「초나라가 비록 무도
하나 이와 같은 신하가 있으니, 멸망하지는 않겠구나!」라 하고, 수레
5백승*을 파견해 초나라를 구하기 위해 오나라를 공격했다. 6월에
오나라 군사를 직(稷)에서 패퇴시켰다(於是申包胥走秦告急, 求救

於秦, 秦不許, 包胥立於秦廷晝夜哭, 七日七夜不絶其聲. 秦哀公
憐之, 曰, 楚雖無道, 有臣若是, 可無存乎! 乃遣車五百乘救楚擊
吳. 六月, 敗吳兵於稷.)"라 했음.

51 **我亡爾存, 亦各壯志**(아망이존, 역각장지) : 오자서는 초를 멸망시키
고, 신포서는 초를 존속시켰으니, 모두 각자의 장지를 펼친 것이라
는 말.

52 **張英風**(장영풍) : 위대한 덕풍을 펴는 것. 영무(英武)의 기개를 발
양하는 것. 공치규(孔稚珪)의 〈북산이문(北山移文)〉에서 "바다 가
까운 땅(해염현)에 덕풍을 널리 펴고, 절강의 오른쪽(회계)에서 영
예를 휘날리네(張英風於海甸, 馳妙譽於浙右.)"라 했음.

53 **微**(미) : 아니면, 없었다면. 《시경·패풍(邶風)·백주(柏舟)》에 "나
에게 술이 없어서가 아니로다(微我無酒.)"라 하고, 모전에서는 "비
아무주(非我無酒)"와 같다고 했음.

54 **咆哮烜嚇**(포효훤혁) : 혁혁하게 드날리는(恣肆顯赫) 상태를 형용한
것.

55 **施**(시) : 이어서 미치는 것.

56 **荊水**(형수) : 「형계(荊溪)」로 강 이름, 지금의 강소성 남부에 있다.
《율양현지(溧陽縣志)》권1에 "율수는 서북쪽에 있으며, 일명 뢰수라
한다. 상류는 단양호와 이어지고, 동쪽으로는 의흥현 형계로 흘러
들어가며, 아래로는 태호로 들어간다. 옛날에는 영양강이라 불렀으
며, 또 중강이라 부르기도 한다(溧水在西北, 一名瀨水, 上承丹陽
湖, 東流爲宜興縣之荊溪, 下注於太湖, 舊名永陽江, 又曰中江
也.)"라 했음.

57 **響像**(향상) : 형상(形象), 음성과 용모로 죽은 사람을 가리킴. 《문

---

* 1승은 말 4필이 끄는 마차.

선》권16 육기(陸機)의 〈탄서부(歎逝賦)〉에 "평생의 음성과 모습을 찾으려고, 예전의 물건들을 보면서 그를 생각하네(尋平生於響像, 覽前物而懷之.)"라 하고, 이선은 주에서 "음성은 소리에 응하고 형상은 몸을 그린 것인데, 지금 소리와 몸이 다 없어졌으므로 그 음성과 형상을 찾는 것이다(夫響以應聲, 像以寫形, 今形聲旣亡, 故尋其響像.)"라 하고, 여연제 주에서는 "그리운 친구의 음향과 형상을 찾아 옛날 기물들을 보면서 그리움을 더하는 것이다(尋思親故音響形像, 見昔時器物而增懷也.)"라 했음.

58 精魂(정혼) : 정신과 혼백. 왕충의 《논형(論衡)·서허(書虛)》에 "살아서는 근력을 마음대로 쓰다가 죽어서는 정령을 쓴다 …… 근력이 사라져 없어지면 정령도 날아가 흩어진다(生任筋力, 死用精魂…筋力消絶, 精魂飛散.)"라 했음.

59 投金有泉(투금유천) : 《오월춘추·합려내전(闔閭內傳)》(제4)에 "오자서가 오왕 합려를 도와 초나라를 정벌하고 돌아오는 길에 자서가 율양의 뢰수가를 지나다가 길게 탄식하며 말하기를, 「내가 일찍이 여기서 굶주려서 한 여자에게 걸식하였는데, 여자가 밥을 먹이고는 물에 빠져 죽었다. 지금 백금으로 보답하고자 하나 그 집을 알지 못하겠노라」하고 금을 강에 던지고 떠나갔다. 얼마 후에 한 노파가 울면서 오니, 사람들이 「왜 이렇게 슬피 통곡하십니까?」라고 묻자, 노파는 「나에게 딸이 있었는데, 서른이 넘도록 시집가지 않고 집에 있었다네. 예전에 여기서 솜을 빨았는데 어떤 곤궁한 군자를 만나서 밥을 주고는 일이 누설되는 것이 두려워 스스로 뢰수에 빠져 죽었다네. 오늘 오자서가 온다는 소문을 들었지만 보상을 받지 못했으니, 헛되이 죽은 것이 마음아파서 슬피 우는 것이라네」하였다. 사람들이 「자서가 황금 백냥으로 보답하려다가 그 집을 몰라 강에 금을 던지고 떠나갔습니다」하니, 노파는 금을 꺼내 가지고 집으로 돌아

갔다(子胥既破楚, 過溧陽瀬水之上, 乃長嘆息曰, 吾嘗饑于此, 乞
食于一女子, 女子餇我, 遂投水而亡. 將欲報以百金, 而不知其家.
乃投金水中而去. 有頃, 一老嫗行哭而來, 人問曰, 何哭之悲? 嫗
曰, 吾有女子, 守居三十不嫁. 往年擊綿於此, 遇一窮途君子, 而輒
飯之, 恐事泄, 自投於瀬水. 今聞伍君來, 不得其償, 自傷虛死, 是
故悲耳. 人曰, 子胥欲報百金, 不知其家, 投金水中而去矣. 嫗遂取
金而歸.)"라는 기록이 있으며, 《일통지(一統志)》에도 "뇌수에서 금
을 던진 곳은 율양현 서북쪽 4십리에 있다(投金瀬, 在溧陽縣西北
四十里.)"라 했음.

52-4

邑宰滎陽[60]鄭公名晏[61], 家康成之學[62], 世子産之才[63]。琴清
心閑[64], 百里大化[65]。

有若主簿[66]扶風竇嘉賓[67]・縣尉[68]廣平宋陟[69]・丹陽李濟[70]・
南郡陳然[71]・清河[72]張昭, 皆有卿才霸略[73], 同事相協[74]。緬紀英
淑[75], 勒銘[76]道周[77]。雖陵頽海竭, 文或不死。

형양(滎陽)출신인 율양현령 정공(鄭公)은 이름이 안(晏)으로, 집
안은 정강성(鄭康成; 鄭玄)의 학문을 전수받았으며 대대로 정자산
(鄭子産; 公孫僑)과 같은 재주를 시녔으니, 복자천(宓子賤)처럼 한
가롭게 거문고만 타고 있어도 1백리 현(縣)이 크게 교화되었다네.
주부인 부풍사람 두가빈(竇嘉賓)과 현위인 광평사람 송척(宋陟)
・단양사람 이제(李濟)・남군사람 진연(陳然)・청하사람 장소(張昭)
와 같은 이들은 모두 경대부(卿大夫)의 재주와 왕패(王霸)의 지략을

지녀서 같은 일을 하면서 서로 협조하였도다. 정의녀의 현숙함을 멀리 생각하면서 길옆 돌에 비명(碑銘)을 새겼으니, 비록 무덤은 무너지고 강물은 마를지라도 비문(碑文)은 사라지지 않으리라.

....

60 **榮陽**(형양) : 형양군(榮陽郡)은 당대에 정주(鄭州)로 하남도에 속했으며, 천보 원년(742)에 형양군으로 고쳤다가 건원 원년(758)에 정주로 바꿨음.

61 **鄭公名晏**(정공명안) : 형양 출신으로 율양현령인 정안(鄭晏). 정안은 이백의 〈율양현령 정안에게 장난삼아 주다(戱贈鄭溧陽)〉·〈봄날 홀로 앉아 정명부에게 부치다(春日獨坐寄鄭明府)〉·〈수서산에서 노닐면서 정명부에게 편지를 써서 보내다(遊水西簡鄭明府)〉등 시에 나오는 정율양과 정명부가 바로 율양 현령 정안이다.

62 **家康成之學**(가강성지학) : 정안의 집안이 동한의 거유인 정현(鄭玄; 127-200)의 학문을 전수 받은 것. 《후한서·정현전(鄭玄傳)》에 "정현은 자가 강성으로, 북해 고밀사람이다. …… 태학에서 수업하면서 경조의 제오원선에게 사사받았는데, 당시 《경씨역》·《공양춘추》·《삼통력》·《구장산술》에 통달하였다. 또한 동군 장공조에게 《주관》·《예기》·《좌씨춘추》·《한시》·《고문상서》를 배웠다. 산동에는 물을 만한 자가 없어 서쪽관문으로 들어가 탁군의 노식을 통해서 부풍의 마융을 섬겼다. …… 마융이 여러 생도들을 모아 놓고 도위(河圖와 緯書)를 논하는데, 정현이 계산에 능하다는 말을 듣고 불러 누각위에서 만났다. 정현은 모든 의심과 뜻을 진실하게 따르고 묻기를 마치자 작별을 고하였다. 마융이 한숨을 쉬면서 문인들에게 「정생이 지금 가니 나의 도는 동쪽에 있네」라 했다. …… 정현은 《주역》·《상서》·《모시》·《의례》·《예기》·《논어》·《효경》·《상서대

전》·《중후》·《건상력》을 주석하였고, 또한《천문칠정론》·《노례체협의》·《육예론》·《모시보》·《박허신오경이의》·《답림효존주례난》 등 저술이 모두 백여만자나 된다(鄭玄字康成, 北海高密人也. …… 遂造太學受業, 師事京兆第五元先, 始通京氏易·公羊春秋·三統歷·九章算術. 又從東郡張恭祖受周官·禮記·左氏春秋·韓詩·古文尙書. 以山東無足問者, 乃西入關, 因涿郡盧植, 事扶風馬融. …… 會融集諸生考論圖緯, 聞玄善算, 乃召見於樓上, 玄因從質諸疑義, 問畢辭歸. 融喟然謂門人曰, 鄭生今去, 吾道東矣. …… 凡玄所註周易·尙書·毛詩·儀禮·禮記·論語·孝經·尙書大傳·中候·乾象歷, 又著天文七政論·魯禮禘祫義·六藝論·毛詩譜·駁許愼五經異義·答臨孝存周禮難, 凡百餘萬言.)"라 했음.

63 世子產之才(세자산지재) : 대대로 춘추시대 정자산과 같은 치국의 재주를 지닌 것. 자산은 춘추시대 정(鄭) 나라 대부인 공손교(公孫僑)의 자이며, 정 간공(簡公) 12년에 경(卿)이 되고 23년에 집정하여 정나라를 여러 해 동안 다스려 정치적 업적을 많이 쌓았는데, 정 성공(成公) 5년에 죽자 정나라 백성들이 친척을 잃은 듯 슬퍼하였다.《논어·공야장》에 "공자께서 자산을 평하여 말씀하셨다.「군자의 도가 네가지 있으니, 자기의 몸가짐이 공손하며, 윗사람을 섬김이 공경스러우며, 백성을 양육이 은혜로우며, 백성을 부림이 의로운 것이다」(子謂子產有君子之道四焉, 其行己也恭, 其事上也敬, 其養民也惠, 其使民也義.)"라 하고,《사기·정세가(鄭世家)》에 "자산은 정 성공의 작은아들이다. 그는 인자하여 백성을 사랑했으며, 충성스럽게 국왕을 모셨다. 공자가 일찍이 정나라를 지나갔을 때, 자산과 형제처럼 친하게 지냈다. 공자는 자산이 죽었다는 소식을 듣고, 눈물을 흘리면서 말했다.「그는 고인의 유풍을 이어 백성을 사랑했던 사람이다!」(子產者, 鄭成公少子也. 爲人仁愛人, 事君忠

厚. 孔子嘗過鄭, 與子産如兄弟云. 及聞子産死, 孔子爲泣曰, 古之
遺愛也.)"는 기록이 있음.

64 **琴淸心閑(금청심한)** : 복자천(宓子賤)이 선보(單父)를 다스린 일.
《여씨춘추(呂氏春秋) · 논부(論部)》권22〈신행론(愼行論) · 구인(求
人)〉에 "복자천이 선보 땅을 다스릴 때 거문고만 탈 뿐 직접 청당
아래로 내려오지 않았지만, 그 지역은 잘 다스려졌다. 무마기 역시
선보 땅을 다스릴 때, 별이 지지 않은 새벽에 나갔다가 별이 뜬 저녁
에 들어와 하루 종일 (청당에) 없었지만, 몸소 가까이 있었던 것처
럼 선보가 잘 다스려졌다(宓子賤治單父, 彈鳴琴, 身不下堂而單父
治. 巫馬期以星出, 以星入, 日夜不居, 以身親之, 而單父亦治.)"라
했음.

65 **百里大化(백리대화)** : 현이 크게 교화된 것. 「百里」는 현(縣) 경내
를 말하며, 고대에는 1현의 관할지가 약 백리 이내이므로 한 현을
지칭함.

66 **主簿(주부)** : 관명으로, 당대 관제에 따르면 주의 상현(上縣)에는 주
부 1인을 두며 종9품하 임.

67 **扶風竇嘉賓(부풍두가빈)** : 「扶風」은 두가빈(竇嘉賓)의 출신지. 당
대 부풍군은 기주(岐州)로, 천보 원년(742)에 부풍군으로 고쳤다가
지덕 원년(756)에 봉상부(鳳翔府)로 바꿨으며 경기도(京畿道)에
속한다.

68 **縣尉(현위)** : 관명으로, 당대에 상현에는 현위 2인을 두었는데 종9
품상 임.《이백집교주》에서는 이 네 사람들이 임명 교대시에 있었던
인물들일 것이라고 했음.

69 **廣平宋陟(광평송척)** : 「廣平」은 노주(洛州)로, 지금의 하북성 영년
(永年) 동남쪽과 곡주(曲州) 서남쪽에 위치함. 「宋陟」은 이백의 〈율양
현 소부 송척에게 드리다(贈溧陽宋少府陟)〉란 시에 나오는 인물임.

70 **丹陽李濟**(단양이제) :「丹陽」은 윤주(潤州)로, 지금의 강소성 진강시(鎭江市).「李濟」는 이백의 〈황산 능효대에 올라 집안 아우인 율양현위 이제가 수운(水運)의 일로 화음으로 가는 것을 전송하다(登黃山凌歊臺送族弟溧陽尉濟充泛舟赴華陰)〉라는 시에 나오는 이제가 바로 같은 사람임.

71 **南郡陳然**(남군진연) :「南郡」은 수나라 대업(大業) 시기에 남군은 당대의 형주(荊州)로 지금의 호북성 강릉(江陵)임.「陳然」과 다음에 나오는 「張昭」는 누구인지 밝혀지지 않고 있다.

72 **清河**(청하) :「清河」는 청하군, 곧 하북도 패주(貝州)로 지금의 하북성 청하 서북쪽임.

73 **卿才霸略**(경재패략) :「卿才」는 경・대부의 재능.「霸略」은 왕패대략(王霸大略). 낙빈왕(駱賓王)의 〈4월8일 제칠급을 읊다(四月八日題七級)〉에 "패자의 계책은 지금 어디에 있는지요, 왕궁은 아직도 높이 솟아 있구나. 두 임금은 일찍이 성현과 교유하였고, 삼경들은 현인들과 만났어라(霸略今何在, 王宮尙歸然. 二帝曾遊聖, 三卿是偶賢.)"이라 했음. 주부와 네 현의 현위는 모두 경・대부의 재주와 왕패의 지략을 지녔다는 말이다.

74 **同事相協**(동사상협) : 모두 한 현의 같은 일에 서로 협조하는 것.

75 **緬紀英淑**(면기영숙) : 정의녀의 영숙함을 멀리 생각하는 것.「英淑」은 영위(英偉)하고 현숙(賢淑)한 것.

76 **勒銘**(늑명) : 비명(碑銘)을 새기는 것.《석명(釋名)・석언어(釋言語)》에 "'늑'은 새기는 것으로, 새겨서 알리는 것이다(勒, 刻也. 刻識之也.)"라 했음.

77 **道周**(도주) : 길 옆. 〈시경・당풍(唐風)・유체지두(有杕之杜)〉에 "팥배나무는 외롭게 길가 굽은 곳에서 자라고 있네(有杕之杜, 生於道周.)"라 하고, 모전(毛傳)에 "'주'는 굽은 것(周, 曲也.)"이라 했음.

52-5

其辭曰,

粲粲[78]貞女, 孤生寒門。

上無所天[79], 下報母恩。

春風三十, 花落無言[80]。

乃如之人[81], 激漂清源。

碧流素手, 縈彼潺湲[82]。

求思不可, 秉節而存[83]。

伍胥東奔, 乞食於此。

女分壺漿, 滅口[84]而死。

聲動列國[85], 義形壯士[86]。

入郢鞭屍, 還吳雪恥。

投金瀨沚, 報德稱美。

明明[87]千秋, 如月在水。

그 비명의 문장에 이르기를

곱게 빛나는 정의녀여, 미천한 집안에서 외롭게 태어났구나.

위로는 의지할 부친과 남편이 없었지만,

아래로는 어머님 은혜를 갚았도다.

봄바람 부는 서른 나이에도 꽃진다고 말하지 않고,

앞에서 말한 여인들처럼 맑은 물결에 솜옷을 빨았다네.

푸른 물이 흰 손을 감싸돌며 저토록 맑게 흘러도,

그리움을 구하지 않은 채 절조(節操)를 지키면서 살아갔노라.

오자서가 동쪽으로 도망하다가 이곳에서 밥을 구걸하자,

여인은 미음을 나눠 주고는 누설하지 않으려고 빠져 죽었으니,

명성은 열국(列國)에 자자하고

의로움은 자서의 장거(壯擧)를 이룩하였다네.

영(郢) 땅에 들어가 시체를 매질하고

치욕을 갚은 후 오나라로 돌아오다가,

뇌수(瀨水) 물가에서 금을 던져

은덕에 보답하고 아름다움을 드러냈으니,

밝디밝은 절개는 물속에 있는 명월처럼 천추만대에 빛나리라.

....

78 粲粲(찬찬) : 선명하고 결백한 모습. 《시경·소아·대동(大東)》에
"빛나는 아름다운 비단옷 화려하기도 하구나(粲粲衣服.)"라 읊고,
모전에 「찬찬」은 곱고 무성한 모습(粲粲, 鮮盛貌.)"이라 했음.

79 上無所天(상무소천) : 왕기는 「부친과 남편이 없음을 말한 것이다
(言無父無夫也.)」라고 했다. 고대 여자는 삼종지도(三從之道)라
하여 집에서는 아버지를 의지하고, 출가해서는 남편을 따른다고 하
여 아버지와 지아비를 「所天」이라 불렀음.

80 春風三十, 花落無言(춘풍삼십, 화락무언) : 정의녀가 나이 서른이
지나도 줄곧 꽃이 피고 지는 것을 말하지 않았음을 이름.

81 乃如之人(내여지인) : 위에서 말한 여인들과 같이. 《시경·용풍(鄘
風)·체동(蝃蝀)》에 "이러한 사람은 혼인할 것만 생각함일세(乃如
之人也, 懷婚姻也.)"라 읊었음.

82 潺湲(잔원) : 물이 흐르는 모습. 사령운(謝靈運)의 〈칠리뢰(七里瀨)〉
란 시에 "돌 위로 얕은 물이 졸졸 흐르고, 해가 지면서 서산을 밝게
비치고 있네(石淺水潺湲, 日落山照曜.)"라 읊었음.

83 求思不可, 秉節而存(구사불가, 병절이존) : 「求」는 추구. 「思」는 어
미조사. 정의녀가 절조를 지키며 살아가면서도, 그리움은 추구하지

않았을 것이라는 말. 《시경 · 주남 · 한광(漢廣)》에 "한수에 노니는
아가씨 있어도, 다가가 가까이할 수 없도다(漢有遊女, 不可求思.)"
라 하고, 정현(鄭玄) 전(箋)에 "현숙한 여인이 비록 물가에 수영하러
나왔어도, 사람들이 예절을 범하려는 마음이 없음은 그녀가 정숙하
고 결백하게 행동하기 때문이다(喩賢女雖出遊流水之上, 人無欲求
犯禮者, 亦由貞潔使之然.)"라 했는데, 여기서는 그 뜻을 사용했음.

84 滅口(멸구) : 입을 없애서 말이나지 않도록 한다는 뜻. 《사기 · 춘신
군열전》에 "이원은 자기 여동생이 입궁해 왕후가 되고 아들이 태자
가 되자, 춘신군이 누설하거나 더욱 교만해질까 두려워 은밀히 죽음
을 각오한 병사를 길러 춘신군을 죽여 입을 막으려고 했다(李園既
入其女弟, 立爲王后, 子爲太子, 恐春申君語泄而益驕, 陰養死士,
欲殺春申君以滅口.)"라 했음.

85 聲動列國(성동열국) : 「列國」은 예전 제후국. 여기서는 정의녀의 절
개가 굳은 행실(節行)이 열국에 자자하다는 말. 《예기 · 곡례(曲
禮)》에 "열국의 대부는 천자의 나라로 들어가면, 아무개 사(士)라고
부른다(列國之大夫, 入天子之國, 曰某士.)"라 했음.

86 義形壯士(의형장사) : 그녀의 대의가 오자서의 장거(壯擧)를 이룩
했다는 말. 「形」은 형성, 산생(産生). 왕인구(王仁昫)의 《간류보결
절운(刊謬補缺切韻)》에 "「형」은 이루는 것(形, 成也.)"이라 하고,
《초사 · 천문(天問)》에 "천지가 형성되지 않았을 때, 어떻게 그것을
궁구할 수 있을까(上下未形, 何由考之.)"라 했음.

87 明明(명명) : 조조(曹操)의 〈단가행(短歌行)〉에 "밝고 밝은 달과 같
으니, 어느 때나 그치려는가?(明明如月, 何時可輟.)"라 했음.

53.
唐漢東紫陽先生碑銘
당 한동군 자양선생 비명

　이 명문은 천보 2년(743)에 지은 작품이다. 기존의 이백전집에서
는 수록되지 않았지만, 청대 왕기는 《모산지(茅山志)》에 의거해서
《이태백전집》부록(권30)인 〈시문습유편(詩文拾遺篇)〉에 수록하였
으며, 《전당문》권350에도 이 문장이 수록되어 있다. 또한 《도장
(道藏)》제5책 유대빈(劉大彬)의 《모산지》권25에도 이 작품이 본 제
목으로 실려 있으며, 주에서 "농서 이백이 지었다(隴西李白撰.)"고
했다.

　송대의 송민구(宋敏求)는 〈이태백문집후서(李太白文集後序)〉에
서 "같이 근무하는 여진숙(呂縉叔)이 〈당한동자양선생비〉문장을 가
져왔는데, 훼손되어 완전하지 못한데다 사이에 분별할 수 없는 곳
이 있어서 수록하지 않는다(同舍呂縉叔出唐漢東紫陽先生碑, 而殘
缺間莫能辨, 不復收云.)"라고 하였지만, 왕기는 "비록 빠진 글자들
이 있으나, 이백집 가운데서 언급한 자양선생・원단구(元丹丘)・천
공 스님(僧倩公)・선성산(仙城山)・손하루(飡霞樓) 등의 구절과 증
명될 수 있는 곳이 많다. 이는 이백이 직접 쓴 진본에 속하는 것으

로, 비석 명문의 문장들이 현묘하여 즐길 만 하다. 송씨(송민구)가 이를 버린 채 수록하지 않았으니, 고루하구나(雖有闕文, 然與集中所稱紫陽先生元丹丘僧倩公仙城山殞霞樓等句多所取證. 此其文係太白眞作, 銘詞玄奧可喜. 宋氏棄之不收, 固矣.)"라 하여, 이백의 작품으로 인정했다.

제목에서의 「한동(漢東)*」은 당대 군 이름으로, 곧 수주(隨州)다. 「자양선생(紫陽先生)」은 호자양(胡紫陽)으로, 수주에서 은거하던 도사였으며, 한동 출신으로 앞 서문의 〈강하에서 한동으로 돌아가는 천공을 보내면서 지은 서문(江夏送倩公歸漢東序)〉에 소개되었다. 또한 이백의 〈수주의 자양선생 벽에 쓰다(題隨州紫陽先生壁)〉란 시에서 "신농씨는 불로장생을 좋아하였으니, 그런 풍속이 이미 오래전에 이루어졌다네. 또 자양선생이 일찍이 신선이 사는 단대에 이름을 기록하였다고 들었도다(神農好長生, 風俗久已成. 復聞紫陽客, 早署丹台名.)"라 읊었다. 천보 2년(743) 졸하였다.

이 비명은 호자양의 생애와 사적을 제재로 삼았으며, 서언과 비문으로 구성되었다. 내용은 4개 단락으로 나눌 수 있는데, 첫 번째 단락에서는 호자양 선생이 일찍 별세한 것에 대한 애도를 표시하였으며, 두 번째 단락에서는 먼저 선생의 관적과 가업에 대해 기술하고, 다음으로 생애에서 도교에 입문한 발자취와 위의사(威儀使)와 천하채경사(天下采經使)라는 벼슬을 하사받은 경력을 기술하고, 이어서 도법을 수련하는 과정과 도법의 시조인 삼모(三茅)와 사허(四

---

* 천보 원년(742) 한동군으로 고쳤다가 건원 원년(758) 다시 원래 이름으로 환원하였으며, 관청소재지는 수현(隨縣)으로 지금의 호북성 수주시다.

許)에서 도홍경(陶弘景)을 거쳐 자양(紫陽)선생에 이르는 전수과정을 밝혔으며, 또한 3천명의 문도와 수련하며 명망을 얻어 현종의 부름으로 입경하였다가 섭현에서 62세에 세상을 떠난 일을 기술하였다. 세 번째 단락에서는 고향 스님 정천(貞倩)이 명문(銘文)을 부탁하여 전서(篆書)체로 바위에 새겨 자양선생의 덕을 칭송한 일을 기록하였으며, 네 번째 단락인 비문의 명사(銘詞)에서는 자양선생이 도술을 수련하여 신선이 된 일과 그 공덕이 천하에 떨칠 것이라고 칭송하고 있다.

53-1

嗚呼！紫陽, 竟天其志以默化[1], 不昭然白日而昇九天乎？或將潛賓皇王[2], 非世所測, □□□□□□□□□□□挺列仙明拔之英姿, 明堂[3]平白, 長耳廣額[4], 揮手振骨, 百關[5]有聲, 殊毛秀采, 居然逸異。

　　□□□□□□□□□□而且達, 何龜鶴[6]早世而蟪蛄[7]延秋？元命[8]乎？遭命[9]乎？予長息[10]三日, 懵[11]於變化之理。

아아！자양(紫陽)선생은 그 뜻을 한창 펼칠 때 조용히 죽었으니, 흰 태양처럼 환히 밝히지 못한 채 구천(九天)으로 올라가셨구나! 몰래 상황(上皇)의 빈객이 되기도 하였지만, 세상에서는 헤아리지 못했다네. □□□□□□□□□여러 신선들처럼 밝고 늠름한 자태를 가졌으니, 양미간 속 명당(明堂)은 고르고 희며, 큰 귀와 넓은 이마, 힘차게 휘두르는 손과 떨치는 기개, 많은 관절과 넉넉한 음성, 특이한 머리털과 빼어난 풍채는 분명히 남달랐도다.

□□□□□□□□□□ 통달하였으니, 거북이나 학이 일찍 죽은 것
인지 매미가 수명을 연장한 것인지? 본래의 수명이 그런 것인지?
나쁜 운명을 만난 것인지? 나는 3일 동안 길게 탄식하면서 변화의
이치에 몽롱해졌도다.

. . . .

1 天其志以默化(요기지이묵화) : 그 뜻이 젊어서 꺾이고 고요히 사망
한 것. 「默化」는 「묵연천화(黙然遷化)」로, 고승이 조용히 죽는 것.

2 潛賓皇王(잠빈황왕) : 몰래 상황(上皇)의 빈객이 되는 것.

3 明堂(명당) : 도교에서 양미간을 천문(天門)이라 부르고, 안쪽으로
1촌 들어간 곳을 명당이라 함.《도장(道藏)》제4책《황정내경옥경주
(黃庭內徑玉經注)·비장장(脾長章)》에 "중부 노군이 명당을 다스
렸다(中部老君治明堂.)"라 하고, 양구자(梁丘子) 주에 「명당」은 미
간에서 안으로 1촌 들어간 곳이다(明堂, 眉間入一寸是也.)"라 했음.

4 廣顙(광상) : 큰 이마.

5 百關(백관) : 인체의 많은 관절을 가리킴.

6 龜鶴(구학) : 고인들은 거북과 학을 장수하는 동물로 여겼으므로 장
수를 비유함.《문선》권21 곽박(郭璞)의 〈유선시(遊仙詩)〉제 3수에
"하루살이들에게 묻나니, 너희들이 어찌 거북과 학의 나이를 알 수
있으리오?(借問蜉蝣輩, 寧知龜鶴年.)"라 하고, 이선은 "《양생요론》
에서 이르기를 '거북이와 두루미는 수명이 천백 년으로 장수하는 동
물이다. 도가의 말에, 학은 굽은 목으로 숨 쉬고 거북이는 물속에
잠겨 숨을 제대로 쉬지 않는데 이것이 장수하는 까닭으로 기운을
품고 성품을 기르는 방법이다'(養生要論曰, 龜鶴壽有千百之數, 性
壽之物也. 道家之言, 鶴曲頸而息, 龜潛匿而噎, 此所以爲壽也, 腹

氣養性者法焉.)"라고 주를 달았음.

7 螻蛄(혜고) : 비교적 작은 매미로, 생명이 매우 짧다. 《장자·소요유》에 "아침 버섯은 그믐과 초하루가 있음을 알지 못하고, 쓰르라미는 봄과 가을을 알지 못한다(朝菌不知晦朔, 螻蛄不知春秋.)"라 하고, 주에서 "사마씨는 「혜고」는 매미이다. 일명 쓰르라미(제로)로 봄에 나서 여름에 죽고 여름에 나서 가을에 죽는다(司馬云, 惠蛄, 寒蟬也. 一名蜈蟧, 春生夏死, 夏生秋死.)"라 했음.

8 元命(원명) : 큰 명, 장수(長壽). 《서경·여형(呂刑)》에 "능히 하늘의 덕을 간수하여야 스스로 「원명」을 만들어 아래에 있으면서 짝하여 누릴 수 있다(惟克天德, 自作元命, 配享在下.)"라 하고, 공영달소에 "옥사를 공평하게 다스릴 수 있는 자만이 반드시 오래도록 대명을 누릴 수 있다(若能斷獄平均者, 必壽長久大命.)"라 했음.

9 遭命(조명) : 선행을 베풀었지만, 흉사를 만나는 나쁜 운명. 왕충의 《논형(論衡)·명의(命義)》에 "명에는 세 가지가 있으니, 하나는 정명이고, 둘은 수명이며, 셋은 조명이다. …… 조명은 선행을 했음에도 결과는 나쁜 것으로 돌아오고, 언제나 흉한 일만 만나게 되므로 「조명」이라고 한다(說命有三, 一曰正命, 二曰隨命, 三曰遭命. …… 遭命者, 行善得惡, 非所冀望, 逢遭於外, 而得凶禍, 故曰遭命.)"라 했다*. 또한 《전당문》권216 진자앙의 〈당제 진자의 묘지명(堂弟孜墓誌銘)〉에 "어찌 그렇게 젊어서 죽었느냐. 이렇게 좋은 계획을 잃었으니, 아 슬프도다, 본래 운명인가, 나쁜 운명(조명)을 만난 것인가?(豈其夭折, 喪玆良圖, 嗚呼! 其元命歟? 遭命歟?)"라 했음.

---

* 《예기정의(禮記正義)》 공영달(孔穎達) 소(疏)에서도 "〈援神契〉云, 命有三科, 有受命以保慶, 有遭命以謫暴, 有隨命以督行. 受命, 謂年壽也, 遭命, 謂行善而遇凶也. 隨命, 謂隨其善惡而報之云"이라 했다.

10 長息(장식) : 긴 탄식. 동방삭의 〈답객난(答客難)〉에 "동방 선생이
   한숨 쉬며 긴 탄식을 하였다(東方先生喟然長息.)"라 했음.
11 懜(몽) : 희미한 모습.

53-2(1)

先生姓胡氏, □□□□□□族也。代業黃老[12], 門淸儒素[13], 皆
龍脫世網, 鴻冥高雲[14]。但貴天爵[15], 何徵閭閻[16]?

始八歲經仙城山[17], □□□□□□□□□□有淸都紫微[18]之
遐想。九歲出家, 十二休糧[19]。二十遊衡山[20], 雲尋洞府[21], 水涉
溟壑。神王□□□□□□□□召爲威儀[22]及天下采經使。因遇
諸眞人, 授赤丹陽精石景水母[23]。故常吸飛根, 吞日魂[24], 密而
修之。□□□□□□所居苦竹院[25], 置餐霞之樓[26], 手植雙桂, 棲
遲[27]其下.

선생은 성이 호씨(胡氏)이며, □□□□집안이로다. 대대로 황제
(黃帝)와 노자(老子)의 도교에 종사하고 집안은 유학(儒學)을 빛내
서, 모두 용이 세속의 그물을 벗어나고 기러기가 높은 구름 속으로
날아가는 품성을 지녔도다. 그래서 하늘이 내린 작위만 귀하게 여
길 뿐 세속의 공훈을 구하지 않았다네.

처음 여덟살 때 선성산(仙城山)으로 가서, □□□□□□□□□□□
청도(淸都)의 자미궁(紫微宮)을 멀리 상상하였으며, 아홉 살에 출가
하고 열두 살에 곡기를 끊었다네. 스무 살에 형산(衡山)을 유람하면
서 구름 속 신선이 사는 동부(洞府)를 찾아서 물을 건너 아득한 골

짜기에 이르렀도다. 신령스러운 황제(神王)가 □□□□□□□ 위
의사(威儀使)와 천하채경사(天下采經使)로 불러들이기도 하였으며,
여러 진인들을 만나 《적단양정석경수모(赤丹陽精石景水母)》란 경
전을 전수받아서, 항상 비근법(飛根法)으로 호흡하고 태양의 혼백
을 삼키며 몰래 수련하였다네. □□□□□□고죽원(苦竹院)에 머물
면서 찬하루(餐霞樓)를 세워서 손수 계수나무 두 그루를 심고 그
아래에서 한가로이 지냈노라.

⋯⋯⋯⋯⋯⋯

12 黃老(황노) : 도가에서는 황제(黃帝)와 노자(老子)를 시조로 삼으므
로, 황노는 도가를 대신 지칭하였다.《사기·조상국세가(曹相國世
家)》에 "교서지방에 사는 개공이「황노」의 학설에 정통한다는 말을
듣고, 후한 폐물을 보내 초청하였다(聞膠西有蓋公, 善治黃老言,
使人厚幣請之.)"라 했음.

13 儒素(유소) : 유생이 지녀야 할 품행이나 덕망. 유술(儒術), 유학(儒
學). 심약의《송서(宋書)·자서(自序)》에 "예의를 돈독히 배우고 고
아한 재주가 있어서,「유술」을 자신의 과업으로 삼았다(儀篤學有雅
才, 以儒素自業.)"라 했음.

14 龍脫世網, 鴻冥高雲(용탈세망, 홍명고운) :「龍脫·鴻冥」은 모두
호자양이 세속을 벗어나 뛰어난 지조를 가진 것의 비유. 양웅(揚雄)
의《법언(法言)·문명(問名)》에 "큰 기러기가 하늘 끝까지 날아가
니, 사냥꾼이 어찌 주살을 쏠 수 있겠는가?(鴻飛冥冥, 弋人何簒
焉?)"라 했음. 이 두 구는 호자양이 세속을 벗어난 고상한 품성이
마치 용이 세속의 그물을 벗어나 높은 하늘 구름 속으로 날아가는
것과 같음을 비유한 것이다.

15 天爵(천작) : 천연적인 작위로 고상한 도덕 수양을 가리킴. 덕이 높

으면 사람들에게 존경을 받아서 일반적인 작위보다 수승(殊勝)하므로 천작이라 부른다. 《맹자·고자(告子)상》에 "어질고 의로우며 충성과 신의 등 좋은 일을 즐겨하면서 싫증내지 않는 것이 바로「천작」이며, 공경대부같은 벼슬이 인작이다(仁義忠信, 樂善不倦, 此天爵也. 公卿大夫, 此人爵也.)"라 했음.

16 閥閱(벌열) : 옛날 공적을 적어 문에 걸어 둔 패(札; 門의 왼쪽 기둥을 閥, 오른쪽 기둥을 閱이라 함)로, 본래는 공적(功績)이나 경력을 가리키지만 여기서는 세가나 문벌이 높은 집안(世家門第)을 말함*. 왕기는 주에서 "신하가 나라에 공을 세우면 세록을 얻을 수 있다. 벌열의 가문은 대대로 녹을 받는 세록지가와 같은 말이다. 또한 《통감》에서 배자야에 대하여 논하기를, 「말년에는 오로지 벌열에 국한되었다」라 하고, 호삼성의 주에는 「문의 왼편에 있는 것을 벌이라 하고, 오른쪽에 있는 것을 열이라 한다」고 했다. 곧 세가문호를 벌열이라 하는데 일리가 있다(人臣有功于國, 方得世祿. 閥閱之家, 猶言世祿之家耳. 又通鑑, 裴子野論曰, 降及季年, 專限閥閱. 胡三省注, 門在左曰閥, 在右曰閱. 則以世家門戶爲閥閱, 更有由也.)"라 했음.

17 仙城山(선성산) : 《여지기승(輿地紀勝)》권83 수주편에 "「선성산」은 수주에서 동쪽으로 80여리 떨어진 곳에 있으며, 선광산이라고도 부른다(仙城山, 在州東八十里. …… 又名善光山.)"고 기록되어 있음.

18 淸都紫微(청도자미) : 천제(天帝)가 거처하는 곳. 《열자(列子)·주목왕(周穆王)》에 "왕은 실제로 하늘에 청도의 자미궁이 있으며, 균천이나 광악의 음악을 들을 수 있는 천제가 사는 곳이라고 여겼다

---

* 《운회(韻會)》에 "閥閱功狀. 《史記·功臣年表》人臣功有五品, 明其等曰閥, 積其功曰閱"이라 했다.

(王實以爲淸都紫微, 鈞天廣樂, 帝之所居.)"라는 기록이 있으며, 장담(張湛)은 주에서 "「청도」와 「자미」는 천자가 거주하는 곳(淸都 紫微, 帝之所居也.)"이라고 했음.

19 休糧(휴량) : 곡물(穀物)을 먹지 않는 것. 곡기를 끊는 것.

20 衡山(형산) : 남악(南嶽)으로 일명 구루산(岣嶁山)이며, 호남성 중부에 있음.

21 洞府(동부) : 선부(仙府). 신선(神仙)들이 거처하는 곳.

22 威儀(위의) : 도교의 직무 이름. 왕기는 주에서 "위의는 도가의 직명으로, 불가의 유나(維那)와 같은 종류이다. 백옥섬(白玉蟾)의 〈옥룡만수궁도원기(玉隆萬壽宮道院記)〉에 당대에는 좌우가위의(左右街威儀)가 있었는데, 오대 말 주태조(周太祖)를 피휘하여 도록(道錄)이라 고쳤다. 이 위의가 지금의 도록사(道錄司)다"라 했다. 당대에는 법의(法儀)에 뛰어난 도사를 위의사(威儀師)라 불렀는데, 《당육전(唐六典)》권4 〈상서예부(尙書禮部) · 사부(祠部)〉에 "수행하는 도사를 부르는 말로 첫째는 법사, 둘째는 위의사, 셋째는 율사라 한다(道士修行有三號, 其一曰法師, 其二曰威儀師, 其三曰律師.)"라 했음.

23 赤丹陽精石景水母(적단양정석경수모) : 도교 경전의 이름. 《진고(眞誥)》권9에 "해 가운데 오제의 자를 「일혼주경, 조도녹영, 회하적동, 원염표상」이라는 16자로 부른다. 이것은 금궐성군이 채복과 비근하는 방법로서, 예전에 태미천제군에게 받은 것으로, 일명 《적단금정석경수모옥포경》이라고도 한다(日中五帝之字曰, 日魂朱景, 照韜綠映, 回霞赤童, 元炎颷象, 凡十六字. 此是金闕聖君採服飛根之道, 昔授之於太微天帝君, 一名赤丹金精石景水母玉胞經.)"라 했음.

24 吸飛根, 呑日魂(흡비근, 탄일혼) : 《적단금정석경수모옥포경(赤丹金精石景水母玉胞經)》에서 전하는 수련하는 방법임. 왕기는 주에서 "양구자(梁丘子)의 《황정내경경주(黃庭內景經注) · 상청자문령

서(上清紫文靈書)》에서 비근하는 방법을 다루고 있다. 항상 해가
처음 뜰 때 동쪽을 향하여 치아를 아홉 번 두드리고, 이를 마치면
몰래 일혼에게 빌면서 해 가운데에 있는 다섯 황제의 이름, 곧 「일혼
주경, 조도녹영, 회하적동, 현염표상(日魂朱景, 照韜綠映, 回霞赤
童, 玄炎飄象.)」이라는 열여섯 자를 부르기를 끝내면서, 눈을 굳게
감고 오색으로 흐르는 노을이 몸을 두르는 상상을 한다. 이렇게 해서
일광과 유하가 모두 입안으로 들어오는 것을 「일화비근, 옥포수모(日
華飛根, 玉胞水母.)」라고 부른다」고 했는데, 이러한 「吸飛根, 吞日
魂」의 법을 닦으면 곧 일월로 달려가서 신선이 될 수 있다고 하였다.

25 苦竹院(고죽원) : 수주(隨州)에 있는 호자양이 거처하는 곳.

26 餐霞之樓(찬하지루) : 호자양이 수주에 세운 누각.

27 棲遲(서지) : 편하게 쉬는 것(遊息).《시경·진풍·형문(衡門)》에 "누
추한 집에서도 한가로이 살 만하네(衡門之下, 可以棲遲.)"라 하고, 모
전에서는 "「서지」는 편히 휴식하는 것이다(棲遲, 遊息也.)"라 했음.

53-2(2)

聞金陵之墟²⁸, 道始盛於三茅²⁹, 波乎四許³⁰. 華陽□□□□□
□□陶隱居³¹傳昇玄子³², 昇玄子傳體玄³³, 體玄傳貞一先生³⁴,
貞一先生傳天師李含光³⁵, 李含光合契³⁶乎紫陽.

□□□□□於神農之里³⁷, 南抵朱陵³⁸, 北越白水³⁹, 稟訓門下
者⁴⁰三千餘人. 鄰境牧守, 移風問道, 忽遇先生之宴坐⁴¹, □□
□□□隱機雁行⁴²而前, 爲時見重, 多此類也.

금릉(金陵) 옛터에서 도(道)가 처음으로 한나라 모씨 삼형제(三

茅)로부터 왕성하게 일어나서, 진(晉)나라 허씨 네 분(四許)까지 파급되었다고 들었도다. 화양(華陽)의 □□□□□□ 은거(隱居) 도홍경(陶弘景)은 승현자(昇玄子) 왕원지(王遠知)에게 전하고, 승현자는 체현(體玄) 반사정(潘師正)에게 전하고, 체현은 정일선생(貞一先生) 사마승정(司馬承禎)에게 전하고, 정일선생은 천사(天師) 이함광(李含光)에게 전하고, 이함광은 자양(紫陽)선생과 의기투합하였구나.

　　□□□□□신농씨(神農氏)가 출생한 마을로부터 남쪽으로 주릉동천(朱陵洞天)에서 북쪽으로는 백하(白河) 너머에 이르기까지, 문하로 가르침을 받으러 온 사람이 3천여 명이나 되었다네. 인근 지역의 주목(州牧)과 군수(郡守)가 풍속을 고치고 도를 물으려다 문득 고요히 앉아 있는 선생을 만났으며, □□□□□ 기밀을 숨기고 기러기처럼 앞으로 나아갔으니, 당시 사람들에게 중시 받은 예가 이와 같이 많았다네.

　　………………

28　金陵之墟(금릉지허) : 《진고(眞誥)》권11 〈계신추(稽神樞)〉에 "구곡산 사이에 「금릉지지(金陵之地)」가 있는데, 그 곳 땅은 3십7 내지 3십8 이랑으로 금릉 지방의 허파와 같은 곳이다. 토질이 좋고 우물이 감미로워서 그 곳에 거주하면 반드시 생사를 초월할 수 있다고 했다. …… 구곡산을 진나라에서는 「구금지단(句金之壇)」이라 불렀는데, 동천(洞天)안에 있는 금단(金壇)이 백장이나 되었으므로 이렇게 불렀으며, 또 밖에는 적금산이 있는데 금을 쌓아 단을 만들었으므로 그렇게 불렀다. 주(周)나라 때는 그 연못의 발원을 「곡수지혈(曲水之穴)」이라 불렀으니, 산의 형세가 굽이굽이 잘려져서 후인들은 합쳐서 구곡지산(九曲之山)이라 했다. 한나라 때 모씨 세 군자(삼모군)가 그 곳에 와서 수양했으므로 당시 노인들이 다시 모군

지산(茅君之山)이라 바꿔 불렀다. 세 군자(三君)는 일찍이 각자 흰 고니를 타고 와서 산의 세 곳에 모여 수도하는 것을 당시 사람들이 보고서 노래로 불렀으며, 다시 고니가 모여 있는 곳에 따라 구곡산을 대모군·중모군·소모군 세 산으로 나누었다. 결론적으로 말해서 모두 하나의 구곡산이지 다른 이름은 없었던 것이다. …… 산에서 황금이 나왔으므로 한나라 영제 때, 군현에서 구곡의 금을 캐서 무기고를 충당하도록 조서를 내렸으며, 손권에 이르러서는 다시 숙위군을 파견하여 금을 채굴하여 관가로 보냈는데, 많은 장수와 병사들이 주둔하면서 용처럼 엎드려 있었던 곳이었으므로 이름을 「금릉의 터(金陵之墟)」라고 고쳐 불렀다(句曲山, 其間有金陵之地, 地方三十七八頃. 是金陵之地肺也. 土良而井水甜美, 居其地必得度世. …… 句曲山, 秦時名爲句金之壇, 以洞天內有金壇百丈, 因以致命也. 外又有積金山, 亦因積金爲壇號矣. 周時名其源澤爲曲水之穴. 按山形曲折, 後人合爲九曲之山. 漢有三茅君來治其上, 時父老又轉名茅君之山, 三君往曾各乘一白鵠, 各集山之三處, 時人互有見者, 是以發於歌謠. 乃復因鵠集之處, 分句曲之山爲大茅君·中茅君·小茅君三山焉. 總而言之, 盡是句曲之一山耳, 無異名也. …… 山生黃金, 漢靈帝時, 詔勅郡縣採句曲之金以充武庫, 逮孫權時, 又遣宿衛人採金, 常輸官, 兵帥百家遂屯居伏龍之地, 因改爲金陵之墟名也.)"라는 기록이 있음*.

29 三茅(삼모) : 도교의 세 선인인 삼모 진군(三茅眞君)으로, 함양(咸

---

* 또한 같은 책에 "此山洞虛內觀, 內有靈府, 洞庭四開, 穴岫長連. 古人謂爲金壇之虛臺, 天后之便闕, 淸虛之東窗, 林屋之隔沓, 衆洞相通, 陰路所適, 七塗九源, 四方交達, 眞洞仙館也."라 하고, 도홍경은 주에서 "此論洞天中諸所通達. 天后者林屋洞中之眞君, 位在太湖苞山下. 龍威丈人所入得靈寶五符處也. 淸虛是王屋洞天名. 言華陽與此竝相貫通也."라 했다.

陽)사람 모영(茅盈)·모고(茅固)·모충(茅衷) 삼 형제로 한나라 때 득도하여 강남의 모산에 거주하였음. 삼모 진군의 전설은 동진의 도사인 양희(楊羲)가 지은 《모군전(茅君傳)》에 전해지는데, 그 기록에 의하면 모영(茅盈)은 어려서 도를 배워 《도덕경》과 《주역》에 달통하였으며, 18세 때 항산(恆山)으로 가서 수련하여 득도하였다고 전한다. 한 경제 때 모고(茅固)는 효렴에 천거되어 집금오(執金吾)를 지냈으며, 한 선제 때 모충은 서하태수(西河太守)를 지냈다. 모고와 모충은 형이 득도했다는 소식을 듣고 바로 벼슬을 버리고 모영을 따라 해릉산(海陵山)으로 들어가 수련하여 두 사람도 형이 전수한 장생불사하는 방법을 얻어 득도하였으며, 또한 구곡산(句曲山)으로 들어가 도를 전하여 세상을 구제하였으므로, 이 구곡산을 「모산(茅山)」이라 불렀다 한다.

30 **四許**(사허):《모산지(茅山志)》권10 〈상청경록성사칠전진계지보(上淸經籙聖師七傳眞系之譜)〉에 의하면 허목(許穆)은 자가 사현(思玄)으로 여남 평여(汝南平輿) 사람이며 산기상시(散騎常侍)를 지냈다. 진(晉)나라 태화(太和)중 모산으로 들어가 수도하여 신선이 되었으며 상청진인이 되었다. 그의 셋째아들 허홰(許翽)는 어려서 자(字)가 옥부(玉斧)로 태화 5년(370)이전에 먼저 모산에서 시해(尸解)*하였으며, 허홰의 장자 허규(許拱)와 차자 허호아(許虎牙)도 역시 득도하여 신선이 되었다고 하였는데, 이들 네 사람을 「사허」라고 부른다.

31 **陶隱居**(도은거):곧 도홍경(陶弘景)으로, 도교 상청파(上淸派)의 대표적 인물. 《남사(南史)·도홍경전(陶弘景傳)》에 "도홍경은 자가 통명으로, 단양 말릉인이다. …… 송 효건 3년(456) 병신년 하짓날

---

* 도교에서 몸은 남겨두고 혼백만 빠져나가 신선이 되는 도술.

태어났다. 어려서 남다른 재주를 가졌고, 사오세 때 항상 갈대를
붓 삼아 잿가루 가운데에 글씨 쓰며 배웠다. 십세에는 갈홍의 《신선
전》을 밤낮으로 연구하여 양생하려는 뜻을 가졌다. …… (齊)고제 때
관리가 되어 여러 왕들을 모시고 배독하였으며, 봉조청에 임명되었
다. 비록 권력층에 있었지만 모습을 드러내지 않고 밖과 접촉하지
않았으며, 오로지 책을 보면서 직무에만 열중하여 조정(朝儀)의 규
칙을 많이 얻을 수 있었다. 집이 가난하여 현령이 되고자 하였지만
이루지 못하다가, 영명 10년(492) 관복을 벗어 신호문(神虎門)에
걸어 놓고 녹봉을 사직하고자 하는 표문을 올리니, 조서로 허락하였
다. …… 이에 구용의 구곡산에 머물면서, 「이 산 아래는 제8동궁으
로 금단화양의 하늘이라 부르며, 주위는 1백5십 리다. 예전 한나라
함양에 삼모군이 있었는데, 이 산으로 와서 득도하였으므로 모산이
라고 불렀다」고 항상 말했다. 그리하여 중산에 도관을 세우고 「화양
은거」라고 자호하였으므로, 사람들 사이에서 「은거」로 이름을 대신
하였다. …… 대동 2년(536)에 죽으니 당시 85세였는데, 안색은 변
하지 않았고 관절의 굴신도 평상시와 같았으며, 여러 날 동안 향기
가 온 산에 자욱하였다(陶弘景, 字通明, 丹陽秣陵人也. …… 宋孝
建三年丙申歲夏至日生. 幼有異操, 年四五歲, 恒以荻爲筆, 畫灰中
學書. 至十歲, 得葛洪神仙傳, 晝夜研尋, 便有養生之志. …… (齊)
高帝作相, 引爲諸王侍讀, 除奉朝請. 雖在朱門, 閉影不交外物, 唯
以披閱爲務. 朝儀故事, 多所取焉. 家貧, 求宰縣不遂, 永明十年,
脫朝服卦神虎門, 上表辭祿, 詔許之. …… 於是止於句容之句曲山.
恒曰, 此山下是第八洞宮, 名金壇華陽之天, 周回一百五十里. 昔漢
有咸陽三茅君, 得道來掌此山, 故謂之茅山. 乃中山立館, 自號華陽
隱居. 人間書札, 卽以隱居代名. …… 大同二年卒, 時年八十五. 顔
色不變, 屈伸如常, 香氣累日, 氤氳滿山.)"라는 기록이 있음.

32 昇玄子(승현자) : 도사 왕원지(王遠知; 509-635)로, 도교 상청파 모산종(茅山宗) 제10대 종사(宗師)임. 《구당서·왕원지전》에 "도사 왕원지는 낭야인이다. …… 원지는 소년 시절 총명하고 민첩하였으므로 여러 서적을 종합하여 폭넓게 공부하였다. 처음 모산에 들어가 도홍경을 스승으로 모시고 그의 도법을 전하였다. …… 태종이 등극하여 지위를 높여주려고 하였지만, 한결같이 산으로 들어가기를 원했다. 정관 9년(635)에 조서로 윤주의 모산에 태수관을 세우도록 하고, 도사 2십7명을 키웠다. …… 그 해에 왕원지는 제자 반사정에게 이르기를 「나의 선격을 보건대, 나는 어려서 한 동자의 입술을 잘못 물어서 백일에 승천할 수 없는 운명이다. 소실 어른들을 뵙고 바로 이곳을 떠날 것이다」라 하고, 다음날 목욕하고 의관을 정제한 후 향을 사르고 잠들면서 죽으니 나이가 1백2십6세였다. 조로 2년(680) 원지를 태중 대부에 추증하고 승진 선생이라 시호했다. 측천무후의 조정에서 금자광록대부를 추증하고, 천수 2년(691) 시호를 승현 선생이라 고쳐 불렀다(道士王遠知, 琅邪人也. …… 遠知少聰敏, 博綜群書. 初入茅山, 師事陶弘景, 傳其(龍騰辟谷)道法. …… 太宗登極, 將加重位, 固請歸山. 至貞觀九年, 敕潤州于茅山置太受觀, 并度道士二十七人. …… 其年, 遠知謂弟子潘師正曰, 吾見仙格, 以吾小時誤損一童子吻, 不得白日升天. 見署少室伯, 將行在即. 翌日, 沐浴加冠衣, 焚香而寢, 卒, 年一百二十六歲. 調露二年, 追贈遠知太中大夫, 諡曰升眞先生. 則天臨朝, 追贈金紫光禄大夫. 天授二年, 改諡曰昇玄先生.)"라는 기록이 있음.

33 體玄(체현) : 도사 반사정(潘師正; 584-682)으로 모산종 제11대 종사. 《구당서·반사정전》에 "반사정은 조주 찬황인이다. 대업(605-618)년간 도사가 되었으며, 왕원지를 사사하여 도문의 숨은 비결과 부록을 모두 전수받았다. 반사정은 청정하고 욕심이 적었으므로, 숭

산의 소요곡에 머무르던 2십여 년 동안 단지 솔잎과 물만 마시고 지냈을 뿐이다. 고종이 동도(낙양)에 행차하였을 때 불러보고 말씀을 나누었다. …… 영순 원년(682)에 죽었는데 나이는 98세였다. 고종과 측천무후가 사모하여 태중대부를 하사하고 체현 선생이라는 시호를 내렸다(潘師正, 趙州贊皇人也. 大業中, 度爲道士, 師事王遠知, 盡以道門隱訣及符篆授之. 師正淸静寡欲, 居於嵩山之逍遙谷, 積二十餘年, 但服松葉飲水而已. 高宗幸東都, 因召見與語. …… 以永淳元年卒, 時年九十八. 高宗及天后追思不已, 贈太中大夫, 賜謚曰體玄先生.)"라 했음.

34 **貞一先生**(정일선생) : 도사 사마승정(司馬承禎; 647-735)으로 상청파 모산종 제12대 종사.《구당서·사마승정전》에 "사마승정은 자가 자미로, 하내 온*출신이다. …… 젊어서 학문을 좋아했지만, 벼슬길로 나가기 어려워지자 도사가 되어 반사정을 스승으로 섬기며 그의 부록(신선경전)과 벽곡** 도인 양생술을 전수받았다. 반사정은 그를 특이하게 여기며, 「내가 도은거의 정일지법을 전수받았는데, 네가 4대이다」라고 칭찬했다. 사마승정은 일찍이 명산을 두루 유람하다가 천태산에서 머물렀다. 개원 9년(721), 현종은 사신을 보내 서울로 불러들여 친히 법록을 받고 전후로 후한 상을 하사했다. 10년(722) 어가가 서도로 돌아오자 승정은 천태산으로 돌아가기를 청하니, 현종은 시를 지어주면서 그를 보냈다. 15년(727)에 다시 불러서 서울에 갔을 때, 현종은 사마승정에게 왕 옥산의 명승지를 골라 단실을 지어주며 거주하도록 했다. …… 얼마 후 또 옥진공주와 광록경 위도를 그곳으로 보내 금록재를 거행토록 하고 다시 하사품을

---

* 지금의 하남성 온현(溫縣)

** 신선이 되는 수련 과정의 하나로, 곡식을 먹지 않고, 솔잎·대추·밤 같은 것만을 먹으며 도를 닦는 일. 또는 화식(火食)을 피하고 생식(生食)을 하는 것.

주었다. 이 해에 왕옥산에서 죽었는데, 나이 89세였다. 그 제자가
표문을 올리기를 「서거한 날 두 마리 학이 단실 주위를 감싸고 흰
구름이 단실 속에서 솟아 나와 하늘까지 이어졌으며, 스승의 얼굴
모습은 살아있는 듯했다」라 했다. 현종이 깊이 탄식하면서 하교하
기를,「 …… 휘장을 넓게 펼쳐서 단록(도교서)을 빛나게 하고, 은청
광록대부에 추증하며 진일(정일) 선생이라 부르라」(司馬承禎, 字
子微, 河內溫人. …… 少好學, 薄於爲吏, 遂爲道士, 事潘師正,
傳其符籙及辟穀導引服餌之術. 師正特賞異之, 謂曰 我自陶隱
居傳正一之法, 至汝四葉矣. 承禎嘗遍遊名山, 乃至於天台山.
開元九年, 玄宗又遣使迎入京, 親受法籙, 前後賞賜甚厚. 十年,
駕還西都, 承禎又請還天台山, 玄宗賦詩以遣之. 十五年, 又召
至都. 玄宗令承禎於王屋山自選形勝, 置壇室以居焉. …… 俄又
令玉眞公主及光祿卿韋縚至其所居修金籙齋, 復加以錫賚. 是
歲, 卒於王屋山, 時年八十九, 其弟子表稱, 死之日, 有雙鶴遶壇,
及白雲從壇中涌出, 上連於天, 而師容色如生. 玄宗深歎之, 乃
下制曰, …… 宣贈徽章, 用光丹籙, 可銀靑光祿大夫, 號眞一(貞
一)先生.)"는 기록이 있음.

35 **天師李含光**(천사이함광) : 도사 이함광(李含光, 683-769)으로 현정
선생(玄靜先生)이라 부르기도 하며, 상청파 모산종 제13대 종사.
《전당문》권340 안진경(顔眞卿)의 〈유당모산정현선생광릉이군비명
병서(有唐茅山玄靖先生廣陵李君碑銘並序)〉에 "선생은 성이 이씨,
이름은 함광으로 광릉 강도사람이다. 본래 성은 홍인데, 효경황제가
죽은 뒤에 바꿨다. …… 선생은 아이 때부터 특이하여 삼분오전*을

---

* 삼분오전(三墳五典)은 삼황오제(三皇五帝) 때에 있었다는 책이라 하는데, 지
금은 전해지지 않는다.

외워 익혔고, 18세에 도의 오묘함을 구하는 데 뜻을 두었다. 드디어 같은 읍내의 이 선생을 스승으로 모시고 몇 년 동안 배웠다. 신룡 초기에 맑은 행동으로 도사가 되었다. …… 개원 17년(729), 왕옥산 양대관에서 사마연사(司馬煉師)를 계승하였으며, 연말에는 모산에 거주하면서 경과 법의 자료를 모아 정리하였다. 자주 불렀으나 모두 병을 핑계로 나아가지 않았다. 천보4년(745) 겨울, 중관에게 명하여 옥새로 쓴 글을 하사하고 불러들이자, 드디어 궁중으로 들어갔다. 자문을 할 때마다 반드시 목욕재계하였는데, 다른 날에 도법을 전하기를 청하자, 선생은 발에 병이 난 것을 핑계로 사양하고 도교의 과의(科儀) 의식에 자주 나가지 않았다. 현종은 억지로 머물게 할 수 없음을 알았는데, 선생은 일찍이 모산의 신령스런 자취가 잘려 없어질 뿐만 아니라 진경과 비급들이 흩어져 쓸모없게 되는 것이 많으므로 돌아가 수습할 것을 청하자, 특별히 양허(楊許)가 옛날에 살았던 자양에 집을 지어 거주하도록 조서를 내렸다. 아울러 명주 2백필과 법의 두벌, 향로 1구를 하사하고 왕이 특별히 시와 서문을 지어주며 전별하였다. …… 처음 은거선생은 삼동진법을 승현선생에게 전하고, 승현은 체현선생에게 부탁하고, 체현은 정일선생에게 부탁하고, 정일은 선생에게 부탁했다. 선생부터 은거까지는 모두 5대째이다. 함께 묘문의 크고 바른 진법을 통괄하여 계승하였으므로 모산이 천하 도학의 근본이 되었다. …… 선생은 대력 기유년(769) 겨울 11월 4일에 자양의 별원에서 서거하니, 연세가 87세였다(先生姓李氏, 諱含光, 廣陵江都人. 本姓弘, 以孝敬皇帝, 廟諱改焉. …… 先生孩提則有殊異, 誦習墳典, 年十八, 志求道妙. 遂師事同邑李先生, 遊藝數年. 神龍初, 以清行度爲道士. …… 開元十七年, 從司馬煉師於王屋山陽臺觀以繼之. 歲餘, 請居茅山, 纂修經法. 頻徵, 皆謝病不出. 天寶四載冬, 乃命中官賫璽書徵之, 既至, 延入

禁中. 每欲諮稟, 必先齋沐. 他日, 請傳道法, 先生辭以足疾, 不任
科儀者數焉. 玄宗知不可強而止, 先生嘗以茅山靈跡, 翦焉將墜,
眞經秘錄亦多散落, 請歸修葺, 乃特詔於楊許舊居紫陽以宅之. 仍
賜絹二百疋, 法衣兩副, 香爐一具, 御特制詩及序以餞之. …… 初
隱居, 先生以三洞眞法傳昇玄先生, 昇玄付體玄先生, 體玄付正一
先生, 正一付先生. 自先生距於隱居, 凡五葉矣. 皆總襲妙門大正
眞法, 所以茅山爲天下道學之所宗焉. …… 先生以大曆己酉歲冬
十一月有四日, 遁化於紫陽之別院, 春秋八十有七.)"라는 기록이
있음.

36 **合契**(합계) : 의기가 서로 투합하는 것.

37 **神農之里**(신농지리) : 지금의 호북성 수주시(隨州市). 수주에 여산
(厲山)이 있는데, 신농씨가 출생한 곳이라고 전한다. 《태평환우기
(太平寰宇記)》권43 〈산남동도수주현(山南東道隨州縣)〉에 "《형주
기》에서 「여향 서쪽에 두 개의 구덩이(참호)가 있는데, 안에 있는
곳을 민간에서는 신농씨의 집이라고 부른다. 가운데에 아홉 개의
우물이 있는데, 한 우물에서는 물을 길을 수 있으나 나머지 여덟
우물은 진동하여 사람들이 접근하지 못한다. 수현 북쪽 1백리에 있
다」고 하였으며, 또 같은 책에 「수 땅에 여향이 있고, 그 마을에 있
는 여산 아래의 한 동굴은 신농씨가 태어난 곳이다. 동굴 입구는
넓이가 1보이며 몇 명이 서 있을 수 있다. 지금도 동굴 입구의 바위
위에 신농씨의 사당이 있다」(荊州記云, 厲鄕西有漸兩重, 內有地,
俗謂之神農宅. 中有九井, 汲一井, 八井震動, 民不敢觸, 在縣北一
百里. 又云, 隨地有厲鄕, 村有厲山, 下有一穴, 是神農所生穴也.
穴口方一步, 容數人立. 今穴口石上有神農廟在.)"는 기록이 있음.

38 **朱陵**(주릉) : 곧 주릉 동천(洞天)으로 남악 형산을 가리키며, 도교에
서 말하는 36동천 중 하나로, 지금의 호남성 형산현에 위치한다.

《명산동천복지기(名山洞天福地記)》에 "제 3동은 남악 형산인데 주위가 7백리이다. 주릉지천이라고 부르며, 형주 형산현에 있다(第三洞, 南嶽衡山, 周迴七百里, 名朱陵之天, 在衡州衡山縣.)"고 했음.

39 白水(백수) : 지금의 하남성에 있는 백하(白河)로 일명 육수(淯水)이며, 한수(漢水)의 지류임. 《원화군현지》권21 〈산남도등주남양현(山南道鄧州南陽縣)〉편에 "육수는 현의 동쪽 3리에 있다. 〈남도부〉에서 「육수가 마음속을 시원하게 씻어주네」라고 읊은 곳이 바로 여기다(淯水, 東去縣三里. 南都賦曰, 淯水蕩其胸, 是也.)"라 했음.

40 稟訓門下者(품훈문하자) : 문하에 가르침을 받으려고 온 사람.

41 宴坐(연좌) : 고요하게, 혹은 한가로이 앉아 있는 것.

42 雁行(안항) : 줄지어 날아가는 기러기처럼 조금씩 비껴서 뒤쳐져 가는 것. 《비아(埤雅)》권6 〈석조(釋鳥)·안(雁)〉편에 "기러기는 몸을 옆으로 기울이고 간다(雁行, 斜步側身.)"라 하고, 《장자·외편·천도(天道)》에 "사성기는 「안항」하면서 노자의 그림자를 밟지 않으려고 애쓰며, 신을 신은 채 방안으로 들어가서 물었다. 「수양하려면 어떻게 해야 합니까?」(士成綺雁行避影, 履行遂進而問, 而修身若何?)"라는 기록이 있음.

53-2(3)

天寶初, 威儀元丹邱[43], 道門龍鳳, 厚禮致屈, 傳籙於嵩山. 東京大唐□□宮[44]三請固辭. 偃臥未幾, 而詔書下責, 不得已而行. 入宮一革軌儀[45], 大變都邑. 然海鳥愁臧文之享[46], 獼狙裂周公之衣[47], 志往跡留, 稱疾辭帝. 尅期離闕, 臨別自祭,其文曰,「神將厭予, 予非厭世。」乃顧命[48]任道士胡齊物[49], 具平肩輿[50], 歸骨舊土。王公卿士送及龍門[51], 入葉縣, 次王喬之祠[52]。目若有睹, 泊然而化, 天香引道, 屍輕空衣[53]。

及本郡, 太守裴公[54]以幡華郊迎, 擧郭雷動。(南)□□□開顏如生。觀者日萬, 群議駭俗。至其年十月二十三日, 葬於郭東之新松山。春秋六十有二。

천보 초기, 위의(威儀) 원단구(元丹邱)는 도교 문호에서 용이나 봉황같은 존재였지만, 후하게 예대(禮待)하면서 몸을 굽혀 존중하므로 숭산(崇山)에서 그에게 도록을 전했도다.

동경의 대당(大唐) □□(太微)궁에서 (입조하도록) 세 번 청했지만 굳이 사양하였으며, 편안히 누워 있은지 얼마 안 되어 조서를 내려 요청하므로 마지못해 나아갔다네. 궁궐로 들어가 도법의 의궤(儀軌)를 한번 고치니 도읍지(서울)가 크게 변하였구나. 그러나 바닷새가 장문중(臧文仲)이 차린 요리상을 대접받았지만 먹지 않았으며, 원숭이가 주공(周公)의 옷일지라도 찢어 놓듯, 마음은 은거한 곳에 가 있어서 병을 핑계로 황제와 하직했도다. 대궐을 벗어날 시기를 정하고 떠날 때 자신을 제사지냈는데, 그 글에 「귀신이 나를 싫어하는 것이지, 내가 세상을 싫어한 것이 아니로다」라고 썼다네. 그리하여 조카인 도사 호제물(胡齊物)을 돌아보며 가마(平肩輿)를 갖추게 하고 옛날 머물던 곳으로 놀아가도록 명령하였으니, 용문(龍門)까지 나온 왕공(王公)과 경(卿)·사대부(士大夫)들의 전송을 받고 섭현(葉縣)으로 들어가서 왕교(王喬)의 사당에 머물렀도다. 마치 눈으로 볼 수 있는 듯 담백하게 세상을 떠났는데, 하늘에서 나는 향기가 길을 인도하고 시신(屍身)은 빈 옷처럼 가벼웠다네.

시신이 우리 한동군에 도착하자, 태수 배공(裴公)이 화려한 깃발을 나부끼며 교외에서 맞이하니, 온 성곽이 천둥치듯 요동쳤다네. 남쪽으로 향한 □□□ 열린 얼굴은 살아있는 듯하였으며, 보려는 자들이 하루에 만여 명씩 무리지어 조문하니 속인들도 놀라는구나. 그해 10월 23일 성곽 동쪽에 있는 신송산(新松山)에 장사지냈는데, 춘추가 예순 둘이로다.

....

43 威儀元丹邱(위의원단구) : 「威儀」는 도교의 직명. 채위(蔡瑋)의 〈옥진공주수도영단상응기(玉眞公主受道靈壇祥應記)〉에 의하면, 천보 2년(743) 원단구는 서경 대소관(大昭觀)에서 「위의」가 되었다고 하였음.

44 東京大唐□□宮(동경대당□□궁) : 《구당서 · 현종기(玄宗紀)하》천보 2년에 "3월 임자일, 친히 현원묘에 제사지내고 존호를 책봉하였다. …… 서경의 현원묘를 태청궁으로 고치고, 동경은 태미궁이라 하고, 천하의 모든 군은 자극궁이라 하였다(三月壬子, 親祀玄元廟爲冊尊號, …… 改西京玄元廟爲太淸宮, 東京爲太微宮, 天下諸郡爲紫極宮.)"라 했으므로, 여기서 빠진 두 글자는 태미(太微)임.

45 軌儀(궤의) : 법칙(法則)과 의제(儀制).《국어(國語) · 주어(周語)하》에 "우임금의 공로를 통솔자의 모범으로 본받고, 도법의 기준으로 삼아 따랐다(帥象禹之功, 度之於軌儀.)"라 하고, 위소(韋昭)의 주에 "「궤」는 도이고, 「의」는 법이다(軌, 道也. 儀, 法也.)"라 했음.

46 海鳥愁臧文之享(해조수장문지향) : 《국어 · 주어(周語)상》에 "원거라고 부르는 바닷새가 노나라 성 동문 밖에서 사흘 동안 머물러 있었는데, 장문중이 백성들에게 제사를 지내도록 했다(海鳥曰爰居, 止於魯東門之外三日, 臧文仲使國人祭之.)"라 하고, 《장자 · 지락(至樂)》에도 "옛날 해조가 노나라 서울 교외에 날아와 머물러 있었

는데, 노나라 군왕이 맞이하여 묘당에서 주연을 베풀고, 구소*를 연주하여 즐기도록 하고, 태뢰의 음식을 갖추어서 요리상을 차렸다. 새는 마침내 눈이 어찔해지고 두렵고 슬퍼하면서, 감히 한 점의 고기도 먹지 못하고 한 잔의 술도 마시지 못하다가 사흘 만에 죽고 말았다(昔者海鳥止於魯郊, 魯侯御而觴之于廟, 奏九韶以爲樂, 具太牢以爲膳. 鳥乃眩視憂悲, 不敢食一臠, 不敢飮一杯, 三日而死.)"라 했음.

47 猨狙裂周公之衣(원저열주공지의) :《장자·천운(天運)》에 "원숭이에게 주공의 옷을 입혀주더라도 원숭이는 반드시 물어뜯고 찢어발겨 모두 벗은 후에야 만족할 것입니다. 옛날과 지금의 차이를 생각해 본다면 그것은 원숭이와 주공의 차이와 같을 것입니다(今取猨狙而衣以周公之服, 彼必齕齧挽裂, 盡去而後慊. 觀古今之異, 猶猨狙之異乎周公也.)"라 했는데, 이 구는 그 뜻을 사용했음.

48 顧命(고명) : 임종시 내리는 명령.《상서》에 〈고명(顧命)〉편이 있음. 《공안국전(孔傳)》에 "임종할 때 내리는 명령을 「고명」이라 한다(臨終之命曰顧命.)"라 하고, 공영달은 소에는 "죽음에 임하여 돌아보며 말하는 것이다(言臨將死去, 回顧而爲語也.)"라 했음.

49 胡齊物(호제물) : 호자양의 조카이지만, 생평사적이 자세치 않음.

50 平肩輿(평견여) : 고대에 있었던 일종의 가마(轎子).《진서(晉書)·왕헌지전(王獻之傳)》에 "왕헌지가 일찍이 오군을 지날 때, 유명한 벽강**정원이 있다는 소문을 듣고 찾아가는데, 이전부터 알지 못하였으므로 「평견여」를 타고 지름길로 들어갔다(王獻之嘗經吳郡, 聞

---

* 순(舜)임금이 작곡했다는 악곡이름.

** 벽강원(辟彊園)의 약칭. 송 계유공(計有功)의《당시기사(唐詩紀事)·육홍점(陸鴻漸)》에 "吳門有辟彊園, 地多怪石. 鴻漸《玩月》詩云, 辟彊舊林聞, 怪石紛相向."이라 했다.

顧辟彊有名園, 先不相識, 乘平肩輿徑入.)"라 했음.

51 龍門(용문) : 이궐(伊闕)*이라고도 부르며, 지금의 하남성 낙양시 남쪽에 있음.《한서·구혁지(溝洫志)》에 "옛날 대우가 치수하면서 길을 막고 있는 산과 언덕을 무너뜨렸다. 이렇게 용문을 뚫고 이궐로 통하려고, 아래의 기둥을 쪼개고 우뚝 선 돌을 깨트렸다(昔大禹治水, 山陵當路者毀之, 故鑿龍門, 辟伊闕, 析底柱, 破碣石.)"라 하였으며,《원화군현지》권5〈하남도하남부이궐현(河南道河南府伊闕縣)〉편에 "이궐산은 현에서 4십5리 떨어진 곳에 있는데, 두 산이 마주 대하여 바라보는 것이 대궐의 문과 같으며, 이수가 그 사이를 흐르므로 그런 이름을 붙였다(伊闕山, 在縣四十五里, 兩山相對, 望之若闕, 伊水流其間, 故名.)"라 했음.

52 王喬之祠(왕교지사) : 왕교의 사당.《후한서·방술전(方術傳)》에 "왕교는 하동인이며, 현종(顯宗) 때 섭현 현령을 지냈다. 왕교는 신통한 술법을 지녔는데, 매월 초하루와 보름에는 항상 현에서 대조로 나아가 뵈었다. 황제는 그가 올 때마다 타고 온 수레가 보이지 않는 것을 괴이하게 여기고 태사에게 은밀히 살펴보도록 명령을 내렸다. 그가 도착하는 곳에 가보니 문득 두 마리 오리가 동남쪽에서 날아오므로, 오리가 도착하기를 기다렸다가 그물을 쳤지만 신발 한 짝만 얻었을 뿐이었다. …… 뒤에 하늘에서 옥으로 만든 관이 관청 앞에 내려와 관리들이 밀쳐냈지만 끝내 움직이지 않자, 왕교가 말하기를「천제께서 나만 홀로 부르시는구나」하고, 목욕하고 난후 옷을 차려 입고 그 속에 눕자 바로 덮개가 슬며시 덮여졌다. 하룻밤이 지나서 성 동쪽에 장사지내니 흙이 저절로 봉분을 만들었다. 그날 저녁 현

---

* 지금의 하남성 낙양시 남쪽에 있는 용문으로, 두 산이 대치한 사이로 이수(伊水)가 흐르는데 마치 천연적인 문궐(門闕)과 같다.

안의 소들이 모두 땀을 흘리며 헐떡거렸지만 사람들은 알지 못했다. 백성들은 이에 사당을 세우고 섭군사라고 불렀다(王喬者, 河東人 也. 顯宗世, 爲葉令. 喬有神術, 每月朔望, 常自縣詣臺朝. 帝怪其 來數, 而不見車騎, 密令太史伺望之. 言其臨至, 輒有雙鳧從東南 飛來. 於是候鳧至, 擧羅張之, 但得一只舃焉. …… 後天下玉棺於 堂前, 吏人推排, 終不搖動. 喬曰, 天帝獨召我邪? 乃沐浴服飾寢 其中, 蓋便立覆. 宿昔葬於城東, 土自成墳. 其夕, 縣中牛皆流汗喘 乏, 而人無知者. 百姓乃爲立廟, 號葉君祠.)"라는 기록이 있음. 후 인들이 왕교가 오리가 되어 날라 간 곳에 사당을 세우고 제사 지냈 는데, 사당은 지금의 하남성 섭현 동북쪽에 있다.

53 **屍輕空衣**(시경공의) : 시신이 빈 옷보다 가벼운 것으로, 시신이 흩어 져 신선이 되는 모습. 《진서·갈홍전(葛洪傳)》(권72)에 "갈홍이 종일 토록 앉아 있다가 움직이지 않다가 잠자는 듯 서거하였으니, 등악이 와서도 끝내 뵙지 못했다. 당시 나이 81세였는데, 그의 안색은 살아있 는 듯하고, 몸도 유연하여 시신을 들어 입관할 때 빈 옷처럼 매우 가벼웠다. 세상에서는 시신이 흩어져 신선이 되었다고 말했다(而洪 坐至日中, 兀然若睡而卒, 嶽*至, 遂不及見. 時年八十一. 視其顏 色如生, 體亦柔軟, 擧屍入棺, 甚輕如空衣. 世以爲屍解得仙云.)"라 는 기록이 있음. 도교도들은 수도자가 죽은 후에는 혼백이 몸에서 벗어나 신선이 된다고 여겼으므로 시체를 빈 옷과 같다고 하였다.

54 **太守裴公**(태수배공) : 한동군 태수 배모 씨로, 사적은 밝혀지지 않 았다. 천보 원년(742) 수주는 한동군이 되었으므로, 자사가 태수로 바뀌었음.

---

*「嶽」은 광주자사(廣州刺史)를 지낸 등악(鄧嶽)이다.

53-3

先生含宏光大⁵⁵, 不修小節⁵⁶。書不盡妙, 鬱有崩雲之勢⁵⁷, 文非夙工, 時動雕龍⁵⁸之作。存也, 宇宙而無光, 殁也, 浪化而蟬蛻⁵⁹。豈□□□□□□□乎?

有鄉僧貞倩⁶⁰, 雅仗才氣, 請予爲銘。予與紫陽神交⁶¹, 飽餐素論, 十得其九。弟子元丹邱等, 咸思鸞鳳之羽儀, 想珠玉之雲氣。灑掃松月, 載揚仙風, 篆石頌德, 與茲山不朽。

선생은 광대(光大)함을 지녀서 작은 일에는 주의를 기울이지 않았다네. 글씨를 쓰면서 잘하기를 구하지 않았지만 구름을 무너뜨릴 만큼 기세가 왕성하였으며, 문장도 어려서부터 공교롭지는 않았지만 용을 새기듯 당시에 뛰어 났도다. 살아서는 천지간에 머물면서도 빛나지 않다가 죽어서는 파도로 변하여 매미처럼 허물을 벗었으니, 어찌 □□□□□□□인가?

고향 스님 정천(貞倩)이 나에게 우아한 재기로 명문(銘文)을 써 주도록 부탁하였는데, 나는 자양선생과 망형지교(忘形之交)를 맺고 질박한 담론을 충분히 나누어서 열 가운데 아홉은 알고 있었다네. 제자 원단구(元丹邱) 등은 모두 난(鸞)새와 봉황(鳳凰)이 나는 모습을 생각하고 주옥같은 구름의 기운을 상상하였도다. 소나무에 뜬 달을 쓸고 닦아 신선의 풍모를 드날리면서, 전서(篆書)체로 바위에 새겨 공덕을 칭송하니 이 산과 함께 영원하리로다.

....

55 含宏光大(함굉광대):《주역·곤괘》에 "광대함을 품고, 품물을 도와서 형통하게 한다(含宏光大, 品物咸亨.)"라 하고, 공영달은《정의(正義)》에서 "두텁게 포함하여 성대하게 빛나게 함으로써, 같은 종

류의 물건들이 모두 형통하도록 한다(包含以厚, 光著盛大, 故品類
之物皆得亨通.)"고 했음.

56 **不修小節**(불수소절) : 작은 일에 주의를 기울이지 않는 것. 《후한
서·두독전(杜篤傳)》에 "두독은 어릴 적부터 학식이 매우 넓어서
자그마한 절조에 구애받지 않았으며, 고향사람들에게도 예절을 차
리지 않았다(篤少博學, 不修小節, 不爲鄕人所禮.)"라 했음.

57 **鬱有崩雲之勢**(울유붕운지세) : 호자양의 서법(書法)은 기운이 왕성
하여 구름을 무너뜨릴 만한 기세가 있음을 형용한 말. 소통(蕭統)의
《금대서(錦帶書)·태족정월(太簇正月)》에 "풍부한 말은 물이 근원
에서 쏟아져 나오는 듯하고, 힘 있는 문장은 구름을 무너뜨릴 만한
기세라네(談叢發流水之源, 筆陣引崩雲之勢.)"라 했음.

58 **雕龍**(조룡) : 문사의 수식이나 문자의 조탁이 용의 무늬를 새기는
것처럼 뛰어 난 것을 비유한 말. 《사기·맹자순경열전(孟子荀卿列
傳)》에 "추석(騶奭)은 제나라의 여러 추씨 학자들 가운데 한 명으
로, 많은 부분에서 추연의 학설을 채택해 글을 지었다. …… 그 무렵
추연(騶衍)의 학술은 현실과 동떨어져 사변적이었고, 추석 역시 문
장은 좋았으나 시행하기는 어려운 학설이었다. 순경(荀卿)은 순우
곤(淳於髡)과 오랫동안 함께 있으면서 때때로 유익한 말을 배우기
도 하였다. 그래서 제나라 사람들은 이들에 대해서 「글로써 하늘을
말하는 자는 추연이고, 용을 새기는 자는 추석이며, 곡식을 익히는
자는 순우곤이다」라고 칭송하였다(騶奭者, 齊諸騶子, 亦頗采騶衍
之術以紀文. …… 騶衍之術, 迂大而閎辯, 奭也文具難施, 淳於髡
久與處, 時有得善言. 故齊人頌曰, 談天衍, 雕龍奭, 炙轂過髡.)"고
했으며, 배인(裴駰)은 《집해(集解)》에서 유향(劉向)의 《별록(別
錄)》을 인용하여 "추연은 오덕종시와 천지의 광대함을 주장하면서,
하늘의 일을 쓰고 말하였으므로 「담천(談天)」이라 했다. 추석은 추

연의 문장을 닦았지만, 용의 무늬를 새겨 장식한 것 같았으므로 「조룡(雕龍)」이라 불렀다(騶衍之所言, 五德終始, 天地廣大, 書言天事, 故曰談天. 騶奭修衍之文, 雕飾若龍紋, 故曰雕龍.)"고 했음.

59 蟬蛻(선세) : 매미가 껍질을 벗는 것과 같이 도교에서는 우화등선(羽化登仙)하는 것을 비유함. 《문선》권47 하후담(夏侯湛)의 〈동방삭의 초상화에 대한 찬문 서(東方朔畫贊序)〉에 "매미가 허물을 벗고 용이 변화하듯, 세속을 버리고 신선 되었네(蟬蛻龍變, 棄俗登仙.)"라 하고, 여연제는 주에서 "「선세」는 껍질을 벗고 그 몸이 나오는 것을 말하고, 「용변」은 뼈를 풀어 버리고 몸이 올라가는 것을 말한다. 속세를 버리고 신선이 된다는 것은 이와같은 사람들이다(蟬蛻, 謂脫殼出其身. 龍變, 謂解其骨而騰形. 棄俗登仙, 有如此者.)"라 했음.

53-4

其詞曰,
賢哉仙士, 六十而化。
光光紫陽, 善與時而爲龍蛇[62]。
固亦以生死爲晝夜[63], 有力者挈之而趨。
劫運頽落, 終歸於無。
惟元神[64]不滅, 湛然清都[65]。
延陵既歿, 仲尼嗚呼[66]。
青青松柏, 離離[67]山隅。
篆石頌德, 名揚八區[68]。

그 명사(銘詞)에 이르기를

현명하신 선사(仙士)께서 6십 세에 승천하셨구나.

빛나고 빛나는 자양선생이여,

때에 잘 적응해 용과 뱀처럼 조화하였다네.

본래 삶과 죽음을 하루처럼 여겼으니,

힘 있는 자가 끌고 간 것이리라.

큰 액운이 흩어지고 마침내 허무로 돌아갔지만,

홀로 뛰어난 영혼은 사라지지 않고

천제(天帝)의 궁궐에서 조용히 살고 계시리라.

연릉(延陵) 땅 계찰(季札)이 죽자

공자(孔子)가 무덤에서 탄식하였듯,

푸르고 푸른 솔과 잣나무처럼

산언덕에 무성하게 드리워졌구나.

비석에 전서(篆書)로 써서 공덕을 칭송하노니,

그 이름이 천하에 드날리로다.

‥‥‥‥‥‥‥‥

60 **鄉僧貞倩**(향승정천) : 이백과 같은 고향 스님인 정천. 앞 제3장 서
문의 〈강하에서 한동으로 돌아가는 천공을 보내면서 지은 서(江夏
送倩公歸漢東序)〉가운데 나오는 천공이 바로 정천임.

61 **神交**(신교) : 망형지교(忘形之交). 서로를 알아주는 의기투합하는
친구.

62 **善與時而爲龍蛇**(선여시이위룡사) : 거주하는 곳(出處)에서 숨었다
나타나며 시절에 따라 변화를 잘하는 것. 《장자 · 산목(山木)》에 "한
번은 하늘에 오르는 용이 되었다가 또 한 번은 땅속을 기는 뱀이

되어, 때와 함께 변화하면서 한 가지를 오로지 고집하지 않는다(一
龍一蛇, 與時俱化, 而無肯專爲.)"라 했음.

63 **生死爲晝夜**(생사위주야) : 나고 죽음을 하루처럼 여기는 것. 《회남
자 · 숙진훈(俶眞訓)》에 "만약 이러한 사람이 있다면 총명한 지혜를
쓰지 않고도 소박한 본성을 지키며, 이로움과 해로움을 티끌로 간주
하면서 삶과 죽음을 하루처럼 우습게 여길 것이다(若然者, 偃其
聰明, 而抱其太素, 以利害爲塵垢, 以死生爲晝夜.)"라는 구절이
있음.

64 **元神**(원신) : 도교에서는 사람의 영혼을 원신이라고 부름. 당 여암
(呂巖)의 〈수신결(修身訣)〉에 "사람의 목숨은 끊어지기 쉬운 실처
럼 위태롭고, 위와 아래로 왕래하는 것은 화살과 같이 빠르도다.
이 원신을 인식하려면 자시부터 오시 이전에 반드시 단련하여야
한다네(人命急如線, 上下來往速如箭. 認得是元神, 子後午前須至
煉.)"라 했다.

65 **湛然淸都**(담연청도) : 「湛然」은 담박하고 편안한 모습. 「淸都」는 신
화속의 천제(天帝)가 거주하는 궁궐. 담박하고 편안하게 천제가 사
는 궁궐에 있는 것 같다는 말임.

66 **延陵旣歿, 仲尼嗚呼**(연릉기몰, 중니오호) : 「延陵」은 춘추시대 오
나라 공자 계찰(季札)이 연릉에 봉해졌으므로, 세상에서는 「연릉계
자(延陵季子)」라고 불렀다. 《방여승람(方輿勝覽)》권4 〈상주사묘
(常州祠廟)〉편에 "연릉 계자묘는 진릉현 북쪽 17리에 있는데, 신포
서쪽이다. 공자가 일찍이 그의 무덤에 가서, 「아아! 오나라 연릉군
자의 무덤이로구나」라고 글을 썼다. 옛날 비석은 없어졌으므로, 당
현종이 은중용에게 명하여 모양을 그대로 만들어 전하도록 하였다
(延陵季子墓, 在晉陵縣北十七里, 申蒲之西. 孔子嘗題其墓曰, 嗚
呼! 有吳延陵君子之墓. 舊石湮滅, 唐玄宗命殷仲容模以傳.)"라

했음.

67 **離離**(이리) : 번성한 모양. 《시경 · 왕풍 · 서리(黍離)》에 "저기 기장이 우거져 드리웠고, 피의 싹도 자랐구나(彼黍離離, 彼稷之苗.)"라 하고, 《주희집전》에 「이리」는 드리워진 모양(離離, 垂貌.)"이라 했음.

68 **八區**(팔구) : 팔방, 천하. 《한서 · 양웅전(揚雄傳)》에 "천하의 선비들이 우레와 구름처럼 움직이며 만나고, 물고기들처럼 어지럽게 계승하면서 모두 팔방의 지역을 경영하였다(天下之士, 雷動雲合, 魚鱗雜襲, 咸營于八區.)"라 하고, 안사고(顔師古)는 주에서 "「팔구」는 팔방이다(八區, 八方.)"라 했음.

54.

天長節使鄂州刺史韋公德政碑 並序

천장절사 겸 악주자사 위공의 덕정비문과 병서

건원 2년(759) 이백이 강하(江夏)에 머무르고 있을 때, 천장절사(天長節使) 겸 악주자사(鄂州刺史)인 위공(韋良宰)의 공덕을 칭송한 비문이다. 이 비문은 이백의 유명한 장편 작품인 〈난리를 겪은 뒤 천자의 은택을 입어 야랑으로 유배가다가 예전에 노닐던 것을 기억하고 회포를 적어 강하태수 위양재에게 드리다(經亂離後天恩流夜郎憶舊遊書懷贈江夏韋太守良宰)〉란 시와 동시에 지었다.

「위공 양재」는 이백의 절친한 친구인 위양재(韋良宰)로, 천보 초년(742) 경부터 깊은 교유를 맺었는데, 그는 일찍이 귀향현령(貴鄉縣令)·방릉태수(房陵太守)·악주자사(鄂州刺史) 등을 역임했다. 이백이 야랑 유배에서 사면되어 강하로 돌아왔을 때, 이임(離任)하는 그와 만나서 이 덕정비문을 썼다. 여기서 이백은 위양재의 정치적 업적을 제재로 삼아서 천장절의 유래를 상세히 서술하고, 현종의 개원 년간 치적과 숙종이 반란을 평정한 공로를 가송(歌頌)하면서, 전편을 통하여 친구인 위공에 대하여 찬미하고 있다.

이 덕정비 전문의 개요를 살펴보면, 서문과 비문으로 구분되며

6개 단락으로 나눌 수 있다. 첫 번째 단락에서는 천장절의 의미와 유래를 설명하고, 이어서 현종이 고조의 창업을 계승하여 개원(開元) 성세의 위대한 중흥을 이루었으며, 또한 숙종(肅宗)이 안사란을 평정하고 두 서울을 수복한 공적을 찬양하였다. 두 번째 단락에서는 숙종이 전위받는 과정에서 다섯 번이나 사양하다 옥새를 받고 즉위하는 선양(禪讓)의 의의를 기술하고, 이어 황제가 웅대한 계획으로 천하를 평정하여 난리로 인해 죽은 이들을 조문하는 등 은택을 베풀며 건원(乾元)으로 개원한 공업을 기술했으며, 세 번째 단락에서는 천장절사인 위양재에 대하여 대팽(大彭)의 후손이란 명문출신, 웅략을 지닌 재능, 현령・어사・자사를 지낸 관직경력, 영왕(永王)의 동순을 거절한 절개와 지조, 악주(鄂州)자사로의 직책 수행, 성황신을 감응시키고 무격(巫覡)을 배척한 식견(識見), 민중을 교화시킨 정치적 업적(政績) 등을 읊었다. 네 번째 단락에서는 천장절행사를 직접 주관한 강하현령 설공(薛公)의 구체적인 안배아래 강하 동문에서 가을제사의 전례(典禮)에 따라 거행된 전창절 경전(慶典)에서 관민들이 열렬히 즐기는 정경, 곧 각종 악기 연주와 지방음악 공연, 축하행사에 따른 다양한 민속놀이, 주변야경의 분위기 등을 묘사하였다. 다섯 번째 단락에서는 강하에 사는 백발노인들의 말을 빌려 위공이 민심을 얻은 행적을 찬양하면서 유임되도록 만류하는 내용을 기술하고, 이어 강하지역 행인들이 부르는 가요를 근거로 비문(碑文)을 짓게 된 유래를 밝혔다. 마지막 여섯 번째 단락인 송문(頌文)에서는 현종의 성탄과 숙종의 반란군 토벌, 위공의 책략과 재능, 성대한 천장절 행사, 위공의 공적을 비석에 새겨 칭송한 일 등을 운어(韻語)를 사용하여 노래하였다.

여기서 특기할 사항은 위양재가 방주(房州)현령으로 있을 때「영왕의 동순에 참가하라는 위협을 받았지만 굳게 거절한(利劍承喉以脅從, 壯心堅守而不動)」사건에서 이백과는 정반대로 정치상황을 예견하고 현명하게 처신한 그를 진심으로 칭송하고 있다는 점이며, 또한 그가 악주의 천장절사로 있으면서 그곳 군민들이 경축하는 활기찬 분위기와 산신(山神)에게 제사지내는 정경 등을 묘사한 것은 이백의 친구에 대한 깊은 정과 기대를 표출한 것이다.

위공이 맡은「천장절사」는 주(州)의 제례의식 및 공식연회를 주관하는 관직이다. 《구당서(舊唐書)·현종기(玄宗紀)》에 의하면 현종은 수공(垂拱) 원년(685) 8월 초 5일 낙양에서 태어났는데, 개원 17년(729) 8월 백관들이 이날을 기념하기 위해 천추절(千秋節)로 지정했다가 천보 7년(748) 다시 천추절을 천장절로 바꾸었으며, 이를 주관하는 관리로 천장절사를 두었다고 한다.

「악주(鄂州)」는 곧 강하군으로, 천보 원년(742) 강하군으로 바꿨다가 건원 원년(758) 다시 악주로 고쳤으며, 지금의 호북성 무한시(武漢市) 무창(武昌)이다.「덕정비」는 예전에 관리들의 정적(政績)을 칭송한 문장을 비석에 새긴(碑刻) 것이다.

54-1

太虛¹既張, 惟天之長。所以白帝眞人², 當高秋八月五日, 降西方之金精³, 採天長爲名, 將傳之無窮, 紀聖誕之節⁴也。

我高祖創業, 太宗成之, 三后⁵繼統⁶, 王猷⁷如一。大盜間起⁸,

開元中興[9], 力倍造化, 功包天地[10]。不然, 何能遏犧・農之頹
波, 返淳樸於太古[11]? 雖軒后至道, 由聞蚩尤之師[12], 今網漏
吞舟[13], 而胡夷起於轂下[14]。

　光天文武孝感皇帝[15], 越在明兩[16], 總戎扶風[17]。正帝車於北
斗[18], 拯橫流[19]於鯨口[20], 回日轡[21]於西山, 拂蒙塵[22]於帝顏。呼
吸[23]而收兩京[24], 烜爀[25]而安六合[26]。歷列辟[27]而罕匹[28], 顧將來
而無儔[29]。太陽重輪, 合耀並出[30]。宇宙翕變[31], 草木增榮[32]。一
麾而靜妖氛[33], 成功不處[34], 五讓[35]而傳劍璽[36], 德冠樂推[37]。

　큰 허공이 열렸을 때, 오직 하늘만이 장구하구나. 백제진인(白帝
眞人)이 가을 8월 5일 서방 금(金)의 정령(精靈)으로 강생(降生)한
까닭에 천장(天長)이란 이름을 채택하였으니, 장차 무궁하게 전해
지도록 성인의 탄생을 기념한 날이라네.

　우리 고조(李淵)가 창건하고 태종(李世民)이 완성하였으며, 세 임
금이 제왕의 혈통(帝統)을 계승하여 왕도가 하나로 통일되었도다.
큰 적신(賊臣)들이 중간에 일어나기도 했으나 개원(開元)시기에 중
흥하였으니, 현종의 힘이 조물주보다 배나 되고 그 공로가 천지를
포괄하였구나. 그렇지 않았다면 어떻게 복희(伏羲)씨와 신농(神農)
씨 이래 도덕이 쇠퇴하여 무너지는 파란(波瀾)을 막아서, 태고(太
古)시대의 순박한 풍습으로 되돌릴 수 있었을까? 헌원(軒轅)황제와
같은 지극한 도를 지닌 시대에도 치우(蚩尤) 군대와 전쟁한 일이
있었다고 들었는데, 지금 법망(法網)이 느슨해지자 배를 삼킬만한
큰 오랑캐(安祿山) 무리들이 황제의 수레바퀴 아래에서 반란을 일
으켰다네.

　광천문무효감황제(光天文武孝感皇帝; 肅宗)가 현종을 이어 두 해

가 밝게 빛나면서 부풍군에서 군대를 통솔하였으니, 황제가 북두성을 바로 운전하여 고래가 날뛰는 대란을 막았으며, 서산으로 넘어가는 어가(御駕)를 중천으로 돌려서 천자의 얼굴에 쓴 먼지를 털어냈구나. 호흡하는 짧은 시간에 두 서울을 수복하고 성대한 기세로 온 천하를 안정시켰으니, 역대 제왕들을 돌아보아도 짝이 될 만한 이가 드물고, 미래를 살펴보아도 비교될만한 이가 없으리로다. 두 태양(肅宗과 玄宗)이 나란히 굴러 나와서 천하를 함께 비치니, 세상이 갑자기 변하면서 초목이 무성함을 더하는구나. 깃발을 한번 휘둘러 요사스런 기운을 잠재우고 공을 이루고도 안주하지 않았으며, 다섯 번이나 사양하다 검과 국새(帝位)를 전해 받았으니 덕이 뛰어나 즐겁게 추대되었도다.

....

1 太虛(태허) : 하늘. 《문선》권11 손작(孫綽)의 〈유천태산부(遊天台山賦)〉에 「태허」는 멀고 크며 끝이 없어서, 자연의 오묘함을 운행하네(太虛遼廓而無閡, 運自然之妙有.)"라 읊고, 이선은 주에서 "「태허」는 하늘을 말한다(太虛, 謂天也.)"고 했음.

2 白帝眞人(백제진인) : 고대 신화 가운데 다섯 천제 중 하나가 백제로, 서방을 주관하는 신(神). 《주례·천관총제(天官冢帝)·대재(大宰)》에 "오제를 제사지내다(祠五帝.)"라 하였고, 가공언(賈公彦)의 소에 "오제는 동방청제 영위앙, 남방적제 적표노, 중앙황제 함추뉴, 서방백제 백초거, 북방흑제 즙광기이다(五帝者, 東方靑帝靈威仰, 南方赤帝赤熛怒, 中央黃帝含樞紐, 西方白帝白招拒, 北方黑帝汁光紀.)"라 했음. 「眞人」은 도가에서 칭하는 「수진득도(修眞得道)」한 사람으로 신선을 가리키는데, 《장자·천하》에 "관윤과 노담은 옛날 넓고 큰 진인이로구나!(關尹·老聃乎! 古之博大眞人哉.)"라 하였

으며, 《초사·구사(九思)·수지(守志)》에서도 "진인을 따라 높이 날아오르네(隨眞人兮翺翔.)"라 하고, 왕일 주에서 "「진」은 신선이다(眞, 仙也.)"라 했음. 여기서는 현종황제를 가리키는 대칭으로 쓰였다.

3 金精(금정) : 여기서는 서방의 신령으로, 금성 곧 태백성(太白星)인데, 본래는 서방에 위치한 백제(白帝)를 제사지낸 진(秦)나라를 가리킴. 반고의 〈고조패사수정비명(高祖沛泗水亭碑銘)〉에 "(한고조가) 뱀을 베고 위엄을 떨치니, 금의 정기가 이지러지고 꺾였구나(揚威斬蛇, 金精摧傷.)"라 했음.

4 聖誕之節(성탄지절) : 현종의 생일인 천장절로, 천장지구(天長地久)의 뜻을 품고 있다. 《구당서·현종본기》에 "개원 17년(729) 8월 계해일 금상의 탄생일에 백관들과 화악루 아래에서 연회를 베풀었는데, 여러 관료들이 매년 8월5일을 천추절로 정하자는 표문을 올렸다. …… 천보 7년(748), 가을 8월 초하루 기해일에 천추절을 천장절로 바꿨다(開元十七年, 八月癸亥, 上以降誕日, 讌百僚於花萼樓下. 百僚表請以每年八月五日爲千秋節. …… 天寶七年, 秋八月己亥朔, 改千秋節爲天長節.)"라 하였으며, 또한 《당회요(唐會典)》(권29)에도 "개원 17년(729) 8월5일, 좌승상 원건요와 우승상 장열 등이 상주하기를 이날을 천추절로 삼아 갑령으로 천하에 선포하도록 청했다. …… 천하의 모든 주에서는 잔치를 베풀고 3일동안 휴가를 주었다(開元十七年八月五日, 左丞相源乾曜·右丞相張說等上奏, 請以是日爲千秋節, 著之甲令, 布於天下. …… 天下諸州咸令宴樂, 休假三日.)"는 기록이 있음. 현종은 가을 8월에 태어났으니, 가을은 오행에서 금(金)에 속하고 방위로는 서방이므로, 서방신인 「백제진인」과 「서방금정」, 즉 현종이 인간세상에 강생하였다고 한다.

5 三后(삼후) : 고대에 천자 혹은 제후를 「后」라고 부르는데, 여기서는 당대의 고종(高宗) 이치(李治), 중종(中宗) 이현(李賢), 예종睿宗

이단(李旦)을 가리킴.

6 繼統(계통) : 제왕의 계통(帝統)을 계승하는 것. 《한서 · 소제기찬
(昭帝紀贊)》에 "예전 주나라 성왕이 어려서 왕위를 계승하자, 관 ·
채등 네 나라에서 유언비어가 일어나는 변고가 있었다(昔周成以孺
子繼統, 而有管 · 蔡四國流言之變.)"고 했음.

7 王猷(왕유) : 왕도(王道). 《문선》권19 속석(束晳)의 〈보망시(補亡
詩)〉에 "주나라 풍속이 윤택해지니, 「왕유(왕도)」가 진실로 편안해
졌도다(周風既洽, 王猷允泰.)"라 하고, 여연제는 주에서 "주 왕실의
풍도와 교화가 널리 펼쳐져서, 왕도가 상하로 진실로 통하였음을
말한 것이다(言周室風化既洽, 王道信通上下.)"라 했음. 또한 《문
선》권35 장재(張載)의 〈칠명(七命)〉에 "왕유가 사방에 충만하니, 함
하(중국)가 편안해졌다(王猷四塞, 函夏謐寧.)"라 하고, 장선(張銑)
은 주에서 "「유」는 도로 …… 왕도가 사방에 가득 찬 것을 말한다(猷,
道. …… 言王道四方充塞.)"고 했음.

8 大盜間起(대도간기) : 위후(韋后)가 중종(中宗)을 시해한 사건. 「大
盜」에 대해 왕기는 "대도는 위후와 무삼사(武三思) 등 여러 적신을
가리키며, 그들이 종묘와 사직을 위태롭게 하였으므로 대도라고 불
렀다(大盜, 指韋 · 武諸賊臣, 以其謀危宗社, 故曰大盜.)"라 했음.

9 開元中興(개원중흥) : 임치왕 이융기(李隆基)가 거병하여 위후(韋
后)와 태평공주(太平公主)의 난을 평정하자, 예종이 즉위하였다가
선천(先天) 원년(712) 8월에 태자 이융기에게 전위하니, 이가 곧 현
종이다. 다음해 12월 년호를 개원으로 바꾸고 이로부터 당이 중흥
하여 개원 29년(741)에 봉건사회의 가장 전성기인 「개원의 치(開元
之治)」라 일컬었음.

10 力倍造化, 功包天地(역배조화, 공포천지) : 그 힘이 조화, 곧 자연
계의 창조보다 배가하고 그 공이 천지를 포괄하는 것. 「造化」는

천지, 대자연.

11 何能遏犧農之頹波, 返淳樸於太古(하능알희농지퇴파, 반순박어태
고) :「犧農」은 복희씨(伏羲氏)와 신농씨(神農氏). 복희씨는 신화
가운데 인류의 시조로 사람들에게 수렵과 목축을 가리켰다고 전하
며, 신농씨는 전설 가운데 농업과 의약을 발명한 임금으로, 일설에
는 신농씨가 염제(炎帝)라고 함.《장자 · 선성(繕性)》에 "옛날 사람
들은 혼돈 속에 살면서, 한 세상을 함께 담박한 삶을 누리고 있었다.
이 시대에는 음양이 조화되어 고요하며, 귀신도 혼란스럽지 아니하
며, 사계절도 절도에 맞으며, 만물들은 손상되지 아니하며, 모든 생
물들도 요절하지 않았다. 사람들이 비록 지혜를 가지고 있다 하더라
도 그것을 쓸 필요가 없었으니, 이런 때를 일컬어 지일(至一; 만물
이 일체로 실현됨)의 시대라 한다. 이 시대에는 억지로 하지 않아도
늘 자연의 상태였다. 그러다가 덕이 쇠퇴하여 수인씨와 복희씨가
처음으로 천하를 다스리는 시대에 이르러서, 사람들은 순종하였으
나 서로 일체가 되지 못했다. 덕이 또 더욱 쇠퇴하여 신농씨와 황제
(黃帝)가 천하를 다스리는 시대에 이르렀는데, 사람들의 삶은 편안
해지긴 했지만 순종하지 않게 되었다. 덕이 또 더욱 쇠퇴하여 드디
어 도당씨(陶唐氏; 堯)와 유우씨(有虞氏; 舜)가 천하를 다스리는
시대에 이르러서는 정치와 교화의 흐름을 일으켜서, 사람들의 순진
하고 소박한 본성을 엷게 만들고 소산시켜 도(道)를 떠남을 선(善)
이라 하며, 덕(德)을 위태롭게 만들어 실행하게 되었다. 그런 뒤에
사람들은 본성을 버리고 사심을 따랐으니, 사심이 사심과 분별하게
되어서 지식이 발달하더라도 천하를 안정시키기에는 부족하게 되었
다. 그런 뒤에 무늬를 갖다 붙이고 박식함을 보태서, 무늬(文)가 바
탕(質)을 없애버리고 박식함이 인간의 마음을 탐닉하도록 만들었
다. 그런 뒤에 백성들은 미혹되고 혼란스러워 자기 본성의 진실함으

로 돌아가거나 처음의 자연상태로 회복시킬 수 없게 되었다. 이로써
살펴본다면 세상은 도를 잃어버리고, 또한 도(道)도 실현시킬 세상
을 잃어버렸으니, 세상과 도가 서로 상대를 잃어버리고 말았다(古
之人在混芒之中, 與一世而得澹漠焉. 當是時也, 陰陽和靜, 鬼神
不擾, 四時得節, 萬物不傷, 群生不夭. 人雖有知, 無所用之. 此之
謂至一. 當是時也, 莫之爲而常自然. 逮德下衰, 及燧人伏羲始爲
天下, 是故順而不一. 德又下衰, 及神農黃帝始爲天下, 是故安而
不順. 德又下衰, 及唐虞始爲天下, 興治化之流, 澆淳散朴, 離道以
善, 險德以行. 然後去性而從於心, 心與心識, 知而不足以定天下.
然後附之以文, 益之以博, 文滅質, 博溺心, 然後民始惑亂, 無以反
其性情而復其初. 由是觀之, 世喪道矣, 道喪世矣, 世與道交相喪
也)"라는 기록이 있는데, 본문에서는 현종이 복희 신농이래 도덕이
퇴폐하고 무너지는 파란(波瀾)을 막고, 태고시대의 순박한 풍습으
로 되돌렸음을 말한 것이다.

12 雖軒后至道, 由聞蚩尤之師(수헌후지도, 유문치우지사) : 「軒后」는
황제(黃帝) 헌원(軒轅)씨로, 전설 가운데 오제(五帝)중 하나이며,
「至道」는 최고의 도덕. 「由」는 猶와 같으며, 여전히. 「蚩尤」는 전설
중의 구여(九黎)족의 추장으로서, 금으로 만든 병기로 황제와 탁록
(涿鹿)에서 싸우다가 패하여 피살되었음. 《사기ㆍ오제본기》에 "치
우가 난을 일으키고 임금의 명령을 따르지 않았다. 그래서 황제는
군사와 제후들을 이끌고 탁록의 벌판에서 치우와 전쟁을 하여 마침
내 그를 사로잡아 죽였다(蚩尤作亂, 不用帝命. 於是黃帝乃征師諸
侯, 與蚩尤戰於涿鹿之野, 遂禽殺蚩尤.)"라 했음. 여기서는 헌원황
제와 같은 최고의 도덕을 갖춘 성군도 당시에 치우의 군대와 전쟁한
일이 있었음을 말한 것이다.

13 網漏吞舟(망루탄주) : 「網漏」는 법망(法網)이 느슨하고 관대함을

비유한 것으로, 《사기·혹리열전서(酷吏列傳序)》에 "한나라가 일어나자 모난 것을 깨뜨려 둥글게 만들고*, 조각한 장식을 깎아 소박하게 만들었으며, 법망은 배를 집어삼킬 만한 큰 물고기도 빠져나갈 수 있을 만큼 너그럽게 했다. 그렇게 하니 관리들의 통치는 순수하고 단순해져 간악한 데로 빠지지 않았고, 백성은 잘 다스려지는 데에 편안함을 느꼈다(漢興, 破觚而爲圜, 斲雕而爲朴, 網漏於吞舟之魚, 而吏治烝烝, 不至於姦, 黎民艾安.)"에서 나온 말이다. 「吞舟」는 대어(大魚)로 간신 안록산을 비유하며, 《장자·경상초(庚桑楚)》에 "배를 먹을 만한 큰 고기도 뛰어서 물 밖에 나오면, 개미들까지도 그 고기를 괴롭힐 수 있을 것이다(吞舟之魚, 碭而失水, 則蟻能苦之.)"라 했음. 후에 「網漏吞舟」는 법망이 느슨해지면 간신들로 하여금 왕성하게 활동하도록 만드는 것을 말한다.

14 胡夷起於轂下(호이기어곡하) : 「胡夷」는 고대 북방변경과 서역소수민족에 대한 호칭이며, 「轂下」는 수레바퀴(輦轂) 아래로 수도에 있는 황제의 신변을 비유함. 《문선》권39 사마상여의 〈사냥을 간하는 상서(上書諫獵)〉에 "이러한 호와 월 땅 오랑캐들이 수레바퀴 아래에서 일어나고, 강과 동이의 오랑캐들이 수레에 근접하였으니, 어찌 위험하지 않으리요(是胡·越起於轂下, 而羌·夷接軫也, 豈不殆哉.)"라 하고, 유량(劉良)은 주에서 "기곡과 접진은 융적등 오랑캐들이 멀지 않은데 있다는 것이다(起轂·接軫, 有如戎狄不遠矣.)"라 했음. 여기서는 호인인 안록산이 반란한 것을 가리킨다.

15 光天文武孝感皇帝(광천문무효감황제) : 숙종의 존호(尊號). 《구당서·숙종기(肅宗紀)》에 "지덕 3년(758) 정월 무인일에 상황(현종)은 선정전에 어거하여 황제(숙종)의 존호를 「광천문무대성효감황

---

* 가혹하고 엄하기만 한 형벌을 쉽고 간편하게 만든다는 뜻.

제」라고 책봉했다. 금상은 휘호가운데「대성」두자를 굳게 사양하였
지만 윤허하지 않았다. …… (건원)2년 춘정월 기사삭일에 금상이
함원전에 어거하여「건원대성광천문무효감황제」라는 존호를 받았
다(至德三載正月(甲戌朔)戊寅, 上皇御宣政殿, 冊皇帝尊號曰光
天文武大聖孝感皇帝. 上以徽號中有大聖二字, 上表固讓, 不允.
…… (乾元)二年春正月己巳朔, 上御含元殿, 受尊號曰乾元大聖光
天文武孝感皇帝.)」라는 기록이 있음.

16 **越在明兩(월재명량)** :「越」은 발어사로,「왈(曰)」·「월(粤)」·「율
(聿)」과 같음.「明兩」은 제왕이 사방을 밝게 비추는 것을 칭송한
것. 《주역·이괘(離卦)》에 "밝음이 두 번 일어나는 것이 이괘이다.
대인은 그것으로 밝음을 이어 사방에 비춘다(明兩作, 離, 大人以繼
明照于四方.)"라 하고, 공영달은 소에서 "「명양작리」에서「리」는 해
이고, 해는 밝은 것이다. 지금 상하 이체가 있으므로,「명양작리」라
고 이른다(明兩作離者, 離爲日, 日爲明. 今有上下二體, 故云明兩
作離也.)"라 했음. 숙종이 현종을 계승하여 사방을 밝게 비치는 것
을 말한다.

17 **總戎扶風(총융부풍)** :「總戎」은 천하의 군대를 통솔하는 것. 《주서
(周書)·무제기(武帝紀)하》에 "황제가 총융이 되어 북쪽을 정벌했
다(帝總戎北伐.)"고 했음.「扶風」은 당대 군 이름으로 기주(岐州)
인데, 천보 원년(742) 부풍군으로 고쳤다가 지덕 2년(757)에 숙종이
영무(靈武)에서 부풍군으로 행차하던 그해 12월에 봉상부(鳳翔府)
를 설치하고 서경(西京)이라 부르도록 했다. 부풍은 성도(成都)·
경조(京兆)·하남(河南)·태원(太原)과 함께 5경이 되었다. 숙종
이 부풍군에서 천하의 군대를 통솔하면서 안사란 평정을 지휘했다
는 말이다.

18 **正帝車於北斗(정제거어북두)** : 숙종이 북두성을 올바로 잡고 운전

하는 것. 「帝車」는 천자의 수레 혹은 천제의 제후를 말함.《사기·
천관서(天官書)》에 "북두칠성은 상제의 수레가 되어 하늘 가운데를
다니면서 사해를 통제한다(斗爲帝車, 運於中央, 臨制四鄕.)"라 하
였으며,《감석성경(甘石星經)》에 "북두성을 칠정이라 부르는데, 하
늘의 제후로서 또한 황제의 수레라고도 부른다. 첫 번째는 이름이
천추, 두 번째는 천선, 세 번째는 천기, 네 번째는 천권, 다섯 번째는
옥형, 여섯 번째는 개양, 일곱 번째는 요광이다(北斗星謂之七政,
天之諸侯, 亦爲帝車. 第一名天樞, 第二名天璇, 第三名天璣, 第四
名天权, 第五名玉衡, 第六名開陽, 第七名搖光.)"라 했음.

19 橫流(횡류) : 홍수가 범람하는 것으로 천하의 대란을 비유함.《맹
자·등문공상》에 "홍수가 사납게 흘러 천하에 범람했다(洪水橫流,
氾濫天下.)"라 했음.

20 鯨口(경구) : 고래의 입으로 안사의 반란군을 비유. 심전기(沈佺期)
시에 "혼백은 귀신이 사는 문에서 노닐고, 해골은 고래 입(경구)에
버려졌네(魂魄遊鬼門, 骨骸遺鯨口.)"라 읊었다.

21 日轡(일비) : 일거(日車), 일어(日御)와 같으며, 고대 신화 속 희화
(羲和)가 해를 몰고 가는 것으로 제왕의 수레를 가리킴. 유신(庾信)
의 〈주초국부인보육고씨묘지명(周譙國夫人步陸孤氏墓誌銘)〉에
"성기는 북쪽으로 회전하고, 일비(해의 수레)는 서쪽으로 돌아가네
(星機北轉, 日轡西廻.)"라 했음. 「轡」는 본래 말재갈이지만, 여기서
는 어가(御駕)를 가리킨다.

22 蒙塵(몽진) : 몸에 먼지를 뒤집어 쓴 것으로, 임금이 다른 곳으로 도
망가거나 실위된 것을 비유.《좌전》희공(僖公)24년에 "천자께서 난
을 피하여 밖에 계시니, 삼가 달려와 관원들을 위로하지 않을 수
있겠습니까?(天子蒙塵于外, 敢不奔問官守.)"라 했음.

23 呼吸(호흡) : 매우 짧은 시간.

24 收兩京(수양경) : 동서 두서울인 장안과 낙양을 수복하는 것.

25 烜嚇(훤혁) : 명성과 위세가 성대한 모습.

26 六合(육합) : 천지와 사방.

27 列辟(열벽) : 역대 군왕.《후한서 · 반고전(班固傳)》에 "덕은 열벽을 신하로 삼고, 공은 백왕을 군주로 삼는다(德臣列辟, 功君百王.)"라 하고, 이현은 주에서 "「列辟」은 옛날의 제왕을 말한다. 한나라에서 덕은 열벽을 신하로 삼을 수 있고, 공은 백왕들을 군주로 삼을 수 있음을 말한 것(列辟, 謂古之帝王也. 言漢家德可以臣被列辟, 功可以君被百王.)"이라고 했음.

28 匹(필) : 짝. 서로 비교될만한 사람. 여기서 「歷列辟而罕匹」은 고대 제왕들을 두루 살펴보아도 비교될만한 이가 드물다는 말임.

29 儔(주) : 동류(同類). 여기서 「顧將來而無儔」는 장래를 바라보아도 서로 비교될만한 이가 없다는 말.

30 太陽重輪, 合耀並出(태양중륜, 합요병출) : 태상황 현종과 지금 제 왕인 숙종이 두해가 나란히 나오듯 천하를 비치며 다스린다는 말.

31 翕變(흡변) : 돌연히 변화하는 것. 「翕」은 수축(收縮), 합취(合聚)를 가리킴.

32 增榮(증영) : 더욱 무성한 것(繁茂).

33 一麾而靜妖氣(일휘이정요분) : 숙종이 기를 한번 휘둘러 안사의 반 란군을 격퇴하고 두 서울을 수복하는 것. 「一麾」는 지휘하는 것. 임방(任昉)의 〈선덕황후돈권량왕령(宣德皇后敦勸梁王令)〉에 "백 우를 한번 휘두르니 황조가 평정되었네(白羽一麾, 黃鳥底定.)"라 읊었는데, 이선은 주에서 "《육자》*에 「무왕이 군대를 이끌고 주왕

---

* 육자(鬻子)는 성이 미(羋)이고 이름은 웅(熊)으로, 초(楚)나라를 개국한 웅역 (熊繹)의 증조부이다. 주나라 문왕의 화사(火師)였으며,《육자(鬻子)》라는 도 가 관련 저서가 있다.

을 치는데, 주왕의 날랜 군대는 백만으로 상나라 교외에 진을 쳤지만, 황조부터 적부까지 삼군의 군사들은 조금도 동요하지 않았다. 무왕이 태공에게 흰 기로 지휘하도록 명하니, 주왕의 군대가 후퇴하였다」(鬻子曰, 武王率兵車以伐紂, 紂虎旅百萬, 陣于商郊, 起自黃鳥, 至于赤斧, 三軍之士莫不失色. 武王乃命太公把白旄以麾之, 紂軍反走.)"는 기록이 있음.

34 **成功不處**(성공불처) : 공을 이루고도 누리지 않는 것.《노자 · 77장》에 "그러므로 성인은 하면서도 기대지 아니하고, 공이 이루어져도 그 곳에 머무르지 아니하고, 그 슬기로움을 드러내지 않는다(是以聖人爲而不恃, 功成而不處, 其不欲見賢.)"고 했음.

35 **五讓**(오양) : 한 문제(文帝)의 일로,《한서 · 원앙전(袁盎傳)》에 "원앙이 이르기를, …… 폐하께서는 대저*에 이르러, 서향에서 천자를 세 번이나 사양하고, 남향에서 천자를 두 번이나 사양했습니다. 허유가 한번 사양하고 폐하는 다섯 번이나 천하를 양보했으니 허유보다 네 번이나 더 하셨습니다(袁盎曰, …… 陛下至代邸, 西鄉讓天子者三, 南鄉讓天子者再. 夫許由一讓, 陛下五以天下讓, 過許由四矣.)"라 했음.

36 **傳劍璽**(전검새) : 제위를 전하는 것을 가리킴. 「劍璽」는 한고조 유방이 뱀을 벤 검과 국새(國璽)를 한대의 신기(神器)로 삼은 것을 가리키며, 후에는 이를 통치권의 상징으로 여겼음. 이백의 〈야랑으로 유배가는 도중 은전을 받고 석방되어 돌아오는 길에, 겸하여 적

---

* 「대저」는 한고조 유방(劉邦)의 아들인 유항(劉恒)이 대왕(代王)에 봉해졌을 때, 거처하던 곳을 대저라 했다. 진평(陳平)과 주발(周勃) 등이 여(呂)씨들을 죽이고, 소제(少帝)를 폐위시키고 대왕(代王)을 영입하여 문제(文帝)로 즉위하였다. 이러한 일로 후에 대저(代邸)는 제위에 오를 번왕(藩王)의 구저(舊邸)를 가리켰음.

군을 이기고 수복한 아름다운 일을 기뻐하며 감회를 써서 식수재에게 보이다(流夜郞半道承恩放還兼欣克復之美書懷示息秀才)〉란 시에서 "하루아침에 제위를 이양하니, 검과 옥새가 영원히 전해지리라(一朝讓寶位, 劍璽傳無窮.)"고 읊었다. 여기서는 숙종이 국새를 접수한 것을 가리키는데,《구당서‧숙종본기》에 "(지덕 2년) 12월 병오일, 상황이 촉(피난지)에서 돌아오니, 금상이 망현궁에 나가 받들어 맞이하였다. 상황이 궁전의 남루로 어거하자, 금상이 누각을 바라보면서 뒷걸음으로 피했다가 말에서 내려 누각 앞으로 나아가서 두 번 절하고 기뻐하며 경축의 뜻을 칭송했다. …… 상황은 장낙전으로 가서 구묘의 신주를 뵙고, 당일 흥경궁으로 행차하였다. 금상이 동궁으로 돌아오도록 청하자, 상황은 고력사를 보내 두세 번 위로하면서 머물렀다 …… 갑자일, 상황이 선정전에서 금상에게 국새를 전해 주니, 금상이 전각 아래에서 눈물을 흘리며 받았다((至德2載) 十二月丙午, 上皇至自蜀, 上至望賢宮奉迎. 上皇御宮南樓, 上望樓辟易, 下馬趨進樓前, 再拜蹈舞稱慶. …… 上皇詣長樂殿謁九廟神主, 即日幸興慶宮. 上請歸東宮, 上皇遣高力士再三慰譬而止 …… 甲子, 上皇御宣政殿, 授上傳國璽, 上於殿下涕泣而受之.)"라는 기록이 있음.

37 樂推(악추) : 왕조가 경질될 때 사용하는 단어로, 여러 사람들의 추대를 받은 것을 말함.《양서(梁書)‧무제기(武帝紀)》가운데 〈제화제선위책(齊和帝禪位策)〉에 "4백년의 끝을 알리면서 한나라가 물러났으므로, 황덕은 쇠퇴하고 위씨가 악추(추대)되었도다(四百告終, 有漢所以高揖, 黃德旣謝, 魏氏所以樂推.)"라 했음.

於戲[38]! 昔堯及舜・禹, 皆無聖子[39], 審曆數[40]去已, 終大寶
假人[41], 飾讓[42]以成千載之美。未若以文明[43]鴻業[44], 受之元良[45],
與天同休, 相統億祀[46]。

則我唐至公而無私, 越三聖[47]而殊軌[48]。騰萬人之喜氣, 爛八
極之祥雲[49]。上皇[50]思汾陽[51]而高蹈, 解負重[52]於吾君。能事斯
畢[53], 與人更始[54]。

乃展祀郊廟, 望秩山川[55]。方掩骼[56]於河・洛[57], 弔人[58]於幽・
燕[59]。但誅元凶[60], 不問小罪。噎大塊之氣[61], 歌炎漢之風[62]。雲滂
洋[63], 雨汪濊[64]。澡渥澤[65], 除瑕纇[66]。削平[67]國步[68], 改號乾元[69]。
至矣哉! 其雄圖[70]景命[71], 有如此者。

아아! 옛날 요(堯)와 순(舜)・우(禹)임금은 모두 현명한 아들이
없었으므로 하늘의 운수가 다한 것을 자세히 살펴서, 끝내 대보(大
寶; 帝位)를 다른 사람에게 물려주는 선양(禪讓)으로 장식하여 천년
동안 미덕이 되었다네. 제왕의 대업을 빛내는 것으로는 세자에게
전위(傳位)하는 것이 가장 좋으니, 하늘과 함께 아름다운 복을 서로
이어서 억만년을 통치할 수 있도다.

우리 당나라는 지극히 공평하고 사사로움이 없어서 세 성군(聖
君)인 요・순・우임금을 뛰어넘는 훌륭한 법도를 지녔으므로, 만백
성들은 기쁜 기운으로 뛰어오르고, 팔방의 먼 지역까지 모두 상서
로운 구름이 비쳤노라. 태상황(玄宗)은 요임금이 분수(汾水) 북쪽
으로 멀리 떠난 것을 본받아 우리 군왕(肅宗)의 무거운 책임을 덜어
주었으니, 전위(傳位)하는 일을 마치고 나서 백성들과 더불어 새롭
게 시작할 수 있었다네.

이에 교묘 (郊廟)제사를 시행하여 순서에 따라 산천에 제사를 지
내는데, 바야흐로 황하(黃河)와 낙수(洛水)에 있는 해골을 거두어
장사지내고 유주(幽州)와 연주(燕州)의 백성들을 위로하였으며, 악
당의 우두머리는 죽이면서도 작은 잘못을 저지른 이는 죄를 묻지
않았도다. 대자연의 기운을 내 뿜으며 한나라 무제(武帝)의 〈대풍
가(大風歌)〉를 노래하나니, 구름처럼 넓고 비처럼 많은 은택으로 세
상을 왕성하게 적셔 재난을 제거시켰노라. 국가의 명운을 평정하고
건원(乾元)으로 개원하였으니, 지극하도다! 웅대한 책략(策略)과 대
명(大命)을 이와 같이 펼쳤다네.

....

38 於戲(오호) : 감탄사로, 「어호(於乎)」·「오호(嗚呼)」와 통하며, 감
   탄하거나 찬미할 때 내는 소리. 《예기·대학(大學)》에 "아아 전왕을
   잊을 수가 없구나. 군자는 그 임금의 어짊을 자신의 어짊으로 삼고,
   그 임금의 친함을 자신의 친함으로 삼는다(於戲! 前王不忘, 君子
   賢其賢而親其親.)"고 했음.

39 昔堯及舜禹, 皆無聖子(석요급순우, 개무성자) : 《사기·오제본기》
   에 "요임금은 아들 단주가 능력이 없어 천하를 물려주기에 부족함을
   알고 권력을 순에게 주었다. …… 순임금은 아들 상균이 어리석은
   것을 알고 미리 우를 천자로 추천했으며, …… 제후들이 귀의한 연후
   에 우임금이 제위에 올랐다(堯知子丹朱之不肖, 不足授天下, 於是
   乃權授舜. …… 舜子商均亦不肖, 舜乃豫薦禹於天. …… 諸侯歸之,
   然後禹踐天子位.)"고 했음. 왕기는 주에서 요와 순은 성스런 아들
   이 없었지만, 문장에서 우임금까지 겸한 것은 잘못되었다고 했다.

40 曆數(역수) : 임금이 천명을 받고 제위(帝位)에 오르는 일. 《논어·
   요왈(堯曰)》에 "요임금이 말씀하시기를, 「아아 너 순아! 하늘의 역

수가 네 몸에 있구나!」(堯曰, 咨! 爾舜! 天之曆數在爾躬.)"라 하고, 형병의 소에서 "공영달 주《상서》에서 역수는 천도를 말한 것으로, 하늘의 책력이 운행하는 수이다. 제왕은 성을 바꾸며 일어나므로 「역수」를 천도라고 말한다(孔注尙書云, 曆數謂天道. 謂天曆運之數. 帝王易姓而興, 故言曆數謂天道.)"라 하고, 주희는 주에서 "「역수」는 제왕들이 서로 계승하는 차례로서, 세시와 절기가 앞뒤가 있는 것과 같다(曆數, 帝王相繼之次第, 猶歲時節氣之先後也.)"라 했음.

41 大寶假人(대보가인) : 제위(帝位)를 다른 사람에게 주는 것. 《주역·계사(繫辭)하》에 "성인의 큰 보배(대보)를 위(位)라고 한다(聖人之大寶曰位.)"라 했으며, 뒤에서는 제왕의 자리를 대보라 불렀음. 「假」는 주는 것.

42 飾讓(식양) : 거짓으로 예양(禮讓)을 꾸미는 것. 《남사·왕화전(王華傳)》에 "송나라 때에 왕화와 남양의 유담만이 예양(禮讓)에 거리낌이 없었다(宋世惟華與南陽劉湛, 不爲飾讓.)"라 했음.

43 文明(문명) : 문채 광명(文采光明). 《주역·건괘(乾卦)》에 "밭에 용이 나타나니, 천하에 문명이 날 것이다(見龍在田, 天下文明.)"이라 하고, 공영달(孔穎達) 소에서 "「천하문명」이란 양기가 밭에 있어 비로소 만물이 나므로, 천하에 문장으로 나타나 광명이 있게 된 것이다(天下文明者, 陽氣在田, 始生萬物, 故天下有文章而光明也.)"라 했음.

44 鴻業(홍업) : 대업, 제왕의 사업을 가리킴. 《한서·성제기(成帝紀)》에 "짐이 태조의 「홍업」을 이어 받아 종묘를 받든지 25년이지만, 덕으로 세상을 편안하게 다스리지 못해 원망하는 백성들이 많구나(朕承太祖鴻業, 奉宗廟二十五年, 德不能綏理宇內, 百姓怨望者衆.)"라 했음.

45 元良(원량) : 세자의 대칭. 《예기 · 문왕세자(文王世子)》에 "「원량」이 있으면 만국이 바르게 된다는 것은 세자의 가르침을 말한 것이다(一有元良, 萬國以貞, 世子之謂也.)"라 하고, 양 심약(沈約)의 〈입태자은조(立太子恩詔)〉에 "세자(원량)의 임무보다 나라에서 더 앞서는 것이 없다(元良之寄, 有國莫先.)"고 했음.

46 與天同休, 相統億祀(여천동휴, 상통억사) : 「休」는 길상. 「祀」는 해, 년(年)으로, 상(商)나라에서는 「年」을 「祀」라고 불렀음. 「億祀」는 억만년. 《서경 · 이훈(伊訓)》에 "원년 12월 을축일에 이윤이 선왕에게 제사를 지냈다(惟元祀, 十有二月, 乙丑, 伊尹祠于先王.)"라 하고, 《이아(爾雅) · 석천(釋天)》에 "재는 해. 하나라는 세, 상나라는 사, 주나라는 년, 당우(堯舜)시대에는 재라고 불렀다(載, 歲也. 夏曰歲, 商曰祀, 周曰年, 唐虞曰載.)"라 했음. 이 두 구는 하늘과 같이 긴 복으로 서로 이어서 억만년을 통치한다는 말이다.

47 三聖(삼성) : 상고시대의 제왕인 요 · 순 · 우임금. 동중서(董仲舒)의 《현량책(賢良策)3》에 "도의 큰 근원은 하늘에서 나오니, 하늘이 변하지 않으면 도(道) 역시 변하지 않으므로, 우가 순을 계승하고 순은 요를 계승하여 세 성인들이 하나의 도를 서로 받았다(道之大原出於天, 天不變, 道亦不變, 是以禹繼舜, 舜繼堯, 三聖相受一道.)"고 했음.

48 殊軌(수궤) : 다른 법도(法度). 《한서 · 조포전(曹襃傳)》에 "삼오보를 빨리 가다보면, 다른 제도와 우열이 드러나네(三五步驟, 優劣殊軌.)"라 했음.

49 騰萬人之喜氣, 爛八極之祥雲(등만인지희기, 난팔극지상운) : 《상서 · 우하전(虞夏傳)》에 수록된 순임금의 노래인 〈경운가(卿雲歌)〉에 "곱게 핀 상서로운 구름이여 뭉게뭉게 모여서, 햇빛과 달빛처럼 영원히 빛나리라(卿雲爛兮, 糺縵縵兮. 日月光華, 旦復旦兮.)"의

뜻을 암용했음.

50 上皇(상황) : 당 현종. 천보 15년(756) 현종이 안사의 난으로 성도로 피난하자, 숙종이 영무에서 즉위하고 현종을 태상황으로 추존했음.

51 思汾陽(사분양) :「汾水之陽」으로, 분수의 북쪽.《장자 · 소요유》에 "요 임금이 천하의 백성을 다스리고 국내의 정치를 평안하게 하기 위하여, 네 명의 뛰어난 사람을 만나러 막고야산을 향해 가다가, 분수의 북쪽에서 아득히 천하를 잊어버렸다(堯治天下之民, 平海內之政. 往見四子藐姑射之山, 汾水之陽, 窅然喪其天下焉.)"란 뜻을 사용했음.

52 解負重(해부중) : 무거운 부담을 더는 것.《회남자 · 정신훈(精神訓)》에 "요임금은 베옷으로 몸을 가리고 사슴가죽으로 추위를 막았다. 성품을 기르는 도를 더욱 정성스럽게 닦지 못하고 막중한 제위의 임무가 근심을 더하였다. 그래서 온 천하를 순에게 전하고 무거운 부담을 덜었으니, 바로 선양하지 않았다면 진실로 방법이 없었을 것이다. 이것이 천하를 가볍게 하는 도구이다(堯布衣掩形, 鹿裘御寒. 養性之具不加厚, 而增之以任重之憂. 故舉天下而傳之於舜, 若解重負. 然非直辭讓, 誠無以爲也. 此輕天下之具也.)"라 했음.

53 能事斯畢(능사사필) : 처리해야 할 일을 완료하는 것. 곧 숙종에게 전위하는 것을 말함.《역경 · 계사(繫辭)상》에 "팔괘를 작게 이루고, 이끌어서 펼치며 무리를 접촉하여 키워나가면, 세상에서 해야 할 일을 다 완료한 것이다(八卦而小成, 引而伸之, 觸類而長之, 天下之能事畢矣.)"라 했음.「斯」는 구(句) 가운데에 쓰이는 조사.

54 更始(갱시) : 다시 새롭게 시작하는 것. 사마상여의 〈상림부(上林賦)〉에 "(황제의) 은덕이 되는 명령을 내리고, 형벌을 덜어주고, 제도를 고치며, 옷의 색을 바꾸고, 역법을 고쳐서 천하의 백성과 함께 다시 시작하도록 하시오(出德號, 省刑罰, 改制度, 易服色, 革正朔,

與天下爲更始.)"라 했음. 모든 백성들과 새롭게 시작하는 것을 말한다.

55 展祀郊廟, 望秩山川(전사교묘, 망질산천) : 「展」은 시행하는 것. 「望秩山川」은 순서에 따라 멀리 산천을 바라보며 제사를 지내는 것. 《서경·순전(舜傳)》에 "산천에서 순서대로 망제사를 지냈다(望秩於山川.)"라 하고, 공전에 "동악은 제후의 경내이고, 명산대천은 그 순서에 따라 망제를 지냈다. 오악의 희생례는 삼공이 주관하고, 사독은 제후가 주관하며, 나머지는 백자남작이 주관한다(東岳諸侯境內, 名山大川如其秩次望祭之. 謂五岳牲禮視三公, 四瀆視諸侯, 其餘視伯子男.)*"라 했으며, 채침(蔡沉)의 《서경집전》에는 "바라보면서 제사를 지내므로 「망」이라 하고, 「질」은 그 희생물과 재물을 차례대로 부르면서 기원하는 것이다(望而祭之, 故曰望. 秩者, 其牲幣祝號之次第.)"라 했음. 이 두 구는 교묘의 제사가 개시되면 등급순서에 따라 명산대천을 바라보며 제사지내는 것을 말한다.

56 掩骼(엄격) : 드러난 시체를 거두어 장사지내는 것. 《예기·월령(月令)》에 "(孟春之月에) 완전히 썩어 백골이 된 뼈를 가리고, 아직 부패가 덜 된 시체를 묻어준다(掩骼埋胔.)"라 하고, 정현의 주에 "마른 뼈를 「격」이라 하고, 썩은 고기를 「자」라고 부른다(骨枯曰骼, 肉腐曰胔.)"고 했음.

57 河洛(하락) : 황하와 낙수. 여기서는 황하와 하북 일대의 들판에 있는 시체와 해골을 거두어 장사지내는 것을 말함.

58 弔人(조인) : 곧 「弔民」으로 백성들을 위무(慰撫)하는 것인데, 당태종 이세민(李世民)을 피휘하여 「조인(弔人)」이라 썼다. 《맹자·등

---

* 《정의》에서는 "乃以秩望祭東方諸侯境內之名山大川也. 言秩者, 五嶽視三公, 四瀆視諸侯."라 했다.

문공(滕文公)하〉에 "그 임금을 죽이고 그 백성들을 위로해 주자, 마치 단비가 내리는 듯이 백성들이 크게 기뻐했다(誅其君弔其民, 如時雨降, 民大悅.)"고 했음.

59 **幽燕**(유연) : 하북과 북경일대. 여기서는 유연지역의 피해 받은 백성을 위로하자는 말임.

60 **元凶**(원흉) : 악당의 우두머리. 괴수(魁首).《송서(宋書)》에 "악당의 우두머리들을 물리치는데 뜻을 두어서, 원수들에게 당한 치욕을 조금이라도 씻고자 하네(志梟元凶, 少雪仇恥.)"라 했음.

61 **噫大塊之氣**(희대괴지기) : 「大塊」는 조물주, 대자연. 「噫氣」는 기운을 내뿜는 것(呼氣).《장자·제물론(齊物論)》에 "대괴가 내쉬는 숨결을 바람이라 한다(大塊噫氣, 其名爲風.)"라 하고, 성현영(成玄英) 소에 "「대괴」는 조물주의 이름이며, 자연이라고도 부른다(大塊者, 造物之名, 亦自然爲稱也.)"라 했음.

62 **炎漢之風**(염한지풍) : 한고조 유방의 〈대풍가(大風歌)〉를 가리킴. 「炎漢」은 한조(漢朝)로, 한나라는 화덕(火德)으로 왕이 되었으므로 염한이라 불렀다.

63 **滂洋**(방양) : 넓고 큰 모양.《한서·예악지(禮樂志)》에 "복이 넓고 커서 길게 뻗어 나간다(福滂洋, 邁延長.)"라 하고, 안사고는 주에서 "「방양」은 넉넉하고 넓은 것(滂洋, 饒廣也.)"이라 했음. 「雲滂洋」은 숙종의 은덕이 구름처럼 넓은 것.

64 **汪濊**(왕예) : 깊고 넓은 모양.《한서·사마상여전(司馬相如傳)하》에 "맑은 은혜는 넓고 깊다(湛恩汪濊.)"라 하고, 안사고 주에 "「왕예」는 깊고 넓은 것(汪濊, 深廣也.)"라 했음. 「雨汪濊」는 비처럼 많이 적셔주는 것.

65 **澡渥澤**(조악택) : 「澡」는 씻는 것, 목욕. 「渥澤」은 적시다(霑潤), 여기서는 은택(恩澤). 은택이 세상에 미치게 하는 것을 가리킴.

66 瑕纇(하뢰) : 결점과 착오.「瑕」는 구슬에 난 반점(斑點).「纇」는 실 위에 난 부스럼(疙瘩). 재난을 제거시킨 것을 가송한 것임.

67 削平(삭평) : 평정(平定), 소멸(消滅). 강엄(江淹)의 〈한부(恨賦)〉에 "진시황이 검을 휘두르자 제후들이 서쪽으로 달려가 천하가 평정 되었으며, 문장이 같아져서 함께 볼 수 있게 되었다(至如秦帝按劍, 諸侯西馳, 削平天下, 同文共規.)"라 했음.

68 國步(국보) : 국가의 명운.《시경·대아·상유(桑柔)〉에 "아아, 슬프 도다! 나라의 운명(국보)이 위태롭게 되었도다(於乎有哀, 國步斯 頻.)"이라 하고, 주희 주에 "「보」는 운명과 같다(步, 猶運也.)"라 했음.

69 乾元(건원) : 본래 「乾」은 건곤(乾坤),「元」은 시작하는 것으로, 새 로운 기원(紀元)을 개시한다는 뜻. 건원은 숙종(唐肅宗)의 두 번째 연호로, 758년 2월부터 760년 4월까지 임.

70 雄圖(웅도) : 웅위한 모략(謀略). 강엄(江淹)의 〈한부(恨賦)〉에 "웅 장한 계획(웅도)이 넘쳐나니, 무력은 아직 끝나지 않았도다(雄圖旣 溢, 武力未畢.)"라 했음.

71 景命(경명) : 대명(大命), 고대에 제왕은 하늘로 부터 명을 받았으 며, 왕위는 하늘이 수여한 것이라고 하였다.《시경·대아·기취(旣 醉)》에 "군자는 만년토록 「경명」이 따라 붙으리로다(君子萬年, 景 命有僕.)"라 하고, 정현의 전에 "성왕아, 너는 이미 만년의 수명을 가졌으니, 하늘의 큰명이 또 너에게 따라 붙었다는 것은 정교를 펼 치도록 함을 말한 것이다(成王, 女旣有萬年之壽, 天之大命又附著 於女, 謂使爲政教也.)"라 하고, 공영달의 소에도 "군자는 성왕이다. 항상 만년의 수명을 가지고 하늘의 큰명이 붙을 것이다(君子, 成王. 常有萬年之壽, 天之大命, 有所附著.)"라 했음.

54-3

我邦伯[72]韋公, 大彭之洪胤, 扶陽之貴族[73]。雄略[74]邁古, 高文變風。運當一賢[75], 才堪三事[76], 歷職剖劇[77], 能聲旁流。振繡[78]而白筆橫冠[79], 分符[80]而彤襜[81]入境。

曩者, 永王[82]以天人[83]授鉞[84], 東巡無名[85]。利劍承喉以脅從[86], 壯心堅守而不動[87]。房陵[88]之俗, 安於太山[89], 休奕列郡, 去若始至[90]。帝召岐下[91], 深嘉直誠[92]。

移鎮[93]夏口[94], 救時艱[95]也, 愼厥職[96], 康乃人, 減兵歸農, 除害息暴。大水滅郭[97], 洪霖[98]注川。人見憂於魚鼈[99], 岸不辨於牛馬[100]。公乃抗辭[101]正色, 言于城隍[102]曰, "若一日雨不歇, 吾當伐喬木[103], 焚清祠!" 精心感動, 其應如響。

無何, 中使[104]銜命[105], 常祈名山[106], 廣征牲牢[107], 驟欲致祭。公又盱衡[108]而稱曰, "今主上明聖, 懷於百靈[109], 此淫昏之鬼[110], 不載祀典[111], 若煩國禮, 是荒巫風[112]。" 其秉心達識[113], 皆此類也。物不知化[114], 如登春臺[115]。

우리 자사 위공(위양재)은 하(夏)나라 대팽(大彭)의 후예이며, 한대 부양절후(扶陽節侯) 위현(韋賢)의 귀족 후손으로, 웅재대략이 옛 사람을 뛰어넘고 고아한 문장은 풍속을 변화시킬만하구나. 시운(時運)은 5백년에 한 현인을 배출한다고 하지만, 위공의 재능은 삼사대부(三事人夫)를 감당할 수 있으며, 다스리기 어려운 주군(州郡)의 직책을 역임하면서도 명성이 주변 군으로 널리 전해졌도다. 수놓은 옷을 입은 어사대(御史臺)의 관원이 되어 잠백필(簪白筆)과 철관(鐵冠)을 썼으며, 부절(符節)을 나눠 지닌 자사(刺史)가 되어 붉은 휘장 수레타고 부임했다네.

예전에 영왕(李璘)이 천자(玄宗)의 부월(병권)을 받고 동순(東巡)할 때 명분이 없자, 날카로운 검으로 목숨을 위협하며 따르도록 했지만, 위공은 의지를 굳건히 지키며 동요하지 않았도다. 방릉군(房陵郡)의 풍속을 태산처럼 안온하도록 만들었고, 바둑 두면서도 여러 주군(州郡)을 편안하게 다스려서 이임할 때도 부임할 때와 같았으니, 황제가 기산(岐山) 아래로 불러서 정직하고 충성스러움을 깊이 칭찬하였다네.

하구(夏口)를 지키는 악주(鄂州)자사로 옮겨서도 시국의 어려움을 구하였으니, 그 직책을 신중하게 수행하여 백성들을 편안토록 하고, 병사들을 감축하여 농사짓도록 귀가시켰으며, 재해를 제거하고 폭력을 그치게 하였도다. 큰물이 성곽을 엄습하고 장맛비가 냇가에 넘쳐날 때, 사람들은 물고기와 자라에게 먹힐까 근심하고 건너편 언덕에 있는 소와 말을 구분할 수 없었는데도, 위공은 성황신(城隍神)에게 엄숙한 말로 정색을 하며 말하기를 "만약 하루 안에 비가 그치지 않으면, 내가 큰 나무를 베어내고 사당을 깨끗이 태워버릴 것입니다"라고 정성스런 마음으로 하늘을 감동시키니 그 소리에 감응하여 비가 그쳤노라.

얼마되지 않아 사신에게 명령을 받들어 명산으로 가서 산제(山祭)를 지내도록 요청하며, 희생물을 널리 구하여 바로 달려가 제사를 진행시켰도다. 공은 또 한편으로 눈을 치켜 올리며 "지금 주상께서는 밝고 성스러워 여러 신령을 어루만져 주시지만, 이러한 사악한 귀신들은 제사의 전적에 실리지 않았으니, 만약 국가 제례에 번거로운 것이라면 이것도 황당한 무격(巫覡)들의 풍습이로다"라 말했다네. 그의 지닌 마음과 통달한 식견이 이와 같았으니, 민중들은 부지불식간에 교화되어서 봄날 높은 대에 올라 즐기는구나.

....

72 邦伯(방백) : 주목(州牧)으로, 고대에 한 지방을 다스리는 제후.《서
    경·소고(召誥)》에 "여러 은나라 후복·전복·남복의 방백에게 명하
    였다(命庶殷侯甸男邦伯.)"라 하고, 공전(孔傳)에 "「방백」은 지방의
    장관으로 주의 목백이다(邦伯, 方伯, 即州牧也.)"라 했는데, 후에는
    주목(州牧)·자사(刺史)·태수(太守) 등 지방장관을 지칭하였음.

73 大彭之洪胤, 扶陽之貴族(대팽지홍윤, 부양지귀족) : 위양재가 하나
    라 제후인 대팽(大彭)의 후손이며, 한대의 승상 부양절후(扶陽節
    侯) 위현(韋賢)의 귀족 자손임을 말한 것. 「洪胤」은 왕후 귀족의
    후대 자손.《신당서·재상세계표(제4상)》〈위씨(韋氏)편〉에 "위씨
    는 풍성에서 나왔다. 전욱의 손자 대팽은 하나라 제후가 되었으며,
    소강의 시대에 그 별손인 원철이 시위에 봉해졌는데, 활주 위성이
    그 지역이다. 시위와 대팽은 교대로 상나라에서 벼슬하였으며, 주나
    라 난왕시에 나라를 잃어버리고 팽성으로 옮겨 거주하면서 나라이
    름으로 성씨를 삼았다. 위백하의 24세손인 위맹은 한초왕의 스승이
    되었다가 자리에서 물러나 노국 추현으로 옮겨 살았다. 위맹의 4세
    손인 위현은 한승상과 부양절후가 되어 경조 두릉으로 옮겨 거주했
    다(韋氏出自風姓. 顓頊孫大彭爲夏諸侯, 少康之世, 封其別孫元哲
    於豕韋, 其地滑州韋城是也. 豕韋·大彭迭爲商伯, 周赧王時始失
    國, 徒居彭城, 以國爲氏. 韋伯遐二十四世孫孟, 爲漢楚王傅, 去位
    徒居魯國鄒縣. 孟四世孫賢, 漢丞相·扶陽節侯, 又徒京兆杜陵.)"
    라 하고, 또 같은 책 〈동권위씨(東眷韋氏)〉편에서 면주자사(綿州刺
    史)·팽성경공(彭城敬公)인 위징(韋澄)의 아들이 위경조(韋慶祚)
    이고, 경조의 손자인 상서우승(尙書右丞) 위행전(韋行詮)이 곧 위
    양재의 부친이라고 했다. 여기서는 악주자사 위양재가 하후인 대팽,

한나라 승상과 부양절후를 지낸 위현의 후예임을 말한 것임.

74 **雄略**(웅략) : 웅대한 계략. 《후한서 · 순욱전(荀彧傳)》에 "조조가 동군에 있을 때, 순욱은 조조가 웅재대략이 있다는 말을 들었다(時曹操在東郡, 或聞操有雄略.)"고 했음.

75 **一賢**(일현) : 하나의 훌륭한 현인. 고인들은 5백년마다 재능이 뛰어난 현자가 출현한다고 여겼으니, 《안씨가훈(顏氏家訓) · 모현(慕賢)》에 "고인이 말하기를, 천년마다 나오는 한 성인을 조석으로 만날 수 있다면, 오백년마다 나오는 한 현인은 오히려 비좁은데서 어깨를 부딪치듯 만날 것이다(古人云, 千載一聖, 猶旦暮也. 五百年一賢, 猶比髆也.)"고 했음.

76 **三事**(삼사) : 예전에 삼공(三公)을 삼사대부(三事大夫)라고 불렀는데, 삼공은 태사(太師) · 태부(太傅) · 태보(太保)를 가리키며, 삼공은 군왕을 보좌하여 군정의 대권을 장악하는 최고 관원이다. 《시경 · 소아 · 우무정(雨無正)》에 "삼사대부들이 즐기느라 아침 일찍부터 밤늦도록 일하려 하지 않네(三事大夫, 莫肯夙夜.)"라 하고, 공영달의 정의에 "삼사대부는 삼공이다(三事大夫, 爲三公耳.)"라 했음.

77 **剖劇**(부극) : 번잡하여 다스리기 어려운 주현(州縣).

78 **繡**(수) : 곧 수의어사(繡衣御史)를 가리킴.

79 **白筆橫冠**(백필횡관) : 「白筆」은 관원이 홀(笏)위에 흰 붓을 꽂은 것. 한위(漢魏)시대 어사대(御史臺)의 관원은 수놓은 옷(繡衣)를 입고, 철관(鐵冠)을 썼으며, 잠백필(簪白筆)로 관리들을 탄핵했다. 이백의 〈전소양에 대해 논하면서 반 시어사에게 드리다(贈潘侍御論錢少陽)〉에 "수놓은 옷을 입은 시어사는 의기가 얼마나 높던지, 철관과 백필로 가을 서리 같은 위엄을 떨치네(繡衣柱史何昂藏, 鐵冠白筆橫秋霜.)"라 읊었음.

80 分符(분부) : 부절을 절반으로 나누어 공신에게 주던 신표. 주의 자사 (刺史)나 군 태수가 동호부(銅虎符)와 죽사부(竹使符)를 나눠 가졌다.

81 彤襜(동첨) : 홍색의 수레 휘장(車帷)으로, 자사가 타는 수레에는 동 첨(彤襜)과 조개(皂蓋)*, 주번(朱幡)을 많이 사용하였음.

82 永王(영왕) : 이린(李璘)으로 숙종의 아우.

83 天人(천인) : 천자로 당 현종을 가리킴.

84 授鉞(수월) : 장군으로 임명하는 것.《예문유취(藝文類聚)》에 "지우 의《신예의》에서 말했다. 한·위의 고사에서는 출정하는 장군을 보 낼 때 부절랑이 조정에서 부월을 내렸으며, 신례에서는 장군을 보낼 때 임금이 수레에 다가가면 상서가 부절을 주는데, 고대 병서에서 몸을 굽혀 수레바퀴를 밀어준다는 뜻이다(摯虞《新禮儀》曰, 漢魏 故事, 遣將出征, 符節郎授鉞於朝堂. 新禮, 遣將御臨軒, 尙書授節 鉞, 古兵書跪而推轂之義也.)"라 하였으며,《당육전(唐六典)》에서 는 "대장군이 출정할 때, 모두 사당에 고한 후 부월을 받는다(凡大 將出征, 皆告廟授斧鉞.)"라 했음**.

85 東巡無名(동순무명) : 동순에서 명분이 없었던 것.《신당서》의 기록 에 의하면, 천보 15년(756) 현종은 성도로 몽진하는 도중, 조서를 내려 영왕 이린으로 하여금 산남동도와 영남·검중·강남서도절도 채방사, 강릉대도독으로 임명했다. 그러나 영왕은 멋대로 수군을 통 솔하고 동쪽 지역인 강남동도의 금릉과 윤주로 내려갔으므로, 「東 巡無名」이라 했다.

86 利劍承喉以脅從(이검승후이협종) : 영왕이 일찍이 날카로운 검으로

---

* 유장경(劉長卿)의 〈수주로 가는 최사군을 보내며(送崔使君赴壽州)〉에 "列郡 專城分國憂, 彤幨(襜과 같음)皂蓋古諸侯."라 읊었다.

** 또한 예로 양경(楊炯)의 〈당소무교위조군신도비(唐昭武校尉曹君神道碑)〉에 「貞觀八年, 詔特進代國公李靖爲行軍大總管. 登壇拜將, 授鉞行師.」라 했다.

위자사의 목숨을 위협하면서 따르도록 한 것.

87 **壯心堅守而不動**(장심견수이부동) : 위공은 의지를 굳건히 하고 동요하지 않았다는 말.

88 **房陵**(방릉) : 당대 군명으로, 산남동도 방주(房州) 방릉군. 천보 원년(742) 방릉군으로 바꿨다가 건원 원년(758) 다시 방주로 복원하였으며, 지금의 호북성 방현임.

89 **安於太山**(안어태산) : 위자사가 방릉을 지키고 있어서 태산처럼 안온(安穩)하다는 말. 한 매승(枚乘)의 〈칠발(七發)〉에 "손바닥 뒤집기보다 쉽고, 태산보다 편안하다(易於反掌, 安於泰山.)"라 했음.

90 **休奕列郡, 去若始至**(휴혁열군, 거약시지) : 「休奕」은 휴식하면서 바둑을 두는 것. 위공이 여러 주군을 편안하게 다스려서 이임(離任)할 때의 정적(政績)이 처음 부임할 때와 같이 안정되었음을 이르는 말.

91 **帝召岐下**(제소기하) : 숙종이 봉상에서 위공을 불러 본 것. 왕기는 주에서 「岐下」는 기산의 아래로, 당대의 기주 부풍군(扶風郡)이며 숙종시에 봉상군(鳳翔郡)으로 바꿨는데, 수도 장안이 수복되기 이전에 그곳에서 8개월간 머물렀다고 했다. 《시경·대아·면(縣)》에 "고공단부가 아침에 말을 달려 서쪽 물가를 따라 기산 아래에 다다랐네(古公亶父, 來朝走馬, 率西水滸, 至於岐下.)"라 했음.

92 **深嘉直誠**(심가직성) : 깊이 위공의 정직하고 충성스러움을 칭찬하였다는 말.

93 **移鎭**(이진) : 위공이 방주자사에서 악주(鄂州)자사로 옮긴 것.

94 **夏口**(하구) : 고대 성(城) 이름으로 지금의 호북성 무한시 황곡산 위에 있으며, 맞은 편 언덕의 하구가 장강과 서로 마주 대하고 있다. 《통전(通典)》권183 〈악주(鄂州)편〉에 "손권이 일찍이 악주를 도읍으로 정하고, 손호도 또 그 곳으로 도읍을 옮겨 항상 중요한 진지로 삼았다. 역대로 병사의 요충지가 되었으니, 그 곳을 또 하구라고도

불렀다(孫權嘗都之, 孫皓又徙都之, 嘗爲重鎭, 歷代亦爲兵衝, 其地亦曰夏口.)"라 했음. 여기서는 당대 악주의 관청소재지인 강하(江夏)를 가리킨다.

95 救時艱(구시간) : 시국의 어려움을 구하기 위함이라는 말.

96 愼厥職(신궐직) : 위공이 신중하게 그 직책을 수행한 것.

97 郭(곽) : 외성(外城)을 곽이라고 함.

98 洪霖(홍림) : 큰비, 폭우. 진(晉) 조비(曹毗)의 〈장맛비(霖雨)〉란 시에 "「홍림」이 열흘 동안 내리니, 사방이 저녁처럼 어둑어둑 하노라(洪霖彌旬日, 翳翳四區昏.)"라 했음.

99 人見憂於魚鱉(인견우어어별) : 사람들은 고기와 자라에게 먹힐까 근심하는 것. 유협(劉勰)의 《신론(新論)》에 "우(禹)는 필부였으므로 공을 세운 것이 없음을 요임금이 깊이 알고 있어서 홍수를 다스리도록 시켰다. 우는 많은 냇물을 동쪽 바다로 보내고, 서쪽 유사까지 흘려보내서 백성들이 고기와 자라에게 잡아 먹이는 근심을 벗어나게 하였다(禹爲匹夫, 未有功名, 堯深知之, 使治水焉. 使百川東注於海, 西被於流沙, 生人免爲魚鱉之患.)"라 했음.

100 岸不辨於牛馬(안불변어우마) : 건너편 언덕의 소와 말을 구분할 수 없을 정도라는 말. 《장자·추수(秋水)》에 "가을이 되면 물이 불어난 모든 냇물이 황하로 흘러드는데, 그 본줄기의 흐름이 엄청나므로 양편 물가의 사이에서 상대편에 있는 소나 말을 분별하기 어려웠다(秋水時至, 百川灌河, 涇流之大, 兩涘渚涯之間, 不辨牛馬.)"라 했음.

101 抗辭(항사) : 뜻이 올바르고 말이 엄숙한 것.

102 城隍(성황) : 성벽과 연못(垓字)*을 지키는 신을 가리킴. 《북제서

---

* 본래 성(城)은 성을 두른 담장이고, 황(隍)은 성을 보호하는 해자이다(「城」爲城牆, 「隍」爲護城河.)

(北齊書)·모용엄전(慕容儼傳)》에 "성안에는 신사 한 곳이 있었는데, 민간에서는 성황신이라 부르며 공적 사적인 일에도 매번 기도하였다(城中有神祠一所, 俗號城隍神, 公私每有祈禱.)"라 하고, 《수서(隋書)·오행지(五行志)》에도 "양 무릉왕 기가 성황신에게 제사지내려고 소를 잡으려 하는데, 갑자기 붉은 뱀이 나타나 소의 주둥이를 감싸고 있었다(梁武陵王紀祭城隍神, 將烹牛, 忽有赤蛇繞牛口.)"라 하여, 성황신께 제사지내는 것이 육조에 시작되었음을 알 수 있음.

103 喬木(교목) : 높고 큰 나무. 《시경·한광(漢廣)》에 "남쪽에 「교목」이 있어도, 그늘이 없어 쉴 수가 없네(南有喬木, 不可休思.)"라 하고, 모전에 "「교」는 위로 우뚝 솟은 것이다(喬, 上竦也.)"라 했음.

104 中使(중사) : 천자가 파견한 사자로 대부분 환관을 가리킴. 《문선》 권59 심약의 〈제나라 고 안륙소왕의 비문(齊故安陸昭王碑文)〉에 "세조(무제)가 밤낮으로 그리워하며 근심하자, 위로하면서 마음을 풀도록 힘썼다. 반찬을 먹고 곡하는 것을 금하니 중사들이 서로 바라보았다(世祖日夜憂懷, 備盡寬譬. 勉膳禁哭, 中使相望.)"라 하고, 장선(張銑)의 주에 "천자가 개인적으로 보낸 사자를 「중사」라 한다(天子私使曰中使.)"라 했음.

105 銜命(함명) : 명령을 받드는 것.

106 常祈名山(상기명산) : 왕기는 "《당서》에서 「숙종이 일찍이 즐겁지 않으니, 태복이 산천을 숭배하도록 건의하였다. 왕여가 여자 무당인 승전을 나누어 보내서 천하의 명산대천에 기도하도록 하였는데, 무당들은 모두 복장을 갖추고 중인들이 산봉우리들을 보호하였다」라 했으며, 이 문장에서 중사가 명을 받고 명산에 기도한 것은 바로 그 일을 말한 것이다(唐書, 肅宗嘗不豫, 太卜建言崇在山川, 王璵遣女巫乘傳, 分禱天下名山大川, 巫皆盛服, 中人護領.

此文所云, 中使銜命, 常祈名山, 即其事也.)」라 했음.

107 **牲牢**(생뢰) : 제사에서 잡아 올리는 산 짐승으로, 소·양·돼지를
말함.《시경·소아·호엽(瓠葉)》편의 모시서(毛詩序)에 「호엽」은
대부가 유왕을 풍자한 시이다. 임금이 예를 버리고 시행하지 않으
니, 비록 아침에 우리가 희생물을 보내도 사용하지 않을 것이다(瓠
葉, 大夫刺幽王也. 上棄禮而不能行, 雖有牲牢饔餼, 不肯用也.)」
라 하고, 정현 전에서 "소·양·돼지를 「희」라 하고, 잡아매서 기
르는 것을 「우」라고 한다(牛羊豕爲牲, 繫養者曰牢.)」라 했음.

108 **盱衡**(우형) : 눈을 치켜뜨고 눈썹을 찡그리는 것(揚眉擧目).《한
서·왕망전(王莽傳)》에 "진숭이 상주하기를, 「이러한 때를 당하여
공은 홀로 선견지명을 운용하여 죽기 전의 위엄을 떨쳐, 눈을 부
릅뜨고 사나운 낯빛으로 용맹을 드날려야 합니다(陳崇奏, 當此
之時, 公運獨見之明, 奮亡前之威, 盱衡厲色, 振揚武怒.)」라 하
고, 안사고 주에 "맹강은 눈썹 위를 「형」이라 하고, 「우형」은 눈을
치켜뜨고 눈썹이 올라가는 것이라고 했다(孟康曰, 眉上曰衡. 盱
衡, 擧眉揚目也.)」라고 했음.

109 **懷於百靈**(회어백령) : 신령을 회유(懷柔)하는 것. 「百靈」은 많은
신. 반고의 〈동도부(東都賦)〉에 "귀신에게 예를 올리고 백령을 달
래노라(禮神祇*, 懷百靈.)」라 했음.

110 **淫昏之鬼**(음혼지귀) : 사악한 귀신(邪鬼), 정신(正神)인 신령과
상대됨.《좌전·희공(僖公)19년》에 "또 사악한 귀신들에게 사람을
희생으로 바쳤다(又用諸淫昏之鬼.)」라 했음.

111 **祀典**(사전) : 제사지내는 예전(禮典)이나 제도.

---

* "이선은 주에서 천신을 「신」이라 하고 지신은 「지」라 한다(善曰 (周禮曰, 大宗
伯掌天神地祇之禮), 然天神曰神, 地神曰祇也.)」라 했다

112 荒巫風(황무풍) : 무격(巫覡)이 가무로 어지럽히며 귀신을 섬기는
풍습. 「荒」은 즐기기를 좋아하여 정사에 태만한 것. 「巫風」은 귀
(鬼)와 신(神)에게 제사지내는 풍속. 《서경·이훈(伊訓)》에 "함부
로 궁궐에서 항상 춤추고 방에서 흥겹게 노래하는 것을 당시에
「무풍」이라고 불렀다(敢有恒舞於宮, 酣歌於室, 時謂巫風.)"라 하
고, 공영달 소에 "무당은 가무로 신을 섬기므로, 가무는 무격의 풍
속이 되었다(巫以歌舞事神, 故歌舞爲巫覡之風俗也.)"라 했음.

113 秉心達識(병심달식) : 지닌 마음이 공정하고 식견이 풍부한 것.
《시경·용풍(鄘風)·정지방중(定之方中)》에 "저 정직한 분이시
여, 마음가짐이 깊으시네(匪直也人, 秉心塞淵.)"이라 하고, 임방
(任昉)의 〈위범상서양이부봉후제일표(爲范尙書讓吏部封侯第一
表)〉에도 "한위시대 이래로 달통한 식견(「달식」)의 궤도를 이어서,
청아한 풍속으로 돌아간 이로는 오직 허소(許劭)와 곽태(郭泰)만
을 말할 수 있다(漢魏以降, 達識繼軌, 雅俗所歸, 惟稱許郭.)"라
했음.

114 物不知化(물부지화) : 잠이묵화(潛移默化)*와 같은 말로, 위자사
가 정치를 잘해서 민중들이 부지불식간에 교화되는 것. 「知化」는
사물의 변화를 통달하여 아는 것.

115 登春臺(등춘대) : 춘대에 한번 올라서 사람들의 심정을 유쾌하게
하는 것. 성세(盛世)의 안락한 기상을 비유하였다. 《노자》20장에
"뭇 사람들은 희희낙락하여 소를 바쳐 제사지내는 것처럼 분주하
고, 봄철 높은 누대에 오른 것처럼 기뻐한다(衆人熙熙, 如享太牢,
如登春台.)"라 하고, 하상공 주에 "봄에는 음양이 서로 통하고 만

---

* 사람의 사상·성격·습관이 환경이나 다른 사람의 영향을 받아서 부지불식간
에 변화를 일으키는 것.

물이 모두 움직이며 자라나므로, 누대에 올라 그것을 바라보노라면 의지가 방탕(放蕩)해 진다(春, 陰陽交通, 萬物咸動, 登臺觀之, 意志淫淫然也.)"라 했음.

54-4

有若[116]江夏縣[117]令薛公[118], 揖[119]四豪[120]之風, 當百里之寄[121]。幹蠱有立[122], 含章可貞[123]。遵之典禮, 恤疲[124]於和樂。政其成也, 臻於小康[125]。

中京[126]重覩於漢儀[127], 列郡還聞於舜樂[128]。選鄂之勝, 帳于東門[129]。乃登幽歌[130], 擊土鼓[131], 祀蓐收[132], 迎田祖[133, 134]。招搖[135]回而大火[136]乃落, 閶闔[137]啓而涼風[138]始歸。

笙竽和簫之音, 象星辰而迭奏[139], 吳・楚・巴・渝之曲, 各土風而備陳[140]。禮容[141]有穆[142], 簪笏[143]列序[144]。羅衣蛾眉[145], 立乎玳筵[146]之上, 班劍[147]虎士[148], 森乎翠幕之前[149]。千變百戲, 分曹[150]賈勇[151]。蘭子跳劍, 迭躍流星之輝[152], 都盧尋橦, 倒掛浮雲之影[153]。

百川繞郡, 落天鏡於江城, 四山入牖, 照霜空之海色。獻觴醉於晚景, 舞袖紛於廣庭。

강하현령 설공(薛公)은 전국 사공자(戰國四公子)를 닮은 풍모로 백리 현을 다스리는 임무를 수행했으니, 어려운 일들을 잘 처리하는 능력을 지녔으며, 안으로는 미덕을 품었다네. 고인들의 범례를 따라서 피곤한 민중들을 구제하여 평화롭고 안락하게 만들었으며,

다스리는 일들이 성공하여 소강(小康)사회에 도달하였도다.

서울(長安)이 수복되어 다시 한나라의 위의(威儀)를 볼 수 있게 되었고, 각 주군에서는 다시 순(舜)임금의 음악을 들을 수 있었다네. 악주성(鄂州城)에 있는 명승지역을 골라 동문에 장막을 설치하고 천장절(天章節) 행사를 거행하는데, 빈(豳)지방 노래를 연주하고, 토고(土鼓)를 치며, 가을 신(蓐收)에게 제사지내고, 전조(田祖; 農神)를 영접하여 풍성한 수확을 기원하였도다. 초요성(招搖星; 북두칠성) 자루가 회전하여 대화심성(大火心星)이 서쪽 아래로 내려오니, 천문(閶闔)이 열리면서 시원한 바람이 불어오기 시작하는구나.

생(笙)·우(竽)·화(和; 작은 생황)·약(籥)이란 악기의 음향은 마치 천상의 별들이 돌아가면서 연주하는 것과 같으며, 오(吳)·초(楚)·파(巴)·유(渝) 지역의 악곡은 각기 고유한 풍속을 모두 구비하고 있도다. 예용악(禮容樂)이 화목하게 울리면서 관원들은 서열에 따라 앉아 있으며, 능라(綾羅) 의복을 입은 미인들은 화려한 잔치자리 옆에 서있고, 꽃무늬로 장식한 목검을 쥔 무사들은 엄숙하게 푸른 장막앞에 나열해 있구나. 천백번 변하는 놀이들은 조별로 나누어 선두를 다투며 기예를 빛내는데, 난자(繭子)가 공중에 검을 던지고 번갈아 뛰면서 잡는 모습은 유성이 번쩍 빛나는 듯하며, 도로(都盧)국 사람이 장대로 올라간 모습은 떠가는 구름에 거꾸로 매달린 듯하도다.

많은 하천들이 군성(郡城)을 둘러싼 모습은 하늘에 달린 거울이 강하성(江夏城)에 떨어진 듯하며, 사방의 산 빛이 창문으로 들어오는 모습은 서리 내리는 허공이 바다를 비추는 듯하다네. 악주의 저

물녘 경치 속에서 술잔을 올려 취하게 만들고, 넓은 뜰 안에는 미녀
들이 소매를 흔들며 어지러이 춤을 추는구나.

....

116 有若(유약) : 접속사(連詞)로, 「지어(至於)」와 같음.

117 江夏縣(강하현) : 지금의 호북성(湖北省) 무한시(武漢市) 무창(武
昌)임.

118 薛公(설공) : 누구인지 밝혀지지 않음.

119 揖(읍) : 「집(輯)」과 통하며 취집(聚集), 회집(會集)하는 것.

120 四豪(사호) : 전국시대 4공자. 제나라 맹상군(孟嘗君), 위나라 신
릉군(信陵君), 조나라 평원군(平原君), 초나라 춘신군(春申君)으
로 전국 사공자(戰國四公子)라 불림.

121 百里之寄(백리지기) : 예전에 한 현은 1백리 이내이므로, 현령을
맡은 것을 「百里之寄」라고 불렀음.

122 幹蠱有효(간고유립) : 설현령이 매우 강한 업무능력이 있음을 말
한 것. 「幹蠱」는 「간부지고(幹父之蠱)」의 약어로, 아들이 부친의
뜻을 계승하여 그가 이루지 못한 일을 완성하는 것. 《주역·고괘
(蠱卦)》에 "아버지의 어려운 일을 잘 처리하는 아들이 있으면, 아
버지는 허물이 없고 곤란과 위험이 있을지라도 마침내는 길하리
라(幹父之蠱, 有子, 考無咎, 厲, 終吉.)"라 하고, 왕필(王弼)은 주
에서 "유순한 바탕으로 능력을 발휘하여 아버지의 일을 잘 처리
하고, 조상이 남겨 놓은 옳은 전법(典法)을 잘 잇는 자라야 부친
이 남긴 일을 감당할 수 있다(以柔巽之質, 幹父之事, 能承先軌而
堪其任者也.)"고 했음.

123 含章可貞(함장가정) : 안으로 미덕을 품고 있는 것으로, 설현령이
안으로는 미덕을 품고 있는 정통파임을 말한 것. 《주역·곤괘(坤

卦)》에 나오는 성어인데, 공영달은 《정의(正義)》에서 "육삼(六三)
이 하괘의 극(極)에 처하였으나 능히 양(陽)에게 의심을 받지 않
는다. 「章」은 아름다움이니, 이미 음(陰)의 극에 있으면서도 스스
로 낮추고 물러나서 일이 벌어지지 않게 할 수 있고, 오직 안으로
아름다운 도를 머금어서 명령을 기다린 뒤에야 비로소 행하여 바
름을 얻을 수 있다. 그러므로 「아름다움을 머금어 정(貞)할 수 있
다(함장가정)」라고 한 것이다(六三處下卦之極, 而能不被疑於陽.
章, 美也, 旣居陰極, 能自降退, 不爲事始, 唯內含章美之道, 待
命乃行, 可以得正, 故曰含章可貞.)"라 하고, 왕필은 주에서 "아름
다움을 머금어 올바르게 할 수 있으므로 「함장가정」이라고 한다
(含美而可正者也, 故曰含章可貞.)"고 했음.

124 恤疲(휼피) : 위험과 곤란에 처한 사람을 구제하는 것.

125 臻於小康(진어소강) : 「臻」는 이르다. 도달하는 것. 「小康」은 정
치의 교화가 청명하여 백성들이 안정되고 부유한 생활을 영위하
는 사회. 《시경·대아·민로(民勞)》에 "백성들의 고통이 너무나
크니, 마땅히 이들이 「소강(작은 안위)」을 누릴 수 있도록 노력해
야 한다(民亦勞止, 汔可小康.)"라 하고, 정전에 "강"은 편안한 것
(康, 安也..)"이라 했음. 구태원·주금성의 《이백집교주》에서 "이
문장은 대우구인데, 「小康」이상 17자에 반드시 빠진 부분이 있다"
고 했는데 타당하다. 이 네 구에서는 설공이 고인들이 현을 다스
리는 범례를 따라서 피곤하고 곤란한 민중을 구제하여 안락하고
평화롭게 만들었으며, 그 정치적 업적이 성공하여 백성들에게 소
강생활의 수준에 도달하게 만들었다는 말임.

126 中京(중경) : 당나라 서울인 장안. 《구당서·숙종본기(肅宗本紀)》
에 "(지덕 2년 12월) 촉군을 남경으로, 봉상부를 서경으로, 서경은
중경으로 고치고, 촉군은 성도부로 고쳤다. 봉상부의 관료들은 세

서울의 명호를 균일하게 불렀다[至德二載十二月] 改蜀郡爲南京,
鳳翔府爲西京, 西京改爲中京, 蜀郡改爲成都府. 鳳翔府官僚並
同三京名號.)"고 했음.

127 漢儀(한의) : 한나라의 씩씩한 기상, 곧 「위무의장(威武儀仗)」을 대
신 가리킨 것.《후한서·광무제기(光武帝紀)상》에 "당시 삼보의
관리들이 사예소속 관료*들을 보고 모두 기쁨을 감추지 못했으며,
늙은 아전은 눈물을 흘리면서 「오늘 한나라 관료들의 위의를 다시
볼 줄을 어찌 생각했으랴!」라 했다(時三輔吏士 …… 及見司隷僚
屬, 皆歡喜不自勝. 老吏或垂涕曰, 不圖今日復見漢官威儀!)"는
기록이 있음.

128 舜樂(순악) : 전설가운데 순임금의 음악으로 태평성대의 노래.《사
기·오제본기》에 "사해 안에서는 모두 순임금의 공적을 떠받들게
되었다. 그리하여 우는 「구초(九招)」라는 음악을 짓고 진기한 물
건을 헌상하니, 봉황이 날아와 빙빙 돌았다. 천하에 덕을 밝히는
일이 모두 우제(순임금)로부터 비롯되었다(四海之內, 咸戴帝舜之
功. 於是禹乃興九招之樂, 致異物, 鳳皇來翔. 天下明德皆自虞帝
始.)"라 하고, 사마정(司馬貞)《색은(索隱)》에 "「초」는 음이 소로,
곧 순임금의 음악인 「소소」이다. 아홉 번 이루었으므로 「구초(소)」
라고 부른다(招音韶, 即舜樂簫韶. 九成, 故曰九招.)"고 했음.

129 選鄂之勝, 帳于東門(선악지승, 장우동문) : 악주성 동문의 명승지
역을 선택하여 장막을 설치하고 천장절의 경축행사를 거행한다는
말. 왕기는 "「선악지승」은 악성에 있는 명승지역을 선택하는 것
(選鄂之勝, 選擇鄂城名勝之區也.)"이라고 했음.

130 登豳歌(등빈가) : 빈(豳)지역의 음악을 연주하는 것으로,《시경·

---

* 광무제 유수(劉秀)의 부속(部屬).

빈풍·칠월)을 가리킴.

131 土鼓(토고) : 주(周)대의 악기명으로, 북의 일종. 기와를 사용하여
     양면을 가죽으로 싸서 두드리는 악기.

132 蓐收(욕수) : 고대 전설중의 서방 가을을 주관하는(司秋) 신. 《예
     기·월령(月令)》에 "[孟秋之月] 그 임금은 소호이고, 그 신은 「욕
     수」다(其帝少皞, 其神蓐收.)"라 하고, 정현 주에 "「욕수」는 소호
     씨의 아들로, 이름은 해이며 금관을 지냈다(蓐收, 少皞氏之子, 曰
     該, 爲金官.)"고 했음.

133 田祖(전조) : 농사를 처음 시작한 신농씨(神農氏)를 가리킴. 《시
     경·소아·보전(甫田)》에 "거문고와 비파를 뜯으며, 북을 쳐서 전
     조를 맞이하네(琴瑟擊鼓, 以御田祖.)"라 하고, 모전(毛傳)에 "「전
     조」는 선색(농사를 짓고 거둔 첫 선조)이다(田祖, 先嗇也.)"라 하
     고, 공영달 소에 "전조인 선색의 신을 맞이하여 제사지내는 것(以迎
     田祖先嗇之神而祭之.)"이라 했으며, 《주희집전》에서는 "처음에 농
     사를 지은 자이니, 곧 신농씨다(謂始耕田者, 即神農也.)"라 했음.

134 乃登齒歌(내등빈가)이하 4구 : 빈풍의 노래를 연주하고, 토고(土
     鼓)를 치며, 가을의 신에게 제사지내고, 전조(신농씨)의 강림을 영
     접하여 풍성한 수확을 기원한다는 말. 《주례·춘관(春官)·약장
     (籥章)》에 "토고와 빈약을 주관한다. 봄날 낮에 토고를 두드리고
     〈빈풍〉을 노래하면서 여름을 맞이한다. 가을에는 밤에 추위를 맞
     이하면서 이와 똑같이 한다. 무릇 온 나라가 전조에게 풍년을 빎
     에 〈빈아〉를 불고 토고를 쳐서 써 전준을 즐겁게 한다(掌土鼓豳
     籥. 中春, 晝擊土鼓, 吹豳詩, 以逆暑. 中秋, 夜迎寒, 亦如之. 凡
     國祈年于田祖, 吹豳雅, 擊土鼓, 以樂田畯.)"라 하고, 정현은 주
     에서 "두자춘는 「토고는 기와를 바로 펴고 가죽을 양면으로 만들
     어 두드릴 수 있도록 한 것」이라고 하였다. 「전조」는 경작을 처음

시작한 사람으로 신농씨이며, 〈빈아〉는 《시경·칠월》편이다. 〈칠월〉에는 또 「가서 쟁기를 수선하고(于耜)」, 「발을 들어 밭갈이를 하고(舉趾)」, 「저 남쪽 밭에 들밥을 내가는(饁彼南畝)」 일들이 있는데, 이 또한 그러한 종류를 노래한 것이다. 아(雅)라는 것은 남녀를 바르게 하는 것을 말한다(杜子春云, 土鼓以瓦爲匡, 以革爲兩面, 可擊也. 田祖, 始耕田者, 爲神農也. 豳雅, 亦七月也. 七月又有于耜·舉趾, 饁彼南畝之事, 是亦歌其類. 謂之雅者, 以其言男女之正.)"고 했음.

135 招搖(초요) : 북두칠성 중 일곱 번째 별인 요광(搖光)을 가리킴. 북두칠성의 모습은 자루달린 구기와 같아서, 구기의 자루가 회전하면 계절이 바뀌는 것을 나타낸다. 《예기·곡례(曲禮)상》에 "앞에는 주작기가 있고, 뒤에는 현무기가 있으며, 왼편에는 청룡기가 있고, 오른편에는 백호기가 있으며, 초요기는 위에 있다(前朱雀而後玄武, 左靑龍而右白虎, 招搖在上.)"라 하고, 정현 주에 「초요성」은 북두의 구기자루 끝을 주로 가리키는 별이다. 초요라는 글자는 북두 제7성과 같다(招搖星, 在北斗杓端主指者. 招搖如字, 北斗第七星.)"라 하고, 공영달 소에는 「초요」는 북두7성이다. 북두성은 사방 별들의 가운에 있으며, 구기의 끝으로 12월부터 달의 간지를 세워 가리키므로, 사방의 별들과 어긋나지 않는다(招搖, 北斗七星也. 北斗居四方宿之中, 以斗末從十二月建而指之, 則四方宿不差.)"라 했음.

136 大火(대화) : 28숙 가운데 다섯째인 심성(心星). 고대 천문학에서 하늘을 12개 등분하는 것을 「次」라 하는데, 「大火」는 12차의 하나임. 심성은 대화차 안의 주요한 별자리(星宿)이므로, 대화를 심성(心宿)이라고 대신 가리키며, 매년 하력(夏曆) 5월 황혼에 심성이 하늘 정남방에 출현하다가 7월에 이르러 황혼의 심성이 서쪽을 향

하다 떨어지므로 「七月流火」라 했다. 《이아(爾雅)·석천(釋天)》
에 "「대화」를 대진이라고 부른다(大火謂之大辰.)"라 하고, 주에
"「대화」는 심성인데, 가운데에서 가장 밝게 빛나므로 당시 계절의
주인이다(大火, 心也. 在中最明, 故時候主焉.)"라 했음.

137 閶闔(창합) : 서방 천문. 왕기는 주에서 「서쪽 끝의 문(西極之門)」
이라 했다. 《사기·율서(律書)》에 "창합풍(閶闔風)은 서쪽에 위치
하고 있다. 「창(閶)」은 인도한다는 뜻이고, 「합(闔)」은 감춘다는
뜻이다. 양기가 만물을 인도해 황천 아래로 감추는 것을 말한다
(閶闔風居西方. 閶者, 倡也. 闔者, 藏也. 言陽氣道萬物, 闔黃泉
也.)"라 했음. 「창합풍(閶闔風)」은 서풍, 곧 추풍이다.

138 涼風(양풍) : 시원한 바람. 《예기·월령(月令)》에 "음력 7월 ⋯⋯
서늘한 바람이 불어오고 백로가 내린다(孟秋之月, ⋯⋯ 涼風至,
白露降.)"라 하고, 《회남자·천문훈(天文訓)》에 "양풍이 불면서
45일째(추분)가 되면, 창합풍이 불어온다(涼風至四十五日, 閶闔
風至.)"고 했음.

139 笙竽和篪之音, 象星辰而迭奏(생우화약지음, 상성진이질주) : 생
(笙)·우(竽)·화(和)·약(篪) 등 각종 악기의 음향이 마치 천상
의 일월성신이 돌아가면서 연주하는 것과 같다는 말. 《순자(荀
子)·악론(樂論)》에 "그러므로 북은 하늘과 같고, 종은 땅과 같고,
경쇠는 물과 같으며, 우·생·소와 관·약은 별과 해와 달과 같으
며, 도고·축·부약·강갈은 만물과 같다(故鼓似天, 鐘似地, 磬
似水, 竽笙簫和筦篪似星辰日月, 鞉柷拊鞷椌楬似萬物.)"라 했으
며, 또한 왕기는 주에서 "《수서》에서 포에 속하는 악기로는 생
(笙), 우(竽)가 있는데, 여와가 만든 것이다. 생은 포안에 19개의
관이 벌려있고 황을 시작으로 연주한다. 우는 커서 36개의 관이
있다. 《풍속통》에서 큰 생황을 소라 하고, 작은 생황을 화라고 부

른다. 곽박은 《이아주》에서 약은 적과 같으며 구멍이 세 개로 짧
고 작다. 《광아》에서는 구멍이 일곱 개라고 말했다(《隋書》, 匏之
屬, 一曰笙, 二曰竽, 並女媧之所作也. 笙列管十九于匏內, 始簧
而吹之. 竽大三十六管. 風俗通, 大笙謂之巢, 小笙謂之和. 郭璞
爾雅注, 籥, 如笛, 三孔而短小. 廣雅, 云七孔.)"고 했음.

140 **吳楚巴渝之曲, 各土風而備陳**(오초파유지곡, 각토풍이비진) : 각
기 당시 풍속인 오(吳)·초(楚)·파(巴)·유(渝)등 지역의 악곡
(樂曲)을 모두 구비하고 있음을 말함. 「巴渝」는 파(巴)와 유(渝)
의 무곡(舞曲)으로 지금의 사천성 중경(重京)일대 민간가무임.
《진서(晉書)·악지(樂志)상에 "한고조는 촉한에서 삼진을 평정
하였을 때, 낭중 범인(范因)이 종인들을 거느리고 황제를 따르며
선봉군이 되었다. 진중을 평정하면서 범인을 낭중후에 봉하고, 종
인들의 일곱 성씨를 회복시켜 주었다. 그들의 풍속은 춤을 즐겼는
데, 고조도 그들의 용맹함을 좋아하여 자주 그 춤을 관람하였으
며, 후에는 악인들에게 그것을 익히도록 했다. 낭중에는 유수가
있는데, 그들이 거주하는 곳이므로 〈파유무〉라고 불렀다. 무곡에
는 〈모유본가곡〉·〈안노유본가곡〉·〈안대본가곡〉·〈행사본가곡〉
등 모두 네 편이 있다(漢高祖自蜀漢將定三秦, 閬中范因率賨人
以從帝, 爲前鋒. 及定秦中, 封因爲閬中侯, 復賨人七姓. 其俗喜
舞, 高祖樂其猛銳, 數觀其舞, 後使樂人習之. 閬中有渝水, 因其
所居, 故名曰巴渝舞. 舞曲有矛渝本歌曲·安弩渝本歌曲·安臺
本歌曲·行辭本歌曲, 總四篇.)"라 했음.

141 **禮容**(예용) : 예용악무(禮容樂舞). 《한서·예악지(禮樂志)》에 "고
조 6년(기원전201년)에 다시 〈소용악〉과 〈예용악〉을 지었는데,
〈소용〉악은 예전의 〈소하〉와 같으므로 주로 〈무덕무〉에서 나왔다.
〈예용〉악은 주로 〈문시〉와 〈오행무〉에서 나왔다(高祖六年又作昭

容樂·禮容樂. 昭容者, 猶古之昭夏也, 主出武德舞. 禮容者, 主出文始·五行舞.)"고 했음.

142 **有穆**(유목) : 엄숙하고 고요함(肅靜). 왕융(王融)의 〈3월 3일 곡수시서(三月三日曲水詩序)〉에 "온화한 용모는 엄숙하며, 손님들은 절도에 맞게 따르네(睟容有穆, 賓儀式序.)"라 했다.

143 **簪笏**(잠홀) : 고대 관원들은 잠필(簪筆)로 글씨를 쓰고, 홀(笏)을 잡고 서사(書事)하였으므로 후에는 잠홀(簪笏)로 관료를 대신 가리켰음. 양간문제(梁簡文帝)의 〈마보송(馬寶頌)〉서(序)에 "잠홀들이 대오를 이루고, 초영들은 자리에 있네(簪笏成行, 貂纓在席.)"라 읊었다.

144 **列序**(열서) : 벼슬의 등급에 따라 앉는 것.

145 **羅衣蛾眉**(나의아미) : 능라의복을 입은 미인.

146 **玳筵**(대연) : 대모(玳瑁)로 장식한 화려한 연회석. 유정(劉楨)의 〈과부(瓜賦)〉에 "상아로 만든 자리를 펴고, 대모갑 연회에 향내피우네(布象牙之席, 薰玳瑁之筵.)"라 했음.

147 **班劍**(반검) : 꽃무늬로 장식한 목검, 「班」은 반(斑)과 통한다. 한나라 제도에는 조복(朝服)에 검을 휴대했지만, 진대에는 나무로 하고 반검이라 불렀다.《문선》권58, 왕검(王儉)의 〈저연비문(褚淵碑文)〉에 "반검을 찬 사람 6십인을 만들었고 시호를 문간이라 했다(班劍爲六十人, 謚曰文簡.)"라 하고, 이주한은 주에서 "반검은 칼날이 없는 목검이다. 가짜로 검의 형태를 만들고 무늬를 그려 넣었으므로 「반」이라 불렀다(班劍, 木劍無刃. 假作劍形, 畫之以文, 故曰班.)"고 했음.

148 **虎士**(호사) : 호분지사(虎賁之士)로, 곧 무사(武士).

149 **森乎翠幕之前**(삼호취막지전) : 푸른 장막 앞에 엄숙하게 나열해 있는 것. 「森乎」는 엄숙한 모양. 「翠幕」은 청록색 휘장막(帷幕).

150 **分曹**(분조) : 고대 관서에서 부로 나누어 일을 처리하는 것, 분문별류(分文別類). 왕기는 주에서 "「分曹」는 두 조(曹)로 나누어서 우열을 비교하는 것"이라 했음.

151 **賈勇**(가용) : 힘을 팔아 기예를 바치는 것. 왕기는 주에서 "「賈勇」은 선두를 다투면서 그 기예를 빛내는 것으로, 《좌전》에 나오는 가용(賈勇)의 뜻과 조금 다르다."고 했음.

152 **蘭子跳劍, 迭躍流星之輝**(인자도검, 질약류성지휘) : 「繭子」는 「蘭子」가 맞으며, 난자가 공중에 검을 던지고 뛰어서 잡는데, 여러 검들이 공중에서 날리며 유성이 번쩍 빛나는 듯하다는 말. 《열자(列子)·설부(說符)》에 "송나라에 난자라는 놀이꾼이 특기를 가지고 송원군을 뵙기를 청하자, 원군은 그를 불러 그의 재간을 구경하였다. 그는 몸길이 보다 배나 되는 두 개의 댓가지를 종아리에 붙여 놓고, 걸어가기도 하고, 또 달리기도 할 뿐 아니라 손에 긴 칼을 일곱 개나 가지고 번갈아 공중에 던지는데, 그 가운데 다섯 개는 언제나 공중에 있었다. 원군은 놀이를 보고 아주 놀랍게 여기며 그 자리에서 즉시 금과 비단을 하사했다(宋有蘭子者, 以技干宋元, 宋元召而使見其技. 以雙枝長倍其身, 屬其踁, 並趨並馳, 弄七劍, 迭而躍之, 五劍常在空中. 元君大驚, 立賜金帛.)"라는 기록이 있음.

153 **都盧尋橦, 倒掛浮雲之影**(도로심동, 도괘부운지영) : 도로국 사람이 장대에 올라가 위에서 거꾸로 구름 끝에 매달린 모습을 묘사한 것. 「都盧」는 잡기 또는 나라 이름으로, 그 나라 사람들은 체중이 가벼워서 잘 오른다고 하였다. 《한서·지리지(地理志)》에 "남쪽 바다에 있는 도로국으로 들어갔다(南入海有都盧國.)"라 하고, 주에는 "그 나라 사람들은 굳세고 날래며 높은 곳을 잘 올라가므로, 장형의 서경부에서 「도로심동」*이라 읊었다(其國人勁捷, 善緣

高, 故張衡西京賦云, 都盧尋橦.)"고 했음. 「橦」은 장대(竿)이고,
「尋橦」은 고대 온갖 놀이(百戲)들의 절목(節目). 《초학기(初學記)》에 "「심동」은 지금의 장대에 올라가는 것(尋橦, 今之緣竿.)"
이라 했으며, 《문헌통고(文獻通考)》에 "장대를 타는 재주를 가진
사람들이 많았는데, 한무제는 당시에 「도로」라고 불렀다(緣橦之
技衆矣, 漢武帝時謂之都盧.)"고 했음. 이 네 구에서는 연회에서
잡기를 연출하는 것을 묘사했다.

54-5

鶴髮之叟[154], 雁序[155]而進曰, 「恭聞天子無戲言[156], 恐轉公以
大用。老父不畏死, 願留公以上聞。悅坐棠[157]而餐風[158], 庶刻石
以實美[159]。」

白觀樂入楚, 聞韶在齊[160], 採諸行謠[161], 遂作頌曰.

백발 노인들은 기러기처럼 차례로 줄지어 가면서 "천자는 농담하
지 않는다고 들었는데, 공(公)을 크게 쓰고자하여 전근될까 두렵다
네. 우리 늙은이들은 죽음이 두렵지 않고, 다만 공이 유임되도록
임금께서 들어 주기만을 바랄 뿐이니, 팥배(棠)나무 아래에 앉아 풍
찬노숙하면서 고생한 아름다운 업적을 비석에 새겨 칭송하기를 바
라노라"고 말하는구나.

---

* 장형의 〈서경부〉에 "臨逈望之廣場, 程角觝之妙戲, 烏獲扛鼎, 都盧尋橦."이라
했다.

이백이 초(楚) 땅에 들어가서 음악의 아름다움을 보았고, 제(齊) 땅에서 소악(韶樂)을 들었으니, 강하 땅 행인들의 가요를 근거로 채집하여 이 송문(頌文)을 지었도다.

....

154 鶴髮之叟(학발지수) : 백발의 노인. 학의 깃털은 대부분 백색이므로 학발은 백발을 비유함. 유신(庾信)의 〈죽장부(竹杖賦)〉에 "학 같은 흰 머리(학발)에 닭 같은 피부요, 흐트러진 쑥대머리에 많은 세월을 지낸 나이(齒)로구나(鶴髮鷄皮, 蓬頭歷齒.)"라 했음.

155 雁序(안서) : 「안항(雁行)」과 같은 말로, 기러기가 날아 갈 때 항렬에 맞춰 문란하지 않고 줄지어 가는 것. 사람들이 기러기가 줄지어 날아가는 것처럼 차례대로 가는 것을 비유하였음.

156 天子無戲言(천자무희언) : 천자는 농담하지 않는다는 말.《사기·진세가(晉世家)》에 "성왕이 어린 시절 숙부 우와 함께 놀면서 오동나무 잎을 규(珪; 標信)로 삼아 숙우에게 주면서 말하기를, 「내 그대를 봉하노라」라 하니, 사일*이라는 자가 이 말을 듣고는 길일을 택해 숙우를 봉하고자 했다. 그러자 성왕은, 「난 장난으로 했을 뿐이다」하자, 사일은 「천자에게는 농담이란 있을 수 없습니다. 천자가 말하면 태사관은 이를 기록하고, 예로써 그 일을 거행하며, 음악으로 그 일을 노래합니다」라 했다. 그래서 숙우는 당 땅에 봉해졌다. 당은 하와 분의 동쪽에 있으며, 경내가 백리이므로 당숙우라 했다(成王與叔虞戲, 削桐葉爲珪以與叔虞, 曰以此封若. 史佚因請擇日立叔虞. 成王曰, 吾與之戲耳. 史佚曰, 天子無戲言. 言則史書之, 禮成之, 樂歌之. 於是遂封叔虞于唐. 唐在河·汾之

---

* 태사관으로 일하고 있던 사일(史佚)로 혹 윤일(尹佚)이라고도 함.

東, 方百里, 故曰唐叔虞.)"라 하여 동엽봉제(桐葉封弟)에 관한 기록이 있음.

157 **坐棠**(좌당) : 팥배(棠)나무에 앉아서 정치하는 것. 전설에 의하면 주나라 무왕(武王)시대 소백(召伯)이 남국을 순행할 때 감당(甘棠)나무 아래에 쉬면서 송사를 처리하였는데, 백성들을 번거롭게 하지 않으려고 그 장소를 택하였으므로 백성들이 시로서 그 일을 그리워하면서 칭송하였음. 응소(應劭)의 《풍속통의(風俗通義)·황패(皇霸)·육국(六國)》〈소공(召公)〉편에 "섬 지방 서쪽은 소공이 다스렸는데, 농잠시기에는 노고가 심하여 향정에 머무르지 않고 감당나무 아래에서 송사를 듣고 결정하니, 백성들이 모두 제자리에서 일할 수 있었다. 나이 190여세에 죽으니 후인들이 그의 아름다운 덕을 생각하면서 그 나무를 사랑하여 감히 베지 못하고, 시경 〈감당편〉을 지었다(自陝以西, 召公主之, 當農桑之時, 重爲所煩勞, 不舍鄕亭, 止於棠樹之下, 聽訟決獄, 百姓各得其所, 壽百九十餘乃卒, 後人思其德美, 愛其樹而不敢伐, 詩甘棠之所作也.)"라 하고, 《수서(隋書)·왕정전(王貞傳)》에도 "팥배나무 앉아서 송사를 처리하면서도, 노래를 매우 잘 불렀다(坐棠聽訟事, 絶詠歌.)"라 했음.

158 **餐風**(찬풍) : 풍찬노숙(風餐露宿)하며 고생을 한다는 말.

159 **刻石以寘美**(각석이치미) : 위공의 아름다운 정치적 업적을 비석에 새겨 칭송하는 것임. 「刻石」은 비석에 새기는 것. 「寘美」는 정적(政績)을 찬미하여 세우는 것. 「寘」는 치(置)와 같다.

160 **觀樂入楚, 聞韶在齊**(관악입초, 문소재제) : 「觀樂」은 계찰(季札)의 일로,《좌전·양공(襄公)》29년에 "오 공자 계찰이 사신으로 와서, …… 주나라 음악 듣기를 청하였다(吳公子札來聘, …… 請觀於周樂.)"고 했음. 「聞韶」는 공자의 일로, 《논어·술이(述而)》에 "공

자께서 제나라에 계실 때 소악(韶樂)을 들으시고, 3개월 동안 고기 맛을 모르시며, 「음악을 만든 것이 이러한 경지에 이를 줄은 생각하지 못했다」고 하셨다(子在齊聞韶, 三月不知肉味, 曰, 不圖爲樂之至於斯也.)"라 했으며, 《설원(說苑)·수문(脩文)》에도 "공자가 제나라 곽문 밖에 이르러 물병을 든 한 어린아이를 만나 함께 가게 되었다. 그 아이는 눈이 밝고 마음이 정직하였으며, 그 행동도 단정하였다. 공자가 마부에게 이르기를 「빨리 달리시오, 지금 소악이 연주되고 있소」 공자는 그곳에 가서 소악을 듣고는 석 달간이나 고기의 맛을 알지 못했다(孔子至齊郭門之外, 遇一嬰兒挈一壺, 相與俱行, 其視精, 其心正, 其行端, 孔子謂御曰, 趣驅之, 韶樂方作. 孔子至彼, 聞韶, 三月不知肉味.)"라 했음. 왕기는 주에서 이 두구에 대하여 "악주(鄂州)는 본래 초나라의 땅이므로 「입초(入楚)」라 말한 것이고, 초지방으로 들어가 「관악(觀樂)」하면서 친히 그 아름다움을 보았으므로 제(齊)나라에서 「문소(聞韶)」한 것과 같다고 하였으며, 이 두 구는 유수대(流水對)의 방법을 사용한 것이다. 어떤 이는 「입초(入楚)」한 것을 의심하여 잘못된 것이라 했는데, 틀린 말이다"라고 했다.

161 行謠(행요) : 강하 땅 행인들의 가요.

54-6

(頌曰)

爽朗[162]太白[163], 雄光下射[164]。

崢嶸金天[165], 華嶽[166]旁連。

降精騰氣[167], 赫矣昭然[168]。

誕聖五日, 垂休萬年[169]。

孽胡挺災[170], 大人[171]有作[172]。

雷霆發揚[173], 攙槍乃落[174]。

九服[175]交泰[176], 五雲[177]縈薄[178]。

掃雪屯蒙[179], 洗清寥廓[180]。

軒后訪道, 來登峨嵋[181]。

上皇西去, 異代同時[182]。

六龍轉駕[183], 兩曜回規[184]。

重遭唐主[185], 更睹漢儀[186]。

肅肅[187]韋公, 大邦之翰[188]。

秀骨嶽立[189], 英謀電斷[190]。

宣風樹聲, 遠威逆亂[191]。

不長不極, 樂奏爭觀[192]。

丸劍揮霍[193], 魚龍屈盤[194]。

東廻舞袖, 西笑長安[195]。

頌聲載路[196], 豐碑是刊[197]。

맑고 밝은 태백성(太白星)은 강렬한 빛으로 아래를 비추고,

높고 가파른 가을 하늘은 화산(華山)과 가까이 이어졌구나.

금정(金精)의 기운으로 올라갔다가 태어나서

성대한 광명으로 밝게 드러났으니,

성인(玄宗)이 탄생한 5일은 만년 동안 아름다움이 드리워지리라.

사악한 오랑캐들이 난을 일으키자 대인(肅宗)이 재능을 펼쳐서,

우레와 번개처럼 크게 일어나 요성(妖星)을 떨어뜨렸도다.

온 세상에 시운이 형통하고 오색구름이 빽빽이 둘러 있으니,
몽난(蒙難)의 치욕을 씻고 먼 곳까지 깨끗이 청소하였어라.
헌원씨(黃帝)가 아미산(峨眉山)에 올라가 도(道)를 구하였는데,
상황이 서쪽으로 순방한 것은 시대는 다르지만 같은 일이로다.
여섯 말이 끄는 수레가 돌아오고 두 태양이 법도를 회귀시켰으니,
거듭 당나라 군주의 통치를 만나서
한조(漢朝)의 위의(威儀)를 다시 볼 수 있구나.
엄정한 위공(韋公)은 대국의 동량지재로서,
빼어난 골격은 산악이 서 있듯
영명한 모략으로 번개처럼 결단하였도다.
풍속을 선양하고 명성을 세워서
멀리 반란군에게도 위엄을 떨치는구나.
도(道)에 맞아 길지도 극(極)에 달하지도 않아서
즐거운 곡(曲) 연주를 다투어 관람하나니,
방울과 검을 돌리는 놀이요, 고기가 용으로 변하는 유희로다.
동방에서 소매 돌리는 무회(舞會)를 마치고
서쪽 장안(長安)으로 웃으며 들어 갈 것이니,
길에 가득한 칭송하는 명성을 큰 비석에 새겼노라.

....

162 **爽朗**(상랑) : 청상명랑(淸爽明朗), 맑고 시원하며 밝고 환한 것.

163 **太白**(태백) : 금성(金星). 《한시(韓詩)》에 의하면 고대에는 금성을
     태백이라 불렀으며, 아침 일찍 동방에 출현하므로 계명성(啓明星)
     이라 하고, 저녁에 서방에 나타나기 때문에 장경성(長庚星)이라
     불렀다고 함. 《시경·소아·대동(大東)》에 "동쪽에는 계명성이 있

고, 서쪽에는 장경성이 떴네(東有啓明, 西有長庚.)"라 했으며,
《사기·천관서(天官書)》에도 "태양의 운행을 관찰하면 태백(太
白)의 위치를 판정할 수 있다. 금성은 서방을 상징하고 금(金)에
해당하며, 가을을 주관하고 경(庚)·신(辛)의 날짜에 해당하며,
살기를 관장한다(察日行以處位太白. 曰西方, 秋. 日庚·辛, 主
殺.)"라 하고, 장수절(張守節)의 《사기정의(史記正義)》에 「태백」
은 서방 금의 정기이고, 백제의 아들로 상공이며, 대장군의 모습
이다. 일명 은성, 대정, 형성, 관성, 양성, 멸성, 대효, 대쇠, 대상
이라 부르며, 직경이 1백리이다(太白者, 西方金之精, 白帝之子,
上公, 大將軍之像也. 一名殷星, 一名大正, 一名熒星, 一名官星,
一名梁星, 一名滅星, 一名大囂, 一名大衰, 一名大爽. 徑一百
里.)"라 했음. 왕기는 주에서 "「태백」은 금성이다. 태양 부근에서
해보다 앞서가기도 하고 뒤에 가기도 하여 일정치 않지만, 해와
같이 한차례 돈다. 그 쏘는 빛이 오성 가운데 태백이 가장 밝고
환하다"라고 했다.

164 **雄光下射**(웅광하사) : 강렬한 빛으로 아래를 비춘다는 말.

165 **崢嶸金天**(쟁영금천) : 「崢嶸」은 높고 가파른 모습(高峻貌). 「金
天」은 서천(西天), 가을 하늘(秋天). 오행 중 금은 서방에 위치하
며, 계절로는 가을이므로 금천이라 부른다.

166 **華嶽**(화악) : 서악 화산(華山). 《구당서·현종기상》선천(先天) 2
년(713) 9월에 "계축일 화악의 신을 금천왕에 봉하였다(癸丑, 封
華嶽神爲金天.)"고 했음.

167 **降精騰氣**(강정등기) : 「降精」은 신령. 당현종 이융기는 서방 백제
(白帝)인 금정(金精)의 기운으로 올라갔다가 태어난 것.

168 **赫矣昭然**(혁의소연) : 성대한 광명이 나타난다는 말. 「赫矣」는 성
대한 모양. 「昭然」은 밝게 드러난 모습.

169 誕聖五日, 垂休萬年(탄성오일, 수휴만년) : 「五日」은 8월 5일로 현
    종의 생일. 「垂休」는 아름다움을 드리우는 것(垂美). 현종이 5일에
    탄생하여 이 성탄절이 만년 동안 아름다움을 전할 것이라는 말.

170 孼胡挺災(얼호정재) : 「孼胡」는 안사의 반란군을 가리키며, 「挺
    災」는 난을 일으키는 것, 재난을 유발하는 것.

171 大人(대인) : 고대에 덕이 높은 사람에 대한 칭호. 《순자·성상(成
    相)》에 "「대인」이로구나 순이여! 남면하는 임금으로 즉위하여 만물
    을 갖추었도다(大人哉舜, 南面而立萬物備.)"라 하고, 같은 책《순
    자·해폐(解蔽)》에 "그 마음은 밝기가 해와 달 같고, 크기는 모든
    곳에 가득차 있다. 이러한 사람을 「대인」이라 부른다(明參日月,
    大滿八極, 夫是之謂大人.)"고 했음. 여기서는 숙종을 가리킨다.

172 有作(유작) : 재능을 펼쳐 보이는 것.

173 雷霆發揚(뇌정발양) : 우레와 번개같은 힘으로 분발하는 것. 「雷
    霆」은 명성과 위엄이 우레와 같음을 비유한 말.

174 攙槍乃落(참창내락) : 반란군의 세력을 격파시키는 것을 말함.
    「攙槍」은 「欃槍(참창)」과 같은 말로, 혜성(彗星)의 별칭. 《이아
    (爾雅)》에서 "혜성은 「참창」이다(彗星爲欃槍.)"라 하였으며, 고대
    에는 요성(妖星)으로 여겨서 흔히 악한 세력에 비유하였다.

175 九服(구복) : 고대에 천자가 거주하는 서울(京都) 이외의 지방으
    로, 원근에 따라 9개 지구로 구분된다. 《주례·하관사마(夏官司
    馬)》에 "직방씨에 …… 방국을 구복으로 나누는데, 사방 천 리를 왕
    기라 하고, 그 바깥으로 사방 5백리를 후복이라 하고, 그 바깥으로
    사방 5백리를 전복이라 하고, 그 바깥으로 사방 5백 리를 남복이
    라 하고, 그 바깥으로 사방 5백 리를 채복이라 하고, 그 바깥으로
    사방 5백 리를 위복이라 하고, 그 바깥으로 사방 5백 리를 만복이
    라 하고, 그 바깥으로 사방 5백 리를 이복이라 하고, 그 바깥으로

사방 5백 리를 진복이라 하고, 그 바깥으로 사방 5백 리를 번복이라 한다(職方氏 …… 乃辨九服之邦國, 方千里曰王畿, 其外方五百里曰侯服, 又其外方五百里曰甸服, 又其外方五百里曰男服, 又其外方五百里曰采服, 又其外方五百里曰衛服, 又其外方五百里曰蠻服, 又其外方五百里曰夷服, 又其外方五百里曰鎭服, 又其外方五百里曰藩服.)"라 했음. 여기서는 전국각지를 널리 가리킨다.

176 交泰(교태) : 천지의 기운이 융합 관통하여 만물을 낳아 길러서 크게 통하는 것. 시운(時運)이 형통한 것. 《주역·태괘(泰)》에 "천지의 사귐이 「태」이다(天地交, 泰.)"라 하고, 왕 필 주에서 "태는 만물이 크게 통하는 시기다(泰者, 物大通之時也.)"라 했음. 천지의 기운이 융통해서 만물이 각자 그 생에 순응하므로 태(泰)라고 하였다.

177 五雲(오운) : 청·백·적·흑·황 오색의 상서로운 구름. 길상의 징조. 《남제서·악지(樂志)》에 "거룩한 조상이 내려오고 「오운」이 모여드네(聖祖降, 五雲集.)"라 했음.

178 縈薄(영박) : 빽빽하게 둘러 감싸는(縈繞) 것. 왕승유(王僧孺)의 〈종자영녕령겸뢰(從子永寧令謙誄)〉에 "세 강이 빽빽이 둘러있고, 일곱 봉우리가 아득히 흩어지노라(三川縈薄, 七嶺悠漫.)"라 했음.

179 掃雪屯蒙(소설둔몽) : 몽난(蒙難)의 치욕을 깨끗이 없애버리는 것. 「屯蒙」은 어려움을 만나는 것으로, 곤돈(困頓)의 뜻. 유지기(劉知幾)의 《사통(史通)·암혹(暗惑)》에 "어떤 군주는 어려움을 만나고, 어떤 조정은 전쟁에 근심하네(或主遭屯蒙, 或朝罹兵革.)"라 했음.

180 洗淸寥廓(세청요확) : 텅 비고 끝없이 넓은 천지를 깨끗이 청소하여 다시 광명이 비추도록 한다는 말. 「寥廓」은 광원(廣遠)하고 요활(遼闊)한 것, 텅 비고 끝없이 넓은 천지.

181 軒后訪道, 來登峨嵋(헌후방도, 내등아미) : 그해에 황제가 아미산

에서 도를 구한 일. 「軒后」는 황제(黃帝) 헌원(軒轅)씨. 《포박자(抱朴子)·지진편(地眞篇)》에 "예전에 황제가 …… 아미산으로 가서 천진 황인을 옥당에서 뵙고 진일지도에 관해 묻자, 황인이 「그대는 천하의 군주이면서 다시 장생을 구하니, 또한 탐욕이 아니겠습니까?」(昔黃帝 …… 到峨眉山, 見天眞皇人於玉堂, 請問眞一之道, 皇人曰, 子既君四海, 復欲求長生, 不亦貪乎?)"라 했음.

182 **上皇西去, 異代同時**(상황서거, 이대동시) : 지금 태상황인 현종도 황제 헌원씨처럼 성도로 서순(西巡) 하니, 시대는 다르지만 서로 같은 일이라는 말. 여기서는 당 현종이 안사의 난을 피하여 몽진한 사실을 가리기 위한 말이다. 「上皇」은 현종을 가리키는데, 숙종에게 양위한 후 현종을 상황으로 높였음.

183 **六龍轉駕**(육룡전가) : 「六龍」은 황제의 수레로 여섯 마리의 말이 어거(馭車)함. 8척이나 되는 말을 용(龍)이라 함. 「轉駕」는 장안으로 돌아오는 것을 가리킴.

184 **兩曜回規**(양요회규) : 「兩曜」는 두 개의 태양으로 현종과 숙종을 가리켜 비유하였으며, 「回規」는 법도(法度)를 회귀시키는 것.

185 **重遭唐主**(중조당주) : 거듭 당 황제가 전국을 통치하는 것.

186 **更睹漢儀**(갱도한의) : 한나라를 빌려 당을 비유한 것으로, 당나라 조정의 위의(威儀)를 다시 볼 수 있음을 말함.

187 **肅肅**(숙숙) : 엄정(嚴正)한 모양. 《시경·소아·태묘(黍苗)》에 "「숙숙」한 사읍의 일을 소백이 경영하네(肅肅謝功, 召伯營之.)"라 하고, 정현의 주에 "「숙숙」은 엄정한 모습(肅肅, 嚴正之貌.)"이라 했음.

188 **大邦之翰**(대방지한) : 대국의 동량(棟樑). 「翰」은 동량(棟梁). 《시경·대아·판(板)》에 "제후(대방)들은 나라의 보호자요, 임금의 일가는 나라의 기둥이라네(大邦維屛, 大宗維翰.)"이라 하고, 또

"신백과 보후는 오직 주 나라의 기둥이로다(維申及甫*, 維周之翰.)"이라 읊었으며, 모전에 "「한」은 간(棟梁)이다(翰, 幹也.)"라 했음.

189 秀骨嶽立(수골악립) : 육기의 《답가장연(答賈長淵)》에 "오나라는 실제로 용이 나는 듯하고, 유비 역시 산악이 서 있는 듯하네(吳實龍飛, 劉亦嶽立.)"라 하고, 유량(劉良)주에 "사악처럼 제후들이 서있는 것을 말한다(言如四嶽諸侯之立也.)"라 했음.

190 英謀電斷(영모전단) : 지모와 결단이 있는 것, 영명한 모략으로 전광석화처럼 명확한 결단을 내리는 것. 《주서(周書)·무제기론(武帝紀論)》에 "영명한 위엄을 번개처럼 펼치니, 조정이 새롭게 고쳐졌네(及英威電發, 朝政維新.)"라 하고, 사조의 〈제대뇌주하이신문(祭大雷周何二神文)〉에도 "주신이 나와 번개처럼 결단하니, 신묘한 계략은 으뜸이로다(周生電斷, 神謨英冠.)"라 했음.

191 宣風樹聲, 遠威逆亂(선풍수성, 원위역란) : 위공이 풍교(風敎)와 덕화(德化)를 선양하고 위세와 명망(威望)을 수립하여 먼 곳까지 반란군을 진압한다는 말. 《송서(宋書)·유의공전(劉義恭傳)》에 "명성을 여러 속국까지 수립하고, 풍교와 덕화를 선양하였네(樹聲列藩, 宣風鉉德.)"라 했음.

---

* 주에 "보는 보후니, 곧 목왕 때에 여형을 지은 자이다. 어떤 이는 「이는 선왕 때의 사람으로 여형을 지은 자의 자손이라」하고, 신은 신백이니, 다 강성의 나라다. (甫, 甫侯也. 卽穆王時, 作呂刑者. 或曰此, 是宣王時人而作呂刑者之子孫也. 申, 申伯也. 皆姜姓之國也.)"라 했다. 여기서 여형(呂刑)은 『서경』 주서(周書)의 편명이기도 하다. 주(周)나라 목왕(穆王) 때 여후(呂侯)를 사구(司寇)에 임명하였는데, 여후는 왕명으로 우(禹)임금의 속형(贖刑)의 법을 본받아 돈으로 속죄하는 새로운 법을 만들어 공포하였는데 이것을 사관이 기록한 것이 여형편이다. 『예기』에서는 여형편을 인용하여 여형을 보형(甫刑)이라 부르고 있는데, 여후의 자손이 보(甫)땅의 제후가 되었기 때문이다.

192 **不長不極, 樂奏爭觀**(부장불극, 악주쟁관) : 예악이 도에 맞아 길
지도 극에 달하지도 않아서 민중들이 모두 와서 주악(奏樂)을 관
람하는 것. 《예기 · 곡례(曲禮)》의 "거만한 마음을 키워서도 안 되
며, 욕심을 나는 대로 부려서도 안 되며, 뜻을 가득 차게 해서도
안 되며, 즐거움을 극도로 누려서도 안된다(敖不可長, 欲不可從,
志不可滿, 樂不可極.)"는 뜻을 사용하였음.

193 **丸劍揮霍**(환검휘곽) : 고대에 잡기를 연출한 검무(劍舞)와 변희술
(變戲術)을 묘사했음. 「丸劍」은 잡기 이름으로, 환(丸)과 검을 사
용하여 연출하는 것. 장형(張衡)의 〈서경부〉에 "환과 검을 위아래
로 가지고 논다(跳丸劍之揮霍.)"라 하고, 장선은 주에서 "「도」는
제 맘대로 다루는 것이고, 「환」은 방울이며, 「휘곽」은 방울과 검
을 상하로 오르내리는 모양(跳, 弄也. 丸, 鈴也. 揮霍, 鈴劍上下
貌.)"이라고 했음.

194 **魚龍屈盤**(어룡굴반) : 고기가 용으로 변화하는 유희(遊戲). 《한
서 · 서역전찬》에 "(무제는) 성대한 술자리를 차려놓고 사방 오랑
캐를 손님으로 모셔놓고 대접하였는데, 「파유도로」· 「해중탕극」·
「만연어룡」· 「각저지희」를 연출하게 하고 관람하였다([武帝]設酒
池肉林以饗四夷之客, 作巴渝都盧, 海中碭極, 漫衍魚龍, 角抵之
戲以觀視之.)"라 하고, 안사고는 주에서 "「어룡」은 사리를 가진
짐승이다. 먼저 정원 끝에서 놀이하고 마치면, 바로 궁전 앞의 흐
르는 물로 들어가 비목어로 변화하여 물로 씻으며, 뛰어올라 안개
가 되어 해를 가리면서 마치면, 8장이나 되는 황룡으로 변하여 물
에서 나와 정원에서 멋대로 노닐며 햇볕을 쬔다. 〈서경부〉에서
「바닷고기가 변하여 용이 된다」는 것이 바로 이 상태를 말한 것이
다(魚龍者, 爲舍利之獸, 先戲於庭極, 畢, 乃入殿前激水, 化成比
目魚, 跳躍漱水, 作霧障日, 畢, 化成黃龍八丈, 出水敖戲於庭,

炫耀日光. 西京賦云,「海鱗變而成龍」卽爲此色也.)」라 했음.

195 **東廻舞袖, 西笑長安**(동회무수, 서소장안) : 위공이 이번에 동방에서의 무회(舞會)를 마치고 서쪽 장안으로 돌아가 직책을 맡을 것이라는 말. 환담(桓譚)의 《신론(新論)》에 "관동의 속담에 「사람들이 장안의 즐거움을 들으면 문을 나서면서 서쪽을 향해 웃는다」(關東鄙語曰, 人聞長安樂, 出門向西笑.)」라 했음.

196 **載路**(재로) : 길에 가득한 것(滿路). 《시경・대아・생민(生民)》에 "실로 길고 커서, 그 소리가 길에 가득하니라(實覃實訏, 厥聲載路.)"라 하고, 《주희집서》에 "「재」는 가득한 것(載, 滿也.)"이라 했음.

197 **豊碑是刊**(풍비시간) : 곧 「간각풍비(刊刻豊碑)」임. 「是」는 동사 빈어로 도장표지사(倒裝標誌詞). 「豊碑」는 공을 적고 덕을 칭송한 높고 큰 돌비석(石碑)이다. 원래는 천자가 죽어 장례지낼 때 하관에 쓰이는 도구인데, 한나라 이후에는 큰 돌을 묘 앞에 세우고 문자를 새겨 넣어 죽은 자를 찬양하거나 중대한 국사를 밝혔다. 《남사(南史)・왕림전(王琳傳)》에 "「풍비」가 세워지니, 당시 사람들이 머무르며 눈물을 흘렸다(豊碑式樹, 時留墮淚之人.)"라 하고, 서릉(徐陵)의 〈효의사비(孝義寺碑)〉에 "삼가 풍비에 새겨 놓고, 춤추고 노래하노라(謹勒豊碑, 陳其舞詠.)"라고 했음.

55.
武昌宰韓君去思頌碑
이임하는 무창현령 한군의 덕정을 칭송한 비문

지덕 2년(757) 가을, 이백이 영왕동순(永王東巡) 사건으로 심양 (潯陽)옥에 갇혔다가 출옥하고 난 뒤, 어사중승 송약사가 막부참모 로 초빙하여 무창으로 갔을 당시 무창현령 한중경(韓仲卿)과 교유 하였는데, 이 문장은 무창현민들이 현령임기를 마치고 이임하는 그 를 기념하기 위해 지은 덕정비문(德政碑文)이다.

이 덕정비문의 내용은 한중경의 정치적 업적을 제재로 삼은 작품 으로, 서언(序言)과 비문(碑文)으로 이루어졌으며 4개 단락으로 나 눌 수 있다. 첫 번째 단락에서는 현령을 지낸바 있는 공자(孔子)와 복자천(宓子賤)을 계승한 사람이 한중경이라 칭찬하고, 이어 그의 관적을 밝히면서 선조인 한궐(韓厥)로부터 7대조 한무(韓茂), 5대 조 한균(韓鈞), 증조 한준(韓晙), 부친 예소(睿素)와 모친 오망 선 (錢)씨까지의 사적을 밝히고, 이어 한중경의 동생(少卿·雲卿·紳 卿)들의 경력과 자질, 명성, 관직 등에 대해 기술하였다. 두 번째 단락에서는 한중경이 무창현령(武昌縣令)으로 재직할 때의 훌륭한 정치적 업적에 대해서 묘사했는데, 백성을 교화하고 관리들의 비리를 금지시킨 점, 호족(豪族)들을 덕행으로 교화시킨 점, 안사란시 무창현의 치안과 경제 방면에서 편안한 정사를 펼친 점을 기술하고, 이어 상관인 채방대사(採訪大使) 황보신(皇甫侁), 상서우승(尚書右丞) 최우(崔禹), 재상 최환(崔渙) 등이 포상하도록 주청한 일을 언급하였다. 세 번째 단락에서는 새로 부임하는 신임 현령 왕정린(王庭璘)이 전임 한현령의 덕정을 계승하여 아름다운 정사를 펼칠 것임을 피력하고, 이어 현내에 거주하는 현자(賢者)와 관료 및 기로(耆老)들이 이임하는 한공의 치적을 비석에 새겨 칭송하도록 이백에게 부탁한 사항을 서술했다. 마지막 네 번째 단락인 비문(碑文)에서는 노래를 채집하여 칭송한 내용으로, 무창현의 지리와 역사 및 풍속에 대하여 읊고, 이어서 한현령의 정치적 업적과 찬사를 비석에 기록한 사항을 기술하였다.

이렇듯 이백은 특히 본 내용가운데 한중경이 무창현령으로 재직하는 동안 올바른 방향으로 정사를 펼쳐서 「탐관오리와 지방호족들을 복속(奸吏束手, 豪宗側目)」시켜 백성들이 기뻐하는 내용과, 그의 선조와 타인들의 평가 등을 서술한 부분에서 당송팔대가(唐宋八大家)인 한유(韓愈)의 관적과 유종(遊蹤)관계를 연구하는데 하나의 역사자료로서 가치가 있다.

「한중경」은 당대 고문운동의 창도자인 한유의 부친으로, 일찍이 동제현령(銅鞮縣令), 무창현령(武昌縣令), 영흥현령(永興縣令), 파양현령(鄱陽縣令)과 비서랑(秘書郎) 등의 관직을 역임했다. 《신당서 · 한유전(韓愈傳)》에 "한유는 자가 퇴지로, 등주 남양인이다. 7대조 한무(韓茂)는 후위에서 공을 세워 안정왕에 봉해졌으며, 부친 중경(仲卿)은 무창령으로 근무하면서 아름다운 정사를 펼쳐 이임할 때 현민들이 비석을 세워 공덕을 칭송했다. 마지막 관직으로 비서랑을 지냈다(韓愈, 字退之, 鄧州南陽人. 七世祖茂, 有功于後魏, 封安定王. 父仲卿, 爲武昌令, 有美政, 旣去, 縣人刻石頌德. 終秘書郎.)"고 했다.

「무창재(武昌宰)」는 무창현령으로, 당대의 무창현은 강남서도 악주(鄂州) 강하군(江夏郡)에 속하였으며, 관청소재지는 지금의 호북성 악주시다. 「거사송비(去思頌碑)」는 고대에 지방에서 이직하는 관리들에 대하여 그 지방 유지와 백성들이 그리워하는 마음을 가송하거나 기념하는 문장으로 대부분 비석 위에 새겼는데, 덕정비(德政碑)라고도 부른다.

55-1

仲尼, 大聖也[1], 宰中都[2]而四方取則[3], 子賤[4], 大賢也, 宰單父[5], 人到於今而思之。乃知德之休明[6], 不在位之高下, 其或繼之者, 得非[7]韓君乎？

君名仲卿, 南陽[8]人也。昔延陵[9]知晉國之政[10], 必分於韓[11]。獻子[12]雖不能遏屠岸之誅[13], 存孤嗣趙, 太史公稱天下陰德也[14]。其賢才羅生[15], 列侯十世, 不亦宜哉！

七代祖茂[16], 後魏尚書令[17]安定王[18]。五代祖鈞[19], 金部[20]尚書。曾祖晙, 銀青光祿大夫[21]·雅州[22]刺史。祖泰, 曹州[23]司馬[24]。考睿素[25], 朝散大夫[26]·桂州都督府[27]長史。分茅[28]納言[29], 剖符[30]佐郡[31], 奕葉明德[32], 休[33]有烈光[34]。君乃長史之元子[35]也。

姚[36]有吳錢氏[37]，及長史即世[38]，夫人早孀[39]，弘聖善之規[40]，成名四子[41]，文伯[42]·孟軻二母[43]之儔與！

少卿[44]當塗縣丞[45]，感慨重諾，死節於義。雲卿[46]文章冠世[47]，拜監察御史[48]，朝廷呼爲子房[49]。紳卿[50]尉高郵[51]，才名振耀，幼負美譽。

중니(孔子)는 큰 성인으로 중도(中都)의 수령이 되자 사방의 모범이 되었으며, 자천(宓子賤)은 큰 현인으로 단보(單父)의 수령이 되자 사람들은 지금까지도 그를 사모하고 있다네. 이에 덕(德)의 아름답고 밝음은 계급의 고하에 있는 것이 아님을 알겠으니, 그들*을 계승한 사람은 한군(韓仲卿)이 아니겠는가?

한군의 이름은 중경(仲卿)으로 남양인(南陽人)이로다. 옛날 춘추시대 연릉(延陵) 계자(季札)는 진(晉)나라의 정세가 반드시 한(韓)나라로 나누어질 것을 알았다네. 헌자 한궐(韓厥)은 도안고(屠岸賈)가 조씨를 죽이는 것을 막지 못했지만, 외로운 후사인 조무(趙武)를 생존시켰으므로 태사공(司馬遷)은 천하의 음덕이라 일컬었도다. 그의 뛰어난 재능으로 대를 잇게 하여 제후로서 열 세대를 함께 했으니, 이 또한 아름다운 일이 아니겠는가!

7대조 한무(韓茂)는 후위(後魏)의 상서령 안정왕(安定王)이었고, 5대조 한균(韓鈞)은 금부상서였으며, 증조부 한준(韓晙)은 은청광록대부와 아주자사를 지냈고, 조부 한태(韓泰)는 조주사마를 지냈으며, 부친 예소(睿素)는 조산대부와 계주도독부장사를 지냈도다. 이렇게 제후(分茅)와 재상(納言), 자사(剖符)와 사마(佐郡)를 지내

---

* 중니(공자)와 복자천.

면서, 여러 세대에 덕을 밝히고 아름다운 광영을 누렸으니, 한군은 바로 장사(한예소)의 장남이로다.

돌아가신 모친은 오땅 전(錢)씨로서 장사께서 세상을 떠나자 부인은 일찍 과부가 되었지만, 지혜를 발휘하여 선덕을 쌓고 가규(家規)를 드날려서 네 아들 모두 공명(功名)을 이루게 하였으니, 문백(文伯)과 맹자(孟子)의 두 어머니와 짝이 될 만하구나.

둘째 소경(少卿)은 당도현승(當塗縣丞)으로 있을 때, 감개하면서도 응낙을 무겁게 하였으며, 정의를 위해 목숨을 걸고 절개를 지켰다네. 셋째 운경(雲卿)은 문장이 세상에 으뜸으로 감찰어사를 지냈으며, 조정에서는 장자방(張良)이라 불렀도다. 막내 신경(紳卿)은 고우현위(高郵縣尉)을 지냈으며, 재주와 명성을 떨쳐 어려서부터 아름다운 칭송을 받았다네.

....

1 仲尼, 大聖也(중니, 대성야) : 공자는 이름이 구(丘), 자가 중니(仲尼). 유가 학파의 시조이자 대표로 후인들이 성인(聖人)으로 추앙하였음.

2 中都(중도) : 고대 읍명. 춘추시대 노나라 땅으로, 지금의 산동성 문상현(汶上縣) 서쪽임.《사기·공자세가(孔子世家)》에 "그 후에 정공이 공자를 중도의 수령으로 삼으니, 1년 만에 사방에서 그를 본받았다(其後定公以孔子爲中都宰, 一年, 四方皆則之.)"라 했음.

3 取則(취칙) : 취하여 표본으로 삼는 것.

4 子賤(자천) : 복자천(宓子賤)의 자이며, 춘추 말엽 노나라 사람으로 공자 제자.《논어·위정(爲政)》에 "공자가 자천에 대해 말씀하셨다. 「군자답구나, 이 사람이여! 노나라에 군자가 없었다면 이 사람이 어떻게 이런 군자다움을 취하였겠는가?」(子謂子賤, 君子哉若人! 魯

無君子者, 斯焉取斯?)"라 하여, 공자는 그를 군자라고 평했음.

5 宰單父(재단보) : 단보현령. 《여씨춘추 · 찰현편(察賢篇)》에 "복자천이 단보를 다스릴 때, 거문고를 타면서 몸은 당 아래에 내려가지 않았지만, 단보가 잘 다스려졌다(宓子賤治單父, 彈鳴琴, 身不下堂, 而單父治.)"라 했는데, 여기서는 그 뜻을 사용했음. 또 《공자가어 · 굴절해(屈節解)》에 "공자 제자인 복자천은 노나라에서 벼슬하면서 단보현령을 지냈다. …… 정사를 펼치면서 단보가 잘 다스려지게 되었다. 자신부터 돈후하고 친친지도를 밝힌 자와 가까이하였으며, 독실함을 숭상하고 지극한 인덕을 베풀었으며, 간절하고 정성스러움을 더하고 충성과 신의를 이루어서 백성들을 교화시켰다(孔子弟子有宓子賤者, 仕於魯, 爲單父宰. …… 得行其政, 於是單父治焉. 躬敦厚, 明親親, 尙篤敬, 施至仁, 加懇誠, 致忠信, 百姓化之.)"라 했음. 단보(單父)는 지금의 산동성 단현(單縣)이다.

6 德之休明(덕지휴명) : 도덕이 아름답고 청명한 것. 《좌전 · 선공》 3년에 "주나라 정왕이 초 장왕을 위무(慰撫)하려고 왕손만을 사신으로 보냈을 때, 초왕이 주나라의 보배인 솥의 크기와 무게 등을 물어보자, 왕손만이 대답했다. 「솥의 크기와 무게는 그것을 가지고 있는 사람의 덕에 달려 있지 솥에 달려 있지는 않습니다. …… 하나라 걸왕은 악덕을 지녔기 때문에 솥은 상나라로 옮겨가서 6백년이 되었으며, 상나라 주왕은 포학했기 때문에 그 솥은 주나라로 넘어가게 되었습니다. 솥을 가진 임금의 덕이 아름답고 밝으면 솥이 비록 작을지라도 무거워 옮기기 어려울 것이며, 그 덕이 비뚤어지고 어지러우면 비록 크다고 하더라도 가벼워서 옮기기 쉬운 것이라오」(定王使王孫滿勞楚子, 楚子問鼎之大小輕重焉. 對曰, 在德不在鼎, …… 桀有昏德, 鼎遷于商, 載祀六百, 商紂暴虐, 鼎遷于周. 德之休明, 雖小, 重也. 其姦回昏亂, 雖大, 輕也.)"라 했음.

7　得非(득비) : 어찌 아니겠는가?

8　南陽(남양) : 당대 남양군(南陽郡) 곧 등주(鄧州)로 산남동도에 속
하며, 지금의 하남성 남양시이다.《원화군현도지(元和郡縣圖志)》
권21〈산남도(山南道)〉편에 "등주는 남양군으로 상군이다.《우공》
에서는 예주 땅이며, 주나라에서는 신국이었다가 전국시대 한나라
에 속하였다. …… 진나라 소양왕이 한땅을 차지하고 남양군을 두
었는데, 중국의 남쪽에 위치하고 양지에 있었으므로 남양이라 불렀
다(鄧州, 南陽, 上. 禹貢豫州之域, 周爲申國, 戰國時屬韓. …… 秦
昭襄王取韓地, 置南陽郡, 以在中國之南而有陽地, 故曰南陽.)"고
했음.

9　延陵(연릉) : 본래 지명으로, 지금의 강소성 무진현(武進縣). 춘추
시대 오공자 계찰(季札)의 봉토이므로, 후인들이 계찰을 부를 때
연릉계자(延陵季子)라고 했음.

10　晉國之政(진국지정) : 진(晉)나라가 조(趙)·위(魏)·한(韓)으로 분
할된 것.《사기·진세가(晉世家)》에 "(주나라 평공)14년, 오나라 연
릉계자가 사신으로 와서 조문자·한선자·위헌자와 이야기하고 나
서「진나라의 정사는 마침내 이 세 집안에게 귀속될 것이다」고 말했
다((平公)十四年, 吳延陵季子來使, 與趙文子韓宣子魏獻子語, 曰,
晉國之政, 卒歸此三家矣.)"라 했는데, 진나라는 뒤에 위·조·한
세 나라로 나뉘어졌음.

11　必分於韓(필분어한) : 전국시대에 진(晉)의 대부인 한씨는 조·위
와 함께 진을 멸망시키고, 진땅을 나누어 제후가 되었는데, 한은 지
금의 하남성 중부와 산서성 동남 지역이며, 후에 진(秦)나라에게 멸
망당했음.

12　獻子(헌자) : 한궐(韓厥)《신당서·재상세계표3》에 "한씨는 희(姬)성
에서 나왔다(韓氏出自姬姓.)"라고 하였으며,《국어주(國語注)·진

어(晉語)5)》에는 "「헌자」는 한만의 현손이며, 아들인 여의 아들이 궐이다(獻子, 韓萬之玄孫, 子輿之子厥也.)"라 하고, 《사기색은(索隱) · 한세가(韓世家)》에서는 "한만은 구백을 낳고, 구백은 정백간을 낳고, 간은 여를 낳고, 여는 헌자인 한궐을 낳았다(萬生賕伯, 賕伯生定伯簡, 簡生輿, 輿生獻子厥.)"고 했음.

13 **屠岸之誅, 存孤嗣趙**(도안지주, 존고사조) : 「屠岸」는 진(晉) 사구(司寇)인 도안고(屠岸賈)로, 그가 조순(趙盾)의 후사인 조무(趙武)를 없애버리려고 했지만, 한헌자 궐 등이 조무를 보호하였다. 《사기 · 한세가(韓世家)》에 "진 경공 3년, 사구 도안고가 난을 일으켜 영공의 적신인 조순을 죽이려 했지만, 순이 이미 죽었으므로 그 아들 조삭을 베려고 했다. 한궐(韓厥)은 도안고를 멈추게 했지만, 듣지 않았으므로 한궐이 조삭에게 알려 도망치도록 했다. 조삭이 말하기를, 「그대가 조나라의 제사가 끊어지지 않도록 해주신다면 죽어도 한이 없겠습니다」하니, 한궐이 허락하자 도안고가 조씨를 죽일 때, 한궐은 병을 핑계로 나아가지 않았다. 정영과 공손저구가 조씨의 고아인 조무를 숨긴 것을 한궐은 알고 있었다. 경공 11년, …… 진이 6경을 세울 때, 한궐이 경의 하나를 차지하고 헌자라고 불렀다. 경공 17년, 공이 병에 걸려 점을 치니 대업을 잇지 않아서 귀신이 들었다고 하였다. 한궐이 조성계의 공을 찬양하면서 지금 제사를 지낼 후사가 없음을 말하며 경공을 감동시켰다. 경공이 「아직도 후손이 남아 있는가?」라 물으니, 한궐이 조무가 있다고 말하자, 옛날 조씨의 전읍을 다시 주어 조씨 집안의 제사를 잇도록 했다(晉景公之三年, 司寇屠岸賈將作亂, 誅靈公之賊趙盾. 盾已死矣, 欲誅其子趙朔. 韓厥止賈, 賈不聽. 厥告趙朔令亡, 朔曰, 子必能不絕趙祀, 死不恨矣. 韓厥許之. 及賈誅趙氏, 厥稱疾不出. 程嬰 · 公孫杵臼之藏趙孤趙武也, 厥知之. 景公十一年, …… 晉作六卿, 而韓厥

在一卿之位, 號爲獻子. 晉景公十七年, 病(疾), 卜大業之不遂者爲
崇(崇). 韓厥稱趙成季之功, 今後無祀, 以感景公. 景公問曰, 尙有
世乎？ 厥於是言趙武, 而復與故趙氏田邑, 續趙氏祀.)"라는 기록
이 있음.

14 **太史公稱天下陰德也**(태사공칭천하음덕야) : 위에 나오는 고사에
이어 사마천(司馬遷)이 한나라의 음덕을 칭찬한 내용. 《사기·한세
가(韓世家)》에 "태사공이 말했다. 「한궐이 진 경공을 감동시켜 조씨
의 고아인 조무로 대를 잇게 하였다. 이로써 정영(程嬰)과 공손저구
(公孫杵臼)의 의로움이 이루어졌으니, 이는 천하의 음덕이다. 한씨
의 공은 진에서 그다지 크게 보이지 않았지만, 조씨와 위씨와 함께
제후가 되어 십여세가 되었으니 마땅하구나 ! 」(太史公曰, 韓厥之
感晉景公, 紹趙孤之子武, 以成程嬰·公孫杵臼之義, 此天下之陰
德也. 韓氏之功, 於晉未睹其大者也. 然與趙·魏終爲諸侯十餘世,
宜乎哉！)"라 하였는데, 여기서는 이 뜻을 사용했음.

15 **羅生**(나생) : 분포, 배열.

16 **七代祖茂**(칠대조무) : 한중경의 7대조 한무(韓茂). 《북사(北史)·
한무전(韓茂傳)》에 "한무는 자가 원흥으로, 안정 안무인이다. ……
시중과 정남대장군을 지내고 죽어서 안정왕에 추증되었다. 장자인
한비는 안정공을 세습하였고, 아우인 한균은 자가 천덕으로 처음에
는 중산대부로 있다가 범양자라는 작위를 받고 금부상서로 옮겼다.
형인 한비가 죽자, 한균이 안정공과 정남대장군에 세습되었다(韓
茂, 字元興, 安定安武人也. …… 加侍中, 征南大將軍, 卒贈安定
王. 長子備, 襲爵安定公. 備弟均, 字天德, 初爲中散, 賜爵范陽子,
遷金部尙書. 兄備卒, 均襲爵安定公, 征南大將軍.)"라 했음.

17 **尙書令**(상서령) : 상서령은 진(秦)나라 때 처음 만들어졌는데, 소부
(少府)의 속관으로 장주(章奏) 관련 문서를 관장했으며, 한 무제 때

에는 환관이 담당하다가 한 성제때 관료로 바꿨다. 위진(魏晉)이후 직위가 점점 높아지다가 당나라에서는 재상이 되었음.

18 **安定王**(안정왕) : 안정은 고대의 군명으로, 지금의 감숙성 평량(平涼)지역 일부.

19 **五代祖鈞**(오대조균) : 왕기는 주에서 "「五代祖鈞」에서의 「鈞」은 「均」자의 잘못이며, 한균은 한무의 손자가 아니라 아들이므로 본문에서 「五代」와 「七代」는 잘못된 것"이라고 했다. 《신당서 · 재상세계표3》〈한씨편〉에서도 한무는 비(備)와 균(均)이란 아들을 두었다고 했음.

20 **金部**(금부) : 《주례(周禮) · 추관(秋官)》에 직금(職金)이란 관직이 있는데, 금(金) · 옥(玉) · 주석(錫) · 돌(石) · 단청(丹青)을 관장하는 우두머리(戒令)라 했다. 위(魏)나라에 이르러 금부랑을 두었으며, 그 후에도 역대에 계속 두었는데, 호부(戶部)에 속하여 창고(庫藏) · 보물(金寶) · 화물(貨物) · 도량(度量)등을 관장하는 일을 맡았음*.

21 **銀青光祿大夫**(은청광록대부) : 「銀青」은 은색 도장(銀印)에 청색 인끈(青綬)으로, 금자(金紫)에 대칭되는 말로 쓰였으며, 진한시대에는 2천석이상 관리에게는 모두 은인과 청수를 수여하였음. 「光祿大夫」는 진(秦)이 천하를 통일한 뒤에 중대부(中大夫)란 관직을 두었는데, 한(漢) 무제(武帝)는 중대부(中大夫)의 명칭을 광록대부(光祿大夫)로 바꾸었으며, 수(隋) 양제(煬帝)는 9대부(九大夫)와 8위(八尉)의 17품계(品階)로 관직 체계를 구성하였다. 정1품 광록대부(光祿大夫), 종2품 금자광록대부(金紫光祿大夫), 정3품 은청광록대부(銀青光祿大夫) 등의 관품(官品)을 나타내는 칭호로 사용되

---

* 《통전(通典)》에 "魏尙書有金部郎, 其後歷代多有之. 北齊金部主才量尺度 · 內外諸庫藏文帳."라 했다.

었으며, 당제(唐制)에서 은청광록대부는 문관으로 종3품에 해당되었다.

22 **雅州**(아주) : 당대에 아주(치소는 盧山郡임)는 검남도(劍南道)에 속하며, 지금의 사천성 아안현(雅安縣)임.

23 **曹州**(조주) : 당대에 조주(치소; 濟陰郡)는 하남도에 속하며, 지금의 산동성 정도현(定陶縣) 서쪽임.

24 **司馬**(사마) : 관명. 수당시 주부(州府)에는 좌리(佐吏)로 사마 한사람을 두었는데, 장사(長史)의 아래에 위치함.

25 **考睿素**(고예소) : 부친 한예소(韓睿素). 《신당서 · 재상세계표3》에 "한균은 …… 아주도독 한준을 낳고, 준은 조주사마인 인태를 낳고, 인태는 계주장사 예소를 낳았다(均 …… 生晙, 雅州都督. 生仁泰, 曹州司馬. 生叡(睿)素, 桂州長史.)"*라 했는데, 여기서 「睿」와 「叡」는 같은 자임.

26 **朝散大夫**(조산대부) : 종5품 하의 문산관(文散官).

27 **桂州都督府**(계주도독부) : 「桂州」는 치소가 시안군(始安郡)으로 영남도에 속하며, 지금의 광서성 계림시(桂林市). 「都督府」는 지방 행정기구로, 당대 초기에는 도독부를 상중하로 나누었는데, 상은 증관(贈官)으로 친왕(親王)을 임용하였으며, 중도독부가 바로 절도사임.

28 **分茅**(분모) : 고대에 천자가 제후를 분봉할 때, 흰띠(白茅)로 흙을 싸서 피봉자에게 수여하여 토지와 권력을 수여하는 것을 상징했다. 《상서 · 우공(禹貢)》에 "공물은 다섯 가지 빛깔의 흙이었다(厥貢惟

---

* 황보식(皇甫湜)의 《한유신도비(韓愈神道碑)》에도 "有韓茂者, 以武功顯, 爲尙書令, 實爲安定桓王. 次子均襲爵, 官至金部尙書, 亦能以功名終. 尙書曾孫叡素, 爲唐桂州長史, 善化行於江嶺之間, 於先生爲王父, 生贈尙書左僕射諱仲卿. 僕射生先生."라 했다.

土五色.)"라 하고, 공영달 소에 "왕은 오색의 흙으로 봉하여 토지의 신으로 삼는데, 제후를 봉하여 세울 때는 각기 그 지방의 흙을 주면서 나라로 돌아가서 사(社)를 세우도록 했다. …… 사방 각각 그 지방의 색을 모두 황토로 덮으며, 그 흙을 나누어 줄 때 흰 띠풀을 깔고 이 띠풀로 흙을 싸서 주었다(王者封五色土以爲社, 若封建諸侯則各割其方色土與之, 使歸國立社……四方各依其方色皆以黃土覆之, 其割土與之時, 苴以白茅, 用白茅裹土與之.)"라 했음.

29 **納言**(납언) : 순(舜)임금 때의 관명. 임금의 명령을 출납하는 직책. 수당시에 한번 시중(侍中)을 납언이라 바꿨다가 후에 다시 시중이라 하였는데, 문하성(門下省) 장관이다. 여기서는 한무가 일찍이 왕에 봉해지고 재상을 역임한 것을 말함. 《서경·우서(虞書)·순전(舜典)》에 "그대를 납언에 명하노니, 매일 나의 명령을 전하고 의견을 수집하여 신의있게 하라(命汝作納言, 夙夜出納朕命, 惟信(允).)"라 하고, 공안국전(孔安國傳)에 「납언」은 목구멍과 혀로 대변하는 관직이니, 아랫사람들의 말을 들어서 위로 보고하고 윗사람의 말을 받아서 아래로 선포하는데, 반드시 믿음이 있어야 한다(納言, 喉舌之官, 聽下言納於上, 受上言宣於下, 必以信.)"라고 했음.

30 **剖符**(부부) : 한준(韓晙)이 주의 장관인 자사에 임용되고, 한예소(韓睿素)가 도독부장사(長史)가 된 것을 가리키는데, 고대에는 제후나 공신에게 분봉을 할 때 대나무를 두 쪽으로 갈라 당사자와 조정이 하나씩 가지는 제도이다. 반악(潘岳)의〈마견독뢰(馬汧督誄)〉에 "부신을 받은 자사가 되어 성을 다스렸다(剖符專城.)"라 하고, 장선(張銑)은 주에서 "「부부」는 대나무를 쪼개서 부신을 나누는데, 지금의 도장과 같은 것이다(剖符, 謂剖竹分符, 猶今之印也.)"라고 했음.

31 **佐郡**(좌군) : 한태(韓泰)가 사마(司馬)로 임명되어 주의 자사를 보

좌한 일을 가리킴. 「分茅納言, 剖符佐郡」에 대하여 왕기는 주에서 "「分茅」는 왕이 벼슬을 주는 것이고, 「納言」은 상서(尚書)를 말하며, 「剖符」은 자사와 장사이며, 「佐郡」은 사마를 말한다"고 했음.

32　奕葉明德(혁엽명덕) : 「奕葉」은 혁세(奕世)로 여러 세대. 「明德」은 결함이 없는 덕성. 공명정대하며 도리에 맞는 행동으로, 사람의 마음이 본래 지니는 맑은 본성을 말함.

33　休(휴) : 길경(吉慶), 복록(福祿). 《시경·상송·장발(長發)》에 "하늘이 내리신 크고 아름다운 복을 누리셨네(何天之休.)"라 하고, 정현은 전에서 "「휴」는 아름다운 것(休, 美也.)"이라고 했음.

34　烈光(열광) : 광영(光榮), 영광(榮光). 《시경·주송·재견(載見)》에 "고삐 방울이 딸랑거리며, 아름답게 빛났도다(鞗革有鶬, 休有烈光.)"라 하고, 공영달은 소에서 "아름답게 혈기가 왕성하여 밝은 빛을 나타내니, 이는 스스로 구할 수 있는 문장이므로 아름답지 않은 데가 없다(休然盛壯而有顯光, 是能自求文章, 故無所不美也.)"라 했음.

35　元子(원자) : 본처 소생의 장남. 여기서는 한중경이 한예소의 적장자임을 말한 것임. 《시경·노송·비궁(閟宮)》에 "당신의 맏아들을 세워, 노나라 제후를 삼는다(建爾元子, 俾侯于魯.)"라 하고, 모전(毛傳)에 "「원」은 첫째다(元, 首也.)라 했음.

36　妣(비) : 돌아가신 모친. 《예기·곡례(曲禮)하》에 "살아서는 부·모·처라 하고, 죽으면 고·비·빈이라 한다(生曰父, 曰母, 曰妻. 死曰考, 曰妣, 曰嬪.)"고 했음.

37　吳錢氏(오전씨) : 오 땅 소주(蘇州) 사람으로 성이 전(錢)씨임.

38　長史即世(장사즉세) : 계주 도독부장사 한준소가 별세한 것. 「即世」는 거세(去世)와 같음.

39　孀(상) : 남편이 죽은 과부. 《회남자·원도훈(原道訓)》에 "형은 동생

의 죽음 때문에 곡하지 않았으며, 아이들은 고아가 되지 않고 부인은 과부가 되지 않았다(兄無哭弟之哀, 童子不孤, 婦人不孀.)」라 했음.

40 弘聖善之規(홍성선지규) : 「聖善」은 총명하고 현량(賢良)한 것. 지혜를 발휘하여 선덕을 쌓아 가규(家規)를 드날리는 것. 《시경·패풍(邶風)·개풍(凱風)》에 "어머님은 정말 훌륭하시네(母氏聖善.)"라 했음.

41 成名四子(성명사자) : 네 아들 모두 이름을 날려 성공한 것. 「四子」는 전씨 소생의 중경(仲卿)·소경(少卿)·운경(雲卿)·신경(紳卿)을 가리킴.

42 文伯(문백) : 문백 모친의 교훈. 《열녀전(列女傳)·모의(母儀)·노계경강전(魯季敬姜傳)》에 "노 계경강은 거 땅 여자로 대기라고 불렀다. 노나라 대부인 공보목백의 아내이며, 문백의 모친이고 계강자의 종조 숙모이다. 예도에 널리 통달하였는데, 목백이 먼저 죽자 경강은 수절하며 자식을 양육했다. 문백이 학교에서 돌아올 때 경강이 곁눈으로 살펴보았다. 친구가 대청으로 뒤따라 들어오다가 계단으로 다시 내려가 문백의 검을 받아들고 신발을 바르게 정리해주면서 부형을 섬기듯 하였으며, 문백은 스스로 어른처럼 행세하였다. 경강이 불러 꾸짖기를, 「…… 지금 너는 나이도 어리고 지위가 낮은데도 같이 노는 애들을 모두 하인처럼 부리고 있으니, 이는 너에게 도움이 되지 않음이 분명하다」고 하자, 문백이 바로 사죄했다. 이후로 엄한 스승과 현명한 친구를 골라 섬겼는데, 같이 교유하는 사람은 모두 늙은 나이에 새로 난 이를 가진 사람들로, 문백이 옷깃을 여미고 몸소 대접했다. 경강은 「네가 성인이 되었구나」하였다. 군자들은 경강이 올바른 방향으로 교화시키는 법을 갖춘 사람이라고 말했다(魯季敬姜者, 莒女也, 號戴己. 魯大夫公父穆伯之妻, 文伯之

母季康子之從祖叔母也. 博達知禮, 穆伯先死, 敬姜守養. 文伯出
學而還歸, 敬姜側目而盼之. 見其友上堂, 從後階降而卻行, 奉劍
而正履, 若事父兄, 文伯自以爲成人矣. 敬姜召而數之曰, …… 今
以子年之少而位之卑, 所與遊者, 皆爲服役. 子之不益, 亦以明矣.
文伯乃謝罪. 於是乃擇嚴師賢友而事之. 所與遊處者皆黃耈倪齒
也, 文伯引衽攘捲而親饋之. 敬姜曰, 子成人矣. 君子謂敬姜備於
敎化.)"는 기록이 있음.

43 **孟軻二母**(맹가이모) : 앞주의 문백과 맹자 모친의 교훈. 같은 책인
《열녀전》에 " 추나라 맹가의 모친은 맹모라고 불렀다 …… 맹자가 어
린시절 학업을 마치고 도중에 집으로 돌아왔다. 그때 어머니는 베를
짜고 있다가 「너의 공부는 어느 정도까지 도달했느냐?」고 묻자, 맹
자는 「이와 같습니다」고 대답했다. 그러자 어머니는 짜고 있던 베를
칼로 끊어버렸다. 맹자가 두려워하면서 그 연유를 물으니, 어머니는
「네가 학문을 그만두는 것은, 내가 짜던 베를 끊어버리는 것과 마찬
가지다. 군자는 학문을 배워 이름을 날리고, 질문하여 지식을 넓혀
야 한다. 그래야 평소에는 마음과 몸을 편안히 할 수 있고, 세상에
나가서는 위험을 멀리할 수 있다. 지금 네가 학문을 그만두었으니,
다른 사람의 하인으로 부려질 뿐만 아니라 재앙에서 벗어날 수 없을
것이다. 그러니 생계를 위하여 베를 짜다가 중간에 그만둔다면, 그
남편에게 옷을 입힐 수는 있어도 오래도록 살아가는 양식으로 삼기
에는 부족한 것과 무엇이 다르겠느냐! 여자가 생계를 꾸리다가 그만
두고, 남자가 덕을 닦는 것에 게을리 한다면 도둑이 되거나 종으로
사역당할 뿐이다」라 했다. 맹자가 두려워하여 자사를 스승으로 섬
기면서 아침 저녁으로 쉬지 않고 배워서, 드디어 천하에 훌륭한 유
학자가 되었다. 군자들은 맹자 어머니는 사람의 어머니가 되는 도리
를 알고 있다고 말했다(鄒孟軻之母也, 號孟母. …… 孟子之少也,

旣學而歸, 孟母方績, 問曰, 學何所至矣? 孟子曰, 自若也. 孟母
以刀斷其織, 孟子懼而問其故, 孟母曰, 子之廢學, 若吾斷斯織也.
夫君子學以立名, 問則廣知, 是以居則安寧, 動則遠害. 今而廢之,
是不免於廝役, 而無以離於禍患也. 何以異於織績而食, 中道廢而
不爲, 寧能衣其夫子而長不乏糧食哉! 女則廢其所食, 男則墮於脩
德, 不爲竊盜, 則爲虜役矣. 孟子懼, 旦夕勤學不息, 師事子思, 遂
成天下之名儒. 君子謂孟母知爲人母之道矣.)"는 기록이 있음.

44 少卿(소경) : 한중경의 아우로, 당도현승(當塗縣丞)을 지냈음.

45 當塗縣丞(당도현승) : 「當塗」는 당대 당도현으로 치소는 고숙(姑
孰)이며, 지금의 안휘성 마안산시(馬鞍山市)다. 「縣丞」은 현령을
보좌하는 관원으로 종8품하임.

46 雲卿(운경) : 한중경의 아우이며 한유의 숙부. 이백의 〈광덕으로 가
는 한시어를 보내며(送韓侍御之廣德)〉, 〈능양산에 도착해 천주석
에 올라가서 황산에 은거하고자 나를 초대한 한시어에게 수답하
며(至陵陽山登天柱石酬韓侍御見招隱黃山)〉, 〈금릉에서 한시어가
부는 피리 소리를 들으며(金陵聽韓侍御吹笛)〉라는 시 3수에 나오
는 한시어(韓侍御)가 바로 한운경(韓雲卿)임.

47 文章冠世(문장관세) : 한운경의 문장이 세상에 으뜸임. 황보식(皇
甫湜)의 〈한유신도비(韓愈神道碑)〉에 "돌아가신 숙부 운경은 숙종
과 대종 시대에 홀로 문장이 으뜸이었다(先叔父雲卿, 當肅宗·代
宗朝, 獨爲文章冠.)"고 하여, 그의 문장에 대하여 설명하였다. 《전
당문》권441에 한운경의 소전이 있으며, 〈평만송(平蠻頌)〉·〈평회
비명병서(平淮碑銘竝書)〉등 5편의 문장이 수록되어 있음.

48 監察御史(감찰어사) : 관명으로 어사대찰원에 소속되었으며, 모든
관리들을 감찰한다. 《당서·백관지》에 "어사대에는 감찰어사 15인
이 있는데, 정8품하다(御史臺有監察御使十五人, 正八品下.)"라고

했음.

49 子房(자방) : 한흥(漢興) 4걸 중 한사람인 장량(張良)의 자.

50 紳卿(신경) : 한중경의 막내동생으로, 《전당시》권284에 이단(李端)
의 〈한신경을 보내며(送韓紳卿)〉, 권286에 〈판관 한신경에게 희증
하다(戱贈韓判官紳卿)〉, 권292에 사공서(司空曙)의 〈운양관에서
한신과 한밤을 보내고 헤어지다(雲陽館與韓紳宿別)〉란 시가 있다.
또한 한유의 〈괵주의 사호인 한부군 묘지명(虢州司戶韓府君墓誌
銘)〉에 "안정환왕 5세손인 예소가 계주장사가 되어 남방으로 가서
교화를 펼쳤다. 아들 넷 가운데 막내 신경은 글과 언변이 뛰어나
일찍이 양주 녹사참군이 되어 옛날 재상이었던 최원을 모시었다*.
최원은 주민 정모씨를 특히 가까이하여 그 집안까지 돌봐 주었다.
뒷날 관청의 큰 회의가 있는 날에 사록군(예소)이 앞으로 나아가
큰소리로 말하기를, 「공의 허물을 말하겠소. 공은 일반 주민 한사람
과 친하게 지내면서 그 집에 까지 드나드는 것은 정사에 해가 됩니
다」하니, 최원이 놀라 사과하면서, 「녹사의 말이 맞네. 내가 실로
잘못했네」라고 하면서, 스스로 벌금으로 5십만 냥을 내 놓겠다고
서명했다. 이런 연유로 경양현령으로 옮기면서, 좋은 집과 물레방아
를 팔아 논 백만 이랑을 백성에게 내 놓았다(安定桓王五世孫叡素,
爲桂州長史, 化行南方. 有子四人, 最季曰紳卿, 文而能言, 嘗爲揚
州錄事參軍, 事故宰相崔圓. 圓狎愛州民丁某, 至顧省其家. 後大
衙會日, 司錄君趨以前, 大言曰, 請擧公過, 公與小民狎, 至至其
家, 害於政. 圓驚謝曰, 錄事言是, 圓實過. 乃自署罰五十萬錢. 由
是遷涇陽令, 破豪家水碾, 利民田頃凡百萬.)"는 기록이 있음.

---

* 사서의 기록에 의하면, 상원(上元) 원년 2월, 최원(崔圓)을 양주대도독부장사
(揚州大都督府長史)와 회남절도사(淮南節度使)로 삼았다고 했다.

51 尉高郵(위고우) : 고우현위(高郵縣尉). 「高郵」는 현 이름으로 지금
의 강소성 고우시이며, 양주(揚州) 광릉군(廣陵郡)에 속하였다. 현
위는 현의 치안을 담당하는 벼슬로 종9품 상(上)임.

55-2

君自潞州⁵²銅鞮⁵³尉, 調補武昌令⁵⁴, 未下車, 人懼之, 既下
車, 人悅之。惠如春風⁵⁵, 三月大化⁵⁶, 奸吏束手⁵⁷, 豪宗側目⁵⁸。
有嚙玉者, 三江之巨橫⁵⁹。白額⁶⁰且去, 清琴高張⁶¹。兼操刀⁶²
永興⁶³, 二邑同化⁶⁴。

時鑿齒⁶⁵磨牙而兩京⁶⁶, 宋城⁶⁷易子而炊骨⁶⁸。吳楚轉輸⁶⁹, 蒼
生熬然⁷⁰。而此邦⁷¹晏如⁷², 襁負雲集⁷³。居未二載, 戶口三倍
其初。銅鐵曾青⁷⁴, 未擇地而出⁷⁵。大冶鼓鑄, 如天降神⁷⁶。既
烹且爍, 數盈萬億⁷⁷, 公私其賴之。官絕請托之求, 吏無絲毫
之犯。

本道⁷⁸採訪大使⁷⁹皇甫公侁⁸⁰, 聞而賢之, 擢佐⁸¹軺軒⁸², 多所
弘益。尚書右丞⁸³崔公禹⁸⁴, 稱之於朝。相國崔公渙⁸⁵, 特奏授
鄱陽令⁸⁶, 兼攝⁸⁷數縣。所謂投刃而皆虛⁸⁸, 爲其政而則理成⁸⁹,
去若始至, 人多懷恩。

한군이 노주(潞州) 동제현위(銅鞮縣尉)에서 무창현령(武昌縣令)
으로 승진되어 부임할 때, 수레에서 내리지 않았을 적에는 사람들
이 두려워하였으나, 수레에서 내리고 나니 기뻐하였다네. 봄바람
같은 은혜를 베풀어 3개월 동안 크게 변화시키자, 간교한 관리들은

비위를 저지르지 못하고 호족(豪族)들은 곁눈질하며 눈치만 살폈도다. 찬옥(爨玉)이란 교활한 자가 삼강(三江)에 횡행했었지만, 이마가 하얀 호랑이를 물리치고 거문고를 맑게 타며 고상하게 다스렸으니, 영흥현령(永興縣令)을 겸임하면서도 두 읍(무창현과 영흥현)이 함께 교화되었구나.

당시 착치(鑿齒; 安祿山)가 이를 갈면서 두 서울을 함락시켰을 때, 송성(宋城)에서는 자식을 바꿔 잡아먹고 뼈로 밥을 지었으며, 오(吳)·초(楚)지역의 양식을 운송하면서 백성들을 괴롭게 볶아댔다네. 그러나 이 지방만은 편안하게 지냈으므로 포대기(襁褓)로 아이를 업고 구름같이 모여들었으니, 두 해가 채 못 되어서 호구(戶口)가 처음의 세배로 늘어났도다. 구리와 철, 푸른색 광석(鑛石)들이 장소를 가리지 않고 채굴되었으며, 대장장이가 바람을 일으키며 쇠붙이를 녹이는 모습은 마치 하늘에서 신이 내려온 듯하구나. 삶고 녹여서 만든 금전은 억만금이 넘어서 정부와 민간에서 그것에 의지하였으니, 관청에서는 청탁이나 요구하는 일이 없을 뿐만 아니라 관리들은 털끝만큼도 법을 어기는 일이 없었다네.

본 강남서도 채방대사(採訪大使) 황보선(皇甫侁)은 그가 현명하다는 명성을 듣고 유헌(輶軒; 채방사)의 보좌로 발탁하여 세상에 널리 유익함을 펼치도록 했으니, 상서우승(尙書右丞) 최우(崔禹)는 조정에서 그를 칭찬하였으며, 재상 최환(崔渙)은 파양현령(鄱陽縣令)으로 발탁하면서 여러 현을 겸직하도록 특별히 상주하였다네. 이른바 소를 잡을 때 칼날이 모두 빈 부위를 지나가듯 숙련되어서 현(縣)의 정사를 이치에 맞게 처리하니, 떠날 때 처음 온 것처럼 아쉬워하며 많은 사람들이 은혜를 그리워하는구나.

52 潞州(노주) : 당대 하동도(河東道)에 속하며, 지금의 산서성 장치시
　　(長治市)임.

53 銅鞮(동제) : 노주(潞州) 상당군(上黨郡)에 속한 현명으로, 지금의
　　산서성 심현(沁縣) 서남쪽에 있음.

54 調補武昌令(조보무창령) : 강남서도에는 무창현과 영흥현이 있는
　　데, 모두 악주(鄂州) 강하군(江夏郡)에 속하였음. 여기서는 한중경
　　이 동제현위에서 무창현령으로 승진한 것을 설명한 것임.

55 惠如春風(혜여춘풍) : 어진 마음으로 봄바람같이 사랑하는 것, 인애
　　(仁愛)함을 비유함.

56 大化(대화) : 넓고 깊게 교화되는 것.

57 奸吏束手(간리속수) : 한중경의 정치활동이 엄격하고 위엄이 있으
　　므로 사리사욕을 취하는 탐관오리들이 감히 비위를 저지르지 못하
　　는 것. 왕기는 주에서 《오록(吳錄)》을 인용하여 "육조(陸稠)가 광릉
　　태수로 임명되어 탐관오리들을 직접 단속하자, 광릉 속담에 「맺히
　　고 성가신 것을 푸는 일은 우리 육태수가 하신다네」(陸稠爲廣陵太
　　守, 奸吏斂手. 廣陵諺曰, 解結理煩, 我國陸君.)"라 했음.

58 豪宗側目(호종측목) : 호족과 귀척(貴戚)들이 곁눈질하며 눈치보는
　　것을 형용한 말. 「豪宗」은 호족과 같으며, 《후한서·염범전(廉范
　　傳)》에 "한나라가 세워지자 염씨(염범)는 호족이지만, 스스로 척박
　　한 지역으로 이사하여 고생하였다(漢興, 以廉氏豪宗, 自苦陿徙
　　焉.)"라 하고, 또한 《사기·혹리열전(酷吏列傳)》에는 "질도(郅都)
　　가 중위로 자리를 옮겼을 때, 승상 조후(周亞夫)는 매우 고귀하였지
　　만 질도는 승상에게 읍만 할 뿐이었다. 이때 순박한 백성들은 죄를
　　받을까 두려워 조심하라고 하였지만, 질도는 홀로 엄한 형벌을 적용
　　하여 귀족과 외척도 꺼리지 않고 법을 시행하니, 제후나 종친들은

질도를 볼 때마다 곁눈질하며, 「푸른 매(蒼鷹)」라고 불렀다(郅都遷 爲中尉, 丞相條侯至貴倨也, 而都揖丞相. 是時民朴, 畏罪自重, 而 都獨先嚴酷, 致行法不避貴戚. 列侯宗室, 見都側目而視, 號曰, 蒼 鷹.)"라는 고사가 있음.

59 有爨玉者, 三江之巨橫(유찬옥자, 삼강지거횡) : 「巨橫」은 크게 교 활하고 간악한 사람. 왕기는 주에서 "찬옥(爨玉)은 아마도 당시 도 적의 이름으로 강가에서 횡행한 사람일 것이다"고 하면서, 이 구절 끝에 빠진 글자(闕文)가 있을 것이라고 하였음.

60 白額(백액) : 이마가 하얀 호랑이로 흉포한 악인을 비유한 것. 왕기 는 주에서 "백액호는 늙은 호랑이로 힘이 세고 기운이 맹렬하여 사 람들이 막기 힘들었다"고 했음.

61 淸琴高張(청금고장) : 복자천(宓子賤)이 거문고를 타면서 단보를 다 스린 일로, 지방관의 정치적 업적(政績)이 양호한 것을 칭찬한 말*.

62 操刀(조도) : 자산(子産)의 고사로,《좌전(左傳)》양공(襄公) 31년에 "자피가 윤하에게 고을을 다스리게 하였다. …… 자산이 말하기를 「그것은 안됩니다. 남을 사랑하면 그 자신을 위하여 헤아려 보아야 합니다. 지금 당신이 사람을 사랑하여 정치를 맡기려 하나 그것은 칼도 잡을 줄 모르는 사람에게 요리를 시키는 것과 같아, 그 해로움 이 실로 많을 것입니다」(子皮欲使尹何爲邑. …… 子産曰, 不可. 人 之愛人, 求利之也. 今吾子愛人則以政, 猶未能操刀而使割也, 其 傷實多.)"라 하였는데, 후에는 조도(操刀)를 관직에 임용하는 것을 비유하였음.

63 永興(영흥) : 악주 강하군에 속한 현으로, 지금의 호북성 양신현(陽

---

* 유향(劉向)의《설원(說苑)·정리(政理)》에 "宓子賤治單父, 彈鳴琴, 身不下堂
而單父治."라 했다.

新縣)임.

64 二邑同化(이읍동화) : 한중경이 영흥현령을 겸임하면서도 무창현과
영흥 두현이 모두 같이 화육(化育)하여 청평(淸平)해진 것을 말함.

65 鑿齒(착치) : 고대 중국 전설에 나오는 사람을 잡아먹는다는 치아가
긴 짐승. 여기서는 안록산을 가리킨다. 《회남자 · 본경훈(本經訓)》
에 "요임금은 예(羿)를 시켜 착치를 주화(疇華)의 들판에서 죽이도
록 했다(堯乃使羿誅鑿齒於疇華之野.)"라 하고*, 고유(高誘) 주에
"「착치」는 짐승이름으로 치아가 세자나 되는데, 그 모습이 끌과 같
다(鑿齒, 獸名, 齒長三尺, 其狀如鑿.)"고 했음.

66 磨牙而兩京(마아이양경) : 안록산이 두 서울을 함락하고 민중들을
도륙하여 폭행을 자행한 것을 비유하였음.

67 宋城(송성) : 당대에 하남도 송주(宋州) 저양군(睢陽郡)에 속하였으
며, 춘추시대에는 송나라였고 지금의 하남성 상구현(商丘縣) 남쪽임.

68 易子而炊骨(역자이취골) : 어린 자식을 바꿔 삶아 먹어 주린 배를
채우는 것. 《좌전 · 선공(宣公)15년》에 "패배한 읍에서는 지금 자식
을 바꾸어 잡아먹고, 뼈를 부수어 불을 때고 있습니다(敝邑易子而
食, 析骸以爨.)"라 하여, 천재지변이나 참화(慘禍)가 있을 때 기아
의 참상을 형용한 것임. 또한 《사기 · 송미자세사(宋微子世家)》에
도 "초(楚)장왕이 송(宋)나라가 자신의 사신을 죽인 것을 보복하기
위하여 장왕 16년 9월에 송나라를 포위해 17년 5월까지 풀어주지
않았다. 송나라는 곤경에 처했고, 식량은 바닥이 나고 말았다. 이에
재상 화원(華元)이 밤중에 초나라 장군 자반(子反)을 찾아가 송나

---

* 《산해경 · 해외남경》에도 "羿與鑿齒戰於壽華之野, 羿射殺之. 在崑崙虛東, 羿
持弓矢, 鑿齒持盾. 一曰戈."라 하고, 郭璞註에 "鑿齒亦人也, 齒如鑿, 長五六
尺, 因以名云."라 했다.

라 사정을 솔직하게 이야기 했다. 이에 자반은 장왕에게 고했으며, 왕이 송나라 성안의 사정을 물어보자 「뼈를 부수어 밥을 짓고(析骨而炊), 자식을 바꾸어 먹었다(易子而食)」는 사실을 말했다. 이에 초장왕은 화원의 말에 진정성이 있다면서 그 말을 믿고 우리 식량도 2일분만 남았을 뿐이라며 초나라 군대를 철수시켰다((昭公)十六年, 楚使過宋, 宋有前仇, 執楚使. 九月, 楚莊王圍宋. 十七年, 楚以圍宋五月不解, 宋城中急, 無食, 華元乃夜私見楚將子反. 子反告莊王. 王問, 城中何如? 曰, 析骨而炊, 易子而食. 莊王曰, 誠哉言！我軍亦有二日糧. 以信故, 遂罷兵去.)」라는 고사가 있음. 당나라에서도 실제로 이런 참상이 있었으니,《구당서·장순전(張巡傳)》지덕(至德)2년(757)에 "당시 허원(許遠)이 저양(睢陽) 현령으로 있을 때 …… 적장 윤자기(尹子奇)가 한 해가 지나도록 포위하고 공격하자, 장순(張巡)은 옹구의 소읍에 비축한 물자가 부족하고 큰 적이 닥쳐와서 안전하게 지키기가 어려운 상황이었으므로 군졸들에게 진을 치도록 하고 거짓 항복하였다. 지덕 2년 정월, 현종이 이를 듣고 장하게 여겨 장순에게 주객랑중 겸 어사중승을 수여했다. 윤자기가 포위한지 오래되자, 성 가운데에서는 양식이 떨어지고 자식을 바꾸어 먹으며 해골을 부수어 땔감으로 삼으니, 인심은 두려워 떨면서 장차 변란이 일어날 것을 염려했다. 이에 장순은 그의 첩을 나오게 하여 3군이 보는 앞에서 살해하고 이를 군사들에게 먹도록 하면서 말했다. 「여러분들은 국가를 위해 죽을 힘을 다해 성을 지키는데 두마음을 갖지 않았으며, 해가 지나 먹을 것이 부족하였지만 충성과 의리는 사그러들지 않았소. 내가 스스로 내 살과 피부를 베어서 장사들에게 먹이지 못할 처지이니, 어찌 이 부인이 아까워서 앉은 채로 협박을 당하리요」하니, 장병들이 모두 눈물을 흘리며 차마 먹지 못하니, 장순이 억지로 먹도록 하였다. 이에 성안의 부인들이 다

없어지고 남자 노인과 어린이가 이어서 죽었으니, 먹힌 사람이 2-3만 명이나 되었어도 인심은 끝내 이반(離叛)하지 않았다(時許遠爲雎陽守, …… 賊將尹子奇攻圍經年, 巡以雍丘小邑, 儲備不足, 大寇臨之, 必難保守. 乃列卒結陣詐降, 至德二年正月也. 玄宗聞而壯之, 授巡主客郎中, 兼御史中丞. 尹子奇攻圍既久, 城中粮盡, 易子而食, 析骸而爨, 人心危恐, 慮將有變. 巡乃出其妾, 對三軍殺之, 以饗軍士. 曰, 諸公爲國家戮力守城, 一心無二, 經年乏食, 忠義不衰. 巡不能自割肌膚, 以啖將士, 豈可惜此婦, 坐視危迫. 將士皆泣下, 不忍食, 巡強令食之. 乃括城中婦人, 既盡, 以男夫老小繼之, 所食人口二三萬, 人心終不離變.)"는 역사적 사실이 있는데, 왕기는 "소위 「宋城易子而炊骨」은 바로 이일을 가리킨다"고 했다.

69 吳楚轉輸(오초전수) : 남방의 오·초지역으로 양식을 운송하도록 하는 것. 「轉輸」는 양식(糧食)과 초료(草料)를 실어 나르는 일(運輸). 《사기·역이기전(酈食其傳)》에 "오창에는 천하의 양식을 운송해 온 지가 오래 되었으며, 저는 오창에 쌓인 곡식이 매우 많다고 들었습니다(夫敖倉, 天下轉輸久矣, 臣聞其下乃有藏粟甚多.)"라 했음.

70 熬然(오연) : 백성들을 수고롭게 볶은 것을 이름. 「熬然」은 괴롭힘(煎熬)을 받는 모양.

71 此邦(차방) : 악주의 무창현·영흥현 일대.

72 晏如(안여) : 편안한 것, 안녕. 《사기·사마상여열전》에 "그것이 모여서 성공하면, 천하가 비로소 편안해집니다(及臻厥成, 天下晏如也.)"라 하고, 《한서·왕길전(王吉傳)》에도 "정사를 펴고 교화를 시행하면 세상이 편안해 집니다(布政施教, 海內晏然.)"라 했음.

73 襁負雲集(강부운집) : 포대기로 아이를 싸매어 등에 업은 채 구름같이 모여드는 것으로, 백성들이 덕이 있는 자 아래로 운집하는 것을 비유했음. 《논어·자로(子路)》에 "이와 같다면 사방의 백성들이 강

보에 아이를 업고서라도 올 것이다(夫如是則四方之民, 襁負其子
而至矣.)"라 했으며,《삼국지》주(註)에《박물기에 이르기를, 포대
기는 명주를 짜서 만든 것으로, 넓이는 8촌이고 길이는 1장 2촌이
며, 어린애를 등 위에 동여매서 업고 가는 것(博物記曰, 襁, 織縷爲
之, 廣八寸, 長杖二, 以約小兒於背上, 負之而行.)"이라고 했음.

74 **銅鐵曾青**(동철증청) :「曾靑」은 광산물(鑛産物) 이름. 푸른색으로
그림을 그리는데 쓰는 금속안료(銅鑛砂)임.《순자 · 왕제편(王制篇)》
에 "남해에는 우핵 · 치혁 · 증청 · 단간이 있다(南海則有羽翮 · 齒
革 · 曾靑 · 丹干焉.)"라 하고, 양경(楊倞) 주에 "「증청」은 구리를
정제한 것으로 그림을 그릴 수 있거나 황금으로 만들 수 있다(曾靑,
銅之精, 可績畵及化黃金者.)"고 했음.

75 **未擇地而出**(미택지이출) : 무창과 영흥현에는 동과 철, 광석이 풍부
하게 생산되어 어디를 가도 채굴된다는 말.《신당서 · 지리지5》〈악
주 강하군편〉에 "영흥은 요긴한 곳으로, 구리와 철이 나오며, ……
무창은 요긴한 곳으로, 은 · 구리 · 철이 난다(永興, 緊, 有銅 · 有
鐵. …… 武昌, 緊. 有銀 · 有銅 · 有鐵.)"고 했음.

76 **大冶鼓鑄, 如天降神**(대야고주, 여천강신) : 야련하는 사람이 바람을
일으켜 쇠붙이를 녹이는 모습이 마치 하늘에서 신이 내려온 듯하다
는 말.《사기 · 화식열전(貨殖列傳)》에 "철산으로 들어가 쇠를 녹여
서 그릇을 만들었는데, 책략을 써서 진(滇) · 촉(蜀)의 백성들을 기
술자로 이용한 결과 부유함이 노비 천 명을 부리기에 이르렀다(即
鐵山鼓鑄, 運籌策, 傾滇蜀之民, 富至僮千人.)"라 하고,《장자 · 대
종사(大宗師)》에 "지금 대장장이가 쇠붙이를 녹여서 주물을 만드는
데, 쇠붙이가 뛰어 올라와「나는 장차 막야(鎮鋣)와 같은 명검이
될 것이다」고 말하자, 대장장이는 반드시 상서롭지 못한 쇠붙이라
고 여겼다(今之大冶鑄金, 金踊躍曰, 我且必爲鎮鋣, 大冶必以爲

不祥之金.)"라 했음. 「大冶」는 야련하는 장소, 혹은 기술이 뛰어난 대장장이(冶鍊工人)를 가리킨다.

77 **旣烹且爍, 數盈萬億**(기팽차삭, 수영만억) : 야련하는 곳에서 얻은 금전의 수량은 만억의 재부(財富)에 달한다는 말. 「烹」과 「爍」은 모두 야련하는 행동이며, 「數盈萬億」은 야련하여 얻은 것을 가리킴.

78 **本道**(본도) : 강남서도(江南西道).

79 **採訪大使**(채방대사) : 관명. 《문헌통고(文獻通考)》권61《직관(職官)》에 의하면, 당대에는 각도에 안찰사(按察使)를 두었는데, 개원시에는 채방처(採訪處)에 사(使)를 두고 간략하게 채방사(採訪使)라 불렀으며, 소속된 주현의 관리들에 대한 탄핵을 관장했다. 《신당서·한조종전(韓朝宗傳)》에 "개원 22년(734), 처음 십도채방사를 두고, 한조종을 양주자사 겸 산남동도 채방사로 삼았다(開元二十二年, 初置十道採訪使, 朝宗以襄州刺史兼山南東道)"라 했으며, 《책부원구(冊府元龜)》에도 "개원중, 처음 절도사를 두었으며, 그 후 다시 도채방사를 두었는데, 모두 자사가 맡았다. 절도사는 군사를 담당하고 채방사는 백성들의 정사를 청취하였다(開元中. 初置節度使, 其後又置道採訪使, 皆以刺史爲之. 節度使以司戎事, 採訪使以聽民政.)"라 했음.

80 **皇甫公侁**(황보공신) : 황보신(皇甫侁). 《원화성찬(元和姓纂)》권5〈악릉(樂陵) 황보씨편(皇甫氏篇)〉에 "당 감찰어사 황보덕참은 선과를 낳고, 선과는 백경과 중옥을 낳았으며, 백경은 주작낭중을 지냈다. 중옥은 상서좌승을 지낸 황보신과 절동관찰사를 지낸 황보정을 낳았다(唐監察御史皇甫德參生宣過. 宣(過)生伯瓊·仲玉, (伯瓊)主爵郎中. 玉生侁, 尙書左丞, 生政, 浙東觀察使.)"라 하였으니, 황보신의 벼슬이 상서좌승에 이른 것을 알 수 있다. 《신당서·숙종기(肅宗紀)》지덕 2년(757) 2월에 "영왕 이린의 군대가 패하여 영 밖으로 달아나다

가 대유령에 이르러 홍주자사 황보신에게 살해당했다(永王璘兵敗, 奔於嶺外, 至大庾嶺, 爲洪州刺史皇甫侁所殺.)"고 하여 당시 황보신은 홍주자사 겸 강서채방사라는 직책에 있었음을 알 수 있음.

81 **擢佐**(탁좌) : 그가 채방사의 보좌로 발탁(진급)된 것. 여기서는 다만 무창현령과 영흥현령에 임명하는 허직(虛職)만 받은 것을 가리킴.

82 **輶軒**(유헌) : 본래는 고대에 사신들이 타는 가벼운 수레였는데, 후에는 사신을 가리키는 말로 사용되었음. 동한 응소(應劭)의 《풍속통의(風俗通義)·서》에 "주와 진나라에서는 항상 8월에는 유헌을 탄 사신을 파견하여 다른 지방의 방언을 구했다(周秦常以歲八月遣輶軒之使, 求異代方言.)"고 했음.

83 **尚書右丞**(상서우승) : 당대 관제(官制)에 의하면 상서성(尚書省) 장관은 상서령(尚書令) 1인이고, 부장관으로 상서(尚書) 좌우복야(左右僕射) 각 1인이 있다. 그 밑에는 상서 좌우승 각 1인씩 두었는데, 상서좌승은 정4품상으로 이부·호부·예부의 3부(部) 12사(司)의 사무를 관장하며, 상서우승(尚書右丞)은 정4품하로 병부·형부·공부 3부 12사의 사무를 관장함.

84 **崔公禹**(최공우) : 「禹」는 「寓」를 잘못 쓴 것. 《구당서·숙종기(肅宗紀)》건원2년(759)에 "정월 을축일, 어사중승 최우는 도통절강·회남절도처치사를 겸직했다. …… (3년) 2월 계사 삭일, 상서우승 최우를 포주자사로 삼고, 포주·동주·진주·강주 등의 절도사를 겸직하도록 했다(正月乙丑, 以御史中丞崔寓都統浙江·淮南節度處置使. …… (三年)二月癸巳朔, 以右丞崔寓爲蒲州刺史, 充蒲·同·晉·絳等州節度使.)"고 했음. 《숙종기(肅宗紀)》가운데 최우(崔寓)가 도통절강(都統浙江)과 회남절도사(淮南節度使)로 내려가 어사우승에 추천된 구체적인 시간은 생략되었지만, 건원 2년 이전 임을 미루어 알 수 있으며, 여기서 최우(崔禹)의 「禹」는 「寓」자가 잘못

쓰여진 것이다. 이백은 이 문장을 지을 때가 건원 2년으로, 야랑에서 사면을 받아 돌아오면서 강하에 도착하여 지었는데, 이때 최우는 상서우승에 임직하고 있었다.

85 相國崔公渙(상국최공환) : 「相國」은 곧 재상(宰相). 《신당서 · 재상표중(宰相表中)》지덕 원년(756) 7월 경오일에 "촉군태수 최환은 문하시랑 · 동중서문하평장사가 되었다(蜀郡太守崔渙爲門下侍郎 · 同中書門下平章事.)"라 했으며, 또 지덕 2년에 "8월 갑신일 최환은 좌산기상시와 여항군태수에서 파직되었다(八月甲申, 渙罷爲左散騎常侍 · 餘杭郡太守.)"라 했음. 여기서 최환이 재상을 지낸 기간은 1년 남짓임을 알 수 있으며, 《구당서》권108, 《신당서》권120에 각각 〈최환전(崔渙傳)〉이 있다.

86 鄱陽令(파양령) : 「파양현령」으로, 당대 파양현은 강남서도 요주(饒州) 파양군에 속하며, 지금의 강서성 파양현.

87 兼攝(겸섭) : 「兼官」과 같은 말로, 맡은 직무 외에 다른 일은 대리로 겸직하는 것.

88 投刃而皆虛(투인이개허) : 칼날이 가는 곳은 모두 빈 곳이 듯 숙련된 것을 말하는데, 《장자 · 양생주(養生主)》에 나오는 「포정해우(庖丁解牛)」의 전고를 이용했음. 《문선》권11 손작(孫綽)의 〈유천태산부(遊天台山賦)〉에 "칼날이 지나는 곳은 모두 비어 있고, 눈에는 소가 전연 보이지 않네(投刃皆虛, 目牛無全.)"라 하고, 이주한은 주에서 "포정이 소를 잡은지 3년 뒤에는 보이는 것은 소 전체가 아니라 그 골절만 보이므로 신이 잡듯이 눈으로 보지 않아도 칼날이 지나는 곳은 모두 빈곳이었다(庖丁解牛, 三年之後, 所見皆非全牛, 已見其骨節, 但以神爲, 不以目視, 而投刃皆虛.)"라 했으며, 《장자 · 양생주》에 "저 소의 뼈에는 틈이 있고 칼날에는 두께가 없으니, 두께가 없는 칼날을 틈이 있는 뼈 사이에 넣으므로, 넓고 넓어서

그 칼날을 휘두르는 데에 반드시 여유가 있게 됩니다(彼節者有閑, 而刀刃者無厚, 以無厚入有閑, 恢恢然其於遊刃必有餘地矣.)"라는 기록이 있음. 여기서는 한중경이 현의 정사를 포정이 소를 잡는 것처럼 매우 숙련되게 다스리는 것을 말한다.

89 **爲其政而則理成**(위기정이칙이성) : 정무를 운용하는데 규칙에 따라 처리하면 바로 성공한다는 말.

55-3

新宰王公名庭璘[90], 巖然太華[91], 浣然洪河[92]. 含章可貞[93], 幹蠱有立[94]. 接武比德[95], 絃歌連聲[96]. 服美前政[97], 聞諸耆老[98]. 與邑中賢者胡思泰一十五人, 及諸寮吏, 式歌且舞[99], 願揚韓公之遺美。

새로 부임한 무창현령 왕공(王公)은 이름이 정린(庭璘)으로, 화산(華山)처럼 엄숙하고 황하(黃河)처럼 광대하였다네. 안으로 품은 자질이 곧아서 그 직책을 바로잡아 잘 처리하였으니, 전임과 후임이 덕행을 계승하여 거문고를 타면서 다스린 명성도 서로 이어졌구나. 전임현령(한중경)의 아름다운 정사에 대해 감복하여 덕이 높은 노인들이 와서 들었으며, 읍내에 사는 현인 호사태(胡思泰) 등 열다섯 사람과 여러 관료들이 노래 부르고 춤추면서 한공이 남긴 미덕을 드날리기를 원했도다.

....

90 **新宰王公名庭璘**(신재왕공명정린) : 새로 부임해온 무창현령은 성이

왕이고 이름이 정린이라는 말. 왕정린은 사적이 밝혀지지 않았음.

91 巖然太華(암연태화) : 그 높고 험준함이 화산과 같음을 비유한 것. 「巖然」은 높고 험준한(高峻) 모양. 「太華」는 오악중 서악인 화산 (華山).

92 浼然洪河(매연홍하) : 그 광대함이 황하와 같음을 비유한 것. 「浼然」은 물이 성대한 모양. 「洪河」는 큰 강으로 황하. 《시경·패풍(邶風)·신대(新臺)》에 "황하의 물이 출렁거리네(河水浼浼.)"라고 읊었으며, 《운회(韻會)》에서 「매매」는 물이 고르게 흐르는 모양(浼浼, 水流平貌.)"이라 했음.

93 舍章可貞(함장가정) : 「舍章」은 내면에 간직한 아름다운 자질. 《주역·곤괘》에 "빛나는 재주를 품고 바르게 한다(舍章可貞.)"라 하고, 공영달의 소에 "안으로 아름다운 도를 품고 때를 기다렸다가 드러낸다(內舍章美之道, 待時而發.)"라 했음.

94 幹蠱有立(간고유립) : 《주역·고괘(蠱卦)》에 "아비의 미혹을 바로잡는다(幹父之蠱)"라 하고, 공영달 소에서 「간부지고」는 …… 아버지의 일을 바로잡아 그 임무를 계승 발전시키는 것이다(幹父之蠱者, …… 幹父之事, 堪其任也.)"라 했으며, 《정의》에서는 「고」는 일이다(蠱者, 事也.)"라 했다. 이 두 구는 안으로 미덕을 품고 그 직책을 잘 처리한다는 뜻임.

95 接武比德(접무비덕) : 「武」는 발자취(足跡)로, 「接武」는 전후로 서로 계승하는 것. 유협의 《문심조룡·물색(物色)》에 "예로부터 문인들은 시대를 달리 하면서도 서로 접맥되어 있다(古來辭人, 異代接武.)"라 했다. 「比德」은 덕행이 그와 나란히 짝할 만 하다는 말로, 《후한서·양진열전(楊震列傳)》에 "옛날부터 자취를 헤아려도 현명한 왕과 덕행을 나란히 하였으니, 어찌 아름답지 않을쏘냐(擬蹤往古, 比德哲王, 豈不休哉.)"라 했음. 왕정린이 한중경의 사업

을 계승하였는데, 덕행이 비견(比肩)되고 전임 후임이 서로 이었다는 말.

96 **絃歌連聲**(현가연성) : 공자의 제자인 자유(子游)가 무성재가 되어 거문고를 타면서 다스린 전고를 이용했다. 《논어·양화(陽貨)》에 "공자께서 무성에 가셨을 때 현악기에 맞추어 부르는 노랫소리가 들려왔다. 선생님께서 빙그레 웃으시면서 「닭을 잡는 데 어째서 소 잡는 칼을 쓰느냐」고 하셨다(子之武城, 聞弦歌之聲. 夫子莞爾而笑曰, 割雞焉用牛刀.)"라 하고, 《하안집해(何晏集解)》에 공자의 말을 인용하여 "자유가 무성의 현령이 되었다(子游爲武城宰.)"라 했음. 여기서는 그가 자유와 같은 현령이 됨을 찬미한 것으로, 두 사람이 모두 거문고를 타면서 다스렸다는 말이다.

97 **服美前政**(복미전정) : 「前政」은 전임 현령의 덕정. 전임현령의 아름다운 정치적 업적에 대하여 진심으로 감복한 것을 말함.

98 **聞諸耆老**(문저기로) : 덕이 높고 명망이 있는 많은 노인들이 그곳으로 와서 듣는 것. 「耆老」에서 60세를 「耆」, 70세를 「老」라 해서 원래는 6-70세의 노인으로, 특별히 명망이 높은 존경받는 노인을 가리킨다. 《예기·단궁(檀弓)상》에 "노나라 애공이 공자를 조문하면서 '하늘은 「기노」들을 남겨두지 않아서, 나의 왕위를 돕지 않는구나'(魯哀公誄孔丘曰, 天不遺耆老, 莫相予位焉.)"라 하고, 《진호집설(陳澔集說)》에 "하늘은 이러한 노성한 현자를 머무르게 하지 않아서, 나의 왕위를 돕는 자가 없음을 말한 것이다(言天不留此老成, 而無有佐我之位者.)"라 했음.

99 **式歌且舞**(식가차무) : 노래부르며 춤추는 것. 「式」은 발어사(連詞). 《시경·소아·차할(車舝)》에 "비록 그대와 함께 할 덕있는 이는 없지만, 노래하고 춤출지어다(雖無德與女, 式歌且舞.)"라 하고, 정현 전에 "내가 비록 아름다운 덕은 없으나, 나는 그대와 함께 이 노래와

춤으로 서로 즐거서 행복에 도달하는 것이다(雖無其德, 我與女用
是歌舞相樂, 喜之至也.)"라 했음.

55-4

白采謠刻石, 而作頌曰,
峨峨¹⁰⁰楚山¹⁰¹, 浩浩¹⁰²漢水¹⁰³。
黃金之車¹⁰⁴, 大吳天子¹⁰⁵。
武昌鼎據¹⁰⁶, 寔爲帝里¹⁰⁷。
時艱世訛¹⁰⁸, 薄俗如燬¹⁰⁹。
韓君作宰, 撫茲遺人¹¹⁰。
滂汪王澤¹¹¹, 猶鴻得春¹¹²。
和風潛暢¹¹³, 惠化¹¹⁴如神。
刻石萬古, 永思清塵¹¹⁵。

내가(이백) 노래를 채집하여 비석에 새기고 칭송하기를,
높고 높이 솟은 초산(楚山)이요, 넓고 넓게 흐르는 한수(漢水)여,
오(吳)나라 천자가 황금 수레타고 등극했던 곳이로다.
무창(武昌)은 정족(鼎足)처럼 할거하여 진정 제국의 수도였지만,
시절이 어렵고 세상이 어지러워
천박한 풍속이 불타듯 곤궁하였다네.
한군(韓君)이 현령되어 이곳 유민들을 보살피면서,
깊고 넓은 군왕의 은혜를 기러기들이 봄을 맞이하듯 펼쳤구나*.
온화한 바람이 몰래 불어서 은덕과 교화가 신처럼 돕나니,

만고의 업적을 비석에 새겨 맑은 유풍(遺風)을 길이 사모하노라.

....

100 **峨峨**(아아) : 산이 높은 모습.

101 **楚山**(초산) : 초나라 산으로, 악주(鄂州)는 춘추시대 이후 모두 초나라에 속하였음.

102 **浩浩**(호호) : 강의 성대한 모습.

103 **漢水**(한수) : 한강(漢江)으로 양하(襄河), 면수(沔水)라고도 부르며, 장강의 가장 긴 지류임. 섬서성 영강현(寧強縣) 북쪽 파총산(蟠冢山)에서 발원*하여 동쪽으로 흘러내려가 무한시(武漢市) 한구(漢口)에서 장강으로 흘러들어간다. 이 두 구는 무창의 지리적 형세에서 높은 초산과 호탕한 한수를 묘사하였음.

104 **黃金之車**(황금지거) : 삼국시대 오나라 손권(孫權)이 제위에 오른 전고를 이용했다.《삼국지·오서·오주전(吳主傳)》에 "황룡 원년(229) 봄에 공경과 여러 관료들이 손권에게 존호를 바로잡도록 권했다. 여름 4월, 하구와 무창에서 황룡과 봉황을 나타났다고 하자, 병신일 남교로 나가 황제에 즉위하였다. …… 처음 흥평시기에 오나라 동요에서 「황금 수레에 늘어선 난초로다. 창성한 문이 열리고 천자가 나오네」라 불렀다(黃龍元年春, 公卿百司皆勸權正尊號. 夏四月, 夏口·武昌並言黃龍·鳳凰見. 丙申, 南郊即皇帝位. …… 初, 興平中, 吳中童謠曰, 黃金車, 班蘭耳, 闓昌門, 出天子.)"라는 기록이 있음.

105 **大吳天子**(대오천자) : 손권을 가리킴.

---

* 한중경이 현민들에게 넓고 큰 임금의 은택을 선양하였으므로 백성들은 기러기가 봄을 맞이하듯 반겼다는 말.
* 진령(秦嶺) 남쪽 기슭(南麓)에 있는 저수(沮水).

106 武昌鼎據(무창정거) : 손권이 황제에 즉위할 때 수도가 무창으로 황룡 원년 9월에 건업(建業 : 지금의 강소성 남경시)로 천도하였다. 무창은 삼국이 정족처럼 할거할 때 오나라 왕이 거주하던 도성임.

107 帝里(제리) : 제국의 수도(帝都).《통전(通典)》권183〈주군(州郡)〉 13에 "악주(鄂州)는 춘추시대 이래 초나라에 속하였으며, 장강과 한수 두 강이 악주 서쪽에서 합쳐졌다. 진나라에서는 남군에 속하였고, 한 고조(劉邦)가 강하군을 세우니 후한도 그대로 따랐으며, 형주목 유표는 황조에게 이곳을 지키도록 했다. 오나라는 강하를 나누어 다시 무창군을 설치하고 손권이 일찍이 도읍하였으며, 손호도 다시 이곳으로 도읍을 옮기니 항상 중요한 진지가 되었다(鄂州自春秋以來, 皆屬楚有. 江漢二水, 在州西合. 秦屬南郡, 漢高祖置江夏郡, 後漢因之, 荊州牧劉表將黃祖守在此. 吳分江夏, 更置武昌郡, 孫權嘗都之, 孫皓又徙都之, 常爲重鎮.)"라는 기록이 있음.

108 時囏世訛(시희세와) : 당시 세상(時世)이 간난(艱難)하고 동요하는 것. 「囏」는 「艱」과 같으며, 「訛」는 변화하고 동요하는 것(變化動盪).

109 薄俗如燬(박속여훼) : 이곳의 풍속이 불에 타듯 무너져서 곤궁하고 천박(貧薄)한 것을 이르는 말. 「燬」는 불에 타는 것.《시경 · 주남 · 여분(汝墳)》에 "왕실은 불타는 듯 어지럽구나(王室如燬.)"라 하고, 모전에 「燬」는 불타는 것(燬, 火也.)"이라 했음. 왕기는 "「박속여훼」는 불이 땅을 태워서 빈박(貧薄)함을 이른 것"이라 했다.

110 遺人(유인) : 유민(遺民)과 같은 말로, 당태종 이세민(李世民)을 피휘하여 「民」을 「人」으로 고쳤으며, 여기서는 현민(縣民)을 가리킴.

111 滂汪王澤(방왕왕택) : 한중경이 현민들에게 넓고 큰 임금의 은택

을 선양하는 것. 「滂汪」은 큰물이 깊고 넓은 모습으로, 왕의 은혜가 큰 것을 말함.

112 猶鴻得春(유홍득춘) : 백성들이 봄을 맞이하는 홍안(鴻雁)과 같다는 말. 《예기·월령》에 "초봄에 봄바람이 추위를 녹이면 칩거한 벌레들이 기지개를 펴기 시작하며, 물고기가 얼음 위로 올라오고, 수달이 물고기를 늘어놓고 제사지내며, 기러기들이 돌아온다(孟春之月 …… 東風解冬, 蟄蟲始振, 魚上冰, 獺祭魚, 鴻鴈來.)"라 하고, 정현 주에서 "기러기는 남쪽에서 올라와 북쪽으로 돌아가 그곳에서 지낸다(雁自南方來, 北反其居.)"라 했음.

113 和風潛暢(화풍잠창) : 한공의 정치가 봄날의 온화한 바람처럼 몰래 화락하게 부는 것을 말함.

114 惠化(혜화) : 은혜로 교화하는 것. 《삼국지·위지·노육전(盧毓傳)》에 "(노육이) 안평과 광평태수로 옮겨가, 그 곳에서 교화를 펼쳤다(遷安平·廣平太守, 所在有惠化.)"라 했음. 한공의 정적(政績)의 교화가 신이 돕는 것 같음을 형용한 말.

115 清塵(청진) : 맑고 높은 품격과 유풍. 수레 뒤에서 나는 먼지이나 청정무위의 세계를 비유하였다. 《초사·원유(遠遊)》의 "적송자(赤松子)가 청정세계(청진)로 들어갔다는 말을 들었으니, 신선의 풍도(風道)를 받들어 남긴 유훈을 따라보리라(聞赤松之清塵兮, 願承風乎遺則.)"하고, 사령운의 〈술조덕시(述祖德詩)〉에도 "그 이름은 멀리 천년이 지나도 전해질 것이며, 맑은 행적(청진)은 아득히 퍼지리라(苕苕歷千載, 遙遙播清塵.)"고 읊었음.

56.

虞城縣令李公去思頌碑
이임하는 우성현령 이공의 덕정을 칭송하는 비문

　　이 비문은 천보 9년(750)* 이백이 우성현을 유람할 때, 이임하는
우성현령 이석(李錫)의 정치적 업적에 대하여 기술한 덕정비문이다.
　　송나라에 편찬된 《보각류편(寶刻類編)》권5 가운데에서 "〈우성령
장이석거사송〉은 이백이 지었고, 비석은 천보 10년(751)에 세웠으
며, 원화 4년(804)에 다시 전서(篆書)로 썼다(虞城令長李錫去思頌,
李白撰, 天寶十年立, 元和四年重篆.)"고 하였으며, 또 송 조명성(趙
明誠)의 《금석록(金石錄)》권29에서도 "당 〈우성현령이공거사송비〉
는 이백이 짓고 왕휼(王遹)이 썼는데, 비석 곁에 쓴 표제에서 「원화
4년(804) 2월 다시 전서로 썼다」고 했다. 왕휼은 아마도 이백과 동
시대 사람이 아닐 것이며, 이 비석은 후대에 처음 세워진 것이다.
구양공의 《집고록》에서는 왕휼이 이양빙보다 앞선 사람이라 했는
데, 틀린 말이다」(唐《虞城縣令李公去思頌碑》李白撰, 王遹書, 碑側
題云, 元和四年二月重篆. 蓋遹不與李白同時, 此碑後來始建. 歐陽公

---

* 천보 8년(749), 혹은 12년(753)이라고도 함.

集古錄云逾在陽氷前者, 誤也.)"라 하였으며, 왕기는 이 비석이 송나라가 남쪽으로 천도하기 이전까지 존재했었다고 했다.

우성현령 이석은 자가 원훈(元勳)으로, 농서(隴西) 성기인(成紀人)이다. 이백의 〈눈을 대하고 우성현령인 종형에게 드리다(對雪獻從兄虞城宰)〉란 시에 나오는 우성현령이 바로 이석이다. 「우성현(虞城縣)」은 진(秦)나라 때에 우현(虞縣)을 처음 설치하였고, 수(隋)나라 때 우성현으로 바꿨다. 당대에는 하남도 송주(宋州) 저양군(雎陽郡)에 속하였으며, 지금의 하남성 우성현으로 산동성(山東省)·안휘성(安徽省)과 인접하고 있다.

이 거사송비는 우성현령 이석의 어진 정치를 가송한 문장으로, 서언과 비문으로 구성되었는데, 내용을 7개 단락으로 나눌 수 있다. 첫 번째 단락에서는 우성현령 이공이 낡은 풍속을 개혁하고 백성을 밝게 다스리는 것을 물고기가 즐겁게 노니는 것에 비유하면서 그의 정사를 처리하는 도리와 방법에 대해 칭찬하였으며, 두 번째 단락에서는 현령 이석의 관적과 가세(家世)에 대하여, 공은 이백과 같은 농서(隴西) 출신이며, 조상인 고조부터 부친 이포(李浦)까지의 조정에 대한 충성심과 작위를 계승한 개요를 기술하였다. 세 번째 단락에서는 우성현령 이전의 관직에 대하여, 먼저 현위(縣尉)와 참군(參軍)으로의 근무자세를 칭찬하고, 이어 소경현령(昭慶縣令)에 임직할 때 건초(建初)·계운(建初) 두 왕릉의 수리를 성공석으로 마친 공적 등을 기록하였으며, 네 번째 단락에서는 우성현령으로 재직할 당시의 정치적 견해 및 성과에 대하여, 자신이 검소와 공경을 몸소 실천하여 관리들이 고상한 지조와 맑은 품덕을 발양케 하고, 녹봉을 털어 대신 장사(葬事) 지내준 일 등 어진 정치를 직접 실천함으로서 인근 현들의 모범이 되고 백성들이 의지하여 풍속이 크게 변한 사례들을 서술하였다. 다섯 번째 단락에서는 이석의 구체적인 덕정(德政)을 예로 들었으니, 횡행하는 흉인들의 교화, 귀신 출몰의 중지, 쓴 우물이 단맛으로 바뀌고 버드나무에서 휴식한 일 등에 대한 백성들의 칭송을 기록하였다. 여섯 번째 단락에서는 현령의 결백한 의지와 기개, 고상한 덕행(德行)과 선악에 대한 공정한 판결 등을 소개하고, 현민들이 이백에게 거사송(去思頌) 비문을 쓰도록 요청한 일과 많은 관료들이 자문하고 검증한 사항을 기술하였다. 마지막 일곱 번째 단락은 비문으로 이석의 덕정을 개괄하였는데, 4년 동안 풍속을 개량하고 예교를 회복하는 정책을 칭송하면서 탁월한 업적과 청렴한 인품을 현민들이 그리워하여 비석에 전한다는 내용을 읊었다.

특히 본문 가운데 현령의 공적을 치하한 곳을 살펴보면, "조서를 받들어 왕릉을 축조하는데, 5개 군민들이 동원되고 3만관의 비용이 소요되었다. 축조하는 소리가 들에 진동하지만 한사람에게도 채찍을 가하지 않았으며, 공사가 완료된 후에도 8천관이 남았다. 또한 네 부류의 백성(士農工商)을 편안케 하고, 다섯 가지 가르침(父義·母慈·兄友·弟恭·子教)을 널리 펼쳤으며, 검약한 행동과 고상한 지조 및 청렴한 절개를 지키도록 선양하여 사방이 어진 정치로 회귀하였다"고 하여 이석의 고아한 인품과 이상적인 정치적 업적을 칭송하였는데, 유교의 장점을 실천한 전형적인 사례이다.

王者立國君人[1], 聚散[2]六合[3], 咸土以百里[4], 雷其威聲[5]。革
其俗而風之[6], 漁其人而涵之[7]。 其猶眾鮮[8]洋洋[9], 樂化在水。
波而動之則憂, 赬尾[10]之刺作焉, 徐而清之則安[11], 頒首[12]之頌
興焉。

苟非大賢, 孰可育物[13], 而能光昭[14]絃歌[15], 卓立[16]振古[17], 則
有虞城宰公焉。

군왕이 나라를 세워 백성을 통치하면서 천하의 토지를 나누어 봉
(封)하면, 백리 땅 모든 현(縣)까지 그 위엄과 명성이 우레처럼 드
날렸다네. 그 풍속을 개혁하고 백성들을 모아서 함양시키는데, 이
는 물고기무리들이 득의하여 즐겁게 노니는 것과 같으니, 파도치면
서 출렁거리면 근심스러워 꼬리가 붉어지므로 「정미(赬尾)」라는 풍
자시를 지었으며, 물결이 완만하여 맑아지면 편안하므로 「반수(頒
首)」라는 노래로 흥기시켰도다.

진정 뛰어난 현인이 아니라면 뉘라서 만물을 화육시킬 수 있으리
요? 거문고에 맞춰 노래 부르고 밝게 다스리면서 고풍을 진작시킬
수 있는 이는 바로 우성현령 이공(李公)이로다.

....

1 **王者立國君人**(왕자입국군인) : 왕이 국가를 건립하여 인민을 통치
하는 일. 「君」은 동사로 쓰여 통치하는 것. 「君人」은 만민 위에 군
림하는 것.

2 **聚散**(취산) : 토지를 분산하는 것. 분봉(分封)한다는 뜻으로 쓰였음.

3 **六合**(육합) : 천지와 사방으로, 곧 천하를 가리킴.

4 **咸土以百里**(함토이백리) : 한 현의 넓이가 1백리인 땅. 「咸土」는 주

변, 「土」는 분봉토지. 「百里」는 한 현의 땅. 《맹자·고자하》에 "제후
들의 영지는 사방 백리다(諸侯之地方百里.)"라 하고, 조기(趙岐)
주에 "제후의 영지 백리는 우레와 벼락이 치는 범위다(諸侯方百里,
象雷震也.)"라 했으며, 《예문유취》권2 〈천하부·뢰(雷)〉편에서도
"우레와 벼락은 백리까지가 소리의 언저리이다(雷震百里, 聲相附
近.)"라 하고, 송균(宋均)은 주에서 "우레는 백리까지 움직이므로
나라를 억제할 수 있다. 우레 소리는 제후들의 정치교화가 미치는
언저리임을 말한 것이다(雷動百里, 故因以制國也. 雷聲, 謂諸侯
之政敎所至, 相附近也.)"라고 했음. 당대의 현은 사방 백리로서, 고
대의 제후에 상당하므로 여기서 현령을 고대의 제후에 비유하였다.

5 雷其威聲(뇌기위성) : 제후가 다스리는 범위 내에서 우레 같은 위세
와 명성을 드날린다는 말.

6 革其俗而風之(혁기속이풍지) : 그 풍속을 개혁하고 교화하는 것.
「風」은 교화.

7 漁其人而涵之(어기인이함지) : 백성을 모아서 양육하는 것. 「漁」는
탈취하는 것, 인신하여 수라(收羅)하는 것. 「涵」은 포용, 양육.

8 衆鮮(중선) : 중어(衆魚)와 같으며, 고기 무리.

9 洋洋(양양) : 스스로 만족해하는 모습.

10 赬尾(정미) : 붉은색의 고기 꼬리. 《시경·주남·여분(汝墳)》에 "방
어 꼬리 붉어졌네, 정치가 불타는 듯 가혹하다(魴魚赬尾, 王室如
燬.)"라 했는데, 모전에서는 "「정」은 붉은 것으로, 고기는 피로하면
꼬리에 붉은색을 띤다(赬, 赤也. 魚勞則尾赤.)"라 하고, 공영달의
《정의》에서는 "부인이 말하길 방어가 피로하면 꼬리가 붉어지고, 군
자가 괴로우면 안색이 초췌해진다(婦人言魴魚勞則尾赤, 以興君子
苦則容悴.)"라 했음. 뒤에는 백성들이 학정에 시달리는 것을 비유
하였다.

11 徐而淸之則安(서이청지즉안) : 물의 파도가 완만하면서 맑아지면, 곧 고기들이 편안하고 즐겁게 보낸다는 말.

12 頒首(반수) : 윗사람이 청명하면 백성들이 근심하지 않음을 아름답게 일컫는 말.《시경·소아·어조(魚藻)》에 "물고기의 서식지가 마름풀에 있으니, 그 머리가 크도다(魚在在藻, 有頒其首.)"라 하고, 모전에 「반」은 머리가 큰 모양(頒, 大首貌.)"이라 했으며, 정현의 전에서는 "고기가 수초에 의지하는 것은 사람이 밝은 왕에게 의지하는 것과 같다 …… 고기가 마름 풀에서 사니 그 천성을 얻은 것으로, 곧 살이 찌고 머리가 커진다(魚之倚水草, 猶人之依明王也. …… 魚處於藻, 旣得其性, 則肥充, 其首頒然.)"고 했음.

13 育物(육물) : 화육만물(化育萬物).

14 光昭(광소) : 광명, 명성을 세상에 드러내는 것(顯揚).

15 絃歌(현가) : 공자의 제자 자유가 무성재가 되어 현악기에 맞춰 노래 부르면서 다스리는 것.《논어·양화(陽貨)》에 "공자께서 무성에 가시어 현악에 맞추어 부르는 노래소리(현가)를 들으셨다(子之武城, 聞絃歌之聲.)"라 했음.

16 卓立(탁립) : 특립(特立)과 같은 말로, 뛰어나 우뚝 서는 것.

17 振古(진고) : 옛날부터.《시경·주송·재삼(載芟)》에 "지금에만 지금같은 것이 아니라, 오랜 옛날부터 이와 같았도다(匪今斯今, 振古如茲.)"라 하고, 모전에 「진」은 …… 로부터 이다(振, 自也.)"라 했음. 여기서는 고풍을 진흥시킨다는 뜻.

56-2

公名錫, 字元勳, 隴西成紀[18]人也。高祖楷[19], 隋上大將軍[20],

綿·益·原三州刺史[21], 封汝陽公[22]。曾祖騰雲, 皇朝廣·茂二
州都督[23], 廣武伯[24]。祖立節[25], 起家[26]韓王[27]府記室參軍[28], 襲
廣武伯。父浦[29], 郢[30]·海[31]·淄[32]·唐[33]·陳[34]五州刺史, 魯郡
都督[35], 廣平太守[36], 襲廣武伯。

皆納忠[37]王庭, 名鏤鍾鼎[38], 侯伯繼跡[39], 故可略而言焉。

공의 이름은 이석(李錫)이며 자가 원훈(元勳)으로, 농서(隴西) 성
기인(成紀人)이로다. 고조부 이개(李揩)는 수(隋)나라 상대장군으
로 면(綿)·익(益)·원주(原州) 등 세 주(州) 자사를 지냈고 여양공
(汝陽公)에 봉해졌으며, 증조부 등운(騰雲)은 당조(唐朝)에서 광주
(廣州)·무주(茂州)의 도독을 지냈고 광무백(廣武伯)에 봉해졌으며,
조부 입절(立節)은 처음 출사하여 한왕부(韓王府)의 기실참군(記室
參軍)이 되어 광무백의 작위를 계승하였으며, 부친 이포(李浦)는 영
(郢)·해(海)·치(淄)·당(唐)·진주(陳州) 등 다섯 개 주의 자사와
노군(魯郡)도독, 광평(廣平)태수를 지내고 광무백에 세습되었도다.

모두 군왕과 조정에 충성을 다하여 종(鍾)과 솥(鼎)에 명성을 새
기고 대대로 작위와 공훈을 계승하였으므로, 그 개요를 말한 것이
라네.

················

18 隴西成紀(농서성기) : 「隴西」는 군명으로, 진(秦)나라에서 한(漢)·
   진(晉)까지 존속하였으며, 군청은 지금의 감숙성 임조현(臨洮縣)
   남쪽이었다가 후에는 지금의 감숙성 농서현 남쪽으로 옮겼다. 「成
   紀」는 한나라 현명으로 지금의 감숙성 태안현(秦安縣) 북쪽이다.
   농서(隴西)이씨는 명문거족으로, 이백 역시 농서 이씨의 후예임.
19 高祖揩(고조해) : 고조부(高祖父) 독고해(獨孤揩). 《수서(隋書)·

독고해전(獨孤楷傳)》에 "독고해는 자가 수칙으로, 출신지를 알 수 없다. 본성은 이씨이고 부친은 둔(屯)이다. 제나라 신무제를 따라 사원에서 전쟁하다 제 군사가 패하자, 주국 독고신에게 사로잡혀서 군졸에 편입되었다가 독고 성을 하사받았다. 수나라 고조로 정권이 바뀌면서 여양군공에 봉해졌다. 인수 초에 원주총관·익주총관으로 나아갔다. 양제가 즉위하자, 병주총관으로 전보되었으며, 아들로 능운·평운·언운을 두었다(獨孤楷字修則, 不知何許人也, 本姓李氏, 父屯, 從齊神武帝戰於沙苑, 齊師敗績, 因爲柱國獨孤信所擒, 配爲士伍, 因賜姓獨孤氏. 隋高祖受禪, 進封汝陽郡公. 仁壽初, 出爲原州總管·益州總管. 煬帝卽位, 轉幷州總管. 有子凌雲·平雲·彦雲.)"라는 기록이 있음.

20 **隋上大將軍**(수상대장군) :《수서·백관지》에 따르면 수나라 고조(高祖)가 설치한 훈관(勳官)으로, 주국(柱國)의 아래이고 대장군보다 상위 관직이다*.

21 **綿益原三州刺史**(면익원삼주자사) : 「綿」은 면주로 지금의 사천성 면양현(綿陽縣) 동쪽에 있고, 「益」은 익주로 지금의 사천성 성도시(城都市)이며, 「原」은 원주로 지금의 감숙성 영하현(寧夏縣) 고원(固原)임. 「刺史」는 주(州) 행정장관.

22 **汝陽公**(여양공) : 「汝陽」은 지금의 하남성 여남현(汝南縣)으로, 여수(汝水) 북쪽에 위치한다. 「公」은 군공(郡公)이며, 제4등 작위로 정2품임.

23 **皇朝廣茂二州都督**(황조광무이주도독) : 「廣州」는 지금의 광동성 광주시(廣州市). 「茂州」는 지금의 사천성 무문현(茂汶縣). 「都督」은 지방 군사관련 관명으로 상중하 3등으로 나누었다. 이 광주와

---

* 上大將軍, 高祖所置, 其位在柱國之下, 大將軍之上, 蓋散爵也, 所以酬功臣者.

무주에는 하도독부를 두었는데, 당제에 의하면 중도독부나 하도독부에는 도독 1인을 두었으며, 품계는 정3품상이나 종3품임.

24 **廣武伯**(광무백) : 「廣武」는 현명으로, 지금의 감숙성 영등현(永登縣)이다. 「伯」은 당제에 개국현백(開國縣伯)이며, 작위는 제7등으로 정4품상임.

25 **立節**(입절) : 조부인 입절. 《고금성씨서변증(古今姓氏書辨證)》에서 「경조 독고씨를 봉절(奉節)로 삼았다(京兆獨孤氏作奉節.)」고 했음.

26 **起家**(기가) : 처음 출사하여 얻은 관직.

27 **韓王**(한왕) : 당고조 이연의 제11자인 이원가(李元嘉)로, 한왕에 봉해졌음.

28 **記室參軍**(기실참군) : 「記室」은 왕부내에서 장표서기(章表書記)와 격서(檄書)를 작성하는 업무를 담당함. 「參軍」은 군대의 일을 참모(參謀)하는 관명. 당제에 왕부의 관원에 기실참군사 2명을 두었으며, 정8품하로 표·계·서·소(表啓書疏)를 관장했음.

29 **父浦**(부포) : 부친 이포. 「浦」는 「輔(보)」로도 쓴다. 앞의 산문 이백의 〈숭명사의 불정존승다라니경문에 대한 송문(崇明寺佛頂尊勝陀羅尼幢頌)에 “我太官廣武伯隴西李公, 先名琬, 奉詔書改爲輔. …… 五鎭方牧, 聲聞於天. 帝乃加剖竹於魯, 魯道粲然可觀.”에 나오는 이보(李輔)임.

30 **鄧**(등) : 등주 부수군(富水郡)으로, 지금의 호북성 종상현.

31 **海**(해) : 해주 동해군(東海郡)으로, 지금의 강소성 연운항시(連雲港市).

32 **淄**(치) : 치주군으로, 지금의 산동성 치박시(淄博市).

33 **唐**(당) : 당주 회안군(淮安郡)으로, 지금의 하남성 필양현(泌陽縣).

34 **陳**(진) : 진주 회양군(淮陽郡)으로, 지금의 하남성 회양현(淮陽縣).

35 **魯郡都督**(노군도독) : 「魯郡」은 하남도 연주(兗州)로 지금의 산동성 연주이며, 노군은 당대에 상도독부로서 도독 1인을 두었는데 종2

품임.

36 廣平太守(광평태수):「廣平」은 당대에 하남도 낙주(洛州)로, 지금의 하북성 영년현(永年縣).「太守」는 주군의 수령으로 자사(刺史)와 같음.

37 納忠(납충): 효충(效忠), 효를 다하는 것.

38 名鏤鍾鼎(명루종정): 이름을 종과 솥에 새기는 것.「鏤」는 각(刻)과 같음.「鍾鼎」은 옛날 동기(銅器)의 총칭. 고대에는 동기위에 문자를 명각(銘刻)하여 공덕을 선양했음.《구당서·장손무기전(長孫無忌傳)》에 "예전부터 제왕은 공훈을 포상하면서 종과 세발솥(종정)에 새기고 또 단청에 형상을 그려 기렸다(自古帝王襃崇勳功, 旣勒銘於鍾鼎, 又圖形於丹靑.)"고 했음.

39 侯伯繼跡(후백계적): 대대로 작위와 공훈을 계승하는 것.

56-3

公卽廣武伯之元子[40]也。年十九, 拜北海[41]壽光尉[42]。心不卦細務[43], 口不言人非。群吏罕測[44], 望風[45]敬憚[46]。秩滿[47], 轉[48]右武衛[49]倉曹參軍[50], 次任趙郡[51]昭慶縣[52]令。

奉詔修建初·啓運二陵[53], 總徒五郡[54], 支用三萬貫。舉築[55]雷野[56], 不鞭一人。功成, 餘八千貫[57]。其幹能[58]之聲大振乎齊·趙[59]矣。時名卿巡按[60], 陵有黃赤氣上沖太微[61], 散爲慶雲[62]數千處, 蓋精勤[63]動天地也如此。因粉圖奏名[64], 編入國史[65]。

공은 광무백(廣武伯)의 적장자로 나이 열아홉에 북해(北海) 수광현(壽光尉) 현위에 임용되었도다. 자질구레한 일은 마음에 두지 않고 남의 단점은 입으로 말하지 않았으니, 군내 관리들은 의중을 헤아리기 어려워 풍모를 우러러보며 공경하고 두려워했다네. 임기가 만료되자 우무위(右武衛)의 창조참군(倉曹參軍)으로 옮겼다가 다음에는 조군(趙郡)의 소경현령(昭慶縣令)에 임명되었도다.

조서를 받들어 건초(建初)·계운(建初) 두 왕릉을 수리하는데, 다섯 군의 일꾼들이 동원되고 3만관의 비용이 소요되었다네. 땅을 다지며 축조하는 소리가 우레처럼 들판에 진동하였지만 한사람에게도 채찍을 가하지 않았으며, 일이 완성된 후에도 8천관이 남았으니, 그의 다재다능한 명성이 제(齊)와 조(趙) 지방에 크게 떨쳤도다. 당시 명망있는 공경(公卿)이 순시하며 살피는데, 능묘(陵墓)에 있던 누렇고 붉은 기운이 하늘로 올라가 태미성(太微星)을 뚫고 다시 상서로운 구름이 되어 수천 곳으로 흩어지는 것을 보았으니, 아마도 일에 전념하면서 부지런히 힘쓴 결과가 이렇게 천지를 감동시켰으리라. 그래서 이를 채색그림으로 그려 이석(李錫)의 이름과 함께 보고하고 국가의 사적(史蹟)에 편입시켰도다.

················

40 元子(원자) : 본처 소생의 적장자.

41 北海(북해) : 당 하남도 청주(靑州) 북해군으로, 지금의 산동성 익도현(益都縣)임.

42 壽光尉(수광위) :「壽光」은 북해군내 현명으로, 지금의 산동성 수광현.「尉」는 종9품인 현위로, 현내의 군사와 치안을 담당함.

43 細務(세무) : 자질구레한 사무.

44 罕測(한측) : 그 사람됨을 헤아리기 힘든 것.

45 望風(망풍) : 먼 곳에서 그 사람의 풍채를 우러러보는 것.

46 敬憚(경탄) : 경외(敬畏)로, 공경하면서 두려워하는 것.

47 秩滿(질만) : 관리의 임기 만료가 되는 것.

48 轉(전) : 천조(遷調), 전임, 인사이동 되는 것.

49 右武衛(우무위) : 한말에 조조(曹操)가 승상이 되어 처음 무위영(武威營)을 설치하였으며, 수나라에서는 좌우 무위로 나누었음.

50 倉曹參軍(창조참군) : 「倉曹」는 관명으로, 창고에 쌓인 곡식(倉穀)을 주관함. 당제(唐制)에 의하면 좌우무위(左右武衛)에 창조참군사(倉曹參軍事) 각 2인이 있는데, 정8품하로 문관의 훈고(勳考)·가사(假使)·봉록(俸祿)·공해(公廨)·전원(田園)·식료(食料)·의약(醫藥) 등의 일을 담당하였음.

51 趙郡(조군) : 하북도 조주(趙州)로, 현재의 하북성 조현(趙縣).

52 昭慶縣(소경현) : 곧 상성현(象誠縣)인데, 천보 원년(742) 소경현으로 고쳤으며, 지금의 하북성 융요현(隆堯縣) 동쪽.

53 建初啓運二陵(건초계운이릉) : 「建初」는 당고조 이연의 고조부인 헌조(獻祖)선황제 이희(李熙)의 묘이며, 「啓運」은 이연의 증조부인 의조(懿祖) 광황제 이천석(李天錫)의 묘임*. 《원화군현지》권17〈하북도조주소경현편〉에 "지금 황제의 13대조이며 선황제 이연의 고조부 무덤인 건육(초)릉은 높이가 4장이고 주위가 8십장이며, 황상의 12대조인 광황제(당고조 李淵의 증조부)의 계운릉은 높이가 4장, 주위가 6십보이다. 두 릉을 합하여 주위가 1백5십6보이며, 현의 서남쪽 2십리에 있다(皇十三代祖宣皇帝李淵之高祖父建六(初)陵, 高四丈, 周圍八十丈. 皇十二代祖光皇帝啓雲陵, 高四丈, 周圍六十步. 二陵共塋, 周圍百五十六步, 在縣西南二十里.)"는 기록이 있음.

---

* 《당회요(唐會要)》에 의하면 모두 개원28년 7월18일에 조서를 내려 능을 수리하고 능명을 당초 건창릉에서 건초릉으로, 당초 연광릉을 개운릉으로 고쳤다 한다.

54 **總徒五郡**(총도오군) : 이석이 능을 수리하면서 5개 군의 일꾼들을 통솔하는 것.

55 **擧築**(거축) : 공이(杵)로 땅을 다지며(擣土) 축조하는 것.

56 **雷野**(뇌야) : 울리는 소리가 우레같이 들판을 진동하는 것.《후한서·광무제기(光武帝紀)하》에 "긴 수레바퀴 소리가 들판에 울리며, 높이 치솟은 칼끝은 구름에 닿았네(長轂雷野, 高鋒彗雲.)"라 하고, 이현은 주에서 「장곡」은 전쟁의 수레이며, 「뇌야」는 그 소리가 성대함을 말한다(長轂, 兵車, 雷野, 言其聲盛也.)"고 했음.

57 **貫**(관) : 고대 화폐단위로, 동전을 꿰매어 사용하는 꾸러미인데, 1관은 1천개의 동전을 말함.

58 **幹能**(간능) : 정간(精幹)하고 다능(多能)한 것. 영리하고 수완이 있으며, 재주가 뛰어난 것.

59 **大振乎齊趙**(대진호제조) : 제와 조 땅에 크게 떨쳤다. 「齊」는 지금의 산동성 북부. 「趙」는 지금의 하북성 남부.

60 **名卿巡按**(명경순안) : 「名卿」은 명망이 있는 공경. 「巡按」은 황제의 명령을 받고 각 지방을 순시(巡視)하며 자세히 살펴보는 것.《당회요(唐會要)》권20 〈공경순릉(公卿巡陵)〉에 "개원 28년(730) 7월18일, 8대조 선황제와 7대조 광황제께 엎드려 올립니다. …… 건초·계운의 두 능을 관리하는 것은 홍녕릉의 전례를 따르고자 합니다. …… 마땅히 춘하추동 4계절과 여덟 절후로 나누어 주현에 맡기고, 자주 능을 관리하는 부서가 서로 알게 해서 음식을 만들어 제공하도록 하겠습니다((開元)二十八年七月十八日制, 伏以八代祖宣皇帝·七代祖光皇帝. …… 其建初·啓運二陵, 仍準興寧陵例, …… 宜別四時及八節, 委所由州縣, 數與陵署相知, 造食進獻.)"라는 기록이 있음.

61 **太微**(태미) : 별 이름으로, 태미원(太微垣). 태미성좌는 천제(天帝)의 궁원(宮垣).《사기·천관서(天官書)》에 "남관은 주작(朱雀)의

형상이며, 권좌(權座)와 형좌(衡座)가 있다. 형좌는 태미원(太微垣)이라고도 하는데 해와 달, 그리고 다섯 행성의 궁정(宮廷)이다(南宮朱鳥, 權·衡. 衡, 太微, 三光之廷.)"라 하고, 당 사마정(司馬貞)은 《사기색은(史記索隱)》에서 송균(宋均)의 말을 인용하여 「태미」는 천제의 남궁이며, 「삼광」은 해·달·오성이다(太微, 天帝南宮也. 三光, 日·月·五星也.)"라 했음. 또한 《사기정의(正義)》에서는 "태미궁원은 익과 진자리에 있으며, 천자의 궁정으로 오제의 자리, 십이제후의 관아다. 그 밖의 번은 구경이다(太微宮垣, 在翼·軫地, 天子之宮庭, 五帝之坐, 十二諸侯之府也. 其外藩, 九卿也.)"라고 했다.

62 慶雲(경운) : 상서로운 오색 채운(彩雲)으로, 고대에는 길상의 기운이라 여겼음. 《사기·천관서(天官書)》에 "연기같으나 연기가 아니요, 구름같으나 구름도 아닌 것이 성대하고 번다하고 쓸쓸하고 높고 크나니, 이것을 경운이라 한다(若煙非煙, 若雲非雲, 郁郁紛紛, 蕭索輪囷, 是謂慶雲.)"라 했음.

63 蓋精勤(개정근) : 「蓋」는 대개, 유어(由於)의 뜻. 「精勤」은 전심전력으로 부지런히 힘쓰는 것.

64 粉圖奏名(분도주명) : 「粉圖」는 색분(色粉)을 이용하여 화도(畫圖)를 만드는 것. 「奏名」은 이석의 사적을 조정에 보고하는 것. 상서로운 형상을 그린 도화를 이석의 사적과 함께 조정에 보고한 것을 말함.

65 編入國史(편입국사) : 조정에서 이일을 국사에 편입시켰다는 말.

56-4

天寶四載, 拜虞城令, 而天章寵榮[66], 俾金玉王度[67], 罔若七耀[68], 昭回堂隅[69]。於戲[70], 敬之哉! 宸威臨顧[71], 作訓以理[72], 其俗魯而木, 舒而徐。急則狼戾[73], 緩則鳥散[74]。

公酌[75]以釣道[76], 和之琴心[77], 于是安四人[78], 敷五教[79]。處必糲食[80], 行惟單車[81]。觀其約而吏儉, 仰其敬而俗讓[82]。激直士之素節[83], 揚廉夫之清波[84]。三月政成[85], 鄰境取則[86]。

因行春[87], 見枯骸[88]於路隅[89], 惻然[90]疚懷[91], 出俸[92]而葬。由是百里掩骸[93], 四封[94]歸仁。有居喪行號城市者, 習以成俗。公勖之親鄰, 厄以凶事[95], 而鰥寡惸獨[96], 衆所賴[97]焉。可謂變其頹風[98], 永錫爾類[99]。

천보 4년(745), 우성현령으로 임명될 때 천자가 문장을 써서 총애와 영광을 내려주니, 군왕의 법도를 금옥처럼 여겨 일곱 가지 광명(七耀)으로 청당(清堂)의 구석까지 비추도록 했구나. 아아! 공경스럽게도 군왕께서 위엄으로 돌아보며 백성다스리는 이치를 훈시하시기를, "그 풍속은 무디면서 우둔하게 하고 느슨하면서 완만하도록 하여야 하니, 급박하게 다스리면 백성들이 이리처럼 사나워지고, 완만하게 다스리면 그 백성들이 새무리처럼 흩어져 날아간다"고 하셨도다.

공은 낚시로 다스리는 도에 비유하면서 거문고 소리처럼 뜻을 조화롭게 전달하여 네 부류의 백성(四民)을 편안케 하고 다섯 가지 가르침(五敎)을 널리 펼쳤다네. 거처할 때는 반드시 거친 밥을 먹고 나들이 할 때에는 홀로 행차하였으니, 그의 검약한 행동을 보고 관리들이 검소(儉素)해졌으며, 공경함을 보고 백성들이 겸양(謙讓)해졌도다. 곧은 선비의 고상한 지조를 격려하고 청렴한 인사의 맑은 품덕을 발양시키니, 3개월간의 정치가 성공을 거두자 인근의 주현

(州縣)에서 모범사례로 본 받았다네.

봄에 고을을 순시할 때, 마른 해골이 길모퉁이에 나와 있는 것을 보고 측은하게 여겨 녹봉(祿俸)을 덜어 장사지내주니, 이후로 백리 현 안에서는 시체가 보이지 않았으며 사방 백성들이 어진 마음으로 회귀했도다. 또 상(喪)을 당하여 울부짖으며 저잣거리를 다니는 사람이 있으면 수습해주는 것이 관습이 되었다네. 공은 친척과 이웃들에게 남들의 흉사도 내 재난으로 여기도록 격려하였으며, 홀아비·과부·독거노인·고아도 의지할 수 있도록 해주었으니, 쇠퇴한 풍속을 변화시켜 복덕(福德)을 영원히 백성들에게 내려주었다고 말할 수 있도다.

....

66 **天章寵榮**(천장총영) : 천자가 시와 문장을 써서 총애와 영광을 내려주는 것으로, 여기서는 이석이 천자의 포상을 받은 것을 말함. 「天章」은 천자가 지은 시문과 사장(詞章). 서릉(徐陵)의 〈단양 상용로 비문(丹陽上庸路碑)〉에 "임금이 내린 교지가 바람에 날리고, 천자가 지은 시(천장)는 사해에 가득하네(御紙風飛, 天章海溢.)"라 하고, 잠삼(岑參)은 〈안평원을 보내며(送顏平原)〉시에 "천자의 문장이 해달별에 내리고, 임금의 은혜가 구주에 미치네(天章降三光, 聖澤該九州.)"라 읊었다.

67 **俾金玉王度**(비금옥왕도) : 「王度」는 군왕의 품덕과 기량. 제왕의 덕행과 법도를 금옥처럼 견고하고 귀중하게 사랑(堅重寶愛)하라는 것. 《좌전·소공(昭公)12년》에 "내가 왕의 도량을 생각하니, 옥과도 같고, 금과도 같이 견고하도다!(思我王度, 式如玉, 式如金.)"라 하고, 공영달 소에서 "우리 왕이 가진 덕의 도량을 생각하니, 옥을 사용하는 것과 같고 금을 사용하는 것과 같아서, 그 덕을 견고하고

귀중하게 운용하여 보배처럼 사랑하는구나(思使我王之德度, 用如玉然, 用如金然, 使之堅而且重, 可寶愛也.)"라 했으며, 심약(沈約)의 《고취곡(鼓吹曲)·기운집(期運集)》에서는 "춤을 추어 공덕을 퍼지게 하고, 금옥처럼 왕의 법도를 밝히네(舞蹈流功德, 金玉昭王度.)"라 읊었다.

68 冏若七耀(경약칠요) : 「冏」은 광명, 밝게 빛나는 것(光亮). 「七耀」는 해와 달과 금·목·수·화·토성의 다섯 별(五星). 동진 범녕(范甯)의 《춘추곡량전》서문에 "칠요가 가득 찼다가 오그라든다(七曜爲之盈縮.)"라 하고, 양사훈(楊士勳)의 소에 "일월과 오성이 천하를 비치므로 「칠요」라 부른다. 오성은 곧 동방의 세성(목성), 남방의 형혹(화성), 서방의 태백(금성), 북방의 진성(수성), 중앙의 진성(토성)이다(日月五星, 皆照天下, 故謂之七曜. 五星者, 即東方歲星(木星), 南方熒惑(火星), 西方太白(金星), 北方辰星(水星), 中央鎭星(土星)是也.)"라 했음.

69 昭回堂隅(소회당우) : 집 안채의 구석을 비추는 것.

70 於戲(오호) : 감탄사로, 「오호(嗚呼)」나 「우희(吁戲)」와 같다.

71 宸威臨顧(신위임고) : 「宸」은 왕위와 제왕의 대칭으로, 「宸威」는 황제의 위의(威儀). 「臨顧」는 돌보아 주는 것(眷顧). 제왕이 이석을 불러서 돌봐주는 것을 말함.

72 作訓以理(작훈이리) : 「理」는 「治」인데, 당고종 이치(李治)를 피휘하여, 「治」를 「理」로 대신 썼다. 이석에게 백성을 다스리는 이치를 훈시한 것을 말함.

73 急則狼戾(급즉낭려) : 급박하게 다스리면 그 백성들이 사나운 이리처럼 서로 친해지지 않는 것을 말한다. 「狼戾」는 사나운 이리로, 《한서·엄조전(嚴助傳)》에 "지금 민월왕이 이리처럼 사나워서 그 골육지친을 살해하자, 친척들이 떠나갔다(今閩越王狼戾不仁, 殺其

骨肉, 離其親戚.)"라 했음.

74 緩則鳥散(완즉조산) : 완만하게 다스리면 그 백성들이 새무리처럼 흩어져 날아가 서로 돌아보지 않는다는 말*. 「鳥散」은 사람의 무리들이 사방으로 어지럽게 흩어짐을 비유한 것. 《사기·평진후주보열전(平津侯主父列傳)》에 "무릇 흉노들의 속성은 짐승처럼 모였다가 새처럼 흩어지기 때문에, 저들을 뒤쫓는 것은 그림자를 잡으려는 것과 같다(夫匈奴之性, 獸聚而鳥散, 從之如搏影.)"고 했음.

75 酌(작) : 짐작(斟酌).

76 釣道(조도) : 백성을 다스리는 도에 비유한 것. 유향(劉向)의 《설원(說苑)·정리(政理)》에 "복자천이 선보의 수령이 되어 가는 길에 양주를 방문하여 말했다. 「그대도 나를 전송하며 해줄 말이 있소?」. 양주가 말했다. 「나는 어린시절에 빈천하여 배우지 못해서 백성 다스리는 법을 알지 못합니다만, 낚시하는 방법에는 두 가지가 있으니, 이것으로써 그대를 전송하려 합니다」(宓子賤爲單父宰, 過於陽晝曰, 子亦有以送僕乎? 陽晝曰, 吾少也賤, 不知治民之術, 有釣道二焉, 請以送子.)"라 했는데, 여기서는 그 뜻을 취했음.

77 和之琴心(화지금심) : 「琴」은 검과 함께 옛날 문인들이 늘 휴대하던 물건으로서, 거문고를 심장(마음)으로 여겨 온유하고 고아함에 비유하였다. 「琴心」은 본래 거문고 소리로, 뜻(마음)을 전달하는 것을 가리킴. 《문선》권58 왕검(王儉)의 〈저연비문(褚淵碑文)〉에 "술로서 덕이 가지런해지고, 거문고소리로 마음이 한가해지네(參以酒德, 閒以琴心.)"라 했는데, 왕기는 낚시를 드리우고(垂釣) 거문고를 타는

---

* 왕기는 이는 그 풍속의 폐단을 말한 것으로 일을 급하게 하면 사나운 이리처럼 서로 친하지 않고, 일을 완만하게 하면 새무리가 흩어지듯 서로 돌아보지 않는다는 뜻이라고 하였다.

것(鼓琴) 모두 사람의 마음을 고요하게 할 수 있으니, 위 문장의
완급한 일을 이어 마땅히 백성들을 고요히 다스려야 함을 말한 것이
라고 하였음.

78 **安四人**(안사인) : 네 부류의 백성을 안정시키는 것. 「四人」은 「四
民」으로 사·농·공·상(士農工商)에 종사하는 사람.

79 **敷五教**(부오교) : 「敷」는 펼치는 것, 시행. 「五教」는 봉건사회에서
다섯가지 윤리도덕인 오상의 가르침(五常之敎)로 부의(父義)·모
자(母慈)·형우(兄友)·제공(弟恭)·자효(子孝)를 가리킴. 《서경·
순전》에 "너(契)를 사도로 삼으니, 공경히 다섯가지 가르침을 펴라
(汝作司徒, 敬敷五教.)"라 하고, 공안국 전에 "오상의 가르침을 널
리 폈다(布五常之教也.)"라 했음.

80 **處必糲食**(처필여식) : 「處」는 집에 있는 것. 「糲食」은 거친 쌀로 만
든 현미 밥. 《광운(廣韻)》에 "「여(糲)」는 거친 것으로, 정미하지 않
은 쌀이다(糲, 粗也, 米不精也.)"라 했음.

81 **行惟單車**(행유단거) : 「行」은 외출하는 것. 「單車」는 수행인 없이
검소하게 외출하는 것. 《주서(周書)·배문거열전(裵文擧列傳)》에
"배수는 정평현령으로 부임하면서 청렴과 검약으로 스스로를 다스
렸으며, 매번 봄에 민속을 살피러 갈 때에는 홀로 수레를 몰았다(遂
之任正平也, 以廉約自守, 每行春省俗, 單車而已.)"라 했음. 이상
4구에서는 위문장에 이어서 근검절약을 자신의 규칙으로 삼음을 표
시한 것임.

82 **觀其約而吏儉, 仰其敬而俗讓**(관기약이리검, 앙기경이속양) : 「讓」
은 겸양(謙讓). 현령이 앞장서서 검소하고 청렴함을 보고 모두 검약
해져서 현령의 공경을 앙모하고 백성도 겸양의 풍속을 가졌다는 말.
우성현의 관리와 백성들이 이석의 덕풍(德風)에 감화를 받은 것을
말함.

83 **激直士之素節**(격직사지소절) : 평소 곧은 절개를 지닌 인사를 격려
하는 것. 「激」은 격려(激勵). 「直士」는 정직한 인사. 「素節」은 맑고
깨끗한 절개.

84 **揚廉夫之淸波**(양염부지청파) : 청렴한 사람이 청아한 품덕을 발양
함을 말한 것. 「廉夫」는 청렴한 인사. 「淸波」는 청렴지풍(淸廉之風).

85 **三月政成**(삼월정성) : 3개월이 경과하자 정치가 성공을 거둔 것.

86 **鄰境取則**(인경취칙) : 부근의 주현들이 모범사례로 인용하는 것으
로, 공자가 중도 현령로 있던 일을 사용하였다.《사기 · 공자세가》에
"(정공이) 공자를 중도의 재상으로 삼으니, 일 년 만에 사방이 본받
았다(孔子爲中都宰, 一年, 四方皆則之.)"라 했음.

87 **行春**(행춘) : 한대부터 시행한 제도로 태수가 봄에 관할하는 주현을
순시하며 경작을 독려하는 것을 행춘이라 불렀다.《후한서 · 정홍전
(鄭弘傳)》에 "정홍은 젊어서 시골 농부로 있었는데, 태수가 오륜이
시행됨을 평가하려고 봄에 순시를 나갔는데, 그를 보고 매우 기특하
게 여기고 독우*를 불러 효렴으로 천거하였다(弘少爲鄕嗇夫, 太守
第五倫行春, 見而深奇之, 召署督郵, 擧孝廉.)"라 하고, 이현의 주
에 "태수는 항상 봄에 주현으로 가서, 농사와 잠업을 권면하고 양식
이 끊어진 자들을 구휼했다고 했는데,《속한지》에 보인다(太守常以
春行所主縣, 勸人農桑, 振救乏絕. 見續漢志.)"라 했음. 이석은 벼
슬이 태수에 이르지는 못했지만, 옛 제도를 본받아 행춘(行春)을
시행했다.

88 **枯骸**(고해) : 풍화된 시체의 마른 해골.

89 **路隅**(노우) : 길모퉁이, 길옆.

---

* 한(漢)나라 때에 각 지방 군수를 보좌하던 이속(吏屬)으로 군마다 2~5명 정도
배치되어 지방의 풍속과 법률 위반 사항 등을 조사 감찰하는 임무를 맡았다.

90 惻然(측연) : 슬퍼하는 모양.

91 疚懷(구회) : 내심으로 불안한 것.

92 俸(봉) : 봉록(俸祿), 관료들이 받는 봉급(薪水).

93 百里掩骸(백리엄해) : 한 현의 안에 뒹구는 해골들을 모두 묻어주는 것. 「百里」는 한 현을 가리킴. 「掩骸」는 시체와 해골을 치워 장례지내는 것. 《예기 · 월령(月令)》에 "이른 봄에 뼈를 치우고 시체를 묻는다(孟春之月 …… 掩骼埋胔.)"라 하고, 정현의 주에 "마른 해골을 「격」이라 하고, 썩은 살점을 「자」라 한다(骨枯曰骼, 肉腐曰胔.)"고 했음.

94 四封(사봉) : 본래 국가의 네 국경을 말하는데, 여기서는 현의 네 경계. 《좌전 · 양공(襄公)21년》에 "계손씨가 말했다. 「우리 노나라엔 사방 국경이 있어서 그곳의 도적들을 잘 다스려 왔는데, 무슨 이유로 그럴 수 없다는 것입니까?」(季孫曰, 我有四封, 而詰其盜, 何故不可?)"라 했음.

95 公勖之親鄰, 厄以凶事(공욱지친린, 액이흉사) : 「勖」은 면려(勉勵). 「厄」은 재난. 「厄以凶事」는 다른 사람의 흉사도 재난으로 간주하는 것. 이석이 친척과 이웃들에게 다른 사람의 흉사도 나의 재난으로 여기도록 격려한 것임.

96 鰥寡惸獨(환과경독) : 일상생활에서 의지할 데가 없는 네 부류의 사람. 《맹자 · 양혜왕(梁惠王)하》에 "늙었으면서 아내가 없는 것을 「환(홀아비)」이라 하고, 늙었으면서 남편이 없는 것을 「과(과부)」라 하며, 늙었으면서 자식이 없는 것을 「독(무의탁자)」, 어리면서 부모가 없는 것을 「고(고아)」라 합니다. 이 네 사람은 천하에 불쌍한 백성들이며, 하소연 할 곳이 없는 자들입니다(老而無妻曰鰥, 老而無夫曰寡, 老而無子曰獨, 幼而無父曰孤. 此四者, 天下之窮民而無告者, 衆所賴焉.)"라 하고, 《주례 · 추관(秋官) · 대사구(大司寇)》에

도 "폐석(肺石)을 세워 힘없는 백성들이 호소할 수 있게 하였다. 무릇 원근의 외로운 노약자들이 위에 아뢰고 싶은 일이 있는데도 그 장관에게 아뢰어 주지 않을 경우, 폐석 옆에 가서 사흘 동안 서있으면 관리(士)가 그 말을 와서 듣고 윗선에 아뢰고 그 장관을 처벌한다(以肺石達窮民, 凡遠近惸獨老幼之欲有復於上, 而其長弗達者, 立於肺石三日. 士聽其辭以告於上, 而罪其長.)"라 하고, 정현의 주에 "형제가 없는 것을 「경」이라 하고, 자손이 없는 것을 「독」이라 한다(無兄弟曰惸, 無子孫曰獨.)"고 했음.

97 賴(뢰) : 의지하는 것.

98 頹風(퇴풍) : 쇠퇴한 풍속.

99 永錫爾類(영석이류) : 「錫」은 「賜」와 통하며, 하사하는 것. 영원히 복을 백성들에게 내려준다는 말. 《시경 · 대아 · 기취(旣醉)》에 "효자가 효행을 그치지 아니하니, 계속해서 그와 같은 효자를 나오게 하는구나(孝子不匱, 永錫爾類.)"라 하고, 정현의 전(箋)에 "「영」은 오랜 것이다. 효자의 행실은 다하여 끝나는 것이 아니고, 너의 겨레와 일족에게 오래도록 함께하는 것이므로 널리 천하를 교도하는 것을 말한다(永, 長也. 孝子之行, 非有竭極之時. 長以與女之族類, 謂廣之以教導天下也.)"라 했음.

56-5

先時, 邑中有聚黨[100]橫猾[101]者, 實惟二耴之族, 幾百家焉[102]。公訓爲純人[103], 易其里[104]曰「大忠正[105]之里」。北境黎丘之古鬼[106]焉, 或醉父以刃其子[107], 自公到職, 蔑聞爲災。

官宅[108]舊井, 水清而味苦, 公下車[109]嘗之, 莞爾[110]而笑曰,

「既苦且清, 足以符吾志也」。遂汲用不改, 變爲甘泉[111]。蠱丘館[112]東有三柳焉, 公往來憩之, 飲水則去。行路勿剪[113], 比于甘棠[114]。鄉人因樹而書頌[115]四十有六篇。

　예전에 읍 가운데 도당(徒黨)을 모아 법을 어기면서 횡행하는 자가 있었는데, 이들은 이경(二耿)의 무리로 거의 1백 가구에 이르렀다네. 그들 모두 이공의 훈화를 거치면서 양민이 되었으므로 그 마을 이름을 「대충정(大忠正) 마을」이라고 바꿨도다. 북쪽 여구(黎丘)라는 지역에는 옛날 귀신이 있었는데, 어느 취한 아버지를 속여 아들을 칼로 죽이기도 했지만, 공이 임직한 이후로는 이러한 괴이한 재난들이 있다는 말을 듣지 못했다네.

　또 관사(官舍)에 있던 옛 우물은 맑지만 쓴맛이 나므로, 공이 처음 부임하면서 마셔보고 빙그레 웃으며 "쓰면서도 맑으니 나의 의지와 들어맞는구나"라 하였는데, 후에 물을 길어 마실 때 수리하지 않았음에도 불구하고 단맛 나는 샘물로 바뀌었도다. 여구관(蠱丘館) 동쪽에 세 그루 버드나무가 있어서 공이 왕래할 때마다 그곳에 쉬며 물을 마시고 떠났는데, 행인들은 베지 못하게 하면서 주나라 소공(召公)이 쉬던 감당(甘棠) 나무와 비교하였다네. 그 지역 백성들은 버드나무를 빌려 46편을 지어 칭송하였어라.

....

100　聚黨(취당) : 도당(徒黨)을 모으는 것.

101　橫猾(횡활) : 법을 어기는 자가 횡행하는 것.

102　實惟二耿之族, 幾百家焉(실유이경지족, 기백가언) : 「實惟」는 시위(是爲). 「二耿之族」은 이경(二耿)의 무리(族人). 「幾百家」는 거의 1백 집에 가까운 것.

103 訓爲純人(훈위순인) : 「訓」은 교육, 훈화(訓化). 「純人」은 양민.

104 易其里(역기리) : 그 마을의 이름을 바꾸는 것.

105 大忠正(대충정) : 왕기는 「忠」은 「中」이 맞다고 했다. 위진남북조 시대에 각 주(州)에 대중정(大中正)을 두었으며, 명문거족이 담당하면서 선비들의 재능을 품평하였음.

106 黎丘之古鬼(여구지고귀) : 「黎丘」는 지명. 여구에 있던 옛날 귀신. 《태평환우기》권12 〈송주우성현(宋州虞城縣)〉편에 "여구는 현 북쪽 2십리에 있으며, 높이가 2장이다. 양나라 여구에 사람을 잘 흉내내는 이상한 귀신이 있었다. 여구에 사는 노인이 시장에 갔다가 술에 취해 밤에 돌아오는데, 귀신이 그 아들로 변장하여 부축해 주면서 자신을 곤란하고 괴롭게 만든다고 했다. 술이 깨어 그 아들에게 말하니 아니라고 대답했다. 다음날 아침 다시 시장에서 술에 취한 채 돌아오는 길에, 그 아들은 다시 괴로움을 받을 것이 근심되어 직접 마중 나갔는데, 노인이 아들을 귀신으로 오인하여 죽였다(黎邱在縣北二十里, 高二丈. 梁地黎邱有奇鬼善效人. 黎邱之叟, 市醉夜歸, 鬼乃肖其子而扶之, 困苦之. 醒後謂其子, 對曰, 非也. 明日復飮於市, 醉而將歸, 其子復恐爲所苦, 乃親迎之, 叟誤殺之.)"라는 고사가 전해오는데, 《여씨춘추 · 의사(疑似)》*에 자세히 기록되어 있음.

---

* 《여씨춘추(呂氏春秋) · 의사(疑似)》에 "梁北有黎丘部, 有奇鬼焉, 喜效人之子姪昆弟之狀. 邑丈人有之市而醉歸者, 黎丘之鬼, 效其子之狀, 扶而道苦之. 丈人歸, 酒醒而誚其子曰, 吾爲汝父也, 豈謂不慈哉! 我醉, 汝道苦我, 何故? 其子泣而觸地曰, 孼矣! 無此事也. 昔也往責(債)於東邑人, 可問也. 其父信之曰, 譆! 是必夫奇鬼也, 我固嘗聞之矣. 明日, 端復飮於市, 欲遇刺殺之. 明日之市而醉, 其眞子恐其父之不能反也, 遂逝迎之, 丈人望其眞子, 拔劍而刺之. 丈人智惑於似其子者, 而殺其眞子. 夫惑於似士者, 而失於眞士, 此黎丘丈人之智也."라 하여 이 사건에 대하여 자세히 기록했다.

107 或醉父以刃其子(혹취부이인기자) : 「或」은 어느 때. 「醉父」는 부친을 취하게 하는 것. 「蔑聞」은 들리지 않는 것, 무문(無聞). 이 구에 대하여 왕기는 "이 일은 전국시대에 있던 일인데, 이 송덕문에 인용한 것은 희언(戲言)에 가까우니, 어찌 당나라 때에 이런 귀신이 다시 활동하겠는가?"라 했다.

108 官宅(관댁) : 관서(官署), 관사.

109 下車(하거) : 처음 부임해 와서 수레에서 내리는 것.

110 莞爾(완이) : 빙그레 미소짓는 모습.

111 遂汲用不改, 變爲甘泉(수급용불개, 변위감천) : 「甘泉」에 대하여 《하남통지(河南通志)》권51 〈고적상귀덕부이령천(古蹟上歸德府李令泉)〉에 "우성 관리구역 안에 있는 옛 우물물은 맑으나 쓴 맛이 나는데, 현령 이석이 수레에서 내려 맛보고 웃으면서 말하기를 「쓰면서 맑으니 내 마음과 부합되는구나」하니, 길어먹을 수 있는 우물로 유명해졌다. 이석은 맑은 지조가 뛰어나므로 이백이 「거사송」을 지어 주었다(在虞城治內, 舊井水淸而味苦, 縣令李錫下車嘗之, 笑曰, 旣苦且淸, 足符吾志. 遂汲用之, 因名焉. 錫卓有淸操, 李白爲撰去思頌.)"라는 기록이 있음.

112 蠡丘館(여구관) : 여관 이름(館名).

113 行路勿剪(행로물전) : 행인들이 베지 못하게 하는 것. 《시경 · 소남 · 감당(甘棠)》에 "치지도 말고 베지도 말라(勿剪勿伐.)"라는 구가 있다.

114 比于甘棠(비우감당) : 소공(召公)이 쉬던 감당나무와 비교하는 것. 《사기 · 연소공세가(燕召公世家)》에 "주나라 무왕(武王)이 상(商)나라 주왕(紂王)을 멸망시킨 후, 소공을 북연(北燕) 지역의 제후에 봉했다. …… 그가 여러 향촌과 도시를 순시할 때에는 팔배나무를 심어 놓고 그 아래에서 송사를 판결하면서 정사를 처리했

다. 그리고 후(侯)와 백(伯)같은 귀족에서부터 농사에 종사하는 일반 백성들에 이르기까지 적절하게 일을 맡김으로써 직무나 직업을 잃은 사람이 한 사람도 없게 했다. 소공이 죽자 백성들은 소공의 정치적 공적을 사모하고 팥배나무를 그리워한 나머지 그 나무를 잘 보존하고 잘 길렀으며, 〈감당(甘棠)〉이라는 제목의 시를 지어서 그의 공덕을 가송(歌頌)했다. 시에 이르기를 「무성한 저 팥배나무 솎지 말고 베지도 마시오. 소백님이 계시던 곳이라오」 (周武王之滅紂, 封召公於北燕. …… 召公巡行鄕邑, 有棠樹, 決獄政事其下, 自侯伯至庶人, 各得其所, 無失職者. 召公卒, 而民人思召公之政, 懷棠樹不敢伐, 歌詠之, 作甘棠之詩. 詩曰, 蔽芾甘棠, 勿翦勿伐, 召伯所茇.)」라 했다.

115 因樹而書頌(인수이서송) : 이석이 쉬는 버드나무를 빌려 그가 백성을 사랑하던 사적을 가송한 것.

56-6

惟公志氣塞乎天地, 德音[116]發乎聲容, 縞乎若寒崖之霜[117], 湛乎若淸川之月[118]. 彈惡雪善[1], 速若箭飛[119]. 尤能筆工新文, 口吐雅論[120]. 天下美士[121], 多從之遊. 非汝陽三公三伯[123]之積德[124], 則何以生此[125]?

邑之賢老[126]劉楚瓚[127]等乃相謂曰, 「我李公以神明之化[128], 大賴于虞人[129]. 虞人陶然歌詠其德[130], 官則敬, 去則思[131]. 山川鬼神猶懷之, 況於人乎[132]!」乃咨[133]群寮[134], 興去思之頌[135]. 縣丞[136]王彥暹[137], 員外丞[138]魏陟, 主簿[139]李詵, 縣尉[140]李向·

趙濟·盧榮等, 同德比義[141], 好謀而成[142], 相與採其瓊蹤茂行[143], 俾刻石篆美[144], 庶清風令名[145], 奮乎百世之上[146]。

공의 의지와 기개는 홀로 천지에 충만하고, 덕음(德音)은 목소리와 용모에서 드러나며, 결백하기로는 겨울 언덕에 내린 서리와 같고, 청징(淸澄)하기로는 맑은 냇물 속 달과 같았다네. 악한 일을 탄핵(彈劾)하고 선한 일을 선양(宣揚)할 때는 나는 화살처럼 신속히 처리하였으며, 더욱이 새로운 문장을 쓰는데 뛰어나고 입으로는 고아(高雅)한 담론을 토하였으므로, 천하에 훌륭한 인사들이 그를 따라 노닐었어라. 만약 세분 공(公; 여양공 등)과 세 백작(伯爵)을 지낸 선조들의 음덕(蔭德)이 아니었더라면, 어떻게 공과 같은 인재가 나왔겠는가?

읍내에 사는 현명한 노인인 유초괴(劉楚瓌) 등이 서로 말하기를, "우리 이공이 신처럼 밝게 교화시켜서 우성현 사람들에게 큰 이익을 주었다네. 현민들이 즐겁게 그 공덕을 노래 부르고, 근무할 때는 존경하고, 떠난 뒤에는 그리워하는구나. 산천과 귀신조차도 정을 품는데, 하물며 사람이야 말해 무엇하겠는가?"라고 칭송하였다네. 그리고 관아(縣衙)의 관리들에게 자문을 구하여 「거사송(去思頌)」을 짓도록 하니, 현승 왕언섬(王彦暹), 원외승(員外丞) 위척(魏陟), 주부 이선(李詵), 현위 이향(李向)·조제(趙濟)·노영(盧榮) 등은 덕행과 의기가 고상하므로 잘 상의하여 완성시켰도다. 그들이 함께 이공의 훌륭한 자취와 무성한 행적을 모아서 돌 위에 전서(篆書)체로 아름답게 전각(鐫刻)하였으니, 청렴한 기풍과 아름다운 명성은 백대이상 오래도록 전송되리로다.

116 德音(덕음) : 좋은 말(善言). 다른 사람의 말에 대한 경칭.

117 縞乎若寒崖之霜(호호약한애지상) : 「縞」는 흰색의 생견(生絹)이지만, 여기서는 청결한 흰색을 가리킴. 풍격이 결백하기가 겨울언덕의 서리 같음을 말함.

118 湛乎若清川之月(담호약청천지월) : 「湛」은 물이 맑은 모양. 청징(清澄)한 것. 청징하기가 맑은 내의 달과 같음을 형용하였음.

119 彈惡雪善(탄악설선) : 거악양선(去惡揚善)의 뜻. 이석이 악한 일을 없애고 선한 일을 선양하는 것. 「彈」은 탄핵(彈劾). 「雪」은 소설(昭雪)로, 억울한 누명을 씻는 것.

120 速若箭飛(속약전비) : 화살이 나는 것처럼, 신속히 처리하는 것을 말함.

121 筆工新文, 口吐雅論(필공신문, 구토아론) : 그가 새로 창작한 문장의 필사(筆寫)에 뛰어나고(擅長), 입으로는 고아(高雅)한 언론(言論)을 토하는 것.

122 美士(미사) : 식견과 품행이 뛰어난 인사.

123 汝陽三公三伯(여양삼공삼백) : 이석의 고조인 이해(李楷)가 여양공에 봉해지고, 증조 등운(騰雲)이 광무백에 봉해지고, 조부 입절(立節)과 부친 포균(浦均)이 광무백에 승습(承襲)한 것을 가리킴.

124 積德(적덕) : 선조들이 쌓은 덕행.

125 則何以生此(즉하이생차) : 여기서는 「만약 여양공 등 선조들이 대대로 쌓은 덕행이 아니라면, 어떻게 이석과 같은 인재가 나왔겠는가?」라는 뜻.

126 邑之賢老(읍지현로) : 「邑」은 성읍. 「賢老」는 현달(賢達)한 시골노신사(老鄕紳).

127 劉楚瓂(유초괴) : 인명으로, 누구인지 밝혀지지 않았음.

128 **神明之化**(신명지화) : 신처럼 밝게 화육(化育)시키는 것. 「化」는 인심을 나은 방향으로 옮기고 풍속을 더 좋게 바꾸는 것.

129 **大賴于虞人**(대뢰우우인) : 「大賴」는 큰 이익(大利). 《광운(廣韻)》에 "「뢰」는 이익, 좋은 것(賴, 利也, 善也.)"이라 하였음. 「虞人」은 우성현 사람.

130 **陶然歌詠其德**(도연가영기덕) : 「陶然」은 유쾌하고 즐거운(快樂) 모양. 「其德」은 이석의 공덕.

131 **官則敬, 去則思**(관즉경, 거즉사) : 관직에 있을 때는 사람들의 존경을 받고, 떠난 후에는 사람들로 하여금 그리워하도록 만드는 것.

132 **山川鬼神猶懷之, 況於人乎**(산천귀신유회지, 황어인호) : 이석의 선정에 대해 산천과 귀신조차도 그리워하는데, 하물며 사람은 어떻겠는가라고 극언한 것임.

133 **咨**(자) : 징순(徵詢), 상의(商議).

134 **群寮**(군료) : 현아(縣衙)에 속한 관리. 양웅의 〈감천부(甘泉賦)〉에 "여러 관료들에게 길일을 택하도록 명하였다(乃命群寮, 歷吉日.)"라 했음.

135 **興去思之頌**(흥거사지송) : 「興」은 짓는 것(作). 「去思之頌」은 이 문장을 짓는 것을 가리킴.

136 **縣丞**(현승) : 한 현의 수령인 현령을 보조하는 관리로, 문자에 관련된 일을 주관한다. 당제에 현령 이외에 현승·주부·현위가 있으며, 《구당서·직관지》에 "모든 주 상현에는 종8품하인 현승 1인, 정9품하인 주부 1인, 종9품상인 현위 2인을 두었다(諸州上縣有縣丞一人, 從八品下. 主簿一人, 正九品下, 縣尉二人, 從九品上.)"라 하였음.

137 **王彦暹**(왕언섬) : 우성현에 근무하는 관리. 현승 왕언섬이하 위척(魏陟)·이선(李詵)·이향(李向)·조제(趙濟)·노영(盧榮) 등은

사적(事蹟)이 알려지지 않고 있음.

138 **員外丞**(원외승) : 정원 이외에 둔 현승. 당대에는 한직(閒職)으로, 원외(員外)에 정원과 같은 위치의 사람을 두었음.

139 **主簿**(주부) : 한대 이후 중앙의 각 기관 및 지방 군현의 관청에 주부를 두었는데, 문서와 장부를 정리하고 인장을 관리하였다. 아전 가운데 우두머리임.

140 **縣尉**(현위) : 한 현의 치안을 떠맡은 관리.

141 **同德比義**(동덕비의) : 「比」는 아울러(並). 덕행과 의기가 모두 고상한 것. 함께 덕을 닦고 의리를 나누는 것으로 공융이 사용한 말임. 《후한서 · 공융전(孔融傳)》에 "공융은 어려서부터 남다른 재주가 있었다. 나이 열 살 때 부친을 따라 서울에 가게 되었는데, 당시 하남윤 이응은 대쪽처럼 자중자애하면서 함부로 손님을 만나지 않았다. 당대의 명인이나 집안간이 아니면 들이지 말도록 정해서 모두 접견할 수 없었다. 공융이 그를 만나려고 이응의 대문에 이르러 문지기에게 이르기를, 「나는 이군 집안사람 자제요」하니, 문지기가 가서 말했다. 이응이 공융을 맞이하여 묻기를, 「그대의 조부와 나와 일찍이 옛 은혜가 있었소?」하니, 융이 「그렇습니다. 저의 선조인 공자와 그대의 윗대 조상인 노자가 동덕비의(함께 덕을 닦고 의리를 나눔)하여 서로 스승과 벗의 관계였으니, 저와 그대는 여러 대를 걸쳐 통가한 사이입니다」라고 대꾸하자, 좌중이 모두 탄식하여 마지않았다(融幼有異才. 年十歲, 隨父詣京師. 時, 河南尹李膺以簡重自居, 不妄接士賓客, 敕外自非當世名人及與通家, 皆不得白. 融欲觀其人, 故造膺門. 語門者曰, 我是李君通家子弟. 門者言之. 膺請融, 問曰, 高明祖父嘗與僕有恩舊乎? 融曰, 然. 先君孔子與君先人李老君同德比義, 而相師友, 則融與君累世通家. 眾坐莫不歎息.)"라 했음.

142 好謀而成(호모이성) : 모든 일을 잘 상의하면서 시행하는 것. 《논어 · 술이(術而)》에 "공자께서 말씀하시길, 「나는 맨손으로 호랑이를 잡고 걸어서 강을 건너다가 죽어도 후회하지 않는 사람과는 함께하지 않는다. 반드시 일에 임하면 두려운 듯이 신중하며, 잘 계획하여 성취하는 사람이라야 한다」(子曰, 暴虎馮河, 死而無悔者, 吾不與也. 必也臨事而懼, 好謀而成者也.)"라고 했음.

143 相與採其瓌蹤茂行(상여채기괴종무행) : 「相與」는 피차, 서로(相互). 「探」는 수집(搜集). 「瓌蹤茂行」는 특이하고 훌륭한 사적과 행위.

144 俾刻石篆美(비각석전미) : 「俾」는 使와 같음. 「刻石」은 돌 위에 사적을 전각(鐫刻)하는 것. 「篆美」는 전서(篆書)를 써서 아름다움을 칭송하는 것.

145 庶淸風令名(서청풍령명) : 「庶」는 부사로 희망을 표시함. 「淸風令名」은 청렴한 기풍(淸廉之風)과 아름다운 이름(美好之名).

146 奮乎百世之上(분호백세지상) : 「奮」은 발양(發揚), 전송(傳頌). 「百世之上」은 백대이상 오래도록 전송되는 것.

56-7

其詞曰,
激揚之水兮, 白石有鑿[147]。
李公之來兮, 雪虞人之惡[148]。
厥德孔昭[149], 折獄[150]既淸[151]。
五敎[152]大行, 殷雲雷之聲[153]。
既父其父, 又子其子[154]。

春之以風, 化成草靡[155]。
乃影[156]我崗, 乃雨[157]我田。
陽無驕僭[158], 四載有年[159]。
人戴公之賢[160], 猶百里之天[161]。
棄余往矣[162], 茫如墜川[163]。
哀喪惠博[164], 掩骼仁深[165]。
苦井變甘, 凶人易心[166]。
三柳勿剪, 永思清音[167]。

그 송사에 이르기를,

세차게 소용돌이치는 물결이여, 흰 돌이 선명하구나.

이공이 오셔서 우성현 악인들을 교화시키니,

그 은덕이 크고 밝아 감옥의 송사(訟事)들이 공정해졌다네.

오륜(五倫)이 성대하게 행해져 구름과 우렛소리처럼 진동하나니,

아비는 아비답고 또 자식은 자식다워졌도다.

봄바람이 불면 풀이 쏠리듯 교화되어서,

우리 산에 해 그림자 들고 우리 밭에 비가 내리는구나.

태양이 넘치지 않게 비춰서 4년 동안 풍성하게 수확하노니,

사람들이 이공(李公)의 현덕을 추대하는 것이

마치 우성현 하늘을 받드는 것과 같았다네.

우리를 버리고 가시나니

냇물에 떨어지듯 망연하구려.

상(喪)을 당했을 때 슬퍼해 준 은혜가 크고 넓으며,

시체를 거두어 장사(葬事)지내 준 어짊이 깊고 깊도다.

쓴맛 나는 우물을 단맛 나도록 바꾸고,

흉악한 사람들 마음을 변화시켰으니,

세 그루 버드나무를 베지 마시게나,

청렴한 인품을 길이 사모하리로다.

....

147 **激揚之水兮, 白石有鑿**(격양지수혜, 백석유착) : 「鑿」은 선명. 《시경·당풍(唐風)·양지수(揚之水)》에 "잔잔한 물결 속에, 흰 돌이 씻겨 깨끗하네(揚之水, 白石鑿鑿.)"라고 읊었는데, 모전에 「착착」은 선명한 모습(鑿鑿, 鮮明貌.)"이라 하고, 정현은 전(箋)에서 "잔잔하게 흐르는 물결이 세차게 소용돌이치며, 오물을 씻어서 흰 돌을 선명하게 하는 것이다(激揚之水, 波流湍疾, 洗去垢濁, 使白石鑿鑿然.)"라 했음.

148 **雪虞人之惡**(설우인지악) : 「雪」은 《운회(韻會)》에서 "「설」은 제거하는 것, 씻어 내는 것(雪, 除也, 洗也.)"라 했음. 앞 본 문에서 언급한 우성현 사람들이 「魯而木, 舒而徐. 急則很戾, 緩則鳥散」 등의 미천한 풍속(陋俗)과 읍중의 「横猾者, 二耿之族」에 대하여 「訓爲純人」한 일 등을 가리킨다.

149 **厥德孔昭**(궐덕공소) : 「厥」은 「其」와 같은 대사(代詞). 「孔昭」는 크게 밝은 것. 《시경·소아·녹명(鹿鳴)》에 "내 반가운 손님 오시어, 좋은 말씀 너무나 밝도다(我有嘉賓, 德音孔昭.)"라 하고, 정현은 전에서 "「공」은 심한 것, 「소」는 밝은 것(孔, 甚也. 昭, 明也.)"이라고 했음.

150 **折獄**(절옥) : 감옥의 송사(獄訟)를 판결하는 것. 《서경·여형(呂刑)》에 "말 잘하는 자가 옥사를 판결할 것이 아니라 선량한 자가 옥사를 판결해야 한다(非妄折獄, 惟良折獄.)"고 했음.

151 **清**(청) : 공정하고 청명한 것.

152 五教(오교) : 오상(五常), 오륜(五倫)을 말함.

153 殷雲雷之聲(은운뢰지성) :「殷」은 진동(震動)하는 모습.《시경·
소남·은기뢰(殷其雷)》에 "은은한 우렛소리, 남산 옆에서 울리네
(殷其雷, 在南山之陽.)"라 하고, 모전에 "「은」은 우렛소리(殷, 雷
聲也.)"라고 했음.

154 既父其父, 又子其子(기부기부, 우자기자) : 사람들이 아버지를 존
경하게 하고, 또 자식을 사랑하여야 한다는 말로, 앞의 「父」와
「子」자는 모두 동사로 쓰였다.《논어·안연(顏淵)》에 "제나라 경
공이 공자에게 정치를 묻자, 공자께서는 「임금은 임금답고 신하는
신하다우며, 아비는 아비답고, 자식은 자식다워야 합니다」(齊景公
問政於孔子, 孔子曰, 君君·臣臣·父父·子子.)"라 했음.

155 春之以風, 化成草靡(춘지이풍, 화성초미) : 이 구절은《주역·관
(觀)》의 "위 사람이 아래 사람에게 미치는 영향은 마치 바람이 초
목을 흔들고 지나가는 것과 같다(上之化下, 猶風之靡草.)"란 뜻
을 사용했는데, 이석이 춘풍과 같다면 민중들은 풀과 같아 바람에
따라 교화되는 것을 말하였음.「草靡」는 풀이 쓰러지는 것. 반악
(潘岳)의〈한거부(閑居賦)〉에 "바람이 지나가는 듯이 훈계하니,
풀이 쓰러지듯 감응한다네(訓若風行, 應如草靡.)"라 하고, 이선은
주에서《논어》를 인용하여 "군자(위정자)의 덕은 바람이요, 소인
(백성)의 덕은 풀이다. 풀 위로 바람이 불면 반드시 쓰러진다(君
子之德風, 小人之德草. 草上之風必偃.)"라 했음.

156 乃影(내영) :「乃」는 而와 같다.「影」은 해의 그림자.

157 乃雨(내우) :「雨」는 비가 내리는 것으로, 동사로 쓰였음.

158 陽無驕僭(양무교참) : 태양이 넘치지 않게 비치는 것. 봄 햇빛이
온화하게 비치는 것.「僭」은「愆」과 통하여 본분을 초월하는 것.
「驕僭」은 모자라거나 넘치지 않음이 햇빛처럼 고르게 비치는 것

과 같음을 비유함.

159 有年(유년) : 오곡이 풍년드는 것. 풍성하게 수확한 것을 말함.

160 戴公之賢(대공지현) : 이석의 어진 덕행을 추대하는 것.

161 猶百里之天(유백리지천) : 마치 우성현 위의 하늘처럼 여기는 것. 「百里」는 한 현의 경계.

162 棄余往矣(기여왕의) : 이석이 우성의 백성들을 버리고 가는 것.

163 茫如墜川(망여추천) : 마치 그들을 망연히 물속으로 떨어뜨리는 것과 같음을 말함.

164 惠博(혜박) : 은혜가 크고 넓은 것.

165 仁深(인심) : 인의(仁義)가 매우 깊은 것.

166 凶人易心(흉인역심) : 악한 사람들의 마음을 착하게 바꾸는 것. 앞에서 말한 '聚黨橫猾'하는 '二耿之族'을 「訓爲純人」한 일을 가리킴.

167 清音(청음) : 덕음(德音). 청렴한 인품과 덕성(品德).

比干碑
비간의 비문

    은(殷)나라 삼인(三仁)가운데 한 사람인 비간의 비문이다. 《당문수(唐文粹)》권414 및 《전당문》권4에서는 이 작품을 《은태사비간비(殷太師比干碑)》라는 제목으로 이 문장이 수록되었는데, 작자가 이한(李翰)이라고 하였다. 왕기도 이 비문과 이백 문장의 풍격이 같지 않으므로 이한의 작품이 아닐까 하고 의심을 품었으며, 후대에 큰 안목을 지닌 학자가 올바로 판단하여 바로잡을 것을 기대한다고 하였다. 송대(宋代)이후 출간된 대부분의 《이태백전집》에서 이 작품의 원문만 수록하고 있다. 또한 근래 이백 연구가들도 이한을 이한림으로 잘못 보아 이백전집에 수록 되었을 것이라 하였으며, 작품풍격도 이백의 다른 작품과는 크게 다르므로 이백의 작품에서 제외시키고 있다. 그래서 본 주석서에서도 본문만 수록하기로 한다.

太宗文皇帝既一海內, 明君臣之義。貞觀十九年征島夷, 師次殷墟, 乃詔贈少師比干爲太師, 諡曰忠烈公。遣大臣持節吊祭, 申命郡縣封墓·葺祠·置守塚, 以少牢時享, 著於甲令, 刻於金石。故比干之忠益彰, 臣子得述其志。昔商王受毒痛於四海, 悖於三正, 肆厥淫虐, 下罔敢諍。於是微子去之, 箕子囚之, 而公獨死之。非夫捐生之難, 處死之難。故不可死而死, 是輕其生, 非孝也。可死而不死, 是重其死, 非忠也。王曰叔父, 親其至焉, 國之元臣, 位莫崇焉。親不可以觀其危, 昵不可以忘其祖。則我臣之業, 將墜於泉, 商王之命, 將絕於天。整扶其顛, 遂諫而死。剖心非痛, 亡殷爲痛。公之忠烈, 其若是焉。

故能獨立危邦, 橫抗興運。周武以三分之業, 有諸侯之師。實其十亂之謀, 總其一心之衆。當公之存也, 乃戰彼西土, 及公之喪也, 乃觀乎孟津。公存而殷存, 公喪而殷喪。興亡兩繫豈不重與! 且聖人立教, 懲惡勸善而已矣。人倫大統, 父子君臣而已矣。少師存則垂其統, 歿則垂其教。奮乎千古之上, 行乎百王之末。俾夫淫者懼, 佞者慙, 義者思, 忠者勸。其爲戒也, 不亦大哉! 而夫子稱殷有三仁, 是豈無微旨。嘗敢頤之曰, 存其身, 存其宗, 亦仁矣, 存其名, 存其祀, 亦仁矣, 亡其身, 圖其國, 亦仁矣。若進死者, 退生者, 狂狷之士將奔走之, 褒生者, 貶死者, 宴安之人將置力焉。故同歸諸仁, 各順其志, 殊途而一揆, 異行而齊致, 俾後人優柔而自得焉。蓋《春秋》微婉之義。

必將建皇極, 立彝倫, 辟在三之門, 垂不二之訓, 以明知於

世。則夫人臣者, 既移孝於親, 而致之於君。焉有聞親失而不
諍, 親危而不救, 從容安地而自得, 甚哉不然矣！ 夫孝於其
親, 人之親皆欲其子。忠於其主, 人之主皆欲其臣。故歷代帝
王, 皆欲精顯。周武下車而封其墓, 魏武南遷而創其祠。我太
宗有天下, 禋百神, 盛其禮。追贈太師, 諡曰忠烈。申命郡縣,
封墳葺祠, 置守家五家, 以少牢時享。著於甲令, 刻於金石。
於戲！哀傷列辟, 主君封德。正與神明, 秩視郡王。身滅而榮
益大, 世絕而祀愈長。然後知忠烈之道, 激天感人深矣。

天寶十祀, 余尉於衛, 拜首祠堂, 魄感精動, 而廟在鄰邑, 官
非式閭。斫石銘表, 以志丕烈。銘曰, 麇軀非仁, 蹈難非智。死
於其死, 然後爲義。忠無二軀, 烈有餘氣。正直聰明, 至今猛
視。咨爾來代, 爲臣不易。

| 저자 소개 |

이백李白

이백(李白; 701-762)은 자가 태백(太白), 호가 청련거사(青蓮居士)로 우리에게는
주선옹(酒仙翁), 시천자(詩天子), 천상적선인(天上謫仙人) 등으로 널리 알려져
있으며 중국문학사상 최정상에 군림한 천재적 대문장가다.
그는 당대 최고의 전성기에서 쇠퇴의 길로 접어드는 전환기에 주로 활동했다. 어
린 시절에는 제자백가와 시부(詩賦) 등 방대한 전적을 두루 독파하여 후일 대문장
가가 될 소양을 쌓았으며, 청년기인 24세부터는 구세제민(救世濟民)의 큰 이상과
웅지를 가지고 중국 전역을 만유하면서 좌절을 겪기도 했다. 장년기인 천보(天寶)
초에는 3년 동안 장안에서 한림공봉(翰林供奉)을 지낸 후 사직하고, 재차 회재불
우(懷才不遇)의 방랑생활을 했으며, 만년기로 접어든 55세 이후에는 안사란(安史
亂)을 겪으면서 영왕(永王)의 사건에 연루되어 사형을 언도받고 유배와 사면 등을
거치다가 급기야 62세를 일기로 음주의 후유증으로 병사했다. 이렇듯 이백의 일생
은 방랑(放浪)과 음주(飲酒), 호협정신(豪俠精神)과 구선학도(求仙學道), 겸제천
하(兼濟天下)와 공성신퇴(攻成身退) 등 유불선(儒佛仙)에 기초한 사상적 다양성
을 띠고 있는데, 이러한 정서들이 그의 시가(詩歌)와 문부(文賦) 작품에 고루 나타
나고 있다.

| 역주자 소개 |

황선재黃善在_국민대학교 교양대학 초빙교수

충청남도 공주에서 출생했다. 민족문화추진위원회국역연수원(현, 고전번역원), 건
국대(학사), 한국외국어대(석사)를 거쳐 성균관대학교에서 중국문학박사학위를 받
고 서경대와 성신여대에서 강의하였으며, 국민대학교 박물관학예부장, 중어중문학
과 산학협력교수를 거쳐 현재 교양대학 초빙교수로 재직하고 있다. 저역서로『李
白과 杜甫』(공역, 까치출판사; 1992), 『이백 오칠언절구(五七言絶句)』(문학과 지
성사; 2006), 『이태백 명시문선집』(박이정출판사; 2013) 등이 있으며, 이밖에도
「李白詩의 現實反映에 관한 研究」, 「李白 樂府詩 研究」, 「제천의 아름다움을
담은 사군강산삼선수석(四郡江山參僊水石)」, 「四部(經史子集)分類法」 등 다수
의 논문이 있다.

한 국 연 구 재 단
학술명저번역총서
[동 양 편] 624

이태백 문부집 中

李太白 文賦集

초판 인쇄   2020년 8월 17일
초판 발행   2020년 8월 30일

저   자 | 이백李白
역 주 자 | 황 선 재
펴 낸 이 | 하 운 근
펴 낸 곳 | 學古房

주   소 | 경기도 고양시 덕양구 통일로 140 삼송테크노밸리 A동 B224
전   화 | (02)353-9908 편집부(02)356-9903
팩   스 | (02)6959-8234
홈페이지 | www.hakgobang.co.kr
전자우편 | hakgobang@naver.com, hakgobang@chol.com
등록번호 | 제311-1994-000001호

ISBN   979-11-6586-098-1
          978-89-6071-287-4 (세트)

값 : 36,000원

이 책은 2016년도 정부재원(교육부)으로 한국연구재단의 지원을 받아 연구되었음
(NRF-2016S1A5A7021050).
This work was supported by National Research Foundation of Korea Grant funded by the
Korean Government(NRF-2016S1A5A7021050).